**KLEINE REIHE
HANSER**

Über dieses Buch: Seit seiner Kindheit ist Simon Leyland von Sprachen fasziniert. Gegen den Willen seiner Eltern wird er Übersetzer und verfolgt unbeirrt das Ziel, alle Sprachen zu lernen, die rund um das Mittelmeer gesprochen werden. Von London folgt er seiner Frau Livia nach Triest, wo sie einen Verlag geerbt hat. In der Stadt bedeutender Literaten glaubt er, den idealen Ort für seine Arbeit gefunden zu haben – bis ihn ein ärztlicher Irrtum aus der Bahn wirft. Doch dann erweist sich die vermeintliche Katastrophe als Wendepunkt, an dem er sein Leben noch einmal völlig neu einrichten kann.

Pascal Mercier (1944–2023) schrieb mit seinem Roman *Nachtzug nach Lissabon* (2004) einen der größten Bestseller der vergangenen Jahre. 2007 folgte die Novelle *Lea* und 2020 der Roman *Das Gewicht der Worte*. Der Autor wurde vielfach ausgezeichnet, u. a. mit dem Marie-Luise-Kaschnitz-Preis, dem Premio Grinzane Cavour und der Lichtenberg-Medaille der Akademie der Wissenschaften zu Göttingen.

www.hanser.de

Pascal Mercier

DAS GEWICHT DER WORTE

Roman

**KLEINE REIHE
HANSER**

1. Auflage 2024

ISBN 978-3-446-28293-3

Das Hörbuch erschien 2021 bei Hörbuch Hamburg,
gelesen von Markus Hoffmann.

© 2020, 2024 Carl Hanser Verlag GmbH & Co. KG, München
Wir behalten uns auch eine Nutzung des Werks für Zwecke
des Text und Data Mining nach § 44b UrhG ausdrücklich vor.
Umschlag und Foto: Peter-Andreas Hassiepen, München
Satz: Sandra Hacke, Dachau
Druck und Bindung: CPI books GmbH, Leck
Printed in Germany

MIX
Papier | Fördert
gute Waldnutzung
FSC® C083411

Escrever não faz homens novos. Cria, porém,
clareza e compreensão. Ou o seu semblante. E
quando alguém é bem-sucedido com as palavras,
é como um despertar para si próprio, e nasce,
então, um novo tempo: o presente da poesia.

Pedro Vasco de Almeida Prado, *O tempo da poesia*
Lisboa 1903

Schreiben macht keine neuen Menschen. Aber
es schafft Klarheit und Verstehen. Oder doch den
Anschein. Und wenn man mit seinen Worten
Glück hat, ist es wie ein Aufwachen zu sich selbst,
und es entsteht eine neue Zeit: die Gegenwart
der Poesie.

Pedro Vasco de Almeida Prado, *Die Zeit der Poesie*
Lissabon 1903

1 »*Welcome home, Sir*«, sagte der Beamte bei der Passkontrolle am Londoner Flughafen. Simon Leyland sah ihn an, wie man jemanden ansieht, der gerade etwas Wichtiges gesagt hat, etwas, was einen trifft. Er nahm seinen Pass entgegen. »*Thank you*«, sagte er, »*thank you very much.*« Langsam ging er den Gang entlang zur Rolltreppe, die hinunter zur Gepäckausgabe führte. Ab und zu trat er zur Seite, blieb stehen und betrachtete alles, als sähe er es zum ersten Mal. Auf der Treppe dann blätterte er im Pass und betrachtete sein Foto. Das letzte Mal hatte er es in seinem Arbeitszimmer in Triest betrachtet. Da war es das Foto von einem gewesen, der keine Zukunft mehr hatte. Jetzt zeigte das Bild einen Mann, für den sich die Zukunft wieder öffnete. So richtig glauben konnte er es immer noch nicht. Lange ließ er den Blick auf dem Bild ruhen und stolperte unten an der Treppe, als die gleitende Stufe, die ihn getragen hatte, unter dem festen Boden verschwand. Während er auf seinen Koffer wartete, dachte er daran, wie er den Pass in Triest in die Schublade zu den anderen Dokumenten gelegt hatte, die die Kinder finden würden. Ohne dass er es hätte erklären können, hatte er ihn mit der flachen Hand auf die Papiere gedrückt. Es war eine Bewegung der End-

gültigkeit gewesen, ein Druck, der etwas besiegelte, und noch während die Bewegung andauerte, war er darüber erschrocken. Das war im September gewesen, ein glutheißer Tag voller Schirokko. Jetzt war November, und das Flugzeug war im Landeanflug durch feinen Nebel geglitten.

Leyland ging auf die Treppe zu, die hinunter zur U-Bahn führte, und blieb oben stehen. Er betrachtete das große, leuchtende Emblem der Bahn, den breiten roten Kreis, durchschnitten von einem blauen Balken mit den weißen Buchstaben UNDERGROUND. Vier oder fünf Jahre alt war er gewesen, als er es zum ersten Mal sah. Er war mit der Mutter im Zug von Oxford nach London gefahren, sie waren in Paddington Station ausgestiegen und hatten die U-Bahn genommen. Die Londoner nannten sie *the tube*, und sie waren stolz darauf, dass es die älteste U-Bahn der Welt war, hatte ihm die Mutter erklärt. Gebannt hatte er in die schwarze Mündung des Tunnels geblickt, an dessen Wänden Bündel von dicken, rußgeschwärzten Kabeln entlangliefen. Weit hinten im Dunkel erschienen Lichter von trübem Gelb, die immer größer und heller wurden, begleitet von einem geheimnisvollen, bedrohlichen Grollen, das immer mehr anschwoll. Als der Zug schließlich mit einer Bewegung aus dem Tunnel schoss, die wie ein Überfall war, und donnernd in die Station einfuhr, schob er ein Luftkissen vor sich her, das über den Bahnsteig fegte und das lose Papier auf dem Bahnsteig aufwirbelte. Die Luft roch nach Keller, nach Staub und Kohleofen, und doch auch ganz anders, es war ein Geruch, wie es ihn nur dort unten gab, es war der Geruch der großen, geheimnisvollen Stadt, und der Junge an der Hand der Mutter hatte die Luft tief eingeatmet.

Jetzt ging Leyland die Stufen hinunter zum Bahnsteig. Heathrow war das Ende der Piccadilly Line, und der Zug stand schon bereit. Er stieg ein und setzte sich so, dass er das Diagramm des U-Bahnnetzes sehen konnte. Er kannte das Netz auswendig, und es gab keine Station, bei der er nicht mindestens einmal ausgestiegen wäre. Der Gedanke, dass es unter dieser riesigen Stadt – so tief unten, dass man endlos lange auf den steilen Rolltreppen stand – überall Tunnel gab, in denen Hunderte von Zügen mit trüben Lichtern durch das rußige Dunkel fuhren, hatte nie aufgehört, ihn zu faszinieren, und in seinen Arbeitszimmern hatte er an der Wand stets einen Plan des Netzes aufgehängt. Sidney, sein Sohn, hatte lange vergeblich versucht, ihn zu einem mobilen Telefon zu überreden. Schließlich hatte er ihm eines zum Geburtstag geschenkt und darauf ein Programm installiert, das über Unregelmäßigkeiten in der Londoner U-Bahn informierte. Das Signal klang wie ein heller, träge fallender Wassertropfen, und dann war da etwa zu lesen: *Central Line: two minutes delay at Bond Street.* Leyland konnte nicht genug davon bekommen und trug das Telefon stets bei sich, obwohl er es hasste, überall erreichbar zu sein. Wenn das Signal in Gesellschaft ertönte, holte er das Telefon hervor und las mit ausdruckslosem Gesicht vor: *Circle Line: three minutes delay at Victoria Station*. Die Leute hielten es für eine Marotte, aber es war viel mehr als das. Manchmal setzte er sich auf die Molo Audace, die große Mole am Triestiner Hafen, ließ die Beine baumeln und wartete auf das Signal aus London. Er ging erst weg, wenn er es gehört und die Botschaft gelesen hatte. Diese Mole und die *tube*: wenn sie nur am selben Ort hätten sein können.

Leyland lauschte dem gedämpften Klopfen der Räder, als der Zug losfuhr. Immer, wenn er es nach längerer Zeit wieder hörte, spürte er, wie sehr er das sanfte, rhythmische Klopfen vermisst hatte. Es war ein Geräusch, das alles leichter machte. Im September, als er den Pass für immer weglegte, hatte er sich vorgestellt, hier in der Bahn zu sitzen und das Geräusch zu hören. Es würde nichts mehr helfen, hatte er gedacht. Nichts würde mehr helfen. Jetzt schloss er die Augen. Es war vorbei. Es war doch vorbei.

Leicester Square. Leyland ging den Gang entlang zur Northern Line. Auf dem Bahnsteig stand er vor dem Automaten mit Cadbury's Schokolade. Bei jedem Besuch in London pflegte er Münzen einzuwerfen und eine Tafel mit dem dunkelblauen Papier und der goldenen Aufschrift herauszuziehen. Langsam ließ er die Schokolade jeweils im Mund zergehen, übersprang mehrere Züge und atmete tief ein, wenn das Luftkissen über ihn hinwegfegte. Dabei dachte er an das letzte Mal und an das vorletzte und rief sich in Erinnerung, was in der Zwischenzeit geschehen war. *Was habe ich aus der Zeit meines Lebens gemacht?*, fragte er sich dann regelmäßig. Manchmal schien ihm das eine einfache und klare Frage zu sein; dann wieder schien sie einen sonderbaren Klang zu haben, und er war nicht sicher zu wissen, wonach er fragte, und wie eine Antwort lauten könnte. Er war dann in Gedanken in Triest, er sah alles genau vor sich, jede Straße und jeden Raum, er konnte alle wichtigen Begebenheiten rekapitulieren, und trotzdem hatte er das beunruhigende Gefühl, dass das alles nicht ganz wirklich war. Dass es an ihm vorbeiglitt, ohne ihn mitzunehmen. Wie konnte das sein? Umgekehrt kam es ihm, wenn er durch Triest ging, manchmal vor, als verlöre sein früheres Leben in London immer mehr an Wirklichkeit. In solchen Momenten klang das helle Signal der Londoner U-Bahn auf seinem Telefon wie eine ferne, verblassende Erinnerung, oder wie ein Phantasma, eine Episode purer Phantasie. Nur wenn er an einer Übersetzung arbeitete und Stunde um Stunde nach den richtigen Worten suchte, war er sicher vor diesem Gefühl der zurückweichenden, schwindenden Wirklichkeit. Nur dann war alles in Ordnung und voller Gegenwart.

Dieses Mal zog er keine Schokolade aus dem Automaten. Dieses Mal sollte es anders sein. Die Frage nach der Zeit seines Lebens würde sich jetzt neu stellen. Er war hierhergekommen, um ihr auf neue Weise zu begegnen. Wie – das wusste er noch nicht. Warren Shawn, sein Onkel, hatte ihm sein Haus in Hampstead vererbt. In den letzten Tagen in Triest hatte er immer öfter daran gedacht, und immer mehr war es ihm als der richtige Ort erschienen, um über die nächste Wegstrecke nachzudenken. Sidney und Sophia hatten bemerkt, dass er den großen Koffer mitnahm. Beim Abschied am Flughafen hatte Sophia auf seinen Pass gezeigt. »Du hast nie einen italienischen beantragt«, hatte sie gesagt. Er war seiner Tochter, die bald Ärztin sein würde, übers Haar gefahren. »Keine Sorge, ich komme wieder«, hatte er gesagt. Als das Flugzeug abhob, hatte er hinuntergeblickt und gedacht: vierundzwanzig Jahre. Und jetzt?

Die Räder der Bahn klopften. Tottenham Court Road, Goodge Street, Warren Street, Euston. Noch vier Stationen bis Belsize Park. Der Zug fuhr ein. Das war die Station, die er von allen am besten kannte. Drei Jahre lang war er hier ein- und ausgestiegen, als er im Belsize Retreat Hotel in der Mansarde gewohnt und für einen Hungerlohn als Nachtportier gearbeitet hatte. Das war mehr als vierzig Jahre her. Er hatte jede Bank auf dem Bahnsteig gekannt, jede Reklame, beinahe jede Kachel an der Wand und jede Fuge. Auf der anderen Seite der Station hatte es zwei Automaten mit Cadbury's Schokolade gegeben, auf dieser Seite nur einen. Als er bei seinem letzten Besuch hier ausgestiegen war, hatte er gesehen, dass der eine Automat beschädigt war und schräg an der Wand hing. Auf stille, unsichtbare Weise hatte er die Fassung verloren. Im Traum hatte er den Automaten wieder richtig befestigt. Wenn er dann wegging und zurückblickte, hing er wieder schief.

Als der Zug in Hampstead einfuhr, verscheuchte Leyland die Erinnerung. Er nahm den Aufzug und trat auf die neblige Straße hinaus. Das Licht der Laternen bildete einen diffusen, milchigen Hof. Er ging durch die stillen Straßen, die Räder seines Koffers ratterten auf dem Kopfsteinpflaster. Schräg gegenüber von Warren Shawns Haus gab es eine Teestube, der Onkel hatte dort pünktlich um vier seinen Nachmittagstee getrunken. Leyland setzte sich in einer Nische ans Fenster und blickte zum Haus hinüber. Von der Straße zurückgesetzt, stand es dunkel und still zwischen den kahlen Obstbäumen. Konnte es wirklich sein, dass dieses Haus jetzt ihm gehörte? Warren Shawn hatte es gekauft, als er mit vierzig seine Professur für orientalische Sprachen an der School of Oriental and African Studies bekam. Er hatte viele Jahre im Orient verbracht, in Beirut, Damaskus, Isfahan und Jerusalem, und war als einer der jüngsten Professoren berufen worden. Das war im Jahr, als Leyland aus der Schule in

Oxford davongelaufen und im Belsize Retreat Hotel untergekommen war. Er hatte Warren Shawn besucht, es war Spätsommer, das Haus roch nach frischer Farbe, und die Bücherkisten mit den fremdländischen Aufklebern standen noch unausgepackt herum. Der Onkel hatte nicht gefragt, warum er aus Oxford davongelaufen war, und Leyland war ihm dafür dankbar gewesen. Insgeheim hatte er gehofft, bei ihm wohnen zu können. Doch schon bei diesem ersten Besuch hatte er gespürt: Das war ein Mann, der allein leben wollte. Als er nachher in der Mansarde des Hotels auf dem Bett lag, merkte er, dass ihm das gefiel. Und dass es ihm eigentlich auch gefiel, sich allein durchzuschlagen. Am Russell Square hatte er bei ihm Vorlesungen über Arabisch, Persisch und Hebräisch gehört, und er sah ihn noch heute vor sich, wie er nach Schluss der Vorlesung im Hörsaal eine seiner ovalen, ägyptischen Zigaretten anzündete. Die Vorlesungen waren vormittags, er kämpfte nach der durchwachten Nacht mit der Müdigkeit, aber er ging hin, und Warren Shawn nickte ihm kurz zu, wenn er ihn sah. Einmal im Monat besuchte er ihn im Haus, sie tranken Tee, und er erzählte vom Orient.

Eines Tages hing im Wohnzimmer eine große Karte des Mittelmeers. Er möchte die Sprachen aller Länder können, die ans Mittelmeer grenzten, hatte Leyland plötzlich gesagt. Es war ein spontaner Gedanke gewesen, der ihn selbst überraschte, ein Gedanke, wie ihm später schien, der alles zusammenfasste, was ihm wichtig war, ein Gedanke, in dem sein ganzer Lebenshunger, der ihn aus Oxford weggetrieben hatte, zum Ausdruck kam. Warren Shawn hatte gelacht, auf die Karte geblickt und ihn dann eine Weile angesehen. »Nicht unmöglich. Dir würde ich es zutrauen. Sofort beginnen. Maltesisch nicht vergessen!«

Jetzt öffnete Kenneth Burke im Nachbarhaus ein Fenster, blieb stehen und zündete eine Zigarette an; auch ihre glühende Spitze hatte, wie die Straßenlaternen, im Nebel einen feinen milchigen Hof. Er wohnte seit langem dort und hatte sich in den letzten Jahren um Warren Shawn gekümmert. »Er wird einmal alles regeln«, hatte der Onkel gesagt, als Leyland ihn das letzte Mal besucht hatte. Burke war es gewesen, der in Triest angerufen und ihn von Warrens Tod verständigt hatte. Das war im Juli gewesen, kurze Zeit, nachdem Doktor Leonardi ihm die Diagnose gestellt hatte. Sophia hatte ihn angetroffen, als er den Koffer packte. »Du fährst da nicht hin«, hatte sie gesagt, »nicht mit dieser Diagnose. Stell dir nur vor, du bekommst unterwegs einen Anfall.« Sanft hatte sie ihn auf die Bettkante gedrückt und ihn gehalten, als er zu zittern begann. Dann hatte sie den Koffer ausgepackt und etwas zu essen gemacht. Vor dem Studium war sie Krankenschwester gewesen, und die Patienten liebten sie wegen ihrer ruhigen, bestimmten Art, die alle Angst kleiner werden ließ. Sie hatte Burke angerufen und den

Vater mit einer Notlüge entschuldigt. Zwei Wochen später war ein Brief von Warrens Anwalt gekommen, der ihn wissen ließ, dass er das Haus erbte. Während einer schlaflosen Nacht war in ihm der Wunsch übermächtig geworden, das Haus noch einmal zu sehen, durch die Räume zu gehen und vor der Karte des Mittelmeers zu stehen. Fast als sei es eine Episode in einem Traum, in dem die Wünsche jeden Widerstand der Wirklichkeit außer Kraft setzten, war er mit einer kleinen Reisetasche zum Flughafen gefahren. Kaum hatte er die Halle betreten, hatten ihn die Kopfschmerzen angefallen, und auf der Toilette hatte er sich übergeben müssen. Eine Stunde später war er wieder zu Hause. Sophia hatte nichts erfahren.

Und nun saß er hier und blickte zu dem dunklen Haus hinüber. Nicht nur das Haus war dunkel; auch die Lampen am Weg vom Gartentor zur Haustür brannten nicht, wie früher immer. Es war ein Dunkel nach dem Ende eines Lebens, ein Dunkel, in dem die Zeit nicht mehr floss. Er würde nachher überall Licht machen und sie von neuem zum Fließen bringen. Aber nicht gleich. Er bestellte noch einmal Tee und etwas zu essen. Jetzt, da er wieder eine Zukunft hatte, wollte er verschwenderisch mit seiner Zeit umgehen. Spüren, wie sie verstrich, ohne dass er etwas tat. Spüren, dass er nicht mehr atemlos einem Ende entgegentrieb. Spüren, dass er Dinge aufschieben konnte, ohne es später zu bereuen. Den ersten Tag seiner neuen Zeit hatte er auf der Fähre zwischen Triest und Muggia verbracht. Den ganzen Tag auf dieser Fähre, hin und her, hin und her. Beim dritten Mal wollte die Schaffnerin kein Geld mehr. »*Va bene!*« Auf der letzten Fahrt des Tages setzte sie sich zu ihm und steckte sich eine Zigarette an. »Die Strecke gefällt Ihnen«, sagte sie und atmete beim Sprechen den Rauch aus. »Es ist jedes Mal wie das erste Mal«, hatte er gesagt. Sie sah ihn verblüfft an. »*Veramente?*« Für einen Moment war er versucht gewesen, ihr seine Geschichte zu erzählen, ihr, einer wildfremden Frau, der der Fahrtwind das Haar ins Gesicht wehte. Sie waren zusammen ausgestiegen und ein paar Schritte nebeneinander auf der Mole gegangen. »*Ciao*«, hatte sie dann gesagt, sich nach einer Weile umgedreht und gewunken. Er hatte sich auf die Molo Audace gesetzt und die Beine baumeln lassen. Als ein Schiff ablegte, hatte er die Hosenbeine und Schuhe in das flutende Wasser gehalten und zugesehen, wie sich der Tang um die Knöchel schlang.

Leyland zahlte, ging langsam über die Straße zu Kenneth Burkes Haus und klingelte. Ein Hund schlug an. Wenn er Warren Shawn besuchte, hatte er Burke manchmal im Garten gesehen, und sie hatten sich mit knappen Worten gegrüßt. Ein wütender Mann, auch ein verletzter, hatte er gedacht. Es war, als schöbe er sein bleiches Gesicht den anderen herausfordernd entgegen, den anderen, die alle seine Gegner waren.

Jetzt stand er unrasiert und mit kurzem, stoppligem Haar in der Tür und musterte Leyland aus zusammengekniffenen Augen. »Ach, Sie sind's«, sagte er dann und ließ ihn eintreten. Der Hund, ein Boxer, erschien und knurrte. Burke hielt ihn fest. »Ruhig, Billy«, sagte er. Er war es gewesen, der Warren Shawn gefunden hatte. »Er war unsicher auf den Beinen, konnte nur noch mit der Lupe lesen und verließ das Haus kaum noch. Auch in die Teestube drüben ging er nicht mehr. Ich habe für ihn eingekauft und auch sonst nach ihm gesehen. Kochen konnte er noch. Er hat ja immer gern gekocht. Aber es wurde immer weniger. Ich würde sagen: Er hatte einfach genug, genug von allem. Dann ging das Licht abends nicht mehr an. Ich ging hinüber und fand ihn auf dem Sofa unter einer Decke, dort, wo er seinen Mittagsschlaf zu machen pflegte.« Burke blickte durchs Fenster hinüber auf das dunkle Haus. »Wie kann ein Haus so viel Abwesenheit ausstrahlen, so viel Leere. Er wollte nicht ins Familiengrab nach Oxford, er wollte kremiert werden, und die Asche sollte in seinem Garten verstreut werden. Ich habe dafür gesorgt, ich hatte eine Vollmacht.« Burke schwieg eine Weile. »*Als wäre ich nie gewesen*«, sagte er, als wir darüber sprachen. Er hatte etwas Sanftes an sich und zugleich auch etwas Heftiges, Radikales. Aber das wissen Sie ja sicher.« Das Ticken einer Uhr war zu hören, und der Hund knurrte. »Ich habe in seinen Papieren nach der Adresse seines Anwalts gesucht, wegen des Testaments. Sonst habe ich alles gelassen, wie es ist, ich erfuhr ja dann, dass Sie das Haus erben.« Er zögerte, und für einen Moment meinte Leyland Enttäuschung zu spüren. »Mir hat er sein Barvermögen vermacht, ziemlich viel Geld, er verbrauchte ja nichts.«

Jetzt gab er Leyland die Schlüssel. »Als ich erfuhr, dass Sie kommen, habe ich die Heizung angemacht. Wenn Sie was brauchen: Ich bin da.« Er blieb mit dem Hund in der Tür stehen, als Leyland ging. Seine Haltung war nicht abweisend, nur distanziert. Es würde lange dauern, sollte sich jemand vornehmen, diese Distanz zu überwinden.

2 Leyland schloss auf und machte Licht. Den Koffer ließ er im Flur stehen und betrat als erstes das Wohnzimmer. Die Karte des Mittelmeers hing noch. Er setzte sich in den Sessel, von dem aus er damals auf die Karte geblickt und jenen Tagtraum geäußert hatte, der ihn selbst überraschte. *Dir würde ich es zutrauen; Maltesisch nicht vergessen!* hörte er Warren Shawn sagen. *Nergghu naraw lil xulxin*, hatte er zum Abschied gesagt: auf Wiedersehen. Noch am selben Abend hatte sich Leyland in den Lesesaal des Britischen Museums gesetzt und in der Encyclopedia Britannica die Artikel über Malta und seine Sprache gelesen. Aus

dem maghrebinischen Arabisch entstanden, die einzige semitische Sprache Europas, und die einzige semitische Sprache, die das lateinische Alphabet benutzte. In der Bibliothek gab es eine alte Grammatik und ein großes Wörterbuch. Er las wie im Fieber, war der letzte, der ging, und kam zu spät zum Dienst im Hotel. Am Tag darauf suchte er die Stadt nach Antiquariaten ab, bis er die Grammatik und das Wörterbuch hatte. Es war sein letztes Geld für diesen Monat, und in den nächsten Tagen musste das Hotelfrühstück, das er am Ende seiner Schicht bekam, reichen. Nachts saß er hinter der Theke und blätterte Stunde um Stunde. John Taylor, der Besitzer des Hotels, erkundigte sich nach den Büchern. »Malta? Gehörte bis vor kurzem uns, dort sprechen alle Englisch. Wozu dann Maltesisch lernen?« Er wolle es einfach können, hatte Leyland gesagt; einfach *können*. »Einfach so?« Einfach so. »*I see*«, hatte Taylor gesagt und ihm einen sonderbaren Blick zugeworfen. Auch später hatte er ab und zu solche Fragen gehört. »Sardisch? Auf Sardinien verstehen sie doch alle Italienisch.« Er wolle hören, wie es klinge, hatte er gesagt, und nicht nur den Klang der *Wörter* wolle er hören, sondern den Klang der *Leute*, den Klang ihres Lebens.

Etwas stimmte mit der Karte nicht. Leyland machte alle Lampen im Raum an. Doch das war es nicht. Die Karte war so *still*. Das konnte man von einer Landkarte natürlich nicht sagen, und doch war es das treffende Wort. Der ganze Raum war still, das ganz Haus, es war die Stille, wie sie eintrat, wenn jemand, der den Raum mit seiner Gegenwart ausgefüllt hatte, hinausging. Eine Stille, die auch eine Leere war. Die Karte, an den Rändern längst vergilbt, wirkte wie ein Relikt aus ferner Zeit. War es nur, weil er nie mehr mit Warren Shawn davor stehen und die Sprachen zählen würde, die noch fehlten? Oder war die Karte auch deshalb so still und stumm, weil sie – irgendwie, es war schwer zu sagen – in der neuen, unerwarteten Zeit, die angebrochen war, keinen Ort mehr hatte?

Das Parkett knarrte, als Leyland durch die offene Schiebetür hinüber ins Arbeitszimmer ging. Er möchte das Knarren nicht missen, hatte Warren Shawn einmal gesagt, es erinnere ihn an eine Wohnung in Jerusalem, dort hätte er keinen Schritt tun können, ohne dass es knarrte. Auf dem Schreibtisch und dem Tischchen neben dem Lesesessel lagen große Lupen. *Retinitis pigmentosa* war der Name der Krankheit, die Warrens Netzhaut unaufhaltsam zerstört hatte. An den Bildschirm mit den vergrößerten Buchstaben hatte er sich nicht gewöhnen können, das Gerät lag unbenutzt unter einem Stapel Bücher. Er liebte teures Papier mit Wasserzeichen und schrieb mit einer Füllfeder. *Entweder so oder gar nicht*, pflegte er zu sagen. Leyland dachte an das, was Kenneth Burke über ihn gesagt hatte: Etwas Sanftes hätte er an sich gehabt und zugleich auch etwas Heftiges, Radikales. Wie gut hatte er seinen

Onkel gekannt? Lange Jahre war er vor allem der Mann im Orient gewesen, immer unterwegs, zu Hause in all jenen fernen Sprachen, unerschrocken trotz politischer Unruhen, und von Zeit zu Zeit waren Ansichtskarten mit fremdländischen Marken und Stempeln nach Oxford gekommen. Der Vater, Sir Christopher Sheldon Leyland, ein hoher Beamter im Civil Service und strikter Gegner der indischen Unabhängigkeit, hatte sich mit dem Sohn wegen dieser Unabhängigkeit überworfen. Trotzdem war er auf verschwiegene Weise stolz auf ihn und seine Weltläufigkeit gewesen, und als Warren Shawn seine Professur erhielt, gab es ein Fest.

Zwei Frauen hatte Leyland in seinem Haus kennengelernt. Die erste war eine persische Studentin, mit der er Farsi sprach, die Erinnerung an sie war verwischt, Leyland sah sie vor allem vor sich als die Frau, die die Tür geöffnet und später Tee serviert hatte, eine Frau mit wallendem Haar und einem weißen, scharf geschnittenen Gesicht, die einen langen Rock aus bedruckter Seide trug und ein Parfum benutzte, das entfernt nach Weihrauch roch. Der Onkel folgte ihr mit seinen Blicken, auch mitten im Gespräch. Jahre später war sie verschwunden und mit ihr die Gegenstände, mit denen sie im Haus anwesend war. *Jetzt lebe ich wieder allein*, hatte Warren Shawn gesagt, als er das Erstaunen auf dem Gesicht des Neffen sah. Leyland war nicht sicher gewesen, ob es Trauer oder Erleichterung war, was aus seiner Stimme sprach. Klar war nur, dass er kein weiteres Wort darüber verlieren würde. Erst als Leyland bereits in Triest wohnte und zu Besuch in London war, öffnete bei Warren Shawn wieder eine Frau die Tür, eine Frau in den Vierzigern, streng und farblos gekleidet, eine britische Stimme mit herrischem Tonfall, und Warren Shawn, der mit seinen dicken Brillengläsern und dem ergrauten Haar inzwischen wie ein älterer Gelehrter aussah, schien froh zu sein, wenn sie aus dem Zimmer ging. *Jetzt lebe ich wieder allein*, sagte er beim nächsten Besuch zwei Jahre später. Natürlich, dachte Leyland, konnte er nicht sicher sein, dass es genau die gleichen Worte gewesen waren wie beim ersten Mal. Aber es gefiel ihm, das zu denken, er mochte die Bestimmtheit und den leisen Trotz in den Worten, und auf eine Art, die schwer zu erklären war, passte es zu Warren, dass man ihm Worte andichten konnte, die wie ein Refrain klangen.

Zögernd setzte sich Leyland an den Schreibtisch. Kenneth Burke hatte die Post hingelegt, die noch gekommen war, eine Reihe von Briefen und ein Paket mit Büchern. Leyland schob die Sachen zur Seite; das musste warten. Jetzt fiel sein Blick auf die flache, ockerfarbene Packung mit den ägyptischen Zigaretten. Es gab sie nur am Sloane Square, und Warren pflegte sie stapelweise zu kaufen. Die Zeichen der arabischen Aufschrift waren die ersten arabischen Zeichen, die Leyland gesehen hatte. Warren war zu Besuch in Oxford und holte die Schachtel hervor. Leyland ging noch nicht zur Schule, aber er konnte schon lange lesen. Gebannt blickte er auf die fremden Zeichen. »Kannst du das lesen?«, fragte er. Warren nickte. *Sukun*, las er vor und erklärte, dass es Ruhe bedeutete. Es war ein magischer Moment gewesen, in dem Leyland, ohne es ausdrücken oder auch nur denken zu können, gespürt hatte, dass etwas Neues begann, eine neue Melodie des Lebens. Warren musste es bemerkt haben, denn ein paar Tage später war in der Post eine Tabelle mit dem arabischen Alphabet und mit langen Kommentaren, wie die Laute auszusprechen waren. Leyland übte und übte, und es dauerte keine Woche, bis er die Schrift beherrschte. Zeichen und Wörter und immer mehr Zeichen und Wörter – *darum* ging es, und um nichts sonst.

Jetzt nahm er eine Zigarette aus der Packung, zündete sie an und sog den Rauch des vertrockneten Tabaks tief in die Lungen, bis ihm schwindlig wurde. Er schloss die Augen. Alles, was für ihn jemals gezählt hatte, waren Worte. Etwas existierte erst wirklich, wenn es benannt und besprochen wurde. Er hatte sich das nicht ausgesucht, es war ihm zugestoßen und war von Anfang an so gewesen. Oft hatte er sich gewünscht, ohne Worte bei den Sachen zu sein, bei den Sachen und den Menschen und den Gefühlen und den Träumen – und dann waren ihm doch wieder die Worte dazwischengekommen. Er erlebe die Dinge erst, wenn er sie in Worte gefasst habe, sagte er manchmal, und dann sahen ihn die Leute ungläubig an. Nur bei Livia, da hatte er nie Worte gebraucht.

Kenneth Burke hatte den Kühlschrank geleert und abgestellt. In den Schränken gab es Konserven und andere Lebensmittel. Am Geschirr und dem Besteck in den Schubladen klebten Essensreste, die Warren nicht mehr gesehen hatte. Die Handtücher im Bad mussten diejenigen sein, mit denen er sich zuletzt abgetrocknet hatte. Leyland trat ans Fenster. Der Nebel war dichter geworden, Burkes Haus war nur noch in den Umrissen zu erkennen. Was sollte er hier? Warum bloß hatte er geglaubt, in diesem Haus, das ja trotz aller Besuche ein fremdes Haus geblieben war, Klarheit über sein weiteres Leben gewinnen zu können? *Welcome home, Sir*, hörte er den Beamten am Flughafen sagen. Es hatte so richtig geklungen. Warum war alles Empfinden so flüchtig, warum hatte nichts Bestand.

Im oberen Stockwerk war er nie gewesen, das war eine Welt, die Warren Shawn ganz allein gehörte. Warum war es schwierig und mit dem Gefühl des Verbotenen verbunden, die Treppe hinaufzusteigen und in diese Welt einzudringen, wo es Warren doch nicht mehr gab? Die Stufen knarrten unter dem abgetretenen Läufer. Der Lack am Geländer war abgegriffen. Bei seinem letzten Besuch war Warren die Treppe heruntergekommen, die Hand auf dem Geländer, Leylands Blick war auf die vielen dunklen Altersflecke gefallen, und der Onkel hatte den Blick bemerkt. Als sie später beim Tee saßen, strich er sich von Zeit zu Zeit über die Handrücken mit den Flecken, unwillkürlich, wie es schien. Ein alter Freund aus Beirut sei vor kurzem gestorben, erzählte er. Er habe hinfliegen wollen und sei schon am Flughafen gewesen, da habe er erfahren, dass er die Bordkarte elektronisch ausdrucken müsse, und er habe nicht gewusst, wie. »Ich bin nach Hause gefahren«, hatte er gesagt, »und habe den Flugschein weggeworfen. Das ist vorbei, dachte ich, und nicht nur das Fliegen ist vorbei. Wo ich doch früher mit allem fertig geworden bin, mit allem.«

Die Tür zum ersten Zimmer stand offen, und Leyland machte Licht. Es war Warrens Schlafzimmer. Neben den Büchern auf dem Nachttisch lag eine Lupe. Wordsworth, Coleridge, T. S. Eliot. Als habe er sich, nach einem Leben im Universum orientalischer Sprachen, im Alter der eigenen Sprache versichern wollen, dachte Leyland. Aber es war nicht Dichtung, was er zuletzt gelesen hatte. Auf dem zweiten, unberührten Bett lag aufgeschlagen, mit den Seiten nach unten auf der Decke, ein anderes Buch: Tom Courtenay, *Dear Tom*, mit einem Untertitel: *Letters from home*. Aufgeregt griff Leyland danach. Ja, es war tatsächlich ein Buch von Tom Courtenay, dem Schauspieler, der hier die Briefe veröffentlichte, die ihm seine Mutter von Hull aus nach London geschickt hatte, wo er studierte und später die Schauspielschule besuchte. Und dazu erzählte er von seinem Leben und dem der Eltern. Tom Courtenay. Livia war ganz vernarrt in ihn gewesen. Kurz nachdem Leyland sie kennengelernt hatte, gab es in einem kleinen, muffigen Programmkino in Knightsbridge *The loneliness of the long distance runner* zu sehen, Courtenays ersten Film aus den frühen sechziger Jahren, in dem er einen rebellischen Jungen in einem Jugendgefängnis spielte, der sich wehrte, indem er allen davonlief. Als die Lichter angingen, war Livia einfach sitzen geblieben, und sie hatten sich den Film ein zweites Mal angesehen. »Hätte mir auch passieren können«, sagte er beim Hinausgehen, auf das Gefängnis im Film anspielend. »*Ma che dici*«, sagte sie, aber was redest du da. Sie fasste ihn um die Taille. Er spürte es, als er jetzt auf Warren Shawns Bett saß und in dem Buch blätterte.

Courtenays Sätze hatten einen lyrischen Klang, und ihre Poesie lag in der unaufdringlichen, gelassenen Genauigkeit, der alles Gewollte und Manierierte fernlag. Wie immer, wenn ihm Sätze gefielen, las er sie laut und lauschte ihrem Rhythmus, dem Rhythmus der Töne, dem Rhythmus der Bedeutungen und der Art, wie sich die beiden Rhythmen ineinanderschlangen. Nach einer Weile merkte er, dass er noch etwas anderes tat, als die Worte in ihrem Klang zu genießen: Er las die Sätze Livia vor, über einen Abstand von elf Jahren hinweg. Seine Frau, sie hatte diese Art gehabt, ihm zuzuhören, eine Art der Konzentration, die ihn verzaubern und entflammen konnte, auch nach zwanzig Jahren noch. Im Haus in Triest pflegten sie auf der obersten Treppenstufe zu sitzen und über Wörter zu sprechen, über ihre Bedeutung und darüber, wie sie zu übersetzen wären, ins Deutsche, Englische, Italienische, Französische, manchmal auch in den Triestiner Dialekt. Und als er jetzt, in Warren Shawns Schlafzimmer auf und ab gehend, Tom Courtenays Sätze in den Raum hinein sprach, schien Livia da zu sein wie damals auf der Treppe, die Frau, mit der er das Leben geteilt hatte, indem er seine Worte mit ihr geteilt hatte.

Bis unten das Telefon klingelte. Er versuchte, es nicht zu hören, versuchte, sich zu schützen und unerreichbar zu machen, indem er sich die Treppe des Triestiner Hauses vorstellte und den Duft von Livias Parfum in Erinnerung rief, den er besonders geliebt hatte, wenn er sich mit dem Rauch ihrer Zigarette vermischte. Doch das Klingeln des Telefons war mächtiger als die Kraft seines Erinnerns, und plötzlich verloren Tom Courtenays Worte ihren Zauber und klangen hohl und fremd in dem leeren Haus. Das Klingeln hörte auf. Er legte das Buch hin, wie er es gefunden hatte, ein bisschen so, als wolle er, ohne den Grund zu kennen, rückgängig machen, was eben geschehen war, oder als wolle er es als Geheimnis aufbewahren, als Geheimnis vor sich selbst. Dann löschte er das Licht.

Auch die beiden anderen Zimmer waren Schlafzimmer, und es gab Sessel und volle Bücherregale. Leyland legte sich im kleineren mit den schrägen Balken aufs Bett. Das Dunkel vor dem Fenster wirkte durch den dichten Nebel wie ausgestopft, das vertraute Geräusch eines Taxis klang, als sei der Motor in eine Decke gewickelt. Er atmete aus wie einer, der endlich angekommen ist. Nach einer Weile spürte er die Vorboten der Migräne. *Migräne, es ist nur Migräne.* Er ging hinunter in die Küche und nahm eine Tablette. Der bittere Geschmack, den er mit Wasser hinunterspülte, war wie ein Versprechen gegen den pochenden Schmerz. Das Telefon in seiner Tasche machte das helle, tropfende Geräusch, und er las: *Circle Line: two minutes delay at Gloucester Road.* Es war verrückt, aber er war enttäuscht, dass er das Signal hier in London hörte, wo es hingehörte, und nicht auf der Molo Audace in Triest, wo es wie ein Signal der Sehnsucht war. Verwirrt setzte er sich ins Wohnzimmer und wartete auf die Wirkung der Tablette. Nach achtzehn, neunzehn Minuten würde sich die Zeit auf die Gegenwart verengen, eine ruhige, klare Gegenwart, hinter sich ein sanftes Vergessen und vor sich eine angenehme Gleichgültigkeit, die man für Gelassenheit halten konnte. In den Gedanken würde es still, und alle Angst wäre gebannt. Es kam vor, dass er eine Tablette auch ohne Anlass nahm. Doktor Ivancich, sein Hausarzt, wusste das und sagte nichts.

Gloucester Road. Das war die Station für die Wohnung in Harrington Gardens, wo er mit Livia gewohnt und die kleinen Kinder durch die Räume getragen hatte, Sätze von Übersetzungen leise vor sich hin sprechend. Fünf Jahre lang waren sie dort ein- und ausgestiegen. Sie hatten sich ihre Zukunft auch weiterhin in London vorgestellt. Doch dann klingelte in der Nacht das Telefon, es klingelte lange und laut in den sparsam möblierten, hohen Räumen, und kurze Zeit danach wohnten sie in Triest. Es hatte lange gedauert, bis er das wirklich glauben konnte. Auch jetzt, in diesem Moment, kam ihm die neue Gegenwart, die damals begonnen hatte, unwirklich vor.

Die Tablette begann zu wirken. Er schaltete das Fernsehen ein. Als er nicht mehr reisen mochte, hatte Warren Shawn eine Antenne installieren lassen, mit der man Programme aus aller Welt empfangen konnte. Der letzte Kanal, den er eingestellt hatte, waren die Nachrichten der BBC. Leyland hörte zu. Nach einer Weile merkte er, dass er weniger auf die Nachrichten als auf die Worte achtete, in denen sie formuliert waren. War das wirklich seine Sprache, die Sprache, in die er meistens übersetzte? Die Worte waren wie Formeln, bloße Worthülsen, in Redaktionsstuben vorbesprochen und gefügig gemacht, sie fügten sich allen möglichen Regeln der politischen Korrektheit und wurden dadurch leblos und steril, ohne Sinnlichkeit, Witz und Farbe. Und es waren stets die gleichen Formulierungen, stets die gleichen. Leyland holte die Bücher von Warren Shawns Nachttisch, stellte beim Fernsehen den Ton ab und las. Was war das für ein Abstand!

Auf dem nächsten Kanal gab es eine Diskussionsrunde. Jetzt waren es nicht leere Formulierungen, die ihn störten, es war etwas anderes, es lag am Tonfall, und obgleich ihm das Unbehagen vertraut war, kam das treffende Wort erst nach einer Weile: Die Teilnehmer *suhlten* sich in den Worten, sie schienen sich in ihnen wohlig hin und her zu wälzen wie in einem Schlamm, die Briten in einem spitzlippigen, überspannten und überkandidelten Schlamm, *you know, you know*, der Amerikaner in einem lärmenden, blechernen Schlamm, der seinen Mund breiter und breiter machte, *okay, okay*, es war eine Wohltat, dass auch eine Inderin dabei war, eine Professorin, die das Englisch als gewählte Sprache benutzte, gewählt und wohlgesetzt, mit dem leisen Abstand des Fremden, ein bisschen wie Latein.

Er wechselte zu deutschen und französischen Kanälen. Das waren die Sprachen, mit denen seine Mutter aufgewachsen war. Sie wollte, dass der Sohn neben dem Englischen auch sie lernte, und so war es gekommen, dass er selbstverständlich und mühelos mit den Wörtern dreier Sprachen groß geworden war. Mit der Mutter waren es deutsche oder französische Wörter, mit dem Vater englische. So war es auch, wenn sie zu dritt waren. Mit traumgleicher Sicherheit kamen die richtigen Wörter, und dass es die richtigen waren, hieß, dass sie zu den Gefühlen passten, die man füreinander hegte. Mit dem Vater Deutsch oder gar Französisch zu sprechen, bedeutete Rebellion, und dann bekam man einen Schwall geschliffener britischer Worte zurück. Mit der Mutter – es war eine Frage der Temperatur, sozusagen, welche Sprache man wählte; nicht der Nähe, sondern der Art von Nähe. Es kam vor, dass sie falsch begannen und mitten im Satz die Sprache wechselten, wenn die Stimmung es verlangte. Wenn die Mutter sich mit ihren überkorrekten, ein bisschen steifen englischen Worten – in denen man, obwohl sie dagegen ankämpfte, einen deutschen Akzent hörte – an den Vater wandte, spürte man Nähe und Loyalität. Für das Kind waren es kostbare Momente. Kalt wurde es, wenn die Mutter dem überheblichen britischen Ton des Vaters mit französischen Worten begegnete, die wie Stiche mit einem blitzenden Florett waren. Dann schienen sie sich wie vollständig Fremde gegenüberzustehen: Ashton Chandler Leyland, der Jurist im Staatsdienst, und Lydia Sartorius, die am Magdalen College deutsche und französische Literatur unterrichtete. Und so lernte der Sohn von früh an zu verstehen, dass Worte den Gefühlen nicht äußerlich waren, auch nicht einfach Ausdruck von ihnen in einem plumpen Sinne, sondern dass die Gefühle *in* ihnen waren, direkt in ihnen, und sich in ihrem Klang offenbarten.

Als die Mutter verunglückte, verschwanden die deutschen und französischen Worte für eine Weile aus dem Haus in Oxford. Dann kam Ménanne Somerfeld, ein Au-pair-Mädchen aus den Vogesen, das den Haushalt machte und auch beide Sprachen konnte. Sie war gut zu dem Jungen, und der Vater behielt sie. Manchmal, wenn sie zusammen in der Küche saßen, sprachen sie Französisch, seltener Deutsch. Aber es war nicht mehr dasselbe wie mit der Mutter, bei weitem nicht. Sprachen, auch das lernte der Junge, waren irgendwie etwas Allgemeines; alle Welt sprach sie. Und doch waren sie jeweils auch etwas Besonderes, Unverwechselbares, je nachdem, mit wem man sie sprach.

Die nächste Sendung im Fernsehen kam aus Wien. Livias Mutter war dort aufgewachsen, bevor sie nach Triest heiratete, und sie hatte dafür gesorgt, dass die Tochter Deutsch so gut lernte wie Italienisch. Leyland stellte das Fernsehen stumm, schloss die Augen und rief sich Livias deutsche Stimme in Erinnerung, die Stimme, in der es eine feine Spur des österreichischen Singsangs gegeben hatte, viel weniger als bei den Stimmen eben im Fernsehen, wirklich nur eine Spur, und man hörte es nur, wenn man aufpasste. Er mochte ihre italienische Stimme lieber, vielleicht hatten sie auch deshalb meistens Italienisch miteinander gesprochen. Es hatte eine solche Energie in dieser Stimme gelegen, in all den Vokalen, die sie dehnte und sang, eine solch sprühende Lebendigkeit und überbordende Lebenslust, selbst wenn es nur um die Stromrechnung oder den kaputten Auspuff an ihrem Alfa Romeo ging. Es war jetzt elf Jahre her, dass die Stimme versiegt war, und die Erinnerung nahm ihm immer noch den Atem.

Er schaltete einen italienischen Sender ein. Es war die Nachrichtensprecherin mit der hellen, fast schon schrillen Stimme, die mit übereinandergeschlagenen Beinen hinter dem gläsernen Tisch saß und die Nachrichten vom Blatt las, als sei sie bei den Zuschauern zu Besuch und läse einen Brief vor. Es war dieselbe Sprecherin wie vor ein paar Tagen, und auf einmal, als sänke er in sich selbst eine Stufe tiefer, hinein in die Korridore der Erinnerung, saß Leyland in Triest neben seinem Sohn vor dem Fernseher. *Bonbonfarbengrell*, sagte Sidney. Was? Das Studio, ihr Kleid, ihre Stimme, die ganze Sendung. Sie lachten über das gelungene Wort, es war das erste Mal seit langem, dass er Sidney wieder lachen sah; seit er Referendar bei Gericht war, lag ein Schatten auf seinem Gesicht. Aber die Freude galt nicht nur der Wortschöpfung, sondern auch der Tatsache, dass der Vater zurück im Leben war, und plötzlich war Sidney aufgestanden, hatte sich zu ihm hinuntergebeugt und ihn umarmt. Leyland spürte seine Hände und seine rauhe, stopplige Wange, und als er wieder in die Gegenwart zurückkehrte, war die Nachrichtensendung vorbei.

Er setzte sich auf und beugte sich nach vorn, nahe an den Bildschirm. Die Kamera der Sendung, deren Anfang er verpasst hatte, führte durch eine mediterrane Stadt. Englische Schilder, und dann plötzlich maltesische Wörter: *marsa*, Hafen; *knisja*, Kirche; *mbarrat*, geschlossen; *miftuh*, geöffnet. Valletta, Maltas Hauptstadt. Er erkannte Gassen, Gebäude, Plätze. Das war dreiundvierzig Jahre her. Mehr als ein Jahr hatte er etwas von dem Geld, das er im Belsize Retreat Hotel verdiente, gespart, um diese Reise machen zu können. Ein winziges Hotelzimmer, stickig und laut, Sandwich und Kaffee, zu mehr reichte es nicht. Einfachere Sätze konnte er inzwischen auf Maltesisch lesen. Doch wenn die Kellner miteinander redeten, verstand er kaum etwas. Und mit ihm sprachen sie Englisch. In seinem heißen Zimmer auf dem Bett liegend, fragte er sich, was er sich erwartet hatte. Er war bei einer Sprachschule vorbeigekommen und hatte sich erkundigt, was Unterricht in Maltesisch kosten würde. Nicht nur, dass er sich einen solchen Aufenthalt nicht leisten konnte. Im Café, vor einer maltesischen Zeitung sitzend, die jemand hatte liegenlassen, wusste er plötzlich nicht mehr, worum es ihm ging. Leyland betrachtete die Karte des Mittelmeers, die neben dem Fernseher an der Wand hing. An diese Karte, deren Ränder jetzt vergilbt und ein bisschen eingerollt waren, hatte er in jenem maltesischen Café gedacht, und plötzlich hatte er seinen Tagtraum, seinen Sprachtraum, nicht mehr verstanden. Drei Tage später saß er abends in der Londoner U-Bahn. Jetzt ergab der Traum wieder einen Sinn. Er verstand nicht, wie das sein konnte, aber es war so.

Warren Shawn hatte er nichts von seiner bizarren Reise erzählt. Obwohl er vielleicht der einzige war, der verstanden hätte. Als es damals darum gegangen war, ob er mit Livia und den Kindern nach Triest ziehen sollte, hatte er Warren von seinen Zweifeln erzählt. »Aber dort bist du doch mittendrin in deinem Traum!« hatte der Onkel ausgerufen. »*No tube*«, hatte Leyland gesagt. Es hatte wie ein Scherz geklungen, aber Warren sah ihn an und wusste, dass es keiner war; er verstand, dass es um viel mehr ging. »Ich verstehe«, sagte er nach einer Pause: »Du willst dort unten, in der *Underground*, in den Zügen sitzen und auf den Rolltreppen stehen, und dabei willst du von all den Sprachen träumen – und das ist *alles*, was du willst. Vielleicht noch nachts am Hotelempfang sitzen und übersetzen, aber sonst nichts. Und nun ist diese phantastische Frau gekommen, die du mir vorgestellt hast, und verschleppt dich nach Triest, wo die Sprachen wirklich gesprochen werden. *And now you are upset.* So ist es doch, oder?«

Auf dem nächsten Kanal gab es einen Film, der in Triest spielte. Der Hafen, die Piazza Unità d'Italia, der Kanal, auf den er von seiner Wohnung hinunterblickte. Leyland fror das Bild ein. »Am Kanal wohnen – das könnte ich mir auch vorstellen«, pflegte Livia zu sagen. Hatte er die Wohnung deshalb genommen? War er ohne sie mit ihr dort eingezogen? Er ließ die Bilder weiterlaufen, ohne auf die Handlung zu achten. Das Krankenhaus, in dem Sophia arbeitete. Die Kamera fuhr nahe heran. Wieder fror er das Bild ein. Die junge Frau, die heraustrat, war natürlich nicht seine Tochter; aber sie hätte es sein können mit dem offenen weißen Mantel, dem fliegenden Haar und dem energischen Schritt. Mit diesem Schritt war sie manchmal aufgestanden und hinausgegangen, wenn er beim Essen wieder einmal laut über ein Wort nachgedacht hatte. Dann konnte man auf ihrem Gesicht lesen, wie sie seine diktatorische Hingabe an die Wörter verfluchte. Ein Vater, der immer nur in den Wörtern war, immer nur in den Wörtern und sonst nie ganz da, nie ganz anwesend. Doch dann kam sie plötzlich mit einem brillanten Übersetzungsvorschlag, auf den er nicht gekommen wäre. Krankenschwester: War das ein Protest gewesen, ein Protest gegen all die Wörter und Bücher, gegen eine Welt, in der die handfesten Dinge, auch das handfeste Leiden, das Blut und die Wunden, nicht deutlich genug zur Sprache kamen? Wenn sie davonlief, war sie oft auf die hohe Zeder hinter dem Haus geklettert, hinauf und hinunter, wie um zu sagen, zu sich selbst zu sagen: Es gibt doch auch ein anderes Leben als dasjenige der Hingabe an die Wörter, ein sehr lebendiges, mächtiges Leben, ein Leben mit Muskeln, zupackenden Händen, dem Geruch von Harz, ein Leben mit Wind im Gesicht und zerschundenen Knien. Für diese verschwiegene Revolte, dachte Leyland, als er jetzt auf das stille Fernsehbild blickte, liebten die Patienten sie, sie konnten davon nichts wissen, aber vielleicht hatten sie doch eine Ahnung, eine dieser Ahnungen, die man haben kann, obwohl man nichts weiß, das könnte erklären, warum sie sich nachsichtig mit manchem Anfall von Strenge abfanden, der aus Sophia herausbrechen konnte, dann sah sie in ihrem weißen Mantel aus wie eine unerbittlich kommandierende Notfallschwester in einem Lazarett an der Front, man würde ihr sogar eine Waffe zutrauen. *La Rossa* hieß sie früher bei den Patienten, weil sie rote Kniestrümpfe trug. Alle wollten, dass sie möglichst lange in ihrem Zimmer blieb.

Leyland schaltete das Fernsehen aus. Das leise Rauschen der Heizung ließ die Stille hervortreten. Es war eine Stille ohne Triest. Natürlich ergab der Satz keinen Sinn: eine Stille konnte weder mit noch ohne eine Stadt sein. Und doch trafen es die Worte genau: eine Stille ohne Triest. Zögernd wählte er die Nummern von Sidney und Sophia und legte auf, bevor das Freizeichen kam. Die richtigen Worte würden jetzt nicht gelingen; am Telefon gelangen sie selten. Sein Blick fiel auf die Bücher von Warren Shawns Nachttisch. Für einen Moment war er versucht, sie wieder nach oben zu tragen – sein Eingreifen rückgängig zu machen und alles wiederherzustellen; wie mit Tom Courtenays Buch vorhin. Er ließ sie liegen. In der Küche trank er Wasser aus dem Glas von vorhin. Warum war beim Glas kein Zögern, wie bei den Büchern? Was war das für ein sonderbarer Unterschied zwischen einem Wasserglas und einem Buch?

Er trat ans Fenster. Im Nebel hatte sich eine Lücke aufgetan, und nun sah er, dass Kenneth Burke im einzig erleuchteten Zimmer Cello spielte. Eigentlich sah er nur den Notenständer, den unteren Teil des Cellos und die Hand, wie sie den Bogen führte, hin und her. Manchmal, wenn die Finger in hohe Lagen glitten, beugte er sich weit nach vorn, dann schob sich der eckige Kopf mit dem stoppligen grauen Haar ins Blickfeld. Leyland hätte gern gewusst, was er spielte – welche Musik zu diesem Mann passte, der so viel Distanz brauchte, so viel Abstand um sich herum.

Im Schlafzimmer mit den schrägen Balken war das Bett nicht bezogen. Leyland packte das Nötigste aus, wusch sich im Bad das Gesicht und schlüpfte unter die Decke. Das Mittel gegen die Migräne hatte nicht so gut gewirkt wie sonst. Nach einer Weile stand er auf und nahm im Bad eine zweite Tablette. Als der Schlaf nicht kam, ging er hinunter ins dunkle Wohnzimmer, machte die kleine Lampe an und lauschte dem Rauschen der Heizung. Eine Stille ohne Triest, die noch keine Stille in London war. Eine Stille zwischen allem, eine ortlose Stille. In Warren Shawns Arbeitszimmer stand sein Handkoffer. Er ging hinüber, nahm zwei dicke Mappen heraus und legte sie vor sich auf den Schreibtisch. Seine Briefe an Livia, mit denen er nach ihrem Tod begonnen hatte. Er machte die Lampe an, schlug die erste Mappe auf und las, was er im September, als Begleitbrief, an seine Kinder geschrieben hatte:

Meine liebe Tochter, mein lieber Sohn,
das sind meine Briefe an Livia, die ich ihr über die vielen Jahre seit ihrem Tod geschrieben habe. Es ist nicht so, wie es vielleicht scheinen könnte: dass ich ihren Tod insgeheim nicht anerkannt, dass ich ihn im verborgenen geleugnet hätte. Der Sinn der Briefe war nicht, sie über ihren Tod hinaus am Leben zu halten. Es war anders: An sie zu schreiben, war eine Art, an mich selbst zu schreiben. Seit der Nacht, in der wir sie damals fanden, hatte ich oft das Bedürfnis, mit mir selbst zu sprechen und mir in ausdrücklicher Form darüber klar zu werden, was ich dachte, fühlte und wollte. Einiges davon habe ich geäußert – Euch und anderen gegenüber. Doch das Äußern hat mir nicht wirklich geholfen: Was ich sagte, klang schon beim Sagen falsch oder, wenn nicht falsch, so doch viel zu einfach. Wenn man in Gegenwart anderer über sich spricht, sagt man nie genau das, was man eigentlich sagen möchte: Selbst wenn man sich dessen nicht bewusst ist, hemmt einen die Rücksicht, entweder die Rücksicht auf die Wirkung der Worte in den

anderen, oder die Rücksicht auf die Art und Weise, wie man für die anderen durch diese Worte erscheinen würde. Und nachher hat man, statt mit sich selbst in der Klarheit einen Fortschritt gemacht zu haben, mit diesen Wirkungen bei den anderen zu kämpfen. Auf der anderen Seite stockte ich immer öfter, wenn ich im Inneren nur vor mich hinsprach, angefangene Gedanken fanden keine Fortsetzung, es gab keinen Fortschritt im Verstehen, alles blieb rhapsodisch und war voller Bruchstücke, die nicht zueinander passten. Da fing ich an, Livia zu erklären, wie es mir ging. Sie war ja auch im Leben meine Vertraute gewesen, diejenige, die mich am besten zu erraten vermochte. Doch es waren zu kurzatmige Dinge, solange ich sie nur in stillen und unsichtbaren Gedanken dachte, und immer öfter hatte ich das Gefühl, dass es darauf ankäme, weit auszuholen, so weit, dass ich insgesamt und ganz in der Tiefe verstehen könnte, wer ich bin.

Jedesmal, wenn ich einen Brief begann, nahm ich mir vor, mich nicht zu verstellen, weder vor ihr noch vor mir selbst, koste es, was es wolle. Es sollten ganz und gar aufrichtige Berichte sein, und manchmal, wenn ich vor dem leeren Blatt saß, kam es mir vor, als sei nichts anderes so schwer wie das: aufrichtig zu sein, furchtlos und aufrichtig. Es war befreiend zu spüren, dass ich mich öffnen konnte, wie ich es zuvor noch niemals getan hatte. Ich öffnete mich für sie und in derselben inneren Bewegung auch für mich selbst. Man würde erwarten, dass man sich ohne Umschweife und ohne Umweg für sich selbst öffnen könnte, denn man ist sich ja doch selbst am nächsten, denkt man. Und warum bedarf es überhaupt der Anstrengung, sich zu öffnen, wo es doch wegen der besonderen Nähe, in der man zu sich selbst steht, so sein müsste, dass man vor sich selbst und für sich selbst ganz unverschlossen ist?

Ich konnte mich Livia ungeschützt offenbaren, weil ich nicht befürchten musste, sie damit zu stören oder gar aus der Fassung zu bringen. Und doch war es ganz anders, als zu einer gefühllosen und stummen Wand zu sprechen, oder zu einer vollständig Fremden, deren Empfindungen mich nichts angingen. Es musste Livia sein, die zuhörte. Meine Worte mussten ihren Geist erreichen und dort ein Verstehen erwirken, und erst wenn dieses Verstehen groß genug wäre, hätte ich das Gefühl zu erkennen, wie es in mir aussah.

Ich habe mich mit dem Gedanken getragen, diese Briefe zu vernichten. Denn sie waren ein Leitfaden meines Lebens, der eigentlich nur mich etwas anging. Doch dann kam es mir grausam vor, ohne dass ich zu sagen vermöchte, in welchem Sinne. Und so gebe ich sie denn Euch beiden zum Lesen und Aufbewahren. Möge ihr Inhalt Euch helfen zu verstehen, warum ich so handelte, wie ich es tat, in all den vielen Jahren nach Livias Tod und auch am Ende meines Lebens.

Papà

Er klappte die Mappe zu und löschte das Licht. Die zweite Tablette wirkte, der pochende Schmerz ließ nach. Bei Kenneth Burke waren alle Fenster dunkel. Er ließ das kleine Licht im Wohnzimmer an und legte sich oben wieder unter die Decke. Die Kinder hatten seinen Brief nicht lesen müssen. *Wie knapp es war*, dachte er, bevor er einschlief, *wie nahe dran ich war*.

3 »*How much time?*« Leyland schreckte aus dem Schlaf auf, fuhr sich übers Gesicht und setzte sich auf die Bettkante. Er hörte sich die Worte, die er im Schlaf gesprochen hatte, noch einmal sagen. Es waren Worte eines angstvollen Traums gewesen und zugleich auch Worte der Erinnerung. Sie hatten einen rauhen und unbeholfenen Klang gehabt, wie bei einem, der lange nicht mehr gesprochen hatte. Es waren die einzigen Worte, die er in jenem schrecklichen Moment gefunden hatte, und er war froh gewesen, dass dort, am offenen Fenster von Doktor Leonardis Sprechzimmer, vor dem der Regen eines heftigen Morgengewitters rauschend durch die Blätter fiel, überhaupt Worte kamen.

Jetzt wusch er sich im Bad lange das Gesicht und ging dann hinunter in die Küche. Kenneth Burke hatte ein Glas Kaffee, Zucker und eine Dose Kekse hingestellt. Während das Wasser heiß wurde, öffnete Leyland im Wohnzimmer das Fenster und hielt das Gesicht in die nebelfeuchte Luft. Dieses Fenster und dieser Nebel – das war jetzt, das war Gegenwart, und diese Gegenwart war ein festes Bollwerk gegen jenes andere Fenster, gegen den Gewitterregen und den Schrecken der Erinnerung. Er fasste an den Fenstergriff. Dieses Mal musste er sich nicht, wie damals, daran festhalten, und die Worte, die er zur Probe in den Nebel hinaussprach, kamen wie immer, ohne Anlauf, ohne Angst vor Kompliziertem, mit jener fließenden Leichtigkeit und jener Freude an der Leichtigkeit, die das ganze Leben gegolten hatten und für ihn das Glück bedeuteten, mehr als alles andere. Kenneth Burke trat mit dem Hund aus dem Haus, bemerkte ihn und kam an den Zaun, um besser zu sehen. »*Thank you for the coffee*«, sagte Leyland. »*That's all right*«, sagte Burke. Leyland mochte, wie er es sagte. Was er sagte, und wie er es sagte. Beides passte so gut zu seinem rauhen, bleichen Gesicht unter der Schiffermütze, die er heute morgen trug, und zu seiner knappen Bewegung des Grüßens.

Leyland goss den Kaffee ein und setzte sich mit der dampfenden Tasse neben das Tischchen mit Warren Shawns Büchern von oben. Eines nach dem anderen nahm er die Bücher in die Hand, ohne sie aufzuschlagen. Gestern abend war es darum gegangen, die Sprache der Dichter gegen das Geschwätz der BBC zu Hilfe zu rufen. Heute morgen ging es um etwas anderes:

Die Bücher waren, wie der Fenstergriff und der Nebel, auch wie Burke vorhin, ein Beweis der Gegenwart, der Wirklichkeit, einer Wirklichkeit, mit der sich die Angst, wie sie im Traum aufgebrochen war, in Schach halten ließ. Er hatte das Fenster offen gelassen und atmete den herben Geruch des Nebels ein. Jetzt hörte er den feinen, leisen Regen. Er hatte es stets geliebt, das Gesicht in den Regen zu halten. Es konnte geschehen, dass er im strömenden Regen den Schirm zuklappte, die Augen schloss und es genoss, das Wasser auf sich zu spüren. Oder dass er beim Beginn eines Gewitterregens im Café plötzlich aufstand und hinausging, um die prasselnden Tropfen zu fühlen. Doch die sinnliche Freude, die pure Lust am Aufprall der kühlen Tropfen, war nur das eine. Es ging noch um etwas anderes, Tieferes: den Wunsch, alles, was am Leben schwer und bedrängend war, möchte hinter dem feuchten Gesicht ausbleichen und wegrieseln, mit jedem verlaufenden Tropfen mehr – so, wie sich einer, gequält von Sorgen, von der Woge des Schlafs erhoffen mag, dass der Kummer, von der Bewusstlosigkeit überspült, für immer verschwinden möge. Mit diesem Wunsch, diesem übermächtigen Wunsch, hatte er damals an Doktor Leonardis Fenster gestanden, seine schrecklichen Worte im Sinn, und sich gewünscht, in den rauschenden Regen hinausspringen und alles auslöschen zu können.

Eingehüllt in Warren Shawns Morgenmantel, die

bloßen Füße in Pantoffeln, trat er jetzt hinaus in den Garten und ging, während ihm die feinen Regentropfen übers Gesicht liefen, um das ganze Haus herum. So eingehend wie jetzt hatte er den roten Backsteinbau noch nie betrachtet. Das Dach war schwarz vom Moos, der Lack an den Fensterrahmen verwittert, und an der einen Ecke war eine Dachrinne abgeknickt, so dass das Wasser herunterlief. Aber das Haus gefiel Leyland, mit jedem Blick und jeder Einzelheit mehr. Er blieb stehen und hielt das Gesicht in den Regen, minutenlang. Der Schrecken des Traums wich zurück. Als er die Augen öffnete, sah er, wie die Nachbarin auf der anderen Seite verwundert zu ihm hinüberblickte, zu dem älteren Mann, der wie ein entlaufener, verwirrter Patient in Morgenmantel und Pantoffeln reglos im Regen stand.

Als er nachher in trockenen Sachen im Wohnzimmer saß, gehörte ihm das Haus bereits ein bisschen, und nun verstand er auch den Gedanken wieder, der ihm gestern abend plötzlich so abstrus erschienen war: dass dieses Haus der richtige Ort sein könnte, um Klarheit über sein weiteres Leben zu gewinnen. Zu dieser Klarheit, so hatte er es sich vorgestellt, würde gehören, dass er all die Briefe an Livia wieder las, die drüben auf Warrens Schreibtisch in den Mappen lagen, Briefe aus elf Jahren, auch diejenigen, die mit Doktor Leonardis Worten begannen und später davon erzählten, wozu ihn diese schrecklichen Worte getrieben hatten. Er wollte wissen, wie ihn die eigenen Worte von damals berührten, jetzt, da alles vorbei war. In der Zeit zurückgleitend, würde er alles nachlesen, Satz für Satz und immer mit der Frage, wie er es damals erlebt und wie sich das Erleben seither, im Lichte des neuen, unerwarteten Wissens verändert hatte. Es würde sein, als kreise in ihm ein Licht, das ihm zeigte, wie er gewesen war, wie er jetzt war und in welche Zukunft er hineingehen könnte.

Doch in der nächsten Stunde erwartete ihn Francis Page, Warren Shawns Anwalt. »Denken Sie daran, Ihren Pass mitzubringen«, hatte er vor ein paar Tagen am Telefon gesagt. Bevor er ihn einsteckte, betrachtete Leyland, wie er es auf der Rolltreppe in Heathrow getan hatte, das Foto. Als es gemacht wurde, war er Verleger gewesen. Eigentlich hatte er damit gerechnet, das ganze Leben als Übersetzer zu verbringen. Nach dem plötzlichen Tod seiner Frau dann hatte er ihren Verlag geerbt. Er hatte die Herausforderung angenommen, im Inneren oft zitternd, nach außen hin mit fester Hand und fester Stimme, und nach elf Jahren stand der Verlag gut da, es gab Leute, die sagten, er habe noch mehr Glanz als zu Livias Zeiten.

Leyland ging in die Küche und trank ein großes Glas Wasser. *Zehn Tage.* Wenn er die Wahrheit zehn Tage früher erfahren hätte, gehörte der Verlag jetzt immer noch ihm. Es wäre schwierig gewesen, alles rückgängig zu machen. *Trotzdem. Zehn Tage, lächer-*

liche zehn Tage. Im Mantel stand Leyland in der Küche, mit leerem Blick, das Glas in der Hand. Plötzlich brach das Glas, das er umklammert gehalten hatte. Er fuhr zusammen und konnte gerade noch verhindern, dass die Scherben zu Boden fielen. Am Daumen war ein Schnitt, und es blutete. Im Bad gab es Pflaster, und während er eines auf den Daumen klebte, erschrak er noch einmal, es war wie eine innere Schockwelle, die ihn mit Verzögerung erreichte. Sechs Wochen war es her, dass sich die Zukunft für ihn wieder geöffnet hatte. Das Begreifen war langsam vor sich gegangen, in den ersten Tagen hatte er wie in Zeitlupe gelebt. Der Gedanke, dass es eine Frage von nur zehn Tagen gewesen war, hatte ihn jeweils mitten in der Nacht überfallen. Jetzt erschrak er über die Heftigkeit seines stummen Grolls, der ihn, aus dem Dunkel heraus wirkend, ein Wasserglas hatte zerdrücken lassen. Es war, dachte er auf dem Weg zur Kanzlei des Anwalts, kein Groll, der einer bestimmten Person galt, eher war es ein Groll gegen das Leben und die Ungerechtigkeit in seinen Zufällen.

Francis Page las ihm das Testament vor. Danach hatte Warren Shawn ihm das Haus mit allem vererbt, was drin war – Möbel, die Bibliothek, alles. Leyland leistete die nötigen Unterschriften. Zum Schluss überreichte ihm der Anwalt einen verschlossenen Umschlag. *For Simon Curtis Leyland*, stand darauf, es war Warrens feine, schnörkellose Handschrift. »Er hat mir eingeschärft, Ihnen den Brief, wenn es soweit wäre, unbedingt zu geben«, sagte Page. »Es sei sein eigentliches Vermächtnis, sagte er.« Sie standen unter der Tür. »Zum Unterschreiben brachte er eine große Lupe mit. Abgesehen davon sah er nicht krank aus, nur müde. Wie einer, der genug hat.« So habe es auch Kenneth Burke empfunden, sagte Leyland. »Ein guter Grund zu gehen; der beste«, sagte Page. Leyland nickte. Er hatte den Anwalt nicht gemocht. Jetzt war es plötzlich anders.

Auf dem Rückweg kaufte Leyland ein. Der Kühlschrank begann zu summen. Er packte den Koffer ganz aus. Er bezog das Bett im kleinen Schlafzimmer. Er begann, hier zu wohnen. Bevor er Warren Shawns Brief öffnete, saß er eine ganze Zeit an seinem Schreibtisch. Hier hatte er den Brief geschrieben, mit der Füllfeder, die in der Schale für die Stifte lag. Die Tinte war eingetrocknet, und Leyland legte die Feder zurück in die Schale. Er sah Warrens Hand mit den Altersflecken vor sich. Es war ein bisschen unheimlich, nun gleich die Worte zu lesen, die diese Hand, die es nicht mehr gab, geschrieben hatte. *Eerie* hätte Warren gesagt, er liebte das Wort, es erinnere ihn, sagte er, an das deutsche Wort *Fee*, der doppelten *e*'s wegen, *eerie* und *Fee*, sie seien durch den hellen Klang miteinander verbunden, die beiden Wörter bestünden ja ganz aus dieser Helligkeit, sie seien wie große, ausgewalzte Tupfer des hellen, ein bisschen grellen, ein bisschen hysterischen

Klangs, aber es sei nicht nur der Klang, der sie verbinde, sondern auch die Bedeutung, die Aura des Magischen, die einen dabei streife, und aus all diesen Gründen gebrauche er *eerie* öfter, als Webster's es erlaube. Und dann sagte er die beiden Wörter, *eerie* und *Fee*, ein paarmal hintereinander und beschrieb dabei mit der Hand eine leichte, langsame Wellenbewegung in der Luft, und der mattgoldene Siegelring bekam darin etwas Nobles, Kostbares. Jetzt, in diesem Augenblick, spürte Leyland heftiger, als er es erwartet hätte, wie sehr er Warren vermisste.

Warren hatte mit seiner feinen Feder auf dickes, gelbliches Papier mit Wasserzeichen geschrieben. Es sah aus, als habe er ganz langsam geschrieben, fast gemalt, und Leyland stellte sich vor, wie er dabei durch die Lupe geblickt hatte. Die Buchstaben waren größer, als er es von ihm gewohnt war, einige waren ein bisschen schräg geraten und ein bisschen verrutscht, und das Ganze machte den Eindruck von einem, der nicht mehr ganz sicher in der Welt dastand.

Mein lieber Simon,
wenn Du diesen Brief liest, gibt es mich nicht mehr. Kenneth Burke wird dafür gesorgt haben, dass der Stoff, aus dem ich bestand, zu Asche geworden ist und mit dem Regen langsam in der Erde des Gartens versinkt, um sich mit anderem Leben zu verbinden – ein Gedanke, den ich stets als erlösend und tröstlich empfunden

habe. Ich habe in den letzten Jahren starke Medikamente für das Herz gebraucht. Als meine Augen unaufhaltsam schlechter wurden, dachte ich immer öfter daran, die Mittel einfach abzusetzen. Was dann passieren würde, fragte ich meinen Arzt. »Nun ja«, sagte er, »dann hört es irgendwann auf zu schlagen.« Wir sahen uns eine Weile schweigend an. »That's all right«, sagte ich. Ein Lächeln erschien auf seinem Gesicht, er hat ein warmes Lächeln. Beim Abschied unter der Tür tat er etwas, was er noch nie getan hatte, so standen wir nicht zueinander: Er legte mir die Hand auf die Schulter. »Ich bin sicher, Sie werden das Richtige tun«, sagte er. Im Taxi dachte ich, was für ein aufrichtiger und doch behutsamer Abschied uns da gelungen war. Am Tag darauf bat ich Francis Page, meinen Anwalt, ein Testament aufzusetzen.

In den Tagen, die folgten, habe ich all meine Bücher noch einmal in die Hand genommen, jedes einzelne von ihnen. Bei denen, die ich aus dem Orient mitgebracht hatte, wusste ich noch genau, wo ich sie gekauft hatte, in welcher Bücherstube, welcher Gasse, auf welchem Bazar. Ich habe daran gerochen. Ich bin dankbar und glücklich, dass ich durch all jene Gassen und Bazare schlendern konnte. Mit diesem Gefühl bin ich dann durch das Haus gegangen, in dem ich nun vierundvierzig Jahre gewohnt habe, und habe alles betrachtet, vor allem auch die Möbelstücke, die aus dem Orient hierhergekommen sind. Vorhin dann habe ich mich für die

Abendnachrichten vors Fernsehen gesetzt. Kaum sah ich die ersten Bilder, spürte ich: Es geht mich nichts mehr an. Es war dann doch ein Schnitt – ein Gefühl, als rutschte die Welt von mir weg. Ich habe ausgemacht und mich hierher an den Schreibtisch gesetzt, um Dir diese Zeilen zu schreiben.

Du warst fünf oder sechs, als Du mich in Oxford, im Haus von Ashton Chandler und Lydia, gefragt hast, ob ich das arabische Wort auf meiner Zigarettenschachtel – sukun – lesen könne. Als ich es Dir vorlas, bekamst Du den staunenden, verzauberten Blick eines Kindes, das von etwas Neuem, Schönem überwältigt wird. Und Du behieltest diesen Blick den ganzen Nachmittag über. Auf der Zugfahrt nach London musste ich immerfort an diesen Blick denken, und so schickte ich Dir die Tabelle mit den arabischen Schriftzeichen. Als ich nach meiner nächsten Reise wieder bei Euch war, lag eine arabische Zeitung da, die Lydia für Dich gekauft hatte. Du bist mit dem Finger die Wörter entlanggefahren und hast sie mir vorgelesen. Die Aussprache, vor allem bei den tückischen, für uns ungewohnten Kehllauten, war noch nicht richtig, aber es war klar, dass Du lesen konntest, sogar ziemlich schnell. Lydia war stolz auf Dich. »Ich hab's auch versucht, aber er hat mich überrundet«, sagte sie. Ich habe dann einen Abschnitt aus der Zeitung vorgelesen, und wieder bekamst Du diesen Blick. Wir gingen ein arabisches Wörterbuch kaufen, und ich erklärte Dir, wie man es benützt – dass man sich an den Wurzel-

konsonanten orientieren muss. »You've got to know the roots«, *sagtest Du wie ein kleiner Professor, als Lydia hereinkam.*

Ich erinnere mich gut daran, wie Du viele Jahre später in meinen Vorlesungen saßest, ich habe mich immer gefreut, Dich zu sehen. Und es war schön, dass Du regelmäßig zum Tee in dieses Haus kamst, das ich damals gerade bezogen hatte. Ich sehe Dich auf dem Sessel sitzen, es ist immer noch derselbe Sessel. Dann kam die Sache mit der Karte und Deinem Traum von allen Mittelmeersprachen. Ich habe Dir das nie erzählt: Die Karte war das Geschenk einer Frau, mit der ich in Istanbul einen Sommer lang zusammen war. Ich wohnte bei ihr in einem jüdischen Viertel hinter dem Goldenen Horn. Songül und ich saßen auf dem winzigen Dachgarten und spielten mit Wörtern. Ich sog alle türkischen Wörter auf, die sie mich lehrte, und beinahe wäre ich geblieben, doch dann zerbrach etwas, und die türkischen Wörter rieselten aus meinem Gedächtnis. Die Karte indessen, sie sollte bleiben, und dann legte sich noch Deine Träumerei über sie. Deshalb hängt sie auch heute noch drüben.

Ich habe diese Träumerei als eine Metapher verstanden: für Deine verzehrende Leidenschaft, was Wörter betraf, alle Wörter, und es konnten nie genug sein. Ich sehe in Dir bis heute den wortsüchtigen Nachtportier, der in den stillen Stunden, wo alle schlafen, die entlegensten Wörter der entlegensten Sprachen in sich aufnimmt

und ihre Poesie auskostet. Sogar Maltesisch hast Du gelernt, Sardisch und die Sprache der Berber. Dann bist Du eines Tages mit Livia in mein Haus gekommen. Mein Gott, Simon, was hast Du für ein Glück gehabt! Und man sah es Dir an, dieses Glück. Es war, als trätest Du aus der Nacht des Nachtportiers hinaus in den hellen Tag. Für diese Frau wäre ich auch weite Wege gegangen. Und dann nahm sie Dich auch noch mit nach Triest, in die Vielsprachenstadt. Ich erinnere mich vage an ein Gespräch zwischen uns, als ich Dich wegen Deines Zögerns ausschimpfte. Nachher dachte ich: Das war blöd von mir; all die fremden Zeichen, Wörter, Klänge und Verse – sie sind für ihn nicht draußen in der Welt verstreut, sondern in seinem Inneren versammelt, sie sind, obgleich wirklich, imaginäre Gebilde seiner Phantasie und füllen den Raum seines Geistes und seiner Einbildungskraft, der sich mit jedem neuen Wort und jeder neuen Sprache noch mehr weitet. Wer weiß, dachte ich etwas später, vielleicht würde er sich an den wirklichen Sprachen verbrennen.
Deine Übersetzungen habe ich alle gelesen, auch wenn ich es nicht immer sagte. Sie wurden besser und besser, selbständiger, sie besaßen einen eigenen Ton, man konnte sie Nachdichtungen nennen, und ich war nicht erstaunt zu erfahren, dass Du jeweils die Dichter lasest, damit sie Dir halfen, den richtigen Klang zu treffen. Als Du Ende vierzig warst, sind wir im Hampstead Heath spazierengegangen. Es war ein nebliger Herbst-

tag, aber Du glühtest, denn Du lebtest mit einer neuen Übersetzung von Manzonis »I Promessi Sposi« – ja, so muss man das sagen: Du lebtest mit Deinen Übersetzungen (man könnte auch sagen: aus ihnen heraus, oder: in sie hinein). Es würde Deine erste große Übersetzung aus dem Italienischen, und es war Manzoni. Manzoni! sagtest Du immer wieder. Livia würde Dir helfen, sie hatte im Studium eine Arbeit über Manzoni und seine Sprache geschrieben, und Du glühtest auch deshalb, weil Du Dich auf diese Zusammenarbeit mit ihr freutest, auf die große Intimität, die so etwas bedeutet. Du konntest ganze Absätze des Originals auswendig, Du hast sie rezitiert, und dann hast Du Deine Übersetzung rezitiert, es war wunderbar, Dir zuzuhören, dem Fluss Deiner sprachlichen Lava. Abends dann waren wir bei einem Orientalisten eingeladen, einem alten Freund von mir, der an seinem zweiten Roman arbeitete und, wie er gegen Mitternacht sagte, nicht vorankam. Du warst still in seiner Gegenwart und schienst merkwürdig befangen, wenn er vom Schreiben sprach. Im Taxi zu Deinem Hotel war ich versucht, Dich zu fragen, ob Du nicht auch manchmal das Bedürfnis hättest, selbst etwas zu schreiben. Doch irgend etwas hielt mich zurück, es schien vermintes Terrain. Als ich Dich das nächste Mal sah, war die Katastrophe von Livias Tod über Dich hereingebrochen, und es war unmöglich, über so etwas zu sprechen. Dann kam der Verlag, und wieder schien die Frage unmöglich.

Doch jetzt, in meinen letzten Worten an Dich, will ich sie doch noch zur Sprache bringen. Stets hast Du anderen geholfen, in Deiner Sprache zu Wort zu kommen. Du hast ihnen die Stimme Deiner Sprache geliehen und hast ihnen in Deiner Sprache zu einer eigenen Stimme verholfen. Wie klingt Deine eigene Stimme in dieser Sprache? Wie klingst Du selbst? Nicht beim Einkaufen oder am Bankschalter, nicht im Bus oder am Telefon – da klingt jeder gleich. Wie aber würdest Du klingen, wenn Du von Deinen Erfahrungen sprächest, von Deinem Denken, Erinnern und Erleben? Von Deiner Angst, Deinen Enttäuschungen, Deiner Trauer um Livia, Deinem Heimweh nach London oder Triest? Es ist etwas Großes, Gewaltiges, wenn man vor jemanden hintritt und ihn fragt, wie seine eigene, seine ganz besondere Stimme klinge, in der Art, wie seine Worte kämen, und der Art, wie die Bilder seiner Phantasie sich formten. Die Frage ist geeignet, jemanden aus der Fassung zu bringen; deshalb sollte man sie nur stellen, wenn man sicher ist, dass der Betroffene die nötige Offenheit und Festigkeit besitzt, die von einer Antwort verlangt wird. Doch Du bist stark, mein lieber Simon, Du warst es schon als staunendes Kind und dann als Jüngling, der bei Nacht und Nebel die Schule und das elterliche Haus verließ und zu den Lichtern der Großstadt floh und zu den Zügen, die unter ihr fahren. Was war das für ein unerhörter, abenteuerlicher, halsbrecherischer Wille! Der Wille eines Hazardeurs! Und wie groß muss das Vertrauen in Dich selbst gewesen sein, auch wenn Du oft gezittert haben wirst! Ich wünschte, dass Du diesen glühenden, verrückten Willen und das unerschütterliche Selbstvertrauen, aus dem er entstand, noch einmal auflodern ließest und zur Feder griffest, um in ganz eigenen Worten von Dir selbst zu erzählen, in der Form von Confessiones oder, besser noch, in Form von Erzählungen, deren Figuren das, was Dich im Innersten bewegt, in besonders dichter und poetischer Form durchleben können. Die Offenheit und Festigkeit, die dazu nötig ist – Du besitzt sie, dessen bin ich gewiss. Und im übrigen: Es muss ja niemand davon erfahren.

In Beer Sheva, am Rande der Wüste Negev, habe ich einige Zeit bei einer Palästinenserin gewohnt, die arabische Erzählungen und aramäische Gedichte schrieb. Sie wünschte sich, dass ich ihre beste Erzählung und ihre beiden besten Gedichte ins Englische übersetze. Ich tat es an einem einfachen Holztisch vor dem Fenster, und wenn ich hinausblickte, sah ich den Wüstensand, der sich in der sirrenden Stille bewegte, es ging stets ein leichter Wind. Es war ein Abenteuer, und ich merkte bald, dass mir meine sprachwissenschaftlichen Kenntnisse wenig nützten. Der poetische Abstand zwischen dem Englischen und den beiden Sprachen, um die es ging, ist so gewaltig, dass es bei jedem Satz, jedem Wort, zu dem ich mich schließlich entschloss, war, als spränge ich, ohne mich im geringsten festhalten zu können, ins Leere. Das war schon bei den arabischen Prosasätzen so (und ein bisschen kennst Du das ja), und viel mehr noch bei den aramäischen Gedichtzeilen, die auch für einen, der der Sprache viel mächtiger ist als ich, voller Überraschungen sind, man käme nie darauf, dass die Zeile so weitergehen könnte. Allmählich verstand ich, was Dir sicher längst zur zweiten Natur geworden ist: Es kam darauf an, eine fremde Stimme in die eigene zu verwandeln, die von der fremden geführt wird, aber den eigenen Gesetzen gehorcht. Ohne diesen Prozess der vorübergehenden Verwandlung hätte ich keine englische Stimme für Sarahs Texte finden können – es wäre ein mechanisches Übersetzen geblieben, ein bloßes Hinklatschen der mechanisch übersetzten Wörter, Wort für Wort. Am Ende meiner Arbeit dachte ich: Diese notwendige Aneignung der fremden Stimme schafft die Illusion der eigenen Stimme. Es gibt eine Selbständigkeit des Übersetzers, die darin besteht, zwischen mehreren Möglichkeiten zu wählen, und es gibt solches Wählen auch als Muster, darin besteht die Handschrift des Übersetzers, wie man es nennen könnte. Das kann den Übersetzer glauben machen, mit einer ganz eigenen Stimme zu sprechen; dabei ist es nur die eigene Art zu übersetzen. Es sind ja in der Tat meine eigenen Worte, auch in dem Sinne, dass sich meine Worte von denen anderer Übersetzer desselben Textes unterscheiden, so dass man sagen kann: Ich komme zu Wort. Und so ist der Text auch der eigene – ohne es zu sein. Ich habe dort, am Rande der Wüste, eine Gefahr gespürt: Werde

ich aus dieser Stimme jemals wieder herausfinden – zurück zu mir? Und »zu mir«: wo ist das?
Das ist eine Frage, die sich im Grunde jedem stellt. Doch dem Übersetzer stellt sie sich mit besonderer Dringlichkeit, weil er, während er dem Autor seine Sprache leiht und sich seinen Text anverwandelt, in der Illusion der eigenen Stimme lebt und sich am Ende, wenn die Übersetzung vollendet ist, beklommen fragt, wie es jetzt mit den Worten weitergehen soll. Die Frage zu beantworten, hieße, den großen Schritt von der eigenständigen Übersetzung zum eigenen Text zu tun. Ich bin sicher, dass Du nach Jahrzehnten des Übersetzens weißt, wie groß und schwierig dieser Schritt wäre. Ich selbst bin der Frage ausgewichen, oder vielleicht sollte ich besser sagen: Ich habe sie eingeklammert und habe mich wieder in der Sprache des Alltags und der Wissenschaft verloren. (Die Sprache der Wissenschaft von den Sprachen ist bar jeder Poesie.) Nur wenn ich sehr persönliche Briefe schrieb, namentlich Liebesbriefe, hat sie sich wieder gestellt, und wenn mir darin besondere Sätze gelungen waren, besonders echte Sätze, war ich, über dieses augenblickliche Glück hinaus, unglücklich, mich nicht mehr um meine eigene Stimme gekümmert zu haben. Im Alter mischte sich in dieses Unglück noch ein anderes Unbehagen: Es kam mir manchmal vor, als hätte ich mir mit dem Orient eine große Fremdheit angetan. Mochte ich ihn eigentlich, den Orient in seiner ganzen Vielfalt, Farbenpracht und Verrücktheit? Mochte ich ihn wirklich? Bei

der Frage wurde mir schwindlig. In den letzten Jahren habe ich eine große Sehnsucht nach der englischen Sprache entwickelt. Sonderbar – wo ich sie doch jeden Tag spreche. Doch die Sehnsucht galt den großen, den poetischen Sätzen, denjenigen, die die Zeit auf wundersame Weise verlangsamen und eine besondere Gegenwart aufscheinen lassen. Wo war ich selbst angesichts dieser Sätze, fragte ich mich dann.

Ich habe den Schritt hin zur eigenen Stimme nicht gewagt. Mögest Du ihn wagen! Und möge mein Haus, das nun bald Deines sein wird, Dir dabei helfen, wie auch immer. Ich vererbe es Dir, damit Du jederzeit zurück nach London kommen kannst – »home«, wenn das denn das richtige Wort sein sollte. Als Du damals mit Livia nach Triest zogst, konnte man spüren, wie sehr Du London vermissen würdest, und nicht nur die U-Bahn. Wie ich Dich kenne, wirst Du zögern, im Haus etwas zu verändern. Achtung vor der Art, wie andere leben, ist Dir wie angeboren, Du bist Lydias Sohn. Das Haus soll indessen nicht zu einem Museum meines Lebens werden. Mach es zu Deinem eigenen Haus!

Ein Wort noch zu Kenneth Burke, der in den letzten Jahren gut für mich gesorgt und mir die fortschreitende Blindheit erträglich gemacht hat. Er ist ein mutiger, aufrichtiger Mann von großer Integrität. Er hat vor langer Zeit eine Entscheidung getroffen, durch die er nahezu alles verloren hat bis auf das Haus, das ihm sein Vater überlassen hat. Irgendwann wird er Dir vielleicht da-

von erzählen, er ist ein Mann, der Zeit für so etwas braucht. Ich habe ihm mein Geld vermacht, es muss aufhören, dass er immer nur aus der Büchse isst und sich keine Fahrkarte für den Zug leisten kann. Geh mit ihm ins Konzert, er liebt Musik und spielt auf seinem Cello, dass man alles andere vergisst. Ich möchte mir vorstellen können, dass Ihr Freunde werdet, zwei verletzliche Einzelgänger, die die Poesie lieben.

Nun kommt dieser Brief zu einem Ende. Ich habe eine Woche daran geschrieben, und wie oft taten mir die Augen danach weh. Meine letzten Buchstaben. Dabei habe ich doch immer so gerne geschrieben, Zeichen für Zeichen, in welchem Alphabet auch immer. Sprachliche Zeichen: das Mysterium des Geistes.

Ich umarme Dich. Wir Leylands sind ja spröde Menschen, die jemanden brauchen, der sie zur Zärtlichkeit erweckt. Wir blühen auf, verschließen uns wieder, und dann ist es, als sei nichts gewesen.

Francis Page hat angerufen, das Testament ist zur Unterschrift bereit. Ich werde ihm diesen Brief für Dich übergeben. Nach der Rückkehr werde ich die Medikamente in den Schrank packen, abschließen und der Natur ihren Lauf lassen.

God bless you.

Warren

4 Leyland las den Brief mehrmals und jedesmal noch langsamer. Warren hatte ihn nicht datiert. Als Kenneth Burke damals in Triest anrief, waren seit Doktor Leonardis Diagnose neun oder zehn Tage vergangen. Wie lange Warrens Herz ohne die Medikamente weitergeschlagen hatte, wusste Leyland nicht. Wenige Tage? Dann wäre es so gewesen: An dem Morgen, als seine Bilder an Leonardis Röntgenschirm hingen, hatte Warren an diesem Brief geschrieben. Just zu dem Zeitpunkt also, da ihm die Worte entglitten, riet er seinem Neffen, nach den eigenen Worten und der eigenen Stimme zu suchen. Er schlug ihm in dem Moment einen neuen Anfang vor, als Leyland das Ende vor sich sah. Leyland hatte ihn, auch nachdem die Worte wieder kamen, nicht anzurufen versucht. Das war nichts fürs Telefon. Und er war jetzt froh darüber, denn sonst wäre der Brief ganz anders ausgefallen oder gar nicht geschrieben worden, und er hätte nie erfahren, wie Warren ihn gesehen und was er über ihn gedacht hatte.

Er fuhr mit der Hand über die Mappen mit seinen Briefen an Livia. Das war seine Stimme. War sie es? War sie es in dem Sinne, den Warren meinte? Jedenfalls war er einer eigenen Stimme nie näher gekommen. Am Tag, nachdem er und die Kinder Livia damals gefunden hatten, still und erloschen, hatte er gespürt, dass er der Wucht des Schreckens und der Leere nur würde standhalten können, wenn er Worte dafür fand. Wenn er Sätze vor sich sah, die ihm zu erkennen halfen, was das Geschehene bedeutete und was seine Empfindungen dabei waren. Zu Beginn hatte er manchmal die Versuchung gespürt, nach links zu blicken, dorthin, wo sonst der Text lag, den er übersetzte. Als *müsse* es einfach einen Text geben, an den er sich halten konnte. Die äußere Versuchung des Hinsehens war bald einmal verschwunden. Doch es gab eine bleibende Versuchung des inneren Hinsehens: die Neigung, in seinem Gedächtnis, das ungezählte Sätze, die andere Sätze nachbildeten, gekannt hatte, nach einem Vorbild für die Worte zu suchen, in denen zum Ausdruck käme, was er erlebte. Es hatte oft lange gedauert, bis er merkte, dass diese Suche ihn eher weg von den Worten führte, die echt gewesen wären, als zu ihnen hin. Er musste sich dann von dem vermeintlichen Vorbild losreißen, und das gelang am besten auf einer der Fähren, die in der Triestiner Bucht kreuzten. Die Versuchung kam der Illusion der eigenen Stimme, die Warren Shawn beschrieb, nahe. Der Mann hatte gerade einmal eine arabische Erzählung und zwei aramäische Gedichte übersetzt, und schon konnte er treffsicher eine Erfahrung beschreiben, die manchem Übersetzer verborgen blieb, obgleich er sie unweigerlich durchlebte. Wie sehr er ihn vermisste!

Für einen Tag und eine Nacht waren ihm die Worte entglitten, damals im Juli. Es waren die Worte, die nicht mehr kamen, nicht die Gedanken. Durch alle

Verzweiflung hindurch, die ihn umklammert hielt, hatte er das mit Erleichterung gespürt. *Ich muss das aufschreiben*, hatte er gedacht. Er hätte den Satz, das spürte er, nicht aussprechen können, und trotzdem war ganz klar: Es war dieser Gedanke und kein anderer gewesen, und er hatte so klare Konturen, dass er als dieser bestimmte Gedanke in Erinnerung bleiben konnte. Und als vierundzwanzig Stunden später alles wieder in Ordnung war, hatte er zum Stift gegriffen und damit begonnen, an Livia zu schreiben, hektisch und im Banne der Angst, der Anfall könnte sich jeden Moment wiederholen. Was er damals zu Papier brachte, hatte er seither nicht wiedergelesen. Auch nicht die Briefe aus den folgenden Wochen. Er hatte sich vor dem, was ihm da entgegenkommen mochte, gefürchtet. Jetzt wurde es Zeit, sich diesen Sätzen zu stellen.

Doch etwas sperrte sich in ihm. Er trat ans Fenster. Kenneth Burke war im Garten und hackte Holz. Der Hund lief ums Haus. *Er hat vor langer Zeit eine Entscheidung getroffen, durch die er nahezu alles verloren hat*, stand in Warrens Brief. Sollte er hinübergehen? Doch erst wollte er in die Stadt. Das war es auch, was ihn davon abhielt, sofort mit dem Lesen zu beginnen: Er wollte sich zuvor seiner Anwesenheit in London vergewissern – der Tatsache, dass er tatsächlich und wider alles Erwarten hier war, im Besitz seiner Sprache und insgesamt seiner selbst. Dann war es leichter, noch einmal durch die siebenundsiebzig Tage hindurchzugehen, in denen es geschienen hatte, als sei sein Leben zu Ende.

In jener Zeit hatte er in Triest oft auf der Molo Audace gesessen und sich vorgestellt, was er in London noch einmal hätte sehen und tun wollen. Im Belsize Retreat Hotel eine Weile hinter der Theke sitzen und dann hinauf zur Mansarde fahren. Auf der Carol Street in Camden Town stehen und zu den Räumen hinaufblicken, in denen er gewohnt hatte, nachdem er mit dem Übersetzen genügend Geld verdiente. Vielleicht auch im alten, knarrenden und scheppernden Lift hinauffahren. Vor der Wohnung in Harrington Gardens stehen. Doch all das hatte damals außer Reichweite gelegen. Es war, als hätten die Bilder an Doktor Leonardis Röntgenschirm eine Wand aufgerichtet, eine Gefängniswand, unsichtbar aber unüberwindlich, die alle Zukunft abschnitt. Es hatte Tage frei von Kopfschmerzen gegeben, Stunden, in denen er wie sonst durch die Stadt gegangen war und in den gewohnten Bars einen Kaffee und einen Grappa getrunken hatte. Wenn er den Leuten draußen nachblickte, wie leicht und sicher sie gingen, wie sie lachten und gestikulierten, dann hatte er die grellen Bilder seines Gehirns für Momente vergessen können, tatsächlich vergessen, und dann war ihm danach, den nächsten Flug nach London zu nehmen. Einmal war er sogar ins Reisebüro gegangen, doch mitten in der Buchung hatte ihn die Angst angefallen, und er hatte die Sache abgebrochen. Denn natürlich hatte Sophia recht: Was war, wenn unterwegs der nächste Anfall kam? Und es würde einen geben, einen und immer noch einen. Das bewiesen die Bilder. Sie bewiesen es.

Kenneth Burke hackte immer noch Holz. Leyland presste die Stirn gegen das Fenster. *Ich bin hier*, dachte er, *ich bin hier, in London*. Er zog den Mantel an, dann ging er durch alle Räume. Er war in Warren Shawns Haus, in Hampstead, London, in einem Haus, das jetzt ihm gehörte. Und nun würde er die Wand der Zukunftslosigkeit, die damals unüberwindlich schien, durchbrechen und als erstes zum Belsize Retreat Hotel fahren, er würde einfach durch die Wand hindurchgehen, dorthin, wo damals in dieser Stadt alles begonnen hatte.

Der Zug fuhr in Belsize Park ein. Zu seinem Erstaunen blieb Leyland sitzen. Das sanfte, rhythmische Klopfen der Räder hatte ihn wieder einmal erfasst, er wollte mehr davon, sofort, er wollte, dass ihn das Klopfen immer weiter nach Süden trug, Chalk Farm, Camden Town, Mornington Crescent, dazwischen bei jeder Station *Mind the gap between the train and the platform*, Livia hatte die Ansage geliebt und sich gleichzeitig lustig darüber gemacht, vor allem, weil die Stimme das *r* in *platform* nicht aussprach, statt dessen das *o* in die Länge zog, als schriebe man *platfōm*. Dazu dieser offizielle, dieser offiziöse Ton, sagte sie – was ist eigentlich der Unterschied zwischen den beiden Adjektiven? Sie saßen, während sie über diese und andere Wörter sprachen, nebeneinander in der sanft klopfenden Bahn, und er hätte nirgendwo anders sitzen wollen.

Tottenham Court Road, Leicester Square. Er stieg aus. Der Aufzug füllte sich. Sonst nahm er manchmal die Feuertreppe, doch heute machte es nichts, dass man so dicht stand, nicht einmal die Alkoholfahne des Mannes neben ihm störte ihn. Er trat hinaus in die Lichter und die laute Menschenmenge. Das war nicht gut für die Migräne, aber es machte nichts, er hatte eine ganze Schachtel Tabletten bei sich. Beim nächsten Café ging er zur Toilette und nahm zwei, hinein und hinaus, was scherten ihn die Blicke. Jetzt wollte er gehen, ohne Vorsatz, ohne Plan, ohne mit der Zeit zu rechnen, er wollte gehen und leben, nach vorne leben, warum sollte er seine Briefe aus der dunklen Zeit noch einmal lesen. Er war erst einundsechzig, das war nichts, er hatte gut und gern noch zwanzig Jahre vor sich, dreißig sogar, ein halbes Leben, und nun wollte er Lichter und Leute, Gegenwart und Leben. Der St. James's Park war neblig und schön, wie er ihn liebte, aber heute zu still. Die Tabletten begannen zu wirken, ein leichter, euphorischer Schwindel, er wollte den Rausch des Hierseins und der offenen Zukunft, weiter zum Trafalgar Square, wo die Musik war, er stand am Brunnen und schaufelte sich Wasser ins Gesicht, die Lichter spiegelten sich im Wasser, da tauchte er das ganze Gesicht ins Wasser und ließ es drin, bis er das Vibrieren seines Telefons in der Tasche spürte.

»Wo bist du, Papà?« fragte Sophia. »Wie geht es dir?« Er wischte sich mit dem Ärmel übers feuchte Ohr. »Ich bin beim Brunnen am Trafalgar Square und halte das Gesicht ins Wasser«, sagte er. »Klingt, als ginge es dir besonders gut – oder das Gegenteil«, sagte sie. »Gut«, sagte er, »es geht mir gut, ich wünschte, ich wäre in einer Schwebebahn, einer ohne Geleise und ohne Seil, und würde sanft aus der Kurve getragen.« »Wie geht es dir im Haus?« »Ich beginne, darin zu wohnen«, sagte er, »es gibt ein Buch von Tom Courtenay, Warren hat zuletzt darin gelesen.« »Du wirst es ins Italienische übersetzen.« Er lachte. »Woher willst du das wissen?« »Ich kenne dich.« »Was macht die Prüfungsvorbereitung?« »Ich habe eine Sperre bei der Neurologie.« Eine Weile schwiegen sie, und er hörte das Plätschern des Brunnens. »Es ist doch vorbei. Denk einfach nicht mehr dran«, sagte er. »Das ist unmöglich, und du weißt es. Passt du auch gut auf dich auf?« »*Certo, Cara, certo*«, sagte er.

Langsam ging er den Haymarket entlang zum Piccadilly Circus und weiter auf der Shaftesbury Avenue. *Cara* – so hatte er Sophia noch nie angeredet, das Wort war für Livia reserviert gewesen. Er hatte nicht erkennen können, ob es sie gestört hatte. Höchstens ein kleines, ein winziges Zögern. In der Nacht des Anfalls hatte sie in ihrer Wohnung auf ihn aufgepasst, und in der Zeit danach hatte sie ihn täglich angerufen und war oft abends noch vorbeigekommen. Durch die ganze dunkle Zeit hindurch war sie die stetige, verlässliche Begleiterin gewesen, und manchmal war es ihm vorgekommen, als nähme sie in diesem Sinne Livias Rolle ein.

Dieses Mal stieg Leyland bei Belsize Park aus, nahm, wie früher immer, die kleine Howitt Road und bog bei der Kirche auf den Belsize Square ein. BELSIZE RETREAT HOTEL. Bei zwei Buchstaben der Leuchtschrift war die Birne kaputt. Als er damals, vor vierundvierzig Jahren, angekommen war, hatten die Buchstaben anders ausgesehen. *Night clerk wanted*, hatte die Zeitungsannonce gelautet. Zwanzig, hatte er auf die Frage nach seinem Alter gesagt. John Taylor hatte ihm nicht geglaubt, doch sein Blick verriet, dass er ihm gefiel. Es war jetzt zehn Uhr, die Zeit, da seine Schicht jeweils begonnen hatte. Hinter der Theke saß ein älterer Mann und las Zeitung. Taylor war noch in seinem Büro, er war schon damals von früh bis spät dort. Er musste Mitte achtzig sein und stützte sich auf einen Stock, als er sich erhob. Für einen Moment kniff er die Augen zusammen. »Leyland«, rief er dann aus, »Simon Leyland! Mein Gott, wie lange ist das jetzt her?« Das letzte Mal sei er vor vierundzwanzig Jahren hier gewesen, sagte Leyland, kurz vor dem Umzug nach Triest. Zum Abschied, sozusagen. Er sei da eine Weile oben in der Mansarde gewesen. Ob er wieder dürfe?

»*Homesick?*« lachte Taylor. Aber er solle nicht erschrecken, es sei jetzt eine Gerümpelkammer.

Die Empfangstheke war neu, darauf stand ein modernes Telefon, nicht mehr das alte, schwarze mit der Wählscheibe. Auch der Tisch hinter der Theke, an dem er damals gearbeitet hatte, war ersetzt worden. Es störte Leyland. Alles, was nicht war wie damals, störte ihn. Die Tür zum Fahrstuhl hatte eine scheußlich braune Farbe, die darunter liegende, abblätternde Farbe war nicht abgeschliffen, sondern einfach übermalt worden, es sah unordentlich und billig aus. Das einzige, womit er einverstanden war, war das Rucken des Fahrstuhls, daran hatte sich nichts geändert. Die Farbe an der Mansardentür hatte Risse, und er hatte die Tür nicht so niedrig in Erinnerung. Aber sie quietschte wie damals.

Der kleine Raum war voller Putzsachen, Werkzeug und alter Koffer. Dort, wo das Regal mit seinen Büchern gehangen hatte, waren nur noch die bröckelnden Löcher der Schrauben. Es roch nach Terpentin und Staub. Leyland machte das Fenster auf, eine runde Luke, dann legte er sich auf das Bett, dessen Matratze voller Flecken war. Der Wasserfleck an der Decke war größer, als er ihn in Erinnerung hatte. Er lauschte den Geräuschen des nächtlichen Verkehrs und verglich die Sirenen von Polizei und Feuerwehr mit denjenigen in Triest.

Es war an einem Tag im April gewesen, einem

Mittwoch, dass er damals im Bahnhof von Paddington aus dem Zug gestiegen war, ganze acht Pfund und elf Shilling in der Tasche, die er in den letzten Wochen angespart hatte. Aufgeregt war er in der Halle stehengeblieben und hatte die vielen eiligen, geschäftigen Menschen betrachtet. So wach wie in diesem Moment, schien ihm, war er noch nie gewesen. Jetzt galt es! Auf dem Bahnsteig der U-Bahn fegte das Luftkissen des einfahrenden Zugs über ihn hinweg, und er sog die Tunnelluft ein, in der auf verborgene, rätselhafte Weise so vieles von der Welt enthalten schien, in die er nun eintreten würde. Sechs Stationen waren es auf der Circle Line bis Farringdon. An der Verbindungstür zum nächsten Wagen hing ein Plakat, auf dem für die Ausbildung als Zugführer geworben wurde. Zwanzig Pfund pro Woche boten sie, er sah die große, fettgedruckte Zahl auf dem leuchtend gelben Grund noch heute vor sich. Eigenes Geld verdienen, unabhängig sein. Vorne sitzen, die Hand an den Hebeln, direkt in die schwarzen Tunnel mit den verrußten Kabeln hineinfahren, dann die Lichter der Stationen, präzises Halten, und wieder ins Dunkel hinein, wo es Weichen geben würde, Signallampen, Notleuchten. Ashton Chandler Leyland, sein Vater, von dessen Büro aus man weit über die Stadt blicken konnte, wäre entsetzt, wenn er es erführe. Ménanne Somerfeld – das war etwas anderes.

Farringdon. Er war auf die Farringdon Road hinausgetreten und war zum Gebäude der YMCA, der Jugendherberge, gegangen, in der Hand den eleganten Koffer der Mutter. Lydia Sartorius hatte eine Schwäche für schönes Gepäck gehabt, ihr Mann nannte es eine Sucht, und auf dem Dachboden in Oxford stapelten sich die Koffer in allen Größen. Eines Tages war sogar ein märchenhafter Überseekoffer geliefert worden, für den sie gar keine Verwendung hatte. Was willst du, hatte sie zu Ashton gesagt, es ist mein Geld. Leyland hatte einen mittelgroßen, beigefarbenen Lederkoffer mit weinroter Verstärkung an den Ecken mitgenommen, und als er auf die Jugendherberge zuging, hatte er gedacht, dass der Koffer und das düstere Gebäude überhaupt nicht zusammenpassten.

Für einen Shilling pro Nacht hatte ihm der schlechtgelaunte Pförtner ein Pritschenbett in einem Schlafsaal zugewiesen. Jetzt, in der Mansarde des Hotels auf dem Bett liegend, war Leyland erstaunt, wie viele Einzelheiten vor ihm auftauchten, wenn er sich in die Stunden jener fernen Vergangenheit hinein konzentrierte. Nicht nur sprachliche Zeichen waren ein Mysterium des Geistes, wie Warren Shawn in seinem Brief geschrieben hatte; nicht weniger rätselhaft war die Fähigkeit, Bilder und Empfindungen über Jahrzehnte hinweg festzuhalten. Es hatte nach Knoblauch und Putzmittel gerochen, die anderen wälzten sich in ihren Betten herum und schnarchten, die Toilette am Ende des Gangs war eine Zumutung, und der Hot

Dog vom Imbiss nebenan stieß ihm auf. Irgendwo hatte eine zerfledderte Zeitung mit Stellenangeboten gelegen. *Night clerk wanted.* Wenn er zwischendurch aus seinem unruhigen Schlaf aufwachte, stellte er sich Empfangshallen von Hotels vor. *Belsize Retreat Hotel* – das klang gut, vornehm, es hörte sich nach einem Ort für wohlhabende Leute an, die ihre Ruhe haben wollten. Als er das Hotel am nächsten Morgen betrat, war er enttäuscht. Schon die quietschende Eingangstür und der abgetretene, ausgefranste Läufer; dazu die kleine Theke mit dem engen Raum dahinter, den ein schräger Balken noch kleiner machte. *Beggars can't be choosers*, wer betteln muss, darf nicht wählerisch sein, pflegte sein Vater zu sagen. Dann war John Taylor aus seinem Büro gekommen, Weste und rote Fliege, vielleicht vierzig, energischer Schritt und fester Händedruck, *nice suitcase*, sagte er mit einem Anflug von Ironie und bot ihm vierzehn Pfund für sieben Nächte die Woche, von zehn Uhr abends bis morgens um sieben, dazu Unterkunft in der Mansarde und Frühstück.

In den drei Jahren, die er dort nachts hinter der Theke saß, sah und hörte Leyland Dinge, wie er sie bisher nur aus Büchern kannte. Gäste kamen angetrunken zurück und wussten manchmal ihre Zimmernummer nicht mehr. Papiere gingen verloren, Rechnungen konnten nicht beglichen werden. Es gab Gäste mit Koliken, für die ein Arzt gerufen werden musste. Eine Frau hatte verfrühte Wehen, und der Krankenwagen fuhr vor. Die Polizei erschien und holte jemanden ab. Ein verrückter Musiker begann morgens um drei Trompete zu spielen. Liebespaare, die das Bett kaum erwarten konnten. Ein Filmteam, das mitten in der Nacht eine Szene drehen wollte. Jemand, der fremd in der Stadt war und dringend einen Anwalt brauchte. Und oft wollten die Leute einfach reden und waren froh, dass er ihre Sprache verstand. Gesprächsfetzen, die von Enttäuschung, Angst und Einsamkeit handelten. Manchmal sah er in ihrem Blick den plötzlichen Gedanken, dass er ja viel zu jung war für solche Geständnisse; aber sie machten weiter. Eine junge Frau, die ein bisschen wie Claudia Cardinale aussah, holte sich einen Stuhl aus dem Frühstücksraum und blieb bei ihm sitzen, bis es draußen hell wurde. »Wie sollen wir mit all diesen Katastrophen ohne Sie fertigwerden«, sagte Taylor beim Abschied.

Aber vor allem lernte er Sprachen. Griechisch, Türkisch und Hebräisch aus Büchern, die ihm Warren Shawn lieh. Und einmal, da unterhielt er sich lange mit einem Albaner, der als Dolmetscher für Russisch und Englisch arbeitete. Der Mann spürte Leylands Sprachfieber, und einige Zeit später kam ein Paket mit einer albanischen Grammatik auf Englisch, einem englisch-albanischen Wörterbuch und einer auf Albanisch geschriebenen russischen Grammatik. In diesem letzten Buch lag vorne eine Karte, auf der nur ein riesiges Ausrufezeichen stand. Bis heute benutzte Leyland diese

Karte als Lesezeichen in Büchern, die ihm besonders wichtig waren.

Und dann, Anfang des zweiten Jahres, bekam er seinen ersten Auftrag als Übersetzer. Ein Mann, spät angekommen und fahrig, holte den Aufriss eines Kinderbuchs aus der Tasche, dazu einen Brief an den Verlag, und fragte ihn, ob er jemanden kenne, der den deutschen Text ins Englische übersetzen könne, es hänge viel davon ab und sei eilig. Eigentlich war das nicht zu schaffen, nicht in einer Nacht; es waren fast zehn Seiten. Die ganze Nacht über rief er Ménanne an, wenn er bei einer deutschen Wendung nicht sicher war. Er tippte den Text in die Maschine des Hotels und brachte ihn dem Mann, als er beim Frühstück saß. Was er dafür bekam, war für ihn viel Geld. Doch viel wichtiger war, dass er mit den vielen Wörtern etwas *gemacht*, etwas *bewirkt* hatte. Dass er *gearbeitet* hatte statt nur gespielt. Tagelang ging er wie auf Wolken.

Nach einiger Zeit kam jemand von einem Londoner Verlag ins Hotel. Der Mann brachte das deutsche Kinderbuch mit und erkundigte sich, ob er bereit wäre, eine Probeübersetzung des ersten Kapitels zu machen, unbezahlt. Leyland kaufte das größte deutsch-englische Wörterbuch und lieferte die Übersetzung nach einer Woche ab. Er konnte es nicht glauben, als er ein paar Tage später im Verlagshaus saß und einen Vertrag unterschrieb. Es war unwirklich, ganz und gar unwirklich.

Vom Verlag des Kinderbuchs bekam er weitere Aufträge, und nach einiger Zeit kamen Anfragen von anderen Verlagen. Er suchte die Stadt nach Sprachschulen ab und fand heraus, wo es Sprachkurse gab, die er sich leisten konnte. In der Mansarde stapelten sich die Wörterbücher und Grammatiken. Abends, bevor sein Dienst begann, besuchte er Vorträge in den Sprachen, mit denen er sich gerade beschäftigte. Es war wie ein Fieber, ein fiebriger Rausch.

Im ersten Jahr fuhr er nicht nach Hause, und es blieb stumm zwischen Vater und Sohn. Wenn Ménanne in London war, trafen sie sich, und sie steckte ihm Geld zu. Der Vater, er verstand es nicht, sagte sie. Einfach aus der Schule davonlaufen, der besten in Oxford. Sein Sohn als Nachtportier in einem drittklassigen Hotel. Als das Kinderbuch dann erschien, fuhr Leyland hin und legte es dem Vater auf den Tisch. *Translated by Simon Curtis Leyland*. Der Vater sah ihn an, und in seinem Blick lag eine Art widerwilliger Stolz. »*So you made it*«, sagte er, »*all by yourself.*« Ein richtiges Gespräch gelang ihnen nicht, das sollte noch viele Jahre dauern. »*Son*«, sagte der Vater beim Abschied, und der Sohn: »*Sir.*« Es war nicht viel, und doch war es eine Menge. Auf der Rückfahrt und in den Tagen danach sah er den Vater immer wieder unter der Tür stehen. Und noch etwas sah er vor sich: das Foto seiner Mutter, das der Vater eingerahmt auf den Schreibtisch gestellt hatte. Er war dreizehn gewesen, als sie mit dem Fahrrad gestürzt und nicht mehr aufgewacht war. Ob das Foto etwas mit ihm und der abgebrochenen Schule zu tun hatte, wusste er nicht. Doch der Gedanke, dass es da vielleicht eine Verbindung gab, beschäftigte ihn lange.

Jetzt wachte Leyland aus einem unruhigen Halbschlaf auf, in dem er am Trafalgar Square ständig den Kopf ins Wasser getaucht hatte. Es war nach Mitternacht, die Luke der Mansarde stand offen, und er fror. Der Nachtportier bestellte ihm ein Taxi. Er bat den Fahrer, langsam durch die stillen Straßen von St. John's Wood zu fahren. An der Elm Tree Road hielten sie, und Leyland stieg für einen Moment aus. Hier hatte Lucy gewohnt, Lucy Barton, seine erste Freundin. Das war vor vierzig Jahren gewesen, als er schon auf der anderen Seite des Regent's Parks, in Camden Town, wohnte. Er stutzte und prüfte noch einmal die Hausnummer, aber es war tatsächlich so: Das alte Haus der Bartons gab es nicht mehr, ein neuer, modischer Bau stand jetzt dort. Es war sonderbar, dachte er, als sie zurück nach Hampstead fuhren: als hätte es auch Lucy und die Geschichte zwischen ihnen beiden gar nicht wirklich gegeben. Als hätte der Abriss des Hauses jene Geschichte gewissermaßen verschluckt.

Er genoss es, im Taxi durch die nächtliche Stadt zu fahren. Er war neun oder zehn gewesen, als er neben der Mutter zum ersten Mal in einem solchen Taxi saß. Die Mutter wollte in der Nähe vom Battersea Park bei einem Antiquar die Gesamtausgabe von Wilhelm Raabes Werken kaufen, über den sie eine Vorlesung plante. Lydia Sartorius liebte es, Taxi zu fahren, und es war wie mit den teuren Koffern: Es scherte sie nicht, dass ihr Mann es für Verschwendung hielt, eher stachelte es sie noch an. Leyland war fasziniert gewesen von der Reaktion des Fahrers, als sie am Bahnhof von Paddington einstiegen und die Mutter die Adresse nannte, eine ganz kleine Straße, wie sich herausstellte. Der Fahrer, ein älterer Mann, hatte nur zugehört und war ohne ein Wort losgefahren, nicht einmal den Kopf hatte er gewandt. Als könne er sekundenschnell den Plan der ganzen Stadt in sich aufrufen. Flüsternd hatte Leyland die Mutter gefragt, wie der Mann all die tausend Straßen im Kopf haben könne. Da hatte sie sich nach vorne gebeugt und den Fahrer gefragt. Sie hatte diese Art, Leute zu fragen. »*Practice, Madam*«, hatte er gesagt, »*a lot of practice.*« Es klang, als würde er denken: *what a silly question!* Die Mutter hatte gelacht. Sie hatte diese Art gehabt, über so etwas zu lachen.

Bei Kenneth Burke war noch Licht. Als Leyland ausstieg, kam er heraus. Ob alles in Ordnung sei? Es sei bei ihm ja den ganzen Tag so dunkel gewesen. Ja, sagte Leyland, es sei alles in Ordnung. Nach diesem langen Tag hätte er das Gefühl, in London angekommen zu sein. In London, England.

5 Die Sonne schien ins Zimmer, als Leyland am nächsten Morgen aufwachte. An einem Ort das zweite Mal aufzuwachen, war noch keine Gewohnheit; aber es ließ sie ahnen. *London, England*, hatte er gestern nacht zu Kenneth Burke gesagt. Da hatte er ihn zum ersten Mal lächeln sehen. Leyland blickte zu seinem Haus hinüber. Er saß auf einer Kiste, rauchte und hielt das Gesicht in die Sonne. Der Hund trottete durch den Garten.

Als Leyland an Warren Shawns Schlafzimmer vorbeikam, fiel sein Blick auf Tom Courtenays Buch, das mit den Seiten nach unten immer noch auf dem zweiten Bett lag. Er nahm es mit nach unten, und bei der ersten Tasse Kaffee schlug er es vorne auf. *Warren – what a pleasure to meet you*, hatte Courtenay hineingeschrieben. Wo mochte er ihm begegnet sein? Dem Vorwort hatte Courtenay Worte seiner Mutter über das Schreiben der Briefe vorangestellt: *Its just something that makes a moment stay and you don't forget that time that's all*. Leyland setzte sich an Warrens Schreibtisch, nahm aus der Schublade ein Blatt und schrieb: *Es ist einfach etwas, was einen Augenblick festhält, und dann vergisst man diese Zeit nicht, das ist alles. Das ist alles* war nicht gut, dachte er, es klang zu sehr wie: *mehr ist da nicht*. Als wäre es eine Kleinigkeit, etwas Unbedeutendes, die Zeit anzuhalten und das Vergessen aufzuhalten. *That's all* musste man hier übersetzen mit: *darum geht es*. Oder doch nicht? Vor *that's all* würde man eigentlich ein Komma erwarten. Nun war Courtenays Mutter gewiss nicht jemand gewesen, der es mit Rechtschreibung und Zeichensetzung allzu genau nahm, sie schrieb ja auch *its* statt *it's*. Und doch: Das Weglassen des Kommas, das beinahe atemlose Verschleifen mit dem Vorherigen schuf eine charmante Beiläufigkeit, die Leyland im Deutschen gern nachgebildet hätte. ... *dann vergisst man diese Zeit nicht darum geht es* – nein, das konnte man nicht machen; dann schon eher: ... *dann vergisst man diese Zeit nicht das ist alles*. Warum? Und was war mit *makes a moment stay*? War nicht *lässt einen Augenblick verweilen* besser, poetischer? Aber aus der Feder von Tom Courtenays Mutter? *Making stay*. Leyland schloss die Augen und hörte in die Worte hinein, bis er ganz in ihnen drin war. War es nicht auch etwas wie: *zum Stehen bringen*? Den Augenblick dem Entgleiten, dem Verfließen entreißen? Und war dann nicht *festhalten* doch besser, präziser?

Die Sonnenstrahlen auf dem Parkett waren gewandert. Er hatte die Zeit vergessen. Er hatte gearbeitet. Mit Worten gearbeitet. Er hatte es in London, England, getan. Und er hatte es tun können, ohne befürchten zu müssen, dass ihm die Worte jeden Moment entgleiten könnten. Wie damals. Er holte eine zweite Tasse Kaffee und zündete sich eine Zigarette an. Jetzt war er bereit, noch einmal dorthin zurückzukehren. Er öffnete die Mappe mit seinen letzten Briefen an Livia und las.

Cara –
ich bin dabei, die Sprache zu verlieren. Zwar kann ich seit einer Stunde wieder reden und schreiben wie vorher. Doch weiß ich nicht, wie lange noch. Ich weiß nicht, ob die Spitze meines Stifts das Ende dieses Briefes noch erreicht, das Ende dieses Satzes, das Ende dieses Worts. Ich weiß nicht, wann sich wiederholen wird, was gestern geschah, als ich die Kontrolle über den Stift verlor. Er zog mit einemmal wirre Linien, trudelte und rollte, und ich musste, gelähmt vor Entsetzen, zusehen, wie alle Ordnung aus den Zeichen verschwand. In jedem Augenblick kann das von neuem geschehen.
Die Lähmung spürte ich erst in der schreibenden Hand, dann im Arm und im rechten Bein. Links blieb alles intakt; es war, als trennte eine unsichtbare Linie die beiden Hälften des Körpers. Und sie war nicht vollständig, die Lähmung. Mit Mühe konnte ich die Glieder bewegen, aber nicht so, wie ich wollte, und nicht mit der gewohnten Selbstverständlichkeit. Der plötzliche Verlust war mit einem Erschrecken verbunden, das tief in mich hineinschnitt. Mir war, als hätte ich die Hälfte meiner selbst verloren. Dass die Worte nicht mehr kamen wie sonst, merkte ich erst, als ich Sophia anrief. Zum Glück war das Telefon in Reichweite, und ich wählte mit meiner ungeschickten linken Hand mühsam ihre Nummer. Als sie sich meldete, geschah es: Ich konnte keine normalen, ganzen Sätze bilden. Das Entsetzen über die Lähmung der Glieder war nichts, verglichen mit dem

Erlebnis dieser Unfähigkeit. Es war keine Unfähigkeit des Denkens, sondern des Sprechens: Ich wusste, was ich sagen wollte, doch die Wörter, die sich zu einem vollständigen Satz gefügt hätten, kamen nicht. Sie kamen nicht! »Papà?« fragte Sophia. »Yes«, sagte ich. »Come. Quick. Stroke.«
Unsere Tochter, sie muss blitzschnell reagiert haben; es dauerte keine Viertelstunde, bis ich die Sirene des Krankenwagens vor der Tür hörte und Sophia mit dem Notarzt hereinkam. In jenen Minuten, während mir der Mund trocken wurde und das Herz bis zum Hals hinauf schlug, versuchte ich, ganze Sätze in den Raum hinein zu sprechen. Please come quickly, I think I have suffered a stroke, versuchte ich zu sagen. Es wollte nicht gelingen, und als ich mir ans Gesicht fasste, war es nass vor Schweiß. Es war nicht, dass ich keinen klaren, gegliederten Gedanken hätte fassen können, oder dass sich mein Geist sonst getrübt hätte. Eher war es so, als wären mir die nötigen Worte und die Ordnung, in der sie kommen sollten, entfallen – aus dem Geist gefallen –, so dass es nicht zu mehr reichte als zu einem Gestammel aus einzelnen Wörtern. Es war eine schreckliche Erfahrung der Ohnmacht: mich nicht mehr auf mich selbst verlassen zu können. Es kommt ja vor, dass einem ein Wort momentan entfallen ist; doch dieses Entfallen ist aufgehoben in dem tröstlichen, zuversichtlichen Wissen, dass es bald wieder dasein wird, nur eine Schwäche von kurzer Dauer, kein Anlass zu erschrecken. In jenem

Moment und in den Stunden, die auf ihn folgten, war es anders: Zwar war, was ich spürte, nicht eine Gewissheit, dass die Worte nie wiederkehren würden – wie bei einem Gegenstand, der einem auf der Brücke entglitten und in den Fluten versunken ist –, aber doch die hilflose Furcht, viele meiner Worte könnten für immer weggerutscht sein, unwiederbringlich verschwunden, in das Dunkel einer Unverfügbarkeit geglitten, die keine momentane Schwäche bliebe, sondern ein Verlust auf Dauer.

Wie froh war ich, Sophia zu sehen! »Ganz ruhig«, sagte sie, »kein Grund zur Panik, es kann ganz harmlos sein, eine Störung in der Durchblutung, die schnell vorbeigeht.« Ich hatte am Telefon Englisch gesprochen – das waren Worte, die mir noch am ehesten zur Verfügung standen. Deshalb sprach sie jetzt, gegen ihre Gewohnheit, auch Englisch mit mir. Ich verstehe, was sie sagt, ich verstehe ihre Worte, dachte ich, es ist also nicht alles verloren. Dann hörte ich, wie der Notarzt und der Pfleger miteinander sprachen. Ich verstehe auch das, ich verstehe Italienisch! dachte ich. Inzwischen lag ich im Wagen auf einer Trage, und Sophia saß neben mir. Sie sprach mit mir auf eine Weise, wie auch Du es getan hättest, und ich hörte ihr mit dem tiefen, erlösenden Vertrauen zu, das ich zu empfinden pflegte, wenn Du mich schützend auf etwas vorbereitetest, was mir Angst machen würde. »Sie bringen dich in die Radiologie«, sagte sie. »Es müssen Bilder deines Gehirns gemacht werden. Sie

werden dich in eine Röhre schieben, Papà. Es ist eng dort, sehr eng. Und es ist laut – es rattert, knarrt und knattert, es brummt und dröhnt. Du mit deiner Klaustrophobie: Es wird eine Tortur sein. Aber es muss sein, sie müssen sehen, was los ist. Es hilft nur eines: Du musst die Augen die ganze Zeit geschlossen halten. Mach sie bitte auf keinen Fall auf! Denn der Abstand zwischen Gesicht und Deckenwölbung der Röhre ist klein, schrecklich klein. Versuche, dich auf deinen Atem zu konzentrieren, ihn langsam zu machen. Stell dir vor, du bist auf der Fähre nach Muggia. Stell dir das Wasser vor, die weiße Gischt, die du ja stundenlang betrachten kannst. Es dauert etwa zwanzig Minuten. Dann holen sie dich heraus, und ich warte draußen auf dich.
Sie schoben mich in einem Rollstuhl durch den Gang. Bei der Radiologie war Hochbetrieb, es ging hektisch zu, in meiner Erinnerung fliegen die weißen Mäntel, die Türen schwingen und knallen, die Stimmen sind laut und gereizt. Im Warteraum saßen mehrere Leute im Rollstuhl. Ich bin einer von ihnen, dachte ich, und es kam mir vor, als sei ich im Laufe der letzten Stunde aus der Welt der Gesunden hinabgestürzt in die Welt der Versehrten, die im Dämmerlicht des Raums, wie in einer Vorhölle, auf ihre schreckliche Diagnose warteten. Sophia kam mit einem Becher Wasser und einer Tablette gegen die Kopfschmerzen. »Ruhig atmen, Papà; Augen schließen; ans Wasser denken«, sagte sie und fuhr mir mit der Hand übers Haar.

Andere kamen vor mir dran. Es dauerte eine Ewigkeit. Ich suchte mein Gedächtnis nach Wörtern ab, arabischen, maltesischen, griechischen. Einige kamen, dann sprach ich sie leise vor mich hin, und manchmal übte ich sie still im Inneren. Ich hatte das Gefühl, sie einer – wie soll ich sagen – nebligen Trägheit entreißen zu müssen. Dann wieder dachte ich an Sophias Worte: eine Störung in der Durchblutung. Meine Migräneanfälle hatten ja nie eine Aura gehabt: keine Blitze, keine Sehstörungen, auch sonst keine Ausfälle. Konnte es trotzdem jetzt die Migräne sein? Eine seltene, komplizierte Variante davon? Konnte es sein, dass mangelnder Blutfluss die Worte blockierte, sozusagen austrocknete? Und dass mir der spätere Fluss des Blutes die Wörter wieder zutragen würde? Ich kann so etwas überlegen, dachte ich, ich kann nachdenken, ich bin also, abgesehen von den Wörtern, noch ganz im Besitz meines Geistes. Das beruhigte mich. Doch dann ließ mich ein anderer Gedanke aufschrecken: Ich muss es aufschreiben, aber ich werde es nicht aufschreiben können, vielleicht nie mehr. »Sie sind Maximilian Brunner?« fragte die Assistentin und legte das Formular auf die Ablage. Nein, sagte ich und nannte meinen Namen. Sie warf einen Blick auf das Formular daneben. »Ach so, gut.« Sie half mir aus dem Rollstuhl und schob mich in die Röhre. Coffin, dachte ich. Zu harmlos, zu freundlich. Sarg. Das ist dunkler, härter, endgültiger. Ich habe die Augen nur einmal geöffnet und mit dem nächsten Lidschlag die sofortige

Panik unterdrückt – den heftigen Impuls, die Arme anzuwinkeln und das Gehäuse mit aller Kraft zu durchstoßen, koste es, was es wolle. Dann kam das Rattern und Knattern, das dröhnende Gebrumm. Ich hörte Sophias beruhigende Stimme und stellte mir die weiße Gischt vor, dazu das Rauschen des Wassers und das Tuckern des Schiffsmotors. Doch mehr noch half mir, dass mir tebut einfiel, das maltesische Wort für Sarg, dann die albanischen Wörter, tabut und arkivol, Archiv, dachte ich, ich liege hier wie in einem Archiv, ich liege hier wie ein Toter in einem dröhnenden Archiv, einem knatternden Tabu-Archiv. Und wieder war ich glücklich zu spüren, dass mir nur die lauten Wörter der Sprache entglitten waren und nicht die stillen Wörter des Geistes. Draußen warteten Sophia und Sidney. »Du mit deiner blöden Migräne«, sagte Sidney grinsend. »Du … blöd … Asthma«, sagte ich. Es ist ein Spiel zwischen uns. Wenn ich ihn besuche und rauchen will, gehen wir auf den Balkon. »Du mit deinem blöden Asthma«, hatte ich beim ersten Mal gesagt, als er den Rauch wegblies. »Du mit deiner blöden Migräne«, hatte er geantwortet, und dann waren wir in Lachen ausgebrochen. Von da an war es ein Ritual, ein kostbares Ritual der Verbundenheit. Ich war glücklich darüber, dass es uns auch jetzt trug, und dass ich unseren Sohn damit auf die gleiche Art erreichen konnte wie vorher. Wenn das Blut in meinem Gehirn wieder normal floss, würden auch meine Worte fließen wie gewohnt.

Ich bat die beiden, mir aus dem Rollstuhl zu helfen und mich beim Gehen zu stützen. Wir standen schon, da geschah etwas mit mir, was ich nicht hatte kommen sehen und was wie eine Explosion war, etwas Gewalttätiges, wie ich es an mir nicht kannte: Ich trat mit dem linken, dem festen Bein so heftig gegen den Rollstuhl, dass er krachend gegen die Wand stieß. Es war mir danach, hinterherzulaufen und noch einmal zu treten. »Nicht doch«, sagte Sidney und hielt mich mit festem Griff zurück. Die Leute auf dem Gang guckten betreten. »Andiamo!« sagte Sophia mit einem forschen Lächeln, das ihre Verlegenheit nicht zu überdecken vermochte. Sidney sah mich mit einem Blick an, für den ich dankbar war, denn er sagte: Das hätte mir auch passieren können. In jenem Moment war er mir so nahe wie schon lange nicht mehr.

Sie hätten für mich ein Bett reserviert, sagte Sophia, als wir den Flur entlanggingen. Vor einer Tür blieb sie stehen und öffnete sie. Im Zimmer lagen zwei Männer mit verbundenen Köpfen. Einer der beiden Männer stöhnte, der andere leckte sich die trockenen, aufgesprungenen Lippen. Es war unmöglich, nicht daran zu denken, wie ich mit einem solchen Verband aussehen würde. Und dass mein Kopf vorher kahlgeschoren würde. Abrupt drehte ich mich um. »No«, sagte ich. »In Ordnung«, sagte Sophia, »wir gehen ins Schwesternzimmer und warten auf Moretti, sie kennen mich dort ja noch.« Einen Moment zögerte sie, dann nahm sie die Wasserflasche vom Nachttisch und füllte die Gläser der beiden Männer nach.

Im Schwesternzimmer war niemand. Sie setzten mich auf einen Stuhl. Sophia nahm ein Lexikon aus dem Regal und blätterte hastig. »Es kann die Migräne sein. Hier: migraine accompagnée mit Lähmungserscheinungen und Sprachstörung, es ist eine Störung bei den Botenstoffen und bei der Durchblutung des Gehirns, es verschwindet in der Regel innerhalb eines Tages, die Symptome bilden sich vollständig zurück, danach ist alles wieder in Ordnung.« Sie nahm meine Hand und sah mich an. »Es ist nichts weiter als ein Migräneanfall. Anders als die Anfälle, die du kennst, aber trotzdem nur Migräne. Morgen ist alles vorbei. Es wird alles sein wie vorher. Tausende von Leuten haben das, in unregelmäßigen Abständen. Manche haben es nur ein, zwei Mal in ihrem Leben.«

Wir warteten auf Doktor Moretti, den Stationsarzt, der die Bilder sehen und uns den Befund mitteilen würde. Je länger es dauerte, desto fadenscheiniger erschien mir die Geschichte mit der Migräne. Es gab keinen Grund, warum die verfließende Zeit Zweifel säen sollte. Trotzdem. Sophia ging und sagte Bescheid, wo wir seien. Sidney las den Artikel im Lexikon. Dann las er ihn noch einmal. Er hielt mir das Buch hin. Ich schüttelte den Kopf. Als Sophia zurückkam, sah ich durch die offene Tür einen Patienten im Schlafrock und mit bunt bestickter Kappe auf dem verbundenen Kopf. Mit der

Kappe, die an einen Fez erinnerte, schien er zu sagen: Gut, ich bin ein am Kopf Operierter, ein Beschädigter, beschädigt dort, wo es am gefährlichsten ist; aber ich bin immer noch genau derselbe wie zuvor, an mir selbst hat sich nichts geändert.
Schwestern kamen und gingen. Eine Stunde war vorbei, es war nach acht. Durch das geöffnete Fenster kam die Luft eines heißen Juliabends. Die Blätter des Ventilators an der Decke drehten sich mit einem leisen, schleifenden Geräusch. Wir warteten.
Als Doktor Moretti schließlich erschien, gehetzt und fahrig, öffnete er die Tür nur kurz. »Keine Hirnblutung«, sagte er knapp, »nichts, was wir heute nacht tun müssten. Die Bilder gehen morgen früh an Leonardi. Weil es dein Vater ist, wird er das selbst machen wollen. Neun Uhr in seinem Zimmer.« Er warf Sophia eine Schachtel mit Schlaftabletten zu. »Gib ihm davon zwei.« »Moment noch«, sagte Sophia und ging zur Tür. »Ich nehme ihn mit zu mir nach Hause. Nur, damit Sie Bescheid wissen.« »Auf deine Verantwortung«, sagte Moretti und war draußen.
In Sophias Badezimmer sah ich mich im Spiegel: Augenlid, Wange und Lippen hingen rechts ein bisschen herunter, es gab Bläschen im Mundwinkel, die ich nicht spürte. Am schlimmsten waren die Bläschen: ein Zeichen, dass ich nicht mehr wusste, was mit mir geschah.
»Das ist der Grund, warum ich als Schwester nicht auf die Neurologie wollte«, sagte Sophia plötzlich. »Köp-

fe, die in Gaze eingewickelt sind. Jeder andere Verband, an jeder anderen Stelle. Nicht dieser. Leonardi hätte mich gern auf der Station gehabt. Ich sagte ihm die Wahrheit. Va bene, sagte er, und nach einer Weile noch einmal: va bene. Das werde ich ihm nie vergessen, vor allem die Wiederholung. Er geht nach Mailand. Seine Leute werden ihn vermissen.« Es war nicht gut, dass sie das sagte. Jetzt sah ich wieder die weißen Köpfe in den beiden Betten vor mir. Ich fuhr mir durchs Haar und war froh zu spüren, wie voll es war.

Morettis Schlaftabletten habe ich nicht genommen. Ich wollte mich nicht betäuben und mir noch mehr abhanden kommen. Ich lag im Dunkeln auf Sophias Bett. Die Kinder müssen gedacht haben, ich schliefe. Und sie dachten nicht daran, dass die Tür nur angelehnt war. »Keine Hirnblutung, hat Moretti gesagt«, sagte Sidney leise. »Es kann also Migräne sein. Es könnte aber auch ...« »Ja«, sagte Sophia, »es könnte.« »Nichts, was wir heute nacht tun müssten. Auch dann würde das stimmen«, sagte Sidney. »Ja«, sagte Sophia. »Er hat die Bilder gesehen. Sollen wir ...« »Nein«, sagte Sophia heftig. »Wenn ich es hören muss – dann nicht von ihm.« Er hatte sie geduzt, sie hatte Lei zu ihm gesagt. Es war gut zu wissen, dass ich das bemerkt hatte. Ich war noch da. Noch.

Das Wort Tumor haben wir nicht in den Mund genommen. Manchmal nimmt das Wort einer Sache den Schrecken, und es ist eine Befreiung, es auszusprechen. Doch manchmal spüren wir: Das Wort würde den Schrecken noch größer machen. Dann halten wir es unter Verschluss. Und manchmal verwechseln wir die beiden Fälle.

Ich fiel in einen unruhigen Schlaf und träumte von Zimmern mit weißen Köpfen, es schien eine endlose Flucht von Zimmern und Köpfen. Ich schlug mit den Ellbogen gegen die Wand der Röhre. Ich trat gegen den Rollstuhl und merkte, dass mir das Bein nicht gehorchte. Draußen wurde es früh hell, ein heißer Julimorgen.

Wir wurden von Leonardis Sekretärin in sein Sprechzimmer geführt. Auf dem Schreibtisch lag der Umschlag mit den Bildern. Simon Curtis Leyland stand in den großen Buchstaben eines Filzstifts drauf. Mein Name auf dem Papier, unter dem die Bilder meines Gehirns lagen: Ich spürte, wie mir heiß wurde. Niemand sollte in mein Gehirn hineinsehen dürfen, niemand, nicht in mein Gehirn, das war etwas, was niemanden etwas anging, es erschien mir wie ein unglaublicher, unerträglicher Eingriff, eine widerwärtige Indiskretion, eine Invasion meiner Person, die man hätte verhindern müssen, um jeden Preis. Einen Moment lang war ich versucht aufzustehen, den Umschlag an mich zu reißen und zu verschwinden. Aber ich hätte es ja nicht gekonnt!

Leonardi betrat den Raum mit energischen, fließenden Bewegungen, auf dem Gesicht ein Lächeln, das die Erinnerung an einen Scherz mit der Sekretärin sein mochte. Das Lächeln erlosch, als er den bangen Aus-

druck auf unseren Gesichtern sah. Er nickte Sophia und Sidney zu und streifte mich mit einem prüfenden Blick, dann setzte er sich. Er sah mich an. »Sie sind Signor Leyland?« Ich nickte. »Sie verstehen Italienisch?« Wieder nickte ich. »Würden Sie mir bitte sagen, wie es Ihnen heute morgen geht?« Leonardi sprach seine Frage ruhig und sanft aus. Es kam mir vor, als läge in seinen Worten ein Versprechen: Sie brauchen keine Angst zu haben, ich weiß das, was Sie sagen werden, richtig einzuordnen.

Panik überkam mich. Ich kann es doch nicht sagen. Sophia berührte mich an der Schulter. »Versuch es einfach, Papà«, sagte sie. »Es ist doch Doktor Leonardi.« Ich glaube, ich stammelte etwas wie: »I ... not know ... say.« Sophia schloss die Augen auf die Art, auf die sie sie immer schließt, wenn sie dagegen kämpft, von Gefühlen übermannt zu werden. Ihr Gesicht wurde hart und kantig. »Man würde sich daran schneiden, wenn man es berührte«, hast Du einmal gesagt.

»Das ist nicht schlimm, das kann passieren«, sagte Leonardi, und ich war ihm dankbar, dass er es nicht wie zu einem Kind sagte, sondern wie zu einem Erwachsenen, dem etwas Harmloses misslungen ist. »Würden Sie jetzt beide Arme ausstrecken«, und er machte es vor, indem er die Arme auf gleiche Höhe brachte. Ich streckte den linken Arm aus und versuchte, den rechten nachzuziehen. Es ging besser als in der Nacht, aber der Arm schaffte es nicht auf gleiche Höhe und sank dann

kraftlos herunter. »Immerhin, es geht doch schon wieder«, sagte Leonardi. Ich klammerte mich an seine Worte und spürte den verzweifelten Wunsch, sie möchten bedeuten, dass es nur ein ungewöhnlicher Anfall von Migräne sei, wie das Lexikon ihn beschrieb.

»Dann wollen wir mal sehen, was die Bilder sagen«, sagte Leonardi jetzt und zog die Bilder aus dem großen Umschlag. Es gab ein reibendes, schleifendes, körniges Geräusch, ein Geräusch voller Unheil. Er klemmte die Bilder mit raschen, routinierten Bewegungen an den erleuchteten Röntgenschirm und setzte sich wieder.

Er sah es sofort. Gewiss hatte er schon viele solcher Bilder gesehen. Trotzdem erschrak er. Während er vorgab, genauer hinsehen zu müssen, geschah etwas mit seinem Gesicht, das schwer zu beschreiben ist. Vielleicht könnte man sagen: Das Gesicht wich eine Spur zurück, gewissermaßen nach innen, wie unter der saugenden Wucht einer unsichtbaren, feindlichen Energie, und die Züge schienen unter dieser Wucht zu zerlaufen, zu zerfließen wie auf einem Aquarell vor dem Trocknen.

Jetzt drehte er mir das Gesicht zu, und gleichzeitig griff seine Hand nach dem Zeigestock auf der Ablage, es war, als suchte er Halt am Stock, oder vielleicht auch am Greifen, um das, was er sagen musste, mit fester Stimme sagen zu können. Das Gesicht, das sich vorher unter der Wucht des Schreckens schutzlos geöffnet hatte, hatte sich wieder zu festen, entschlossenen Zügen zusammengefügt – zu den Zügen eines Arztes, der es gewohnt war, schreckliche Diagnosen zu verkünden. Doch ganz bereit war er noch nicht. Für ein paar Sekunden sah er mich schweigend an, und es kam mir vor, als bäte er mit seinem Blick zum voraus um Entschuldigung für das, was er sagen musste. Vielleicht aber zögerte er einfach bei dem unaufhaltsamen, grausamen Gedanken, dass er gleich Worte sagen würde, die in der Seele des Mannes, der ein bisschen schief vor ihm auf dem Stuhl saß, alles verändern würden.

Die Hand schloss sich fest um den Zeigestock. »Es gibt keine Möglichkeit, Ihnen das schonend beizubringen«, *sagte er jetzt, drehte sich zu den Bildern und fuhr mit dem Stock die Konturen eines unregelmäßigen, in vielfältigen Grau- und Weißtönen heraustretenden Gebiets entlang, das sich vom übrigen Teil des Gehirns grell und schreiend abhob, wie eine Mondlandschaft mit Kratern von giftiger Helligkeit und sandigen, nach außen wuchernden Flächen in matterem Grau.* »Es ist ein Tumor«, *sagte Leonardi.* »Und leider bösartig. Ein Glioblastom. Glioblastoma multiforme in der Fachsprache. Was Sie hier sehen …«, *wollte er fortfahren, da bin ich abrupt aufgestanden und die wenigen Schritte zum offenen Fenster gegangen. Die Bewegungen gelangen mir besser als erwartet, es war, als würde ein unbändiger, panischer Wille, ein Fluchtwille, alle Hürden der Lähmung überspringen und dem Körper eine Kraft verleihen, die er eigentlich gar nicht hatte. Sidney ist aufgesprungen und hat mich gehalten, bis er sicher war, dass*

ich fest stand. Die Hand am Fenstergriff, blickte ich in den Regen eines heftigen Morgengewitters hinaus. Ich wünschte mir, in diesen Regen hinausspringen und auf der Stelle alles auslöschen zu können.
»How much time?« fragte ich. Es waren die einzigen Worte, die kamen, und ich war froh, dass überhaupt welche kamen. »Schwer zu sagen«, sagte Leonardi. »Wenn wir nichts machen: ein paar Monate, vielleicht ein Jahr. Etwas länger, wenn wir schneiden und bestrahlen. Ganz beseitigen oder aufhalten können wir ihn nicht. Ein Eingriff würde ...« »Nobody cut ... my brain«, unterbrach ich ihn und erschrak über die heisere Heftigkeit meiner Stimme. Ich umklammerte den Fenstergriff so fest, dass es weh tat. »Nobody open head. No rays.«
Ich löste die Hand vom Fenstergriff und holte zitternd eine aufgerissene Zigarettenpackung aus der Hemdtasche. Ich schüttelte sie und fischte dann mit den Lippen eine heraus. »Papà ...«, begann Sophia. Leonardi machte eine beschwichtigende Handbewegung. Er sah sich um, holte aus dem Regal eine Schale, trat neben mich und stellte sie auf den Fenstersims. »Rauchen Sie ruhig«, sagte er und berührte mich am Arm. »Und natürlich zwingt Sie niemand zu einem Eingriff.« Dann setze er sich wieder an den Schreibtisch. Intervento, dachte ich, Eingriff. Jemand greift in den Kopf hinein. Ins Gehirn!
Das Feuerzeug fiel mir aus der Hand. Sophia hob es auf und gab mir Feuer. Ein Windstoß trieb den Rauch ins

Zimmer. Leonardi hustete. Die Zeit stockte. Sie würde erst wieder fließen, wenn ich etwas sagte. Ich nahm noch einen Zug. Dann drückte ich die Zigarette in der Schale aus. »Thank you«, sagte ich, »thank you very much.« Ich sagte es, glaube ich, nicht scharf, nicht schneidend, und doch kamen mir meine Worte wie ein Schnitt vor, der die Verbindung zu allen anderen durchtrennte. Ich machte einen Schritt auf die Tür zu. Sidney und Sophia sprangen auf und stützten mich. »Möchten Sie die Bilder mitnehmen?« fragte Leonardi. »No!« sagte ich, und dieses Mal muss es schneidend geklungen haben. »Va bene, dann kommen sie ins Archiv«, sagte er ruhig. Sophia drehte sich noch einmal um und warf ihm einen Blick zu. Dann gingen wir hinaus.

6 Es begann bereits zu dämmern, als Leyland den Brief zu Ende gelesen hatte. Er hatte viele Pausen machen müssen, fast nach jedem Abschnitt eine. Er war auf und ab gegangen, einmal ums ganze Haus, und bevor er las, wie Doktor Leonardi ins Sprechzimmer kam, hatte er sich etwas zu essen gemacht. Auch Warren Shawns Post, die immer noch ungeöffnet auf dem Schreibtisch lag, hatte er aufgemacht. Einladungen zu Veranstaltungen, der Brief eines Kollegen, zwei Bücher aus Bombay in indischer Schrift. Leyland hatte alles genau betrachtet und sofort wieder vergessen;

das Betrachten war nur eine Atempause vor dem nächsten Abschnitt des Briefes und dem nächsten Akt im Drama jenes Tages.

Bereits nach den ersten Sätzen hatte er innegehalten, das Blatt mit den Worten von Tom Courtenays Mutter herangezogen und geprüft, ob ihm der Stift auch jetzt noch gehorchte. Wann würde das aufhören? Nach Monaten? Jahren? Vorgestern, auf dem Flug von Triest nach München, war die kleine Maschine in eine Turbulenz geraten, als er dabei war, etwas aufzuschreiben. Die Buchstaben waren ihm verrutscht. Das war natürlich etwas anderes als damals – *natürlich* war es das –, und doch war ihm der Schweiß ausgebrochen.

All das Warten damals. Warten im dämmrigen Vorraum der Radiologie mit all den anderen Leuten im Rollstuhl. Warten in der Röhre. Warten auf Moretti im Schwesternzimmer. Warten auf den Morgen. Warten auf Leonardi. Warten auf das Urteil. Woran er sich festgehalten hatte: dass ihm nur die Worte entfallen waren und nicht die Gedanken. In der Zeit danach entstand ein Traum, der fast jede Nacht wiederkehrte: Er schrieb mit einer Füllfeder, da begann die Tinte plötzlich zu zerfließen, unaufhaltsam lief sie übers Blatt, er konnte nichts dagegen machen, aber die Tinte war nicht das Schlimmste, es waren seine Gedanken, die zerflossen, von Moment zu Moment wusste er weniger, was er dachte, der Kopf wurde leer, der Geist wurde leer, und er wachte auf. Dann pflegte er ein Blatt zu nehmen und die Spitze des Stifts, mit dem er immer schrieb, sorgfältig, ganz sorgfältig und kontrolliert, aufs Papier zu setzen und genau die Linien zu ziehen, die er wollte. Es war verrückt, das wusste er, aber sein ganzes Leben schien nun davon abzuhängen, dass die Spitze des Stifts ihm gehorchte. *Noch ist es so, aber wie lange noch*, dachte er jedesmal.

Die Erinnerung an die knatternde Röhre, den dröhnenden Sarg, schob er schnell beiseite. Aber er spürte – er spürte es in den Armen –, wie schwer es gewesen war, dem Willen der Ellbogen, die Wand gewaltsam zu durchstoßen, nicht nachzugeben. Auch den Schmerz im Fuß beim Tritt gegen den Rollstuhl spürte er jetzt noch einmal.

Nichts, was wir heute nacht tun müssten. Noch bevor er das flüsternde Gespräch zwischen Sidney und Sophia hörte, hatten ihn Doktor Morettis Worte unruhig gemacht. Keine Blutung, gut. Aber warum hatte er nicht einfach gesagt: *Nichts zu sehen*, oder: *Alles in Ordnung*? Warum hatte er nicht diese drei einfachen Worte gesagt? Hatte er einen Tumor gesehen, die Sache aber ganz Leonardi überlassen wollen, und die vagen, rätselhaften Worte waren der Ausweg, eine diplomatische Formel also? Heute nacht musste man nichts tun, aber irgendwann schon. Oder er hatte auf den Bildern nichts Ungewöhnliches gesehen. Waren seine Worte vielleicht eine hinterhältige Finte, um Sophia auf die Folter zu spannen? Sophia hatte sein *du* verweigert. *Wenn ich es hören muss – dann nicht von ihm*, hatte sie später zu Sidney gesagt. Da war etwas gewesen. Ein Rachemanöver also? Nach Leonardis Eröffnung hatte das keine Rolle mehr gespielt. Später jedoch, im Rückblick, hatte er sich gefragt, ob der Konflikt, den es da gegeben hatte, der Grund war, warum Sophia an jenem Abend nicht darum bat, die Bilder selbst zu sehen. *Hätte ich nur*, sagte sie später, *hätte ich nur.* Er hatte nie mit ihr darüber gesprochen. Es würde nichts mehr ändern. Aber es nagte an ihr.

Möchten Sie die Bilder mitnehmen? Jetzt, in Warren Shawns Haus auf und ab gehend, spürte Leyland, wie ihm heiß wurde. Es hatte an einem seidenen Faden gehangen. Wenn er in jenen Moment zurückglitt, meinte er zu spüren, dass Sophia angesetzt hatte, ja zu sagen. Und dann hatte er, er selbst, mit seinem »*No!*« alles abgeschnitten, alles beendet. Er wollte diese Bilder nicht bei sich zu Hause haben. Nicht diese grellen Bilder mit seinem verwucherten, verwüsteten Gehirn. Mit dem linken, dem kräftigen Arm hatte er eine heftige Geste der Ablehnung gemacht. Er wollte nie mehr etwas von seinem Gehirn sehen und hören. Nie mehr! *Was hätte ich mir alles ersparen können, wenn ich »Yes« gesagt hätte*, dachte Leyland. *Er hätte die Bilder in den Umschlag gesteckt, und wir hätten sie mitgenommen. Elf Wochen ohne Schrecken. Und ich besäße Livias Verlag noch.*

Nach dem Gespräch mit Leonardi waren sie zu

dritt zum Hafen gefahren. *Water*, hatte Leyland gesagt. *Harbour, port, docks*. An einer abgelegenen Stelle fanden sie eine Bank. Das Gewitter war vorbei, die Sonne brach durch die Wolken, und ihr Licht brachte das Wasser zum Leuchten. »*Sparkling*«, sagte Leyland. Dann saßen sie eine Weile einfach da und schwiegen. Sidney legte ihm den Arm um die Schulter. »*Beauty words ... forget ... beauty nature*«, sagte Leyland. Über der Schönheit der Wörter habe er die Schönheit der Natur vergessen? Ja, sagte Sidney, vielleicht sei das manchmal so gewesen. »Aber das Wasser, das Meer, das spiegelglatte Wasser, die Wellen, die Gischt – all das hast du niemals vergessen. Deshalb liebst du doch Triest. ›Vergesst die Themse!‹ hast du früher oft gesagt.« Leyland nickte und lachte. Er lachte! Er lachte mit dem ganzen Gesicht! Er *spürte* sein ganzes Gesicht! Und jetzt spürte er auch ein Kribbeln im rechten Arm und Bein. Aufgeregt griff er mit der rechten Hand nach dem Feuerzeug in der Tasche und holte es hervor. In Leonardis Zimmer war es ihm aus der Hand gefallen. Jetzt hielt er es fest umklammert und spürte die Härte und Kühle des Metalls in der Handfläche. Er streckte den Arm aus, ruhig und sicher, minutenlang hielt er ihn von sich weg. Er *gehörte* ihm wieder! Er steckte sich eine Zigarette zwischen die Lippen und führte die Flamme an den Tabak – *alles wie sonst!* Er nahm ein paar tiefe Züge und fing die erstaunten, glücklichen Blicke von Sidney und Sophia auf. Jetzt erhob er sich, es gab einen Rest von Schwäche im rechten Bein, eine kleine Unsicherheit, aber er stand. Und er konnte gehen. *Gehen!* Vor den Augen seiner erstaunten und ein bisschen ängstlichen Kinder, die sich sprungbereit nach vorne beugten, ging er auf und ab, fast wie auf einem Laufsteg, die Schritte wurden fester und fester, er zog an der Zigarette, das Gesicht zum Himmel, den rechten Arm hoch und triumphierend in der Luft, *high-handed*, rief er aus, *high-handed*, man konnte sehen, wie er das Wortspiel genoss, er ließ die Zigarette fallen und trat sie aus, mit dem rechten Fuß, wie sonst auch, kraftvoll und voller Lust drehte er die Schuhspitze hin und her und zerrieb den Tabak, er stellte sich auf die Zehenspitzen und wippte auf den Fersen, ein paar schnelle Schritte hin und her wie beim Dauerlauf, ein paar Kniebeugen, dann setzte er sich schwer atmend auf die Bank. »*I am back*«, sagte er, und nach einer Pause: »*Sometimes, I think, the beauty of words has made me forget the beauty of nature.*« Heftiger Schmerz setzte ein, und er hielt sich die Schläfen. Es war, dachte er, als würde sich das Blut mit schmerzhafter Wucht Bahn brechen, hinein in den Arm und das Bein und auch hinein in die Worte. Sophia holte die Schmerztabletten hervor, doch er winkte ab. Es war ein heftiger Schmerz, aber ein guter Schmerz, der das Ende der Lähmung bedeutete, der Lähmung der Glieder und der Worte, und jetzt ging der Schmerz auch schon langsam zurück. *La bellezza delle parole mi ha fatto dimenticare la bellezza della natura,* sagte er, *die Schönheit der Worte hat mich die Schönheit der Natur vergessen lassen,* er wiederholte die Sätze in der einen und anderen Sprache, die Worte, sie kamen, sie kamen einfach, er bildete andere Sätze, kompliziertere, keiner konnte kompliziert genug sein, er redete in allen Sprachen, die er konnte, er konnte es nicht erwarten, die nächste auch noch auszuprobieren, er machte den angefangenen Satz in einer anderen Sprache fertig, nur um gleich den nächsten zu beginnen.

Vor den Augen seiner Kinder, mit dem Geruch von Meer und Hafen in der Nase, auf diese Weise aufwachen und zu sich selbst zurückfinden – es war, dachte Leyland jetzt, eine kostbare Erfahrung gewesen, eine Erfahrung großer Nähe, und er würde die überraschten und leuchtenden Blicke seiner Tochter und seines Sohnes nie vergessen. Er hatte dann gehen wollen, gehen und immer weiter gehen, nein, er wollte nicht nach Hause, nicht dahin, wo es passiert war, er war gierig nach der Bewegung seiner Glieder, aber nicht nur danach, er war auch gierig nach den Straßen von Triest, nach allen Straßen, er ging voraus, die anderen kamen kaum nach, manchmal war ihm ein bisschen schwindlig geworden, dann hatte er sich an einem Laternenpfahl festgehalten, er hielt den Pfahl mit beiden Händen umschlossen und schwang sich darum herum, es fühlte sich an wie Karussell, die Leute guckten: ein älterer Mann, der sich wie auf dem Jahrmarkt aufführte, er lachte ihnen ins Gesicht und ging weiter, hoffentlich war es Sidney und Sophia nicht zu peinlich, er blieb stehen, ging ihnen entgegen und schloss sie in die Arme. *I am back*, sagte er außer Atem, *I am back*.

Bei einem Geschäft für Schreibwaren war er abrupt stehengeblieben und hineingegangen. Es gab einen kleinen Tisch, um Stifte und Federn auszuprobieren. Er ließ sich Stifte zeigen, setzte sich hin und begann, auf dem Probeblock zu schreiben. Er füllte die Seiten, eine nach der anderen, mit lateinischen, griechischen, russischen, hebräischen, arabischen Buchstaben, er schrieb wie wild, flüssig und fehlerfrei, immer noch eine Zeile und immer noch kompliziertere Wörter – als müsse er sich in jedem Augenblick vergewissern, dass er wieder ganz, wirklich ganz im Besitz der Sprache sei, es war, als wollte er den ganzen Raum seines sprachlichen Gedächtnisses bis in jeden Winkel hinein ausschreiten und sich beweisen, dass nichts, kein einziges Zeichen und kein einziges Wort, verloren war. Er ließ alle Stifte, die sie ihm gezeigt hatten, einpacken, Sidney zahlte, denn er selbst hatte kein Geld mit, daran war gestern nicht zu denken gewesen, und ja, er durfte den ganzen, mit Zeichen übersäten Schreibblock mitnehmen, er hielt ihn nachher im Gehen fest wie einen kostbaren Gegenstand, der auf keinen Fall verlorengehen durfte.

Schließlich waren sie doch in seine Wohnung gegangen. Das Blatt mit den wirren, entgleisten Linien lag auf dem Schreibtisch, der Stift war zur Seite gerollt und in einem bizarren Winkel liegengeblieben. Leyland stand einen Moment davor wie gelähmt, dann knüllte er das Blatt mit der rechten Hand, die immer die stärkere und geschicktere gewesen war und es jetzt wieder war, zusammen und warf es in den Papierkorb. An seine Stelle legte er den Block aus dem Schreibwarengeschäft. Den Stift richtete er sorgfältig aus, ganz gerade. Sidney rückte die Dinge, die der Notarzt und der Sanitäter zur Seite geschoben hatten, zurück an ihren Platz, und Sophia machte Tee. Leyland trat im Bad vor den Spiegel und bewegte das Gesicht. Alles ganz normal. Keine Bläschen mehr im Mundwinkel.

Die Freude darüber, dass der Anfall vorbei war, hatte den Gedanken an den Tumor, diesen ungeheuerlichen Gedanken, überdeckt und beinahe vergessen lassen. Als sie nun alle um den Tisch saßen, drängte er wieder in den Vordergrund und wurde in der Stille gegenwärtig. »Nie wieder Klinik«, sagte Leyland in diese Stille hinein. Sidney und Sophia sahen ihn an. In ihren Gesichtern arbeitete es. Beide schlossen sie für einen Moment die Augen. Sie wussten, was das bedeutete. Es überraschte sie nicht. Sie kannten ihn. Doch jetzt war es kein Gedankenexperiment mehr. Jetzt war es etwas, was wirklich geschehen würde. »Ich werde dir nicht helfen können«, sagte Sophia und sah ihn an. »Ich weiß«, hatte er gesagt, »ich werde allein zurechtkommen.« Eigentlich hatte er sagen wollen: *Das möchte ich auch nicht, das ist ein Schritt, den ich allein tun werde, ganz allein.* Und dann hatte er statt dessen diese trockenen, beiläufigen Worte gesagt: *I'll get by.* Sophias Blick hatte einen Moment geflackert, und er meinte, einen Schatten der Kränkung zu sehen, die Empfindung, zurückgewiesen zu werden. In Sidneys Blick hatte etwas anderes gelegen: Stolz, Stolz auf den Vater, der auf diese beiläufige Weise vom letzten, einsamen Schritt sprach. Der Moment dort am Teetisch, dachte Leyland heute, war ein Einschnitt für sie alle gewesen, es war mit den Gefühlen ganz in der Tiefe etwas geschehen, dort, wo es um die letzten Dinge ging. Und es war, hatte er schon damals überrascht gedacht, damit nichts Trennendes geschehen, nichts, was eine Entfremdung bedeutet hätte. Eher lag in den Blicken, die sie nun tauschten, ein Ausdruck tiefer Verbundenheit, und er hatte seinen Sohn und seine Tochter in diesem Augenblick sehr geliebt. Es hatte schon früher einmal einen solchen Moment gegeben: als man Livia hinausgetragen hatte und sie drei allein im Haus zurückgeblieben waren. Damals hatten sie lange im Wohnzimmer gestanden und sich aneinander festgehalten. Auch jetzt hielten sie sich lange fest, bevor Sidney und Sophia schließlich langsam die Treppe hinuntergingen.

Er sah ihnen nach, wie sie den Kanal entlanggingen. Seine Kinder. Sidney hatte ihm, bevor sie gingen, das Telefon so eingerichtet, dass er ihn und Sophia jeweils mit dem Druck auf eine einzige Taste erreichen konnte. Sidney José, sein Sohn. Was hatten sie in der Schule alles aus seinem Namen gemacht! Irgendwann hatte er begonnen, mit *Jé* zu unterschreiben, er hatte in einem Buch über einen José gelesen, einen berühmten Schauspieler, der das tat. Die Verkürzung auf die beiden Buchstaben hatte etwas mit Ruhm zu tun – damit, dass jeder einen kannte, mehr war nicht nötig, wer es nicht wusste, war selbst schuld. Auf dem Schulhof wurde daraus bald *Ché*, und wenn sie ihn ärgern wollten, *Il Comandante*, dabei passten weder die Baskenmütze noch die Zigarre von Guevara zu seinem schmalen, bleichen Gesicht, und auch sonst hätten die beiden unterschiedlicher nicht sein können. An schlechten Tagen hörte er Spott über sich heraus, über den schmächtigen Jungen, den man mehr als einmal mit einem Asthmaanfall von der Schule in die Klinik fahren musste. Niemand hatte das so gemeint, da war sich der Vater sicher, aber er hörte es so, Asthma machte wehrlos und empfindlich. Auch *Sid* nannten sie ihn und *El Cid*, *SJ* und sogar *Il Gesuita*, darauf war er irgendwie stolz, es schien im Sinne eines lächerlichen Klischees zu seiner spitzen Nase, den dunklen Augen und der randlosen Brille zu passen. Und jetzt, nach einem Studium der Rechte in Padua, war er Referendar bei Gericht. War es das richtige Studium gewesen? Manchmal schien es so, dann wieder gar nicht.

Weit hinten am Kanal waren Sidney und Sophia

stehen geblieben und sprachen miteinander. Es war unerträglich zu denken, dass er nun nicht mehr erleben würde, was aus ihnen wurde. Natürlich, irgendwann musste jeder seine Kinder zurücklassen. Aber doch nicht jetzt schon. *Ein paar Monate, vielleicht ein Jahr,* hörte er Leonardi sagen. Aber die Anfälle würden viel früher kommen, Anfälle mit Symptomen, die nicht mehr verschwinden würden wie heute, und die zu ertragen er nicht bereit war.

Noch am selben Abend hatten beide Kinder angerufen, um sich zu vergewissern, dass alles in Ordnung war. Und in den Wochen, die folgten, war kein Tag vergangen, ohne dass sie anriefen oder vorbeikamen. Er hatte sich in ihrer Fürsorge geborgen gefühlt. Und doch war es nicht einfach gewesen zu spüren, wie sie damit kämpften, dass ihr eigener Vorrat an Zukunft noch so groß war und der seine rasend schnell schmolz. Als alles vorbei war, erzählte Sidney eines Tages davon: »Wir hatten noch so viel Zukunft vor uns und konnten auf Dinge hin leben, die du nicht mehr erleben würdest. Unwillkürlich verschwiegen, ja versteckten wir etwas, wenn wir es um eines Ziels willen taten, das jenseits deiner Lebenserwartung lag: als wäre es ein Verrat, eine Grausamkeit, über dein Ende hinaus zu planen. Am schwierigsten war es, wenn ich mich auf etwas freute, was du nicht mehr erleben würdest. Die nächsten Olympischen Spiele etwa, oder die Freilichtspiele im kommenden Sommer. Manchmal kam es mir vor, als dürfte ich nicht mehr atmen, nicht mehr aus eigenem Atem heraus leben, sondern müsste dich mit ganz flachem Atem in deinem Bewusstsein vom baldigen Ende begleiten und mit dir daran ersticken. Ich plante keine Reisen mehr, die mich länger als ein paar Tage von Triest wegführten. Wenn ich fernere Dinge plante, war die Vorstellung davon eingefärbt vom Gedanken: Er wird nicht mehr da sein. Doch manchmal war es unvermeidlich, in deiner Gegenwart über etwas zu sprechen, was jenseits der Grenze deines Lebens lag. Deinen Blick bei solchen Gelegenheiten werde ich nicht vergessen: Er flackerte, der Lidschlag wurde schneller, man konnte ahnen, wie sehr es dich würgte. Oft standest du dann auf und tratest ans Fenster. Wenn du dich zu uns umwandtest, war der Blick wieder fest. ›It's all right‹, pflegtest du dann zu sagen.«

Nachdem Sidney und Sophia damals gegangen waren, war in Leyland alles eingestürzt. *Ein paar Monate* ... Also nur noch wenige Wochen. Sophia hatte ihm die Packung Schlaftabletten dagelassen, die ihr Moretti im Schwesternzimmer zugeworfen hatte. Sie hatte gezögert, bevor sie sie ihm gab. Er hatte sie ruhig angesehen. »Keine Sorge«, hatte er gesagt. Jetzt, wo ihn nach dem langen Tag, der mit Leonardis schrecklichen Worten begonnen hatte, Verzweiflung und Müdigkeit überspülten, war es eine Versuchung. Dunkelheit, Stille, das Ende allen Erlebens. Er sah nach: achtzehn Tabletten. Viel zu unsicher. Aber das war es nicht: Er konnte, er wollte nicht einfach davonlaufen. Er hatte Kinder, er hatte einen Verlag, und er hatte Freunde, von denen er sich verabschieden wollte. Er hatte keine Ahnung, wie das alles zu bewältigen war, noch dazu im Schatten der Angst vor dem nächsten Anfall. Er legte sich aufs Bett und versuchte, ruhig zu atmen. Nach einer Weile stand er auf, setzte sich an den Schreibtisch und begann mit dem Brief an Livia.

7 Leyland setzte sich für die Abendnachrichten vors Fernsehen. Heute störten ihn die gestanzten, hohlen Formulierungen der Sprecherin weniger als neulich. Er achtete auf die Nachrichten selbst und auf die Bilder. Und er war froh zu spüren, dass er sich dafür zu öffnen und zu interessieren vermochte. Er hatte das, als die dunkle Zeit vorbei war, neu lernen müssen. Denn die Welt der Nachrichten war damals in weite Ferne gerückt. Was interessierten Wahlen und fremdes Leid, politische Sprüche und Sportlärm, wenn einer die verbleibenden Tage seines Lebens zählen konnte? Einen einzigen Film hatte er sich im Nachtprogramm angesehen: *Una giornata particolare*, mit Marcello Mastroianni und Sophia Loren. Über dieser eindringlichen Geschichte mit den ruhigen Bildern hatte er sich für zwei Stunden vergessen können. Auch deshalb, weil Livia den Film geliebt hatte wie wenige andere. Einmal, als der Schlaf gar nicht kommen wollte, hatte er *The loneliness of the long distance runner* und *Billy Liar*, die beiden Filme mit Tom Courtenay, eingelegt. Er hatte es als Abschied erlebt, als Abschied von Courtenay und erneuten Abschied auch von Livia. Sonst war der Fernseher dunkel geblieben.

Etwas war aus jener Zeit, in der die Nachrichten ihn nicht mehr erreichten, geblieben: das Bewusstsein, dass sich das Gelingen oder Misslingen des Lebens stets in einem einzelnen Menschen entschied, im Verlaufe einer besonderen, unverwechselbaren Lebensgeschichte. Wenn man die Überschwemmungen sah und die Trecks der Flüchtlinge, mochte man denken: *Das* sind die wichtigen Dinge, das und nichts anderes. Die großen, umfassenden Geschehnisse also. Und natürlich waren sie wichtig, dringlich, und verdienten jede Anstrengung, um das Leiden zu verringern. Trotzdem blieb es wahr, dass es am Ende darum ging, wie jeder sein eigenes Leben erlebte, jede Wendung seines Schicksals, jeden Moment des Glücks und Unglücks. Der dunkle Bildschirm des Fernsehers: Er stand für diese Einsicht.

Er hatte es immer gehasst, früh aufzustehen, und war als Schüler oft zu spät gekommen. Nun stand er manchmal früh auf: damit er noch etwas hätte von seinen Tagen. Auf der anderen Seite: Es waren keine Tage einer offenen Zukunft mehr, keine Tage mit einem großen Spannungsbogen. Bange Tage. Er musste noch mit vielen Leuten reden. Er wollte aber auch Stille, um sich zu besinnen und an Livia zu schreiben, solange der Stift ihm noch gehorchte. Das war eine Spannung, ein Konflikt, jeden Tag. Und die Zeit lief ihm davon. Morettis Schlaftabletten wirkten, und Sophia brachte ihm neue. Doch manchmal wollte er gar nicht mehr schlafen. *Ich will den Rest meiner Zeit doch nicht verschlafen.* Dann wieder war ihm danach, nur noch zu schlafen. Wenn er mit Kopfschmerzen aufwachte, prüfte er schnell, ob es ein Anfall war. Auch wenn er ohne weiteres aufstehen konnte, trat er im Bad vor den Spiegel, nahm dann den Stift und schrieb etwas.

Und manchmal überkam ihn vollständige Verwirrung, was die Zeit betraf. »Es gibt Momente«, sagte er einmal zu Sidney, »da habe ich das schreckliche Gefühl, nicht zu wissen, was ich mit der verbleibenden Zeit anfangen soll. Wo ich froh bin um jede Stunde, die vorbei ist – auch wenn es eine Stunde ist, die ich jetzt nicht mehr vor mir habe, eine Stunde, um die mein Vorrat an Zukunft weiter geschmolzen ist.« Dann wieder: »Ich wollte, ich könnte die Zeit anhalten; ich würde alles darum geben, sie anhalten zu können.« Doch was hieß das, fragte er sich oft: *die Zeit anhalten?* Die Gegenwart einfrieren? Alle Veränderung einfrieren? Oder einfach: all die schrecklichen Veränderungen in seinem Gehirn nicht durchlaufen müssen, den ganzen Prozess, der zur Katastrophe führte? Oder noch anders, wenngleich das paradox klang: Da er dieses Geschehen nicht aufhalten konnte und das wusste, würde er ihm den Atem wegnehmen, nämlich den weiteren Verlauf der Zeit, er würde das bedrohliche Geschehen ersticken – durch Stillstand der Zeit.

Er war in jener Zeit viel mit dem Schiff gefahren, immer wieder hatte er das Wasser gesucht. Manchmal hatte ihn dabei der Gedanke überfallen: *Und was, wenn jetzt ein Anfall kommt?* Trotzdem hatte er den nächsten Fahrschein gelöst. Überhaupt wollte er von der Natur mehr haben, von ihren Geräuschen und ihrer Stille, er lief hinaus ins Gewitter, suchte den Platzregen und den krachenden Donner, den Wind und die schäumenden Wellen, und er sprach davon, in den Schnee und das Eis zu fahren, »warum war ich nie in der Arktis«, sagte er, »bei uns ist es doch viel zu milde«. Er wollte die Natur erleben als etwas, was größer war, bedeutender als er und sein gefährdetes Leben. Naturgewalten waren ein Trost: Alles menschliche Leben war damit verglichen so klein, auch das Elend.

Oft ließ er die Post liegen, sie stapelte sich. Auf der anderen Seite kaufte er Berge von Büchern über fremde Epochen und Weltgegenden, die Bücher türmten sich auf dem Boden, kein Tag, an dem der Postbote nicht neue Pakete brachte. Ein gewaltsamer, aus Verzweiflung geborener Wille, sich all diese Dinge noch anzueignen, sie dem eigenen Leben noch einzuverleiben, ein Wille, der in seiner blinden Wucht und Energie den drohenden Zusammenbruch dieses Lebens aufhalten sollte, ein erbitterter Kampf von Wille und Wissen gegen die tückischen, mäandernden Wucherungen des Tumors, geballte Fäuste gegen die zersetzende Entgleisung von Gehirnzellen. Jede Bestellung von Büchern, die er aufgab, war eine erneute Revolte, und in jeder Revolte drückte sich das Bewusstsein eines Versäumnisses aus, eines Versäumnisses an Leben und Wissen, vor allem an Wissen. »Warum habe ich das nicht alles schon viel früher gelesen, warum weiß ich über diesen Planeten nicht viel besser Bescheid«, sagte er.

Er kaufte einen Sprachkurs für Chinesisch. Mandarin. Der Inbegriff des Schwierigen, auch weil es eine tonale Sprache war und ohne Lehrer unmöglich zu lernen. Die Schallplatten reichten ja nicht, man musste selbst probieren und probieren und immer wieder korrigiert werden. Er fing trotzdem an, Zeichen für Zeichen, Ton für Ton. Tausend Zeichen, zehn pro Tag, das waren etwas mehr als drei Monate. Es war Irrsinn, ein wahnwitziges, blindes Aufbegehren gegen Verfall und verrinnende Zeit. Er spürte den Irrsinn, er verbiss sich in ihn, das Gehirn mit seinem wuchernden Tumor war sein Gegner, ein Übeltäter, ein Tyrann, ein Dämon, dem er seinen unbeugsamen Willen entgegensetzte, seine Konzentration und sein geübtes Gedächtnis für Wörter, das noch jede Hürde genommen hatte. Nach zwei Wochen, in der Morgendämmerung und überwältigt von pochendem Kopfschmerz, hatte er aufgegeben.

Er interessierte sich mit angespannter, kurzatmiger Aufmerksamkeit für andere Leben, fragte wildfremde Leute nach ihrem Leben, und manchmal fragt er sie, ob das Leben, das sie lebten, dasjenige sei, das sie sich gewünscht, sich vorgestellt hätten. Die Leute waren verblüfft, ratlos, oder auch verletzt, es gab einen, der danach die Straßenseite wechselte, wenn er Leyland kommen sah.

Was habe ich aus der Zeit meines Lebens gemacht? Kein Tag, an dem er es sich nicht fragte. Und jetzt hatte die Frage noch eine ganz andere Dringlichkeit als sonst, auf den Bahnsteigen der U-Bahn, mit Cadbury's Schokolade im Mund. Er war hungrig nach Gegenwart – ohne zu wissen, worin sie bestand.

Eine andere Frage, die ihn beschäftigte: *Wen habe ich gekannt, wirklich gekannt? Und an wen habe ich mich nur gewöhnt?* Für die anderen war es schwer auszuhalten, wenn er diese Frage vor sich hin hämmerte oder sie leise und ungläubig vor sich hin sagte. Denn sie handelte ja auch von denen, die zugegen waren. Es war ein Beispiel für die rücksichtslose Ehrlichkeit, die jetzt manchmal aus ihm herausbrach, eine wütende, verbitterte Ehrlichkeit, Ehrlichkeit als Notwehr gegen die unaufhaltsam schrumpfende Zukunft, eine Notwehr ohne greifbaren Gegner, eine überbordende Ehrlichkeit, die alle Barrieren der Rücksicht und des

Feingefühls niederriss, eine Ehrlichkeit wie ein Hagelsturm. Und natürlich gab es auf seine verzweifelte Frage keine Antwort, wie hätte sie auch ausfallen sollen, wo es doch gar keine Frage war, sondern ein Ausruf: »Ich kenne mich nicht mehr aus, mit euch nicht und auch nicht mit mir selbst!« Nachher war es ihm peinlich, und er hatte ein schlechtes Gewissen. Es gibt, sagte er sich schließlich, das Recht eines Menschen, angesichts des Endes keine Rücksicht mehr auf das Bildnis zu nehmen, das sich die anderen von ihm gemacht haben, das Recht, sich der Drift der eigenen Gedanken, auch der gefährlichen, zu überlassen und diese Gedanken, wie anstrengend sie für die anderen auch sein mochten, nach außen zu wenden. »Es wuchs dir«, sagte Sidney später einmal, »in jener Zeit eine sonderbare Art von Autorität zu. Wir haben sie gefürchtet, wir haben sie bewundert, und wir waren stolz darauf.«

Leyland schaltete von den englischen zu den italienischen Nachrichten. Wahrscheinlich sah Sidney sie jetzt auch. *Bonbonfarbengrell*. Er dachte daran, wie sie neulich über das Wort gelacht hatten, und wie sein Sohn ihn umarmt hatte, glücklich darüber, dass er zurück im Leben war. Sidney hatte, als er von Padua zurück nach Triest zog, eine Wohnung gefunden, ein ausgebautes Dachgeschoss mit einem kleinen Dachgarten. In den Wochen nach der Diagnose hatten sie manchmal dort draußen gesessen. Sidney hatte von seinen Schwierigkeiten mit Elena, seiner langjährigen

Freundin, gesprochen. Leyland hatte zugehört. Es war das erste Mal, dass Sidney davon sprach, er war scheu und schweigsam in diesen Dingen. Hatte es damit zu tun, dass er einen todgeweihten Vater vor sich hatte? War es, dass der Tod eine Nähe schuf, die es sonst vielleicht nicht gegeben hätte? Auf dem Rückweg hatte sich Leyland seines Gedankens geschämt, ohne dass er hätte sagen können, warum.

Der nächste Kanal war Al Jazeera auf Arabisch. Es dauerte lange, bis er den Weg in die ungewohnten Laute, die viel zu schnell aufeinanderfolgten, wieder fand, doch dann ging es; aber sein Wortschatz war klein geblieben. Er hatte Arabisch in Warren Shawns Vorlesungen gelernt, dazu gab es Übungsklassen mit einem Mann aus Syrien. Er hatte immer vorgehabt, ein paar Wochen nach Damaskus oder Kairo zu fahren, dort mit einem Lehrer zu arbeiten und sonst von morgens bis abends in diesen Wörtern zu leben. Doch stets war etwas dazwischengekommen, eine eilige Übersetzung, eine Unpässlichkeit, ein Versprechen, das zu halten war. Doch es gab, dachte Leyland jetzt, auch einen tieferen Grund, warum er nicht gefahren war. Er betrachtete die Mittelmeerkarte an der Wand. Warren hatte recht gehabt: Sie stellte für ihn viel eher eine Metapher als einen Reiseplan dar. *All die fremden Zeichen, Wörter, Klänge und Verse*, hatte er in seinem Brief über ihn geschrieben, *sie sind für ihn nicht draußen in der Welt verstreut, sondern in seinem Inneren versammelt, sie sind, obgleich wirklich, imaginäre Gebilde seiner Phantasie. Wer weiß, vielleicht würde er sich an den wirklichen Sprachen verbrennen.* Leyland dachte an seine missglückte Reise nach Malta. Hatte er befürchtet, es würde ihm in Damaskus oder Kairo ähnlich gehen? Zweimal hatte er dann doch noch einer Sprache wegen eine Reise gemacht. Das war in den Jahren, als er bereits in Camden Town wohnte und regelmäßig Aufträge für Übersetzungen bekam. Der Klang des Griechischen auf den Sprachplatten hatte ihm so gut gefallen, dass er den ganzen Kurs bald auswendig konnte, und nun wollte er diesen Klang auch auf den Straßen und Plätzen hören. Er plapperte in Athen drauflos, saß in Cafés mit lauten Fernsehern, bald beherrschte er den Wortschatz des Fußballs, und der Höhepunkt war, dass er einen Scherz verstand, einen Scherz zudem, der auf einem Wortspiel beruhte. Auch Missverständnisse mit Frauen gab es: Er wollte eigentlich nur seine Wörter üben, sie dachten etwas anderes. Das war ihm häufiger passiert, nicht nur in Griechenland.

Das andere Mal war er nach Tirana gefahren, und es war eine Reise geworden, die etwas Märchenhaftes an sich hatte, etwas von einer Fabel. Von Belgrad kommend war er mit einer klapprigen Maschine russischer Herkunft in der albanischen Hauptstadt gelandet, nachdem er Wochen auf das Visum gewartet hatte. Es war Enver Hoxhas Albanien, ein isolierter kommunistischer Staat, der sich sowohl von Moskau als auch von Peking abgewandt hatte, laut Propaganda »der erste atheistische Staat der Welt«. Auch das hatte Leyland gereizt. Der mürrische Beamte fuhr mit dem Daumen über den Visumsstempel, offenbar, um die Echtheit zu prüfen. Der Grund seiner Reise? *Kurs gjuhe*, sagte Leyland, Sprachkurs, und *mësues gjuhe*, Sprachlehrer. Die albanischen Wörter stimmten den Mann freundlich, und er ließ ihn gehen. *Hotel lirë*, ein billiges Hotel, sagte Leyland dem Taxifahrer. Das Zimmer war karg, aber ruhig. Er suche *shkollë gjuhe*, eine Sprachschule, sagte er der Frau beim Empfang. Das sagte ihr nichts, und sie schickte ihn in eine gewöhnliche Schule wenige Straßen weiter. Es war Pause und laut, er verstand kein Wort, nahm all seinen Mut zusammen und klopfte dort, wo er das Lehrerzimmer vermutete. Er lag richtig, und einige der Lehrer konnten ein bisschen Englisch oder Italienisch. Wie er dort gestanden und erklärt hatte, was er wollte – es war, dachte Leyland, ganz und gar unwirklich. Und kaum zu glauben war auch, was dann kam. Sie schickten ihn zu einer älteren Dame, einer ehemaligen Lehrerin der Schule, die den Kindern die albanische Schriftsprache beigebracht hatte. Sie wohnte in anderthalb Zimmern mit vollen Bücherregalen, die jeden Moment zusammenzukrachen drohten. Die Lehrer hatten ihn telefonisch angekündigt, sie stand mit einem neugierigen und freundlichen Gesicht in der Tür, und sie mochten sich vom ersten Moment an. Sie konnte etwas Englisch und Französisch, aber wenn er Albanisch lernen wolle, sagte sie, dann würde ab sofort nur das gesprochen. Sie war hellsichtig und packte ihn bei seinem Ehrgeiz. Er ging jeden Tag ein paar Stunden zu ihr, sie tranken Tee, und sie schrieb die Wörter mit einem Griffel auf eine uralte Schiefertafel. Sie sprach über die beiden großen Dialekte, Gegisch und Toskisch, und den Kompromiss zwischen den beiden, der die Schriftsprache ausmachte. Sie war eine strenge Lehrerin und konnte phantastisch erklären, dazu war sie vernarrt in die Geschichte der Wörter und vertrat die Ansicht, dass das Albanische aus dem Illyrischen entstanden sei. Sie schenkte Leyland eines der Schulbücher, nach dem sie früher unterrichtet hatte. Es stand heute in Triest in einem Regal für die besonders kostbaren Bücher. Sie hieß Lindita und erklärte ihm, dass das von *lind*, gebären, und *dita*, Tag, kam, wobei man *lind* auch für das Aufgehen der Sonne brauche. Er fuhr erst nach Hause, als ihm das Geld ausging. Lindita wollte kein Geld, sie hatte es aus Liebe zur Sprache und zum Unterrichten getan, aber er ließ ihr sein ganzes englisches Reservegeld da, er steckte es heimlich unters Telefonbuch. Auf dem Rückflug in derselben klapprigen Maschine verstand er das meiste, was die Leute sagten, und war überglücklich. Immer an Neujahr schrieb er ihr auf Albanisch eine Karte, und sie antwortete. Nach der fünften oder sechsten Karte war keine Antwort mehr gekommen. In Triest holten sie ihn als Gefängnisdolmetscher, wenn es um Albaner ging. Er konnte erkennen, ob es Gegisch oder Toskisch war, und dachte nachher stets an Lindita.

Jetzt trat er ans Fenster und sah Kenneth Burke spielen, den Notenständer, einen Teil des Cellos, die Hand mit dem Bogen, manchmal kurz den Kopf. Er dachte daran, wie schwierig es damals, nach der Diagnose, mit der Musik gewesen war – wie widersprüchlich seine Empfindungen gewesen waren und wie sie geschwankt hatten, manchmal von Minute zu Minute. Am ehesten waren es Bachs und Mozarts sakrale Musik gewesen, in der er sich mit seiner Erschütterung und seiner Angst aufgehoben fühlte. Nicht der Religion wegen. Er mochte den christlichen Gott nicht, der ihm schon als Kind in seiner Allwissenheit und Allmacht bedrohlich, überheblich und oft genug grausam erschienen war. Was half, war der große Raum, den die sakrale Musik aufspannte, dieser Dom aus Tönen, unter dessen Gewölbe man ruhig werden konnte, weil er einen ohne Worte die richtigen Proportionen von Leben und Tod lehrte. An Tagen, wo er unterwegs gewesen war, um redend und unterschreibend sein Leben abschließend zu ordnen, hatte er abends solche Musik aufgelegt. Dann war er ruhig geworden in dem Gefühl, ganz bei sich selbst zu sein. Doch es hatte nicht gehalten. *Vielleicht ist es das letzte Mal, dass ich das ohne Symptome höre*, hatte er gedacht und sich gegen den Gedanken nicht wehren können. Dann waren die Töne plötzlich bedrängend und bedrohlich erschienen, Vorboten des Unheils, und er hatte abgestellt. Vielleicht auch deshalb, weil er, indem er durch die Musik näher an sich selbst heranrückte, auch näher an seine Krankheit rückte, näher an den grellen Tumor auf den Bildern an Leonardis Röntgenschirm. Die Musik floss nach innen, und die Richtung nach innen war gefährlich, denn es war die gedankliche Richtung hin zum Tumor, dahin, wo der Verfall seinen Lauf nahm. Es kam darauf an, den Kopf und alles, was in ihm an Unheil geschah, zu vergessen. Er wollte weg von seinem Kopf, hinaus in die Welt, hinaus in die Farben, in die Lichter und den Lärm. Es sollte nur noch die Außenwelt geben, eine Welt ohne weiße, verbundene Köpfe, ohne kranke Gehirne, Lähmungen und entglittene Wörter. Und so wurde manchmal ein Abend, der mit sakraler Musik begonnen hatte, zu einer Orgie von Äußerlichkeit, zu einem Reigen von krampfhaftem Vergessen. Am Ende legte er, weil er sich gänzlich verloren vorkam, doch wieder Mozarts Requiem oder eine von Bachs Kantaten auf, erschöpft und verzweifelt ob dem Wirrwarr und der Konfusion seiner Gefühle.

Langsam ging Leyland durchs Quartier, das er kaum kannte, vorbei an der Teestube, die längst geschlossen hatte, hinein in die stillen Straßen mit den Gaslaternen, wo man manchmal in die erleuchteten

Wohnzimmer hineinsehen konnte. Sie glichen sich, diese Zimmer, und sie glichen auch dem Wohnzimmer in Oxford mit dem Kamin und den Nippsachen, über die sich Lydia Sartorius, die Mutter, oft lustig gemacht hatte, wie über vieles, was sie für typisch englisch hielt. Sie waren so ganz anders als in Triest, diese Häuser und Wohnungen, eine andere Welt. Hatte er sie vermisst?

Kenneth Burke kam ihm mit Billy, dem Hund, entgegen. Eine Weile sprachen sie über das Quartier. »Damals, im Juli, hat mich Ihre Tochter angerufen«, sagte Burke. »Sophia, nicht wahr? Sie sagte, Sie seien erkrankt. Ich hoffe, es war nichts Ernstes?« Leyland zögerte. »Doch«, sagte er schließlich, »ich meine: es sah ernst aus, damals, sehr ernst.« Burke sah ihn an. »Es ist eine lange Geschichte«, sagte Leyland, »eine lange, komplizierte Geschichte. Eines Tages erzähle ich sie Ihnen.«

8 Leyland hätte es nicht erklären können, aber die Tatsache, dass im Haus nebenan dieser Mann wohnte, der, nach Warren Shawns Brief zu schließen, auch eine Geschichte voller Verlust und Schmerz durchlebt hatte, gab ihm jetzt den Mut, den zweiten Brief zu lesen, den er nach der Diagnose an Livia geschrieben hatte.

Cara –

heute ist der erste Tag vom Rest meines Lebens. Zwar galt das auch für alle bisherigen Tage. Immer war da ein Rest, der mit dem gerade gegenwärtigen Tag ein bisschen kleiner wurde. Doch dieser Rest besaß bisher eine Offenheit, die darin begründet lag, dass ich seine Grenze nicht kannte. Nun jedoch ist es anders: Ich kenne die Grenze. Ein paar Monate, vielleicht ein Jahr – das waren Doktor Leonardis Worte. Er sprach vom Tod, wie ihn der Tumor herbeiführen würde. Es würde Dich nicht überraschen zu lesen, dass das nicht die Grenze ist, die ich mir setzen lasse. Denn bereits lange davor würde ich mich in dem, was ich bin und was mich ausmacht, verlieren. Diesem Verlust, der ein Verlust von schlechthin allem wäre, was zählt, werde ich zuvorkommen.

Es wäre, stelle ich mir vor, ein Verlust in Stufen. Was ich während des Anfalls erlebt habe, war eine Unfähigkeit des Sprechens, nicht des Denkens. Es waren die Worte, die nicht kamen, nicht die Gedanken. Ich verstand, was ich hörte, ich wusste, was ich hätte sagen wollen, und ich war unendlich erleichtert zu merken, dass ich nachdenken konnte wie sonst auch. Ist Denken wie ein inneres Sprechen? Manchmal, beim ausdrücklichen Nachdenken und beim Debattieren mit sich selbst, wird man im Inneren derjenigen stillen Worte gewahr, die man aussprechen würde, wenn jemand zuhörte. Doch manchmal, so scheint mir, ist das Bilden von Gedanken nicht mehr als das Ausbilden der Bereitschaft, etwas zu sagen, ohne dass dieses Ausbilden dem Bilden von Worten schon vergleichbar wäre. In Sophias Wohnung auf dem Bett liegend, konnte ich noch still mit mir selbst sprechen und wusste, in welcher Sprache ich dachte: ob es englische Wörter waren oder italienische. Das Denken in diesem Sinne war unbeschädigt, weder verwischt noch verlangsamt. Die Sprache des Geistes, könnte man vielleicht sagen, war intakt. Und auch Gedanken im Sinne der Bereitschaft, etwas zu sagen, formten sich unablässig. Indes fanden die Gedanken, ob in dem einen oder dem anderen Sinne, den Weg nach draußen nur in verstümmelter Form. Denn die Worte, die nötig gewesen wären, um sie in flüssiger und selbstverständlicher Form zu äußern, waren mir entfallen.

Ich stelle mir vor: Irgendwann werden mir nicht nur die Worte entfallen, sondern auch die Gedanken. Nun werden auch die Worte im Inneren nicht mehr mühelos kommen und einige gar nicht mehr. Das wird mit dem Gefühl einhergehen, im Inneren zu bröckeln, zu verfallen und mich selbst zu verlieren. Es wird ein neuer Schrecken sein gegenüber dem ersten, den ich schon kenne. Du weißt, wie es ist, wenn Dir ein Name nicht mehr einfallen will, vielleicht auch ein Fremdwort, das Du selten gebrauchst, oder ein Wort aus einer fremden Sprache, das Du noch nicht oft genug geübt hast. Es ist in Dir noch nicht fest genug verankert und steht Dir noch nicht mit Selbstverständlichkeit zur Verfügung.

Und jetzt stell Dir vor: Das geschieht nicht mit Namen, Fremdwörtern oder fremden Wörtern, sondern mit Wörtern, die Dir ein Leben lang vertraut waren, ein selbstverständlicher Teil Deines Geistes, wie Stadt, Straße, Mann, Frau. Sie standen Dir blind zur Verfügung, nie gab es ein Zögern, ein stockendes Nachdenken, eine Lücke zwischen Denken-Wollen und Denken-Können. Es war Dir danach zu denken, und Du dachtest, weil Dir die inneren Worte so selbstverständlich kamen wie der nächste Atemzug. Und jetzt gerät dieser Atem der Worte ins Stocken, Du ringst nach ihm, und es ist wie beim richtigen Atem, der nicht kommen will: Du hast das Gefühl zu ersticken. So, wie man über Atemnot sagen könnte, dass man im Körperlichen mit sich nicht mehr vorankommt, ist es nun das Gefühl, im Geistigen nicht mehr mit sich voranzukommen, denn die Sprache des Geistes ist dabei zu versiegen. Wenn es soweit ist, werde ich mir im Inneren keine Gedanken mehr vorsagen können, und ich werde auch in dem Sinne nicht mehr denken können, dass ich bereit wäre, einen klaren Satz zu sagen oder ihm auch nur zuzustimmen. Ich werde im Inneren leer sein, still und stumm.

Es könnte, stelle ich mir vor, auch noch etwas anderes geschehen: Zwar kommen noch Wörter, im Inneren wie im Äußeren, aber ich verstehe die Wörter nicht mehr, die mir durch den Sinn gehen. Und es wird anders sein als mit neuen Wörtern der eigenen Sprache oder Wörtern einer fremden Sprache. Da ist das fehlende Ver-

ständnis vom Gefühl des Neuen, Unvertrauten begleitet. Jetzt dagegen ist das Schlimme: Man weiß, dass man die Bedeutung einmal kannte; doch nun ist das einstige Verständnis verloren, die Wörter berühren einen als ein verlorenes Vertrautes. Es ist wie die Blindheit von einem, der früher gesehen hatte. Die Panik ist noch größer als bei der Erfahrung, dass einem die Wörter und Gedanken entfallen und eine Leere hinterlassen. Jetzt ist es weniger eine Leere als eine Verdunkelung und ein Erblinden, was Sinn und Bedeutung anlangt. Nun ist es nicht mehr so, dass ich bestimmter Wörter nicht mehr mächtig bin, sondern dass ich die Macht über alle Wörter verloren habe, und dieses Mal nicht als ein Versagen des Gedächtnisses, sondern des Verstandes und des Geistes insgesamt. Ich habe in einem umfassenden Sinne den Halt als denkendes Wesen verloren. Vielleicht werde ich trotzdem noch reden, um nicht zu ersticken. Vielleicht höre ich dann noch, wie ich fortgerissen werde von einer Woge des sprachlichen Unsinns, noch wach genug, um ihn als solchen zu erkennen, ohne ihm freilich Einhalt gebieten zu können. Oder vielleicht falle ich noch tiefer: In meinem leeren Gebrabbel bemerke ich den Verlust von Bedeutung und Verstehen gar nicht mehr.

Wenn ich es zuließe, dass es soweit kommt, stünde ich eines Tages vor meinen Regalen, und die Seiten der aufgeschlagenen Bücher wären nur noch Blätter voller kurioser Ornamente, hübsch und ordentlich anzusehen,

aber bar jeden Sinns. Und so wäre es auch mit den Büchern, die ich übersetzt habe: Ich würde denjenigen, der die Seiten gefüllt hat, nicht mehr kennen, er wäre für mich ein gänzlich Fremder. Ich säße, stelle ich mir vor, am Ende im Rollstuhl, im Dämmerlicht, bewegungslos, ohne Worte, ohne Sinn und ohne Erinnerung. Es wäre eine Reise in die finsterste Nacht. Und Du kannst sicher sein: Ich werde den Zug vorher zum Stehen bringen.
Nur noch wenige Wochen, vermute ich, bleiben mir, um mit klarem Verstand, wachen Empfindungen und sicherer Stimme Abschied von all den Menschen und Dingen zu nehmen, die mein Leben ausgemacht haben. Morgen früh werde ich damit beginnen. Heute nacht, solange die Hand noch ruhig und die Gedanken klar sind, will ich aufschreiben, welches die mächtigsten Empfindungen sind, die mich überwältigen, wenn ich daran denke, wie erschreckend klein der Rest meines Lebens geworden ist. Ich habe alle Fenster geöffnet, ich atme die warme Nachtluft und lausche den Stimmen und Geräuschen der Straße. Warum, denke ich, habe ich diesen kleinen, unscheinbaren Dingen früher nicht mehr Aufmerksamkeit geschenkt!
In diesem Moment will es mir vorkommen, als hätte ich, solange ich lebe, darauf gewartet, dass das Leben endlich beginnen möge. Als wäre ich nie ganz dagewesen, nie ganz anwesend in meinem Leben. Doch worauf habe ich gewartet? Was würde als beginnendes Leben zählen – als eine Gegenwart, in der ich ohne Vorbehalt

bereit wäre zu sagen: Jetzt lebe ich, und es ist gut so? Ich habe keine Ahnung – und bin erschrocken darüber, sowohl über das unbemerkte Warten als auch über die fehlende Ahnung, es ist eine sonderbare, verwirrende Art von Ahnungslosigkeit.
Ich habe den Halt in der Zeit verloren. Ich verstehe das Tempo nicht mehr, mit dem es Abend und Morgen wird. Eine Stunde, ein Tag scheinen sich endlos zu dehnen, dann wieder sind sie so schnell vorbei, dass ich sie kaum erhaschen kann. Und ganz verrückt ist: Beides ist zugleich der Fall! Ich habe das Gefühl, in der Zeit zu taumeln und immer weniger zu verstehen, was sie ist und was sie mir bedeutet. Auch habe ich Angst vor der Zeit, sie ist so unberechenbar, ein unberechenbarer Gegner, und wenn ich mich ihr zu stellen versuche, mutig und nüchtern, ist sie hinter meinem Rücken schon wieder ein Stück weitergeflossen. Außerdem weiß ich nicht: Fürchte ich die Zeit oder die Veränderungen in mir, die mich unaufhaltsam dem Dunkel entgegentreiben? Ich taumle durch die Zeit, aber nicht weniger taumle ich durch undurchsichtige Fragen über die Zeit und ihr unbarmherziges Verfließen, ich weiß nicht mehr, was einen Sinn ergibt und was nicht. Im einen Moment kommt mir mein bisheriges Leben lang vor, und ich staune, was seit Oxford alles passiert ist; im nächsten Augenblick erscheint mir alles wie eine kurze Episode, unwirklich und kaum der Rede wert. All die Nächte hinter der Theke des Hotels, und auch alles danach,

Camden Town, Harrington Gardens, Du, die Kinder, der Verlag: Ist das wirklich geschehen? frage ich mich. Es schiebt sich alles ineinander, ich stehe auf und gehe das Regal mit den Büchern entlang, die ich übersetzt habe. Es muss ziemlich viel Zeit verstrichen sein, sage ich mir, aber es klingt wie eine abstrakte Rechnung und nicht wie eine erlebte Dauer. Und auch die Erinnerung ans eigene Erleben lässt mich taumeln: Oxford – wie weit muss ich zurücklaufen, um das zu erreichen; dann wieder bin ich im nächsten Augenblick dort, als sei es gestern gewesen. Wie lange lebe ich schon, frage ich mich – ist es wenig Zeit, ist es viel, und Zahlen nützen mir nichts.

Weißt Du, was ich nie mehr will? Ungeduldig oder ängstlich warten, dass die Zeit vergeht. Die Zeit nur hinter mich bringen. Manchmal wünschen wir uns von einem Stück des Lebens, es möchte schon vorbei sein; wir wünschen es aus tiefster Seele und mit aller Kraft. Wir möchten diesen Abschnitt aufheben oder überspringen. Ist das nicht der reine Irrsinn? Doch es gibt Gefühle, die daraufhin angelegt sind. Sehnsucht etwa: Wenn wir jemanden oder ein Ereignis sehnsüchtig erwarten, sind die Stunden und Tage, die zwischen jetzt und der Ankunft liegen, nichts weiter als Hindernisse, etwas, was es zu überwinden gilt. Man zählt die Stunden, kreuzt sie an, streicht sie aus. Und es ist ja noch viel schlimmer, als es scheinen kann, wenn man es nur in diesen Worten beschreibt: Man möchte ja nicht nur die reine Zeit in ihrem

Verfließen durchstreichen, sondern auch all die Erfahrungen, die man in dieser Zeitspanne unweigerlich machen wird; denn es ist von vornherein klar, dass sie nichts zählen werden. Am besten kommt das zum Ausdruck, wenn jemand sich in den Schlaf flüchtet oder in den Alkohol, um die verhasste Zeit, die ihn noch vom Ziel trennt, hinter sich zu bringen. All das, was man trotzdem erleben muss – man erlebt es wider Willen. All die Dinge, die man tun, all die Gespräche, die man führen muss – es ist etwas, in dem man gar nicht richtig anwesend ist, man lässt es bloß vorbeiziehen wie eine lästige Nebelschwade unter einem abgewandten inneren Blick. Alles, was zählt, ist das Erleben, das mit der Ankunft des ersehnten Geschehens beginnen wird. Bis dahin halte ich den Atem an, setze das Leben aus, obgleich ich das Erleben nicht aussetzen kann. Ist das nicht ein Irrsinn, diese Geringschätzung des eigenen Erlebens, nur weil ich dieses ferne Ziel im Auge habe? Und es kann etwas Kompliziertes und Schreckliches eintreten, wenn das Warten lange dauert: Das verleugnete Erleben, weil ich es nicht ganz auslöschen kann, wird mich verändern, ohne dass ich es will – weil es eben mein Erleben ist, und kein Erleben ohne Wirkung bleibt. Dann komme ich beim Zielpunkt an, schließe den anderen in die Arme, trete aus dem Gefängnistor – und bin ein anderer als der, der seinerzeit zu warten begann. Denn da lag all die Brandung des ungewollten Erlebens dazwischen, es gab Wellen in diesem Erlebnisstrom, die so heftig gegen die

Dämme meines bisherigen Seins schlugen, dass sie brachen, und nun ist mir das Ziel meines Wartens als ein ersehntes Ziel abhanden gekommen, und ich stehe als einer da, der sich auf doppelte Weise betrogen hat: Weder habe ich die Gegenwart des widerwillig Erlebten richtig erfahren, weil es im Erwartungsschatten des ersehnten Ziels lag; noch kann ich jetzt die Gegenwart des erlösenden Moments erfahren und genießen, weil ich nicht mehr derjenige bin, in dem die Sehnsucht ihren Ursprung hatte und verankert war. Ist das nicht wirklich ein Irrsinn?

Es kann auch geschehen, dass wir Zeit aus einer Angst heraus hinter uns bringen möchten, etwa aus Angst vor einer Operation. Wenn es nur schon einen Monat später wäre, denken wir, damit das, wovor wir uns fürchten, schon vorbei wäre und der Grund für die Angst verschwunden. Das Ziel der Sehnsucht ist hier das Verschwinden der Angst, und der Wunsch nach dem beschleunigten Verrinnen der Zeit ist der Wunsch, die Last der Angst möglichst bald abschütteln zu können. Je größer, je mächtiger die Tyrannei der Angst, desto stärker der irreale Wunsch, die Zeit beschleunigt hinter sich zu bringen. Die tyrannische Angst kann einen blind und gefühllos machen für das, was man bis zur Operation sonst noch alles erleben könnte. Es ist ein Warten in gefühlloser Bangigkeit, das wir vielleicht wiederum durch Schlaf oder Alkohol zu verkürzen suchen. Wenn wir das Krankenhaus schließlich verlassen, unsere Wohnung wieder betreten und die äußeren Spuren der durchwarteten Zeit betrachten, so werden wir spüren, dass sie uns nun fehlt, diese Zeitspanne, sie ist wie herausgeschnitten aus dem Leben. Wir haben sie verloren. Doch das ist noch ein glücklicher Fall, denn hinter der angstvergifteten, verlorenen Zeit gibt es eine Zeit, auf die zu warten sich lohnt. Eine solche Zeit habe ich nicht mehr. Wenn ich an derjenigen Stelle in der Zeit angekommen sein werde, vor der ich mich fürchte, ist dahinter nichts mehr, diese Stelle wird für mich das Ende aller Zeit sein. Und nun weiß ich nicht, was ich tun soll: mir wünschen, dass dieses Ende möglichst bald komme, und den Moment herbeisehnen, wo es alle Angst verschluckt? Oder der Angst die verbleibende Zeit abtrotzen und ihr die verzweifelte Gegenwart abringen, die einer überschaubaren Reihe von letzten Tagen eignet?

Wenn jemand etwas sucht, um sich, wie wir sagen, die Zeit zu vertreiben, wenn er also nach einem Zeitvertreib sucht: Wie fahrlässig mir das jetzt vorkommt! Und geradezu unglaublich mutet mich das Bedürfnis an, Zeit totzuschlagen! Killing time! Wenn ich mir Worte vorsage wie: vertane Zeit, verschwendete Zeit, die wir gewöhnlich ohne allzu große Auflehnung sagen, höchstens mit einem milden Ärger, so kommen sie mir jetzt wie Worte vor, die eine Dummheit von enormem Ausmaß benennen. Wasting time: wenn man bedenkt, dass waste Müll heißt.

Inzwischen ist es draußen stiller, es ist nach Mitter-

nacht. In der Ferne die Sirene eines Krankenwagens. Eine solche Sirene werde ich nie mehr ohne Schrecken hören können. Und plötzlich, ganz ohne Ankündigung, ist da die Frage: Bin ich echt gewesen in dem, was ich gelebt habe? In meinem Denken, Sagen, Fühlen und Tun? Echt; genuine; autentico: Ich betrachte die Wörter, sage sie mir vor, und bin unsicher, was sie – besonders in dieser Frage – bedeuten. Und doch scheint mir die Frage dringlich, brennend, wichtiger fast als jede andere. Es geht nicht um Kleinigkeiten, Notlügen, Finten und harmlose Täuschungen. Es geht um die großen Dinge, die wichtigen Entscheidungen, die bedeutsamen Worte, die umfassenden Gefühle, die aus der Tiefe heraus gewirkt haben. Es ist nicht das Gefühl, dass ich den anderen und mir darin etwas vorgemacht hätte. Eher die zweifelnde Empfindung, dass ich mich vielleicht verfehlt, an mir vorbeigelebt habe. Ich habe nichts vor Augen, was ich statt dessen hätte leben wollen oder leben sollen. Ich kann nichts ausmachen, was man einen Irrtum, einen Lebensirrtum oder eine Lebenslüge, nennen könnte. Warum dann die Frage, kurz vor dem Ende? Übersetzend habe ich mich in viele Figuren hineinversetzt, bin ganz in ihrem inneren Drama aufgegangen, um die angemessenen Worte zu finden. Habe ich am Ende darüber mein eigenes Erleben vergessen? Habe ich das Leben der imaginären Figuren an die Stelle meines eigenen Lebens gesetzt, ohne es zu merken? Aber sicher hättest Du das bemerkt und es mir gesagt?

Ich bin auf und ab gegangen und dann ans Fenster getreten. In einem Boot auf dem Kanal war Licht, jemand hantierte in der Kabine, ein Hund lief hin und her, etwas fiel mit einem lauten Knall zu Boden. Ist vielleicht Echtheit das falsche Stichwort? Geht es vielleicht eher um die Erwartungen, die andere an mich hatten, und denen ich zuviel Macht eingeräumt habe? So dass ich mehr das Leben geführt habe, das die anderen von mir erwarteten, statt meines eigenen? Aber bin ich nicht an jenem Morgen in Oxford zum Bahnhof gegangen statt in die Schule? Ich bin vor den Erwartungen der anderen davongelaufen. Habe ich sie mitgenommen, ohne es zu merken? Die Erwartungen der anderen – sie können eine Tyrannei sein, und ihre Tücke besteht darin, dass sie sich der Wahrnehmung entzieht und ihr Unwesen im Schattenreich des Unbewussten treibt, so dass man sich nicht zur Wehr setzen kann. Warum, frage ich mich, hat es eines Tumors bedurft – dieser rohen, brutalen Demonstration der Endlichkeit –, damit ich dieser Tyrannei gewahr wurde?
All das hat, so will es mir vorkommen, auch etwas mit meiner Sehnsucht nach Stille zu tun. In der Stille schweigen die Erwartungen der anderen. Die Geräusche der Natur, auch diejenigen der Tiere, stören nicht, sie beeinträchtigen nicht, was an der Stille wesentlich ist: dass keine Erwartungen anderer Menschen zu hören sind, die mich bedrängen und mich von mir selbst abbringen könnten.

Plötzlich denke ich: Niemand ist eine Autorität. Es ist ein wundervoll befreiender Satz, ein Satz wie eine Woge, die Ketten sprengen kann. Ich wünschte, ich hätte ihn viel früher schon gedacht, und viel öfter. Sich nicht vom Urteil anderer bestimmen lassen: In der Wahl meiner Worte habe ich das erreicht. Und sonst? In vielem, was unser gemeinsames Leben betraf, warst Du eine Autorität für mich – ja, doch, es ist das treffende Wort, und es gefällt mir, es hier zu benutzen. Aber war es vielleicht auch eine Falle? Eine stille, verleugnete Versuchung, mich bestimmten Dingen nicht mit einem eigenen Urteil zu stellen? Elf Jahre habe ich den Verlag dann geleitet. Irgendwie blieb er – in mir, gewissermaßen – Dein Verlag. Aber ich hatte Autorität, ich hatte sie von Anfang an, man konnte es an den Worten und Blicken der anderen erkennen, und wenn ich dem Urteil anderer folgte, dann mit einem Gefühl der Freiheit. Woher also jetzt die Wut, die ich auch spüre, wenn ich denke: Niemand ist eine Autorität? Welche Art von Selbständigkeit habe ich verfehlt, und in welchem Sinne bin ich darüber verzweifelt? Wogegen laufe ich Sturm, so kurz vor dem Ende?

Es ist jetzt nach ein Uhr und ganz still draußen. Ein Moment der Ruhe und Furchtlosigkeit. Wie wenn man eine gefährliche Linie überschritten hat und mit sich darin einig ist, dass es keinen Weg zurück gibt. Ich hoffe, ich kann etwas davon in den neuen Tag mitnehmen.

Als erstes werde ich in den Verlag gehen müssen. Wie

werde ich es ihnen sagen? Und was werde ich mit dem machen, was sie mir entgegenbringen – mit ihren Worten, Gesten und Gefühlen? Jetzt wird sich zeigen, wie wir zueinander gestanden haben all die Zeit.
Die Situation ist zu groß für mich. Sie wäre für jeden zu groß.

9 Am Tag nach der Diagnose war Leyland mit langsamen Schritten auf dem gewohnten Weg zum Verlag gegangen: über die Piazza S. Antonio Nuovo, auf der Via Paganini an der Chiesa di Sant'Antonio Taumaturgo vorbei, über die Piazza S. Giovanni, er hatte die breite Via Giosue Carducci überquert und war in die Viale XX Settembre eingebogen. An der Ecke zur Via Timeus hatte er sich ins Café gesetzt, wo sie ihn seit mehr als zehn Jahren kannten. *Dottore* nannten sie ihn, und oft, wenn er es hörte, dachte er: *Und ich bin aus Oxfords bester Grammar School weggelaufen.*

Er blickte zum Gebäude des Verlags hinüber. Langsam ließ er seinen Blick über den rötlichen Stein gleiten, über die dunkler getönten Fenstersimse, die altmodischen Fensterrahmen, an denen hie und da der Lack abblätterte, über das vermooste Dach, die schwarz lackierte, glänzende Eingangstür, den hellen Marmor der Türfassung und das Giebeldreieck, in das

Alfredo Pertot, als er den Verlag im Jahre 1900 gründete, eine Rosette mit seinem Familienwappen hatte einsetzen lassen. ALFREDO PERTOT EDITORE stand in glänzenden schwarzen Lettern auf der mattgoldenen Tafel neben dem Eingang. Er war ein hitzköpfiger Irredentist gewesen, der Alte, und glücklich, als Österreich Triest an Italien abtrat. Mussolini hatte er verachtet. Später übernahm sein Sohn, Alfredo Pertot junior, den Verlag und führte ihn durch die unruhigen Jahre bis zum Pariser Friedensvertrag, der Triest zum Freistaat machte. Er hatte Maria Gasser aus Wien geheiratet. Ihre Tochter nannten sie Livia Patrizia. Mit dem Vater sprach sie Italienisch, mit der Mutter Deutsch, auf der Gasse schnappte sie slowenische und kroatische Wörter auf. Sie war ein eigensinniges, launisches Kind, das nicht selten die Schule schwänzte, »stets unterwegs, stets mit fliegenden Haaren«, sagte die Mutter. Als Kind war sie oft im Verlag, die Familie wohnte nur wenige Häuser weiter. Sie liebte die Marmorstufen des Treppenhauses, *distinto*, *gran mondo*, das waren ihre Worte der Erinnerung für jene Zeit. Auch die großen, schwarzglänzenden Türen mit goldenem Knauf liebte sie. Irgendwann lernte sie das Wort *nobiltà*, und nun plapperte sie es auf den Marmorstufen ständig vor sich hin, *nobiltà*, *nobiltà* … Sie war die Tochter des Chefs, treppauf, treppab auf allen drei Etagen unterwegs, von allen gemocht und gehätschelt. Sie wurde eine glänzende Schülerin und bestand die Maturität mit Auszeichnung. Zum Studium ging sie nach Mailand, Madrid und Paris, für sie machten die Eltern alles möglich. Livia begann, für Zeitungen zu schreiben und zu übersetzen. Der Vater ging inzwischen auf die sechzig zu, und das Herz machte ihm zu schaffen. Ob sie sich vorstellen könnte, den Verlag eines Tages zu übernehmen, fragte er sie, als sie zu Besuch kam. Damals lehnte sie ab und fuhr zurück nach Paris. Von der Sorbonne bekam sie ihren Doktortitel, sie war Mitte zwanzig. Dann ging sie für *Libération*, ihre Zeitung, nach London. Sie konnte kein Englisch. Sie schickten sie trotzdem. Sie kannten Livia Patrizia Pertot, die sich angewöhnt hatte, mit beiden Vornamen zu unterschreiben.

Zehn Jahre später, als sie mit den kleinen Kindern in Harrington Gardens wohnten, hatte mitten in der Nacht das Telefon geklingelt. Sie ließen es klingeln. Doch Minuten später klingelte es erneut, und nun nahm Leyland ab. Livias Vater war gestorben, das Herz hatte versagt. Livia fuhr allein nach Triest. Dort erfuhr sie, dass sie die Erbin des Verlags war. Zögernd nahm sie die Schlüssel entgegen und ging durch die Räume. Sie lernte Vittorio Albanese kennen, den Geschäftsführer, der in den letzten Jahren, als der Vater oft krank war, die Entscheidungen getroffen hatte. Livia spürte, dass er sich Hoffnungen auf den Verlag gemacht hatte. Sie ließ sich alles zeigen und erklären. »Sie vergaß keine einzige Zahl«, sagte Albanese später zu Leyland. Sie sprach mit den anderen Angestellten und fragte nach den Plänen für die nächsten Bücher. »Jetzt muss ich nachdenken«, sagte sie am Ende und fuhr zurück nach London.

Sie schwankten lange. Eigentlich hatten sie sich ihre Zukunft in London vorgestellt, sie lebten seit vielen Jahren hier, und vor kurzem hatte Livia die Leitung der Londoner Redaktion von *Libération* übernommen. Und nun plötzlich Triest? Es war die Stadt der vielen Sprachen, eine Stadt auf Warren Shawns Karte des Mittelmeers. Aber es war auch die Stadt von Livias Kindheit, und sie war nicht sicher, ob sie dahin zurückwollte. Doch es reizte sie auch. Sie fuhren zusammen hin und saßen in dem Café, in dem Leyland jetzt saß. Sie hatte auf die schwarzglänzende Tür gezeigt. »Stell dir vor: Ich würde jeden Tag durch diesen edlen Eingang treten – als Besitzerin«, hatte sie gesagt. »Aber ich weiß ja gar nicht, ob ich das überhaupt *könnte*: einen Verlag leiten«, hatte sie hinzugefügt. Leyland hatte sie ausgelacht. »Was für eine Liebeserklärung!« sagte sie und zog ihn mit sich die Marmorstufen hinauf in das Büro ihres Vaters. Dort hatte sie sich hinter den Schreibtisch gesetzt und sich eine Zigarette angezündet. Nach einer Weile hatte sie ihn angesehen, und da hatte er gewusst: Sie würden es machen. Später waren sie mit der Fähre nach Muggia und zurück gefahren. Er hatte an der Reling gestanden: Dort drüben also, in dieser hellen Stadt unter dem mediterranen Himmel, würde sein Leben weitergehen.

Livia hatte den Verlag dreizehn Jahre lang geleitet, bevor ihr Herz eines Nachts aufgehört hatte zu schlagen. Und nun sollte der Verlag plötzlich ihm gehören, ihm, der eine Ahnung von Wörtern und absolut keine Ahnung von Zahlen hatte, keine Ahnung von Verträgen und Buchhaltung, von Verkauf und Werbung? Als er am Tag nach Livias Tod das erste Mal hinter ihrem Schreibtisch saß, unsicher, was er tun sollte, war Vera Santin hereingekommen, Livias langjährige Sekretärin. »Ich hoffe, Sie führen es weiter«, sagte sie, »ich würde gerne mit Ihnen arbeiten.« Es waren Worte von einer Frau, die er kaum kannte, aber es waren wichtige Worte gewesen. Sie hatte schnell begriffen, dass er neben dem Leben als Verleger auch sein Leben als Übersetzer weiterführen wollte. Wenn er nicht ins Büro kam, rief sie ihn zu Hause an, um die Dinge zu besprechen. Am Anfang sagte sie ihren Namen, später nur noch: *sono io*. Sie sagten *Lei* und nicht *tu*. Auch deshalb, weil *Lei* für ihn einen glanzvollen, vornehmen Klang hatte, eine *nobiltà*. Wie matt und gewöhnlich war dagegen *you*! Er sagte *Vera*, und wenn er besonders zufrieden mit ihr war: *Verissima*. Sie sagte *Simon*, und wenn sie ärgerlich war: *Sir*. Er vermisste es, wenn sie einmal nicht anrief. Sie würde die erste sein, der er es sagte.

Carlotta, die ihn seit vielen Jahren bediente, brachte ihm einen zweiten Kaffee. Er sah sie an. Es konnte doch nicht sein, dass er nicht auch weiterhin hier saß und sie ihn weiterhin bediente, viele Jahre noch. Das konnte doch einfach nicht sein. »Ist was?« fragte sie. »Ich ... nein, nichts.« Bevor sie ins Lokal ging, blieb sie unter der Tür stehen und warf ihm einen Blick zu. Er war kurz davor, sie zu fragen, ob sie mit ihm hinüber in den Verlag ginge. Es war eine abstruse Vorstellung, ganz und gar unsinnig, entstanden aus dem Gefühl, dass er es allein vielleicht gar nicht schaffen würde. Hätte er nur Sidney oder Sophia gebeten mitzukommen. Auf dem Weg hatte er Sätze ausprobiert, die er sagen könnte. *Ich habe einen Gehirntumor* – ein einziges Mal nur hatte er die Worte in sich gebildet. Es waren schreckliche, vernichtende Worte, er hatte sie sofort verworfen und die wütende, verzweifelte Entscheidung getroffen, sie nie wieder zu denken. *Ich bin krank und habe nicht mehr lange zu leben.* Er würde es auf eine Art sagen, die eine Nachfrage verbot.

Vera Santin hatte sofort gesehen, dass etwas nicht stimmte. Sie war anders stehengeblieben als sonst, weiter weg vom Schreibtisch, zögernd und mit unsicherem Blick. Sie war Mitte vierzig, eine Frau, die früh ihren Mann verloren und den Jungen allein großgezogen hatte, dankbar dafür, dass Livia sie damals eingestellt hatte. Sie hatte etwas Strenges im Gesicht und etwas Herbes in ihrer Art, und wenn sie erkältet war und schniefte, konnte sie beinahe verhärmt aussehen. »Setzen Sie sich, Vera«, hatte Leyland gesagt. Es hatte heiser geklungen, und er hatte sich geräuspert. Jetzt musste er die Worte sagen, die alles verändern würden. »Ich bin krank, Vera, sehr krank. Ich habe nicht mehr lange zu leben, wenige Monate nur. Ich werde den Verlag verkaufen. Es muss schnell gehen. Wenn Sie jemanden kennen ...« So hatte er es sich zurechtgelegt: der Sache möglichst rasch eine praktische Wendung geben. Doch Vera schien die letzten Worte gar nicht gehört zu haben. Bleich saß sie auf ihrem Stuhl, wusste nicht wohin mit ihren Händen und suchte nach Worten. »*Questo è terribile*«, sagte sie schließlich heiser, »*orribile.*« Und man könne gar nichts tun? Er schüttelte den Kopf. Da stand sie auf, kam um den Schreibtisch herum und legte ihm die Hand auf die Schulter. Er legte seine Hand auf die ihre, und so blieben sie eine Weile. Später fuhr sie sich mit dem Ärmel über die Augen und ging zurück zum Sessel. »Kennen Sie jemanden, der in Frage käme?« fragte er. Sie müsse nachdenken, sagte sie. Die Tür hatte sie langsamer zugemacht als sonst und leiser.

Als nächstes war er hinunter zu Maria Psyroukis gegangen. Sie war eine Frau, die einen verzaubern konnte. Besucher kamen anders aus ihrem Büro, als sie hineingegangen waren. Nicht, dass sie es darauf anlegte; es war kein demonstrativer Charme, eher ein verhaltener, von dem sie selbst vielleicht gar nichts wusste.

Sie hatte das Gesicht einer Frau griechischer Abstammung, mit langen Wimpern und dunklem Haar, das ihr wie ein Schleier über die Augen fiel, so dass sie unablässig damit beschäftigt schien, es aus dem Gesicht zu streichen. Immer eine Zigarette, im Haus ging der Scherz, dass sie sich damit ständig das Haar versengte. Sie war die Lektorin für die literarischen Bücher, eine Frau, die unablässig las, auch im Bus, und ein phänomenales Gedächtnis besaß, besonders für außergewöhnliche Sätze und Wendungen. Wenn der Verlag eine von Leylands Übersetzungen herausbrachte, war sie die einzige, auf die er hörte, wenn es um mögliche Varianten ging, und sie wusste genau, wann der Moment war, etwas zu sagen, und wann man besser schwieg. Sie wusste, dass Leyland länger blieb, wenn sie ihre strenge Brille abnahm.

Einmal, als er krank war, hatte sie ihm etwas nach Hause gebracht. Sie war die Regale mit den Wörterbüchern und Grammatiken entlanggegangen. Sie nahm die griechische Grammatik heraus, blätterte und sprach dann Griechisch. Er hielt so gut mit, wie er konnte, und dann erzählte er ihr von seinem Aufenthalt in Athen, von den Cafés mit den Fernsehern, den Wörtern für Fußball und von dem Wortspiel, das er zu seiner Überraschung verstanden hatte. Sie setzte sich neben ihn und fragte ihn griechische Wörter ab. Auf Griechisch duzte sie ihn. Es wäre nur noch ein kleiner Schritt gewesen, dachte er nachher, eine einzige Berührung hätte genügt. Sie hatten den Schritt nicht getan, beide hatten sie ihn gescheut, und plötzlich hatte sie es eilig gehabt. Griechisch hatten sie seither nicht mehr gesprochen, es war die Sprache jenes intimen Nachmittags geblieben, eine Insel, ein Tagtraum. Und sie sagten weiterhin *Lei*. Doch wenn er von nun an hereinkam, nahm sie die Brille ab.

Auch jetzt, als er ihr Büro betrat, nahm sie die Brille ab. Er setzte sich. »Maria, ich habe nicht mehr lange zu leben«, sagte er, »man hat einen ... einen Tumor entdeckt.« Er zeigte mit dem Finger auf den Kopf. Er hatte es nicht sagen wollen; doch bei ihr schien es plötzlich richtig. Vielleicht auch, weil es jenen Nachmittag gegeben hatte. Sie erstarrte. Die Asche fiel aufs Papier. Sie fand keine Worte. Sie sah ihn an. »*Theé mou!*« sagte sie schließlich leise, mein Gott. »Ich muss den Verlag verkaufen«, sagte Leyland, »können Sie mir helfen, jemanden zu finden?« »Caterina«, sagte sie nach einer Weile, »Caterina Mizzan, vielleicht.« Jetzt kämpfte sie wieder mit den Gefühlen, und aus ihrem Gesicht konnte Leyland erraten, dass es da noch mehr an Gefühl gab, als er vermutet hatte. Sie versuchte, sich zu konzentrieren. »Sie würde ... der Verlag würde ... er würde zu ihr passen ... aber ich will ... ich will nicht darüber nachdenken, nicht jetzt.«

Mit Vittorio Albanese, dem Geschäftsführer, hatte Leyland eine Überraschung erlebt. Der Mann, den

Alfredo Pertot als jungen Mann eingestellt hatte, war bald sechzig. Was die Finanzen betraf, verkörperte er seit über dreißig Jahren den Verlag. Er wusste alles, verlor nie die Übersicht und hatte großen Anteil daran, dass es dem Verlag gutging. Er war ein Hüne und ging mit großen, lauten Schritten durch die Räume. Einige mochten seine gelegentlich herrische Art nicht, aber alle wussten, dass er unersetzlich war. Am Anfang hatte er Leyland die Leitung des Verlags nicht zugetraut, seine Meinung aber bald geändert. Persönliche Gespräche hatte es kaum gegeben. Es war deshalb eine Überraschung, als er sagte: »Das glaube ich nicht. Will ich nicht glauben. Erst Livia, jetzt Sie. Nein.« Und er hatte Leyland unter der Tür seine große Hand auf die Schulter gelegt.

Auf dem Flur war Leyland Stefano Di Rossi begegnet, dem Experten für Elektronik. Blue Jeans, teure Schuhe, ein weißes Hemd mit auffällig breitem Kragen, eine schwarze Lederjacke. Er hatte einen hellen, wachen Blick und fuhr sich häufig mit der Hand durch das lange, dichte Haar. Er sorgte über die Jahre dafür, dass der Verlag elektronisch auf dem neuesten Stand war, und er verstand es, Leyland die Angst vor diesen Dingen zu nehmen. Und nicht nur vor diesen Dingen. Er kam in unregelmäßigen Abständen, und trotzdem wurde er für Leyland zu einer Art Vertrautem, zu jemandem, dem er die plötzliche Panik anvertrauen konnte, die ihn manchmal überfiel, wenn es zuviel wurde, was man von ihm erwartete. *Piano*, sagte Di Rossi, *piano*. Sie saßen in der Dämmerung ohne Licht in Leylands Büro und rauchten. Vera schloss schnippisch die Tür.

Auch jetzt setzten sie sich in sein Büro. »*Merda*«, sagte Di Rossi. »*Shit.*« Er hatte vor kurzem seinen Vater verloren. Krebs. »Ich kann es nicht akzeptieren. Wache nachts auf und laufe Sturm dagegen. Dass ein Leben zu Ende geht, wirklich zu Ende geht: *una mostruosità.*« Sein Gesicht, das so cool aussehen konnte, hatte einen verletzlichen, fast kindlichen Ausdruck bekommen. Sie hatten sich umarmt, als er ging – etwas, was vorher nicht möglich geschienen hatte, trotz der Intimität, die es zwischen ihnen gab. Unter der Tür drehte sich Di Rossi um. »Du weißt, wie du es machst?« Sonst sagten sie *Lei*. Für einen Moment hatte es Leyland die Sprache verschlagen. Sie hatten mit keinem Wort darüber gesprochen, dass er seinem Leben selbst ein Ende setzen würde. Und doch war klar, dass die Frage davon handelte. Diese Hellsicht. Es war eine Hellsicht, wie auch Sidney sie manchmal hatte. Sie *spürten* die Dinge einfach. Unwillkürlich lächelte Leyland, als er nickte. Auch auf Di Rossis Gesicht erschien ein Lächeln. Dieses verschränkte kleine Lächeln, dachte Leyland auf dem Heimweg – es war kostbar, kostbarer als alle Worte. Er hatte die Tür noch einmal aufgemacht und hatte Di Rossi nachgeblickt. Der Italiener, der den Kragen der Lederjacke hochgestellt hatte, als friere er, spürte auch das und wandte sich um. Beide hoben sie die Hand. Dass sich Menschen, die man auf die eine Weise kannte, mit einemmal noch anders zeigten – es gehörte zum Besten im Leben, dachte Leyland. Er wollte noch mehr davon, viel mehr. Er war ans Fenster getreten und hatte Di Rossi in seinen verbeulten Lancia einsteigen sehen. Am liebsten wäre er mit eingestiegen. »Fahr«, hätte er sagen wollen, »fahr einfach, irgendwohin, möglichst weit.«

Abends war Maria Psyroukis vorbeigekommen. Sie hatte nicht angerufen, sie hatte einfach vor der Tür gestanden. Sie hatten sich umarmt und ein paar griechische Worte gewechselt. Es war, das spürten sie beide, nicht der Auftakt zu weiteren Berührungen, eher hatten sie damit ihre Verbundenheit, wie sie sich nachmittags im Büro gezeigt hatte, bekräftigt. Sie hatte mit Caterina Mizzan telefoniert, die sie auf einer Urlaubsreise kennengelernt hatte und die über die Jahre zu einer Freundin geworden war. Sie war die Tochter eines Geschäftsmanns aus Split an der dalmatinischen Küste. Vor kurzem hatte sie die Firma geerbt und war dabei, sie zu verkaufen. Dem Vater zuliebe hatte sie zuerst Wirtschaft studiert, erfolgreich aber widerwillig, dafür hatte er ihr später in Venedig eine Buchhandlung finanziert, in der es vor allem Gedichtbände aus aller Welt gab, ein Verlustgeschäft, aber der Vater liebte seine einzige, eigensinnige Tochter und zahlte weiter. Die früh verstorbene Mutter war aus Russland gekommen, und die Tochter sprach neben Kroatisch und Italienisch fließend Russisch. Sie kannte Alfredo Pertots Verlag. »Triest? Pertot?« hatte sie am Telefon gesagt, »mein Gott, das wäre ja ... und wo ich jetzt das Geld aus der Firma bekomme ...« Später hatte sie Maria noch einmal angerufen und gefragt, ob das auch wirklich wahr sei. Sie ließ sich Leylands Telefonnummer geben.

Leyland war still geworden: Die Zukunft ohne ihn nahm Formen an. Maria Psyroukis fing an, von den letzten Wochen ihres Vaters zu sprechen, zögernd, stockend, aber sie spürten bald, dass es nicht richtig war und nicht half. Er erzählte vom Anfall und den entglittenen Wörtern. »Mein Gott«, sagte sie, »ausgerechnet Sie. Ausgerechnet Sie.« Unten fuhr ein Krankenwagen mit Sirene vorbei, der durchdringende Ton flutete durch die Räume. Sie sah, was es mit ihm machte. Als es wieder still war, wussten sie nicht mehr, was sie sagen sollten, und bald darauf war Maria gegangen. Würde es nun mit allen so sein, hatte Leyland gedacht: dass man nicht mehr wusste, was man sagen könnte?

Einige Tage später hatte Leyland Caterina Mizzan im Hotel Savoia Excelsior Palace an der Uferstraße getroffen. Er war eine Stunde zu früh und setzte sich ins Caffè degli Specchi an der Piazza dell' Unità d'Italia. Er saß dort am liebsten im Winter, wenn er der einzige Gast war, der seinen Kaffee draußen trank.

In den Tagen nach Weihnachten, wenn der überholte Schmuck an den Drähten im Winde flatterte, saß er regelmäßig dort, und jedes Jahr, ohne dass sie es verabredet hätten, kamen irgendwann auch Sidney und Sophia, und dann durfte nicht er zahlen, das war ein Ritual. Weihnachten – das waren noch fünf Monate. *Ein paar Monate*, hatte Doktor Leonardi gesagt. Aber die Anfälle würden bald heftiger und häufiger kommen. Er würde den Weihnachtsschmuck nicht mehr flattern sehen. Und drüben, auf der anderen Seite des Platzes, würde er im Salon des Grandhotels gleich die Frau treffen, der sein Verlag vielleicht bald gehören würde.

Er hatte sofort gesehen, dass sie es sein musste. Sie trug Kleider und Schuhe von erlesener Eleganz, und als sie aufstand und ihm entgegenkam, fiel ihm auf, wie hoch sie ihren Kopf trug. Im ersten Moment sah es wie Hochmut aus, doch bald merkte er, dass es eher eine Art war, sich selbst Mut zu machen. »Es ist entsetzlich, was da mit Ihnen geschieht«, hatte sie gesagt und seine Hand länger festgehalten als üblich. Sie war eine hochgewachsene Frau, nur wenig kleiner als er, und sie sah ihn mit einem offenen, warmen Blick aus hellen Augen an. Sie hatten noch eine Weile im Salon des Hotels gesessen. Sie hatte gewusst, dass Livia den Verlag vom Vater übernommen hatte, aber von ihrem Tod hatte sie nichts gewusst, und ihn kannte sie nur als Übersetzer. Das erste Buch aus seinem

Verlag, das sie gelesen hatte, war *Trieste, Città delle Lettere* von Francesca Marchese. Umberto Saba, Italo Svevo, Scipio Slataper, James Joyce und viele andere, auch slowenische Dichter. Leyland erzählte ihr, dass er das Buch für Lynn und Sean Christies Verlag in London ins Englische übersetzt hatte, und dass mit diesem Buch über Triest und seine Dichter seine Karriere als literarischer Übersetzer begonnen hatte. In der Zeit des Belsize Retreat Hotels und in den Jahren danach hatte er, nach den Kinderbüchern, Reisebücher übersetzt, Memoiren und Kriminalromane, die er insgeheim verachtete. »Jetzt ging es um poetische Sätze – um Sätze, die es vermochten, die Zeit anzuhalten«, sagte er. Caterina Mizzan sah ihn an, während er sprach, und er spürte, dass sie dachte: Es kann doch nicht sein, dass ausgerechnet diesem Mann das passiert.

Francesca Marchese ließ die Dichter, über die sie schrieb, oft durch ihre Briefe zu Wort kommen, manchmal waren es Briefe, zu denen sie erst nach jahrelangen Verhandlungen Zugang erhalten hatte. Doch natürlich fanden sich in dem Buch auch Abschnitte aus Romanen und Erzählungen, die es zu übersetzen galt. Leyland erzählte, wie sich in der Wohnung in Harrington Gardens die Gesamtausgaben und Übersetzungen gestapelt hatten. Er besprach jeden Satz des Buches mit Livia, und sie wurden besser und besser: er im Italienischen, sie im Englischen. Auch Francesca Marcheses eigener Text hatte einen Glanz, den es im Englischen nachzubilden galt. Er saß in den sparsam möblierten Räumen mit Stuck und Parkett, in denen es hallte, und schrieb von Hand, was er später in die Maschine tippte. Dabei gewöhnte er sich an, was er beibehalten sollte: Er schrieb, bevor er mit dem Übersetzen begann, mehrere Seiten von Hand ab, und dasselbe tat er mit Sätzen, die ihm Kopfzerbrechen bereiteten. »Man spürt dann besser, wie der Satz von innen ist«, sagte er, »und ich habe Übersetzungen abgelehnt, weil die Sätze nicht zu meiner Hand passten.« Caterina Mizzan hörte gebannt zu und spielte mit dem seidenen Schal, es waren langsame, streichelnde Bewegungen der Konzentration.

Mit den englischen Übersetzungen der italienischen Dichter, sagte Leyland, war er oft nicht zufrieden und übersetzte die Passagen im Buch neu. Für die Kapitel über Boris Pahor und Alojz Rebula ließ er sich von Livias Vater die slowenischen Schriften schicken, besorgte sich eine Grammatik und das größte Wörterbuch und ging die zitierten Stellen Wort für Wort durch. Die Übersetzungen waren nicht falsch, fand er, aber man hätte sie besser machen können. Nach einem Monat war er so weit, dass er die slowenischen Sätze direkt ins Englische übersetzen konnte, mit allen Nuancen. Livia, die etwas Slowenisch konnte, sah staunend zu. *Hallucinant*, sagte sie regelmäßig, wenn sie jemandem davon erzählte.

Durch Francesca Mercheses Buch hatte er sich zum ersten Mal mit James Joyce beschäftigt, erzählte Leyland. *Ulysses* war wenige Jahre zuvor in italienischer Übersetzung erschienen, und daraus wurde zitiert. Livias Vater schickte ihm das Buch, er hielt in der eigenen Arbeit inne und studierte die Übersetzung. Das erste Mal hatte er den Eindruck, eine Übersetzung nicht beurteilen zu können. Und es war ihm sofort klar: Dieses verrückte Buch war die größte Herausforderung, die es für einen Übersetzer, was Prosa betraf, geben konnte. »Ich hatte gedacht, ich könne Englisch«, sagte er, und Caterina Mizzan lachte. »Ich schrieb die Sätze ab. Ich kaufte verschiedenfarbige Hefte und begann, den Text ins Italienische, Französische und Deutsche zu übertragen, jeden Satz in jede Sprache. Ich bat Livias Vater, mir alle Übersetzungen des Buches, die es gab, zu besorgen, gleichgültig, wie viele Sprachen es sein mochten. Es wurde zur Sucht. Ich geriet mit der eigenen Arbeit in Verzug, Lynn Christie musste mich mahnen, und schließlich nahm mir Livia die farbigen Hefte weg und schloss sie in der Redaktion ein. Ich bekam einen Wutanfall, dann einen Lachanfall, und schließlich gingen wir ins Kino. Wenn aus Triest weitere Übersetzungen von *Ulysses* kamen, nahm Livia sie mit in die Redaktion. Ich las den Roman nicht zu Ende. In der letzten Zeit habe ich manchmal daran gedacht, es noch einmal zu versuchen.« Erst mit Verzögerung merkte Leyland, was diese Worte in diesem Moment bedeuteten, und erschrak.

Nachts, als er wachlag, fragte er sich, warum er Caterina Mizzan, die er doch eben erst kennengelernt hatte, das alles erzählt hatte. Es kam ihm vor, als hätte er dieser Frau, die nun bald an seine Stelle treten würde, zeigen wollen, wie groß der Radius seines Lebens gewesen war. Nicht im Sinne der Wichtigtuerei. Eher im Sinne der Selbstvergewisserung. Doch während er geredet hatte und Episode an Episode reihte, war es auch noch anders gewesen: Er hatte auf eine Weise, die ihm selbst undurchsichtig war, gegen die Tatsache angeredet, dass seine eigene Zukunft sich verschloss, während sich die der Frau neu öffnete. Es war gewesen, als hätte er in einem fort gesagt: *Ich bin noch da.* Dabei hatte diese Frau nichts, wirklich gar nichts getan, um ihn gleichsam zur Seite zu schieben. Auf dem Weg zum Verlag war sie mehrmals stehengeblieben und hatte gesagt: *Non posso crederlo*, ich kann es einfach nicht glauben. Die Worte hatten beides bedeutet: Ich kann nicht glauben, dass Sie diese schreckliche Krankheit haben, und: Ich kann nicht glauben, dass ich bald einen Verlag besitzen werde. Das lange Gespräch im Hotel und diese wiederholten Worte hatten dazu geführt, dass ihm diese Frau, mit der er im Verlag die Marmortreppe hochgestiegen war, nicht wie eine Fremde, sondern fast schon wie eine Vertraute vorkam. Als sie angekommen waren, hatte sie das Haus mit den Blicken ausgemessen und war eine Weile vor dem goldenen Schild mit den schwarzen Buchstaben stehengeblieben. »Ich habe das Gefühl, Ihnen den Verlag wegzunehmen«, hatte sie gesagt. »Ich hatte ihn doch zuvor schon verloren«, hatte er erwidert.

Sie war eine Woche geblieben, hatte alle Unterlagen eingesehen und mit allen Leuten gesprochen. Im Unterschied zu ihm verstand sie etwas von Geld und Geschäft, und das hatte Vittorio Albanese gestört – er war jetzt mit seinem Wissen nicht mehr allein. Seine erste Reaktion war: frühzeitig in Rente gehen. Doch es zeigte sich, dass Caterina Mizzan die Leute zu nehmen wusste, und nach ein paar Tagen traf Leyland die beiden lachend in Albaneses Büro an. Am schwierigsten war es mit Vera Santin. »Eigentlich kann ich es mir nicht vorstellen«, sagte sie. »Mit ihr, meine ich.« Manchmal, wenn Leyland in sein Büro kam, lag Caterina Mizzans Handtasche auf seinem Schreibtisch. Nie hatte sie sich hinter seinen Schreibtisch gesetzt. Die Handtasche reichte. Es gab ihm einen Stich. Einmal, als er ins Büro kam und sein Blick auf die Handtasche fiel, war auch Vera hereingekommen und hatte seinen Blick gesehen. Wortlos hatte sie die Handtasche auf den Besuchersessel gelegt. »Sie wird Ihre Erfahrung brauchen«, hatte er gesagt. »Aber ich …«, hatte sie begonnen. »Ja, natürlich, es wird anders sein mit ihr«, hatte er gesagt. »Trotzdem. Sie dürfen den Verlag nicht im Stich lassen. Auch meinetwegen nicht. Und wegen Livia.« Sie war geblieben.

In jenen Tagen dachte Leyland oft daran, wie es gewesen war, als Livia den Verlag übernahm. In den ersten Jahren arbeitete sie Tag und Nacht, sie arbeitete mit der Entschlossenheit und Unbeirrbarkeit, die er liebte und manchmal auch ein bisschen fürchtete. Abends kam sie spät nach Hause, rief *sono io!*, warf Schlüssel und Tasche auf den Sessel und wollte einen Campari. In den Londoner Jahren hatte sich eine freundschaftliche Beziehung zu Lynn und Sean Christie entwickelt, die Francesca Marcheses Buch verlegt hatten. Es gab Abendeinladungen, und manchmal war Leyland einfach so vorbeigegangen. Bevor sie sich entschieden, nach Triest zu gehen, hatte Livia oft mit den beiden darüber geredet, was es bedeutete, einen Verlag zu leiten. Man brauche etwas Solides, etwas, was den Launen des Marktes entzogen sei, sagten die Christies: Schulbücher zum Beispiel, oder juristische Fachbücher. Es gelang Livia dann tatsächlich, Verträge für Schulbücher abzuschließen, und sie begann eine Reihe mit Grundkursen für die Universität, orangefarbene Büchlein, die in die Manteltasche passten, man konnte sie überall sehen. ALFREDO PERTOT EDITORE – der Name bekam einen anderen Klang als zu Zeiten des Vaters. Wenn man Livias Büro betrat, war sie fast immer am Telefon, rauchend, auf und ab gehend, die lange, verzwirbelte Schnur des Telefons schleifte über das Parkett. Der alte Pertot konnte, wie Livia zu sagen pflegte, einen regelrechten Kaufmannston anschlagen; ihre eigene Geschäftsstimme besaß eine sanfte, ein bisschen lauernde Bestimmtheit, es war besser, man machte nicht den Versuch, diese Frau zu übertölpeln. Die Besprechungen mit den Angestellten waren knapp und präzise, und man kam nicht zu spät. Sie war die letzte, die den Verlag abends verließ. Nur eine Frühaufsteherin war sie nicht. Als die Kinder größer waren und das Frühstück selbst machen konnten, war sie noch im Schlafrock, wenn sie zur Schule gingen. Und manchmal bekam sie einen Koller und schlief bis mittags.

Caterina Mizzan reiste ab. Sie war entschlossen, den Verlag zu übernehmen. Nun musste sie die Firma in Split und die Buchhandlung in Venedig verkaufen. Es dauerte bis Mitte September, bevor es soweit war. Manchmal dachte Leyland: *Hoffentlich werde ich noch unterschreiben können.*

Am letzten Abend hatten sie im Hotel zusammen gegessen. Es sei etwas Großes, diesen wunderbaren Verlag zu übernehmen, hatte sie gesagt, das meiste werde sie einfach fortführen. Sie hatte es etwas steif gesagt, etwas ungelenk, wie jemand, der zweifelt, ob er dabei ist, die richtigen Worte zu sagen. Es gab noch Einzelheiten, die sie wissen wollte. In der Art, wie sie danach fragte, gab sie ihm zu verstehen, wie sehr sie alles zu schätzen wusste, und dass sie es bewahren wollte. Doch jede dieser Einzelheiten war auch etwas, von dem Leyland Abschied nehmen musste, und diesen Schmerz hatte sie gespürt. Danach hatten sie nicht mehr recht weitergewusst und hatten gehört, wie ihr Besteck klapperte. Da bat er sie, etwas auf Russisch zu sagen. Als Kind war er manchmal bei seinem anderen Onkel, Stuart Scott Leyland, einem Arzt, zu Besuch gewesen, der eine polnische Frau mit russischer Mutter geheiratet hatte, von der die Kinder, Leslie und Victor, russische und polnische Wörter lernten. Älter als er, versuchten sie, ihn damit zu beeindrucken. Aber sie kannten ihn schlecht: Nach kurzer Zeit las er Russisch besser als sie. Caterina Mizzan lachte, als sie das hörte, und dann sprach sie Russisch. Er verstand längst nicht alles, aber er mochte ihre russische Stimme und wollte immer mehr hören. Für eine Weile vergaß er dabei, dass sie nun bald an seinem Schreibtisch sitzen würde und er dabei war, die Wörter zu verlieren.

Vom Hotel aus war er in den Verlag gegangen und hatte sich im Dunkeln an seinen Schreibtisch gesetzt. Auch elf Jahre zuvor, nach Livias Tod, war er spät in der Nacht in den Verlag gegangen. Es war ihm vorgekommen, als täte er etwas Verbotenes, als er aufschloss und eintrat, und er hatte erst nach ein paar Minuten Licht gemacht. Er war durch alle Räume gegangen und hatte sich an jeden Schreibtisch gesetzt. Auch die Regale hatte er mit seinem Blick abgesucht, und manchmal hatte er in einem Ordner geblättert. Am längsten war er im Büro von Vittorio Albanese geblieben. Er mochte seine Handschrift auf den vielen Zetteln nicht, die Buchstaben waren nach oben und nach unten ausgreifend wie seine langen, lauten Schritte. Aber, hatte er gedacht, ich werde ihn brauchen. An Livias Schreibtisch hatte er sich eine ihrer Zigaretten angezündet. Die Packung tat er genau an die Stelle zurück, wo sie gelegen hatte. Als dürfte er an der Vergangenheit mehr nicht verändern. Dann war sein Blick auf das Diktiergerät gefallen. Er zögerte. Schließlich konnte er der Versuchung nicht widerstehen und schaltete ein. Livias italienische Stimme, ihre Geschäftsstimme. Zwei Briefe. Er hatte das Licht ausgemacht und das Band stets von neuem laufen lassen. Am Ende konnte er die Briefe auswendig. Er hatte die Stimme mitgenommen, als er abschloss und nach Hause ging. Er hatte sie im Traum gehört.

10 In Warren Shawns Haus fiel der Strom aus. Das ganze Viertel in Hampstead lag in einer stillen, gespenstischen Dunkelheit. Tastend fand Leyland eine Taschenlampe, doch es fehlten die Batterien. Da ging er zu Kenneth Burke hinüber. Er führte ihn in die Küche, wo Kerzen brannten. Leyland hatte nur nach Batterien oder Kerzen fragen wollen, doch jetzt nahm

Burke eine Pfanne mit Linseneintopf vom Gasherd und fragte, ob er auch wolle. Er deckte den Tisch mit den sparsamen Bewegungen von einem, der allein lebt. Er schenkte Rotwein ein. In der Ecke stand ein Korb voller leerer Flaschen.

Seit fünf Jahren wohne er jetzt hier, sagte er. Das Haus hätte ihm sein Vater überlassen. »Wo willst du sonst hin«, habe er gesagt, »jetzt, wo du alles verpfuscht hast.« Er höre diese Worte, als wäre es gestern gewesen, sagte Burke. »Ich war Apotheker. Es war seine Apotheke, ich habe sie von ihm übernommen. Im East End, in Hackney, es wohnen viele Arbeiter dort, arme Leute, auch Ausländer ohne Papiere. Wenige Ärzte, lange Wartezeiten. Es kamen Leute herein, die Medikamente brauchten, die sie sich nicht leisten konnten. Offensichtliche Krankheiten, offensichtliche Symptome, ich sah, was auch ein Arzt gesehen hätte. Im ersten Jahr sagte ich, was der Apotheker sagen muss: ohne Rezept kein Medikament. Dann kam ein besonders harter Winter, viele Infektionskrankheiten, Lungenentzündung, gefährliche Dinge. Hustende Mütter ohne Papiere mit kranken Kindern. ›Was sollen wir denn machen‹, sagten sie, ›wir können doch zu keinem Arzt.‹ Da fing ich an, rezeptpflichtige Medikamente ohne Rezept herauszugeben. Sie halfen, die Leute kamen und bedankten sich. Es sprach sich herum, und es wurden immer mehr. Ich fälschte die Bücher, meine Angestellte sah es und schwieg. ›Sie riskieren viel‹, sagte sie. ›Ich weiß‹, sagte ich, ›aber es ist richtig so. Ungesetzlich, aber richtig.‹ Auch starke Schmerz- und Schlafmittel gab ich. Ich wurde zu bettlägerigen Patienten geholt, die in Löchern wohnten und gar nicht hier sein durften. Vielen ging es besser durch das, was ich tat. Als Apotheker hat man ja ein gutes Stück medizinisches Wissen. Dazu hatte ich alle Waschzettel der Medikamente im Kopf und studierte die Lexika. Viel anderes hätte ein Arzt auch nicht gemacht. Am Ende gab es dann einen Mann mit heftigen chronischen Schmerzen. Ich brachte ihm Morphium, jede Woche. Er nahm nur wenig, den Rest sparte er auf. Dann nahm er alles auf einmal und starb. Jemand plauderte, und da flog das Ganze auf.

Sie kamen und nahmen mich fest. Sie verhörten mich auf dem Revier. Es gab eine Anhörung beim Magistrates' Court. Ich habe alles zugegeben, ich stand dazu. Ich bekam *Police Bail*, blieb auf freiem Fuß, musste mich aber regelmäßig auf dem Revier melden. Einer der Polizisten kannte jemanden, dem ich geholfen hatte. Er hatte bei der Verhaftung die Handschellen wieder weggesteckt, als ihm klar wurde, wer ich war. ›Ich verstehe das‹, sagte er einmal, als wir allein auf der Wache waren. ›Was Sie getan haben, meine ich. Aber sagen Sie es nicht weiter.‹ Ich fand einen milden Richter, den meine Motive nicht unberührt ließen. ›Aber Sie können nicht einfach den Robin Hood der Arzneien spielen‹, sagte er. Ich kam mit einer Bewährungsstrafe davon. Natürlich verlor ich die Zulassung als Apotheker, und mein Vater sprang wieder ein.

Es war sonderbar mit meinem Vater. Zuerst sah er nur den Rechtsbruch, den beschädigten Ruf der Apotheke und meinen beruflichen Ruin. Er ist ein sehr korrekter, aufrechter Bürger, bester Schüler in seiner Klasse, und er war voller Zorn, dass ich alles durcheinandergebracht hatte. Er war bei der Verhandlung dabei, das hätte ich nicht erwartet, und er legte mir, als wir uns im Flur trafen, die Hand auf die Schulter. Ob ich bereute, was ich getan hätte, fragte der Richter. Ich würde einsehen, dass es so nicht ginge und dass es gute Gründe für die Gesetze gebe, wie sie bestünden, habe ich geantwortet. ›Das war nicht *ganz* die Antwort auf die Frage des Richters‹, sagte mein Vater nachher. Da sah ich in seinem Blick einen Schimmer von Stolz, schwer zu erkennen, aber er war da, der Stolz. Und dann sagte er das mit dem Haus hier. Sein Bruder ist Fabrikant, ein *boss*, wie er im Buche steht. Die Brüder haben sich nicht viel zu sagen, aber sie sprachen über mich, und er lud mich zu sich ein, ich war lange nicht mehr dort gewesen. ›Die Courage hat mich beeindruckt‹, sagte er, ›die Courage in deinen Entscheidungen. Diese armen Teufel. Du hattest immer schon diese linke Gesinnung, die ich eigentlich nicht mag, bist ja beinahe ein Anarchist. Aber die Courage – man könnte fast ein bisschen stolz darauf sein.‹ Und dann setzte er mir eine Rente aus, lebenslänglich. Nicht viel, es reicht nur knapp. Die Frau, mit der ich lebte, verstand es nicht, überhaupt nicht. Seither lebe ich allein, mit Billy und dem Cello.«

Während der letzten Worte seiner Erzählung waren die Lichter wieder angegangen. Leyland blieb im Wohnzimmer vor dem Cello stehen. Musizieren im Quartett – auch das sei damals zu Ende gegangen, sagte Burke. Leyland hätte ihn gerne gebeten, etwas zu spielen; aber seine Bewegungen sahen nach Abschied aus. »Ich bin Kenneth«, sagte Burke, als sie sich die Hand gaben. »Simon«, sagte Leyland.

11 Er hätte damals einen wie Burke gebraucht, dachte Leyland, als er wieder im Haus war. Einen, mit dem er über das Sterben reden konnte. Mit Doktor Ivancich, seinem Hausarzt, konnte er darüber nicht sprechen. Dies war das katholische Italien, auch in den Gesetzen. Und er wollte niemanden in etwas Ungesetzliches hineinziehen. Ohne dass er es richtig hätte erklären können, war er schließlich zu Pat Kilroy gegangen.

Patrick Kilroy. Eigentlich ein gälischer Name, wie er jedem erklärte, der es hören wollte: *Mac Giolla Ruaidh*, auf Englisch: *son of the red-haired lad*, Sohn des rothaarigen Burschen. »Das mit dem Haar«, sagte er, »das haut nicht so ganz hin.« Er war ein Kellner, einfach ein Kellner in einer unscheinbaren Trattoria, aber aus dem Leben der Leylands nicht mehr wegzudenken. Seine Sprache war trocken, kehlig und rauh in der Wortwahl, aber ab und zu verblüffte er durch ungewöhnliche Worte oder überraschende Metaphern. Einmal stand er neben Leyland, und sie blickten zusammen in ein Schneegestöber hinaus. »*White ash*«, sagte Pat und fügte hinzu: »weiße Asche.« Er genoss Leylands Erstaunen, das auch ein Erstaunen darüber war, dass er offenbar ein bisschen Deutsch konnte, das hatte er bisher nie erkennen lassen. Das graue, wässrige Glitzern in seinen Augen sagte: Ich weiß, das hättest du mir nicht zugetraut, nicht die Metapher und nicht die deutschen Worte. Und einmal war Livia nach Hause gekommen und hatte erzählt, wie er ihr das Essen gebracht und dann in den Nachthimmel hinaufgeblickt hatte, wo die Wolkendecke aufriss und den Blick auf die Sterne freigab. »*Io vidi de le cose belle che porta 'l ciel*«, sagte er. »Dieser Teufel«, hatte Leyland nach einer Weile gesagt, »*ich sah die schönen Dinge, die der Himmel trägt*: Das ist das Ende von Dantes *Inferno*, Dante und Vergil kommen aus der Hölle und sehen endlich wieder die Sterne.« Er holte das Buch und las vor.

»Es gibt da noch ein anderes Leben in ihm«, hatte Sophia gesagt, »ein ganz anderes Leben.« Sie mochte ihn, seine Art passte zu ihrem Zorn auf die Welt, den sie manchmal in sich trug. Manchmal hatte Leyland sogar gedacht, er könnte ihr gefährlich werden. Doch nein, er würde niemanden an sich heranlassen, schon gar nicht jemanden, der ihn vielleicht verstehen und annehmen könnte. Er war ein Mann, der nicht erraten werden wollte. Manchmal fragte Sophia nach ihm, die Frage kam ganz unvermittelt, und zu Leylands Antwort sagte sie nichts – ganz so, wie wenn man für jemanden eine Schwäche hat, die man verbergen möchte, und doch weiß, dass die plötzliche Frage und das Schweigen einen verraten.

Pat konnte unverblümt sein und frech, aber er war nie verletzend. Eine gewisse Verschlagenheit im Gesicht, es würde einen nicht wundern zu erfahren, dass er im Jugendgefängnis gesessen hatte, einer Tat wegen, die aus Einsamkeit und Verzweiflung heraus geschah, nicht aus Gemeinheit. Wie Tom Courtenay im Film. Manchmal flocht er gälische Wörter in sein Italienisch ein und genoss die Verblüffung. Wenn er einen Gast nicht mochte, redete er nur Gälisch, dann standen die Leute auf und gingen. »Keine Ahnung«, antwortete er, wenn der Wirt nachfragte.

Seine Augen konnten unversöhnlich blicken, als sprächen sie von Unterdrückung, Demütigung und erlittenem Unrecht, es war ein Blick von schneidender, eisiger Wut. Leyland hatte sein verschlossenes Gesicht als ein Gesicht sehen gelernt, aus dem Hass auf Grausamkeit sprach, ein Hass, der im Jähzorn aufflammen konnte. Einem Gast, der seinen unruhigen Hund neben dem Tisch schlug, kippte er das Essen ins Gesicht. »Er sah es«, erzählte der Wirt, »ging im Sturmschritt auf ihn zu, nahm seinen Teller und kippte ihm das Essen ins Gesicht. Einfach so. Wortlos. Ich feuerte ihn auf der Stelle. Er zog seine Weste und die Schürze aus, knallte mir die Geldtasche und den Bestellblock auf die Theke und ging hinaus, seine Bewegungen waren noch eckiger als sonst. Es ging nicht anders, die Leute würden das erwarten, oder sie kämen nie wieder. Aber ich hatte nicht mit den anderen gerechnet, mit dem Koch und dem anderen Kellner. Sie fanden es goldrichtig, wie Pat sich verhalten hatte. ›Hast du nicht gehört, wie einer der Gäste *Bravo!* gerufen hat?‹ fragte Giuseppe, der andere Kellner. Aber es ging gar nicht darum, wie Pats Ausbruch zu bewerten war, es ging darum, dass sie einfach weiter mit ihm arbeiten wollten, sie wollten ihn um sich haben, und da wurde mir klar, dass er die ganze Zeit über die Seele des ganzen Ladens gewesen war trotz seiner oft mürrischen, abweisenden Art und seiner Sauferei. Und ich erfuhr, dass er dem Koch bei einer dubiosen Sache aus der Patsche geholfen hatte, ohne viel Worte und ohne dafür etwas zu erwarten, er habe es mit einer Selbstverständlichkeit getan, sagte der Koch, die er nicht für möglich gehalten hätte, geradezu gespenstisch sei es ihm vorgekommen. ›*No sweat*‹, habe Pat nur gesagt und wollte nichts mehr davon hören. Da bin ich zu Pat nach Hause gegangen. Zwei kleine Zimmer, ein Mahagonischrank, auf den er stolz war, sonst unscheinbare Möbel, in der winzigen Küche – anders, als ich erwartet hatte – keine Flaschen. Ein Bücherregal mit Gedichtbänden, viel Gälisches, soweit ich es ausmachen konnte, aber auch Italienisches und zwei oder drei Bände mit Griechischem. ›*Funny signs*‹, sagte er, als er meinen erstaunten Blick sah.« Der Wirt schwieg eine Weile. »Ich sagte, dass ich ihn zurücknehmen würde, dass ich aber nie, nie wieder so etwas mit ihm erleben wolle. ›*Fair enough*‹, sagte er. Und er erbat sich eine Woche unbezahlten Urlaub. Ich sah ihn viel am Wasser sitzen und rauchen. Es hätte mich nicht gewundert, wenn er am Ende gekommen wäre und gesagt hätte: Ich hab's mir überlegt und komme nicht wieder. So ganz wusste man nie, woran man mit ihm war. Gedichte – wer hätte das gedacht. Aber er kam wieder, und am ersten Abend gab es nach Lokalschluss ein Gelage mit dem Personal.«

Black month nannte Kilroy den November. Es gefiel Leyland so gut, als er es das erste Mal hörte, dass er nun immer zu Beginn des Monats bei ihm vorbeiging, um ihn das sagen zu hören. Es war nicht nur, dass es irischer Slang war und er ihn sich, wenn er es sagte, in einer nebligen Gasse von Belfast vorstellte. Dass und wie er es sagte – es war so sprechend, sprechend für die Art und Weise, wie dieser Mann in der Welt zu sein schien. Dann wurde er krank und musste operiert werden. *Black month*, sagte er, als Leyland ihn besuchte. Es war

August. *Black month*, sagte Leyland, als er ihm zum Abschied die Hand gab. Er war dem Tod nur knapp entronnen. Aber er wurde wieder gesund. Anfang November ging Leyland in der Trattoria vorbei. »*Greying days*«, sagte Kilroy. So sagten sie in Irland für Herbst. »*Greying days*«, sagte Leyland. Vom schwarzen Monat hatten sie nie wieder gesprochen. Zwei Worte, erst gesprochen, dann verschwiegen: eine ganze Geschichte, ein ganzes Drama.

Pat war ein Mann, der nie Geld hatte. Immer war die Zigarette, die er sich ansteckte, die letzte aus der Packung, und dann konnte man die immer gleiche Bewegung sehen, eine Bewegung mit der linken Hand, mit der er die Packung langsam in der Faust zerdrückte, die Haut an der Hand war rauh, und die Nägel waren gelb vom Nikotin. Leyland hätte gewettet, dass er die zerknüllte Packung am liebsten über die Schulter nach hinten geworfen hätte. Aber mit ihm hatte er immer gewartet, bis sie bei einem Abfallkorb vorbeikamen, und er hatte, auch von weitem, nie daneben geworfen.

Er spielte in einem Jazzkeller Saxophon. Ab und zu ging Leyland hin und blieb bis in die frühen Morgenstunden. Danach ging er mit Pat manchmal noch bis zum Leuchtturm, oder sie setzten sich auf die Mole. Viele Worte machten sie nicht.

Leyland wusste nicht, warum, aber es war gut, Pat zu sehen, wenn die Dinge schwierig wurden. Er brauchte gar nicht mit ihm zu sprechen, es genügte, ihm beim Servieren zuzusehen. Pat sah auf einen Blick, wenn er Sorgen hatte, er sah es sogar, wenn er gerade bediente. Dann kam er an seinen Tisch und legte ihm die Hand auf die Schulter, eine kurze Berührung nur, Worte waren nicht nötig. Danach war er ruhiger.

Als Leyland am zweiten Tag nach der Diagnose hereinkam, hatte Kilroy sofort gesehen, dass etwas geschehen war. »Kann ich nachher, wenn du hier fertig bist, zu dir kommen? Nach Hause?« hatte Leyland gefragt. Und dann hatten sie in seiner Wohnung gesessen. Es war nicht mehr die, von der der Wirt erzählt hatte, aber den Mahagonischrank und die Gedichtbände gab es auch hier. Es war alles ein bisschen schäbig und provisorisch und doch auch wohnlich. »Ich bin krank, Pat«, hatte Leyland gesagt, »todkrank.« Er zeigte auf seinen Kopf. »Sie haben Bilder gemacht.« »Tumor?« Leyland nickte. Kilroy steckte sich eine Zigarette an und atmete den Rauch aus. »Irrtum ausgeschlossen?« Wieder nickte Leyland. Pat sah ihn an. Einen solchen Blick hatte er von ihm noch nie bekommen. Entsetzen und zugleich Wärme. »*This is ... damn it. Shit.*« Die Zigarette zitterte zwischen Pats Fingern. Er erinnert sich, wie knapp er damals selbst dem Tod entronnen ist, dachte Leyland. »*I need a drug*«, sagte Leyland. »*Killing. Dead certain. No pain.*« Kilroy stand auf und trat ans Fenster. »Warum ich?« »Weiß nicht;

dachte nur.« Kilroy blieb am Fenster stehen und sah in die Nacht hinaus. Seine Hand spielte mit dem Fenstergriff. »Kenne einen Apotheker, drüben in Ljubljana. Wir haben zusammen Jazz gemacht. Vielleicht ... Wie schnell?« »Ein paar Wochen.« Pat setzte sich. »Werd's versuchen.« Sein Blick flackerte. »Herrgott, Simon, ich will dich nicht verlieren. Bin daran gewöhnt, dass du vorbeikommst.« Beim Abschied fasste er ihn mit beiden Händen an den Schultern. »Wenn du mal reden willst ...« »*Black month*«, sagte Leyland. »*Greying days*«, sagte Kilroy.

Als Leyland das nächste Mal in die Trattoria gegangen war, war Kilroy sofort an seinen Tisch gekommen. »Bin dran«, sagte er. Und eine Woche später: »*Ready. Musst mir nur sagen, wann.* Ich fahre dann rüber und hole es.« Er zögerte. »Und dann reden wir noch mal. *Right?*«

Im Haus in Hampstead, aber ganz in der Erinnerung versunken, hatte Leyland fast vergessen, dass ja alles vorbei war. Es war nach Mitternacht, Pat musste jetzt zu Hause sein. Er rief ihn an. »Ich werde das nie vergessen, Pat«, sagte er. »Den Abend bei dir, meine ich, und Ljubljana.« »*White month*«, sagte Kilroy, »*brightening days.*« Sie lachten. Wie es ihm in London gehe? »Es ist offen«, sagte Leyland, »alles ist offen. Es ist ein großes, stilles Haus. Gut, um sich zu besinnen. Aber ich vermisse das Wasser, die Molo Audace, die Kinder und deine Kneipe. Dafür gibt's die *tube*. Bin im

Moment weder hier noch dort. Seltsame Erfahrung. Die Tage sind erstaunlich lang. Ich koste jeden von ihnen aus.« Und dann erzählte er noch von Tom Courtenays Buch. Kilroy kannte den Film. »*Great film*. Bringst du mir das Buch mit?«

Als Leyland ihm damals sagte, dass er nach London führe, hatten sie am Hafen gestanden. Kilroy hatte die Zigarette auf der Straße mit langsamen, drehenden Bewegungen ausgetreten und dann, ohne ihn anzusehen, genickt. Das Nicken kam mit überraschender Verzögerung, als hätte er erst einen Gedanken oder eine Erinnerung zu Ende bringen müssen. Sie hatte Leyland gefallen, diese Verzögerung, es war, als würde er ihm im Inneren antworten und nicht nur äußerlich durch das Nicken. Dann hatte er ihn mit seinen hellgrauen Augen angesehen. »*Good luck*«, hatte er gesagt.

Jetzt nahm Leyland aus dem Handkoffer das letzte Buch, mit dessen Übersetzung er begonnen hatte: Cesare Pavese, *Il mestiere di vivere*, sein Tagebuch bis zum Tod. Im Antiquariat von Carlo Ferluga in Triest hatte er eine alte englische Übersetzung gesehen: *This business of living*. Nein, hatte er sofort gedacht: *The craft of living. This business of living* – es klang zu sehr nach bloßem *struggle* und nach Überdruss: Leben als etwas, womit man sich abmüht, jeden Tag von neuem, eine Plackerei, und in verächtlicher Bedeutung: Leben als bloßer Kram, als eine Abfolge von unvermeidlichen Dingen, über die man mit dem müden Spott lächelte, der in dem *this* steckte. Nun gab es bei Pavese natürlich Verzweiflung darüber, wie das Leben eingerichtet war, und es gab stoische Resignation. Doch häufiger noch ging es darum, wie man das Leben bewältigen konnte, es ging um die richtige und falsche Betrachtung, das richtige und falsche Tun, um gekonnten und ungekonnten Umgang mit dem Leben, um Lernen und Beherrschen – wie bei einem Handwerk eben. Und natürlich ging es um das Handwerk der Worte, um Poesie als eine Art, das Leben nicht nur zu erleiden, sondern zu gestalten.

Er hatte Sean Christie eine neue Übersetzung vorgeschlagen und hatte bald damit begonnen, manchmal abends, manchmal auch zwischendurch im Büro. Vera Santin wusste davon und sah sofort, wenn er mit seinen Gedanken dort war. »Sie sind dann ganz weit weg«, sagte sie. *È bello vivere perché vivere è cominciare, sempre, ad ogni istante. Es ist schön zu leben, weil leben anfangen ist, immer, in jedem Augenblick. Life is beautiful, for living is beginning, always, at every moment.* Zwei Tage, nachdem er die Eintragung von Pavese, zu der dieser Satz gehörte, übersetzt hatte, war ihm mitten im Schreiben der Stift entglitten, und die Worte waren wie weggewischt gewesen. *Non scriverò piú, ich werde nicht mehr schreiben,* war der letzte Satz des Buches. Danach hatte Pavese in einem Turiner Hotelzimmer die Tabletten genommen.

Leyland legte die Bücher von Pavese und Courtenay nebeneinander auf den Schreibtisch. *Ich bin ein Übersetzer. Einfach ein Übersetzer. Wie früher.* Die Heizung rauschte. Es war zwei Uhr morgens. Etwas löste sich, etwas fiel von ihm ab. Er nahm Courtenays Buch mit nach oben in das kleine Zimmer. Warren Shawn hatte in seinem Schlafzimmer eine kleine Musikanlage. Leyland baute sie in seinem Zimmer auf und schloss sie an. Aus dem Regal holte er Bach, *Das Wohltemperierte Klavier.* Er legte sich ins Bett, löschte das Licht und schaltete die Musik ein. Er glitt in eine neue Zeit hinein.

12 Am Tag darauf jährte sich Leylands erste Begegnung mit Livia Pertot zum einunddreißigsten Mal. Eine richtige Begegnung war es noch nicht gewesen, aber es war der Tag, an dem er sie in der U-Bahn zum ersten Mal sah. Zwei Jahre zuvor hatte er sich von Lucy Barton getrennt. Was war das eigentlich gewesen?, fragte er sich jetzt auf dem Weg zur U-Bahn. Es war, verglichen mit Livia, alles sonderbar blass gewesen, ein bisschen so, als hätte es gar nicht wirklich stattgefunden. So war es ihm ja auch neulich nachts vorgekommen, als er mit dem Taxi bei der Adresse in St. John's Wood vorbeifuhr und feststellte, dass es das Haus von damals nicht mehr gab. Er kannte Lucys

Stimme, noch bevor er sie selbst kannte, es war ihre Stimme im Radio, wenn sie ihre Sendung machte. Später waren sie in Rom auf dem Forum Romanum, er fing sie auf, wenn sie von den Ruinen heruntersprang, und sie konnte nicht genug davon bekommen. Wann immer er konnte, hörte er ihre Sendung und freute sich, dass er auch ihre private Stimme hinter der Radiostimme kannte. Als sie ging, gab sie ihm den Schlüssel zu seiner Wohnung zurück. Er folgte ihr mit dem Blick, als sie die Treppe hinunterging. Er hatte immer gerne gesehen, wie sie die Treppe ging. Danach hatte er das Radio lange Zeit nicht mehr angestellt. Als er ihre Sendung wieder einmal einschaltete, war ihm ihre Stimme fremd, fremder als bei der ersten Sendung. Und er hörte auch ihre private Stimme hinter der Radiostimme nicht mehr, oder wollte sie nicht mehr hören.

An jenem Tag vor einunddreißig Jahren war er mit der Northern Line von Camden Town gekommen, wo er seit vielen Jahren wohnte, nachdem seine Zeit im Belsize Retreat Hotel zu Ende gegangen war. Im überfüllten Waggon erblickte er die Frau zwischen stehenden Leuten hindurch, die sich gegeneinander verschoben, die Lücken öffneten und schlossen sich in schneller Folge. Es waren nur flüchtige Blicke, die er erhaschen konnte, *glimpses, just glimpses*, sagte er, wenn er es den Kindern erzählte. Im einen Moment hatte sie ihre rote Brille ins Haar hinaufgeschoben, im nächsten wieder heruntergeklappt, sie schien nie ganz sicher zu sein, wo sie sie haben wollte, beides schien falsch zu sein und sie zu stören, dann nahm sie sie rastlos in die Hand, ließ sie pendeln, und von Zeit zu Zeit steckte sie das Ende eines Bügels zwischen die Lippen.

Wie gut er und die Kinder dieses Spiel mit der roten Brille kennenlernen würden! Sie wurden Experten für die Nuancen des Spiels, für seine Temperatur sozusagen, die ihnen verriet, wie es Livia gerade ging: ob die Dinge in Ordnung waren, oder ob ein Ärger sie gefangenhielt, den sie nur mit Mühe bezwingen konnte. Als die Kinder klein waren, machten sie sich einen Spaß daraus, die Brille zu verstecken und mit unschuldigen Gesichtern zuzusehen, wie die Mutter sie suchte. Dann tobte sie zum Spaß und genoss es.

Jetzt nahm die Frau im Zug ein Buch und ein Notizbuch aus der Handtasche neben sich. Eine Weile blätterte sie im Notizbuch, steckte es dann weg und begann, im Buch zu lesen. Leyland konnte den Blick nicht mehr von ihr lassen und verfluchte es, wenn sich jemand ins Blickfeld schob. Tottenham Court Road, der Zug fuhr in die Station. *Mind the gap between the train and the platform.* Die lesende Frau schreckte auf, wandte den Kopf, um den Stationsnamen erkennen zu können, schob hektisch die Brille ins Haar, steckte das Buch in die Handtasche und schlüpfte durch die Tür hinaus, die sich schloss. Leyland suchte nach Lücken zwischen den stehenden Leuten, um ihr mit dem Blick folgen zu können, dann nahm ihm der Tunnel die Sicht. Jetzt ging sein Blick zu dem Platz, auf dem die Frau gesessen hatte. Da sah er das Notizbuch. Statt in die Tasche hatte sie es aus Versehen zwischen Tasche und Armlehne gesteckt, und nun lag es auf der Ritze zwischen den Sitzen. Leyland kam dem Mann zuvor, der sich auf den leeren Platz hatte setzen wollen, setzte sich selbst hin und griff nach dem Notizbuch. ALFREDO PERTOT EDITORE stand in kleinen goldenen Buchstaben unten auf dem schwarzen Leder. Er schlug auf und las auf dem Deckblatt: LIVIA PATRIZIA PERTOT, die Buchstaben mit schwarzem Stift hingemalt. Keine Adresse, keine Telefonnummer, nur der Name.

Bei der nächsten Station, Leicester Square, stieg er aus. Es hatte keinen Sinn zurückzufahren. Sie würde den Verlust erst zu Hause entdecken, wenn sie die Tasche aufmachte, es gab nicht den geringsten Grund anzunehmen, dass sie das Versehen noch auf der Station bemerkt hatte. Und wenn doch: Wie könnte sie annehmen, dass jemand sich die Mühe machen würde, ihretwegen zurückzufahren, noch dazu, wo es ganz unwahrscheinlich war – und er das wusste –, dass sie dort auf ihn wartete? Und doch fuhr Leyland zurück, ihr Gesicht vor Augen. Es hatte eine gewisse Schärfe in ihren Zügen gelegen, eine Ungeduld, eine Neigung zu Gereiztheit und Empörung, etwas Süffisantes und sogar Schneidendes. Sie würde leicht explodieren, man würde zweimal nachdenken, bevor man sie kritisierte, und er konnte sich vorstellen, dass es ein bisschen wie der Gang über ein Minenfeld war, wenn man mit ihr zusammenlebte. Das mochte, dachte er, auch damit zu tun haben, dass sie, wenn sie von ihrem Buch aufgeblickt hatte, die Augen eine Spur zusammenkniff wie jemand, der eine Gefahr kommen sieht und seine Wachheit steigert. Doch dann hatte sie in ihrem Buch etwas gelesen, was sie belustigte, und mit einemmal war alles Schneidende, alles, wovor man sich fürchten konnte, verschwunden und hatte einem Gesicht Platz gemacht, in dem es nur noch Wärme und leisen Spott gab. Als er jetzt, mit ihrem Notizbuch in der Hand, ungeduldig darauf wartete, dass sie aus dem Tunnel kämen, spürte er mit der Heftigkeit einer Stichflamme den Wunsch, dieses Gesicht stets von neuem zu sehen, jeden Tag, jede Stunde. Und er merkte mit wachsendem Erstaunen, dass er den kantigen, süffisanten Ausdruck, der einen auf der Hut sein ließ, nicht weniger mochte als den weicheren und wärmeren, eher noch mehr. Trotzdem hätte er sie gerne lachen sehen, und er versuchte auch sonst, sich alle möglichen Schattierungen dieses Gesichts vorzustellen und sich insgesamt auszumalen, wie sich das Leben mit all seinen Reizen und Zumutungen in ihm spiegeln würde. Und wie es wäre, sich selbst in diesen Spiegelungen zu spiegeln. Er sah dann nicht nur das Gesicht vor sich, sondern die ganze schlanke Gestalt im schwarzen Mantel, die er durch die zerkratzte

Scheibe des Waggons hindurch mit energischen und federnden Schritten auf dem Bahnsteig hatte davongehen sehen.

Manchmal denke ich: Begegnungen, besonders die ersten, sind vor allem Begegnungen mit uns selbst, von denen wir nichts wissen. Das sagte eine Figur in einem Roman, den Leyland übersetzt hatte. Der Satz erinnerte ihn daran, wie er mit dem Notizbuch in der U-Bahn umhergeirrt war. Vielleicht hatte die Frau die Central Line Richtung Bond Street genommen, oder Richtung St. Paul's, er stand auf den steilen Rolltreppen, hinauf und hinunter, er ging hinaus auf die Oxford Street, drehte um und ging Richtung Piccadilly, dann wieder Tottenham Court Road, vielleicht hatte sie es ja doch unterwegs gemerkt und war auf gut Glück noch einmal hinuntergefahren. Er musterte alle, die ihm auf der Rolltreppe entgegenkamen. Warum hatte sie nicht wenigstens eine Telefonnummer hineingeschrieben, er war wütend auf sie und begann zu überlegen, wie er an die Telefonnummer des italienischen Verlags käme, denn ALFREDO PERTOT EDITORE, das musste ein italienischer Verlag sein. Dort mussten sie wissen, wie er sich mit der Frau in Verbindung setzen konnte.

Gab es ein Gesamtverzeichnis aller Verlage? Oder Verzeichnisse für die einzelnen Länder? Wo konnte man die einsehen? Es war Abend, in den beiden Verlagen, für die er übersetzte, war niemand zu erreichen.

Er saß in seiner Wohnung und begann, das Notizbuch zu studieren, sich zur Entschuldigung immer vorsagend, dass es ja nur war, um es ihr wiedergeben zu können. Die meisten Notizen waren auf Italienisch, einige auf Französisch, und es gab auch deutsche Stichwörter. Es sah, dachte er, nach Journalistin aus, deshalb die vielen Pfeile und Verbindungslinien mit Namen und Telefonnummern. Titel und Inhaltsangaben von Büchern in Stichworten, dahinter manchmal: *Papà?* War sie also die Tochter von Alfredo Pertot, dem Verleger, und wollte sie ihm vorschlagen, diese Bücher herauszubringen? Auf einer neuen Seite, umkringelt: *Libération*, daneben zwei Telefonnummern, eine mit internationaler Vorwahl, die andere eine Londoner Nummer. War damit die französische Zeitung gemeint? War die fremde Vorwahl Paris? Er hatte kein Telefon und ging zur Zelle an der Ecke. Bei der Londoner Nummer nahm niemand ab. Vielleicht das Londoner Büro der Zeitung, das abends unbesetzt war? Er zögerte. Paris – das würde teuer, und es war, was Geld betraf, ein schlechter Monat gewesen. Er rief die Vermittlung an und ließ sich verbinden. Er wurde von Apparat zu Apparat weitergereicht und warf Münze nach Münze ein. Schließlich hatte er jemanden in der Leitung, dem der Name der Frau etwas sagte. Ja, Londoner Korrespondentin der Zeitung, berichte über den Prozess gegen David Cliburn, das Urteil stünde kurz bevor. Eine private Telefonnummer?

Nein, nur die Nummer des Londoner Büros, vielleicht könnten die sie privat erreichen. Eine private Adresse? Nein. Leyland blätterte weiter im Notizbuch und fand: *Aylesbury. Cliburn. Sentenza.* Dazu das Datum vom nächsten Tag. Er versuchte es noch einmal mit der Londoner Nummer, dann fuhr er zum Bahnhof und ließ sich erklären, wie man nach Aylesbury in der Grafschaft Buckinghamshire kam.

Er nahm den ersten Zug nach Aylesbury. Viel weiter als für die Rückfahrkarte würde sein Geld nicht reichen. Er hatte insgeheim gehofft, die Frau im Zug zu treffen, aber er suchte die Waggons vergeblich ab. Vor dem Gericht reihte er sich in die lange Schlange der Besucher ein. Am Ende ergatterte er einen Stehplatz in der letzten Reihe auf der Empore.

Er sah sie sofort. Sie hatte den Mantel über die Sitzlehne gehängt und die rote Brille ins Haar geschoben, auf den Knien einen Schreibblock. Der Mann, der David Cliburn sein musste, saß still da, die Augen geschlossen. Er mochte sechzig sein und war ein schmächtiger Mann mit schütterem Haar. Der Richter kam herein. Leyland fand seine Perücke lächerlich, eine Maskerade. Das Gericht, erklärte der Richter, hätte es sich mit dem Urteil nicht leichtgemacht. Er selbst hätte über eine solche Tat noch nie zu urteilen gehabt. »Sie haben ausgesagt, Sie hätten Ihre Frau aus Liebe erstickt. Aus Liebe und um ihrer Würde willen. Sie hätten ein ganzes Jahr damit gewartet und zusehen müssen, wie sie dahinsiechte, ohne Sprache, ohne Erinnerung, ohne Sie noch zu erkennen. Sie hätte vor dem Schlaganfall immer erklärt, dass sie unter solchen Umständen auf keinen Fall würde weiterleben wollen. Sie seien also ganz sicher gewesen, ihren Willen zu kennen. Und dann, am Ende, hätten Sie es einfach nicht mehr ertragen. Es seien, haben Sie erklärt, die schlimmsten Sekunden Ihres Lebens gewesen, als Sie ihr das Kissen aufs Gesicht drückten. Der eine Wille hätte gegen den anderen gekämpft: der barmherzige Wille, sie endlich zu erlösen, gegen den Willen, ihr nichts anzutun, nicht ihr, mit der Sie vierzig Jahre lang eine glückliche Ehe geführt hatten. In jeder einzelnen Sekunde der Tat hätten Sie diesen Kampf gespürt. Als es vorbei war, das wissen wir von der Feuerwehr, haben Sie alle Ritzen Ihrer Wohnung abgedichtet und das Gas aufgedreht. Es sollte auch Ihr Ende sein. Nicht nur, um sich der Justiz zu entziehen. Auch nicht aus einem Gefühl der Schuld heraus. Als Sie Ihre Frau still daliegen sahen, waren Sie erleichtert und fanden es richtig. Aber ohne sie hatte Ihr Leben keinen Sinn mehr. Sie waren verzweifelt, als die Feuerwehr die Wohnung aufbrach, weil die Nachbarin das Gas dann doch gerochen hatte. ›Warum haben Sie mich nicht gelassen‹, sagten Sie laut Protokoll. All das hat das Gericht bedacht. Es gibt sicher einige unter uns, die sich einen Freispruch wünschten, weil Ihre Motive edel waren und alles andere als niedrig und selbstsüchtig. Und manch einer wird denken: Ich kann mir vorstellen, das auch zu tun. Doch es ist für das Gericht unmöglich, so zu entscheiden. Das Gericht muss nach dem Gesetz urteilen, wie es in diesem Lande nun einmal besteht. Sie haben einen Menschen mit Absicht getötet, Sie litten unter keinem Kontrollverlust und waren voll zurechnungsfähig. Nach unserer Rechtsprechung ist das Mord. Das edle Motiv ändert daran nichts. Es gibt Länder, in denen das Fehlen von niedrigen Beweggründen eine Verurteilung wegen Mordes ausschließt. Bei uns ist das nicht so. Ich musste die Jury anweisen, alles Mitgefühl und alle Sympathie beiseite zu lassen und sich ausschließlich daran zu orientieren, dass Sie Ihre Frau vorsätzlich getötet haben. Die Jury befand Sie schuldig. Sie fügte diesem Verdikt die Empfehlung hinzu, das Gericht möge in seinem Urteil wegen der besonderen Umstände Milde walten lassen. Auf Mord steht lebenslange Haft. Aber es liegt im Ermessen des Richters, die Anzahl der Jahre festzusetzen, die Sie auf jeden Fall im Gefängnis bleiben müssen, bevor Sie für eine Begnadigung in Frage kommen. Ich habe mich für eine Frist von nur einem Jahr entschieden. Noch weniger ist nicht möglich. Ich werde mir auch so schon harsche Kritik von einigen Seiten anhören müssen. Es ist sicher ungewöhnlich für einen Richter, und ich habe das auch noch nie getan: Ich möchte Ihnen versichern, dass ich Sie nur schweren Herzens ins Gefängnis schicke. Und dass ich Ihnen und Ihrer Tat große Achtung entgegenbringe.«

Livia Pertot hatte die Brille auf der Nase und schrieb mit, der Stift flog übers Papier. Leyland hörte den Worten des Richters gebannt zu und spürte, wie sein Herz klopfte. Doch das war nur der eine Teil von ihm. Mit dem anderen überlegte er fieberhaft, wie er nachher im Gedränge an Livia Pertot herankommen konnte. Sie würde im Londoner Büro oder direkt in Paris anrufen und ihren Text diktieren. Kaum hatte der Richter geendet, schlüpfte er hinaus und stellte sich in die Nähe der Telefone.

Sie kam als zweite heraus und rannte zum Telefon. Leyland hatte in diesem Moment den Eindruck, zum ersten Mal zu verstehen, was das war: *Wille. Determination*. Niemand möchte sie aufzuhalten versuchen, nicht diese Frau mit diesem Blick. Sie warf Münzen ein, rauchte und legte die Seiten des Schreibblocks um, alles auf einmal, und beim Sprechen atmete sie den Rauch aus. Es waren viele und große Münzen, es würde Paris sein. Leyland stand in der Ecke und ließ sie nicht aus den Augen. Das Blut pochte in den Schläfen. *Nur jetzt keine Migräne*.

Livia Pertot kam aus der Zelle, und der nächste stürmte hinein. Sie schob den Schreibblock in die Tasche. Dann ging sie langsam durch die Halle und trat an ein Fenster. Nach einer Weile sanken die Schultern nach unten, und sie schloss die Augen. Das war der

Moment. Leyland trat auf sie zu, das Notizbuch in der Hand. »*I think that's yours*«, sagte er. Sie schlug die Augen auf, kniff sie zusammen wie am Tag zuvor in der U-Bahn, nahm ihm das Buch aus der Hand und blickte ihn verwirrt an. »*Well, yes*«, sagte sie, »*but how ...?*«

Während er ihr erklärte, was in der U-Bahn geschehen war, gingen sie auf den Ausgang zu. Draußen blieb sie stehen und blätterte im Notizbuch. Sie zeigte mit dem Finger auf die Notiz zu Aylesbury und sah ihn fragend an. Er nickte. Jetzt *Libération* und die beiden Nummern. Wieder nickte er. Sie lachten. Und warum hatte er nicht in London gewartet, bis sie zurück in der Redaktion war? »*I just couldn't wait*«, sagte er, an mehr erinnerte er sich nicht, er war übermüdet und wie betrunken gewesen. Ein Kollege hatte Livia am Morgen im Auto von London nach Aylesbury mitgenommen. Nun ging Leyland mit ihr zum Bahnhof, »irgendwie gingen wir einfach zusammen zum Bahnhof«, sagte Livia, wenn sie es erzählte. Die Fahrt dauerte nur anderthalb Stunden, aber es reichte beiden, um erste Dinge von sich zu erzählen: Triest, der Verlag, Paris, die Zeitung; Oxford, Weglaufen aus der Schule, das Übersetzen als Portier in der Nacht. Und er erzählte ihr von seinem Traum, die Sprachen aller Länder zu lernen, die ans Mittelmeer grenzten. »Es war der verrückteste Traum, von dem ich je gehört hatte«, sagte Livia zu den Kindern, »ich sah ihn an und wusste: wenn einer es könnte, dann er.« Sie zählten die Sprachen zusammen, die sie konnten. Sie bat ihn, etwas auf Arabisch, Hebräisch und Griechisch ins Notizbuch zu schreiben. Und etwas auf Maltesisch zu sagen. Sie standen in London auf dem Bahnsteig, als sie fragte: »*Your dream, il tuo sogno* – wann beginnen wir damit?«

»Warum musste diese Nachbarin vorbeikommen und das Gas riechen«, hatte sie auf der Fahrt plötzlich gesagt. »Stellen Sie sich vor: Cliburn hat es ein Jahr ausgehalten, ein ganzes Jahr. Jeden Tag füttern, waschen, wickeln. Er war Lehrer und ging vorzeitig in den Ruhestand, um sie pflegen zu können. Es wurde Frühling, Sommer, Herbst und Winter, und er pflegte immer noch. Sie mochte Musik, hat er erzählt, sie wurde ruhig dabei.« Das war Livia: sich genau, bis in jede Einzelheit hinein vorstellen, wie das Leben anderer war, ihr Unglück und ihr Glück. Eine Weile hatte sie zum Zugfenster hinausgeblickt. »Würden Sie das für Ihre Frau auch tun?« hatte sie dann gefragt. Er hatte gezögert. »Ich würde es wollen; und nicht erst nach einem Jahr. Aber ob ich es könnte ... ich weiß nicht ... Und Sie?« »So ähnlich«, hatte sie gesagt.

Der Richter, John Escott, wurde ob seines milden Urteils und seiner verständnisvollen Worte in der Presse angegriffen. Livia kochte vor Wut. Sie wollte ein Interview mit ihm machen und ein Portrait über ihn schreiben. Ob Leyland mitkommen würde? Und so fuhren sie ein zweites Mal nach Aylesbury, wo Escott auch wohnte. Er empfing sie im Wohnzimmer, und es gab Tee. Livias Geistesgegenwart und gedankliche Übersicht im Gespräch waren unglaublich gewesen, auch ihr Einfühlungsvermögen. »Taten sind, was sie sind, doch nicht unabhängig von den Motiven«, sagte sie, »das weiß doch jedes Kind. Cliburns Tat war deshalb doch *eine ganz andere Tat* als ein Mord!« Escott nickte. Kurze Zeit danach ließ er sich in den vorzeitigen Ruhestand versetzen. Er wolle nicht mehr über Menschen zu Gericht sitzen, sagte er. Livias Portrait des Richters in ihrer Zeitung wurde ein großer Erfolg, und ihr Ansehen bei der Zeitung wuchs.

Nach der zweiten Fahrt nach Aylesbury hatten sie mit dem Taxi vor ihrer Adresse in Kensington gehalten. »Kommst du mit rauf?« fragte sie. »*Che ne pensi?*« Er hatte nicht gewusst, wie aufregend es sein konnte, jemanden kennenzulernen. Und er hatte nicht gewusst, wie lebendig man sich fühlen konnte. Er schlief nicht, er wollte keinen Moment verpassen. Zum Frühstück gab es italienische Biscotti und Espresso. Er rauchte ihre Zigaretten.

Die zwei Jahre vor der Heirat waren wie ein Rausch, ein Rausch aus Wörtern, Gegenwart und immer neuen Entdeckungen am anderen. Erstaunt merkten sie, wie sich Klangfarbe und Temperatur der geteilten Gegenwart veränderten, wenn sie die Sprache wechselten. Es ließ sich schwer erklären, aber es war dann anders, sich übers Haar zu fahren. Die Gefühle schienen sich mit den Wörtern zu verändern. Wie war das möglich?

Als die Zeitung Livia zwei Jahre zuvor nach London geschickt hatte, konnte sie kein Englisch und überschüttete die Leute mit einem Schwall von italienischen und französischen Wörtern. Mit Maria Gasser, der Mutter, hatte sie immer Deutsch gesprochen, und das half nun beim englischen Wortschatz. Was sie am Englischen liebte: den Unterschied zwischen Schreibweise und Aussprache. Andere stöhnten darunter, sie konnte von all den Ausnahmen, die man sich merken musste, nicht genug bekommen. »*I am awfully fond of it*«, sagte sie, und wenn sie einen Amerikaner vor sich hatte: »*I just love it.*« Sie wäre nicht Livia Pertot gewesen, wenn sie sich nicht in den Kopf gesetzt hätte, beides zu lernen: das britische und das amerikanische Englisch. Ununterbrochen hörte sie Radio und ging den Kollegen in der Redaktion damit auf die Nerven, aber sie konnten ihr Erstaunen und ihre Bewunderung nicht verbergen, wenn sie hörten, wie schnell ihr Wortschatz wuchs. Nach einem Jahr besuchte sie auf eigene Kosten Kurse für Simultandolmetschen. Sie las Shakespeare, Jane Austen und William Faulkner, sie las und sprach und las und war nicht zu halten.

Doch Leyland mochte es lieber, wenn sie Französisch sprach, und am liebsten hatte er ihre italienische

Stimme. Sein Italienisch war nicht fehlerfrei, und bei dieser Frau geschah ihm etwas, was er nicht für möglich gehalten hätte: Er liebte es, wenn sie ihn korrigierte, und machte absichtlich Fehler. Aber auch er wäre nicht er selbst gewesen, wenn er die Fehler nicht ausgemerzt hätte, einen nach dem anderen und für immer. Ihre Wohnung war voll mit Drucken von Vermeer. Sie liebte seine Portraits, »*je les adore*«, sagte sie, »Fotografie ist lächerlich dagegen«. Er stand davor, Livia dozierte auf Spanisch, sie verhedderte sich in den Wörtern, half sich mit Italienisch, sie lachten, und für den Rest des Tages sprachen sie Deutsch.

Sie hörte die Geschichte von Lydia Sartorius und von Ménanne Somerfeld aus den Vogesen, und sie begann zu verstehen, wie schwierig es war, wenn man Ashton Chandler Leyland zum Vater hatte. Ob er trotzdem einmal mit ihr nach Oxford fahren würde? fragte sie. Sie fuhren, aber sie bereute es bald, ihn verleitet zu haben. Er wurde schweigsam, als die ersten Häuser in Sicht kamen, und etwas Bitteres und Verhärmtes schlich sich in das junge Gesicht. Er hatte auch jetzt noch einen Schlüssel zum elterlichen Haus, er nahm ihn aus der Tasche, zögerte, tat ihn zurück und klingelte. »Als stünde es ihm nicht mehr zu, diese Welt zu betreten«, erzählte Livia den Kindern später einmal. Ein Dienstmädchen öffnete. Mister Leyland sei im Krankenhaus, sagte sie. Verlegen standen sie im Wohnzimmer. Plüschige Sessel, altmodisches Geschirr hinter Glas, Kaminsimse mit Nippsachen, Ahnenfotos an den Wänden. Sie gingen ins Krankenhaus. Er bat sie, auf dem Flur zu warten. Als er herauskam, war sein Gesicht wie versiegelt. »*Hasn't changed the slightest bit*«, sagte er. Später tranken sie Tee bei Warren Shawn. Die große Karte des Mittelmeers hing an der Wand. »Hier«, sagte Leyland zu Livia, »genau hier habe ich mir das mit den Mittelmeersprachen zum ersten Mal vorgestellt.« Wie weit er damit sei, fragte der Onkel. Es gebe keine anständige Grammatik des Maltesischen, sagte Leyland. Warren Shawn verzog keine Miene. »Dann schreibst du sie eben«, sagte er. Leyland verabschiedete sich auf Arabisch. »Es waren dort in Oxford nur ein paar Stunden«, sagte Livia später einmal, »aber es war eine Lektion.« Sie verstand jetzt besser, wovor der hochgewachsene Mann neben ihr, der bei den Colleges den Schritt beschleunigte, davongelaufen war.

Sie war entzückt von der Teestube, in die er sie dann noch mitnahm. Sie rauchte, guckte sich um und aß Kuchen. Leyland kam von der Toilette zurück und war blass. Er setzte sich hin und hielt sich den Kopf mit beiden Händen. »Migräne«, sagte er. Auf der Rückfahrt zog er im Zugabteil den Vorhang vors Fenster. »Und du hast all diese Examen«, sagte er nach einer Weile. »Das hat keinerlei Bedeutung«, sagte sie.

All das spielte keine Rolle, wenn die beiden zusammen durch London zogen und er die Stadt mit ihren

Augen sehen lernte. Sie wollte das Belsize Retreat Hotel sehen, die billigen Kneipen, in denen er aß, und die Sandwichbar, in der es die besten Eiersandwiches der ganzen Stadt gab, wie er behauptete. An kalten Tagen waren die Scheiben dort beschlagen, er hielt sein Sandwich in der einen Hand, und mit der anderen malte er griechische, arabische und russische Zeichen aufs Glas. Abends saßen sie in riesigen Kinosälen. *Girl with Green Eyes* mit Rita Tushingham war ihr erster Film. Sie sahen Tom Courtenay mit *Billy Liar* auf der Bühne. Livia versuchte vergeblich, für ihre Zeitung ein Interview mit Courtenay zu bekommen, schrieb aber trotzdem über ihn. Wenn Leyland einen neuen Vertrag für eine Übersetzung und einen Vorschuss bekommen hatte, kamen sie mit Tüten voller teurer Bücher aus Foyles und fuhren im Taxi nach Kensington.

Felicidad war das einzige Wort, das sie für jene Zeit gelten ließen. *Felicità*? Zu grell und zu flach, klang nach Bonbonfarben oder billigem Gelato. *Bonheur*? Zu glatt, zu süßlich, ein Hauch von Parfümerie. *Happiness*? Niedlich und ließ an die Nippsachen im Hause Leyland denken. *Glück*? Durch Schlager unwiderruflich verkitscht. Nein, es musste das spanische Wort sein, und man musste das *d* am Ende fast wie ein englisches *th* sprechen. Er und Livia – sie hörten an den Wörtern Dinge, die sonst niemand hörte, manchmal kam es ihnen vor, als lebten sie in einem eigenen

Klang- und Bedeutungsraum, einem ganz privaten Raum, der für andere verschlossen blieb.

Und dann machte Leyland Livia Pertot einen Heiratsantrag. »Ja, doch«, sagte Livia zu den Kindern, »euer Vater war ein Mann, der genau das tun würde: einer Frau einen Heiratsantrag machen, der Ausdruck könnte nicht treffender sein.« Keine Blumen, kein Zeremoniell, wie immer im Rollkragenpullover, und doch verstand er es, den Moment zu einem besonderen Moment zu machen, er verstand sich auf solche Momente, er beherrschte die Kunst des beiläufig Bedeutsamen, sogar Feierlichen. Es war auf der Fähre von Portsmouth nach Le Havre, sie hatten diese Strecke gewählt, um möglichst lange auf dem Wasser zu sein. Beide liebten sie die Abenddämmerung und verfolgten sie an Deck. *La nuit tombe. Night is falling.* Mit *Einbruch* der Dunkelheit – warum klang das gewaltsamer als das Fallen? Warum brach die Morgendämmerung *an* und die Abenddämmerung *herein*? »Und auf einmal«, sagte Livia, »mitten in unser Gespräch über Wörter hinein, mitten ins Rauschen des Wassers hinein, fragte er mich, ob ich ihn heiraten würde. Er sagte es ansatzlos und ohne die Stimme zu heben, ganz und gar beiläufig und ohne mich anzusehen. Er sagte es zuerst auf Englisch, dann auf Italienisch.«

In Paris zeigte sie ihm die Redaktion der Zeitung und die Straße, in der sie gewohnt hatte. Sie irrten sich im Datum und verpassten eine Ausstellung mit den

Portraits von Vermeer. Und plötzlich, ohne dass es Vorboten gegeben hätte, verlor Livia Pertot ihr gewohntes Selbstvertrauen. Sie verliefen sich in der Stadt, die sie doch so gut kannte, nahmen den falschen Bus, und in der Métro ließ sie ihr Portemonnaie fallen, so dass die Münzen in alle Richtungen wegrollten. Auch später gab es diese dunklen Momente, wo Livia ohne sichtbaren Anlass den Boden unter den Füßen verlor und sein konnte wie ein verängstigtes Kind. Leyland erschrak dann immer zutiefst, er hatte das vorherige Mal vergessen, aber er fing sich schnell und übernahm die Regie. So auch damals in Paris. Sie ließen alles, was sie noch geplant hatten, sausen und fuhren nach Triest.

Er war zum ersten Mal am Mittelmeer. Er setzte sich auf die Molo Audace und ließ die Füße baumeln. Das Schiff an der nächsten Mole legte ab, es gab Wellen, und er hielt die Beine mit Schuhen in das flutende Wasser. »Für einen Moment dachte ich, du würdest ganz hineinspringen«, sagte Livia, »es sah so ... überbordend aus.« Mit seinen nassen Hosenbeinen saß er bei Livias Eltern im Salotto und gewann die beiden in einem einzigen Nachmittag für sich, nicht zuletzt, weil er mit Maria Gasser sein fließendes, aber manchmal etwas steifes Deutsch sprach und dabei den englischen Gentleman spielte, der mit in die Küche ging und beim Servieren half.

Heute saß Leyland in einem neuen Café in der

Nähe von Livias einstiger Wohnung in Kensington. *Kommst du mit rauf? Che ne pensi?* Das war vor einunddreißig Jahren gewesen. Jetzt ging er weiter in Richtung Harrington Gardens, ein Weg, den sie oft gemacht hatten, als sie umzogen. Er war vor vierundvierzig Jahren nach London gekommen, er war siebzehn und aus Oxford davongelaufen. In die Wohnung in Harrington Gardens waren sie vor neunundzwanzig Jahren gezogen und hatten dort fünf Jahre gewohnt. Er hatte also zwanzig Jahre in London verbracht. Und es war vierundzwanzig Jahre her, dass sie nach Triest gezogen waren. Den ganzen Tag über stellte Leyland solche Rechnungen an, und bei jeder Zahl fragte er sich: Wie lange war das? War es lang oder eher kurz? Viel Leben oder wenig? Dabei hatte er das Gefühl, eigentlich gar nicht zu wissen, wonach er fragte, und was er wissen wollte. Es war der kuriose, hilflose Versuch, sich durch Zählen und Rechnen seines Lebens zu vergewissern. Dabei vergaß er die errechneten Zahlen bald wieder und musste von vorne beginnen, und bei jedem neuen Versuch spürte er noch deutlicher, wie unsinnig und vergeblich das alles war.

In der Wohnung in Harrington Gardens brannte Licht. In ihren Räumen von damals hingen jetzt Kronleuchter, in seinem Zimmer stand ein langer Tisch, gedeckt für ein Essen mit mehreren Gästen. Ein Taxi fuhr vor, zwei junge Paare stiegen aus und klingelten. Jetzt sah man die Gäste durch die Räume gehen. Leyland ging weiter. Er war gekränkt – als hätte er Anspruch darauf gehabt, dass man die Räume die ganze Zeit über genau so ließ, wie sie sie verlassen hatten. In diesen Räumen hatte er Francesca Marcheses Buch über das literarische Triest übersetzt, Slowenisch gelernt und Joyce in mehreren Sprachen gelesen, bis Livia ihm das Buch wegnahm. Er hatte die kleinen Kinder durch die Wohnung getragen. Das war achtundzwanzig Jahre her. Wie lange war das? Natürlich war es lang, es war ja nichts weniger als die Kindheit und Jugend seiner Kinder. Dazu Livias viele Jahre im Verlag und die Bücher, die er übersetzt hatte, und die ein Regal füllten. Trotzdem blieb er jetzt oftmals stehen und ging die Episoden jener Jahre eine nach der anderen durch, um die Zeit zu dehnen und ihr die durchlebte Länge zurückzugeben. Denn sie drohte zu schrumpfen, diese Zeit. Er wusste nicht, wie es kam, er verstand es nicht, aber sie drohte weniger zu werden, die Triestiner Zeit, alles schien sich zu verkürzen und ineinanderzuschieben, und dagegen musste er sich zur Wehr setzen, indem er sich vorsagte, was für ein langes, reiches Stück Leben es gewesen war.

Was erwartet man, fragte er sich, wenn man an Orte eines früheren Lebens zurückkehrt? Erinnerungen. Gewiss. Besonders lebhafte, bilderreiche Erinnerungen, unterlegt mit vergangenen Stimmungen. Gewiss. Doch was erhofft man sich von diesen Erinnerungen? Was machen wir mit ihnen? Wir spüren, dass wir im Inneren weit in die Vergangenheit hinein erstreckt und ausgebreitet sind, wir spüren unsere innere Ausdehnung. Ist es das? Und hilft es uns, wenn wir dabei sind, uns in Gedanken in eine Zukunft hinein auszudehnen?

13 Zurück in Warren Shawns Haus, las Leyland den ersten Brief, den er an Livia geschrieben hatte, nachdem ihr gemeinsames Leben mit unbegreiflicher, grausamer Plötzlichkeit zu Ende gegangen war. Bevor er ihn zur Hand nahm, rief er sich die Empfindungen in Erinnerung, aus denen heraus er zum Stift gegriffen hatte. Es war gewesen, als müsse er sich mit Worten gegen etwas zur Wehr setzen, was sonst nicht zu ertragen war. Schreiben als Notwehr.

Cara –
es sind erst wenige Tage vergangen, seit wir Dich gefunden haben, still und erloschen. Seither bist Du mir anders gegenwärtig als in den zwanzig Jahren zuvor. Wenn ich in jener Nacht zu Dir hinüberblickte, traf Dich mein Blick nicht mehr an. Was er antraf, waren Dein Gesicht und Deine Gestalt, durch die Du für uns stets aufs lebendigste gegenwärtig gewesen warst und die zu beweisen schienen, dass Du es auch jetzt noch seist. Doch die Reglosigkeit in Gesicht und Gestalt, die mit jedem weiteren

Moment, den sie andauerte, an Endgültigkeit gewann, ließ diese Gegenwart immer weiter ausbleichen und verwandelte sie für den Betrachter in eine leblose Anwesenheit, ein bloßes Vorhandensein. Es war unmöglich, diese Verwandlung ohne innere Gegenwehr geschehen zu lassen; es hätte bedeutet, Dich ganz und gar zu verlieren. Und so begann ich, ohne dass ich es beabsichtigt hätte und ohne es richtig zu bemerken, an Deinem stillen Gesicht vorbei in Gedanken mit Dir Verbindung aufzunehmen.

Es ist schwierig, die neue Gegenwart, die Du für mich auf diese Weise gewonnen hast, zu beschreiben. Es ist eine andere Gegenwart als die, die Du für mich hattest, wenn Du in einem anderen Zimmer, außer Haus oder auf Reisen warst. Da konnte ich zu Dir gehen oder Dich anrufen, und dann wurdest Du für die Sinne anwesend. Deine neue Gegenwart ist durch das Wissen geprägt, dass das nie mehr geschehen wird. Soll ich sagen, dass Du nun, wo ich Dich außen nicht mehr antreffen kann, in mir bist? Aber Du bist mir nicht so gegenwärtig wie eine Episode des seelischen Lebens, ein Schmerz, eine Angst, ein aufflammendes Gefühl, und auch nicht so wie ein Erinnerungsbild oder ein Bild der Phantasie. Wenn ich Dir jetzt schreibe, so spreche ich zu Dir und nicht zu einer Vorstellung von Dir. Natürlich erinnere ich mich dabei an Dich, und meine Worte werden von vielen Vorstellungen begleitet. Doch die Gegenwart, die Du für mich hast, ist nicht einfach die dieser Erinnerun-

gen und Vorstellungen, sie ist noch etwas ganz anderes. Es haftet ihr nichts Gespenstisches an, nichts Esoterisches, sie kommt mir ganz einfach und natürlich vor, und doch fehlen mir die Worte, wenn ich sie erklären soll.

Jemand möchte vielleicht sagen, dass ich gar nicht wirklich zu Dir spreche, sondern zu mir selbst. Und natürlich gibt es diesen Unterschied zu früher: Ich weiß, dass Du mir nicht antworten kannst. Deshalb ist es ein einseitiges Sprechen. Trotzdem ist es anders, als wenn ich nur zu mir selbst spreche, sei es laut oder im stillen. Das eine ist, dass die Gedanken, wenn sie aufgeschrieben werden, auf andere Weise zu existieren beginnen: Ich kann ihnen, statt sie nur zu vollziehen, nun mit einer erwägenden und prüfenden Distanz gegenübertreten, sie erlöschen nicht gleich wieder, sondern haben Bestand und sind etwas, auf das ich stets von neuem zurückkommen kann. Indem sie in geschriebenen Worten zum Ausdruck kommen, erlangen sie eine Bestimmtheit, die sie vorher, als stille und flüchtige Episoden des Geistes, nicht besaßen. Und durch diese Bestimmtheit lerne ich erst richtig kennen und verstehen, was ich denke und wer ich in diesen Gedanken bin.

Ist es so nicht auch, wenn man Tagebuch schreibt? Auch dabei klärt und fixiert man den Inhalt des Geistes, wie man es nur durch Worte kann. Und man richtet sich dabei an niemand anderen als an sich selbst, den Leser der eigenen Worte. Inwiefern ist es anders, wenn ich Dir

schreibe? Der Unterschied liegt in dem Bedürfnis, Dir meine Gedanken mitzuteilen und sie in Deinem Geist zu spiegeln – auch wenn es nur eine hypothetische und stille Spiegelung ist. Es macht einen großen Unterschied, ob ich etwas nur für mich selbst denke oder ob ich es für einen anderen darlege, sei es auch nur in Gedanken. Auch in der bloß gedachten Darlegung, die mit keiner Erwiderung rechnen kann, unternehme ich die weitläufige Anstrengung, mich im Denken und Fühlen für einen anderen Geist zu öffnen, mich ihm zu erklären und verständlich zu machen. Und es ist nicht irgendein Geist, sondern der Deine. Was ich Dir schreiben werde, wird von dem Bedürfnis geleitet sein, mich für Dich, wie ich Dich kenne, verständlich zu machen. Ich werde auf Deine Erwartungen, Überlegungen und Gefühle, wie ich sie mir vorstelle, eingehen, selbst wenn ich davon nicht spreche. Dein stilles Urteil wird mir immer ein Maßstab sein, auch wenn ich davon abweichen sollte. Es wird immer ein Zwiegespräch stattfinden, auch wenn ich Deine Stimme nicht ausdrücklich zu Wort kommen lasse. Ich werde mich darin aufgehoben fühlen, auch wenn mich nie mehr Worte von Dir erreichen werden.
Ich war es, der Dich fand. Ich war durstig aufgewacht und sah auf dem Weg in die Küche den Lichtschein im Wohnzimmer. Das Licht der Stehlampe war an, und Du saßest in der Ecke des Sofas, in der Du zum Lesen oft saßest, manchmal ja bis tief in die Nacht. Eine halb-

volle Tasse Tee stand auf dem Ecktisch. Du hattest in einem Manuskript gelesen. Dein Oberkörper war zur Seite geneigt, der Kopf, leicht gedreht, war nach vorne gesunken. Die Augen hinter der roten Brille hattest Du geschlossen. Die Hand, mit der Du im Manuskript Notizen gemacht hattest, war aufs Polster gerutscht, der Stift war Dir entglitten und lag am Boden. Auch der Arm, der das Manuskript gehalten hatte, war erschlafft, der Text war Dir vom Schoß gerutscht und wurde nur von der Armlehne daran gehindert, auch zu Boden zu gleiten.

Noch schlaftrunken, dachte ich im ersten Augenblick, Du seiest eingeschlafen. Doch schon als ich quer durchs Wohnzimmer ging, wurde mir klar, dass es so nicht sein konnte. An Deinem Körper war alles erloschen. Es war niemand mehr da, den man hätte aufwecken können, das spürte ich mit einer Klarheit, die mich erstarren ließ. Vor Dir stehend, sah ich, dass Du nicht mehr atmetest. Ich muss nach den Kindern gerufen haben, denn plötzlich waren sie da. Das nächste, woran ich mich erinnere, ist, dass ich Dir die Brille abnehme, Deinen Kopf halte und Dich doch noch aufzuwecken versuche. Ich sehe das Gesicht der Kinder vor mir, ratlos, bleich vor Entsetzen. Sophia holte ein zusätzliches Kissen für Deinen Kopf. Sie tat das Manuskript auf den Tisch und legte Deine Hände in Deinen Schoß.

Still, fast regungslos, blieben wir sitzen, ich weiß nicht, wie lange, die Zeit der Uhren war in jener Nacht außer

Kraft gesetzt. Wir spürten, ohne darüber ein Wort zu verlieren: Noch wollten wir niemanden rufen, noch sollte die Welt draußen bleiben. Ab und zu trafen sich unsere Blicke. Es waren Blicke der geteilten Fassungslosigkeit, der entsetzten Ungläubigkeit und der Anstrengung, im Ansturm von Schmerz und Angst nicht unterzugehen. Manchmal streiften unsere Blicke Deine reglose Gestalt auf dem Sofa nur, doch manchmal blieben sie auch länger auf ihr ruhen, und dabei spürten wir bei uns selbst und bei den anderen die gewaltige Anstrengung, die es kostete, dem Anblick standzuhalten. Wenn ich den Blick dann wieder abwandte, war es, weil ich diese schreckliche Reglosigkeit nicht länger ertragen konnte. Bilder von Dir, wie Du ranntest, gestikuliertest, lachtest und tanztest, wie Du mit Deiner Energie, Deiner Wachheit und Deinem unbändigen Willen in den nächsten Augenblick, die nächste Stunde, die nächste Zukunft hineingingst, überfluteten mich plötzlich. Es konnte doch nicht sein, dass all das zu Ende war, abgeschnitten und vernichtet von einer plötzlichen und unwiderruflichen Stummheit und Regungslosigkeit. Die Bilder Deiner Lebendigkeit, mit der wir alle gelebt und geatmet hatten, stürzten heran mit der Wucht einer gewaltigen inneren Brandung, einer Brandung, die wie eine unbeherrschbare Revolte war. Ich hörte Deine Schritte auf dem Parkett im Verlag, dazu Deine Stimme, wenn Du telefoniertest, ich sah, wie Dein Haar fliegen konnte, auf dem Boot oder wenn Du ranntest, ich sah, wie Du die rote Brille ins Haar schobst und lachtest, die Espressotasse in der Hand, ich hörte Dich toben, wenn Du Dich betrogen fühltest, ich saß neben Dir im Auto, wenn Du im Alfa Romeo plötzlich das Gaspedal durchtratest, so dass man in den Sitz gedrückt wurde – es konnte doch nicht sein, dass all das von einem Moment auf den anderen zu Ende war, unwiderruflich, nein, nein, das konnte einfach nicht sein.

Und wenn ich dann doch wieder den Mut aufbrachte, zu Dir hinzusehen, schien Dein stilles Gesicht noch ein bisschen stiller geworden zu sein. Deine Züge schienen eine Spur weiter zurückzuweichen, es war ein Gesicht, das sich aus der Welt zurückgezogen hatte und nie wieder dahin zurückfinden würde. Die Haut schien noch einmal eine Nuance blasser geworden zu sein, das ganze Gesicht überzog sich langsam und unaufhaltsam mit dem Eindruck der Abgeschiedenheit, es war, als vollendete die schiere Reglosigkeit ihr eigenes, zerstörerisches Werk.

»Ich möchte, dass wir hören, was sie zuletzt gelesen hat«, sagte ich. »Dass wir die Worte hören, die sie als letzte vor sich gesehen hat, und die Gedanken denken, die sie als letzte gedacht hat.« Sidney nahm das Manuskript und begann, aus dem Text vorzulesen. Er las und las, ich setzte mich in Gedanken an Deinen Platz und hörte mit Deinem Geist zu, ich hörte die Worte und dachte die Gedanken, wie Du sie meiner Vorstellung nach gelesen und gedacht hattest. Ich tat es mit solcher

Hingabe, dass es mir für Momente zu vergessen gelang, dass Du nie mehr ein Wort hören und nie mehr einen Gedanken denken würdest.
Sidney hörte auf vorzulesen. »Hier hören ihre Markierungen auf, hier hat sie aufgehört zu lesen«, sagte er tonlos. Eine Weile blieb sein Blick noch auf dem Text, dann klappte er das Manuskript zu und legte es zurück auf den Tisch. »Sie hat auch Musik gehört«, sagte Sophia und zeigte auf den Plattenspieler, bei dem das Lämpchen an war. Sie ging und schaltete ein. Es waren Partiten für Klavier von Bach. Nach einer Weile stand sie auf und löschte das Licht. Wir haben die ganze Platte gehört. Im Dunkeln versuchten wir uns vorzustellen, wie die Töne für Dich geklungen hatten. Wir hatten Angst vor dem Ende der Musik und waren jedesmal froh, wenn es nach einer Pause noch weiterging.
Das fahle Licht eines regnerischen Wintermorgens sickerte durch die Vorhänge. Langsam tauchte Dein weißes Gesicht, vom Kissen gestützt, aus der Dunkelheit auf, und es war unerträglich, denken zu müssen: Das beginnende Licht wird nichts mehr ändern. Ich ertappte mich bei der verborgenen Hoffnung, mit Anbruch des Tages möchte alles vorbei sein, und Du möchtest zusammen mit uns in den neuen Tag eintreten. Sie war so mächtig, diese Hoffnung, dass sie sich, kaum dass der Verstand sie korrigiert hatte, erneut Bahn brach. Nie zuvor hatte ich auf diese Weise erlebt, dass etwas endgültig war: durch nichts rückgängig zu machen. Es war

nahezu unmöglich, diesem Gedanken Raum zu gewähren.
Ich habe mich neben Dich aufs Sofa gesetzt. Ich habe es spontan und ohne Überlegung getan. Kaum war die Bewegung vollendet, wusste ich sie nicht mehr zu deuten. Die Kinder haben darin den Wunsch gesehen, mit Dir noch eine Weile allein zu sein, und sind hinausgegangen. In der Nacht hatte ich Deinen Kopf gehalten und gespürt, wie erkaltet Dein Gesicht bereits war. Ich wollte diese Kühle nicht noch einmal spüren. Du sahst bleich aus und abgeschieden, zurückgezogen aus der Welt, für immer. Eingefallen sahst Du noch nicht aus, aber man konnte ahnen, dass es bald geschehen würde. Wie nimmt man in einem solchen Moment Abschied? Was ist die richtige Weise, und was bedeutet die Redensart? Ich habe versucht, Dein stilles Gesicht offen und furchtlos zu betrachten, begleitet von dem Gedanken: Sie wird nie mehr aufwachen. Lange habe ich diesen Blick nicht ausgehalten. Ich schloss die Augen und dachte zurück an das, was Du nach dem Tod Deines Vaters und Deiner Mutter gesagt hattest. Tot und dead, sagtest Du, seien schreckliche Wörter von dumpfer Grausamkeit, Du würdest hören, wie jemand mit der stumpfen Seite eines Beils auf einen morschen Baumstumpf schlüge. Außerdem seien es Wörter, die merkwürdig abrupt endeten, vorzeitig, noch bevor sie richtig zu Ende seien. Auch morto sei schwer und grausam, aber weniger abrupt und weniger wie ein Schlag, das Schwere liege in der

wiederholten Dunkelheit der beiden Silben, und Du dachtest an einen Tunnel ohne Ausgang, der sich steil nach unten in die Erde bohrt.

Du siehst: Ich ließ Dich, neben Deiner reglosen Gestalt sitzend, über Wörter reden, es war unser erstes Zwiegespräch. Und es ging weiter, dieses Zwiegespräch. Du hättest Dir gewünscht, sagtest Du damals, dass man Deine Eltern kremieren könnte, sie selbst hätten es sich auch gewünscht. Die Vorstellung, verwesen zu müssen, war ihnen schrecklich. Doch das Gesetz ließ es nicht zu, obgleich die Kirche schon lange keine Einwände mehr hatte. Vor kurzem nun hatten wir beide gelesen, dass das Gesetz geändert worden war, und wir versprachen uns, von der neuen Möglichkeit Gebrauch zu machen. Das Feuer, sagtest Du, ist nicht etwas, was man dem Toten antut, es ist ein Schritt, der dem Verfall und der Verwesung zuvorkommt, ein befreiender Schritt also. Du hättest gewollt, dass man Deine Asche auf See verstreute. Um als Körper ganz zu verschwinden. Doch das lässt das Gesetz noch nicht zu. Und so wurde Deine Urne zu Deinen Eltern in die Grabwand gestellt. Es war für mich nur noch ein symbolischer Akt, in dem Du nicht mehr gegenwärtig warst.

Es war inzwischen taghell, es gab Leute, die die Straße entlanggingen, es gab den Bus und in der Ferne die Sirene der Feuerwehr, die Uhr schlug von der Kirche her die Stunde, es war alles wie immer, und es war alles fremd und überflüssig und ging uns nichts an. Das stille

Zwiegespräch hat mir am Ende geholfen aufzustehen und zum Telefon zu gehen. Es war, als würdest Du mich nun bitten, Dir zu helfen. Ich strich Dir ein letztes Mal übers Haar und übers Gesicht, und im Moment der Berührung hatte ich für einen Augenblick das Gefühl, Dich noch einmal erreichen zu können. Dann sah ich das Auto der Polizei und des Notarztes in unsere Straße einbiegen und dahinter den langen schwarzen Wagen. Sidney ist hinausgerannt, als sie kamen. »Ich wollte nicht sehen, wie sie Maman wegtrugen«, sagte er, »ich wollte es um keinen Preis sehen, das durfte nicht das letzte Bild von ihr sein, und die ganze Zeit, während ich um eine Biegung nach der anderen lief, bis hinauf in den Wald, musste ich dagegen ankämpfen, es mir vorzustellen, und ankämpfen musste ich auch gegen das schlechte Gewissen, Dich und Sophia damit allein gelassen zu haben.« Sophia ist neben mich getreten, als sie Dich wegtrugen. Wir drehten uns um und blickten in den regnerischen Tag hinaus. Wir haben gemeinsam gehört, wie die Tür ins Schloss fiel.

Dein Platz war leer, und Deine Abwesenheit füllte den Raum. Die halbvolle Tasse Tee stand immer noch auf dem Ecktisch. Niemand hatte sie angerührt, und doch stand sie jetzt anders da als in der Nacht. Sie war nichts mehr, nach dem Du noch greifen würdest, und doch war es auch nicht so, dass sie einfach dastand wie andere Gegenstände, sie zeugte immer noch von dem Leben, in dem sie eine Rolle gespielt hatte und das unwiderruf-

lich zu Ende war. Wir haben sie immer wieder betrachtet, die Tasse, und haben sie stehenlassen. Schließlich nahm Sophia sie behutsam vom Tisch und trug sie in die Küche. Ich bin ihr nachgegangen und habe zugesehen, wie sie die Tasse ausspülte und zum Trocknen ins Gestell legte. Sie tat es langsam, zögerlich, und am Ende stützte sie sich auf den Rand des Waschbeckens, als ob ihr schwindlig sei.

Das Wegräumen der Tasse war, so kam es mir vor, die erste in einer langen Reihe von Handlungen, die uns von Dir wegführten, hinein in ein Leben ohne Dich. Gegen jede einzelne dieser Handlungen haben wir uns gesträubt, bis die Umstände uns dazu zwangen. Jemand hatte Deinen Stift vom Boden aufgehoben, und nun lag er neben Deiner Brille auf dem Tisch. Beides haben wir tagelang dort liegenlassen. Die Teetasse war etwas Zufälliges gewesen, etwas Dir Äußerliches, und deshalb empfanden wir es nicht als Eingriff in Dein Leben, wenn wir sie wegräumten. Die Brille und Dein Stift dagegen – es kam uns, wenn wir ans Wegräumen dachten, wie ein Angriff auf Dich als Leserin vor, auf Dich, die Du so sehr eine Frau gewesen warst, die las und schrieb und nachdachte. Erst Tage später habe ich sie bei mir auf den Fenstersims gelegt, an einen Ort, wo mein Blick oft hinglitt.

Es gab eine Kleinigkeit, eine winzige Begebenheit, die sich mir eingeprägt hat: was Sophia mit Deiner Teetasse gemacht hat. Nach dem Ausspülen hatte sie sie zum

Trocknen ins Gestell getan. Inzwischen war sie trocken. Sophia streifte sie mit ihrem Blick und blieb einen Augenblick lang reglos stehen. Jetzt nahm sie sie zögernd aus dem Gestell und öffnete den Geschirrschrank, um sie hineinzustellen. Sie hatte die Tasse schon angehoben, da hielt sie mitten in der Bewegung inne. Als griffe eine innere Sperre. Sie schloss die Schranktür wieder und setzte die Tasse auf die Ablage neben das Gestell. Sie verschob sie ein bisschen und dann noch einmal ein bisschen, es war, als könnte sie die Tasse nicht loslassen. Wir wussten alle nicht weiter, wir wussten es bis in die kleinsten Bewegungen hinein nicht.

An diesem Tag und an denen, die darauf folgten, lag in all unserem Tun ein Zögern und eine rückwärtsgewandte Ungläubigkeit: als sei es nicht richtig, wenn wir unser Leben ohne Dich fortsetzten. Als würde dadurch etwas zerstört, was wir hätten bewahren müssen. Dabei spürten wir, dass es nichts nützte, sich dagegen zu sträuben und zu stemmen, die Zeit stieß und trieb uns unbarmherzig in die nächste Stunde und den nächsten Tag hinein. Der Postbote brachte ein Paket für Dich. Wir machten es erst Stunden später auf. Deinen Namen auf dem Etikett zu lesen, war mit tiefem Erschrecken verbunden: Du würdest nie mehr auf etwas antworten können, was man Dir schickte. Das Telefon ließen wir klingeln. Irgendwann aßen wir eine Suppe. Wir taten es in der Küche und im Stehen, am Tisch mit einem leeren Platz zu sitzen, war unmöglich.

In dem Zimmer zu sitzen, in dem Du neben mir eingeschlafen und aufgewacht bist – plötzlich half kein Zwiegespräch mehr, die Wucht Deines Fehlens überwältigte mich. Doch dann begann ich Deinen Blick auf mir zu spüren, einen Blick, der von mir erwartete, dass ich in den Verlag gehen und Bescheid sagen würde. Auf dem Weg dahin ging ich in der Kanzlei Deines Anwalts vorbei. Ich ließ mir bestätigen, was ich eigentlich schon wusste: Ich war nun der Inhaber des Verlags. Als Du es vor Jahren so geregelt hast, kam es mir sehr abstrakt vor, wie etwas, was immer eine bloße Möglichkeit, ein reines Gedankenspiel bleiben würde, etwas, was mich gar nicht wirklich betraf. Und nun saß ich diesem Anwalt gegenüber, diesem Alois Furlan. Er traute mir den Verlag nicht zu. Ich könnte nicht sagen, dass er unfreundlich war oder herablassend, aber es war klar: Er traute es mir nicht zu. »Zum Glück haben Sie ja Vittorio Albanese«, sagte er.

Ich ging in eine Bar, trank einen Kaffee und dann noch einen. Die Gedanken überstürzten sich. Ich dachte zurück an die Wochen, damals in London, als wir geschwankt hatten, ob Du den Verlag übernehmen solltest. Und nun sollte der Verlag plötzlich mir gehören. Ich dachte an die Telefongespräche mit Dir, wenn Du von den Messen angerufen und über die Hektik gestöhnt hattest, über Nächte, in denen Du Manuskripte überfliegen und schnelle Entscheidungen treffen musstest. In solchen Momenten, sagtest Du, seist Du gar nicht mehr

sicher, dass es damals richtig war, nach Triest zurückzukehren. All das würde nun auf mich übergehen. Konnte ich das? Wollte ich es?
Ich spürte, dass ich nicht geschlafen hatte, das Zeitgefühl geriet durcheinander. Eigentlich fühlte ich mich gar nicht in der Lage, in den Verlag zu gehen. Es war mir schwindlig, als ich die Treppen hochstieg und Albanese sagte, er möge alle zu einer Besprechung zusammenrufen. Ich weiß nicht mehr, was genau ich gesagt habe, ich war kurz und knapp, und es war danach sehr still im Raum. Sie möchten zunächst einfach weitermachen, sagte ich, über die Zukunft würden wir später sprechen. Dann ging ich in Dein Büro.
Deine Post lag auf dem Schreibtisch. Ich erschrak über Deinen Namen, der Dich nicht mehr erreichen konnte. Ich setzte mich auf Deinen Stuhl. Ich war ja nicht oft hier gewesen. In diesem Augenblick spürte ich, wie wenig Anteil ich an Deiner Arbeit genommen hatte, wie groß der Abstand war, den ich zwischen mich und den Verlag gelegt hatte, obwohl ich für ihn arbeitete. War das richtig gewesen? Musste es Dich nicht enttäuscht haben? Draußen begann es zu dämmern. Auf dem Flur hörte ich die Schritte der anderen, sie traten, so schien es mir, besonders leise auf. Ich blieb im Dunkeln sitzen. Ich spürte die Vorboten der Migräne. War es vorstellbar, dass ich in Zukunft hinter diesem Schreibtisch sitzen und den Verlag leiten würde? Ich setzte mich in Gedanken hinter die kleine, schäbige Empfangstheke des Bel-

size Retreat Hotels. Ich hatte Heimweh nach London, nach der tube, nach dem Nebel über der Themse. Was sollte ich machen?

Vera Santin kam herein. Sie machte das Licht an und fuhr zusammen, als sie mich sah. Ich hatte noch nie länger mit ihr gesprochen. Nun bat ich sie, sich zu setzen. Ob es Dinge gebe, die sofort erledigt werden müssten, fragte ich. Die Briefe in der Mappe, sagte sie. Ich schlug die Mappe auf und blätterte. Dein Name, darüber Platz für die Unterschrift. Meine Unterschrift sei ab sofort rechtskräftig, hatte der Anwalt gesagt. Doch es war unmöglich, ich spürte es sofort, als ich nach dem Stift griff. Sie möge in Deinem Auftrag unterschreiben, sagte ich zu Vera. Wir suchten beide nach Worten, um das Gespräch weiterzuführen, und fanden sie nicht.

Später setzte ich mich hier in Deinem Zimmer an den Schreibtisch. Die Kinder hatten das Zimmer nicht betreten. Auf dem Weg nach Hause nahm ich mir vor, es nicht zu einem unberührbaren Ort, einem Sanktuarium, werden zu lassen. Die Tür machte ich langsamer auf als sonst. Ein Rest Deines Parfums hing in der Luft. Ich trat im Dunkeln ans Fenster und sah hinaus, wie Du es so oft getan hast. Später machte ich Licht und sah mich um. Wie leer ein Raum sein kann. Ich setzte mich und zog die Mappe mit dem Briefpapier heran. Wenn ich wieder klar denken könnte, würde ich Dir auf diesem Papier zu schreiben beginnen. Ich betrachtete den Stift, mit dem ich es tun würde. Wir hatten ihn in Pad-

dington gekauft, an einem regnerischen Frühlingstag vor langer Zeit.

Leyland legte den Brief zur Seite. Es war nicht nur Notwehr gewesen, ihn zu schreiben. Es war auch darum gegangen, durch das Suchen nach den richtigen Worten die Konturen seines Erlebens zu erkunden. Herauszufinden, was genau er empfand. Manchmal hatte er innegehalten und mit Verwunderung gespürt, dass er zum ersten Mal dabei war zu entdecken, wer er war.

14 Leyland trat ans Fenster. Kenneth Burke spielte. Er saß anders als sonst, so dass sein Gesicht zu sehen war. Auf dem Ständer lagen keine Noten, und er hatte die Augen geschlossen. *Ungesetzlich, aber richtig*, hatte er sein Tun genannt. *Robin Hood der Arzneien*, hatte der Richter über ihn gesagt – ein leises, ein bisschen schiefes, ein bisschen stolzes Lächeln war über Burkes Gesicht gehuscht, als er davon sprach. *Die Courage – man könnte fast ein bisschen stolz darauf sein* – das waren die Worte des Onkels gewesen. Jetzt, wo Leyland Burkes Geschichte kannte, war es anders, ihn spielen zu sehen. Er suchte vergeblich nach den Worten, die den Unterschied auszudrücken vermöchten, aber es war anders.

Stets hast Du anderen geholfen, in Deiner Sprache zu

Wort zu kommen. Du hast ihnen die Stimme Deiner Sprache geliehen und hast ihnen in Deiner Sprache zu einer eigenen Stimme verholfen. Wie klingt Deine eigene Stimme in dieser Sprache? Wie klingst Du selbst? Das hatte Warren Shawn in seinem Brief geschrieben. Leyland dachte an diese Sätze, als er nun seinen zweiten Brief an Livia las.

Cara –
noch immer wache ich jeden Morgen mit der Hoffnung auf, Dein Fehlen möchte vorübergehend sein, vielleicht von langer Dauer, aber irgendwann zu Ende, so dass wir wieder ins alte Leben zurückfinden könnten. Es ist keine ausdrückliche Hoffnung, keine, die die Form eines Gedankens annimmt. Und vielleicht ist es auch falsch, sie eine Hoffnung zu nennen. Vielleicht sollte ich sie eher ein Warten nennen, ein Warten darauf, dass Du irgendwann wieder durch die Tür kommst. In Momenten, wo mir dieses stumme Warten, das sich meistens im Hintergrund hält, deutlich zu Bewusstsein kommt, frage ich mich, wie es wäre, wenn es eines Tages erlöschte. Es wäre der Beginn einer neuen Zeit. Sie wäre tonlos, hohl und dumpf, alles, was eine Zeit lebendig macht, wäre in ihr verschluckt.
Es sind sonderbare Dinge, die ich da sage, ich weiß, aber ich finde keine besseren Worte. Wie kann es sein, dass die Lebendigkeit der Zeit von einer Hoffnung und einem Warten abhängt, dessen Vergeblichkeit man kennt?

Ich sehe Deine Hand vor mir, wie sie die Schlüssel des Verlags in die Manteltasche gleiten lässt, ich habe das immer gerne gesehen. Diese Schlüssel jetzt in meine Tasche gleiten zu lassen – es war eine der vielen unscheinbaren Handlungen, die einen Schritt in eine neue Zukunft bedeuteten, eine Zukunft ohne Dich. Es war unmöglich, solche Schritte nicht zu tun. Ich hätte die Zeit anhalten müssen, um es zu verhindern. Wie aber konnte es dann sein, dass sie mir wie Verrat vorkamen, diese Schritte? Oder war es gar nicht die Empfindung des Verrats, von der sie begleitet wurden? War es eher die Empfindung, vom unaufhaltsamen Verfließen der Zeit zu etwas genötigt zu werden, was ich nie gewollt hatte und auch jetzt nicht wollen konnte, weil es zur Anerkennung der Tatsache zwang, dass es Dich nicht mehr gab? Eine Empfindung der Ohnmacht also?
Viel ist geschehen, seit ich erklärte, ich würde den Verlag weiterführen. Sie haben aufgeatmet, Deine Leute, und dann noch einmal, als ich sagte, ich würde in den nächsten Tagen mit jedem einzelnen sprechen und mir berichten lassen, wie es ihm mit der Arbeit ginge. Ich sagte, ich würde auch weiterhin übersetzen. Es würde ein zeitlicher Balanceakt, und es werde nur gehen, wenn sie mich alle unterstützten, weit über das Übliche hinaus. Sie müssten sich an den Rhythmus eines Nachtarbeiters gewöhnen und an die Kapriolen meiner Migräne. Es war viel Sympathie zu spüren, eigentlich sogar Wärme. Nur Vittorio Albanese blieb kühl und förmlich.

Dann setzte ich mich an den Schreibtisch, den ich immer noch als Deinen empfand, aber ein bisschen auch schon als meinen, das Empfinden wechselte von Moment zu Moment. Die Post türmte sich. Plötzlich überfiel mich eine wilde Panik, dieselbe Art Panik, die ich vor jeder Prüfung empfunden hatte. Davonlaufen. Doch jetzt kam Vera Santin herein, um über das Dringlichste zu sprechen. Sie sah mir die Panik an, aber ich konnte mich tarnen, indem ich mir die Schläfen rieb und Tabletten hervorholte. Sie machte Kaffee. Es gab Briefe, die sie von sich aus geschrieben hatte, und die ich unterschreiben musste. Ich spürte einen Rest des Zögerns von früher, dann unterschrieb ich. Oben auf der Seite der eingestanzte Name Deines Vaters, unten mein Name. Es sah gut aus. Ich hoffte, dass es auch richtig war, und wusste nicht, was ich damit meinte. Einige Tage danach ging ich auf den Friedhof und stand vor Eurer Grabwand. Stumm sagte ich mir die beiden Namen vor: Pertot, Leyland. Gehörte ich jetzt dazu? Was änderte der Verlag am Empfinden? Auf dem Weg hinaus stellte ich mir das Grab von Christopher Sheldon Leyland in Oxford vor. Es war ein Familiengrab, auch mein Vater würde dort einmal begraben sein. Ich will, dachte ich, nirgendwo begraben sein, nirgendwo aufbewahrt. Ich will, wie auch Du es für Dich gewollt hättest, dass man meine Asche über dem Wasser verstreut.

Als Vera gegangen war, öffnete ich die restliche Post und begann zu diktieren. Ich nahm die Kassette mit Deiner

Stimme aus dem Gerät und legte eine neue ein. Es war sonderbar, in die kleine Maschine hineinzusprechen, ich mag es nicht, wenn Worte mit Maschinen in Berührung kommen. Und sonderbar war auch, meine Stimme zu hören, die ohne Antwort verhallte. War es nicht eigentlich eine unsympathische Stimme? Die Stimme von jemandem, den man nicht kennen möchte? Wieder überfiel mich Panik, ich drückte die falschen Tasten, löschte aus Versehen, was ich gesagt hatte, und musste von vorn beginnen.

Langsam wurde es besser. Ich sah vor mir, wie Du beim Diktieren auf und ab gegangen warst, und begann, dasselbe zu tun. Meine Schritte, so kam es mir vor, legten sich über Deine. Ich merkte, wo das Parkett knarrte, ich schritt die ganze Fläche aus und nahm den Raum allmählich in Besitz. Deine Zigaretten waren vertrocknet und schmeckten nach Holz. Ich warf sie in den Papierkorb, nahm sie wieder heraus und steckte sie in die Tasche.

In den Briefen erklärte ich die Situation und stellte mich als der neue Verleger vor. Wenn die Briefe morgen in die Welt hinausgingen, würde es endgültig sein, unwiderruflich für lange Zeit. Hier im Haus könnte ich es noch rückgängig machen, ein wankelmütiger Mann, der nun doch zurückschreckte. Aber nach außen hin wäre es verheerend.

Dann trat ich auf die Straße. Mein erster Tag als Verleger war vorüber. Ich war stolz und mokierte mich vor mir selbst darüber. Und nun wollte ich mein neues Leben in die Stadt hineintragen, es in der Stadt ausbreiten. Die Lichter gingen an. Pat Kilroy hatte noch nicht viel zu tun. »Stell dir vor: Ich bin jetzt Verleger«, sagte ich. Er verbeugte sich mit ironischer Ehrfurcht. Als er mir das Essen hingestellt hatte, blieb er stehen und sah mich an. »Kein Grund, Angst zu haben«, sagte er. Kenne ich sonst noch jemanden, der so hellsichtig ist, so treffsicher im Aufspüren von dem, was unter der Oberfläche liegt? Ich setzte mich auf die Molo Audace und hörte den verliebten Paaren zu, wie sie lachten. Das letzte Schiff legte ab, und die Wellen kamen. Ich hielt die Beine in das flutende Wasser, die Hose wurde bis zu den Knien nass. Ich dachte daran, wie ich das zum ersten Mal gemacht hatte. Das war vor achtzehn Jahren, und es hat Dir gefallen, wie ich mit nassen Hosenbeinen und tropfenden Schuhen bei Deinen Eltern im Salotto saß. Die Kinder lachten über meine nassen Hosenbeine, sie wussten vom ersten Mal ja nur aus Berichten.

Inzwischen sind sie auch in Deinem Zimmer gewesen. Aber es bleibt für uns alle der Ort Deines Fehlens, ein Ort der Trauer und Ratlosigkeit. Das ganze Haus komme ihr hohl vor, sagt Sophia, wie ausgehöhlt durch Deine Abwesenheit. »Ob das jemals anders werden kann?« fragte sie. »Ob wir das Haus allein mit unserem Leben auffüllen können?« Du warst es, die das Haus gefunden hat, ich erinnere mich, wie Du mir damals am Telefon davon sprachst. »Jede Menge Platz, um Vermeer auf-

zuhängen«, sagtest Du. »Wie ich dich kenne, wirst du ganz nach oben ziehen, unters Dach, der Raum ist wie für dich gemacht.« Die Bilder von Vermeer haben ein fremdes Aussehen bekommen, ich könnte auch sagen: ein leeres Aussehen, oder besser noch: ein entleertes Aussehen, denn Dein Blick, der sie ausgesucht und bewundert hat, immer wieder, wird nie mehr auf sie fallen und sie nie mehr mit Leben erfüllen.
Sophia sprach aus, was sich in uns allen als zögerlicher Gedanke bildete: »Vielleicht sollten wir ausziehen. In neuen Räumen neu beginnen.« Wir erschraken, als es ausgesprochen war, und versicherten uns, dass es keine Eile hätte. Ein Umzug – er wäre die Auflösung eines Lebens, nichts weniger. Wir saßen einige Zeit still da, und jeder spürte von den anderen, wie sie es sich vorstellten, und wie die Vorstellung uns mit Schrecken erfüllte. Es wäre die endgültige Anerkennung Deines Todes. Und wohin mit Deinen Sachen? Wir müssten jeden einzelnen Gegenstand, der Dir gehört hatte, in die Hand nehmen, und bestimmen, was damit zu geschehen hatte.
Als wir aufstanden, um in unsere Zimmer zu gehen, umarmten wir uns und blieben lange so stehen. Unser Leben hier würde zu Ende gehen. Und wir würden in Zukunft auf eine neue Weise füreinander dasein müssen, eine Weise, die Dich nicht mehr einschloss. Wir lagen alle lange wach und hörten die Unruhe der anderen.
Ein Monat ist seitdem vergangen. Das Licht des Früh-

lings liegt über der Bucht, und die Bäume in der Stadt sind grün geworden. Ich gehe mit festem Schritt in den Verlag. In den ersten Tagen habe ich die Papiere auf dem Schreibtisch und in den Schubladen gesichtet, Blatt für Blatt. Jedesmal, wenn ich Deiner Handschrift begegnete, war es schwer. Dann musste ich unterbrechen und stand rauchend am Fenster. Vera brachte Kaffee. In einer Schublade fand ich Puderdose und Lippenstift. Alles, was ich nicht mehr brauchte, verstaute ich in einem Aktenschrank. Als ich zuschloss, hatte ich wieder dieses sonderbare und ganz unvernünftige Gefühl, Dich zu verraten, indem ich Dich in der Vergangenheit zurückließ. Als ich nachher Pat Kilroy davon erzählte, hörte er schweigend zu. Er bediente andere Tische und kam dann wieder zu mir. »No one there to desert and abandon«, sagte er und legte mir die Hand auf die Schulter. Aber warum war es dann so schwer gewesen, die Schranktür zu schließen?

Ich tat, was ich angekündigt hatte, und sprach mit allen im Haus über ihre Arbeit. Ich besuchte die Druckerei und den Versand, lernte Bilanzen lesen und ließ mir die Werbung für dieses Jahr erklären. Langsam bekomme ich ein Gefühl dafür, wie die Dinge zusammenhängen und worauf es ankommt. »Tausendmal leichter als Poesie«, höre ich Sean Christie sagen. Ja, schon. Aber manchmal bricht in mir alles ein, alles ist mir zuviel, und dann will ich zurück zu den Wörtern. Auf dem kleinen Tisch in der Ecke liegt eine Übersetzung, an der ich arbeite. Manchmal fliehe ich zu ihr. Wenn Vera es sieht, schließt sie leise die Tür.

Leyland las den Brief noch einmal, und dieses Mal las er ihn sich laut vor. Er hörte seinen eigenen Worten zu, neugierig, was da für eine Stimme zu ihm sprach. Dann tat er dasselbe mit seinem ersten Brief an Livia. Als er sicher war, den Klang dieser Stimme nun zu kennen, so dass er die Stimme von anderen unterscheiden könnte, las er sich die Briefe vor, die er zehn Jahre später, nach der Diagnose, geschrieben hatte. *Heute ist der erste Tag vom Rest meines Lebens ... Niemand ist eine Autorität ...* Die neue Stimme war anders. Was für ein Unterschied war es? Waren die Stimmen so verschieden, wie Melodien es waren? Oder war der Unterschied kleiner – eher so wie zwischen zwei Instrumenten, die dieselbe Melodie spielten? Oboe und Fagott? Eigentlich fand er es erstaunlich, was ihm da an Worten entgegenkam. Hätte er sich das zugetraut? Er nahm ein Blatt und schrieb ein paar Sätze aus jedem Brief ab, wie er es manchmal tat, wenn er prüfte, ob er tief genug in einen Text hineinfinden würde, um ihn übersetzen zu können. Die Worte, die er schrieb, traute er sich eher zu als die Worte, die er nur las. Wenn er schrieb, war er sich näher, als wenn er sich nur zuhörte. Und der Unterschied zwischen den früheren und den späteren Briefen war in der Hand ein anderer als im Ohr. Hatte Warren Shawn gewusst, wie verwickelt und unstet die Erfahrung der eigenen Stimme war?

Als er die Briefe zurück in die Mappe legte, fiel sein Blick auf einen kurzen Brief aus den Jahren dazwischen, den er vergessen hatte.

Cara –
ich ertappe mich dabei, wie ich Dir die Dinge so erzähle, als müsstest Du sie wissen, statt dass ich sie, zu Dir sprechend, nur mir selbst erzähle. Es klingt dann, als wollte ich Dich auf dem laufenden halten. Dabei will ich natürlich nicht Dich auf dem laufenden halten, sondern mich selbst, und nicht die Tatsachen betreffend, die ich ja kenne, sondern mein Denken und Fühlen betreffend, das ich, obgleich es mir ja näher ist als die Tatsachen der äußeren Welt, ganz und gar nicht überblicke, viel weniger als das, was draußen geschieht. Wenn ich meines Irrtums (wenn man den falschen Seelenzustand denn so nennen kann) gewahr werde, ist es, als hätte ich zuvor für einen Augenblick eine unsichtbare, gefährliche Grenze überschritten, jenseits derer man den Verstand verliert, und nicht nur den Verstand. Sie ist schwer zu definieren, diese Grenze, aber es gibt sie – außer im Traum.

Leyland legte auch diesen Brief zurück in die Mappe. Eine Nähe wie diejenige zu Livia hatte es nie mehr gegeben. Er hätte sie sich nicht einmal vorstellen können. Würde es immer so bleiben, dass er dieses stille gemeinsame Leben mit ihr führte? Wie wäre es, mit seinen Gedanken in Zukunft allein zu bleiben? Oder sie eines Tages mit jemand anderem zu teilen? *Es wäre der Beginn einer neuen Zeit*, hatte er früher geschrieben. *Sie wäre tonlos, hohl und dumpf, alles, was eine Zeit lebendig macht, wäre in ihr verschluckt.* War das das letzte Wort?

Plötzlich spürte Leyland das Bedürfnis, Warren Shawns Haus noch einmal neu in Besitz zu nehmen, anders und gründlicher als bisher. Er ging durch alle Zimmer, öffnete alle Schränke, untersuchte die Küche, stieg hinunter in den Keller und hinauf zum Dachboden. Stets von neuem schritt er die Räume aus, als wolle er sich ihres Volumens versichern. Er hatte nicht den Eindruck zu wissen, was er da tat, aber er machte weiter. Zum Schluss ging er langsam die vielen Bücherregale entlang, nahm oft einen Band heraus und blätterte. Es war schon weit nach Mitternacht, als er hinauf in sein kleines Schlafzimmer ging. Manchmal, wenn er keinen Schlaf fand, überfielen ihn die Erinnerungen aus der dunklen Zeit des Sommers. So war es auch heute, und dieses Mal war es der zweite Anfall, den er noch einmal durchlebte.

15 Es war in der Wohnung eines Mannes geschehen, dem er vor dreizehn Jahren begegnet war und der seitdem aus seinem Leben nicht mehr wegzudenken war. Er hieß Andrej Kuzmín und war aus Russland geflohen, weil es der größte Schrecken für ihn war, in die Rote Armee eingezogen zu werden. Irgendwie war er nach Split an der dalmatinischen Küste gelangt, wo er einige Jahre, mehr schlecht als recht, als Angestellter in einem Antiquariat lebte. Schließlich hatte er in Triest selbst ein Antiquariat aufgemacht, das neben dem von Carlo Ferluga bestehen konnte, weil Kuzmín vor allem Bücher in den slawischen Sprachen hatte, auch albanische, mazedonische und griechische Sachen, ferner Arabisches. Er bestand darauf, dass das *i* ein Akzentzeichen trug: *í*. Auf dem *u* betont, klinge der Name dumpf und ordinär, wie der Name eines stumpfen, schwerfälligen Menschen, sagte er. Er wollte das Spitze und Helle am Ende. Und auch das sagte er: Ein Kúzmin sei einer, der nur eine Vergangenheit habe, ein Abgelagerter; ein Kuzmín dagegen habe eine Zukunft, das helle Ende sei wie ein Versprechen auf eine Zukunft.

Leyland hatte ihn das erste Mal gesehen, als er zum Dolmetschen im Gefängnis war. Es war am Mittag eines besonders heißen Sommertages, auf der Via del Coroneo flimmerte die Luft, die Autos fuhren durch die flimmernde Luft wie durch eine Flüssigkeit, wie durch transparentes Quecksilber, das in feinen, bläulich schimmernden Schwaden dahinzog. Drinnen war es schwül und stickig, und hinter dieser stickigen Schwüle war eine dumpfe, moderige Kälte zu spüren, eine Kälte wie in einem vergessenen Kellergewölbe. Leyland war vom Sommer der gelben, täuschenden Fassade des Gebäudes in den Winter der grauen Gänge und Zellen getreten. »Dort ist ja immer Winter, wie sehr auch Sommer sein mag«, pflegte er zu sagen.

Es war um ein Gespräch mit einem albanischen Häftling gegangen. Es fand im Büro des Direktors statt. Drogen. Die Einzelheiten hatte Leyland bald vergessen. Was er noch lange vor sich sah: den wachen, gehetzten Blick des Albaners und seine schlanken Hände, die unentwegt die Sessellehnen entlangfuhren. Er sprach stockend, mit einem leisen Lispeln. Klare Worte, leicht zu übersetzen. Er halte es in dieser Zelle, mit diesen Gefangenen, nicht mehr aus. Es gehe einfach nicht mehr. Es gab lange Pausen. Er werde sehen, was er tun könne, hatte der Direktor schließlich gesagt. Der Albaner zögerte mit dem Aufstehen; er wäre, dachte Leyland, in dem weiten Raum gerne noch sitzen geblieben. Ob er Besuche bekäme, fragte ihn Leyland beim Hinausgehen. *Askush*, kein Schwein, sagte er mit einer Stimme, die rauh war und tonlos zugleich.

Als Leyland auf den Flur trat, waren gerade die Zellentüren aufgegangen. Die Männer standen herum in grauen T-Shirts mit dunklen Flecken vom Schweiß.

Der Wärter, der ihn begleitete, hatte es eilig, ihn hinauszubringen. Leyland blickte auf seine eiligen Füße und die nervöse Hand, die den Schlüsselbund hielt. »Wisst ihr«, sagte er abends beim Essen: »Es gibt die Zeit der geschäftigen, eiligen Wärter, überhaupt die Zeit des Personals, sie gehört zur Zeit draußen, zur Zeit der Straße, der Ampeln und hupenden Autos, das Personal kommt aus dieser Zeit und geht wieder in sie hinaus. Und dann gibt es die Zeit der Häftlinge, eine ganz andere Zeit, unverbunden mit der Zeit draußen, eine langsame, dickflüssige Zeit, in der man nur das eine tun kann: warten, dass sie vorbeigeht, und hoffen, dass sie etwas von dir übrig lässt, genügend, um später, viel später, in die Zeit draußen zurückkehren zu können, ohne darin sofort jede Orientierung zu verlieren.«

In einer der offenen Zellen sah Leyland Andrej Kuzmín. Er saß aufrecht und steif an seinem kleinen Tisch und schrieb, aufgeschlagene Bücher neben sich, weitere Bücher neben dem Tisch auf einer Kiste. Leyland sah ihn im Profil und dachte sofort: Trotzki. Später erfuhr er, dass alle ihn so nannten. Er hatte eine Joppe an, ein weißes Hemd, Krawatte, ein unglaublicher Aufzug in einem Gefängnis, Leyland traute seinen Augen nicht. Schon deswegen wäre er stehengeblieben. Doch da war noch etwas anderes: die Stille und Konzentration, die der Mann ausstrahlte, wie er da schrieb. Und die Einsamkeit, die Ungeselligkeit, die Isolation. »*Cortado*, abgeschnitten, dachte ich«, sagte er zu Livia, »und ich dachte es auf Spanisch, weil mir das spanische Wort auf die passende Weise herb im Klang zu sein schien, es ist eine Herbheit, die an der Grenze zur Brutalität liegt, ich höre ein Messer, oder nein: ein Beil, das von einer unbarmherzigen Hand geführt wird. Er saß da wie auf einer Eisscholle, weit draußen und immer weiter hinaustreibend, unerreichbar, in einer anderen, fernen Zeit, fern nicht nur der Zeit draußen bei den Autos, fern auch der anderen, kargen, erduldeten Zeit, in der die Männer in den grauen T-Shirts herumstanden und wenig miteinander sprachen, viel weniger, als ich erwartet hätte, ich weiß nicht recht, warum ich mehr erwartet hätte. Es war ein Wahnsinnsbild, das dieser Mann, den sie ›Trotzki‹ nennen, für meine Augen da abgab, wie aus einer anderen Welt: ein Häftling mit Krawatte, ein Mann, der in einer inneren Zitadelle schrieb, ein Wort nach dem anderen, und der nicht mit der Wimper zuckte und nicht einmal den Kopf umwandte, wenn seine Zelle auf- und zugeschlossen wurde. Vor dem Fenster hing ein Laken, die Gitterstäbe sah man nur als Schatten. Der Tag draußen ging ihn nichts an.«

Der Wärter, ungeduldig, hatte Leyland am Arm gefasst und wollte ihn weiterziehen. Die Bewegung hatte etwas von einem Polizisten, der einen Verhafteten abführt, und Leyland schüttelte seine Hand heftig ab. Sein Blick war so, dass der Wärter erschrak, und er sah nicht wie ein Mann aus, der sich leicht einschüchtern ließ.

Leyland trat auf Kuzmíns Zelle zu und klopfte an die offene Tür. Kuzmín reagierte nicht und schrieb weiter. Leyland klopfte noch einmal. Jetzt sah Kuzmín hoch, drehte den Kopf, Irritation im Blick und eine stumme, ärgerliche Frage.

»Ich ... ich wollte nur guten Tag sagen«, sagte Leyland auf Italienisch. Es klang blöd, geradezu abstrus, die Worte passten in keiner Weise hierher. Etwas in Kuzmíns Gesicht veränderte sich, eine Winzigkeit nur, es konnte bedeuten, dass er sich über die Absurdität von Leylands Worten mokierte. »Ich bin als Dolmetscher hier«, sagte Leyland. Es klang nicht mehr ganz so abstrus, aber immer noch sonderbar und befangen, die Worte hingen in der Luft ohne Zusammenhang mit irgend etwas, Worte ohne Situation, bloße Wörter.

»Welche Sprache?« fragte Kuzmín, als Leyland sich bereits zum Gehen wandte, darauf gefasst, keine Antwort zu bekommen. »Diese Verzögerung in seinen Reaktionen, die einen zur Verzweiflung bringen kann – da habe ich sie zum ersten Mal erlebt«, sagte Leyland später einmal zu Livia. »Es ist, als wolle er die Zeit anhalten oder unterbrechen, und kürzlich, als ich es wieder einmal besonders deutlich erlebte, dachte ich: Es ist eine Form der Selbstbehauptung, er wehrt sich dagegen, dass andere das Tempo diktieren, eine kleine, eine winzige Revolte, für die anderen kaum erkennbar, für ihn selbst aber eine wichtige Erfahrung der Freiheit, eine Erfahrung, die man einem auch im Gefängnis nicht nehmen kann.« Kuzmín hatte Leyland dabei nicht angesehen, er blickte hinunter auf das Papier vor sich. Es gab da etwas in seiner Stimme, etwas an seinem Ton, das Leyland aufhorchen ließ, in Aufregung versetzte, elektrisierte. Ein Mann, der sich für Sprachen interessierte, nicht irgendwie, nicht beiläufig, sondern mit einer Aufmerksamkeit, die brennen konnte, die entflammbar war. Jetzt sah Leyland auch, dass die Bücher Wörterbücher waren, darunter ein russisches.

»Albanisch«, sagte Leyland. »Ach; wirklich?« sagte Kuzmín. »Es war nicht die Floskel, die es auch hätte sein können«, sagte Leyland zu Livia. »Dort, wo bei den anderen Floskeln sind, sind bei Andrej Pausen. Es kommt mir vor, als verschluckte er die Floskeln, noch bevor sie ihm in den Sinn kommen. Auch wenn es nur Floskeln sind – es ist eine Art, sich selbst zu verschlucken.«

Kuzmín war, das spürte Leyland, verwundert, gepackt von einer Verwunderung, die er von sich – so schien es – nicht mehr erwartet hätte. Eine Verwunderung, die nicht nur dem Umstand galt, dass wenige Menschen diese Sprache sprachen, sondern – da war Leyland sicher – in dem Wissen darum begründet lag, wie schwierig es war, diese Sprache zu lernen. Diese

Verwunderung, diese plötzliche, überraschte Wachheit schuf eine Verbindung, ein Band zwischen den beiden Männern, das nie mehr abreißen sollte. *Fellow traveller* – das wäre ein mögliches Wort, dachte Leyland auf dem Heimweg: Man weiß wenig voneinander, aber man ist gemeinsam unterwegs, auf dem Schiff, im Zug, im Flugzeug, und das Teilen der Reise schafft eine Verbundenheit, in der man stillschweigend Abstand wahrt, und das Einverständnis darüber ist eine kostbare Form der Nähe. Man müsste darauf achten, dass das Wort britisch ausgesprochen würde, dachte er, mit einer bestimmten Reserviertheit, es dürfte nichts von der Jovialität einer amerikanischen Zunge darin sein.

»Und Sie?« fragte Leyland nun, auf Kuzmíns Manuskript deutend. »Russisch.« Eine seiner Pausen. »Aus dem Baskischen.« Er sah Leyland an, es war der erste persönliche Blick von ihm, Leyland hatte ihn nie vergessen. »Niemand wird es lesen.«

Leyland hatte in seinem Blick Trauer oder Trotz gesucht, vielleicht auch Schalk – etwas, was zu diesen Worten gepasst hätte. Doch es war nichts von alledem. *Defiant*, dachte er später, herausfordernd – das wäre das treffende Wort. Eine in sich gekehrte Melodie der Herausforderung, wenn es das gab. Aber auch das stimmte nicht. Wenn da ein Gefühl war, dann keines, das sich an jemanden richtete.

Leyland wusste nicht, was er sagen sollte. Da saß

ein Mann, der fehlerfreies Italienisch mit osteuropäischem Akzent sprach, in Triest in einer Gefängniszelle und übersetzte ein Buch aus dem Baskischen – einer Sprache, die von höchstens einer Million Menschen gesprochen wurde und keinerlei Verwandtschaft mit irgendeiner anderen Sprache hatte – ins Russische, eine Übersetzung, von der er annahm, dass niemand sie je lesen würde. Und es war ein dickes Buch, das er übersetzte, wenn Leyland die Dinge auf dem Tisch richtig deutete.

»Aber darum, dass es gelesen wird, geht es auch nicht«, sagte Leyland. »Ihnen, meine ich.« Kuzmín schloss für einen Moment die Augen und schüttelte langsam den Kopf. Dann warf er Leyland einen letzten, scheuen Blick zu und fuhr fort zu schreiben. Der Wärter drängte.

»Adieu«, sagte Leyland. »Es schien das einzig mögliche Wort des Abschieds zu sein«, erklärte er Livia. »Ich kann nicht sagen, warum. Ich habe es seitdem nicht mehr gebraucht, es ist reserviert für jenen lange vergangenen Moment. Ich bilde mir ein, dass auch er es so reserviert hat, ich möchte das gerne glauben. Wenn wir uns später verabschiedet haben, stellte ich mir gerne vor, dass wir beide an das Wort und jenen Moment dachten und uns, im Einklang, gegen das Wort entschieden, um es nicht zu ... ja, zu entweihen. Es war zu einem Codewort geworden, einem Erinnerungswort, einem Wort des Wiedererkennens, dessen Geheimnis darin lag, dass wir es nicht benützen. Vermutlich aber ist das nur eine meiner Wortträumereien, meiner Träumereien von geteilten Wortgeheimnissen, von denen außer mir niemand etwas ahnt.«

Leyland war schon durch die Tür, da sagte auch Kuzmín »Adieu«. Wieder dieses Stocken der Zeit. Es gefiel Leyland. Der ganze Mann gefiel ihm. Er ging ihm nicht mehr aus dem Sinn. Nach ein paar Tagen rief er den Direktor an und bat ihn, den Mann mit der Krawatte zu fragen, ob er ihn, den Dolmetscher von neulich – den mit dem Albanischen –, zu einem Besuch empfangen würde. Der Direktor lachte: »Haben Sie gesagt: *empfangen*?« Ja, sagte Leyland, er hätte gesagt: *empfangen* – und es sei genau das richtige Wort. (Er wünschte in jenem Moment, es gäbe neben *accogliere* noch ein anderes italienisches Wort, eines, das man nur in der vornehmen Gesellschaft, bei Hof etwa, verwendet, aber es gab es nicht.) Es musste eine gewisse Härte in seiner Stimme gelegen haben, denn nun lachte der Direktor nicht mehr, sondern sagte spitz und betont geschäftsmäßig, sie hätten besondere Räume für Besucher. Er wolle ihn aber in der Zelle besuchen, sagte Leyland, bei seinen Büchern. Es gab eine längere Pause. Der Direktor brauchte ihn, es gab noch andere Häftlinge aus Albanien. Also gut, sagte er schließlich.

Leyland war aufgeregt wie selten, als sie sich in

Kuzmíns Zelle schließlich gegenübersaßen, er auf seinem Stuhl, Leyland auf dem tadellos gemachten Bett. Eines war sofort klar: Andrej Kuzmín würde nicht über sich sprechen, über das, was er dachte und fühlte. Nicht, dass er darüber etwas gesagt hätte oder angedeutet. Klar war es einfach durch die Art, wie er dasaß.

Baskisch, sagte Leyland; ob er ihm ein bisschen vorlesen würde. Kuzmín zog das Buch heran und begann zu lesen, wo es aufgeschlagen war. Leyland betrachtete ihn: die Schärfe seiner Gesichtszüge, die ihm als Ausdruck der Schärfe seines Verstandes erschien; die bleiche Haut, die an den Schläfen besonders dünn zu sein schien; zuckende kleine Adern, aus denen eine mühsam gezügelte, unterdrückte Lebendigkeit sprach, auch eine verhaltene Wut, die zerbrechlich war, der ganze Mann war zerbrechlich. Er saß sehr aufrecht an seinem einfachen Holztisch, mit geradem, angespanntem Rücken, Leyland hatte den Eindruck zu spüren, wie dieser Rücken ihm weh tun musste. Feingliedrige, schlanke Hände, die aus den zu langen Ärmeln seiner schwarzen Joppe hervorsahen. Der Schnurrbart, der bis unter die Nase wuchs, und das Kinnbärtchen, das schräg nach vorne abstand, gaben dem unteren Teil des Gesichts etwas Dreieckiges, Spitzes, und ließen die schmalen Lippen noch schmaler erscheinen. Dieses Spitze, Verkniffene strahlte nach oben aus, zu den Augen hinter dem Zwicker und zu der hohen Stirn, und Leyland hatte das Gefühl, dass man von dort jederzeit spitze, gehässige Bemerkungen zu gewärtigen hatte. »Es gibt diese Bemerkungen auch«, sagte Livia Jahre später, als sie ihn kennengelernt hatte, »aber sie werden nie nach außen gesprochen, nur nach innen, sie werden nur gedacht, und das Verletzende, Schneidende daran gilt ihm selbst, wer weiß, warum.« Die Nasenflügel der sehr geraden Nase ließen eine Neigung zum Fanatismus ahnen, und während er las, dachte Leyland: Er lenkt seinen Fanatismus, seine Besessenheit um in die Unnachgiebigkeit beim Suchen nach dem richtigen Wort, und er vergibt sich keinen Fehler.

Es dauerte eine Weile, bis Leyland in seiner Stimme den Stolz erkannte, den Stolz darauf, dass er diese seltene Sprache beherrschte, und dass da einer gekommen war, der ihn damit hören wollte. Er sah Leyland die Frage an, die zu stellen er sich nicht getraut hätte. »Die Mutter«, sagte er. »Mutter baskisch, Vater russisch. Spanischer Bürgerkrieg. War damals so.« Und das Buch, das er übersetze? »Handelt von einem Mann, einem Franzosen aus Bayonne, der Baskisch lernt, um eine Frau für sich zu gewinnen. Um ihr zu zeigen, dass ihm keine Anstrengung zu groß ist. Kein Talent für Sprachen, kein Gedächtnis für Wörter. Lernt trotzdem in jeder freien Minute Baskisch. Die Frau macht eine Reise mit ihm. Kostbare Erinnerungen für ihn, unteilbare Erinnerungen. Der Beginn eines gemeinsamen Lebens. Da erfährt er, dass sie die gleiche Reise mit einem anderen Mann plant. Einem Franzosen, der kein Wort Baskisch kann, kein einziges Wort. Das hält er nicht aus.«

Mit knappen, präzisen Bewegungen drehte sich Kuzmín eine Zigarette, steckte sie an und atmete den Rauch langsam aus. »Es geschieht nicht viel. Äußerlich, meine ich. Er träumt davon, die baskischen Wörter zu vergessen …« Wie bei der ersten Begegnung war draußen ein strahlender Tag. Und wie damals hing ein Laken vor dem Fenster und tauchte die Zelle in ein kühles, gewissermaßen verleugnetes Licht. Das Buch sei ihm von seiner Schwester geschickt worden, kurz vor ihrem Tod, sagte Kuzmín. Aus San Sebastian. Der Titel: *Bigarren Bidaia*, *Die zweite Reise*. Und die Schwester hat es ihm geschickt, weil das Drama im Buch etwas mit seinem eigenen Drama zu tun hat, dachte Leyland. Es hatte etwas in seiner Stimme gelegen, eine forcierte Ruhe, eine schneidende Knappheit, dazu das Zucken in den Adern an der Schläfe.

Leyland erzählte ihm von seiner Phantasie, die Sprachen aller Länder zu lernen, die ans Mittelmeer grenzten. Da sah er ihn das erste Mal lächeln. Das Lächeln blieb länger auf dem Gesicht, als Leyland es für möglich gehalten hätte. Er stellte sich vor, dass Kuzmín seine Phantasie aufgenommen und in eine eigene verwandelt hatte, in die eigene Erinnerungen und Vorstellungsbilder einflossen. Er hätte seine inneren Bilder auch sehen mögen, um eine Ahnung davon zu bekommen, wie es war, dieser verschwiegene, asketische Mann zu sein, der seine Strafe nur dadurch ertrug, dass er von morgens bis abends auf Baskisch und Russisch, den Sprachen seiner Eltern, einen Mann begleitete, der einer Frau wegen etwas für ihn beinahe Unmögliches gelernt hatte – nur um erfahren zu müssen, dass es nicht gereicht hatte und ganz umsonst gewesen war.

Der lange Moment, in dem Kuzmín gelächelt hatte, und der für sie beide ein erster Moment der Intimität gewesen war, wurde zerfetzt vom rasselnden Geräusch der Schlüssel, mit dem der Wärter aufschloss. Es war derselbe Wärter wie bei Leylands erstem Besuch, und er hatte die heftige Bewegung nicht vergessen, mit der Leyland seine Hand abgeschüttelt hatte, als er ihn wegzog. »Zeit«, sagte er und grinste hinterhältig. Leyland stand auf und stellte sich vor ihn hin. »Wir sind noch nicht fertig«, sagte er. Der Wärter hielt seinen Blick nicht lange aus und wich zurück. Leyland schloss die Tür bis auf einen Spalt. Sie hatte keinen Türgriff. *Natürlich* hatte sie keinen Griff. Doch was das bedeutete, wurde Leyland erst in jenem Moment klar. Für ein paar Sekunden überfiel ihn die Angst, der Wärter könnte abschließen, und die Tür würde nie wieder aufgehen. Einfach nicht mehr aufgehen. Nicht aufgehen.

Kuzmín sah ihn an. Er erriet seine Gedanken. »Man gewöhnt sich dran«, sagte er. »Oder redet es sich ein.« Da hielt es Leyland nicht mehr, und er stellte ihm die Frage, die er nicht hatte stellen wollen. »Wie lange schon?« »Acht Jahre.« »Wie lange noch?« »Zwei Jahre.« »Meine Frau hat einen Verlag. Sie könnten als Übersetzer arbeiten«, sagte Leyland. »Ich habe Andrej nie weinen sehen«, sagte er später. »Aber der Blick, der auf diese Worte folgte, kam dem ziemlich nahe. Als der Wärter abschloss, war ich in Gedanken in der Zelle und begann, für ihn die Tage zu zählen.«

Von da an besuchte ihn Leyland jeden Monat. Sonst hatte er keine Besuche. Es dauerte lange, bis sie sich näherkamen. Jedes Mal war es wie das erste Mal, ein ganz neuer Anlauf. Als hätten die früheren Gespräche nicht stattgefunden. In der Zwischenzeit hatte Kuzmín sich in seiner inneren Festung von neuem eingemauert. Die Begrüßung war förmlich – als hätte es jenen Moment, in dem sie Leylands Träumerei über die Sprachen des Mittelmeers geteilt hatten, nicht gegeben.

Sie gaben sich nie die Hand. Wenn Leyland eintrat, blieb Kuzmín am Tisch sitzen, die Arme auf der Platte. Es dauerte viele Monate, bis Leyland verstand, warum er es vermied, ihm die Hand entgegenzustrecken. Einmal dann, als er auf dem Tisch etwas wegschob, streifte er mit der Hand seinen Becher, der zu kippen drohte. Schnell streckte er die Arme aus, um zu verhindern, dass der Tee auf die Blätter liefe, und da fuhren die Unterarme aus dem Joppenärmel, die Manschetten des Hemds rutschten zurück, und da sah Leyland die Narben an den Handgelenken, mehrere Narben, längs die Adern entlang und quer über die Sehnen. »Ich habe ihn nie gefragt, ob es ein einziger, wütender Versuch in alle Richtungen gewesen war, oder mehrere Anläufe«, sagte er zu Livia. »So nahe sind wir uns nicht gekommen.« Jetzt verstand Leyland auch die Sache mit den Ärmeln seiner Joppe, die viel zu lang waren, und dass er die Hände, wenn er sie nicht brauchte, in den Ärmeln versteckte, als friere er: Man sollte die Male seiner Verzweiflung nicht sehen. Es war, als befürchte er, die Male könnten sich selbständig machen und aus den Ärmeln hervorkriechen, um ihn zu entlarven und unter dem fremden Blick zu demütigen.

»*Humiliation*«, sagte Leyland zu Livia und den Kindern, nachdem es beim Essen eine Weile still gewesen war. »Als ich nachher wieder die hitzeflimmernde Via del Coroneo entlangging, dachte ich: Das ist es, was Andrej Kuzmín vernichtet hat, oder beinahe: Demütigung. Das Erlebnis der Ohnmacht unter dem Blick der Anderen. Ich habe sofort nachgesehen: *unischenije* würde in seiner Übersetzung stehen, und im baskischen Original: *apalespen*. Ich dachte: Nicht nur, dass er dort drinnen sitzt, mit dem Laken vor dem Fenster, einem schäbigen, gräulichen Laken mit Flicken, und ohne Türgriff, so dass, was mit der Tür und also seiner Freiheit geschieht, gänzlich außerhalb seiner Kontrolle liegt – dieser Demütigung ist eine andere vorausgegangen, eine, die er jeden Tag spürt, mit der er jeden Tag ringt, wenn er die Geschichte des gedemütigten Franzosen aus Bayonne übersetzt, eine, derer er Herr zu werden versucht, indem er Wort für Wort eine Geschichte nachdichtet, in der er sich wiedererkennt, in welcher Weise auch immer. *Das hält er nicht aus*, hat er über den Franzosen gesagt.«

Damals, als die Handgelenke aus der Joppe herausgeschossen waren, hatte Kuzmín die Hände nachher erschrocken zurück in die Ärmel geschoben, ganz tief hinein, und war still sitzengeblieben. Es dauerte eine Weile, bis er Leyland ansehen konnte. Er wusste, dass er es gesehen hatte. Es war unmöglich, nichts zu sagen, und es war erkennbar, dass nicht Kuzmín es sein würde, der die Worte fände. »Hätte ich auch versucht«, sagte Leyland und probierte ein kompliziertes Lächeln, eines, das – so wollte er es – die Scham einfach auflösen würde, etwa so, wie ein Lachen im richtigen Moment eine Wut oder einen Groll aufzulösen vermag. Kuzmíns Scham sollte durch sein Lächeln ihren Halt verlieren und gegenstandslos werden. Für ihn spürbar werden als überflüssiger Irrtum.

Kuzmín erwiderte das Lächeln nicht. Er fasste mit den Händen in den jeweils anderen Ärmel und rieb sich langsam die Handgelenke, Leyland war nicht sicher, ob er selbst es richtig bemerkte. »*Joppe*«, sagte er unvermittelt, ohne ihn anzublicken. »Das kommt vom arabischen *(al-)ğubba*. Solche Dinge wusste Karl Abt. Dolmetscher im Außenministerium der DDR. Für Russisch und Arabisch. Er hatte den Ruf, besser Russisch und Arabisch zu können als die Russen und Araber. Nicht nur Hocharabisch; alle arabischen Dialekte. Sein Kummer war, dass er die Berbersprache nur unvollkommen beherrschte. Einmal muss er in Marokko beim Einkaufen ein Wort nicht verstanden haben.« Jetzt sah er Leyland an. »Sie hätten ihn gemocht, glaube ich. Kleiner, dürrer, mausgrauer Mann, nahezu unsichtbar in den Gängen der Behörde, aber unersetzlich und gefürchtet wegen seiner Sprachkenntnis und seines unfehlbaren Gedächtnisses. Sie nannten ihn nur KA. Korrigierte Breschnev und Assad, eine Ungeheuerlichkeit, aber man kannte ihn, und irgendwie nahm man es ihm nicht übel, ein bisschen wohl wie bei einem Verrückten. Es muss eine Anfrage aus Moskau gegeben haben: Man wollte ihn als Dolmetscher zwischen Russen und Arabern. Doch Abt ließ sich nicht darauf ein. Er hatte sein ganzes Leben in ein und derselben Wohnung verbracht, und so sollte es bleiben. Ich habe ihn dort besucht: eine kleine Wohnung, die zum Hof hinausging, keine Sonne, es roch nach feuchten Wänden. An allen Wänden Bücherregale, auch im Schlafzimmer, die meisten Bücher in russischer oder arabischer Sprache, aber es gab auch eine hebräische Abteilung, und bei meinem letzten Besuch entdeckte ich in einer Ecke hinter einem schmuddeligen Vorhang ein schmales Regal mit armenischen Büchern. Als er in der Küche Tee machte, blätterte ich darin: Es waren Gedichte, und er hatte die Ränder vollgekritzelt, in armenischer Schrift.«

Kuzmín zog die Hände aus den Ärmeln der Joppe, nahm den Zwicker von der Nase und putzte die Gläser mit einem Taschentuch. Er musste etwas mit den Händen machen. Sein Gesicht sah ohne die Gläser schutzlos aus, verletzlich, auch die Druckstellen an der Nasenwurzel blieben Leyland in Erinnerung. Als säße jetzt der wirkliche Andrej Kuzmín vor ihm, der Mann ohne Hüllen.

»Ich habe einen Moment zu lange hinter den Vorhang gesehen«, fuhr er jetzt fort, »und da muss er mich bemerkt haben. Sagte kein Wort. Nicht Karl Abt. Aber nach ein paar Wochen bekam ich eine Karte von ihm auf Armenisch. Unterschrift: KA. Nach zwei Monaten hatte ich die paar Zeilen verstanden. Ich antwortete: auf Baskisch. Ich weiß nicht, ob er es geschafft hat. Wenn einer, dann er. Er starb noch im selben Jahr.« Nach diesen Worten setzte Kuzmín die Brille wieder auf. »Er hinterließ eine Leere. Dabei habe ich ihn doch kaum gekannt.«

»Was mein Lächeln nicht geschafft hatte«, sagte Leyland zu Hause nach dem Essen, »das brachte diese Geschichte zustande: Er kam über die Scham wegen der Narben hinweg; zum Schluss war die ganze Befangenheit aus seinem Blick gewichen. Die Geschichte hatte als Bemerkung über ein Wort begonnen und war dann zu einer Erinnerungsgeschichte über Karl Abt geworden. Wenn es denn eine Erinnerungsgeschichte war. Je länger sie nämlich dauerte, desto öfter streifte mich der Gedanke, dass er sie, während er an den Brillengläsern rieb, *erfand* – ein bisschen war es, als würde der Faden der Geschichte durch die reibenden Bewegungen angesponnen. *Er ist* KA, dachte ich, er ist gerade dabei, sich zu erfinden, und dann sah ich ihn in den grauen Gängen des Ministeriums, ich sah ihn in der lichtlosen Hinterhofwohnung, und ich sah ihn auch auf dem marokkanischen Markt, wo er ein einziges Wort aus der Berbersprache nicht verstand und darüber in Verzweiflung geriet. Nichts sagt mehr darüber, wer wir sind, als die Geschichten, die wir erfinden. Ich wusste ja zu jenem Zeitpunkt nichts über sein Leben – und hatte doch, als er über Karl Abt sprach, den Eindruck zu verstehen, wer er war.«

In der folgenden Zeit verging kein Besuch, ohne dass Leyland nach Karl Abt fragte und Kuzmín, die Brille putzend, seine Geschichte fortspann. War es nicht doch eine wahre Geschichte, so sicher, schnell und anschaulich, wie die Einzelheiten kamen? An einem der Regalbretter in Abts Berliner Wohnung hing ein Bild von Puschkin, das Foto eines Gemäldes, mit der Schere unsorgfältig herausgeschnitten und mit Klebestreifen am Holz befestigt. »Ich habe mich gewundert, dass dieser penible Mann dabei so schlampig gearbeitet hatte«, sagte Kuzmín. Wie war es dazu gekommen, dass er all diese Sprachen perfekt beherrschte? »Er muss viel allein gewesen sein«, sagte Kuzmín und fügte nach einer Pause, die noch länger war als sonst, hinzu: »Es war seine Art der Lebendigkeit«. Hatte es nie eine Frau gegeben? Nicht, dass er wisse, sagte Kuzmín, schneller als sonst und irgendwie gepresst, und dann wechselte er das Thema.

Im nächsten Monat ließ er Leyland ausrichten, er sei krank und könne ihn nicht sehen. Ständig sah Leyland seine Handgelenke vor sich, wie sie beim Griff nach der Tasse aus den Ärmeln der Joppe geschossen waren. Er versuchte, ihm zu schreiben, fand aber die Worte nicht. Wie sprach man von etwas, dessen sich jemand so sehr schämte – obwohl es nicht den geringsten Grund dafür gab? Leyland merkte, dass er, ganz im allgemeinen, nicht wusste, was angesichts von Scham zu tun war; was richtig war. Die Wohnung von Karl Abt fehlte ihm, das verborgene armenische Regal fehlte ihm, der ganze Mann fehlte ihm. Er frischte seine Kenntnisse des Arabischen auf und lernte die armenische Schrift. Er geriet mit der Arbeit in Verzug. Er ließ Kuzmín fragen, ob er im kommenden Monat früher kommen könne als gewohnt. Kuzmín antwortete erst nach Tagen: ja. »Andrej – er hat mich eine andere, neue Zeit der Gefühle gelehrt, ein Verständnis ihrer Langsamkeit und eine Wertschätzung dieser Langsamkeit«, sagte er.

Als Leyland kam, stand die Tasse so weit hinten auf dem Tisch, dass er Kuzmíns Handgelenke unweigerlich sehen musste, wenn er danach griff. Kuzmín streckte die Arme aus, die Narben wurden sichtbar, und kurz darauf sah er Leyland an. Es war ein scheuer, unsicherer Blick, aber es lag Vertrauen darin – soweit dieser Mann überhaupt noch zu jemandem würde Vertrauen fassen können. Wie nannte man den Ausdruck von jemandem, der gerade eben eine Scham überwunden hatte und sich dem Blick eines anderen stellte?

»Als ich damals auf die Straße hinaustrat und vom grellen Licht des frühen Nachmittags geblendet wurde«, sagte Leyland, »erlebte ich etwas Merkwürdiges, ich weiß nicht, ob es mehr eine Empfindung oder ein Gedanke war: Es kam mir vor, als sei es vorhin, als ich aus dem Licht in den Schatten des Gefängnisses getreten war, für die Augen schmerzhafter gewesen als jetzt, bei der umgekehrten Richtung, und das fasste ich im stillen in die paradoxen Worte: *vom Dunkel geblendet werden*. Verrückt, nicht?«

Auf dem Rückweg ging Leyland bei Carlo Ferluga, dem Antiquar, vorbei. Er bat ihn, nach der ältesten armenischen Grammatik zu suchen, die er finden konnte. Am besten eine, die auf Baskisch geschrieben sei, fügte er hinzu. Da brach Ferluga in Lachen aus. »Ich kenne Sie ja«, sagte er, »aber das ... das ist ...«

Und dann wurde Kuzmín ein Jahr früher als geplant entlassen, wegen guter Führung. Sie hatten Leyland für die Entlassung den falschen Tag genannt, und so kam es, dass niemand am Gefängnistor auf Kuzmín wartete. Auf dem Weg zum Verlag betrat Leyland die Scala S. Luigi, und da sah er ihn unten auf der Treppe. Er ging gebückt die Stufen hoch, in der Hand einen Koffer, der wie eine große Schachtel aus Holz war, er musste schwer sein, denn er ging langsam und zur Seite geneigt. Jetzt hob er den Kopf, und da wusste Leyland, dass er es war. *Er kommt von weit her* – das war sein erster Gedanke, und er hatte mit dem schweren, langen Mantel zu tun, den Kuzmín trug. Es musste der Mantel sein, den er bei seiner Verhaftung getragen hatte und der die ganze Zeit in der Kleiderkammer des Gefängnisses gehangen hatte. Jetzt stolperte Kuzmín, der Koffer schlug gegen die nächste Stufe, das Schloss sprang auf, und nun ergoss sich eine Flut von Papieren auf die Stufen. Es waren Hunderte von Seiten, all die Seiten, die er in den neun Jahren in der Zelle mit seiner kleinen, akkuraten russischen Handschrift gefüllt hatte, und die von der Wiederholung einer Reise erzählten, die in eine Katastrophe geführt hatte. Leyland rannte hinunter zu ihm und half ihm wortlos, die Blätter einzusammeln. Es war sonderbar, ein bisschen wie im Traum, hier draußen, in der wirklichen Welt, neben dem Mann zu stehen, der nicht einmal hochgeblickt hatte, wenn seine Zellentür aufgeschlossen wurde. »Sie haben mir das falsche Datum genannt, ich habe erst morgen mit Ihnen gerechnet«, sagte er. Kuzmín hielt einen Zettel in der Hand, auf dem ihm Leyland die Adresse der Wohnung aufgeschrieben hatte, die er für ihn gemietet hatte. »Ist das der richtige Weg?« fragte er. Leyland nickte. Schweigend gingen sie nebeneinander her. Was sagte man zu einem, fragte sich Leyland, der nach neun Jahren, etwa eine Stunde danach, in Freiheit ging? Auf einer *Straße* ging?

Das Haus, in dem Leyland die Wohnung gemietet hatte, war alt und sah schäbig aus. Es sei die einzige Wohnung, die er in so kurzer Zeit habe auftreiben können, sagte Leyland. Kuzmín hatte den Koffer abgesetzt und blickte auf den Zettel. »Oberstes Stockwerk«, sagte er. Die Haustür stand offen. Leyland machte ein paar Schritte darauf zu, doch Kuzmín blieb weiterhin stehen und sah die Fassade hoch. Als könne er es nicht glauben. Schließlich betraten sie das Haus. Auf jedem Treppenabsatz setzte Kuzmín den Koffer ab und schnaufte. Oben angekommen, blieb er vor der Tür stehen. Der Schlüssel steckte, das hatte Leyland so arrangiert. Es war ein altes Schloss mit einem großen, am Griff verzierten Schlüssel. Behutsam fasste Kuzmín an den Schlüssel und drehte. Es gab ein knirschendes Geräusch und ein leises Echo im Treppenhaus. Wieder verstrich Zeit, bevor er an die Klinke fasste. Mit einer langsamen, ungläubigen Bewegung drückte er sie nieder und trat über die Schwelle.

Die Vormittagssonne schien herein und füllte den Raum mit blendendem Licht. Mit schnellen, beinahe gehetzten Schritten ging Kuzmín zum Fenster und zog die Gardinen zu. Leyland hatte den Koffer über die Schwelle getragen und die Tür zugemacht. Kuzmín warf ihm einen scheuen, verlegenen Blick zu. Immer noch im Mantel, ging er mit langsamen, schweren Schritten durch die beiden Räume und blieb vor jedem Gegenstand stehen, wie staunend darüber, dass er wirklich dort stand. Er maß die Räume mit seinen Schritten aus, nicht in Metern, nicht in einem Zahlenmaß, eher war es der Maßstab der Freiheit, den er anlegte, und er tat es mit einem konzentrierten Gesicht, als dächte er, einen Fuß vor den anderen setzend: Das kann, das darf ich jetzt jederzeit – diese ganze Strecke gehen, wann immer ich will, und dann zur Tür hinaus. Als Leyland auf dem Weg nach unten auf einem Treppenabsatz haltmachte, hörte er, wie Kuzmín oben die Tür auf- und zuschloss, stets von neuem, das Geräusch hallte durch das Treppenhaus. »Es war gut, Sie als ersten zu treffen«, hatte er gesagt und Leyland die Tür geöffnet.

Das erste, was Leyland danach über ihn hörte, war, dass er zu Carlo Ferluga ins Antiquariat gegangen war. Was er nicht gewusst hatte: Die beiden Antiquare hatten sich vor Kuzmíns Verhaftung gekannt. Freunde waren sie nicht gewesen, aber Kollegen, die sich nicht ins Gehege kamen und sich mochten. Ferluga hatte ihn in der Untersuchungshaft besucht und eine Vollmacht bekommen, um das Geschäft aufzulösen und die Dinge mit der Bank zu regeln. Plötzlich habe er nun im Laden gestanden, erzählte Ferluga, und habe mit dem Blick die Regale nach Büchern abgesucht, die früher bei ihm gestanden hatten. Das eine oder andere habe er in die Hand genommen und darin geblättert. Wo früher sein Geschäft gewesen sei, gebe es nun einen Ramschladen, habe er gesagt. Viel geredet hätten sie nicht, sie seien beide befangen und – ja, doch – überwältigt gewesen. Auf der Bank, sagte Kuzmín noch, hätten sie seinen abgelaufenen Ausweis nicht anerkennen wollen. Doch dann bürgte der Filialleiter, der ihn kannte, für ihn. »Neun Jahre Zinsen«, habe Andrej trocken gesagt. »Ich musste lachen«, sagte Ferluga, »und ich hätte mir so gewünscht, er könnte mitlachen, aber sein Gesicht hat vergessen, wie man lacht – ganz so, wie ein Gelähmter nach Jahren vergisst, wie man geht.«

Ferluga war beim Prozess dabeigewesen. Er hatte nicht lange gedauert, es gab ein Geständnis und mehrere Zeugen. Kuzmín hatte seit längerer Zeit mit einer Frau zusammengelebt, Carla hieß sie. Sie hatten noch getrennte Wohnungen. An jenem Tag hatte er jemanden in Split besucht und war erst gegen Abend zurückgekommen. Er ging in Carlas Wohnung, doch sie war nicht da. Auf dem Tisch fand er zwei Flugkarten nach Málaga, die eine auf sie ausgestellt, die andere auf einen Mann. Andalusien – seit langem hatten er und Carla vorgehabt, dahin zu fahren. Sevilla, Córdoba, die Alhambra in Granada. Mit der Reise wollten sie feiern, dass Carla wieder gesund war. Es war also nicht so wie in dem Buch, das Kuzmín im Gefängnis übersetzt hatte: Carla wollte mit dem anderen Mann nicht eine Reise wiederholen, die sie mit Andrej früher gemacht hatte, sie wollte eine Reise machen, die sie mit ihm bisher nur in der Phantasie gemacht hatte. Niemand wusste, wie lange Kuzmín in der Wohnung auf Carla gewartet hatte, wie lange er dem Ansturm der Gefühle allein standgehalten hatte. Als sie schließlich kam, hörte er still zu. Dann nahm er die Brille ab und steckte sie weg. »Es hatte etwas so Endgültiges, dieses Wegstecken«, sagte Carla vor Gericht, »es war, als schlösse er mit seinem Leben ab: Von nun an würde er nichts mehr sehen wollen.« Eine Weile mussten sie noch schweigend dagesessen haben. Dann ging die Tür auf, und der Mann kam herein. Er trug zwei neue, gleich aussehende Koffer über die Schwelle, und deshalb ließ er die Tür zunächst offenstehen. »Ich bin's!« rief er, es waren die gleichen Worte, die Kuzmín zu gebrauchen pflegte. Da sprang Kuzmín auf und rannte in den Flur, wo er die beiden Koffer sah. Er ging auf den Mann los und drängte ihn durch die offene Tür auf den Treppenabsatz hinaus. Dann schlug er zu. Einer der Schläge traf den Mann am Kinn, er torkelte, schien ohnmächtig zu werden und stürzte kopfüber die Treppe hinunter. Auf dem nächsten Treppenabsatz blieb er reglos liegen. Er war tot.

Die Nachbarn aus den anderen Wohnungen waren wegen des Krachs herausgekommen und sahen, was vor sich ging. »Es geschah alles ohne ein Wort«, sagte einer aus, »ein vollständig stummes Drama. Aber Sie hätten Kuzmíns Gesicht sehen sollen.« Kuzmín stand eine Weile steif da, dann setzte er sich auf die Treppe und wartete auf die Polizei.

Eifersucht, sagte Kuzmín vor Gericht: Nein, das sei nicht das richtige Wort. Das Wort, das es am ehesten treffe, sei: Verrat. Was Carla verraten habe, sei die Intimität, die es zwischen ihnen gegeben habe, und die er in dieser Art vorher nicht gekannt habe. »Es war«, sagte er, »als würde alles, was von mir aus in diese Liebe hineingeflossen war, verhöhnt, und als würde ich durch diesen Verrat vernichtet. Das habe ich nicht ausgehalten. Zunächst, als ich allein im Dunkeln auf Carla wartete, habe ich gedacht, ich könnte es aushalten. Doch dann kam er herein mit diesen beiden Koffern und mit diesen Worten, die so sehr nach einer Vertrautheit klangen, die es nicht geben durfte. Es war wie ein Dammbruch, und ich verlor allen Halt.« Und dann sagte er einen Satz, an den Leyland oft denken musste, wenn er Kuzmín später sah: »Intimität ist unteilbar.« Von Zeit zu Zeit sprach Leyland mit Livia über den Satz, und ohne dass Kuzmín davon wusste, wurden die Worte zu einem stillen Band zwischen ihm und ihnen.

Das Urteil lautete auf Totschlag im Affekt. Bevor

sich das Gericht zur Beratung zurückzog, fragte der Richter Kuzmín, ob er noch etwas sagen wolle. Kuzmín zögerte, doch dann siegte, was alle als den Wunsch deuteten, verstanden zu werden. »Ich habe ihr eine Niere gespendet, sie trägt eine Niere von mir in sich«, sagte er. Es sei im Saal sehr still geworden, sagte Ferluga, unheimlich still.

In den ersten Tagen und Wochen der Freiheit ging Kuzmín durch die Stadt. Ungezählte Male hatte er sich die Straßen in seiner Zelle vorgestellt, nun schritt er sie ab, eine nach der anderen. Er litt unter Schlaflosigkeit und war zu jeder Stunde unterwegs. Er war den ganzen Tag auf dem Boot zwischen Triest und Muggia. Er fuhr mit dem Bus kreuz und quer durch die Stadt, und einmal nahm er den Fernbus nach Split. Er war im Februar entlassen worden. Inzwischen war es Mai und warm, aber er trug immer noch seinen Mantel, einen wollenen Schal und Handschuhe, er fror leicht an den Händen und klagte über Rheuma in den Gelenken. Leyland spürte, und auch Livia sagte es immer wieder: Man musste ihm Zeit lassen. Sie wollten ihn bei sich aufnehmen, ihm zeigen, dass sie ihn annahmen, wollten ihn aber nicht bedrängen und zu nichts nötigen. Wenn es etwas gab, was er jetzt brauchte, dann das: selbst bestimmen können. Kuzmín hatte kein Telefon, deshalb ging Leyland oft zu seinem Haus. Wenn er ihn angetroffen hatte, war er nachher wortkarg. Er gestand es sich nur zögernd ein, und dann fühlte er sich schuldig und schäbig: Er wollte ihn für sich festhalten als den Mann, der ihm von Karl Abt erzählt hatte, und dazu passte die Welt der Triestiner Gassen nicht. Trotzdem wuchs auch etwas Neues zwischen ihnen. »Heute sagte er zum Abschied plötzlich: ›Ich heiße Andrej‹«, erzählte Leyland zu Hause.

Derjenige, der Andrej am besten zu nehmen verstand und die anderen darin beinahe beschämte, war Pat Kilroy. Schon am Tag seiner Entlassung, als sie in seiner Wohnung standen, hatte Leyland Andrej von der Trattoria und dem Iren erzählt, und noch am selben Tag hatte er mit Pat darüber gesprochen. Als Leyland zwei Tage danach bei Pat vorbeiging, war Andrej bereits dagewesen. »Er aß sehr langsam und blieb danach noch ein, zwei Stunden sitzen«, sagte Pat. »Er schien noch gar nicht in unserer Zeit angekommen zu sein. Er habe diesen Akzent, sagte ich zu ihm, woher er komme. Russland, sagte er. *A long way to go,* sagte ich. Da musste er lachen, es war fast nur wie eine Erinnerung an ein Lachen. Es war Nachmittag, tote Zeit. Ich spendierte ihm einen Grappa und setzte mich zu ihm. Ob er mir etwas auf Russisch aufschreiben würde, fragte ich, und schob ihm den Rechnungsblock hin. Er schrieb ein paar Worte. Das sei die russische Übersetzung von *a long way to go*, sagte er. Dann schrieb er noch etwas völlig Fremdes in lateinischen Buchstaben. Das sei dasselbe auf Baskisch, sagte er und genoss meine Verblüffung. Jetzt war es ein Spiel. Ich schrieb die Worte auf Gälisch hin. Er musste passen und lachte, und jetzt kam das Lachen schon ein bisschen besser. Wir tranken noch einen Grappa. Er sei noch nie in England gewesen, sagte er. *A long way to go*, sagten wir wie aus einem Mund, und es war fast schon ein Grölen. Er war ein bisschen unsicher auf den Beinen, als er ging. Eine Weile stand er unschlüssig vor dem Lokal, dann ging er langsam Richtung Hafen. Ich dachte: Er scheint auf etwas zu *warten*, was immer es sei, und zugleich scheint er etwas *aufholen* zu wollen, was immer es sei. Ist ja nicht verwunderlich, wenn man weiß, was ich von dir weiß. Ich habe ihm gesagt, das Essen gehe aufs Haus, und er solle wiederkommen.«

Im Gefängnis hatte Leyland Andrej von der Möglichkeit gesprochen, als Übersetzer für den Verlag zu arbeiten. Livia machte daraus eine Idee: eine eigene Reihe, in der sie russische Exilschriftsteller publizieren würde. Sie recherchierte: Das gab es in Italien noch nicht. Sie würde ihre Beziehungen zu den früheren Kollegen von *Libération* in Paris einsetzen, um solche Autoren und Texte zu finden. Sie würde Andrej auf die Reise schicken, und er würde die Texte ins Italienische übersetzen, einen nach dem anderen. Gut, ins Italienische hatte er noch nie übersetzt. Aber er lebte seit fünfundzwanzig Jahren hier, sprach fehlerfreies Italienisch, auch wenn es um Idiomatisches ging, und vor allem: Er war Andrej Kuzmín, der Karl Abts armenische Postkarte in wenigen Wochen übersetzt hatte – und der vielleicht einfach Karl Abt *war*.

Sie machte sich auf die Suche nach einer Erstausgabe von Dostojewskij, *Der Idiot*. Carlo Ferlugas Suche blieb erfolglos. Die Christies in London setzten alle Antiquare, die sie kannten, in Bewegung, aber auch sie schafften es nicht. Am Ende war es ein alter Freund von *Libération* in Paris, der ein Exemplar auftrieb. Es war in fleckig gewordenes Leder gebunden, die vertrockneten Kanten des Einbands schnitten in die Hand, und manche Seiten waren über die Jahre wellig geworden. St. Petersburg 1869. Andrej sollte in den Verlag eingeladen und den Mitarbeitern vorgestellt werden. Bei dieser Gelegenheit wollte sie ihm das Buch überreichen, als Willkommensgeschenk. Sie hatte ihn bisher nur ein einziges Mal getroffen, in einem Café. Sie war von dem Treffen unsicher nach Hause gekommen, eine Unsicherheit, wie Leyland sie an ihr noch nie erlebt hatte. »Er ist so ... fern«, hatte sie gesagt, »beinahe unerreichbar. Auf dem Heimweg dachte ich: Er *gehört* gar nicht zur Welt, er *tritt* ihr nur *gegenüber*. Keine Ahnung, ob das einen Sinn ergibt, aber das dachte ich.« Am Tage des Empfangs war sie nervös und räumte immer wieder um. Sie hatte Andrej für vier Uhr nachmittags eingeladen. Als er ihr Büro betrat, schlug die Uhr von der Kirche die Stunde.

Der gesamte Verlag war da, dazu Sidney und Sophia. Auch Carlo Ferluga und Pat Kilroy, der die Räume des Verlags zum ersten Mal sah und sich ganz in die Ecke setzte. Andrej kam herein, und Leyland dachte an Livias Worte: fern. Fern, aber nicht unsicher, nein, dachte er überrascht, er ist nicht unsicher, die Zeit seit jenem Morgen nach der Entlassung hat ihn verändert, er ist nicht mehr jener Mann mit dem hölzernen Koffer, nicht mehr der Mann, der mit fahrigen Händen nach den Blättern auf dem Pflaster gesucht hatte; zwar ist er kein Mann, von dem man sagen würde, dass er ein sicheres Auftreten hat, nein, das würde man nicht sagen, aber er ist ein Mann, der sich nicht mehr versteckt, einer, der kein Laken mehr vor dem Fenster braucht. Und während Leyland das dachte, setzte sich Andrej in den Sessel an der Stirnseite des Tisches, zu dem ihn Livia geführt hatte, wie man einen wichtigen Gast führt. »*Dobrij djen'*«, sagte er und blickte in die Runde. Dass er zur Begrüßung die Worte seiner Muttersprache wählte, passte zu dem, was Leyland vorhin gedacht hatte: Er brauchte kein Laken mehr und keinen Vorhang, er war bereit, das Gesicht in das helle Licht des Tages zu halten.

Livia hieß ihn willkommen und überreichte ihm das Buch von Dostojewskij. Er schlug es auf und blickte lange auf die Titelseite. In seinem Gesicht arbeitete es. Er wendete langsam ein paar Seiten, dann machte er das Buch sanft zu und fuhr mit der Hand über den Einband. Jetzt erhob er sich und wandte sich zu

Livia, die aufstand. Er streckte ihr die Hand entgegen, die zur Hälfte im Ärmel einer neuen Jacke verborgen blieb, die ihm zu groß war. Sie schüttelten sich die Hände, es war ein bisschen wie ein Händeschütteln bei einer Preisverleihung auf dem Podium. »*Spassibo, bol'schoje spassibo*«, sagte er, und dann: »*Grazie, mille grazie.*« Wir wünschten uns alle, sagte Livia, dass er ein Stück aus dem Buch vorlese. Kuzmín, der sich in seinem Sessel zurückgelehnt hatte, zögerte, beugte sich dann vor und griff nach dem Buch. Er schlug es auf und machte eine Pause. »Wir sind in der Eisenbahn von Warschau nach St. Petersburg«, begann er dann, »es ist feucht und neblig draußen, wird nur zögernd hell … die Gesichter der Reisenden, schreibt Dostojewskij, sind blassgelb von der Farbe des Nebels draußen.« Und dann begann Kuzmín, den russischen Text vorzulesen. Er las nur ein paar Minuten, eine Viertelstunde vielleicht, doch alle hatten, wie sie später sagten, das Gefühl, dass es gewiss eine volle Stunde gewesen sei. Seine Stimme klang anders als sonst, dachte Leyland, es lag eine sanfte, selbstgenügsame, runde Heiserkeit darin, und in dieser Tonlage hatte sie die Fähigkeit, die Zeit zu verwandeln. Die Zeit war auf einmal kein äußerlicher Rahmen mehr, in den die Worte eingepasst waren und sich, vorausgehend oder nachfolgend, aneinanderreihten, es war mit einemmal umgekehrt: Die Zeit entsprang aus Andrejs Sätzen, seine Worte schufen sie und ließen sie fließen, es war, als sei Andrej, solange er vorlas, Schöpfer und Herr der Zeit, so dass die Frage, wie lange er denn nun eigentlich gelesen hatte, als eine sonderbare Frage erschien, eine Frage, die ein Unverständnis gegenüber dem verriet, was alle im Raum erlebt hatten.

Es ging, dachte Leyland, eine sonderbare, ungreifbare und doch unübersehbare Veränderung mit Andrej vor sich: Er gewann als Lesender seine *Autorität* zurück. Es ging nicht um die Autorität desjenigen, der die russische Sprache beherrschte. Es ging um seine Autorität insgesamt, die Autorität des ganzen Menschen. Es war, als befreie er sich mit jedem Satz von einem Verlust, den er vor langer Zeit erlitten hatte. Es war der Verlust des Rechts, sich zu Wort melden zu dürfen, von sich sprechen zu dürfen, er war, dachte Leyland, drüben in seiner Zelle an diesem Verlust seelisch erstickt, und nun begann er wieder zu atmen. Es waren zwar nicht seine eigenen Worte, sondern diejenigen Dostojewskijs, aber er begann durch sie hindurch zu atmen. Es schien Leyland, als hätte Andrej, als er zu lesen begann, selbst keine Ahnung gehabt, dass eine solche Befreiung in ihm einsetzen würde, er schien erstaunt darüber, was da mit ihm geschah, ein bisschen wie jemand, der sich ein halbes Leben lang an eine Lähmung gewöhnt hatte und nun ungläubig feststellte, dass sie im Laufe einer begonnenen Tätigkeit zu weichen begann, oder an eine Taubheit, die nun einer erwachenden Empfindungsfähigkeit Platz machte. Die wiedergewonnene Autorität begann ihn von innen her auszufüllen, seine Stimme veränderte sich, wurde sicherer, und nicht nur die Stimme klang anders, der ganze Mann klang anders, er war im Begriff, sein einstiges Volumen, seinen früheren inneren Umfang wiederzugewinnen, der über die vielen Jahre im Halbdunkel der Zelle geschrumpft war.

Leyland hatte die Brille abgenommen und hörte mit geschlossenen Augen zu. Er verstand einen Teil des Textes, aber nur einen Teil. Als er damals, als Schüler in Oxford, bei den Kindern seines Onkels Stuart Scott und seiner polnischen Frau war, hatte er nachher russische Sprachbücher gekauft und hatte die beiden an Kenntnissen bald übertroffen. Aber er hatte keine Gelegenheit gehabt zu hören und zu sprechen. Ganz zu schweigen von Dostojewskijs riesigem Wortschatz. Und ohnehin war er nicht ganz bei der Sache. Ein Teil seines Geistes suchte nach einer neuen Einstellung zu Andrej, nach einem neuen Muster von Gefühlen, die er dem Mann entgegenbringen konnte, der mit einemmal nicht mehr als Gefangener vor ihm saß, der gezwungen war, ganz nach innen zu leben, sondern als ein Mann, der souverän einen großen Text vortrug und alle im Raum zu verzaubern verstand.

Auch Livia hatte die Augen geschlossen und mochte spüren, dass der Mann, der ihr im Café fremd und spröde gegenübergesessen hatte, auch noch ein ganz anderer war, einer, in dem sich die Wucht eines lange aufgestauten Lebens würde Bahn brechen könnten. Sophia hatte die Beine übereinandergeschlagen, hielt das Knie mit den Händen umspannt und sah zu Boden, wobei sie Leyland ab und zu von unten her einen kurzen Blick zuwarf. Er kannte seine Tochter: Sie hätte am liebsten noch stundenlang zugehört. Dieser Wunsch war auch in vielen anderen Gesichtern zu lesen, auch in dem von Vittorio Albanese. Er war, das wusste Leyland von Livia, ihrem Plan mit den russischen Exilschriftstellern skeptisch begegnet, er dachte nicht, dass es ein Erfolg werden könnte. Am Tag nach Kuzmíns Lesung klang es anders. Alle spürten sie die Energie, die von dem Mann ausging, den Willen und die unerhörte Disziplin, die er mitbrachte.

Carlo Ferluga träumte vor sich hin, und man konnte spüren, wie froh er über Andrejs Sicherheit war, die von Minute zu Minute wuchs. Er hatte ihm während der Untersuchungshaft geholfen und war verletzt gewesen, als Andrej später niemanden mehr sehen wollte, auch ihn nicht. Mit der Zeit verstand er es. Er mied die Via del Coroneo. »Es war unerträglich, ihn dort drin zu wissen«, hatte er zu Leyland gesagt, »ich hatte eine Vorstellung davon, was Carla ihm bedeutet hatte, und dann hörte ich die Sache mit der Niere, mein Gott, es war unerträglich.« Und nun saß er dort drüben. Auch Pat Kilroy in der Ecke sah abwesend vor sich hin. *A long way to go.* »Keine Papiere, jedenfalls keine echten«, hatte Sophia früher über ihn gesagt.

Leyland hätte viel darum gegeben zu wissen, was er in diesem Moment dachte.

Livia zeigte Andrej noch die Räume des Verlags, dann ging er. Er ging anders, als er gekommen war, offener in seinen Bewegungen und freier. Einige Zeit später war er bei Leyland zu Hause. Er ging langsam durch die Räume und blieb lange vor den Drucken von Vermeers Portraits stehen. So möchte er auch gerne wohnen, sagte er. Alle spürten, was für eine Befreiung es für ihn war, so etwas sagen zu können: von seinen Wünschen sprechen zu dürfen. Als er sich setzte, war es unbefangener als im Verlag. Er trug die Jacke mit den zu langen Ärmeln, die er schon dort getragen hatte, ein neues weißes Hemd, eine rote Krawatte, im Gefängnis war sie schwarz gewesen. Jetzt holte er einen Stoß Blätter aus dem Umschlag, den er bei sich hatte. Es war die unveröffentlichte Novelle eines Exilrussen, Vasilij Smirnov. Der erste Beitrag zu Livias Reihe. Andrej genoss ihre Verblüffung. Am Tag, nach dem er von Livias Plan erfahren hatte, war er nach Split gefahren und hatte alte Bekannte aus der Zeit seines Antiquariats getroffen. Durch sie hatte er Smirnov kennengelernt und seinen Text kurzerhand mitgenommen. Andrej hatte mit der Übersetzung bereits begonnen und las die Eröffnungssätze vor: *Die Bucht von Riga ist zugefroren. Seit Tagen fällt Schnee in großen, langsamen Flocken. Wenn ich vor die Tür trete, ist es zuerst, als hörte ich nur Stille. Nach einiger Zeit dann höre ich das Geräusch der fallenden Flocken. Es ist das leiseste Geräusch, das ich kenne. Von Zeit zu Zeit hört man das Knirschen des Eises. Nachher ist es noch stiller. Weit draußen kreist das Licht eines Leuchtturms. Im einen Moment stört es mich, im nächsten bin ich froh darüber. Ich nehme nicht an, dass es einen Wärter gibt. Trotzdem ist der Turm als Bauwerk ein Zeichen menschlicher Anwesenheit, dazu der Strom und die kreisende Unruhe der Technik. Das passt nicht zu der menschenleeren Weite, der selbstgenügsamen, abweisenden Schönheit der Eisformationen und den bedrohlichen Gebirgen aus Wolken, die sich zu dem Eindruck fügen, dass ich hier am Ende der Welt bin. Auf der anderen Seite: Ich bin auch froh über den Leuchtturm, er beweist, dass Menschen in Reichweite sind. Manchmal denke ich: Und wenn der Strom plötzlich ausfällt? Alle Lampen ausgehen?*

Andrejs Italienisch mit dem russischen Akzent verlieh den langsamen, stillen Sätzen Smirnovs einen besonderen Zauber, und sie passten so gut zu ihm selbst, zu Andrej. Es war sofort klar: Livia würde das Buch machen. Als sie nachher über Exilrussen sprachen und über das, was die Sprache für sie bedeutete, erzählte Andrej etwas, was einer seiner Bekannten aus Split neulich erlebt hatte. Er war in Warschau auf ein kleines Antiquariat gestoßen. Beim Eintreten bimmelte eine Glocke, er hatte das Gefühl, einen Schritt in eine ferne Vergangenheit zu tun. Nach mehreren

Anläufen wollte er versuchen, ob er in dieser Stadt nicht doch noch ein polnisch-russisches Wörterbuch auftreiben konnte. Der Antiquar hatte eine Pfeife zwischen den Zähnen, Tabakgeruch füllte den Raum. Der Besucher zögerte. Es hatte so viele abweisende Blicke gegeben, wenn er in anderen Läden danach gefragt hatte, verschlossene Blicke, an denen der seine abprallte, Blicke, als hätte er etwas ganz Unmögliches gefragt, etwas, was eine Grenze überschritt. Er sagte ein paar Worte auf Französisch, ging den Regalen entlang und blätterte hin und wieder in einem Buch. Jetzt sah er das Wörterbuch. Es stand ganz oben im Regal, bei den verstaubten Büchern mit den Spinnweben. Als er danach fragte, wurde das Gesicht des Antiquars ganz still. Die Stille in seinem Gesicht begann, den Raum zu füllen. Die Zeit floss langsamer. Er tat die Pfeife in den Aschenbecher und durchquerte den Raum. Er hinkte ein bisschen. Er schob die Leiter an die Stelle und kletterte hoch. Der Besucher hätte – ohne erklären zu können, warum – erwartet, dass er den Staub bereits auf der Leiter vom Buch blasen würde. Oder dass er es zumindest unten tun und die Spinnweben von der Hand wischen würde. Dass er es nicht tat, war unheilvoll. Der Antiquar ging mit dem Buch in der verstaubten Hand nach hinten, auf den Kohleofen zu. Er öffnete die Klappe, sah zum Besucher hinüber und warf das Buch ins Feuer. Was hatte in dem Blick gelegen: Wut, Hohn oder Abscheu? Als der Antiquar nach vorne kam, wischte er die staubige Hand mit einer heftigen Bewegung an der Hose ab. Man konnte den Ekel in der Bewegung sehen, direkt in der Bewegung, und es war nicht Ekel vor Staub und Spinnweben. Der Besucher blieb stehen. »Die Wörter können nichts dafür«, sagte er. Der Antiquar ging hinter den Tresen, steckte die Pfeife an und blies eine Wolke in den Raum. Der Besucher wartete. Der Antiquar sah ihn an und blies eine zweite Wolke. Der Besucher wartete, bis der Rauch sich verteilt hatte. Dann ging er. Erst am Bahnhof, sagte er, sei ihm bewusst geworden, dass ihn der Regen vollständig durchnässt hatte.

Karl Abt sei doch sicher auch einmal in jenem Warschauer Antiquariat gewesen, sagte Sophia in die Stille hinein. Leyland stockte der Atem. Das konnte sie doch nicht machen! Musste Andrej es nicht als einen Verrat empfinden, dass Leyland anderen von Abt erzählt hatte? Es war doch eine ganz und gar verschwiegene Geschichte gewesen, erzählt im Halbdunkel einer Gefängniszelle. War es nicht völlig undenkbar, sie hier weiterzuspinnen? Und war es, wenn man sie jetzt weiterspann, nicht offenkundig, dass man sie insgesamt für eine erfundene Geschichte hielt? Würde Andrej das nicht als Anmaßung empfinden müssen?

Andrej holte eine Packung Zigaretten aus der Jacke, schüttelte eine heraus und zündete sie umständlich an.

Dann sah er Sophia an, deren Blick von Moment zu Moment unsicherer geworden war. »Doch, ja, natürlich war er dort«, sagte er. »Irgendwann wurde ihm seine schäbige Wohnung in Berlin zu eng, und er begann zu reisen. Reiste durch den ganzen Ostblock, blieb hier ein paar Wochen und da einen Monat, kaufte Wörterbücher, saß im Café und blätterte, bis sie abends zumachten. Einmal, da war er sehr müde und bestellte in Bukarest den Kaffee auf Bulgarisch. Die Kellnerin warf ihm einen belustigten Blick zu, da reiste er sofort ab. Nach Warschau. Den Antiquar mit der Pfeife fragte er nach einem polnisch-deutschen Wörterbuch, da warf er ihn hinaus. Karl fuhr weiter ins Baltikum und lernte die dortigen Sprachen, nur Estnisch mochte er nicht. Er hatte im Außenministerium der DDR einen Diplomatenpass gefälscht und fuhr damit nach Athen. Er wurde Fremdenführer und sprach bei den Führungen homerisches Griechisch. Als er genug davon hatte, dass man das nicht zu würdigen wusste, reiste er weiter nach Instanbul. Im Liegestuhl am Rande eines Schwimmbeckens fasste er den Entschluss, die Sprachen aller Länder zu lernen, die ans Mittelmeer grenzen.«

Leyland hatte nicht gewusst, wie sehr es einen befreien konnte, wenn man Zeuge der Befreiung eines anderen wurde. Und er hatte es mit dieser Wucht seither auch nicht mehr erlebt. Indem Andrej seine Phantasie über Karl Abt vor den Augen seiner Gastgeber mit Leylands Träumerei verflocht und verschmolz, stieß er die Tür zu seiner Zelle auf, und dieses Mal ging er hindurch und hinaus ins Licht.

In den Jahren danach lebte Andrej ein stilles, zurückgezogenes Leben. Er wollte kein Telefon, und als er sich schließlich einen Fernseher kaufte, war es der kleinste, den sie hatten, ein Gerät mit schwacher Zimmerantenne, bei dem das Bild oft verrutschte. Er schaltete ihn nur für die Nachrichten ein und für alte Filme, bei denen sich die Kamera noch Zeit ließ. Die Welt sei so schnell geworden, so grell, sagte er. Oft ging er zum Zeitungskiosk am Bahnhof und kaufte mehrere Zeitungen, darunter russische. Er studierte die Wohnungsanzeigen, und nach einem Jahr zog er um. Kurz darauf stieß er auf ein Geschäft, in dem man ausrangierte Möbel aus Theater und Oper für Spottpreise kaufen konnte. Als Leyland ihn besuchte, stand da mit einemmal ein riesiger, geschwungener Schreibtisch mit glänzender Platte. Es war, als hätte sich Andrej ein Stück, ein kleines Stück, aus der großen, vornehmen Welt geholt, die für ihn sonst verschlossen war. Sophia hörte davon und besuchte ihn. Sie sah sich den Schreibtisch an, und am nächsten Tag kam sie wieder und stellte wortlos eine Jugendstillampe darauf. Andrej verschlug es die Sprache, und er verschüttete den Tee. »Es kam mir vor, als hätte noch nie jemand so etwas für ihn getan«, sagte Sophia. »Diese blöde Carla – sie taugte offenbar gar nichts.« »Wenn ich die Lampe betrachte«, sagte Andrej zu Leyland, »hoffe ich jedesmal, dass Sophia mich bald wieder besucht. Ich wollte nie Kinder. Aber Sophia …«

Er sah jetzt anders aus: kein Bart und kein Schnurrbart mehr, statt des Zwickers eine gewöhnliche Brille, und das Haar war glatt nach hinten gekämmt. Nur noch eine entfernte Ähnlichkeit mit Trotzki, sogar die scharfen, spitzen Gesichtszüge schienen weicher geworden, und niemand wäre jetzt noch auf die Idee gekommen, ihn so zu nennen. Die Übersetzung von Smirnovs Novelle war fertig, und Andrej fragte jeden Tag bei Anna Vittorini, der Sekretärin des Verlags, nach, ob sie seine Handschrift auch wirklich lesen könne. Er saß gern in Livias Büro, obwohl es soviel gar nicht zu besprechen gab. Livia lernte russische Sätze und baskische Wörter von ihm, und er konnte gar nicht genug davon bekommen. Auch bei Maria Psyroukis, die das Buch lektorierte und die ganze Reihe mit den Exilrussen betreuen würde, saß er oft. Als Smirnovs Buch erschien, gab es in Ferlugas Antiquariat eine Lesung. Smirnov, ein in sich gekehrter Mann mit linkischen Bewegungen und scheuen Augen hinter dicken Brillengläsern, las einige Abschnitte auf Russisch, dann las Andrej aus seiner Übersetzung. Er las die Sätze über die eisige Bucht von Riga, als seien es seine eigenen. Seine Stimme war von eindringlicher Ruhe und Kraft, und viele Zuhörer im vollen Raum schlossen die Augen. Leyland, der sich gefragt hatte, wie es Andrej vor größerem Publikum gehen würde, wurde ruhig. Andrej war zurück im Leben. Und als er sich vorne mit Smirnov unterhielt und seine russischen Worte übersetzte, war es beinahe, als hätte er nie etwas anderes gemacht.

Kurze Zeit danach war Livia gestorben. »Das will ich nicht glauben«, sagte Andrej. Seine Stimme war heiser, und diese Heiserkeit bedeutete mehr als jeder entsetzte Ausruf. Auf dem Friedhof hatte er abseits gestanden. Es war feucht gewesen, und seine Brille war beschlagen. Leyland war erstaunt, dass er sie nicht putzte, doch auf einmal dachte er: Es passt. Andrej wusste immer die Anzahl der Tage, die seit Livias Tod vergangen waren.

Als Leyland seinen ersten Anfall erlitt, war Andrej in Split bei alten Bekannten. Es war schon Anfang September, als Leyland es ihm erzählte. »Verflucht«, sagte er, und noch einmal: »verflucht«. Er machte Tee und blieb lange in der Küche. »Ich würde so etwas nicht bis zum Ende abwarten«, sagte er, als sie sich gegenübersaßen. »Ich auch nicht«, sagte Leyland. Andrej schob die Hände in die Jackenärmel zu den Handgelenken. Er sah Leyland an. »Es muss funktionieren. Nicht wie bei mir. Ich hatte von Anatomie keine Ahnung.« Leyland nickte. Und dann hatte sich ein Gespräch entwickelt, an das Leyland, oben in Warren Shawns Haus auf der Bettkante sitzend, gern zurückdachte.

»Als der Anfall vorbei war und die Kinder gegangen waren«, hatte Leyland erzählt, »wusste ich nicht weiter. Nicht in dem harmlosen, banalen Sinne, in dem das jedem von uns von Zeit zu Zeit geschieht. Und es war nicht so, dass ich *in einer Sache* nicht weiterwusste. Ich wusste *überhaupt* und *insgesamt* nicht weiter. Ich hatte an der Übersetzung von Paveses Tagebuch gearbeitet. Das Buch lag noch offen da. Ich machte es zu und schob es weg. Eine Woche später, mitten in der Nacht, schlug ich es wieder auf und machte mit der Übersetzung weiter. Inzwischen hatte ich im Verlag Bescheid gesagt und Caterina Mizzan getroffen, und auch sonst hatte ich viele Dinge getan, die die Vernunft gebot. Trotzdem war es in dem anderen, tieferen Sinne immer noch so, dass ich nicht weiterwusste. Was sollte ich mit der Zeit, die mir noch blieb, anfangen? Was war jetzt noch *wichtig*? Und was konnte das in meiner Lage überhaupt heißen: *wichtig*? Als ich dann mit der Übersetzung fortfuhr, geschah etwas Merkwürdiges: Die ganze verzweifelte Unsicherheit, die in diesen Fragen gelegen hatte, wich zurück, mit jedem übersetzten Satz mehr, und übrig blieb das ruhige und klare Gefühl, dass es auch jetzt, wo mein Leben bald zu Ende sein würde, darum ging, dasjenige zu tun, was ich am liebsten tat und was ich am besten konnte: die richtigen Worte zu finden. Nicht, dass diese Gemütsverfassung unerschütterlich gewesen wäre. Ich tat verrückte Dinge: fuhr den ganzen Tag Boot, lief ins Gewitter hinaus, kaufte Berge von Büchern, die ich nie mehr würde lesen können, begann mit Chinesisch. Doch immer wieder, vor allem nachts, kehrte ich zu Pavese zurück. Und in der Morgendämmerung saß ich oft am Schreibtisch und dachte: Und selbst wenn das der letzte Tag wäre – ich würde ihn mit Worten verbringen wollen.«

Andrej hatte zugehört und an seiner Zigarette gezogen. »Ich erlebe in letzter Zeit öfter etwas, was dem verwandt ist, auch wenn es zunächst etwas ganz anderes zu sein scheint«, sagte er nach einer Pause. »Ich sehe in den Nachrichten all das Elend. Bilder von Armut, Dürre, Flucht und Vertreibung. Menschen, die Wasser bräuchten und nicht Worte. Zehntausende, Hunderttausende. Ich gehe zum Schreibtisch und frage mich: Macht ihr Elend das, was ich hier tue, kleiner? Vielleicht sogar bedeutungslos? Kann man im Ernst darüber nachdenken, ob man ein Komma oder ein Semikolon setzen soll, wenn andere nicht wissen, wo sie schlafen können, ohne zu erfrieren? Und dann denke ich über das Komma nach.«

Lange noch hatten sie darüber gesprochen, was im Leben wichtig sein konnte und in welchem Sinne. Auch darüber, wie sich dieses Empfinden veränderte, wenn man das Leben vom Ende her betrachtete. »Mit wem soll ich denn in Zukunft über Karl Abt sprechen?« hatte Andrej beim Abschied gesagt. Und am nächsten Tag hatte er sich ein Telefon gekauft, er, der nie eines hatte haben wollen. »Damit ich jederzeit hören kann, wie es dir geht«, sagte er.

Ein paar Tage später war Leyland wieder bei ihm. Und da passierte es. Das Gesicht gehorchte ihm nicht mehr ganz, er konnte aus dem tiefen Sofa nicht mehr aufstehen, und die Worte kamen nicht, wie sie sollten. Andrej begriff sofort und half ihm, sich hinzulegen. Ob er jemanden rufen solle? Leyland schüttelte den Kopf. »Sophia ... Dienst ... Sidney ... Padua.« Die Ambulanz? »*Never again.*« Ob er reden solle? fragte Andrej. Oder lieber schweigen? »*Read ... Smir... Smirov ...*« »Smirnov? Soll ich dir aus der Novelle vorlesen?« Leyland nickte. Da hatte Andrej das Buch geholt und vorzulesen begonnen:

Die Bucht von Riga ist zugefroren. Seit Tagen fällt Schnee in großen, langsamen Flocken. Wenn ich vor die Tür trete, ist es zuerst, als hörte ich nur Stille. Nach einiger Zeit dann höre ich das Geräusch der fallenden Flocken. Es ist das leiseste Geräusch, das ich kenne. Von Zeit zu Zeit hört man das Knirschen des Eises. Nachher ist es noch stiller ... Ich arbeite am Tisch im Esszimmer. Es ist kalt, die alten, düsteren Heizkörper mit der abgeblätterten Farbe kommen nicht gegen die Kälte an, die durch die Fenster mit den morschen Rahmen dringt. Die Kronleuchter geben ein Licht wie in einem vergessenen Ballsaal, in dem es nie zu einem Fest kam, oder in einer aufgegebenen Bahnhofshalle. Es ist ein kaltes, dif-

fuses und weitläufiges Licht, die Wörter verlieren sich in diesem Licht, ihre Bedeutung verflacht, bleicht aus und verläuft an den Rändern, und auch die Konzentration, die dem Einhalt zu gebieten sucht, wird von diesem seltsamen Licht zersetzt und verliert ihren Halt. In einer Kammer habe ich eine Tischlampe gefunden, der Fuß aus fleckigem Messing, der Schirm aus grünem Glas. Ein Splitter ist herausgebrochen, ich muss die grelle Stelle wegdrehen, dann geht es, genügend Licht fällt aufs Papier ... Wenn die Dämmerung, die sich rasch auf die Bucht senkt, zu einem tiefen, lautlosen Dunkel geworden ist, dann ist es schön, in dem großen Raum mit den schweren Eichenmöbeln zu sitzen, wo es nach uraltem Rauch, feuchten Wänden und verborgenem Moder riecht, und im Lichtkegel, der unter dem grünen Glas hervorkommt, die Geschichte meiner Familie aufzuschreiben. Dann möchte ich nirgendwo sonst sein als in diesem viel zu großen, fremden Haus, in dem Beamte der Zarenzeit und später Offiziere der Roten Armee gewohnt haben, bevor es an drei Schwestern fiel, die sich in der neuen Hektik des Westens aufreiben und auf diese Weise in dem Haus nie angekommen sind ... Es sind Augenblicke einer sonderbaren, ein bisschen unwirklichen, gespenstischen Gegenwart, die – und nun fließen die Worte einfach aufs Papier, ohne dass ich wüsste, woher sie kommen – in dem Maße ganz meine zu sein scheinen, als sie mir nicht wirklich gehören, und als sie Momente sind, die aus der gewöhnlichen Zeit herausge-

schnitten sind, Momente einer losgelösten, freischwebenden und ungeordneten Zeit, die so kostbar ist wie das leise Knirschen des Eises in der Bucht.

Leyland hörte zu und war glücklich zu spüren, dass er alles verstand und dass die Sprache des Geistes floss wie immer. Und auf einmal, viel früher als beim ersten Mal, war es vorbei und er fand die Worte und die gewohnten Bewegungen wieder. »Seit dem ersten Mal sind mehr als acht Wochen vergangen«, sagte er. »Manchmal in dieser Zeit, vor allem in den letzten zwei, drei Wochen, habe ich gedacht: Vielleicht ist der Tumor zum Stillstand gekommen, vielleicht habe ich noch mehr Zeit als angenommen. Und es gab verwegene Momente, wo ich sogar zu denken versuchte, es könnte alles ein Irrtum sein. Aber jetzt …« Beim Abschied hatten sie eine Weile schweigend unter der Tür gestanden. »Der Albaner damals, im Gefängnis: Hat er Gegisch oder Toskisch gesprochen?« fragte Andrej. Leyland musste lachen. »Toskisch«, sagte er. Andrej stand am Fenster, als Leyland sich auf der Straße umdrehte und hinaufblickte. »Dass du damals an meine Zellentür geklopft hast – was für ein Glück«, hatte er gesagt.

16 Am Tag darauf lud Leyland Kenneth Burke bei sich zum Essen ein. Kochen, und noch dazu für einen Gast: Es war ein weiterer Schritt, um in dem Haus anzukommen. Burke trug eine schwarze Samtjacke und ein graues Hemd, er war rasiert und brachte eine Flasche Wein mit. »*Sometimes* ...«, sagte er, als er Leylands erstaunten Blick sah.

Das Essen wurde kalt. Denn kaum hatten sie angefangen, begann Leyland, die Geschichte zu erzählen, die mit dem ersten Anfall und Doktor Leonardis Diagnose begann und mit Sophias erlösender Nachricht endete. Es war keine Geschichte, bei der man essen konnte, und so legten sie beide Messer und Gabel bald zur Seite.

»Es könne ein Migräneanfall sein, sagte Sophia, als wir im Schwesternzimmer warteten. *Migraine accompagnée*, mit Lähmungserscheinungen und Sprachstörung, eine Störung bei den Botenstoffen und bei der Durchblutung des Gehirns, die innerhalb eines Tages verschwinde, danach sei alles wie vorher. Ich habe mich nie zuvor an zwei Worte so geklammert wie an diese: *migraine accompagnée*, ich habe sie mir im Inneren die ganze Nacht lang vorgesagt, sie wurden zu großen, beinahe sakralen Worten, weil so viel Hoffnung mit ihnen verbunden war.« Burke nickte. »In meiner Apotheke gab es einen Kunden, der das hatte. ›Jedesmal, wenn es kommt, muss ich mir vorsagen: Migräne, nur Migräne‹, sagte er. ›Und ganz verliert es seinen Schrecken nie.‹« Auch von Doktor Morettis Worten erzählte Leyland: »Keine Hirnblutung, nichts, was wir heute nacht tun müssten.« »Sophia, sagst du, war Krankenschwester und ist bald Ärztin«, sagte Burke. »Ich an ihrer Stelle hätte die Bilder aus der Radiologie sofort sehen wollen.« Leyland zögerte. »Sie und Moretti ... sie mochte nicht fragen. Sie wirft es sich vor, bis heute.«

Als er vom Morgen in Doktor Leonardis Sprechzimmer erzählen wollte, geriet Leyland ins Stocken. »Die Bilder am Röntgenschirm«, sagte er schließlich, »sie zeigten ein helles, grelles Gebiet, es war eine Helligkeit, der man das Unheil sofort ansah. Ein bösartiger Tumor, sagte Leonardi, ein ... Glioblastom.« Es war in der ganzen Zeit das erste Mal, dass Leyland das Wort aussprach. Es war das hässlichste, das widerwärtigste Wort, das er jemals gehört hatte. Burke sog die Luft ein. »Mein Gott«, sagte er leise, »und es waren die falschen Bilder, es waren gar nicht Bilder deines Gehirns, sonst wärst du jetzt nicht hier.«

Leyland nickte, und dann ließ sich Burke genau beschreiben, wie Leonardi die Bilder aus dem Umschlag gezogen hatte, auf dem in großen Buchstaben Leylands Name stand, und wie er sie dann, ohne einen Blick darauf zu werfen, an den Röntgenschirm gesteckt hatte. »Ich kenne solche Bilder aus dem Studium«, sagte Burke, »es stehen am Rand Name und Geburtsdatum des Patienten darauf, aber in sehr kleinen

Buchstaben, man muss schon genau hinsehen. Leonardi hat deinen Namen auf dem Umschlag gesehen, und vor ihm saß ein Mann, dessen Symptome zu den Bildern passten. Er hatte keinen Grund zu zweifeln, dass es deine Bilder waren. Und manchmal ist der Rand der Bilder, auf dem der Name steht, auch noch der Rand, der unter der Klemmleiste des Röntgenschirms verschwindet, so dass sein Blick vielleicht gar nicht auf den falschen Namen hätte fallen können.« Leyland stand auf, zündete sich eine Zigarette an und trat ans Fenster. »Er hat mich gefragt, ob ich die Bilder mitnehmen wolle«, sagte er leise. »Und du hast nein gesagt, weil du mit diesen schrecklichen Bildern nie mehr etwas zu tun haben wolltest«, sagte Burke. Leyland nickte und blickte weiter in die Nacht hinaus. »Sophia wollte schon ja sagen, da habe ich mit einer heftigen Bewegung alles beendet. Sonst hätten wir den Irrtum sicher bald entdeckt.«

Wie lange er mit dem Irrtum gelebt habe, fragte Burke. »Siebenundsiebzig Tage«, sagte Leyland. »Am vorletzten Tag im September – ich werde das Datum nie vergessen – kam Sophia gegen Mittag in meine Wohnung gestürmt, in der Hand den Umschlag, den ich aus Leonardis Sprechzimmer kannte. Sie warf den Umschlag aufs Sofa und umarmte mich, ich spürte ihre Tränen auf meinem Gesicht. ›Du hast nichts, Papà‹, sagte sie außer Atem, ›keinen Tumor, nichts, sie haben in der Radiologie die Bilder verwechselt, es waren die Bilder eines anderen, Maximilian Brunner heißt er, und du – du bist gesund, ganz gesund.‹ Sie nahm die Bilder aus dem Umschlag und breitete sie auf dem Tisch aus. Ich sah am Rand in winzigen Buchstaben meinen Namen und mein Geburtsdatum. Ich hielt die Bilder gegen das Licht: keine hellen, grellen Gebiete. Mein Herz schlug bis zum Hals. Ich legte die Bilder zurück auf den Tisch und setzte mich aufs Sofa. Ich hatte nicht gewusst, dass man von einer Erleichterung, überhaupt von einem Gefühl, so überwältigt werden kann, so vollständig überwältigt. Und gemessen daran hatte ich vorher überhaupt nicht gewusst, was das ist: Erleichterung. Sophia rief Sidney an, ich werde seinen Ausdruck nie vergessen, mit dem er durch die Tür kam. Und dann saßen wir für Stunden zusammen und rekapitulierten stets von neuem, was geschehen sein musste.

Maximilian Brunner – der Name kam mir vage bekannt vor, aber erst nach einer Weile fiel es mir ein: Die Assistentin in der Radiologie hatte mich gefragt, ob ich Maximilian Brunner sei. Ich hatte ihr meinen Namen genannt, sie hatte einen Blick auf ein anderes Formular geworfen, vermutlich das mit meinem Namen, sie schien den Irrtum für sich korrigiert zu haben, und später schob sie meine Bilder doch in Brunners Umschlag und die seinen in meinen. Natürlich hätte sie die Namen auf den Bildern überprüfen müssen, aber es ging dort an jenem Tag hektisch zu, alle waren gereizt, und so kam es zu dieser Nachlässigkeit, die mein Leben verändert hat. Doktor Moretti sah den Umschlag mit meinem Namen, warf nur einen kurzen Blick auf die Bilder und entschied sich, die Sache Leonardi zu überlassen und im Schwesternzimmer nichts von dem zu sagen, was er gesehen hatte. ›Vielleicht ... wenn ich ...‹, sagte Sophia. ›Aber dich trifft doch keine Schuld‹, sagte Sidney.«

»Und wie wurde der Irrtum entdeckt?« fragte Burke. »Am Morgen jenes Septembertags wurde Maximilian Brunner eingeliefert, er konnte weder gehen noch sprechen. Moretti stellte fest, dass er zuvor schon einmal untersucht worden war und ließ seine Bilder aus dem Archiv kommen. Er nahm die Bilder aus dem Umschlag, sah nichts Auffälliges – und erst da, als er verwundert auf die Schrift am Rand achtete, bemerkte er den Irrtum. Er schickte nach dem Umschlag mit meinem Namen und sah die Bilder, die er schon damals, im Juli, gesehen und für meine gehalten hatte, die Bilder mit dem Tumor. Er rief Sophia an. ›Ich betrat sein Büro‹, erzählte sie, ›und sah auf den ersten Blick, dass er völlig verstört war. Wortlos zeigte er mir deine Bilder und zeigte auf deinen Namen am Rand. Während ich die Bilder gegen das Licht hielt, wurde mir klar, was sie bedeuteten. Ich sah Moretti an, der bleich an seinem Schreibtisch saß. ›Die falschen Bilder im falschen Umschlag‹, sagte er tonlos. ›Der Mann mit dem Tumor wurde vorhin eingeliefert. Bei deinem Vater war es vermutlich nur Migräne. *Migraine accompagnée*, Symptome wie bei einem Tumor. Eine Verwechslung in der Radiologie. Und keiner hat es bemerkt. Ich nicht und Leonardi auch nicht. Die großen, schwarzen Buchstaben auf den Umschlägen – sie haben uns blind gemacht. Es tut mir leid, mein Gott, Sophia, es tut mir so leid.‹ ›Ich habe kein Wort gesagt‹, sagte Sophia, ›ich nahm die Bilder und rannte zu meinem Auto.‹«

Ob er Maximilian Brunner besucht habe, fragte Burke. Leyland sah ihn an. Ja, dachte er, das war genau die Frage, die Kenneth Burke stellen würde. »Ja«, sagte er, »ein paar Tage später. Es war ein Kampf gegen die Erinnerungen, die mich auf dem Klinikflur überfielen. Er lag bleich in den Kissen und konnte nur noch wenige Worte sagen, man verstand ihn kaum noch. Er hatte allein gelebt und allein mit seinen Symptomen gekämpft, nur eine Nachbarin hatte sich manchmal um ihn gekümmert. Ich habe sie im Krankenhaus getroffen. Sie hatte den Krankenwagen gerufen, als sie ihn in der Wohnung am Boden fand. Nach der Untersuchung damals im Juli hätten sie ihm gesagt, er habe nichts Ernstes, es würde vorbeigehen, erzählte sie. Sie hätte sich gewundert, es sei immer schlimmer geworden mit ihm. Aber der Arzt hätte es ja so gesagt. Ich war noch mehrmals bei ihm. Zusammen reden konnten wir nicht. Aber er schien froh, dass ich kam – dass überhaupt jemand kam. Manchmal habe ich mich gefragt, was ich ihm sagen würde, wenn wir reden könnten. Würde ich ihm von der Verwechslung erzählen? Davon, dass ich mir sein Schicksal für mich selbst vorgestellt hatte? Was hätte das für einen Sinn? Ich wusste es nicht. Vor etwa zwei Wochen bin ich noch einmal hingegangen. Doch in der Nacht zuvor war er gestorben.«

»Und aus diesem Irrtum heraus hast du den Verlag verkauft«, sagte Burke. Leyland nickte. »Zehn Tage, bevor wir die Verwechslung bemerkten, saß ich mit Caterina Mizzan, der neuen Besitzerin, beim Notar. Erst sollte es ein Termin zwei Wochen später sein. Ich selbst habe auf einen früheren Termin gedrängt: Ich wollte sicher sein, dass ich meine Unterschriften noch würde leisten können; dass mich nicht ein vernichtender Anfall geschäftsunfähig machen würde. Vom Notar sind wir in beklommenem Schweigen den kurzen Weg zum Verlag gegangen. Wir standen in meinem leeren Büro, das ich am Tag zuvor mit Sidney und Sophia geräumt hatte. Ich übergab der Frau, der der Verlag von nun an gehörte, die Schlüssel. Ich war froh, dass ich nicht die Fassung verlor. Für einige Augenblicke sahen wir uns nur an. Dann trat sie auf mich zu und umarmte mich schweigend. Ich war schon unter der Tür, als sie mich zurückrief. Sie hatte einen der Generalschlüssel in der Hand. ›Für den Fall, dass Sie irgendwann …‹, sagte sie. Es ergab keinen Sinn, sie wusste ja, wie wenig Zeit mir noch blieb. Aber ich nahm den Schlüssel und hielt ihn auf dem ganzen Heimweg in der Tasche fest.«

»Und dann öffnete sich plötzlich wieder eine Zukunft«, sagte Burke. Leyland nickte. »Es war, als würde ich erst jetzt entdecken, was das bedeutet: Zukunft – ohne an eine Grenze, eine Schranke denken und die Monate, Wochen, Tage zählen zu müssen, die mir noch bleiben. Jahreszeiten erleben zu können, ohne denken zu müssen: Es ist die letzte. Ich brauche nur offenen Raum vor mir zu sehen – schon verwandelt er sich in offene Zukunft, in eine Darstellung offener Zukunft. Ein Platz ist etwas, was man in Zukunft überqueren kann, was zu überqueren man genügend Zeit hat, auch Zeit, die man schlendernd verschwenden kann, man kann ihn mehrmals umrunden, beliebig oft, ohne daran denken zu müssen, dass die Zeit knapp wird. Am besten ist es am Strand: Man hat die Zeit, in diese Weite hineinzugehen, die Wellen brechen sich und werden sich noch oft brechen, noch sehr oft, ein Gefühl von Unendlichkeit, die Gegenwart ist nichts, um das man besorgt sein muss, weil es bald vorbei sein wird, ein knappes Gut, es gibt noch viel davon, noch sehr viel, kein Ende abzusehen. Und die Schritte: wie viele man davon noch wird machen können! Ich bin mit Sidney und Sophia an den Strand gefahren, ich habe meine Kinder um die Schulter gefasst, ich in der Mitte, und so sind wir gegangen und gegangen, sicher eine Stunde lang. Zwischendurch war mir danach zu rennen, meinen Körper zu spüren, der ja wider alles Erwarten ein ganz gesunder Körper war, wir rannten um die Wette, einmal rollte mir ein Ball spielender Kinder vor die Füße, ich nahm Anlauf und kickte ihn hoch und weit in die Luft, es ging, *es ging jetzt alles wieder*! Als wir später auf einer Bank saßen, brach sich die Erleichterung in Tränen Bahn, ich zitterte und schlotterte, die Angst und das Entsetzen von elf Wochen, die ich stets von neuem hatte im Zaum halten müssen, brachen aus mir heraus, roh und ungebremst, und es war noch viel mehr davon in mir, als ich all die Zeit gespürt hatte, der Strom der aufgestauten Gefühle brach alle Dämme und versiegte erst allmählich. Später saßen wir auf der großen Mole und hielten, als ein Boot ablegte, die Schuhe ins flutende Wasser. Die Kinder wussten von früher, dass das für mich Befreiung bedeutete, Zukunft, Übermut und Loslassen, und es war ein Moment großer Nähe, als sie es mir gleichtaten, lächelnd und ohne Worte. Abends kochten wir in meiner Wohnung, ich hörte, wie Sidney und Sophia Verabredungen absagten, und schließlich blieben sie sogar über Nacht bei mir. Beim Frühstück schien die Sonne durchs Fenster, Sophia hielt das Gesicht in die Strahlen, und dann, mit geschlossenen Augen, begann sie zu weinen. Es geschah mit ihr, was am Tag zuvor mit mir geschehen war: Die lange beherrschten Gefühle brachen sich Bahn. Auch Sidney kämpfte mit den Tränen, und bevor die beiden gingen, hielten wir uns lange aneinander fest.«

Wann und wie er im Verlag Bescheid gesagt habe, fragte Burke, das stelle er sich schwierig vor, für alle Beteiligten. Leyland erzählte, wie er Caterina Mizzan im Hotel Savoia Excelsior Palace getroffen hatte, dort, wo er einige Wochen zuvor mit ihr über den Verkauf des Verlags gesprochen hatte. Sie hatte ihn unentwegt angesehen und die brennende Zigarette im Aschenbecher vergessen. »Das ist eine unglaubliche Geschichte«, hatte sie schließlich gesagt, »einfach unglaublich. Und es ist phantastisch, dass Sie hier als gesunder Mann vor mir sitzen.« Nach einer Weile war sie still geworden. »Ich habe ja damals gesagt, ich hätte das Gefühl, Ihnen den Verlag wegzunehmen. Jetzt habe ich dieses Gefühl erst recht.« Sie blickte zum Fenster hinaus. Leyland konnte sehen, wie es in ihr arbeitete. Sie nahm Anlauf zu einer Frage, und Leyland war nicht überrascht, als sie kam. »Möchten Sie es rückgängig machen?« Nein, sagte er, nach allem, was gewesen sei, könnte es nie wieder sein wie vorher, für ihn nicht und auch für alle anderen nicht. »Und ich möchte es auch nicht. Ich habe jetzt plötzlich wieder eine Zukunft. Ich weiß noch nicht, wie sie aussehen wird. Aber sie wird anders sein. Einmal ganz zu schweigen von der Zumutung, die es für Sie darstellen würde.« Sie waren bis spät in der Nacht in einer Ecke des Hotelsalons sitzen geblieben. Natürlich würde er der wichtigste Übersetzer für den Verlag bleiben. Die Reihe mit den exilrussischen Autoren und Andrej Kuzmíns Übersetzungen würde weitergehen. Seine Vorschläge für Bücher würden immer besonderes Gewicht haben. »Und überhaupt: Ihr Rat – ich werde ihn immer suchen«, hatte sie gesagt. Sie hatte ihm zugewunken, bevor sie um die Ecke bog.

Leyland erzählte Burke auch, wie es mit Vera Santin, Maria Psyroukis und Vittorio Albanese gewesen war. Ein paar Tage nach dem Treffen mit Caterina Mizzan hatte er sich ins Café gegenüber dem Verlag gesetzt. Carlotta hatte ihm den Kaffee gebracht. »Ich ... es ist wunderbar, Sie wiederzusehen«, hatte er gesagt. Sie hatte ihn angesehen und dann die Kaffeetasse noch einmal zurechtgerückt. »Ich ... ich habe Sie auch vermisst«, hatte sie gesagt und ihm später ein Stück Kuchen gebracht. Die Marmorstufen im Verlag hochzusteigen – es war schwer gewesen. *Distinto*, *gran mondo*, *nobiltà*, das waren die Wörter, mit denen Livia als kleines Mädchen die Atmosphäre beschrieben hatte. Alfredo Pertot, Livia Pertot, er selbst – und nun gehörte das alles einer Fremden. Plötzlich wusste er nicht mehr, wie er sich auf den Stufen bewegen sollte, und war versucht hinauszulaufen. Da war Maria Psyroukis die Treppe heruntergekommen. Sie legte die Bücher und Papiere, die sie trug, auf eine Treppenstufe und umarmte ihn. »*Theé mou!*« sagte sie leise, »mein Gott, es war eine solche Erlösung, als ich es von

Caterina hörte. Es war mir danach, sofort zu Ihnen zu fahren ... aber ich wollte Sie auch nicht überfallen.« Sie zögerte. »Ich wünschte, wir könnten ... die Zeit zurückdrehen. Aber am wichtigsten ist, dass Ihr Leben weitergeht. Dass es einfach weitergeht, noch lange.« Vielleicht, dass sie sich ab und zu träfen, um Griechisch zu sprechen?

Mit Vittorio Albanese war es einfach gewesen. »*Una notizia stupenda*«, hatte er gesagt, und dann hatte er etwas hinzugefügt, was Leyland überraschte: »*sentiamo la vostra mancanza*«, wir vermissen Sie. Am schwierigsten war es mit Vera Santin gewesen. Caterina Mizzan war nicht da, und sie hatten zusammen einen Blick in ihr Büro geworfen. Es schien ihm, als müsse er jeder einzelnen Veränderung einzeln standhalten. »Es ist nicht schlecht mit ihr«, hatte Vera gesagt, »aber die ganze ... die ganze Melodie ist anders als bei Livia und Ihnen. Ich weiß nicht, ob ich bleiben werde, ich liege nachts oft lange wach.«

Burke ging, um nach dem Hund zu sehen. Als er zurückkam, hatte er das Cello dabei. Ohne etwas zu sagen, setzte er sich in die Mitte des Wohnzimmers, schloss die Augen und begann zu spielen. Es war eine von Bachs Cellosuiten. Es dauerte eine Weile, bis bei Leyland die Erinnerung kam: Er hatte diese Musik vor langer Zeit in der Wohnung von Pat Kilroy gehört. Es war nicht mehr dieselbe Wohnung, in der der Wirt ihn besucht hatte. Aber auch dort gab es den Mahagonischrank und das Regal mit den gälischen und griechischen Gedichtbänden, *funny signs*. Bachs Musik war vom Plattenspieler gekommen, und Pat hatte sie nicht abgestellt. »Wie eine Untermalung des Lebens«, hatte er gesagt, »eine Untermalung des *ganzen* Lebens.«

Leyland betrachtete Burke: das kantige Gesicht mit dem vorgereckten Kinn und den schmalen Lippen, ein Gesicht, das sich der Welt entgegenzustemmen schien. *Ein mutiger, aufrichtiger Mann von großer Integrität*, hatte Warren Shawn über ihn geschrieben. Leyland stellte sich vor, wie sie ihn festgenommen hatten, und wie er vor dem Richter gestanden hatte. *Er liebt Musik und spielt auf seinem Cello, dass man alles andere vergisst. Ich möchte mir vorstellen können, dass Ihr Freunde werdet, zwei verletzliche Einzelgänger, die die Poesie lieben.* Wie würde es sein, mit ihm durch die Straßen von Triest zu gehen? Wie würde es sein, mit Sidney und Sophia drüben bei ihm zu sitzen? Oder mit Andrej und Pat Kilroy? Er dachte daran, wie er zu Caterina Mizzan davon gesprochen hatte, dass seine neue Zukunft anders sein würde. Burke, der den Tönen von Bach durch sein bleiches, trotziges und verletzliches Gesicht eine besondere Eindringlichkeit und Wucht verlieh, würde zu dieser Zukunft gehören. Und Triest?

»Das Cello«, sagte Burke, als er den Bogen weggelegt hatte, »hat mir geholfen, nicht noch mehr zu entgleisen. Es war ein Lehrer, ein Lehrer der Biologie, der mich dazu gebracht hat. Der einzige Lehrer, der mich mochte und der sich für mich interessierte. Die anderen nahmen, mehr oder weniger ausdrücklich, Anstoß an meiner verschlossenen, manchmal ruppigen Art. Bernard Reid, ein großgewachsener Mann mit einem hellen, freundlichen Gesicht, der ein bisschen hinkte, ließ manchmal seinen Blick auf mir ruhen, und wenn ich hochsah, lächelte er mir zu: wohlwollend, aufmunternd. Seine Frau war Cellolehrerin, das erfuhr ich, als er mich eines Tages nach Hause einlud, zum Tee. Natürlich hatte ich schon vorher Leute gesehen, die Cello spielten, aber mehr aus der Ferne. Sarah jedoch, die im Nebenzimmer bei bloß angelehnter Tür spielte – das war etwas ganz anderes. Dieser wuchtige Klang, diese heftige, beinahe wütende Virtuosität waren überwältigend, und ich hatte nur dafür Ohren. Reid merkte es natürlich bald und nahm mich mit in Sarahs Zimmer. Sie zeigte mir, wie man das Instrument hielt, und ließ mich mit dem Bogen über die Saiten streichen. Sie mietete ein Cello für mich und gab mir Unterricht. Meine Eltern waren glücklich über diese Wendung, und nach einem Jahr schenkten sie mir ein Cello. Wenn ich nicht mehr weiterwusste, ging ich in mein Zimmer und spielte. Und es war oft, dass ich nicht weiterwusste. Ich war kein brillanter Schüler, wollte es auch nicht sein, aber ich hatte keine Mühe mitzukommen und hatte ordentliche Noten. Das war es nicht. Was mich verstörte, von Jahr zu Jahr mehr, waren die Rücksichtslosigkeit, die Grausamkeit und die schreiende soziale Ungerechtigkeit, von der ich las und im Fernsehen hörte. Der Hunger und die riesigen Vermögen der Reichen. Ich sah mich auf der Straße um, im Bus, in der U-Bahn: Die anderen mussten es doch auch wissen, warum empörte sich niemand, warum tat niemand etwas? Die Gesten des Vaters waren hilflos, wenn ich davon sprach, meine Wut war ihm, glaube ich, unheimlich. Die Mutter fuhr mir übers Haar. Die Zuneigung war echt, aber ich fühlte mich in der Geste nicht ernst genommen. Ich versuchte, Marx zu lesen und die Anarchisten, verstand aber wenig, die Sprache war mir unvertraut. Als Student ging ich zu Treffen linker Gruppen. Es gab da einen Fanatismus, der mich abstieß. Es wurde viel geraucht und schwadroniert. ›Warum so still, Burke?‹ fragten sie mich. Weil ihr so laut seid, hätte ich am liebsten gesagt, und blieb weg.«

Warum er nicht Arzt geworden sei, fragte Leyland. »Im letzten Jahr der Schulzeit hatte ich es vor. In Frankreich war vor kurzem die Organisation *Médecins sans Frontières* gegründet worden. Ich hatte darüber gelesen und war entflammt: etwas gegen das Leid tun ohne Ideologie. Doch dann erkrankte meine Mutter an Leukämie. Drei Monate Krankenhaus. Ich ging durch die Flure, sah die Patienten in ihren Morgenmänteln und Schlappen, die bleichen, müden Gesichter, die verstohlenen Zigaretten, manchmal standen die Türen offen, dann sah ich, wie die Leute erschöpft in den Kissen lagen. Und da liegt die Antwort auf deine Frage: Ich spürte, dass ich nicht die Kraft hatte, in dieser Welt zu leben und zu arbeiten. Wenige Tage, bevor die Mutter ihren Kampf gegen die Krankheit verlor, saß ich mit meinem Vater zusammen. Ich sagte ihm, wie ich empfand. Es war ein kostbarer Moment der Nähe, wie es sie nicht oft gegeben hatte. ›Dann eben Pharmazie, und später übernimmst du die Apotheke‹, sagte er. Der Großvater hatte die Apotheke gegründet, er mochte Hackney, nicht zuletzt, weil seine Frau dort aufgewachsen war. Ein bisschen aber auch, weil es das ärmere London war. Und für meinen Vater stand früh fest, dass er seinem Vater nachfolgen würde – es gab in dem Haus einen altmodischen Sinn für Familientradition. Auch deshalb war, was ich später tat, für ihn so schwer zu verstehen und anzunehmen: Er hat es als Verrat an der Familie erlebt. Ich selbst hatte dieses Gefühl für Tradition nicht. Als ich mich für Pharmazie einschrieb, tat ich es einmal aus Interesse an den medizinischen Dingen, dann aber auch, weil mir der Beruf, unabhängig von Vater und Großvater, sympathisch erschien: Man konnte Leute beraten, ein verlässlicher, unaufdringlicher Partner in bedrängenden Situationen sein. In manchen Fällen ist man natürlich einfach Verkäufer, mehr nicht. Aber manchmal kann man Leuten auch über Angst und

Verzweiflung hinweghelfen. Und man ist mit vielen Leuten im Quartier auf eine Weise verbunden, die persönlicher ist als sonst, ohne dass Grenzen der Diskretion überschritten werden. Und so wurde ich Apotheker. Ich habe es nicht bereut. Als mein Vater einen Herzinfarkt erlitt, habe ich die Leitung des Geschäfts übernommen. Die Empörung über soziale Ungerechtigkeit ist in all den Jahren geblieben, manchmal brach sie hervor, wenn ich irgendwo eingeladen war, und die Einladungen wurden seltener. Was lange gehalten hat: die Verbindung mit den Musikern in einem Quartett. Ich hätte gedacht, dass sie auch über meine Verurteilung hinaus halten würde. Doch dann hatten die anderen plötzlich keine Zeit mehr.«

Bevor Burke ging, richtete er Leyland das Telefon so ein, dass er ihn mit dem Druck auf eine einzige Taste erreichen konnte – so, wie es schon mit Sidney und Sophia war. »Vielleicht kommt ja nie mehr ein Anfall«, sagte Leyland, »es gibt Leute, die haben es nur ein-, zweimal. Aber wenn ...« Burke nickte. »Ich komme überallhin, zu jeder Zeit«, sagte er.

17 In den nächsten Tagen nahm Leyland die Übersetzung von Cesare Paveses Tagebuch wieder auf. *È bello vivere perché vivere è cominciare, sempre, ad ogni istante. Es ist schön zu leben, weil leben anfangen ist, immer, in jedem Augenblick.* Zwei Tage nach diesen Worten war ihm damals der Stift entglitten. Danach war es für einige Zeit unmöglich gewesen, zu dem Buch und dem Satz zurückzukehren. »Aber Simon, die Übersetzung ist doch jetzt völlig unwichtig geworden«, hatte Sean Christie damals am Telefon gesagt, als Leyland ihm von der Diagnose erzählte. Doch dann hatte er weitergemacht, und nun, an Warren Shawns Schreibtisch, ging er den dicken Stapel der Blätter durch. Manchmal hielt er inne und setzte sich in Gedanken an all die Schreibtische, an denen er gearbeitet und nach den richtigen Worten gesucht hatte. Der Tisch hinter der Theke des Belsize Retreat Hotels. Er hatte gewackelt, und es hatte wenig genützt, Karton und Bierdeckel unter die Beine zu tun, er wackelte trotzdem weiter, weil der Boden uneben war. An der hinteren Ecke musste jemand etwas sehr Heißes hingestellt haben, da war ein Ring in den Lack gebrannt. Leyland erinnerte sich gerne an den Tisch, an ihm hatte er damals den Aufriss des deutschen Kinderbuchs übersetzt, sein erster Auftrag. In der lauten Wohnung in Camden Town hatte er am Küchentisch gearbeitet, weil die Küche nach hinten hinausging und es dort ruhig war. Harrington Gardens: sein erstes richtiges

Arbeitszimmer, ein schwerer, geschnitzter Schreibtisch aus zweiter Hand, das müsse sein, meinte Livia. Doch der wahre Luxus lag darin, dass der Raum mit dem Fischgrätenparkett sonst leer blieb, die Bücher stapelten sich auf dem Boden, es sah nach Arbeit aus, nach Leben, und sie lachten, wenn Sophia mit ihren vier Jahren nach den Büchern griff und vorgab zu lesen – was sie bald danach auch konnte. »Wie ich dich kenne, wirst du ganz nach oben ziehen, unters Dach, der Raum ist wie für dich gemacht«, sagte Livia am Telefon, als sie in Triest das Haus gefunden hatte, in das sie ziehen würden. Dort hatte er dreizehn Jahre gearbeitet, umstellt von deckenhohen Regalen, die vollgestopft waren mit Büchern und Manuskripten. Er saß an seinem Tisch aus schwarz lackiertem Holz, kein Schreibtisch, keine Schubladen, ein einfacher Tisch, und es machte nichts, dass man ihn mit einem Keil stützen musste, damit er nicht wackelte. Den Tisch nahm er mit in seine Wohnung am Kanal. Er vermisste ihn, als er jetzt mit der Hand über Warren Shawns Schreibtisch fuhr, einen Schreibtisch wie von einem Kolonialherrn, Warren mokierte sich über das bombastische Möbelstück, aber er liebte es, und an diesem Tisch waren mehrere Bücher entstanden.

Er war erstaunt, wie weit er mit der Übersetzung gekommen war, mit dem Stift gegen den vermeintlichen Zerfall in seinem Kopf ankämpfend. Der nächste Satz lautete: *La ricchezza della vita è fatta di ricordi, dimenticati.* Es ging um das verzögernde Komma am Ende des Satzes. In einer deutschen Übersetzung ließe sich das Komma einfach übernehmen: *Der Reichtum des Lebens besteht aus Erinnerungen, vergessenen.* Doch wie war es im Englischen? *Life's richness is made of memories, forgotten.* Ging das? Oder musste das Komma weg: ... *memories forgotten*?

Er sah, dass Kenneth Burke im Garten mit dem Hund spielte. Er ging hinüber und zeigte ihm den Satz. Komma oder nicht? Burke nahm das Buch und setzte sich auf eine Kiste. »Komma«, sagte er nach einer Weile. »Ist wichtig für den Sinn. Nimm es weg, und es klingt albern: Der Reichtum des Lebens besteht aus vergessenen Erinnerungen. Kurz und trocken, peng. Und im Grunde sinnlos, denn wie könnten all die Erinnerungen, wenn sie einfach nur vergessen wären, den Reichtum ausmachen? Das wäre doch ein Reichtum, den man gar nicht kennte, nicht kennen könnte. Und wie könnte es dann Reichtum sein? Das Komma ändert alles: Erst werden wir daran erinnert, wie wichtig Erinnerungen sind – wieviel vom Leben Erinnerung ist –, und dann, nach dem Komma, werden wir daran erinnert, wie oft wir diesen Schatz vergessen, und ich lese die Verzögerung im Komma auch als Aufforderung, sich diesen vergessenen Schatz wiederzuholen – durch Erinnern. Dann ist es ein tiefer, ein wegweisender Satz. Das Komma macht aus einem banalen, tumben Satz einen großen Satz.« Leyland sah ihn an. »Was ist?« fragte Burke. »Rede ich Unsinn?« »Nein, Kenneth«, sagte Leyland, »das Gegenteil, das genaue Gegenteil. Was du sagst, könnte gar nicht richtiger sein. Und ich bin – wie soll ich sagen – glücklich, dass du mit mir zusammen über dieses Komma nachgedacht hast. Nun weiß ich, dass du verstehst, was ich dort oben die ganze Zeit mache«, und er deutete auf das Fenster des Arbeitszimmers. »Ja, doch, ich habe so eine Idee«, sagte Burke. »Ich habe ja auch Warren dort oben sitzen sehen. Manchmal ist er herübergekommen und hat mich gefragt, wie dieser oder jener Satz klinge. Ich mochte das.«

Leyland holte sich die Kiste, an der Billy schnüffelte, und setzte sich neben Burke. »In der Zeit, als ich mit der falschen Diagnose lebte, hat mich oft die Frage beschäftigt, was *wichtig* ist. Ich habe darüber mit einem Mann gesprochen, den ich als einen Freund betrachte. Andrej Kuzmín. Er ist Russe und übersetzt für den Verlag Texte von Exilrussen. Er sprach davon, wie er in den Nachrichten die Bilder von Elend sieht und dann unsicher am Schreibtisch sitzt. ›Kann man im Ernst darüber nachdenken, ob man ein Komma oder ein Semikolon setzen soll, wenn andere nicht wissen, wo sie schlafen können, ohne zu erfrieren?‹ fragte er.«

Burke zog an der Zigarette. »Manchmal, wenn ich Warren dort oben sitzen sah, wie er in seinem bequemen, warmen Haus über seinen morgenländischen Texten brütete, dachte ich an die armen Teufel in

Hackney, denen ich geholfen hatte. Fünf Leute in einer Einzimmerwohnung, feucht, schimmelig, Geruch nach Abort und schlechtem Essen. Ich habe dir ja erzählt, wie mich soziale Ungerechtigkeit empört. Aber es war in Ordnung, dass Warren dort oben saß. Das hatte mit Warren zu tun, mit der Art, wie er war. Aber auch mit der Leidenschaft für Worte und Gedanken. Davon hatte ich zu wenig, irgendwie. Es gibt, denke ich heute, keine Rangliste des Wichtigen, auf der man Elend und Kommata vergleichen könnte. Wichtig – das ist nichts Einheitliches. Der Russe – er soll ruhig über sein Komma nachdenken.«

An diesem Tag vergaß Leyland über seiner Arbeit die Zeit. Er hatte in der frühen Dämmerung sogar die Lampe angemacht, ohne es zu merken. Später, während auf dem Herd der Reis gar wurde, las er in der Küche einen Brief an Livia, in dem er diese Erfahrung beschrieben hatte.

Cara –
wenn mich eine Übersetzung gefangennimmt und mich ganz in sich hineinzieht, weg von der Welt, dann vergesse ich alles und blicke nach Stunden erstaunt auf die Uhr: Wo ist die Zeit geblieben? Das ist nicht ein Erlebnis des Verlusts und des Versäumens, es ist glückliches Erstaunen darüber, dass es mir – anstrengungslos – gelungen ist, meine innere, ganz eigene Zeit zu leben und mich vom Diktat der Uhrzeit zu lösen, ein Gefühl der

Freiheit. Wenn ich aus dieser Erfahrung erstaunt und glücklich auftauche, scheine ich für einen kurzen Augenblick die indische Lehre zu verstehen, dass bei sich selbst sein ein Überwinden der Zeit ist, und dass die Zeit, wie wir sie messen und besprechen, verglichen damit eine pure Illusion ist. Ich will dann mehr davon, ziehe am hellichten Tage die Vorhänge zu und den Stecker des Telefons heraus. Eigentlich gibt es die Zeit gar nicht, sagen die indischen Lehrer, sie ist bloßer Schein, Ausdruck der Selbstvergessenheit, ja eigentlich die raffinierteste und tückischste Form dieser Vergessenheit, ihre offizielle Form, der alle huldigen als der Grundform der Wirklichkeit, auf die hin alles auszurichten ist. Dabei ist sie etwas ganz Illusorisches, das uns gefangenhält und von uns selbst entfremdet. Der zwanghafte Blick auf diese scheinbare Wirklichkeit, diesen Wirklichkeitsschein, ist die eine große Barriere, die uns den Weg zu uns selbst versperrt und uns im Gefängnis der zeitlichen Äußerlichkeit festhält. Wir hetzen diesem Schein, dieser Fata Morgana, ein Leben lang hinterher, den Blick ängstlich und schwitzend auf die Uhr gerichtet.
Stets sind es Wörter, die mir helfen, den Bann der Zeitlichkeit zu brechen. Etwas im Geiste der Poesie, also ganz der Form und der stimmigen Melodie verpflichtet, in Worte fassen: Es ist ein Weg, sich von der Illusion der Zeit als Form der Geschäftigkeit freizumachen. Poesie verlangsamt die Zeit, hebt sie auf und befreit uns von ihr, sei es die Poesie der Worte in der Literatur

oder die Poesie der Töne in der Musik. Sie schafft Gegenwart, eine gewissermaßen ewige Gegenwart, ewig, weil sie immer da ist und durch nichts aufgehoben werden kann. Wie ärgerlich ist es deshalb, wenn im Konzert der letzte Ton verklungen ist, die Leute aufstehen und die Kleider zu rascheln beginnen. Der Ärger, den ich darüber empfinde, ist tief und heftig, denn von diesem Moment an zählt wieder das Falsche: die Uhrzeit, die Luftspiegelung der Zeiger. Und ein ähnlicher Abstieg wird mir zugemutet, wenn das Telefon klingelt und die Welt der falschen Zeit durch das Instrument hindurch höhnisch nach mir greift. Eben noch war ich ganz bei mir selbst, in Worte versunken, die richtigen Worte, und nun dringen die falschen Worte an mein Ohr, Worte, die nach Datum und Uhrzeit fragen und mich zwingen, den Kalender aufzuschlagen, mein Leben zu berechnen und auszurechnen, mich in die Zeit der Uhren und Kalender hinaus zu zerstreuen, und nachher ist es schwer, in die Poesie und ihre zeitlose Gegenwart zurückzufinden. Hätte ich nur nicht abgehoben, denke ich, hätte ich bloß nicht abgehoben!

Seit ich Dir schreibe und Dir mein Leben erzähle, habe ich eine neue Form der Versunkenheit kennengelernt. Es ist die Versunkenheit in die Erinnerung. Bedeutsame Erinnerungen besitzen eine Macht, die wie Magie anmuten kann: Sie können den geschäftigen, lauten Fluss der äußeren Zeit außer Kraft setzen und uns in eine längst vergangene Situation zurückversetzen. Wir blei-

ben mitten im lärmenden Verkehr stehen und sind plötzlich ganz woanders, viel näher bei uns selbst als im Trommelfeuer der äußeren Eindrücke. Neulich blieb ich so auf dem Corso stehen und befand mich plötzlich mit Dir im Zug von Aylesbury nach London und einige Momente später im Wohnzimmer von Richter Escott, der über David Cliburn und seine verzweifelte Tat sprach. Auch später noch, in Pats Kneipe, hielten mich diese Bilder gefangen, und ich vergaß, die Pizza zu essen.

Dabei kann die Zeit des Erinnerns lang sein, weil die Zeit des Erinnerten lang ist. Oder die Zeit des Erinnerns ist lang, das Erinnern dauert und dauert, weil mich der kurze Moment des vergangenen Geschehens stets von neuem fasziniert, die Faszination im einen Augenblick facht die Faszination im nächsten an.

Wenn ich meine Erinnerungen hier am Tisch zu Papier bringe, geschieht mit ihnen noch etwas anderes als auf der Straße. Ungestörte Erinnerung bringt eine Aufmerksamkeit mit sich, die in die Tiefe des Erinnerten zu blicken vermag. Hingegeben an eine vergangene Szene, spüre ich, wie entscheidend sie gewesen ist und was sie zu meinem Leben beigetragen hat. Wie ich in der Mansarde des Belsize Retreat Hotels auf dem Bett liege und die Sirene der Feuerwehr höre. Wie ich nachts in Harrington Gardens das Telefon höre, das damals, als Dein Vater gestorben war, so laut und hartnäckig geklingelt hat. Und wie ich damals, mit siebzehn, nach London fuhr, Paddington Station, Jugendherberge, ein Geruch nach Knoblauch und Putzmittel. Was in der Ruhe solchen Erinnerns wächst, ist Verstehen: So habe ich es erlebt, so entstand das eine aus dem anderen, so bin ich geworden, wer ich bin. Die Zeit des Erinnerns ist eine Zeit des Verstehens. Es ist, so will es mir vorkommen, das Bedürfnis nach solchem Verstehen, das die tiefe Versunkenheit schaffen kann, von der ich gesprochen habe.

Ich bin versucht zu sagen: In der Erinnerung sehe ich die Dinge zum ersten Mal richtig – so, wie sie sind. Weil ich mich ihnen in der Stille ganz konzentriert widmen kann, unabgelenkt von dem sonstigen Geschehen, das sie bei der ersten Begegnung umspült hat. Etwa, wenn ich jemandem in einer lauten, lebhaften Gesellschaft begegne. Der Mann oder die Frau machen einen großen Eindruck auf mich, und ich spüre sofort, dass sie mich weiterhin beschäftigen werden. Aber ich werde im Gewühl gezogen und gestoßen, das Gesicht verschwindet in der Menge, und ein Schwall von anderen Eindrücken schiebt sich zwischen mich und jene Wahrnehmung. Später, auf dem stillen Weg nach Hause, holt die Erinnerung das Gesicht hervor, und nun kann ich so lange und so ungestört dabei verweilen, wie ich will. Ich löse es aus den übrigen Eindrücken heraus und betrachte es ganz ruhig – wie zum ersten Mal. Die erinnerte Gegenwart als die besonnene Gegenwart, die nicht nur Wucht des Eindrucks ist, sondern Erkenntnis.

In diesen Tagen bereitete sich Leyland auf die Reise nach Oxford vor, die er sich vorgenommen hatte. Es war ja, äußerlich gesehen, keine lange Reise. Doch im Inneren würde er eine große Distanz zurücklegen, denn er wollte sich vergegenwärtigen, was eigentlich mit ihm geschehen war, als er damals, statt zur Schule zu gehen, in den Zug nach London gestiegen war. Vier Jahre zuvor war die Mutter verunglückt. Der Verlust war so groß gewesen, dass er, auch Jahre danach, manchmal wie betäubt durch die Gegend lief und in der Schule immer öfter versagte. Und der Vater? Was hatte er mit seiner Flucht zu tun?

Hier, in diesem Haus, hatte er mit Warren Shawn über den Vater gesprochen. Das war in den Tagen gewesen, bevor er Livia und den Kindern nach Triest gefolgt war. In jenen Tagen hatte ihn eine merkwürdige, unverstandene Verlassenheit überkommen, und er hatte in Harrington Gardens oft mit Migräne im Bett gelegen. Triest – war das richtig? Warren Shawn freute sich, als er vor der Tür stand. Das war der Nachmittag, als er ihn wegen seines Zögerns zunächst beinahe ausschimpfte, und es war auch der Nachmittag, als er plötzlich verstand, dass der Traum von all den Sprachen des Mittelmeers eigentlich *nur* ein Traum war und vielleicht besser ein bloßer Traum *bleiben* sollte – eine Art Metapher für die Leidenschaft der Wörter, wie er dann in seinem Brief geschrieben hatte. Warren hatte dann gekocht, und in der Küche hatte er über seinen Bruder gesprochen. Zum ersten Mal erfuhr Leyland, was der frühe Tod von Lydia Sartorius für ihn bedeutet hatte. Dass er im Verborgenen zu trinken begann, im Beruf grobe Fehler machte und beinahe entlassen worden wäre. »Ashton ist ein zutiefst unsicherer Mensch«, hatte Warren gesagt. »Seine hochfahrende und unerträglich britische Art ist vor allem dazu da, das zu verbergen. Christopher Sheldon Leyland, sein Vater, hielt nichts von ihm und ließ ihn das spüren. Von mir hielt er auch nicht viel, aber irgendwie hat mir das weniger ausgemacht als Ashton. Der einzige von uns dreien, der zählte, war Stuart Scott. Deshalb hasst ihn Ashton. Das geht so weit, dass er seinetwegen alle Ärzte hasst.« Dann erzählte Warren, wie sehr es den Vater getroffen hatte, dass sein Sohn aus Oxford und der Schule davonlief. Wie sehr er sich abgelehnt fühlte, und wie wenig er verstand, dass es auch mit seiner Art und seinen Erwartungen zu tun hatte. »Er kann sich überhaupt nicht mit den Augen eines anderen sehen«, sagte Warren. »Wer kann das schon; aber er schon gar nicht.«

Leyland war damals nach Oxford gefahren und war über Nacht im Hause seines Vaters geblieben. Zum ersten Mal hörte er von ihm, wie sehr er Lydia vermisst hatte. Überhaupt sprach der Vater das erste Mal von Gefühlen, und danach war es zwischen ihnen einen Abend lang so wie noch nie zuvor. Triest? Ein Verlag? Er betrachtete das Foto von Livia. Leyland hatte ihm das Buch von Francesca Marchese über Triest mitgebracht. Er schlug es auf und sah, wer es übersetzt hatte. »*Rather proud of you*«, sagte er. Er blieb unter der Tür stehen, bis der Sohn um die Ecke bog. Das hatte er noch nie getan.

Dreizehn Jahre später, als Leyland nach Livias Tod vor der Frage stand, ob er den Verlag übernehmen sollte, war er wieder nach Oxford zu seinem Vater gefahren, ein bisschen verwundert über sich selbst. Die Begegnung hatte vieles verändert, und als er wieder in Triest war, hatte er zum Stift gegriffen.

Cara –
ich bin nach Oxford zu meinem Vater gefahren. Er ist jetzt fünfundsiebzig, mager und still, das Haar schütter, alles Auftrumpfende und Herablassende ist verschwunden, seine Augen blicken enttäuscht und müde. Zu Deinem Tod hatte er mir ein paar steife Zeilen geschrieben. Er hätte sich die Reise nach Triest nicht zugetraut, sagte er jetzt. Und später: Er habe nicht stören wollen. Das hat mich gewürgt. Ich habe ihm vom Verlag erzählt und von der Entscheidung, die vor mir lag. Etwas veränderte sich in seinem Blick, es sah aus wie Stolz. »Du ein Verleger – wer hätte das gedacht«, sagte er. Da begann ich zu erzählen, wie es damals in Oxford, mit siebzehn, in mir ausgesehen hatte. Ich dachte an Warrens Worte und vermied alles, was ihn erneut kränken könnte. Ich sprach von Konfusion, Prüfungsangst, dem Hunger

nach Leben, nach Leben mit den Lichtern der Großstadt, und von der Leidenschaft für Wörter, dem Gefühl, dass alles andere uninteressant sei, Zeitverschwendung. Er hörte gebannt zu, es war, glaube ich, für ihn eine Erlösung zu erfahren, dass ich nicht einfach vor ihm und dem, wofür er stand, davongelaufen war.

Er machte einen Vorschlag, den ich ihm nicht zugetraut hätte: Wir könnten zusammen bei den berühmten Colleges vorbeigehen und uns im Angesicht der ehrwürdigen Mauern vergewissern, wie unwichtig es war, ob man dort angenommen und anerkannt wurde. Es wurde ein unvergesslicher Spaziergang. Er hatte ja, bevor er in den Staatsdienst eintrat, im St. John's College Jura studiert. Wir kamen beim College vorbei und gingen durch die Höfe. Ein Schild auf dem Rasen sagte: Do not step on the grass unless accompanied by a senior member of the staff. Plötzlich brach mein Vater aus – das ist das Wort – und ging mit stampfenden Schritten über das Gras. Und nicht genug: Er rammte die Schuhspitze in den Rasen, er rammte und rammte, bis er einen ganzen Brocken herausgelöst hatte, der nun dunkelbraun und hässlich auf der tadellos gepflegten grünen Fläche lag. Schwer atmend stand er nachher neben mir. »Das musste sein«, sagte er.

Von da an war es anders zwischen uns, und ich blieb drei Tage. Auf seinem Schreibtisch, der sonderbar leer und verlassen neben dem großen Globus stand, war ein Foto meiner Mutter. Früher hatte es nicht dort gestan-

den. *Lydia Agnes Sartorius.* Mein Vater liebte die Melodie des Namens und sagte ihn immer vollständig. Ich erzählte, wie wir Dich gefunden hatten. Er nickte nur und schloss die Augen. Er war wieder auf Mutters Beerdigung, und sein Gesicht wurde alt, ich meine nicht die Runzeln. Ich dachte an die Entgleisung nach ihrem Tod, von der Warren gesprochen hatte. Er habe in seinem Testament verfügt, sagte er, dass Ménanne Somerfeld das Haus bekomme. Ob ich damit einverstanden sei? Sie sei ja leider nicht geblieben. Nach einer Weile fügte er hinzu: bei ihm geblieben.

Wie weit ich mit meiner Entscheidung sei, fragte er am letzten Abend. Ich fühlte mich wie auf einem Boot im Nebel, schlingernd und von verschiedenen Strömungen herumgerissen, sagte ich. Ob er mir einen Rat geben könne? Es war das erste Mal, dass ich ihn so etwas fragte. Ein solcher Vater war er nie gewesen. Er hat Asthma und darf nicht rauchen. Jetzt wollte er eine Zigarette. Er hustete und rauchte mir die Packung leer. »Irgendwie fände ich es nicht – loyal, den Verlag zu verkaufen, an irgendwen«, sagte er. »Loyal – komisches Wort vielleicht, ich weiß, denn den alten Pertot und seine Frau gibt es nicht mehr, und auch Livia würde es ja nicht erleben müssen. Niemand, der verletzt sein könnte. Und trotzdem. Verstehst du?« Ich nickte. »Aber du willst übersetzen? Nichts lieber als das? Eigentlich nur das?« Wieder nickte ich. »Und beides zusammen?« Wir tranken Whisky und machten fiktive Stundenpläne, Tagstunden und Nacht-

stunden, Arbeit im Verlag und Arbeit an Übersetzungen, Schlaf und Migräne, und was war mit den Kindern? Am nächsten Morgen hatte ich rasende Kopfschmerzen, und Vater hustete. »Sir«, sagte ich, als ich ihm die Hand gab. Er lächelte, er verstand alles, was nach diesen vollen, reichen Tagen in dem einen Wort lag. »Good luck, son«, sagte er und berührte mich am Arm.
Warum hatte es der Erschütterung durch Deinen Tod bedurft, um eine solche Begegnung möglich zu machen? Wieviel Zeit hatten wir zwischen uns verloren. Ich wartete auf die Wirkung des Migränemittels. Durch das Zugfenster blickte ich auf die Landschaft und die Backsteinhäuser mit den doppelten Kaminen. Ich fühlte mich zu Hause. Auch bei mir selbst. Ich dachte an Warrens Haus und den Blick, den man aus dem Fenster hatte. In diesem Haus alt werden. Und die Kinder?

Keine zwei Jahre später hatte sein Vater mitten in der Nacht angerufen und gesagt, dass er Krebs habe, gegen den nichts mehr zu machen sei. Am nächsten Tag rief ihn Leyland an und lud ihn nach Triest ein. Warren Shawn fuhr mit seinem Bruder nach Heathrow, Leyland holte ihn in München ab und flog mit ihm nach Triest. Auch diese Begegnung hatte er zu Papier gebracht.

Cara –

»Ich gehe in kein Krankenhaus!« war das erste, was Vater sagte, als er in München aus dem Flugzeug kam. Er klopfte mit dem Stock auf den Boden, und mir ist, als hätte er sogar aufgestampft. Ich mochte sein Aufbegehren und seine Entschlossenheit, und es war ein guter Auftakt für seinen Besuch. Es waren noch keine zwei Jahre verflossen, seit ich ihn in Oxford besucht hatte, aber er schien seither um viele Jahre gealtert und sah sehr zerbrechlich aus. Er hatte sich auf eine Reise in den Süden vorbereitet und trug einen weiten, hellen Anzug, dazu einen Strohhut. Es war lange her, dass er in einem Flugzeug gesessen hatte, und als die kleine Maschine in Richtung Triest abhob und dabei heftig schaukelte, zitterten seine Hände mit den dunklen Venen auf den Armlehnen.

Darmkrebs, sagte er. Nur noch wenige Monate. Seinem Arzt, der ihn sofort hatte einweisen wollen, hatte er die Zusage abgerungen, ihn mit Medikamenten und Hausbesuchen bis zum Ende zu begleiten. Und Ménanne Somerfeld würde öfter von Brighton kommen. Mit Stuart Scott, der ja Arzt ist, muss er sich schrecklich gestritten haben. Wir waren schon im Anflug auf Triest, da sagte Vater unvermittelt: »Ich werde viel Morphium verlangen und es horten, bis ich genügend zusammenhabe. Und Stuart kann mich mal.« Ich legte meine Hand auf die seine. Wir haben uns nicht oft berührt in diesen Tagen, aber öfter als all die Jahre zuvor.

Wie soll ich sagen: Es waren Tage, die uns aufgewühlt haben, uns beide. Über die Krankheit und die knappe Zeit haben wir nur selten gesprochen und dann mit dem Understatement zweier Briten, zweier verknöcherter Briten, wir überboten uns darin, und einmal brachen wir darüber in Lachen aus. Gelacht haben wir sonst nur noch einmal: in Erinnerung daran, wie er den Schuh in den Oxforder Rasen gerammt hatte. Ich habe im Wohnzimmer geschlafen, wachte oft auf und ging ins Schlafzimmer, um nach ihm zu sehen. Er lag mager und weiß in den Kissen, man sah, dass der Tod nicht mehr weit war. Ich setzte mich in den Sessel und hörte seinen flachen Atemzügen zu. Ich versuchte zu verstehen, wie es mit uns gewesen war. Ich kam nicht weit. Fünfunddreißig Jahre war es her, dass ich aus seinem Haus davongelaufen war. Er war ein Fremder und doch nicht.

Im Verlag blieb er mehrmals stehen und nahm die Räume mit dem Blick in sich auf. »Dass das jetzt alles dir gehört«, sagte er. Ob ich einmal daran gedacht hätte, meinen Namen auf die Tafel neben dem Eingang schreiben zu lassen? Vera Santin und Maria Psyroukis behandelte er mit seiner steifen britischen Höflichkeit. Dann blieb er jeweils ein bisschen länger als nötig stehen, und ich konnte sehen, wie ihn die Frage beschäftigte, wie ich zu den beiden Frauen stand. Irgendwie, dachte ich in diesen Momenten, kannte ich den Alten ja doch ganz gut. In meinem Büro setzte er sich plötzlich hinter den Schreibtisch und ließ den Blick kreisen wie einer, der über das alles herrscht. Er sah überhaupt nicht krank aus, sondern wie ein Verleger, der immer noch alles unter Kontrolle hat. Ich wünschte, ich hätte ein Foto von ihm gemacht. Aber wenn ich die Augen schließe, sehe ich ihn auch so vor mir. Es ist das wichtigste Bild, das ich von seinem Besuch mitnehme.

Ein anderes wichtiges Bild: wie er auf dem Schiff sitzt, den Hut in den Nacken geschoben, eine Sonnenbrille auf der Nase. »Ich fürchte, ich war kein besonders guter Vater«, sagte er auf einmal. »Bist du es?« Die Frage hatte eine Wucht und Direktheit, die mich aus der Fassung brachten. Keine Ahnung, sagte ich, wirklich überhaupt keine Ahnung. Es stimmte in jenem Moment, und es stimmt auch jetzt noch. Auch ich sei meinen Kindern sicher vieles schuldig geblieben, sagte ich nach einer Weile. Er und ich – nun ja. Auch ich hätte es ihm ja nicht gerade leichtgemacht. Und dann Mutters Tod. Er nickte.

Er betrachtete Dein Bild auf meinem Schreibtisch, das Foto mit der schwarzen Jacke, der Zigarette in der Hand und dem zur Seite gewandten Blick. »Ich hätte sie gerne gekannt. Livia, nicht wahr? Warst du glücklich mit ihr?« Er wollte die Kinder sehen, denen er ja noch nie begegnet war. Das einzige Bild, das die beiden von ihm kannten, war jenes alte Foto, über das Du Dich oft mokiert hast: der alte Herr vor dem Eingang zu seinem Amt, hochgewachsen, mit Weste, Fliege und Melone, steht linkisch da und blickt griesgrämig und auch ein bisschen überheblich in die Kamera. Davon war nicht mehr viel übrig. Vater bewegte sich mit kleinen Schritten, langsam und steif, und beim Essen zitterten ihm Messer und Gabel. Doch wenn er sprach, war er kein alter, gebrechlicher Mann. Er sprach das phantastische britische Englisch einer versinkenden Welt, und mit seinen sprachlichen Manierismen überbot er alles, was die Kinder von mir gewohnt waren. Sidney und Sophia genossen es, ich war fast ein bisschen eifersüchtig. Es war ihre Art, meinen Vater zu nehmen: ihn spüren zu lassen, dass sie seine Sprache mochten. Er wusste nicht, wie man Enkeln gegenübertrat, und manchmal schien ihm gar nicht recht gegenwärtig zu sein, dass sie meine Kinder waren. Irgendwie waren sie einfach junge Leute, mit denen er gerne reden mochte, aber auch nicht zuviel. »It was good to meet you, after all«, sagte er beim Abschied und gab den beiden die Hand. »God bless you.«

Am letzten Abend gingen wir zu Pat Kilroy und aßen draußen. Pat wusste, wen er vor sich hatte, noch bevor ich den alten Herrn vorgestellt hatte. Er benahm sich so tadellos britisch, dass wir fast lachen mussten. Plötzlich dann verfiel er in seinen irischen Tonfall, und ein bisschen war es, als würde er den Alten auf die Probe stellen wollen, auf welche auch immer. Da nahm der Alte den irischen Tonfall auf und fuhr mit so vielen irischen Wendungen fort, dass es uns die Sprache verschlug. Er hatte, sagte er, im Amt viele Jahre mit einem Iren zusammengearbeitet, es war die einzige Freundschaft, die sich be-

ruflich ergeben hatte. Der Ire zeigte ihm sein Land. Da wurde mir mit beklommenem Erstaunen klar, dass ich vom Leben meines Vaters, wie es in den letzten Jahrzehnten gewesen war, so gut wie nichts wusste. Pat servierte zwischendurch, aber etwas von meinem Erstaunen hat er bemerkt. Als wir gingen, stand er beim Eingang, rauchte und sah uns lange nach.
Zu Hause saßen Vater und ich im dunklen Wohnzimmer. »I am dying«, sagte er. Was hätte ich sagen können? Auf dem Flug nach München hatte er Angst. Es war nicht Angst vor dem Fliegen. Bevor er in die Maschine nach London stieg, hielten wir uns fest. »Sir«, sagte ich und hoffte, dass er sich an unseren damaligen Abschied in Oxford erinnerte. Er tat es. »Good luck, son«, sagte er. Ziellos irrte ich durch den Flughafen und fragte mich, ob ich nicht hätte mitfliegen sollen. Um ein Haar verpasste ich das Flugzeug nach Triest.

Und noch einen Brief über seinen Vater fand Leyland in der Mappe.

Cara –
wir haben meinen Vater beerdigt. »Ich habe das Morphium jetzt zusammen«, sagte er bei unserem letzten Telefongespräch. Ob er mich noch einmal sehen möchte, fragte ich. Lieber nicht, sagte er, er sehe nicht mehr gut aus. Was sagt man in einem solchen Moment? Am Telefon?

Als sich der Sarg in die Erde senkte, hatte ich ein überwältigendes Gefühl der Vergeblichkeit: all die Anstrengung für nichts. Auf der Fahrt nach London, vorbei an all den doppelten Kaminen, fragte ich mich, was das Gegenteil dieser Vergeblichkeit wäre, dieser futility, das englische Wort kommt mir vernichtender vor als alle anderen Wörter, die ich dafür kenne. Ich wusste die Antwort nicht. Wann ist ein Leben nicht vergeblich? Und noch etwas anderes beschäftigte mich auf der Fahrt: dass ich das bei einem Leben empfand, das im Alter zu Ende gegangen war, und nicht bei einem Tod, der jemanden, wie Dich, mitten aus dem Leben gerissen hatte. Müsste es nicht umgekehrt sein? Der Unterschied im Empfinden blieb, auch als ich länger darüber nachdachte. Ich rief mir in Erinnerung, was Warren Shawn, der auf dem Friedhof ganz abseits stand, über seinen Bruder gesagt hatte: ein zutiefst unsicherer Mensch, keine Anerkennung vom Vater, Alkohol nach Lydias Tod, seine hochfahrende Art als Tarnung, sein Hass auf Stuart Scott, der allein zählte. Stuart Scott war mit Anna und Victor da. Wie erstaunt war ich, dass die auch älter geworden sind! Wir tauschten, wie damals, russische und polnische Wörter, aber sonst waren wir uns fremd. Stuart Scott, weit über achtzig, stützte sich auf einen Stock. War ihm klar, warum Vater ihn mit solcher Heftigkeit abgelehnt hatte?

Ich saß lange mit Ménanne Somerfeld in Vaters Haus, das ihr jetzt gehört. Ich erzählte ihr von seinem Besuch in Triest, von der Szene mit dem klopfenden Stock, als er aus dem Flugzeug kam, und davon, wie er sich im Büro in einer Haltung hinter meinen Schreibtisch gesetzt hatte, als gehöre das alles ihm. Ja, sagte sie, er habe immer die Kontrolle behalten wollen, bis zuletzt. Am Morgen des Tages, den er für sich als den letzten bestimmt hatte, bat er das Pflegepersonal wegzugehen und am nächsten Morgen wiederzukommen. Als Ménanne gegen Mittag kam, war er vollständig angezogen, mit Schlips, Weste und Uhrenkette. Er bat sie, sich zu setzen. Sie wusste, was jetzt kam, seine Absicht kannte sie seit langem. »Es ist soweit«, sagte er. »Passen Sie gut auf alles auf«, und er machte eine Geste, die das ganze Haus einschloss. Er bat sie, nach Brighton zu fahren, ihn von dort anzurufen und dann dafür zu sorgen, dass es für den Rest des Tages Zeugen für ihre Anwesenheit gab. »Damit niemand auf falsche Gedanken kommt.« Auf der Fahrt nach Brighton sah ihn Ménanne immer wieder unter der Tür stehen, er konnte sich nur mühsam aufrecht halten. Sie sah, wie er die Tür ein letztes Mal schloss. Was mag er in den letzten Stunden gemacht haben, bevor er das Morphium nahm?

Auf dem Weg zum Bahnhof kam ich beim College vorbei, wo Vater den Schuh ins Gras gerammt hatte. Ich fürchte, ich war kein besonders guter Vater. Bist du es? Wir hinterlassen tiefe Spuren in unseren Kindern, unweigerlich, und sie haben manchmal ein Leben lang damit zu tun, sie zu entdecken und zu entziffern. Was sind die Spuren, die ich, ohne es zu wissen, in Sidney und Sophia hinterlasse? Ich wünschte, wir hätten mehr über diese Dinge gesprochen, Du und ich. Und wie ich diese Worte schreibe, spüre ich eine überwältigende Sehnsucht, mit Dir zu sprechen. Nicht nur über die Spuren, die wir in den Kindern hinterlassen. Nicht nur darüber, was das ist: Vater sein und Mutter sein. Nein, über alles. Und es kommt mir vor, als seien die zwanzig Jahre, in denen wir das Leben geteilt haben, viel zu kurz gewesen, viel zu wenig Zeit, um sich in den Gedanken und den Gefühlen so nahe zu kommen, wie ich es mir jetzt, wo es Dich nicht mehr gibt, erträume.

18 Als der Zug in den Bahnhof von Oxford einfuhr, wusste Leyland, dass die Reise ein Irrtum war. Langsam ging er den Bahnsteig entlang und war versucht, den nächsten Zug zurück zu nehmen. Doch dann ging er doch über die Hythe Bridge und weiter in die Walton Street Richtung Jericho. Vor der Oxford University Press blieb er stehen. Hier hatte seine Mutter nach dem Studium eine Weile gearbeitet, bevor sie Lecturer am Magdalen College wurde. Und kurz bevor sie verunglückte, erschien dort ihr Buch über die deutsche Romantik. Sie und der Vater, so war es ihm damals vorgekommen, waren wie für die Oper angezogen, als sie auf den Empfang gingen, wo das Buch vorgestellt wurde. Zurückgekommen waren sie in gedämpfter Stimmung, es war Enttäuschung zu spüren; aber er hatte nie herausgefunden, was geschehen war. Es gab weniger Besprechungen als erwartet, und sie waren lauwarm. *Serious work*, las die Mutter vor und machte ein bitteres Gesicht. *Oxford University Press, OUP* – die Worte, die sie mit solcher Freude und solchem Stolz ausgesprochen hatte, hörte man zu Hause jetzt seltener. Nicht ganz logisch, hatte er gefunden, was konnte der Verlag für die Tonlage der Besprechungen. Etwas, so meinte er sich zu erinnern, hatte er da mit seinen dreizehn Jahren schon gespürt: Das war eine Welt, zu der er nicht gehören wollte. Weil er sie nicht mochte, oder weil er spürte, dass er darin nicht würde bestehen können – oder war das dasselbe?

Er ging weiter, an Kingston Court vorbei, Kingston und Leckford Road, wie früher auf seinem Schulweg. Er sah in Gedanken die John Donne Grammar School vor sich, das berühmte alte Gymnasium, das auch seine Mutter besucht hatte, nachdem Clemens Gregor Sartorius, ihr Vater, einen Lehrstuhl für klassische Philologie am Christ Church College bekommen hatte und die Familie von Hamburg nach Oxford gezogen war, froh, der dunklen Zeit in Deutschland entfliehen zu können. Ein langgezogener, vierstöckiger Bau aus dunkelrotem Backstein mit einem Türmchen für die Uhr und am Eingang mit zwei hellen Marmorsäulen, die nicht passten und die gerade deshalb jeder kannte. Die Treppenstufen waren ausgetreten, die Gänge streng und düster, die Türen zu den Klassenzimmern aus dunklem Holz. Oben an der Haupttreppe stand eine Büste von John Donne, sein schmales Gesicht mit den weit auseinander liegenden Augen. Leyland hatte sich vorgenommen, durch die Gänge zu gehen und den Geruch zu riechen, für den er nie das passende Wort gefunden hatte. Dann noch einmal die Treppe hinunter und durch das Tor.

Nach dem kurzen Stück auf der Woodstock Road bog er in die Canterbury Road ein. Er sah es sofort: Es gab die Schule nicht mehr. An ihrer Stelle stand ein großes Bürogebäude aus Glas und Stahl, hinter den Fenstern Schreibtische mit hellen Monitoren. In der Nähe gab es eine Bank, und Leyland setzte sich. Vierundvierzig Jahre war es her, dass er ein letztes Mal durch das Tor getreten war. Fast ein halbes Jahrhundert. Da war es doch so überraschend nicht, wenn es eine Schule nicht mehr gab. Aber *diese* Schule. Das *John-Donne*-Gymnasium. Er hätte erwartet, dass er Groll empfinden würde, Groll dem rücksichtslosen Lauf der Dinge gegenüber. So ging es ihm ja oft, wenn vertraute Dinge, an denen er sich festgehalten hatte, verschwanden. Livia und die Kinder lachten über seine Empörung; manchmal konnte er mitlachen, manchmal nicht. Jetzt erlebte er eine Überraschung: Er war erleichtert, dass er nicht durch die strengen, düsteren Gänge gehen musste.

Eine Gruppe von Leuten kam aus dem Bürogebäude und stand herum, Kaffeebecher und Zigaretten in der Hand. Die Schulzeit und seine Flucht – sie waren *vorbei*. Er war hierher gefahren, um zu verstehen, was ihn hatte weglaufen lassen. Jetzt wusste er plötzlich nicht mehr, was das hätte sein können: verstehen. Er dachte an Kenneth Burkes Geschichte über Sarah Reid und das Cello, über seine Wut, wenn er Ungerechtigkeit sah, über seinen Versuch, Marx und die Anarchisten zu lesen. Was war seine eigene Geschichte? Kurze Zeit, nachdem er ins Gymnasium eingetreten war, hatte er begonnen, die Gedichte von John Donne zu lesen. Viele konnte er noch heute auswendig, und er verblüffte die Leute, wenn er das edle, antiquierte Englisch des Dichters am Teetisch sprach. Andere englische Dichter kamen dazu, dann die deutschen und französischen Dichter, über die seine Mutter Vorlesungen hielt und Bücher schrieb. Er begann, Gedichte und Geschichten in verschiedenen Sprachen zu lesen. Es wurde dasselbe gesagt, und doch war es etwas ganz anderes. Wie konnte das sein? Er hatte begonnen, mit seiner Mutter darüber zu sprechen, und manchmal probierten sie zusammen Übersetzungen aus. Noch nie zuvor hatte ihn etwas so gefesselt, und er spürte, dass er immer mehr davon wollte. Dann war seine Mutter mit dem Fahrrad gestürzt und nicht mehr aufgewacht. Vier Jahre später war er davongelaufen.

Es war an einem Tag im April gewesen, einem Mittwoch. Am Montag war der Vater zu einer Dienstreise in den Norden der Insel aufgebrochen, und Ménanne Somerfeld war für ein paar Tage nach Brighton gefahren. Schon seit Beginn des Jahres hatte er sich, wenn er aus dem Fenster des Klassenzimmers hinaus in den Park blickte, vorgestellt, wie es wäre, eines Morgens zum Bahnhof zu gehen und den Zug nach London zu nehmen. Manchmal hatte er mit klopfendem Herzen an der Ecke zur Walton Street gestanden: Er müsste nach rechts gehen statt nach links, nach Süden zum Bahnhof statt nach Norden zur Schule. Am Montag nachmittag wartete er, bis sich die Schule leerte. Dann ging er allein an der Büste von John Donne vorbei die Haupttreppe hinunter, über den Hof und durchs Tor. Soweit war seine Erinnerung genau. Dann wurde alles unscharf. Er hatte den hellen Koffer mit den roten Ecken vom Dachboden geholt und zu packen begonnen. Die Schuluniform hatte er in den Schrank gehängt und in die hinterste Ecke geschoben, die Erinnerung an die Bewegung war noch heute lebendig, weil er die Kleidung immer gehasst und verachtet hatte, wie alle Uniformen. Irgendwann während des Abends hatte er die Nerven verloren und alles wieder ausgepackt. Er hatte zu essen vergessen und war vor Hunger aufgewacht. Vom Dienstag erinnerte er nur, dass er an den Vater und an Ménanne zu schreiben versuchte und die Worte nicht fand. Es wurden schließlich nur wenige Sätze. Er hatte sie nicht behalten. Geblieben war das Gefühl, dass es klägliche Worte waren, armselig gemessen an der Größe des Schritts, den er vorhatte. *Mute words*, stumme Worte, dachte er jetzt. Gegen Abend war der Koffer wieder gepackt, und es hätte noch Züge nach London gegeben. Da verließ ihn wieder der Mut. Er hörte im Radio die Nachrichten und vergaß sie sofort. Er konnte weder vor noch zurück. Wie die Nacht vergangen war, wusste er nicht mehr. Der Morgen war wolkenverhangen gewesen, und der Zug war voll. Unter all den Männern mit ihren Hüten, ihren Aktenmappen und ihren Zeitungen zu sitzen, hatte ihm das Gefühl gegeben, in der wirklichen Welt angekommen zu sein. Als die Vororte von London in Sicht kamen, war die Unsicherheit von ihm abgefallen. Er tastete nach seinem Geld und sagte sich den Weg zur Jugendherberge vor. Jetzt galt es!

Leyland ging zurück zur Walton Street und bog in die Cranham Street ein, wo sein Elternhaus stand, in dem jetzt Ménanne mit ihrem Mann wohnte. Er hatte sich angemeldet, und Ménanne stand am Fenster, als er kam. Sie hatte jetzt eine andere Frisur und trug eine Brille. Als er eintrat und James Barnett, ihrem Mann, die Hand gab, sah er sofort, dass es jetzt ein ganz anderes Haus war. Andere Möbel und andere Teppiche, andere Vorhänge und eine andere Farbe an den Wänden. »Fast ein Jahr lang wussten wir nicht, was wir machen sollten«, erzählte Ménanne, als sie beim Tee saßen. »Ab und zu fuhren wir von Brighton hierher und saßen in den Räumen, wie dein Vater sie hinterlassen hatte. Mein Zimmer von früher war unberührt – als hätte er die stille Hoffnung gehegt, ich käme zurück. Wir überlegten, was von seinen Sachen wir stehen lassen und mit unseren eigenen Möbeln verbinden könnten. Alles auszuräumen und wegzugeben – es kam mir so rücksichtslos vor, so brutal. Jim und ich, wir haben in jener Zeit oft darüber gesprochen, was das sein kann: Achtung vor einem Toten. Ich fand dann hier in einem Reisebüro eine Anstellung, und Jim als freier Fotograf konnte ohnehin wohnen, wo er wollte. Da entschieden wir, dass wir das Haus ganz zu unserem eigenen machen wollten, und so verkauften wir die Einrichtung deines Vaters. Wir haben darauf geachtet, dass alles in gute Hände kam. Aber es war schwer zuzusehen, wie seine Sachen hinausgetragen wurden. Seine Bücher haben wir behalten. Auch den Globus. Und einige der Koffer, die noch von deiner Mutter stammen, sind auf dem Dachboden.« »Es ist erstaunlich und schwer zu erklären«, fügte Jim nach einer Pause hinzu, »aber unsere Entscheidung hatte auch einfach mit dem Verfließen der Zeit zu tun, *the sheer passage of time.*«

Sie zeigten ihm die Räume. Das Parkett war noch das alte, es knarrte an denselben Stellen. Aus dem Zimmer nach hinten hinaus, zum Garten, hatte Jim ein Fotoatelier gemacht. Es war das Zimmer gewesen, in dem seine Mutter ihre Vorlesungen vorbereitete und ihre Bücher geschrieben hatte. Leyland machte auf der Schwelle kehrt und ging zurück ins Wohnzimmer.

Im John-Donne-Gymnasium, erzählten sie, war vor einigen Jahren während der Schulferien die Gasheizung explodiert, das Feuer fraß sich durch die Leitungen, danach war das ganze Gebäude einsturzgefährdet. Es gab Diskussionen, ob man es wiederaufbauen sollte, aber es war zu teuer, und der Stadtrat entschied sich dagegen. Was er empfunden habe, als er es sah, fragten sie. »Dass das alles *vorbei* ist«, sagte er. »Als hätte das Verschwinden des Gebäudes in der Zeit einen gewaltigen Ruck bewirkt.«

Er hatte vorgehabt, von der falschen Diagnose, dem verkauften Verlag und dem Gefühl einer neuen Zukunft zu sprechen. Plötzlich ging es nicht mehr. Ménanne erinnerte sich an seine nächtlichen Anrufe aus dem Belsize Retreat Hotel, als er in einer Nacht den Aufriss des deutschen Kinderbuchs übersetzte. »Du warst so aufgeregt, ich konnte dich fliegen hören«, sagte sie. Ob sie verstanden habe, dass er damals nach London ging, hatte er sie fragen wollen. Und ob es sie verletzt habe. Auch das ging mit einemmal nicht mehr. Plötzlich waren Ménanne Somerfeld und Jim Barnett zwei fremde Menschen in einem fremden Haus.

Die Teestube, in der er mit Livia gesessen hatte, als sie vor der Heirat den Vater besuchten, gab es nicht mehr. Oder fand er sie bloß nicht? Über die High

Street ging er in den Südosten der Stadt, wo die Eltern seiner Mutter gewohnt hatten, Clemens Gregor Sartorius, der Altphilologe, und Juliette Latour, die Geigerin. Das Haus war unverändert, ein Schild zeigte an, dass jetzt ein Anwalt hier wohnte. Er war bei seinen Großeltern nicht oft zu Besuch gewesen. Mit Kindern konnten die beiden nichts anfangen. Es gab Geburtstagsfeiern, auf denen Juliette Latour spielte. Den Schwiegersohn behandelten sie mit Respekt, aber es war zu spüren, dass er ihnen fremd blieb. Und manchmal hatte Leyland die stille Frage gespürt, ob dieser Mann gut genug sei für ihre strahlende Tochter. Auf Lydias Beerdigung standen sie die ganze Zeit regungslos nebeneinander. Leyland spürte: Sie konnten nicht fassen, was geschehen war. Zwei, drei Jahre später, er war fünfzehn oder sechzehn, ging er eines Tages aufs Geratewohl vorbei und traf den alten Sartorius, inzwischen über siebzig, allein zu Hause an. Das erste Mal wurde er von ihm wie ein Erwachsener behandelt, er bot ihm sogar einen Sherry an. Sie saßen in seinem Arbeitszimmer vor den Regalen eines Gelehrten. Leyland hatte seit einiger Zeit in der Schule Latein und Griechisch, er war immer mindestens zehn Lektionen voraus, liebte den absoluten Ablativ und war vernarrt in die ausgefallensten Formen des griechischen Aorists. Der Alte staunte, und sie wetteiferten eine Weile in ausgefallenen Verbformen. Er mokierte sich über die Art, wie man hier das Altgriechische aussprach. Leyland hatte von der neugriechischen Grammatik erzählt, die er sich gekauft hatte, und von der Aussprache der Laute. Es schien ihm ein natürlicher Übergang, doch plötzlich hatte der Alte das Gespräch abgebrochen. Erst auf dem Weg nach Hause hatte Leyland begriffen: Für Clemens Sartorius waren die alten Sprachen eine eigene, abgeschlossene Welt, eine versiegelte Kathedrale, in der man nichts von den neuen Lauten hören wollte. Die Einstellung gefiel ihm, er mochte das Widerspenstige und Störrische daran, aber er war danach nicht wieder hingegangen.

Auf dem Rückweg ging er bei Blackwell vorbei. Einige der Bücher, die er übersetzt hatte, standen in den Regalen. Er genoss es, unerkannt dort zu stehen und seine Sätze zu lesen, er, der aus dem vornehmsten Gymnasium der Stadt davongelaufen war. Für Kenneth Burke kaufte er ein Exemplar von Francesca Marcheses Buch über das literarische Triest.

Auf dem Weg zum Bahnhof ging er in der frühen Dämmerung über den Gloucester Green Market. Da hörte er in einer Toreinfahrt ein Keuchen. Es war das Keuchen eines asthmatischen Anfalls, so hatte es immer geklungen, wenn Sidney einen seiner Anfälle hatte und ins Krankenhaus musste. Rasch trat Leyland in die Einfahrt und sah einen jungen Mann, der die Hände an der Kehle hatte und nach Luft rang. »Ruhig«, sagte er zu ihm, »ich rufe die Ambulanz.« Wenige Minuten später hielt der Wagen, sie legten den

Mann auf eine Trage und stülpten ihm die Sauerstoffmaske über. »Das war knapp«, sagte der Sanitäter.

Das war das einzige, was auf dieser ganzen Reise einen Sinn gehabt hatte, dachte Leyland, als sich der Zug in Bewegung setzte: diesem keuchenden Mann zu helfen. Er rief Sidney an, wie immer verwundert, dass so etwas ging: Man wählte in einem englischen Zugabteil eine Nummer in Triest, und die gewünschte Stimme meldete sich. Er erzählte von dem Mann mit dem Asthmaanfall. »Nacht in einer Klinik – das ist Einsamkeit«, sagte Sidney. »Die unruhigen, gequälten Geräusche der anderen im Zimmer. Die Geräusche auf dem Flur, das Quietschen der Gummisohlen auf dem Linoleum, gemurmelte Gespräche, die Tür, die die Nachtschwester behutsam öffnet, es ist ein Geräusch, als klebte die Tür am Rahmen und müsse losgerissen werden. Die anderen im Zimmer helfen wenig, im Gegenteil, man spürt auch ihre Einsamkeit. Auch die Sirenen von Ambulanz und Polizei, weit entfernt, helfen nicht viel, sie erinnern einen daran, dass man nicht draußen in der Welt ist, sondern drinnen, in einer eigenen Welt mit eigenen Geräuschen und einem eigenen Geruch. Die Stunden sind dickflüssig, die Zeit scheint sich zu stauen. Das Getöse der Müllabfuhr am frühen Morgen ist wie eine Erlösung, ich sehnte es herbei. Nun war wieder normales Leben, man rückte näher an die Welt heran.«

Wie es in Oxford gewesen sei, fragte Sidney gegen

Ende des Gesprächs. »Ich bin erstaunt und verwirrt«, sagte Leyland, »dass ich auch einmal der war, der dort entlangging, und der, der dort davonlief. Und verwirrt bin ich auch – auf andere Weise –, dass ich meinte, ich würde nach der Reise mehr verstehen als vorher.« »Was verstehen? Und in welchem Sinn?« fragte Sidney. »Wenn ich das wüsste«, sagte Leyland. Sie lachten, und in dem gemeinsamen Lachen lag, ohne dass ein Wort nötig gewesen wäre, immer noch die grenzenlose Erleichterung darüber, dass sich die Zukunft für den Vater wieder geöffnet hatte.

Kenneth Burke war beim Essen, als Leyland klingelte. Als sie dann in der Küche saßen, gab ihm Leyland Francesca Marcheses Buch, das er in Oxford gekauft hatte. *Trieste – City of Words*, las Burke vor, und dann sah er, wer es übersetzt hatte. »*City of Words*: eine etwas eigenwillige Übersetzung von *Città delle Lettere*«, sagte Leyland. »Eigentlich wäre es *City of Literature*. Aber das kam mir einerseits schwerfällig vor – vier Silben statt eine – und andererseits angeberisch.« Und dann erzählte er, wie Alfredo Pertot, Livias Vater, das Buch aus dem Regal genommen und ihn gefragt hatte, ob er es ins Englische übersetzen wolle, Lynn Christie in London wolle das Buch machen und suche einen Übersetzer. »›Wir machen das schon‹, sagte Livia und legte, wie die verwöhnte Tochter von einst, die Füße auf den Teetisch in Pertots Büro. Es war ein kostbares *wir*, eine Liebeserklärung. Da wusste sie noch nicht, dass sie den Verlag einmal selbst leiten würde, das war erst viele Jahre später. Für mich begann mit diesem Buch die Arbeit als literarischer Übersetzer. Das ist mehr als dreißig Jahre her. Und darüber lernten wir Lynn und ihren Sohn Sean kennen, der gerade in den Verlag eingetreten war.«

Adrian Christie Publishing, las Burke vor. »Adrian – das war Lynns Vater«, sagte Leyland, »er gründete den Verlag in den dreißiger Jahren. Anfang der Siebziger übernahm die Tochter, später trat Sean mit ein, ihr unehelicher Sohn, und er leitet den Verlag nun seit zwanzig Jahren. Das Haus steht in Chelsea, und sie wohnen auch dort. Livia und ich, wir waren öfter bei den Christies eingeladen, und sie kamen zu uns. Sie ermutigten Livia, den Verlag in Triest zu übernehmen, als ihr Vater starb. Es war bei ihnen zu Hause, dass es sich entschied. Ich sehe uns dort im Wohnzimmer sitzen, draußen ein leuchtender Herbsttag. Lynn hatte den Roman einer jungen Frau herausgebracht, der alle Erwartungen übertraf, so dass sie mit dem Drucken kaum nachkamen: *Rainy Days* von Mary Ann Ashford, eine Geschichte über verlorene und wiedergewonnene Selbstachtung. Mehrere italienische Verlage hatten Angebote gemacht, aber Lynn würde Livia die Rechte geben. Ob das nicht für mich eine Gelegenheit wäre, einmal ein Buch ins Italienische zu übersetzen, wo ich doch, als Anker sozusagen, eine Frau hätte, deren Muttersprache das sei?

Irgendwann während des Gesprächs hat Livia das Notizbuch hervorgeholt und zu schreiben begonnen. Da wusste ich: Wir würden gehen. Am Tag, als sie ihren Schreibtisch bei *Libération*, ihrer Zeitung, räumte, geriet sie abends plötzlich in Panik und dachte, es sei alles falsch. ›Damit lege ich mich doch *fest*‹, sagte sie immer wieder, ›und auch dich und die Kinder.‹ Man könne einen Verlag auch verkaufen, sagte ich, oder auflösen, Triest müsse doch keine Festlegung für alle Zeiten bedeuten.«

Ob er den Christies von der Diagnose erzählt habe, fragte Burke. Ja, sagte Leyland, sie hätten telefoniert. »Und eines Tages dann klingelte bei mir zu Hause das Telefon. ›Wir sind hier, in Triest‹, sagte Sean, ›und möchten Sie sehen.‹ Es wurde ein schwieriger Tag und doch auch ein schöner, ich weiß noch jede Einzelheit. Lynn, die inzwischen über achtzig ist, brauchte einen Stock und musste sich manchmal an Sean festhalten, weil ihr schwindlig war. Und trotzdem hatte sie die Reise machen wollen. Sie waren bisher nur einmal in Triest gewesen, das war kurz nachdem Livia den Verlag übernommen hatte. Wir gingen durch die Straßen und über die Plätze von damals. Es waren Straßen, durch die ich, wie wir dachten, bald nicht mehr würde gehen können. Dieser Gedanke lag wie ein Schatten über dem ganzen Spaziergang. Und er kam darin zum Ausdruck, dass es manchmal mit den Zeitformen der Verben schwierig wurde. ›Ist das nicht die Kneipe, in der Sie immer essen?‹ fragte Sean, als wir bei Pat Kilroys Trattoria vorbeikamen. Die Gegenwartsform, verknüpft mit *immer*, klang nach einer offenen, unbegrenzten Zukunft und hatte so etwas von einer Lüge an sich. Aber es wäre unmöglich gewesen, eine brutale Vorwegnahme meines Todes, wenn er gesagt hätte: ›immer gegessen *haben*‹. ›Sie sind doch immer so gerne Boot gefahren‹, sagte Lynn einmal. Sie bemerkte den Lapsus sofort und berührte mich entschuldigend am Arm. ›Simon fährt *immer noch* gerne Boot‹, sagte Sean ärgerlich, aber es war zu spät und machte die Sache noch schlimmer. Es war ein Balanceakt, und man konnte eigentlich nur abstürzen.

Ob sie beim Verlag vorbeigehen möchten, fragte ich. Sie erinnerten sich an das Café gegenüber. Dort würde sie gern noch einmal sitzen, sagte Lynn. Carlotta, die dort seit ewig bedient, brachte uns den Kaffee. Sean ließ den Blick über das Gebäude des Verlags gleiten. ›Als wir von der Diagnose hörten, hatten wir kurze Zeit die verrückte Idee, Ihnen den Verlag abzukaufen und ihn ganz in Ihrem Sinne weiterzuführen. Aber natürlich lag das ganz außerhalb unserer Möglichkeiten.‹ ›Es hätte mir gefallen‹, sagte ich. Ob sie hineingehen möchten? Sie sahen sich an. Lynn schüttelte den Kopf, eine kurze, sanfte Bewegung. Auch das ein Balanceakt.

Abends saßen wir bei mir zu Hause. Etwas möchten sie noch zur Sprache bringen, sagte Sean. ›Wir haben einen guten Freund, einen Neurologen, Jeremy Barnes von der London University. Er würde Sie noch einmal untersuchen, wenn Sie das möchten, und er würde sich jede Zeit dafür nehmen.‹ Ich bekam einen trockenen Mund und hatte Mühe zu schlucken. ›Danke‹, sagte ich, ›ich weiß das zu schätzen. Aber ich habe die Bilder am Röntgenschirm gesehen und möchte keine anderen mehr sehen.‹ Stell dir vor, Kenneth: Das war viele Wochen, bevor sie den Irrtum bemerkten, und lange, bevor ich den Verlag verkaufte. Ich hätte nur zu Barnes fahren müssen, er hätte neue Bilder gemacht, und alles hätte sich aufgeklärt. Erst bietet mir Leonardi an, die Bilder mitzunehmen, und dann dieses Angebot. Und ich habe beide Male abgelehnt. *Abgelehnt.* ›Haben Sie einen guten Arzt, der Sie begleitet?‹ fragte Sean. Ich sah ihn an, und er wusste meine Antwort, noch bevor ich sie ausgesprochen hatte. ›Ich brauche keinen Arzt‹, sagte ich.

Ich bin mit Lynn und Sean noch den Kanal entlang zur Mole gegangen. Es war schon spät, und in der Stille schlugen die Wellen sanft gegen den Stein. ›Wasser‹, sagte Lynn, ›Sie lieben Wasser, nicht wahr?‹ Lynn und Sean gehörten zu den ersten, die von dem Irrtum erfuhren. ›*Mum*‹, hörte ich Sean am Telefon rufen, ›Simon hat nichts, alles ein Irrtum, er hat *nichts*!‹«

»Danke für das Buch über die Stadt der Wörter«, sagte Burke unter der Tür. »Ich werde gleich zu lesen beginnen und mir vorstellen, wie du jedes einzelne Wort mit der Hand sorgfältig aufs Papier gesetzt hast.«

19 Leyland fand keinen Schlaf. In Gedanken ging er noch einmal durch Oxfords Straßen. Was war es bloß, was er gesucht hatte? Man konnte enttäuscht sein, etwas nicht zu finden, auch wenn man es nicht benennen konnte. In den Wochen nach der Diagnose hatte er sich manchmal vorgestellt, wie es wäre, noch einmal durch die Stadt zu gehen. Er war ganz *sicher* gewesen zu wissen, was er da in sich finden würde. Es war eine Gewissheit, die etwas Imaginäres betraf, etwas, was in dem Augenblick zerstob, als er aus dem Zug stieg. Und dann war er so trocken durch die Stadt gegangen – ja, doch, *trocken* war das treffende Wort. Wie froh war er gewesen, dem Jungen, der keine Luft bekam, helfen zu können. Ein Augenblick der Gegenwart.

Es war drei Uhr, als er sich an Warren Shawns Schreibtisch setzte, eine Stunde wie zwischen den Tagen. Es würde der erste Brief an Livia sein, den er hier schrieb. Er blickte hinüber ins Wohnzimmer zu dem Sofa, auf dem sie gesessen hatte, als sie den Onkel besucht hatten und er ihr die Karte des Mittelmeers zeigte, vor mehr als dreißig Jahren.

Cara –

wie sonderbar es ist, mir zu vergegenwärtigen, wie es vor langer Zeit war, ich zu sein. Ein großes Erstaunen, dass ich auch der von damals war. Und ein tiefes Erschrecken, dass ich einmal so weit weg von mir, wie ich heute bin, sein konnte. Wie war es möglich, dass ich mich damals bei mir selbst gefühlt habe? Oder war es am Ende gar nicht so? Bin ich durch die Welt gegangen, ohne mich irgendwo zu fühlen – sozusagen nur in einem Zwischenraum in mir selbst, mich fälschlich bei mir selbst wähnend, da man ja irgendwo sein musste? Ist es vielleicht immer so: dass man in sich selbst nur in Zwischenräumen lebt und gar nie bei sich ankommt, sondern nur den Zwischenraum vergrößert? Und bin ich vielleicht auch jetzt nur in einem solchen Zwischenraum? Bei dem Gedanken wird mir unheimlich. Wie groß die Unwissenheit über uns selbst doch ist, mit der wir leben.

Ich möchte wissen, wie ich der geworden bin, der ich bin. Nicht an der Oberfläche, nicht den äußeren Stationen nach, sondern im Inneren. Es geht nicht darum, welchen Straßen ich gefolgt bin, sondern welchen Gedanken und Empfindungen. Ich möchte spüren, wie aus dem einen Erleben ein anderes geworden ist und dann ein weiteres. Man spürt ja nicht recht, wie man sich verändert, und im Rückblick ist man ein anderer, und dann auch wieder nicht.

Das Vergessen beginnt mich zu beschäftigen und, um-

gekehrt, die Idee der lückenlosen Erinnerung – der Fähigkeit, im Inneren Episode nach Episode des eigenen Lebens rekapitulieren zu können. Manchmal spüre ich, wie die eine Schattierung des Erlebens in eine andere hinüberspielte. Das ist – warum auch immer – eine beglückende Erfahrung. Dann wieder ist zwischen verschiedenen Episoden des Erlebens ein stummes Dunkel, als hätte sich das Leben hinter meinem Rücken abgespielt, und ich frage mich, wo ich damals war. Sich an bestimmte Episoden nicht mehr erinnern können, sogar an ganze Perioden: Früher, als ich nach vorne lebte, energisch, freudig und außer Atem, spielte das keine Rolle. »Das liegt so weit zurück, das habe ich doch vergessen«, sagte ich und mochte hinzufügen: »Gott sei Dank!« Und nun erscheint es mir mit einemmal als ein Verlust, dieses Vergessen, in gewissen Fällen als eine dunkle, schmerzliche Lücke, eine kleine, lautlose Katastrophe. Es macht mich sprachlos, dass ich mich so vergessen konnte, und darüber hinaus: dass ich dieses Vergessens in keiner Weise gewahr geworden bin. Es kommt mir vor, als hätte ich mich mit unbedachter Wucht nach hinten in eine bewusstlose Vergangenheit gestoßen. Aber da war doch etwas, eine gelebte Zeit – und ich weiß davon nichts mehr!

Als Leyland sich gegen Mittag des nächsten Tages mit der Kaffeetasse an den Schreibtisch setzte, fügte er dem Brief noch etwas hinzu:

Ich hatte einen meiner Wortträume – einen dieser Träume, in denen ein vertrautes Wort plötzlich als rätselhaft vor mir steht und ich versuche, es zu entschlüsseln. Es war das Wort entgleisen. Ich dachte das deutsche Wort und auch das französische, dérailler. Zwei Bilder rangen um die Vorherrschaft: das Bild eines düsteren, verrußten Zuges, der zum Stillstand kommt, weil seine Räder mit hässlichem Knirschen im Schotter des Bahndamms versinken; und das Bild eines anderen, rätselhaft leichten Zuges, der sich den alten Schienen entwindet, um auf einem neuen, helleren Geleise Fahrt aufzunehmen, eine schnelle, geräuschlose Fahrt, auf der man im Wind das eigene Herz schlagen hört. Jetzt, wo ich wieder eine Zukunft habe, wünschte ich, ich könnte auf die zweite, leichte und helle Art entgleisen.

20

Am Nachmittag ging Leyland die Themse entlang nach Chelsea, wo die Christies wohnten und ihren Verlag hatten. Es war ein grauer Tag, und das Wasser der Themse war wie fließender Schiefer. Leyland dachte daran, wie er mit Lynn und Sean in Triest auf der Mole gestanden hatte. *Wasser, Sie lieben Wasser, nicht wahr?* hatte Lynn gesagt. Das war im August gewesen, vor einem Vierteljahr. Damals hatte er nicht mehr damit gerechnet, dass er das Ende des Jahres erleben würde.

Die Frau, die ihm entgegenkam, erkannte er erst, als sie schon fast an ihm vorbei war. »Lucy!« rief er, »Lucy Barton!« Sie blieb stehen, drehte sich zu ihm um und kam dann auf ihn zu. »Simon? Simon Leyland?« Eine Weile sahen sie sich nur an, damit beschäftigt, das veränderte Gesicht des anderen in sich aufzunehmen. Sie setzten sich auf die Brüstung des Embankments. »Rom«, sagte er, »das Forum Romanum.« »Du hast mich aufgefangen, wenn ich von den Ruinen sprang«, sagte sie. »Ich liebte es, dich aufzufangen.« »Es war mein erster Flug, vor dem Start kam Musik aus den Lautsprechern, und es lag Parfum in der Luft.« »Vom Petersdom warst du hingerissen, dieser gigantische Raum, sagtest du immer wieder, sieh dir nur diesen gigantischen Raum an, er ist größer als aller Raum draußen. Abends hörten wir eine Messe. *Signore*, sagtest du: wenn ich gläubig wäre, würde ich Gott so anreden wollen.« »Du mochtest das Colosseum nicht, du musstest an die Grausamkeiten denken, ich liebte deine Heftigkeit, wenn du über Grausamkeit sprachst.« »Wir waren oben im Hilton, sahen uns an und fuhren wieder hinunter. Ich will in der schäbigsten Pizzeria der Stadt essen, sagtest du, und es wurde ein wunderbares Essen.« »Als ich neben dir aufwachte, dachte ich: Das ist es.« »Und ich dachte, ich würde deine Stimme immer hören wollen, jeden Tag, sogar im Radio.« »Weißt du, was dann geschah?« »Nein«, sagte Leyland, »nicht wirklich. Ich habe mir damals ein Wort zurechtgelegt: Die Dinge *verfärbten* sich – die Worte, die Gesten, die Gefühle, sie nahmen eine andere Farbe an, wurden matter, gräulich, und mit einemmal waren wir uns fremd.« »Ja, irgendwie so. Wie wenig wir über solche Dinge wissen.« Er nickte. »Ich bin vor kurzem in St. John's Wood vorbeigefahren und habe das Taxi in der Elm Tree Road halten lassen. Euer Haus stand nicht mehr.« Sie nickte. »Meine Eltern brauchten Geld und haben es an einen Architekten verkauft, der einen modischen Bau hingestellt hat.« »Für einen Moment war es, als hätte es das mit uns gar nicht gegeben.« Sie legte ihre Hand auf die seine, eine Hand mit ersten Flecken und dunklen Venen. »Hat es aber.« Er schrieb ihr seine Adresse und die Telefonnummer auf. »Vielleicht … ich weiß nicht.« Sie faltete den Zettel langsam zusammen und steckte ihn in die Tasche. Dann blickte sie aufs Wasser hinaus. »Ich überleg's mir«, sagte sie. Er blickte ihr nach. Jetzt erinnerte er sich auch wieder an ihren Gang und an die Art, wie sie bei ihm in Camden Town die Treppe hinuntergegangen war. Sie drehte sich um und hob die Hand.

Am Carlyle Square setzte sich Leyland auf eine Bank und betrachtete das Haus, in dem die Christies ihren Verlag hatten. Es war ein großes Haus mit einem geräumigen Dachgeschoss, in dem Lynn und Sean wohnten. Es gab einen altmodischen Fahrstuhl mit Gitter, der ruckelte und in dem man sich immer ein bisschen unsicher fühlte. Seit Leylands letztem Besuch hier waren einige Jahre vergangen. Als er seinen Blick jetzt über die Fassade gleiten ließ, fiel ihm auf, wie ungepflegt alles aussah – als fehlte das Geld für das Nötige. Sean hatte am Telefon gedrückt und müde geklungen, das war ungewöhnlich für ihn, der sonst allem mit Zuversicht begegnete. »Ich freue mich, wenn Sie kommen«, hatte er gesagt, »das kann ich jetzt gut gebrauchen.«

Als Sean die Wohnungstür aufmachte, sah Leyland sofort, dass etwas geschehen sein musste. Sean umarmte ihn. Es war anders als im Sommer, beim Abschied am Flughafen von Triest. Jetzt war es die Freude darüber, ihn gesund wiederzusehen. Doch da war noch etwas anderes: Sean wollte gehalten werden. Leyland legte ihm den Arm um die Schulter, als sie ins Wohnzimmer gingen. »Mutter ist im Krankenhaus«, sagte Sean, kaum dass sie saßen. »Sie ist gestürzt und hat sich das Bein gebrochen. Unweit von hier. Ich ging neben ihr, da muss sie kurz ohnmächtig geworden sein, der Stock glitt ihr aus der Hand, und sie fiel. Sie haben sie operiert. Ein komplizierter Bruch, es wird Wochen dauern, vielleicht Monate.«

Wir sind ein unschlagbares Team, hatte Sean manchmal über sich und Lynn gesagt, und einmal war Lynn ihrem Sohn danach mit der Hand übers Haar gefahren. Mehr, dachte Leyland jetzt, wusste er über die beiden eigentlich nicht. Von Seans Vater war nie die Rede gewesen, und von einer Frau in Seans Leben hatte er auch nie etwas gehört. »Lynn und Sean – sie sind einfach Lynn und Sean«, hatte Livia einmal gesagt. »Genügt doch, oder?«

Die Tür zur Küche stand offen. Das schmutzige Geschirr stapelte sich, leere Suppendosen und Hüllen von Fertiggerichten lagen herum. Lynns Unfall allein erklärte nicht, wie Sean aussah. Er erklärte auch nicht, wie die Küche aussah. »Ich leite den Verlag, aber sie *ist* der Verlag«, hatte Sean gesagt. Und nun war ungewiss, wann sie zurückkommen würde und in welcher Verfassung. Trotzdem. Es musste da noch eine andere Angst geben, eine andere Erschöpfung. Eine, nach der man nicht einfach fragen konnte.

Leyland stand auf, blieb in der offenen Küchentür stehen und deutete auf die Unordnung. »Das kann nicht so bleiben, Sean. Darf ich?« Sean nickte, und dann sah es für einen Moment aus, als würde er in Tränen ausbrechen. Leyland räumte auf und spülte das Geschirr. Manchmal hielt er inne und dachte: *Das verändert etwas; es wird nicht mehr sein wie vorher.* Sean war leise hereingekommen und saß nun am Küchentisch. »Mary Ann Ashford war neulich hier«, sagte er. »Sie sah noch ein bisschen bleicher aus als sonst, ein bisschen dünner, ein bisschen ätherischer. Sie hat ja seit vielen Jahren nichts mehr geschrieben, wie du weißt. Ab und zu kommt sie im Verlag vorbei. Wie um sich zu vergewissern, dass sie früher einmal zu uns gehörte. Es tut mir weh, denn sie verhält sich, als dürfe sie sich hier eigentlich nicht mehr blicken lassen. Neulich sprach sie wieder einmal über den Erfolg von *Rainy Days*. ›Ich spiele euch schon lange kein Geld mehr ein‹, sagte sie plötzlich. Es war schrecklich. Was konnten wir sagen, was nicht abgedroschen und verlogen klingen würde?«

Sean blickte vor sich auf den Boden. Es war nicht der leere Blick eines Gelangweilten oder Zerstreuten. Es war der abwesende Blick von einem, der sich sammelte und im Inneren Anlauf nahm, um etwas Schwieriges zu sagen, etwas, das Überwindung kostete. Leyland dachte an die ungepflegte Fassade des Hauses, die ihm vorhin aufgefallen war. War der Verlag in Schwierigkeiten? Überlegte Sean, ob er ihm davon erzählen sollte? War die Geschichte über Mary Anns Besuch nur ein Umweg gewesen, ein Vorspiel?

»Entschuldige mich für einen Moment«, sagte Sean und ging hinaus. Es wurden fünf Minuten, zehn, eine Viertelstunde. Leyland hörte keine Geräusche aus dem Bad und auch keine aus einem anderen Raum. Er trat ans Fenster. Die Küche ging nach hinten hinaus. In der frühen Dämmerung spielten Kinder im Hof Fußball. Sean würde irgendwo sitzen und noch einmal Anlauf nehmen. In Triest war Sean der Starke gewesen. Jetzt, dachte Leyland, fühlte es sich an, als sei es umgekehrt. Er wollte das nicht, er wollte, dass Sean stark blieb, der Mann mit dem scharf geschnittenen

Gesicht und dem rötlichen Haar, das grau wurde. Der Mann, ohne dessen Energie und Enthusiasmus Livia damals vielleicht nicht den Mut gefunden hätte, den Verlag des Vaters zu übernehmen. Der Mann also, ohne den sein eigenes Leben vielleicht ganz anders verlaufen wäre. Er würde es ihm leichtmachen. Was würden es für Worte sein, die er finden musste?

Sean kam herein, eine Packung Zigaretten und einen Aschenbecher in der Hand. »Mutter mag es nicht, wenn ich in der Küche rauche«, sagte er, »aber das ist jetzt auch egal.« Er steckte sich eine an und schob Leyland die Packung zu. Er blies den Rauch zur Decke, dann sah er Leyland an. »Wir sind in Schwierigkeiten. Der Verlag, meine ich. Wir verkaufen einfach nicht mehr genug Bücher. Die Studenten kaufen die Studienbücher nicht mehr wie früher. Wir liegen mit unseren Sachbüchern nicht im Trend. Wir hatten seit drei Jahren keinen wirklich erfolgreichen Roman mehr. Die Banken werden ungeduldig. Ich habe zwei Angestellte entlassen müssen, den Designer und eine Sekretärin. Das Wasser steht uns bis zum Hals. Ich weiß nicht mehr weiter.«

Leyland hatte es kommen sehen. Und doch trafen ihn Seans schnörkellose Sätze, die er in einer Art verzögertem Staccato aneinanderreihte, mit solcher Wucht, dass er zunächst keine Worte fand. Und es waren nicht nur die Worte, denen er standhalten musste. Es war auch Seans Blick. Es war ein offener und fester Blick, ein Blick voller Entschlossenheit, unter den Augen eines anderen zu den Tatsachen zu stehen, und zugleich gab es darin eine Schutzlosigkeit und Verletzlichkeit, wie Leyland sie noch nie in einem Blick gesehen hatte. *Mit diesem Blick darf man nichts falsch machen*, dachte er. Ruhig, ohne auch nur einen Augenblick wegzusehen, erwiderte er den Blick und hoffte, dass in seinem genügend Stärke und Zuversicht zu lesen waren.

Er brauchte Zeit. »Ich mache uns Kaffee«, sagte er, als Sean schließlich blinzelte und wegsah, weil ihm Rauch in die Augen geraten war. Er war froh, mit den Tassen und dem Kaffeepulver hantieren zu können. Doch bis das Wasser kochte, würde es zu lange dauern, er musste vorher etwas sagen. Er drehte sich zu Sean um. »Weiß Lynn Bescheid?« Sean schüttelte den Kopf. »Ich habe es nicht über mich gebracht, ihr reinen Wein einzuschenken. Von Monat zu Monat habe ich es hinausgeschoben. Vor fünfzehn Jahren hat sie sich ja aus der Verlagsleitung zurückgezogen. Natürlich haben wir weiterhin übers Geschäft gesprochen; aber immer seltener hat sie nach Zahlen gefragt. ›*How are we doing?*‹ fragte sie manchmal. ›*We are not getting rich, but we are getting by*‹, sagte ich, es war fast schon eine stehende Formel, und manchmal lachten wir darüber. Und bis vor zwei, drei Jahren stimmte es ja auch. Adrian, mein Großvater, konnte das Haus kaufen, weil Amélie Drake, seine Frau, viel Geld geerbt hatte. Amélie liebte die Literatur und sich selbst als eine, die die Literatur liebte, und manchmal benahm sie sich wie eine französische oder russische Salondame. Adrian lebte jede Minute für seinen Verlag. In dieser Atmosphäre ist Lynn aufgewachsen, und in ihrem Inneren hat sie die Atmosphäre weitergesponnen, immer weiter. Dass sich die Welt, auch die Welt der Bücher, veränderte – natürlich hat sie es bemerkt, aber sie wollte es im Grunde nicht wissen, nicht wahrhaben. Sie hat nie die Taste eines Computers berührt. ›Bücher? Hast du gesagt: *Bücher*?‹ fragte sie, als ich von den elektronischen Büchern sprach. Ich habe einfach gemacht, was nötig war, und ließ sie unbehelligt. Sie begann, sich in einer stillen, rückwärtsgewandten, ein bisschen verschrobenen Welt einzurichten. Sie las die großen Romane der Literaturgeschichte, manchmal las sie sie zweimal hintereinander. Sie las, wenn ich nach unten in den Verlag ging, und wenn ich zurückkam, las sie immer noch. ›Endlich kann ich so langsam lesen, wie diese Bücher es verlangen und verdienen‹, sagte sie. Sie ging zu Vorträgen und Lesungen und knüpfte lockere Beziehungen zu anderen Leuten ihres Alters, die manchmal zum Tee kamen. Die früheren beruflichen Beziehungen lösten sich mehr und mehr auf. ›Erstaunlich, wie schnell das geht‹, sagte sie. Seit einiger Zeit ist sie nicht mehr so ... trittsicher in ihren Gedanken und Äußerungen. Hier eine Verwechslung von Namen, da eine überraschende Erinnerungslücke. Und auch in ihren Gefühlen scheint mir manchmal etwas zu verschwimmen. Ich sehe das nicht als Beginn einer Krankheit, es gehört, denke ich, einfach zum Alter, sie ist über achtzig. Am Anfang bin ich erschrocken, wenn so etwas vorkam, und auch einsam habe ich mich gefühlt, allein gelassen. Inzwischen ist es anders: Es ist, als hätte ich sie neu lieben gelernt, meine Mutter. Ich beschütze sie, passe auf sie auf, ohne es sie spüren zu lassen, das vertrüge sie nicht. Und siehst du: Aus all diesen Gründen kann ich unmöglich vor sie hintreten und sagen: Mama, wir sind pleite.«

Jetzt erst goss Leyland den Kaffee ein und stellte die Tassen auf den Tisch. Seans Hand mit der Zigarette zitterte. »Nein, natürlich kannst du ihr das nicht sagen, und nach dem Unfall erst recht nicht mehr«, sagte Leyland. Er nahm eine Zigarette aus Seans Packung und zündete sie umständlich an. Jetzt war der Moment. Jetzt galt es. »Wieviel brauchst du?«

In Seans Gesicht arbeitete es. Er schnippte die Asche von der Zigarette und fuhr mit ihrer Spitze den inneren Rand des Aschenbechers entlang, zweimal. Dann hob er den Kopf und sah Leyland an: »Zweihunderttausend Pfund.« Das war zu wenig, dachte Leyland sofort, die Summe passte nicht zu dem, was Sean berichtet hatte. Er schüttelte den Kopf und versuchte ein komplizenhaftes, verschwörerisches Lächeln, das es Sean leichter machen sollte. Sean schloss für einen

Moment die Augen und sah ihn dann an. »Das Doppelte.« »Sagen wir: eine halbe Million? Würdest du damit zurechtkommen?« Zuerst fand Sean die Stimme nicht. »Damit könnte ich alle Schulden begleichen«, sagte er schließlich heiser, »und es bliebe genug übrig, um weiterzumachen.« Er atmete schwer. »Aber du willst doch damit nicht sagen ... ich meine, du kannst doch nicht selbst ...« »Doch, Sean, das kann ich. Ich gebe dir das Geld. Sieh mal: Ich habe doch meinen Verlag verkauft und habe viel Geld bekommen, sehr viel Geld. Caterina Mizzan hat dafür ihre Firma in Split und ihre Buchhandlung in Venedig verkauft. Das mag dir eine Vorstellung geben. Und was könnte mehr Sinn ergeben, als dass ich einen Teil des Geldes in deinen Verlag stecke?«

Sean verbarg sein Gesicht in den Händen. Seine Schultern begannen zu zucken. Leyland stand auf, berührte ihn am Arm und ließ ihn dann allein. Im Bad wusch er sich das Gesicht. Er betrachtete sich im Spiegel. Er war erstaunt, wie aufgewühlt er aussah. *Jetzt bin ich wirklich zurück. Zurück in London. London, England.* Er setzte sich auf den Rand der Badewanne. Jetzt bemerkte er, dass seine Hände zitterten. Er sah Sidney und Sophia vor sich, wie sie in Triest am Flughafen seinen britischen Pass betrachtet hatten. *Du hast nie einen italienischen beantragt*, hatte Sophia gesagt. *Keine Sorge, ich komme wieder*, hatte er gesagt. Plötzlich vermisste er seine Kinder. Und die Boote im Hafen. Und

Pat Kilroy. Und Andrej. Noch einmal wusch er sich das Gesicht. Dann ging er zurück in die Küche.

Sean musste sich auch das Gesicht gewaschen haben, man sah die Spuren des Wassers in seinem Haar. Er sah frischer aus, jünger. »Dann wirst du Teilhaber im Verlag«, sagte er. Leyland schüttelte den Kopf. »Das möchte ich nicht. Auch ein Recht auf Mitbestimmung will ich nicht. Du bleibst der einzige Inhaber und bestimmst alles. Wenn du willst, besprechen wir die Programme. Aber du entscheidest. Das Geld – ich betrachte es nicht als eine Investition, ich verstehe es als eine Schenkung, ein Geschenk. Wie man das rechtlich und steuerlich macht – ich werde Francis Page bitten, das zu regeln, er war Warren Shawns Anwalt.«

»Als du vorhin draußen warst«, sagte Sean, »schoss mir ein beklemmender Gedanke durch den Kopf: Ich profitiere von der falschen Diagnose, die sie dir in Triest gestellt haben. Ohne sie hättest du den Verlag nicht verkauft und könntest mir das Geld nicht geben.« Leyland lachte. »Irgendwie stimmt das natürlich. Aber *profitieren* ist hier ein falsches Wort. Es klingt fast, als hättest du an der falschen Diagnose mitgewirkt, um an das Geld zu kommen. Wäre das eine nicht passiert, wäre auch das andere nicht geschehen. Aber so ist es doch immer: Dinge, die miteinander eigentlich gar nichts zu tun haben, geraten durch eine Verkettung von Zufällen in Berührung. Man könnte auch sagen: Die Assistentin, die in der Radiologie in

Triest die Bilder vertauscht hat, verhilft dir nun dazu, dass du mit dem Verlag weitermachen und die Banken zum Teufel schicken kannst. Diese eine falsche Bewegung ihrer Hände – und dein Konto wird bald ganz anders aussehen.« Jetzt lachte auch Sean. »Und du hättest die Sache ja selbst beinahe noch vereitelt«, sagte Leyland, »als du mir vorschlugst, mich von Jeremy Barnes, dem Neurologen, untersuchen zu lassen. Diese Untersuchung – sie hätte dich glatt um das Geld gebracht.« Jetzt lachten sie beide, das eine Lachen befeuerte das andere, sie lachten Tränen, die auch Tränen der Befreiung waren und Tränen überwundenen Schreckens.

Später gingen sie zum Chelsea Royal Hospital, wo Lynn lag. »Acht Uhr – ich weiß nicht, ob die uns noch zu ihr lassen«, hatte Sean gesagt. »*You watch me*«, hatte Leyland erwidert. Sie überquerten den Flur, der in die neurochirurgische Abteilung führte. Leyland warf einen Blick in den Flur. Auf einer Bank saß ein Mann mit einem verbundenen Kopf und rauchte. Angst durchströmte Leyland wie ein tückisches, lähmendes Gift. Als er im Fahrstuhl den Knopf drücken wollte, griff er daneben. Sean sah ihn an. »Es war der weiße Kopf hinten im Flur, nicht wahr?« Leyland nickte. In der Nähe von Lynns Zimmer setzten sie sich auf eine Bank. »Der Blick von einer Sekunde, ein winziges Bild auf der Netzhaut – und schon ist alles wieder da«, sagte Leyland. Er wartete, bis sein Atem ruhiger wurde. »Gestern habe ich mit Sidney telefoniert, der mit seinem Asthma oft im Krankenhaus war. Er sprach davon, wie einsam die Nächte dort sind. Wie froh er jeweils war, wenn er frühmorgens den Krach der Müllabfuhr hörte, den Klang der Außenwelt. Ich habe mich gefragt, ob ich mich genügend um ihn gekümmert habe. Ob ich genügend Phantasie aufgebracht habe.« »Kinder – das hätte ich mir nicht vorstellen können«, sagte Sean nach einer Weile. »Diese Verantwortung. Es gab eine Frau, mit der ich mir ein Leben hätte vorstellen können. Aber sie wollte Kinder.«

Eine Schwester kam den Flur entlang, eine Frau mittleren Alters mit energischem Schritt und einem harschen Blick. »Keine Besuchszeit mehr«, sagte sie. Leyland erhob sich. »Guten Abend, Schwester«, sagte er in einem Ton von ausgesuchter Höflichkeit und machte eine leichte Verbeugung. »Ich bin Professor Christie von der Princeton University, Mrs. Christies anderer Sohn. Ich komme aus New York und bin erst vor einer Stunde gelandet. Mein Bruder hat mich abgeholt und hergefahren. Ich möchte meine Mutter sehen. Eine Ausnahme bei der Besuchszeit ist unter diesen Umständen nicht gänzlich ausgeschlossen, nehme ich an?« »Nun gut«, sagte die Schwester widerwillig, aber eine Spur freundlicher, »zehn Minuten, nicht länger. Es ist Schlafenszeit.« Als sie verschwunden war, sah Sean Leyland an. »Unglaublich. Hätte ich dir nicht zugetraut.« »Warum nicht«, sagte Leyland, »ich übersetze Romane. *Fiction.*«

Es war ein Dreierzimmer, es roch nach verbrauchter Luft, nach Bett und Urin. Lynn hatte das Bett an der Wand. Sean machte die Nachttischlampe an. »Ach, Simon«, sagte Lynn, »sind Sie es? Sie sind gesund, nicht wahr?« »Mit mir ist alles in Ordnung«, sagte Leyland. »Mit mir nicht. Ich habe Schmerzen und kann nicht schlafen. Und ich will hier raus. Die eine schnarcht und macht ins Bett, die andere redet von morgens bis abends wirres Zeug, wirr und ordinär.« Leyland setzte sich auf den Bettrand und nahm ihre Hand. »Morgen kommen Sie hier raus, in ein Einzelzimmer, ich sorge dafür.« »Versprochen?« »Versprochen.«

»Nach der Geschichte mit der Schwester traue ich dir ja einiges zu«, sagte Sean im Taxi, »aber wie willst du das mit dem Zimmer hinbekommen?« »Bluffen«, sagte Leyland, »wir werden bluffen, was das Zeug hält. Anzug, Weste, Krawatte. Acht Uhr beim Eingang der Klinik. Okay?«

»Flugzeuge, die aus New York kommen, landen hier morgens, nicht abends«, sagte Sean, als sie in den Carlyle Square einbogen. »Sie starten dort abends und fliegen durch eine kurze Nacht.« »Schneesturm«, sagte Leyland trocken. Sean lachte. »Du genießt das richtig, was?« »Ich bin zurück im Leben, Sean, ich bin zurück im Leben.«

21 Leyland ließ sich vom Taxi zur Themse fahren und ging dann zu Fuß bis Westminster. Als er dort vorbeikam, wo er Lucy Barton getroffen hatte, blieb er stehen. War das tatsächlich heute gewesen? Vor wenigen Stunden? Der Schritt, den er in diesen Stunden getan hatte – war er nicht viel zu groß? Und zu schnell getan? Er sah Sean vor sich, wie er in der Küche das Gesicht in den Händen verborgen hatte, und er sah seine zuckenden Schultern. Nein, der Schritt war nicht zu groß. Und warum hätte er damit warten sollen? Dann spürte er plötzlich, wie er bei Sean auf dem Rand der Badewanne gesessen und mit Heimweh an Triest gedacht hatte. *Ist es vielleicht immer so: dass man in sich selbst nur in Zwischenräumen lebt und gar nie bei sich ankommt?* hatte er gestern an Livia geschrieben. Er begann, Sophias Nummer zu wählen und brach ab. Wie hätte er ihr das denn alles erklären wollen, mitten in der Nacht, an der Themse stehend?

Kenneth Burke war noch auf und stand am Fenster, als Leyland nach Hause kam. Er winkte ihn herein. »Ich muss dir etwas zeigen«, sagte er mit einem Ausdruck freudiger Aufregung, den Leyland an ihm noch nie gesehen hatte, und führte ihn die Treppe hinauf in einen kleinen Raum, in dem ein Computer und ein Drucker standen. Auf dem Tisch lag ein ausgedrucktes Bild, das wie der Umschlag eines Buches aussah. Ein Kupferstich vom alten Triest, ein bisschen ausgeblichen, altmodische Autos, die Silhouette altmodischer Leute mit altmodischen Hüten. Quer darüber, in altmodischen, dunkelroten Lettern: FRANCESCA MARCHESE, TRIESTE – CITY OF WORDS. Leyland, perplex, sah Burke an. »Ich weiß«, sagte Burke, »das kommt mehr als zwanzig Jahre zu spät, aber vergleich mal«, und er hielt das Buch daneben: »Ist mein Umschlag nicht besser?« »Er ist *viel* besser«, sagte Leyland, »mein Gott, es wäre der ideale Umschlag für das Buch gewesen. Aber wie kommst du …?« »Ich habe die halbe Nacht und den ganzen Tag in dem Buch gelesen, und plötzlich, als ich wieder einmal auf den Umschlag blickte, dachte ich: Das hätte ich besser gekonnt. In der Zeit, als ich die Apotheke noch hatte, lernte ich einen Kunden etwas näher kennen, einen Mann, der Computergraphik machte. Ich besuchte ihn und ließ mir zeigen, was da alles möglich ist. Die Beziehung zu einer Frau war zu Ende gegangen, und die Abende waren lang. Der Kunde beriet mich beim Kauf von Computer, Drucker und Programmen. *Learning by doing.* Ich bin natürlich nie so gut geworden wie einer, der es beruflich macht. Aber ich merkte, dass ich ein Auge hatte und Phantasie. Dort drüben stehen die Ordner mit den Bildern aus jener Zeit. Verstaubt. Denn irgendwann erlahmte ich. Ich glaube, es war, weil niemand die Bilder *brauchte*. Mit dem Cello ist es anders – da brauche ich niemanden, ich bin gern mit den Tönen allein. Aber ein Entwurf nach dem anderen, der niemanden interessierte … Manchmal warf mein Vater einen Blick darauf, aber das genügte nicht. Ein, zwei Jahre vor meiner Verurteilung habe ich aufgehört. Als ich hierherzog, dachte ich: Vielleicht findest du wieder hinein, jetzt, wo du so viel Zeit hast. Aber es passierte nicht. Bis heute nachmittag, mit deinem Buch. Den Stich von Triest gibt es im Netz. Ich habe ihn bearbeitet, langsam kam die Erinnerung an die Programmfunktionen zurück. Und ich hatte auf einmal solche *Lust*, den Umschlag zu machen! Ich weiß, auch diesen Entwurf *braucht* niemand. Aber er hat doch mit jemandem außer mir zu tun – mit dir nämlich.«

»Ich nehme das Bild mit, lasse es rahmen und hänge es bei mir drüben auf«, sagte Leyland. »Es wird das erste Bild sein, das ich dort aufhänge.« Dann erzählte er von Lynn Christies Unfall und dem Besuch im Krankenhaus. Burke lachte über den Bluff mit dem Professorentitel. »Ich habe Lynn versprochen, dass ich sie dort raushole. *Versprochen*. Du hättest sehen sollen, wie erleichtert sie war. Was mache ich denn jetzt bloß?« »Ich habe meine Erfahrungen mit Kliniken gemacht«, sagte Burke. »Die Leukämie der Mutter, der Herzinfarkt des Vaters. Ich habe um Verlegungen gekämpft. Man muss wissen: Es geht um Geld, es geht immer um Geld. Einzelzimmer sind unglaublich teuer. Sie verlassen sich nicht auf die Krankenkassen. Sie wollen eine Unterschrift, dass man die Kosten übernimmt. Kostenübernahmeerklärung heißt das. Heutzutage wollen sie eine Kreditkarte. Deshalb kannst du, wenn wir auf die Verwaltung gehen, nicht Professor Christie sein. Du bist Professor Leyland, ich würde sagen: Lynns Neffe. Der Neffe muss ja nicht wie die Tante heißen.« »Wenn *wir* auf die Verwaltung gehen?« fragte Leyland. »Ich gehe mit. Ich bin Dr. Burke, Lynns Hausarzt. Ich verlange das Einzelzimmer aus medizinischen Gründen.« »Der Stationsarzt?« »Wenn die Verwaltung mitspielt, hat der keine Einwände. Denk dran: Es geht um Geld.« Burke hatte die Tür schon geschlossen, da klingelte Leyland noch einmal. »Vielleicht könntest du noch einen zweiten Ausdruck des Umschlags machen und ihn morgen mitbringen? Es ist nur so ein Gefühl ... *just a hunch.*«

Als Burke am nächsten Morgen aus dem Haus kam, traute Leyland seinen Augen nicht. Er trug einen Anzug mit Weste und Krawatte, er war sorgfältig rasiert und gekämmt, und vor allem: Er trug eine randlose Brille, die ihn wie einen Wissenschaftler aussehen ließ, dessen Urteil man besser nicht widersprach. »Meine Fernsehbrille«, sagte er und machte das Gesicht von einem, der entschlossen ist, keine Miene zu verziehen.

Sean war schon da, als sie bei der Klinik ankamen. »Das ist Kenneth Burke, mein Nachbar«, sagte Leyland zu Sean. »Er ist Apotheker und hat Erfahrung mit Kliniken. Wenn du nichts dagegen hast, wird er als Dr. Burke, Lynns Hausarzt, auftreten und aus medi-

zinischen Gründen auf ein Einzelzimmer drängen.«
»Wir sind wie eine Phalanx, eine kleine Armee«, sagte
Sean, als sie im Gleichschritt auf die Verwaltung zugingen. »Wir überrennen sie, walzen sie nieder«, sagte
Burke.

»Wir sind wegen Mrs. Christie hier, Lynn Christie von Zimmer 311«, sagte Burke, als sie der Frau von der Verwaltung gegenübersaßen. »Ich bin Dr. Burke, ihr Hausarzt, das sind ihr Sohn, der Verleger, und ihr Neffe, Professor Leyland, der aus New York angereist ist. Wir möchten darum bitten, Mrs. Christie in ein Einzelzimmer zu verlegen. Es ist nicht eine Frage der Bequemlichkeit, des Luxus. Ich behandle Mrs. Christie seit vielen Jahren und sage es aus medizinischen Gründen. Ich habe sie gestern gesehen. In diesem Zimmer bricht sie früher oder später nervlich zusammen. Und dann wird aus ihrer Genesung nichts.« Burke lächelte die Frau an. »Ich weiß, dass Sie nicht zaubern können. Aber vielleicht … Die Kosten wären kein Problem.« Bei Burkes letzten Worten hatten sich die abweisenden Züge der Frau etwas entspannt. Sie ging ins Nebenzimmer. Die drei Männer sahen sich nicht an. Auf keinen Fall durften sie sich mit ihren Blicken verraten. »Sie haben Glück«, sagte die Frau, als sie zurückkam. »Ein Patient aus einem Einzelzimmer wird heute entlassen, früher als geplant. Aber zuerst brauchen wir eine Kostenübernahmeerklärung und eine Kreditkarte.« »Das mache ich«, sagte Leyland und gab ihr seine Karte. »Sie wissen, dass das bei einer längeren Dauer viele tausend Pfund kosten kann?« »Kein Problem«, sagte Leyland. »Bei Kosten dieser Größenordnung müssen wir bei der Kartenfirma eine Deckungszusage einholen«, sagte die Frau und ging wieder ins Nebenzimmer. »In Ordnung«, sagte sie, als sie zurückkam. Sie ließ ihn ein Formular ausfüllen und unterschreiben. »Können Sie sich ausweisen?« Leyland zeigte ihr den Pass. »Sie wissen, dass Sie damit für sämtliche Kosten von Mrs. Christies Aufenthalt haften? Ganz gleich, wie sich die Krankenkasse verhält?« Leyland nickte. Die Frau sah auf die Uhr. »Das Zimmer muss hergerichtet werden. Die Verlegung wird gegen elf sein.«

In der Cafeteria der Klinik war ein Tisch frei. »Ich bin Sean«, sagte Sean, als sie sich gesetzt hatten, und streckte Burke die Hand entgegen. »Kenneth«, sagte Burke und nahm die Brille ab. »Das war filmreif«, sagte Sean. »Ich weiß nicht, wie ich es sagen soll: So etwas hat noch nie jemand für uns, für Lynn und mich, getan.« Burke sah Leyland an. »Was *haben* wir eigentlich getan?« »Na ja«, sagte Leyland, »du hast diese Stimme aus dem Hut gezaubert. Sie hatte eine solche *Autorität*, diese Stimme. Unmöglich, ihr zu widersprechen.« »Ja, ich kann einiges mit meiner Stimme machen«, sagte Burke. »Habe seinerzeit alle Lehrer nachgemacht. Während des Studiums habe ich mich als Synchronsprecher versucht. Aber das ist ein Kartell.« »Und du«, sagte Sean zu Leyland, »bist mir mit der Kreditkarte zuvorgekommen.« »Der Professor aus New York – das musste einfach sein, der Mann musste doch eine *Rolle* haben. Du glaubst nicht, wie ich das genossen habe.«

»Kenneth kann einen auch sonst noch überraschen«, sagte Leyland nach einer Pause. Burke streifte ihn mit einem Blick, holte den Ausdruck seines Buchumschlags aus der Mappe und legte ihn vor Sean auf den Tisch. »Das ist ... das kann ich kaum glauben«, sagte Sean und sah Burke an. »Und das hast du ...?« »Ich habe früher einmal ein bisschen mit Computergraphik gespielt. Simon gab mir das Buch. Als ich den Umschlag etwas genauer in Augenschein nahm, dachte ich: Man könnte sich andere Lösungen vorstellen, solche, die sprechender sind. Und dann habe ich's probiert.« »Phänomenal«, sagte Sean. »Ich glaube, es ginge noch besser«, sagte Burke. »Man müsste die Linien des Kupferstichs so verändern, dass sie von ferne an die Linien von Buchstaben erinnerten. So dass die Architektur der Stadt ein bisschen wie eine Architektur aus Wörtern aussähe. Das Ganze sähe abstrakter aus, und vielleicht müsste man die Autos und die Leute opfern, ich weiß nicht.«

Sean ging auf die Toilette. Als er zurückkam, hatte er die Hände in den Jackentaschen und machte kleine, langsame Schritte, den Blick zu Boden gerichtet. *Anlauf, er nimmt wieder Anlauf, ein bisschen wie gestern*, dachte Leyland. Sean setzte sich und sah Burke an.

»Ich habe in meinem Verlag seit einiger Zeit keinen festen Designer mehr. Ich muss die Umschläge nach außen in Auftrag geben. Könntest du dir vorstellen …?« »Du meinst: ob ich für deine Bücher Umschläge entwerfen könnte? Ich würde noch heute beginnen!« »Ich könnte dir keine feste Anstellung anbieten, der Verlag würde dich von Buch zu Buch bezahlen, alles ein bisschen unregelmäßig und unsicher.« »Geld? Geld spielt dabei keine Rolle. Ich zahle keine Miete, ich habe geerbt, und außerdem esse ich viel Linsensuppe. Nein, nein, ich brauche kein Geld, ich brauche *Arbeit*. Endlich wieder Arbeit, du glaubst gar nicht, wie sehr einem das fehlen kann.« Sean wusste nichts von Burkes Verurteilung und der verlorenen Apotheke. Aber er spürte die Wucht in Burkes Worten, und sein Gesicht öffnete sich dafür. »Wir werden einen Umschlag für Cesare Pavese, *Il mestiere di vivere*, brauchen«, sagte er. »*The craft of living*, nicht wahr?« fragte er Leyland. »*Life's richness is made of memories, forgotten*: Das war doch aus diesem Buch, oder?« fragte Burke. »Die Sache mit dem Komma?« Leyland nickte. »Ich kann bis Ende des Jahres fertig sein. Dann muss es noch getippt werden.« »Die Sekretärin, die solche Sachen machte, hat uns verlassen«, sagte Sean. »Dann mache ich das eben«, sagte Burke. »Textverarbeitung – das muss doch ein Kinderspiel sein verglichen mit Graphik. Und lesen muss ich das Buch ohnehin, wenn ich es mit dem Umschlag treffen soll. Das wird ja viel schwieriger als Triest.« Burke lehnte sich zurück und balancierte auf den hinteren Stuhlbeinen. Durch die Glasscheibe der Cafeteria schien die Sonne auf sein Gesicht. Er hatte die Augen geschlossen. Er sah aus, als würde er im Inneren in einer großen, weiten Schleife in den lichten Raum hinausgetragen. Leyland und Sean tauschten einen Blick. »Abgemacht«, sagte Sean.

Lynn saß aufrecht im Bett, als sie das große, helle Zimmer betraten. Sean trat zu ihr. »Hör zu, Mama«, sagte er, »jeden Moment kann der Stationsarzt hereinkommen. Wir werden ein bisschen Theater spielen. Du tust einfach, als sei alles ganz normal. Okay?« Die Tür ging auf, und ein junger Arzt kam herein. Burke ging ihm mit ausgestreckter Hand und strahlendem Lächeln entgegen. »Wir sind Ihnen ja so dankbar, dass Sie das mit dem Zimmer möglich gemacht haben«, sagte er. »Ich bin Dr. Burke, Mrs. Christies Hausarzt. Ich behandle sie wegen Osteoporose, Bluthochdruck und Schwindel. Im anderen Zimmer – das war doch sehr belastend für sie, ich habe mir große Sorgen gemacht. Als uns die Verwaltung dieses Zimmer angeboten hat, waren wir alle sehr erleichtert.« Jetzt ging auch Leyland auf den Arzt zu. »Professor Leyland, Mrs. Christies Neffe, ich bin aus New York angereist. Auch ich möchte mich vielmals bedanken. Das wäre nicht in jedem Krankenhaus möglich gewesen, das kann ich Ihnen versichern.« »Auch von mir vielen Dank«, sagte Sean und hob die Hand, »wir sind uns ja schon begegnet.« »Eigentlich ...«, begann der Arzt, blickte dann in die Gesichter der drei Männer und hielt inne. »Das Verfahren ... aber nun gut.« Jetzt streckte Lynn die Hand aus. Es war für den Arzt unmöglich, sie nicht zu nehmen. Lynn umschloss seine Hand mit ihren beiden Händen. »Das werde ich Ihnen nie vergessen, Doktor«, sagte sie. In der Tür blieb der Arzt stehen. »Mit der Verwaltung ist alles geregelt?« »Absolut«, sagte Burke. Der Arzt ging hinaus.

Burke nahm die Brille ab, trat zu Lynn ans Bett und gab ihr die Hand. »Ich bin Kenneth Burke«, sagte er, »Simons Nachbar in Hampstead. Ich kenne mich mit Kliniken etwas aus und dachte, zusätzlicher Druck durch einen Hausarzt könnte nicht schaden.« »Niemand, absolut *niemand*, wäre auf die Idee gekommen, Sie könnten *nicht* mein Hausarzt sein«, sagte Lynn. »Und dann so zu tun, als hätte *er* das arrangiert – was für ein genialer Bluff!« »Er konnte es unmöglich richtigstellen«, sagte Burke: »Das hätte seine Autorität gefährdet. Neben Geld ist das hier drin das zweite Heiligtum: die ärztliche Autorität.« Er nahm eine Packung Tabletten aus der Jacke. »Hier. Zum Schlafen. Niemand erfährt etwas davon, hören Sie: niemand. Klar?« Lynn nickte. Burke nahm ihre Handtasche aus der Nachttischschublade und versteckte die Packung im hintersten Fach mit Reißverschluss. »Was haben wir für dufte Freunde, Sean«, sagte Lynn, als sie aufbrachen.

Sie gingen zum Verlag, und Sean führte sie durch die Räume. Es hatte sich kaum etwas verändert, seit Leyland das letzte Mal hier gewesen war, und doch war alles anders. Er betrachtete die Möbel, die Regale, die Teppiche: Auf einmal hatten sie mit ihm zu tun. Auch die Angestellten zu begrüßen, war anders als früher. Sean stellte Burke als einen freien Mitarbeiter vor, der in Zukunft die Buchumschläge machen würde. Die Blicke waren freundlich, aber reserviert, und Leyland konnte sehen, wie Burke die Zurückhaltung spürte. »Das war das Büro von Steven Baker, dem Designer«, sagte Sean, als sie den Raum am Ende des Flurs betraten. »Darf ich?« fragte Burke, setzte sich an den Schreibtisch und stellte den Rechner an. »Mein Gott, ja, das ist natürlich etwas anderes als meine einfachen, veralteten Programme«, sagte er. Er klickte sich durch eine lange Liste. »Die Programme sind alle in der Schublade«, sagte Sean. »Auch die Schreibprogramme sind dabei. Nimm sie ruhig mit. Und wenn dir danach ist, hier zu arbeiten – der Schreibtisch ist frei.«

»Wir könnten etwas probieren«, sagte Leyland, als sie in Seans Büro saßen. »Wir haben eine Reihe mit Erzählungen von Exilrussen gemacht. Livia hat damit begonnen, und ich habe sie fortgeführt. Es ist lange her, dass ich dir davon erzählt habe. Ein großer Erfolg, letztes Jahr ist der achte Text erschienen. Die Übersetzung ins Italienische hat immer Andrej Kuzmín gemacht, Sohn eines Russen und einer Baskin. Mit der Übernahme des Verlags hat Caterina Mizzan auch die Rechte an diesen Texten übernommen. Sie werde die Reihe fortsetzen, sagte sie mir. Ich bin sicher: Sie würde dir die englischen Rechte für einen symbolischen Betrag überlassen. Man weiß so etwas ja nie, aber eine solche Reihe könnte auch hier ein Erfolg werden. Wüsstest du einen Übersetzer?« »Es gibt Roman Nemirov«, sagte Sean, ging zum Regal und zog eine Zeitschrift heraus. Er blätterte. »Hier, das ist er.« Das Foto zeigte einen Mann im Rollstuhl, er mochte fünfzig sein und saß mit seinem hageren, bleichen Gesicht am Schreibtisch, über einen Text gebeugt, in der Hand einen Stift. »Er hatte als junger Mann in Moskau einen Unfall. Sie ließen ihn ausreisen, und er kam hierher. Er wollte so gut Englisch lernen wie Nabokov und Joseph Brodsky, das waren seine Idole. Und er *tat* es. Er übersetzt Tag und Nacht, in beide Richtungen. Er hat John Donne übersetzt. Kein Computer, die Telefonnummer ist geheim. Man muss ihm schreiben.« »Wir schicken ihm den ersten Text in unserer Reihe: Vasilij Smirnov, *Tischina*, Stille«, sagte Leyland. Er lehnte sich zurück, schloss die Augen und übersetzte aus dem Gedächtnis die ersten Sätze von Andrej Kuzmíns italienischer Fassung. »*Die Bucht von Riga ist zugefroren. Seit Tagen fällt Schnee in großen, langsamen Flocken. Wenn ich vor die Tür trete, ist es zuerst, als hörte ich nur Stille. Nach einiger Zeit dann höre ich das*

Geräusch der fallenden Flocken. Es ist das leiseste Geräusch, das ich kenne. Von Zeit zu Zeit hört man das Knirschen des Eises. Nachher ist es noch stiller.« »Diesen Text mache ich«, sagte Sean, »ob mit oder ohne Nemirov.«

»Steven Baker, der Designer, ist nicht freiwillig gegangen, nicht wahr?« sagte Burke, als er mit Leyland in der U-Bahn saß. Leyland schüttelte den Kopf. »Und auch die Sekretärin nicht?« »Der Verlag ist in Schwierigkeiten«, sagte Leyland. »Und du hilfst ihm da raus?« »Du und ich, wir beide helfen ihm da raus.«

22 Am nächsten Morgen fuhr Leyland zur Bank in Kensington, wo er immer noch sein Konto von früher hatte. Es hatte ihm stets gefallen, wenn er von der Bank Post nach Triest bekam. Er sah sich dann von Harrington Gardens aus zu der Filiale gehen, und er hörte, wie der Filialleiter »*Good morning, Sir*« sagte – er sagte es so, dass Leyland es immer wieder hören wollte und manchmal nur deshalb hinging. »Ich kann's dir nicht beschreiben«, sagte er zu Livia, »vielleicht am ehesten: *wie es im Buche steht*. Aber das ist albern, das kann man doch nicht über gesprochene Worte sagen.« »Jetzt will ich es wissen«, sagte sie und ging mit. »Schon richtig«, sagte sie nachher: *»wie es im Buche steht*; und im Englischen geht es doch auch für Gesprochenes, selbst wenn es blasser ist, fast akademisch: *the very model of it.*«

Der neue Filialleiter war viel zu jung, hatte Pomade im Haar und machte die Begrüßung ganz falsch. »*Anything I can do for you, Sir?*« *No*, war Leyland versucht zu sagen. »*Well, yes*«, sagte er dann so herablassend, wie er konnte, »es geht um eine halbe Million Pfund. Die Summe wird demnächst auf mein Konto überwiesen. Von mir selbst. Von einer Bank in Triest aus. Trieste, Italien. Bei dieser Summe wollte ich die Transaktion avisieren und erklären, dass es damit seine volle Richtigkeit hat.« »Darf ich fragen, was mit dem Geld geschehen soll?« fragte der pomadige Mann. »Nichts«, sagte Leyland, »erst einmal nichts.« »Wie Sie wünschen, Sir«, sagte der Mann pikiert.

Von zu Hause aus rief er seine Bank in Triest an. Eine halbe Million Pfund? Nein, sagte man ihm, das ginge nicht per Brief, nicht bei dieser Summe, da müsse er persönlich vorbeikommen und sich ausweisen. Er ging ins nächste Reisebüro und buchte einen einfachen Flug für den kommenden Tag. Es schien ihm, während er dort saß, eine ganz einfache Sache zu sein: Abflug am späten Vormittag, Ankunft am frühen Abend, er würde die Kinder treffen, und sie könnten bei Pat Kilroy essen. Doch als er wieder am Schreibtisch saß, den Flugschein vor sich, war es plötzlich überhaupt nicht mehr einfach. Was machte es schwierig? War es zu früh, schon morgen wieder in Triest zu sein? Aber was sollte das heißen: *zu früh*? Was wäre denn der richtige Zeitpunkt? In einer Woche? Einem Monat? Nächstes Jahr? Nein, nein, in seinem Zögern ging es nicht um Zeit und Zeitpunkte. Langsam ging Leyland durch die Räume und trat an die Fenster, ohne etwas zu sehen. Allmählich begann er zu verstehen: Es war, dass er nicht wusste, wie es sein würde, in Triest zu sein – jetzt, wo er gerade begonnen hatte, eine neue Gegenwart in London zu finden. Er fürchtete sich vor dieser Unwissenheit und der Ratlosigkeit, die ihn befallen mochte, wenn er dort ankam, einer Ratlosigkeit, die nicht nur für ihn selbst spürbar wäre, sondern auch für die anderen, die sie verletzen könnte. Es würde ja anders sein als im Oktober, nach der Entdeckung der irrtümlichen Diagnose. Da war es darum gegangen, sich in der vertrauten Stadt an eine zurückgewonnene Zukunft zu gewöhnen. Mit dem Gefühl durch die Gassen und über die Plätze zu gehen, dass er das noch viele Jahre würde tun können. Nach und nach dann war der Gedanke entstanden, sich in Warren Shawns Haus darüber klar zu werden, wie es mit seinem Leben, dem Leben ohne den Verlag, weitergehen könnte. Es war, dachte er jetzt, ein merkwürdig abstrakter Gedanke gewesen – ein Gedanke, der ganz davon abgesehen hatte, dass sich hier unweigerlich Neues ergeben würde und dass Dinge geschehen konnten, die den Verlauf seines weiteren Lebens beeinflussen würden. So, wie es ja nun auch geschehen war, vor allem mit Kenneth Burke und Sean Christie. Jetzt gab es diese neue Gegenwart, und zugleich lebte er auch in der alten, gewohnten Zeit von Triest weiter, der Zeit der Kinder, der Zeit von Andrej und Pat Kilroy, ein bisschen auch noch in der Zeit des Verlags, wenngleich sie nicht mehr so unmittelbar durch ihn hindurchfloss wie früher. Dass einer sein Leben gleichzeitig in verschiedenen Städten, verschiedenen Ländern lebte – man las darüber und hörte davon. Leyland hielt in seinen Gedanken inne, wie man innehält, wenn etwas Selbstverständliches plötzlich rätselhaft erscheint. Wie ging das vor sich? Wie ging es im Inneren dieser Menschen vor sich?

Drüben bei Kenneth Burke hielt der Wagen einer Firma für Computer und Drucker. Burke ließ die Kisten mit den Geräten hineintragen, dann schloss er die Tür, und der Wagen fuhr weg. Burke war dabei, sein neues Leben als einer zu beginnen, der für Seans Verlag arbeitete, mit neuen Geräten und neuen Programmen. Er war den Männern, die die Kisten trugen, mit einer Energie und einem freudigen Gesicht entgegengegangen, als hätte er seit Jahren auf diesen Moment gewartet. Und jetzt sah ihn Leyland oben in dem kleinen Zimmer, in das er ihn neulich geführt hatte, die Kisten auspacken. *Ich brauche kein Geld, ich brauche Arbeit, endlich wieder Arbeit, du glaubst gar nicht, wie sehr einem das fehlen kann*, hatte er in der Cafeteria der Klinik zu Sean gesagt.

Leyland ging zurück ins Reisebüro und kaufte einen zweiten Flugschein nach Triest, dieses Mal für übermorgen. Er legte die beiden Flugscheine auf dem Schreibtisch nebeneinander. Aber hatte er sich nicht eben noch gesagt, dass es nicht um Zeit und Zeitpunkte ging? Im kleinen Zimmer bei Burke drüben flimmerte jetzt ein Bildschirm. Leyland rief Francis Page an, Warren Shawns Anwalt, und bat ihn, ein Schriftstück vorzubereiten, das die Schenkung an Seans Verlag regelte. Als er die Summe nannte, war es eine Weile still in der Leitung. Er sei irgendwann in der nächsten Woche wieder in London, sagte er auf Pages Frage. Dann fuhr er nach Chelsea ins Krankenhaus zu Lynn Christie.

Lynn hatte in der frühen Dämmerung die Nachttischlampe an und las. Mit Burkes Tabletten habe sie das erste Mal wieder richtig geschlafen, sagte sie. Ob er ihr über den Mann etwas sagen könne? Leyland erzählte ihr die Geschichte seiner Apotheke, seiner Eigenmächtigkeit und Verurteilung. *Robin Hood der Arzneien* – Lynn musste lachen. »Ich hätte ihn gern zum Freund«, sagte sie. Sie möge das alles für sich behalten, sagte Leyland, Burke werde es ihr und Sean eines Tages selbst erzählen. »Wie stehen er und Sean zueinander?« Als Leyland von Burkes Buchumschlag und dem Plan für weitere Umschläge sprach, wurde Lynn still. »Steven Baker ist nicht mehr im Verlag?« fragte sie nach einer Pause. Nein, sagte Leyland, aber

Näheres wisse er nicht. »Das wundert mich. Er war gut. Ich mochte ihn nicht, er konnte hochnäsig und selbstgefällig sein, aber er war gut.« Es lag etwas Gekränktes und auch Ängstliches in ihrer Stimme, als sie weitersprach. »Ich wundere mich, dass Sean nichts gesagt hat. Sagen Sie, Simon: mit dem Verlag ist doch alles in Ordnung, oder? Ich hatte in letzter Zeit manchmal so ein Gefühl.« Leyland nahm ihre Hand. »Alles in Ordnung. Die Zeiten sind für Verlage schwierig. Aber Sean macht es gut.« »Und Sie sagen mir die Wahrheit?« »Natürlich«, sagte Leyland und war froh, dass in diesem Moment eine Schwester hereinkam.

Als die Schwester gegangen war, sah ihn Lynn mit einem Blick an, aus dem die Ängstlichkeit verschwunden war. »Und Sie: alles einfach ein Irrtum?« Leyland nickte. »Vertauschte Bilder. Eine Durchblutungsstörung, nichts weiter.« »Wie lange haben Sie mit dem Irrtum gelebt?« »Elf Wochen.« »Muss eine Ewigkeit gewesen sein.« Leyland nickte. »Wissen Sie noch, wie wir nachts am Wasser gestanden haben, auf der großen Mole? *Ich brauche keinen Arzt*, hatten Sie gesagt. Die Worte haben uns verfolgt, Sean und mich. ›Es passt zu ihm‹, sagte Sean, ›nichts anderes würde zu ihm passen.‹ Wir haben über die Jahre gesprochen, in denen Sie mit Livia und den Kindern in Harrington Gardens wohnten. Wie wir uns besucht haben. In Ihrem Arbeitszimmer stapelten sich die Bücher auf dem Boden. *They are a couple of words*, pflegten wir über Sie und Livia zu sagen. Natürlich klang dabei der Titel von Francesca Marcheses Buch über Triest an, aber wir freuten uns auch jedesmal über den Doppelsinn von *a couple*, *ein Paar* und *ein paar*. *Not just a couple of words*, sagte Sean dann oft, und wieder freuten wir uns, dass damit beides gemeint war: Es ging bei euch nicht nur um ein paar wenige Wörter, sondern um das ganze Universum der Wörter, und es ging zwischen euch um viel mehr als um Wörter. ›Sieh dir nur an, wie er Livia mit dem Blick durch den Raum folgt‹, sagte Sean. Wir haben euch vermisst, als ihr nach Triest gezogen wart. Als Livia mit den Kindern schon dort war, haben Sie uns ein letztes Mal besucht. Beim Abschied haben wir uns lange umarmt. Erinnern Sie sich?« Leyland nickte. »Sean hat es gesehen. ›Er ist fast wie ein Sohn‹, sagte ich nachher zu ihm. Wir haben euch vermisst, aber es war auch schön, dass wir nun beide einen Verlag hatten und viele Bücher zusammen machen konnten. *Unsere Außenstelle Triest*, sagte Sean manchmal. Ich wünschte, wir hätten euch öfter besucht. Ich wünschte es besonders in dem Moment, als Livias Urne in die Grabwand der Familie geschoben wurde. Ich sehe Sie dort stehen, Sie hatten die Arme um die Schultern der Kinder gelegt. Wie sehr sie zusammengehören, dachte ich, und wie verlassen er trotzdem aussieht. Und nun, noch einmal zehn Jahre später, standen wir auf der Mole, das Wasser sah bedrohlich schwarz aus, und es verfolgte mich die Vorstellung, Sie würden, wenn der Moment gekommen wäre, hinausschwimmen, bis die Kräfte Sie verließen. Ich begann zu frieren, auch im Hotelzimmer fror ich noch und ging schließlich hinüber zu Sean. Ob wir noch einmal bei Ihnen vorbeigehen sollten, fragte ich am Morgen. Sean zögerte. Nein, sagte er schließlich mit Entschiedenheit. ›Man kann einen solchen Abschied nicht wiederholen, nicht verdoppeln. Der zweite würde den ersten – entweihen.‹ Ich weiß noch, wie erstaunt ich war, ihn dieses sakrale Wort sagen zu hören, aber es war das richtige Wort. ›Ich selbst würde es nach dem ersten heftigen Anfall tun, von dem ich wüsste: davon erhole ich mich nicht wieder‹, sagte er auf dem Rückflug. ›Das Schlimmste muss sein, sich von den Kindern zu verabschieden. Wie macht man das?‹ Als er nach der Kaffeetasse griff, zitterte ihm die Hand, und es war nicht die Vibration des Flugzeugs.« »Ich weiß nicht, wie ich es gemacht hätte«, sagte Leyland. »Als der Irrtum entdeckt wurde, war ich noch nicht bei dieser inneren Klarheit angekommen.«

Leyland half Lynn, sich mit dem geschienten Bein anders hinzulegen. Ob er seinen Verlag vermisse, fragte sie dann, und wie es mit seinem Leben nun weitergehen werde. »Es gibt«, sagte er, »Momente, vor allem vor dem Einschlafen, wo mich der Gedanke verfolgt, dass ich den Verlag noch hätte, wenn der Irrtum nur ein klein wenig vorher, nur zehn Tage vorher, entdeckt worden wäre. Und in meinen Träumen sitze ich manchmal in meinem Büro, Vera Santin kommt herein und fragt etwas. Es kommt vor, dass im selben Traum Livia telefonierend auf und ab geht, ich höre ihre Geschäftsstimme und frage mich, warum wir beide hier sind. Aus einem solchen Traum aufzuwachen, tut weh. Aber der Groll den Zufällen gegenüber nimmt langsam ab. Ich bleibe dem Verlag ja verbunden, als Übersetzer und auch als einer, der Vorschläge macht. Dass ich die geschäftliche Last los bin – darüber bin ich nicht unglücklich. Und was mein Leben nun für eine Form annehmen wird: Ich weiß es noch nicht, ich taste mich durchs Ungewisse, im Äußeren wie im Inneren.« Aber er werde doch öfter hier in London sein? Ja, sagte Leyland, Warren Shawns Haus sei dabei, seines zu werden. »Und die Verbindung zu unserem Verlag?« »Wird noch enger werden als früher. Wenn Sean mich braucht: Ich bin da.«

Als Leyland nach Hause kam, flimmerte bei Burke drüben immer noch der Bildschirm. *Work.* Was für ein kostbares Wort aus seinem Mund. Leyland setzte sich an den Schreibtisch und betrachtete die beiden Flugscheine. Nach einer Weile spürte er die leise pochenden Vorboten der Migräne. Er nahm die Tabletten und überließ sich seinem Atem. Manchmal gelang es auf diese Weise, die Schmerzen abzufangen. Es gab Anfälle, die mit einer Situation zu tun hatten und sich aus ihr heraus deuten ließen – *die Schmerzen lesen*, hatte Livia das genannt –, und es gab die anderen Anfälle, die er für sich *brute fact* getauft hatte. In beiden Fällen würde er in Zukunft die grellen Bilder an Doktor Leonardis Röntgenschirm vor sich sehen, und gegen den ersten Schrecken würde es nichts helfen zu denken, dass es ja gar nicht Bilder seines Gehirns gewesen waren.

Als die Tabletten zu wirken begannen, schlug er Paveses Buch auf und machte mit der Übersetzung weiter. Nach einer Weile kam er zu einem Satz, den er bei der ersten Lektüre nicht in seiner ganzen Tiefe wahrgenommen hatte. *È bello scrivere perché riunisce le due goie: parlare da solo e parlare a una folla. The beauty of writing is that it unites the two joys: speaking to yourself and speaking to a crowd. Schreiben ist schön, weil es die beiden Freuden vereint: zu sich selbst und zugleich zu vielen anderen zu sprechen.* Leyland holte Warren Shawns Brief hervor und blätterte bis zu der Stelle, die ihn am meisten getroffen hatte. ... *Du bist stark, mein lieber Simon, Du warst es schon als staunendes Kind und dann als Jüngling, der bei Nacht und Nebel die Schule und das elterliche Haus verließ und zu den Lichtern der Großstadt floh und zu den Zügen, die unter ihr fahren. Was war das für ein unerhörter, abenteuerlicher, halsbrecherischer Wille! ... Ich wünschte, dass Du diesen glühenden, verrückten Willen und das unerschütterliche Selbstvertrauen, aus dem er entstand, noch ein-*

mal auflodern ließest und zur Feder griffest, um in ganz eigenen Worten von Dir selbst zu erzählen, in der Form von Confessiones *oder, besser noch, in Form von Erzählungen, deren Figuren das, was Dich im Innersten bewegt, in besonders dichter und poetischer Form durchleben können.* Pavese war auch Übersetzer gewesen, dachte Leyland: Melville, Joyce, Dos Passos, Faulkner und noch einige mehr. Er hatte bei Einaudi im Verlag gearbeitet. Und er hatte Gedichte und Erzählungen geschrieben. Er hatte den Schritt getan, von dem Warren Shawn sprach. *Ich habe den Schritt hin zur eigenen Stimme nicht gewagt*, hatte Warren geschrieben. *Mögest Du ihn wagen! Und möge mein Haus, das nun bald Deines sein wird, Dir dabei helfen, wie auch immer.*

Leyland ordnete den dicken Stapel des bisher Übersetzten und ging hinüber zu Burke, der wie verzaubert war von all den neuen Programmen, die er im Laufe des Tages ausprobiert hatte. Er blätterte in der Übersetzung, hielt inne und las vor: *Die Bewunderung für ein großartiges Stück Dichtung gilt nie seiner verblüffenden Geschicklichkeit, sondern der Neuheit der Entdeckung, die es enthält.* »Ein großer Satz«, sagte er. »Es gibt große Sätze darin, mittelgroße und kleine«, sagte Leyland, »und der eine oder andere Satz ist auch richtig albern.« Burke sah ihn verblüfft an. »Niemand liest so genau wie der Übersetzer«, sagte Leyland. »Er entdeckt jede unnötige Wiederholung, jede Unstimmigkeit, jedes Stolpern im Rhythmus, jedes verrutschte Bild, alles, was verbraucht, banal und eben albern ist. Denn er muss ja alles, wirklich alles, in sich aufnehmen, um es in der anderen Sprache nachbilden zu können. Wie oft habe ich bei einem Satz gedacht: Wenn ich den nur nicht nachzubilden hätte! Der Übersetzer kommt dem Autor so nahe wie niemand sonst. Übersetzen schafft eine Nähe, die größer ist als jede andere, größer auch als jede körperliche Nähe, selbst zwischen Liebenden. Denn der Übersetzer kennt nach einer Weile das Intimste, was es an einem Autor zu entdecken gibt: das verborgene Alphabet seiner Phantasie. Es kommt vor, dass dieses Alphabet dem Übersetzer zutiefst fremd ist. Dann erlebt er diese Fremdheit als kälter und abschreckender als jede Fremdheit in einer gewöhnlichen Begegnung. Übersetzen – das ist eine unerhörte Invasion der fremden Innenwelt. Und sie ist gefährlich. Denn weil der Übersetzer den Autor besser kennt als jeder andere, kann er ihn auch so tief verletzen wie niemand sonst.«

Später saß Leyland mit Burke in der Teestube, in der Warren Shawn oft gesessen hatte. Wie es sei, jemandem zu begegnen, dessen Roman man übersetzt habe, fragte Burke. »Wenn es ein Buch ist, das aus großer seelischer Tiefe heraus geschrieben wurde, muss man sehr vorsichtig sein. Es gibt Autoren und Übersetzer, die solche Begegnungen sorgfältig vermeiden. Das Wichtigste, was ein Übersetzer treffen muss, ist die Atmosphäre des Buches. Noch mehr als in den Wörtern, den Figuren und der Handlung zeigt sich darin, wer der Autor ist. Man muss sich ganz auf die innere Gestalt und den inneren Klang des Buches einlassen, und das ist nur möglich, wenn man diese Gestalt und diesen Klang in sich nachbildet und mit dem Buch atmet. Ein Stück weit lebt man damit das Leben des Autors. Wenn man ihm dann begegnet, muss man aufpassen, dass der eigene Blick nichts Voyeuristisches an sich hat, nichts, was die Botschaft enthielte: Ich weiß, wie du bist, ich weiß es sogar besser als du selbst. Schwierig dabei ist: Der Autor weiß, dass es einen inneren Blick des Übersetzers gibt, der in dieser Weise auf ihn fällt, auch wenn das in keinem äußeren Blick, mit dem er ihm begegnet, zu erkennen ist. Es ist gut, dass man als Übersetzer wieder aus dem Leben des Autors verschwindet. Sein Leben entwickelt sich weiter, und man ist froh, durch diese Entwicklung von der Intimität befreit zu werden, die das Übersetzen geschaffen hatte.«

Als die Bedienung den Kaffee gebracht hatte, rieb sich Leyland die Schläfen. »Migräne?« fragte Burke. Leyland nickte. »Und immer lauert da die Erinnerung an die Anfälle, bei denen mir die Worte entglitten. Nun werde ich immer darauf warten müssen, ob mir das Blut das nächste Wort zuträgt, denke ich dann. Es kann passieren, dass mich der Gedanke auf der Straße überfällt und mich für den Moment regelrecht lähmt, so dass ich stehenbleibe. Und manchmal überfällt er mich beim Übersetzen, mitten in der Bewegung des Schreibens. Dann wieder tritt er für längere Zeit in den Hintergrund. Was bleibt, ist das Bewusstsein, von meinem Gehirn abhängig zu sein, seinen Launen ausgeliefert. Die stets lebendige Erinnerung daran, dass etwas so Einfaches, Elementares wie eine Störung in der Durchblutung einen der Sprache und des Denkens berauben kann. Weißt du, Kenneth, es klingt lächerlich, das zu sagen, aber es stört mich, dass man überhaupt ein Gehirn braucht, um etwas zu erleben. Es stört mich einfach. Ich möchte die Autorität über meinen Geist nicht an die Chemie des Gehirns abgeben müssen. Ich möchte sie bei mir selbst behalten, jeden Augenblick und bis zuletzt.«

Als Burke sah, dass Leylands Hand zitterte, legte er ihm die Hand auf den Arm. »Ich habe dir von meinem früheren Kunden erzählt, der es auch hatte. Ich habe damals nachgelesen: Es kommt oft vor, dass jemand es nur ein-, zweimal hat und danach nie wieder. Du hast mir das ja auch selbst gesagt. Und so kann es doch sehr gut sein, dass du es nie wieder erleben musst.«

Bevor sie gingen, sprach Leyland von seiner Reise nach Triest. »Ich spüre ein Zögern«, sagte Burke. Da erzählte Leyland von den zwei Flugscheinen. »Als bräuchtest du den morgigen Tag noch als Anlauf«, sagte Burke. Er verschränkte die Arme hinter dem Kopf und schloss die Augen. »Ich kann mir vorstellen, dass es eine schwierige Reise wird. Die Stadt der Schreckenszeit, die Stadt des verkauften Verlags. Dann aber auch die Stadt der Vergangenheit mit Livia und der Gegenwart mit den Kindern. Dazu die Frage, wo der Mittelpunkt des Lebens künftig sein soll. Das ist viel auf einmal, da braucht man schon Anlauf.«

»Morgen fange ich an, Pavese zu tippen«, sagte Burke auf der Straße. »Wenn du zusehen magst …« Leyland nickte, dann ging er ins Haus.

Auf dem Telefon sah er, dass Sophia angerufen hatte. Er rief zurück. Schon nach ihren ersten Worten wusste er, dass etwas geschehen war. »Ich muss unbedingt mit dir reden, Papà«, sagte sie, »aber es geht nicht am Telefon. Kannst du herkommen?« »Ein Unglück?« »Nein, nein«, sagte sie. »Nichts … Schlimmes. Aber etwas … Großes. Etwas, was mein ganzes Leben betrifft.« »Bekommst du ein Kind?« Sie lachte. »Aber nein. Etwas viel Komplizierteres. Aber ich kann es dir wirklich nicht am Telefon erklären. Wann kannst du hier sein?« »Morgen«, sagte Leyland und nannte ihr die Ankunftszeit. »Wann hast du dein letztes Examen?« »In drei Tagen.« »Und die Sache kann nicht bis dahin warten?« Sie zögerte. »Ich hoffe, du wirst es nicht übertrieben finden, hysterisch, aber … nein.« »Gut, dann bis morgen.«

Leyland saß eine Weile im Dunkeln und ging das Gespräch in Gedanken stets von neuem durch. *Etwas Großes, etwas, was mein ganzes Leben betrifft.* Er ging hinüber zu Burke. »Ich kann dir nicht sagen, wie ich darauf komme«, sagte Burke, nachdem er zugehört hatte, »aber sie möchte, dass du etwas *verstehst*, etwas, was für dich neu an ihr ist. Sie möchte, dass du es *akzeptierst*, dass du sie darin *annimmst*, und zwar so bald wie möglich.« »Es könnte also darum gehen, sie in gewissem Sinne *neu zu sehen*?« »Es ist nur eine vage Vermutung aufgrund weniger Worte.« »Und warum die plötzliche Eile?« »Noch eine vage Vermutung: Vielleicht hat sie über eine lange Zeit mit einem Entschluss gerungen, jetzt ist er vollzogen, und zu seiner Wirklichkeit gehört, dass derjenige, der am meisten zählt, sofort davon erfährt.« »Du hast mich vorhin beim Essen erlebt«, sagte Leyland. »Glaubst du, ich bin dem gewachsen?« »Aber Simon, du bist doch noch ganz anderen Sachen gewachsen gewesen. Noch *ganz* anderen Sachen.«

Unter der Tür gab Leyland Burke einen Schlüssel. »Pass gut auf«, sagte er. Als er am nächsten Morgen das Haus verließ, stand Burke am Fenster. Beide hoben sie die Hand und ließen sie länger oben als bei einem gewöhnlichen Gruß.

23 Als Leyland am Flughafen von Triest in die Ankunftshalle hinaustrat, rannte Sophia auf ihn zu und fiel ihm um den Hals. Er spürte, wie sie ihn festhielt, und noch mehr spürte er, wie sie festgehalten werden wollte. Sie zog ihn zu einem der Tische vor der Kaffeebar. »Ich höre auf, Papà«, sagte sie atemlos, kaum dass sie sich gesetzt hatten. »Mit der Medizin, meine ich. Übermorgen mache ich noch diese letzte Prüfung, ich hole das Diplom ab, und dann ist Schluss.«

Leyland war auf vieles gefasst gewesen. Darauf nicht. Auf dem Flug hatte er sich zu vergegenwärtigen versucht, was er über seine Tochter eigentlich wusste. Sophia Kelly. Den zweiten Namen, den er vorgeschlagen hatte, mochte sie nicht, sie fand ihn zu hell, zu spitz und, wie sie sagte, überhaupt nicht zu dem passend, was sie im Spiegel sah. Sie war ein unabhängiges, eigensinniges, manchmal auch trotziges Kind gewesen. Ein Mädchen, dem man am besten seinen Willen ließ, irgendwie würde sie es schon schaffen. So hatten er und Livia es gesehen. Ihr selbst, sagte sie später, war es oft vorgekommen, als ließe man sie allein. In der Schule galt sie als hochmütig, nicht zuletzt, weil sie spielend gute Noten holte und auch im Sport immer vorne lag. Tatsächlich musste es sie bedrückt haben, dass sie keine Freundinnen hatte und den anderen offenbar als ein hochnäsiges Mädchen erschien, das keine wollte und keine brauchte. Mit den Eltern darüber reden –

das schien ihr nicht möglich. Ihre Worte hatten den Vater getroffen: »Es war nicht Gleichgültigkeit, aber du und Maman, ihr habt eure Bahnen gezogen, eure ganz unterschiedlichen Bahnen, und nahmt mich nicht mit«, sagte sie.

Ein Studium lehnte sie ab. Livia hatte in Mailand und Madrid studiert, den Doktortitel hatte sie mit Mitte zwanzig an der Sorbonne erhalten. Waren es dieser Glanz und diese Schnelligkeit, die ganze sprühende Art der Mutter, die in Sophia eine Ablehnung gegen die Universität entstehen ließen? War es ein stummer Protest gegen das Feuerwerk ihrer Fähigkeiten? Weil sie fürchtete, den Vergleich nicht aushalten zu können? Dabei las sie ständig: nach der Schule, nach der Klinik, im Nachtdienst und wenn sie alleine aß. Sie las mehr als Sidney und die Eltern, weit mehr. Vor allem Bücher über Geschichte und politische Bücher. Marx, Benedetto Croce und Antonio Gramsci. Auch die Schriften von Franco Basaglia, der in der Nähe die Tore der Psychiatrie geöffnet hatte, las sie. Sie las schnell und heftig, als wolle sie mit dem Lesen gegen etwas Sturm laufen. Sie hasste Andreotti und Craxi und alle anderen korrupten Politiker. Sie ging nicht zur Wahl.

Schließlich hatte sie Doktor Leonardi, der sie als Krankenschwester kannte, doch noch überzeugen können, ein Medizinstudium zu beginnen. Sie hatte es mit einer Art wütender Hingabe betrieben und darauf bestanden, es sich durch Dienste als Krankenschwester selbst zu verdienen. Sie konnte es nicht ertragen, wenn sie bei sich Wissenslücken entdeckte, und ihre Detailversessenheit war sogar bei den Dozenten gefürchtet, ebenso wie ihre vertrackten Zwischenfragen in den Vorlesungen und Kursen. Die Medizin, der Beruf der Ärztin – sie erschienen wie erfunden für ihr Temperament und ihre Leidenschaft. Sie hatte davon gesprochen, zu den *Médecins sans Frontières* zu gehen, aus Gründen, die auch Kenneth Burke vor langer Zeit auf diesen Gedanken gebracht hatten. Und er, der Vater, hatte sich nach der Diagnose bei niemandem so geborgen gefühlt wie bei ihr, einerseits natürlich, weil sie seine Tochter war, aber eben auch, weil sie bald Ärztin sein würde, jemand, der sich in den Dingen, von denen er nichts wissen wollte, auskannte.

Das alles war ihm im Flugzeug durch den Kopf gegangen. In München, in der Halle mit den endlos vielen Flugsteigen, hatte er einer Frau in Sophias Alter gegenübergesessen, die Zeitung las. Ohne dass es da einen erkennbaren Zusammenhang gegeben hätte, hatte er sich auf einmal gefragt, ob all das, was er sich auf dem Flug zurechtgelegt hatte, nicht viel zu oberflächlich war, viel zu schematisch. Wusste er wirklich, wie es in seiner Tochter aussah? Was sie vom Leben erwartete? Was Männer betraf, war sie nicht weniger verschwiegen als ihr Bruder, was Frauen betraf. Irgend etwas musste mit Doktor Moretti gewesen sein.

Und was las sie? Welche Musik hatte sie in der letzten Zeit gehört? *Etwas Großes, etwas, was mein ganzes Leben betrifft.* Die Frau, die ihm gegenübergesessen hatte, stand auf und ging durch die Halle. War es womöglich das: eine Frau in ihrem Leben? Eine Leidenschaft, von der sie bisher nichts geahnt hatte? Doch was immer es sein mochte: Es musste einem Erleben entspringen, das jenseits der Medizin lag, jenseits von all dem Können und all der Hingabe, die seit mehr als zehn Jahren den Rahmen ihres Lebens gebildet hatten, und ohne die sich der Vater seine Tochter nicht vorstellen konnte. Dass die lebensbestimmende Veränderung, von der sie am Telefon nicht hatte sprechen mögen, ausgerechnet im Zusammenbruch dieses Rahmens liegen könnte – auf diesen Gedanken war er einfach nicht gekommen.

»Und?« fragte sie. »Was denkst du? Findest du es verrückt?« Leyland machte mit der Hand eine sanfte Bewegung: langsam, ich brauche Zeit. Er holte die Zigaretten hervor und steckte sich eine zwischen die Lippen. Sie wollte auch eine, und er gab ihr Feuer. »Seit wann rauchst du?« »Seit ein paar Tagen. Gehört irgendwie dazu, steht für nichts, gehört nur irgendwie dazu.« »Wie die Mütze?« Es war eine Art Baskenmütze aus Wollfäden in orientalischen Farben. »Vorgestern, als ich aus der vorletzten Prüfung kam, lag sie in der Auslage eines Ramschladens. Ich setzte sie auf. ›*Sta bene*‹, sagte der Verkäufer und hielt mir einen

Spiegel hin. Ich fand auch: sie passte. Nicht nur zu mir, sondern auch zu dem neuen Lebensgefühl.« Leyland streckte die Hand aus, und sie gab ihm die Mütze. Langsam fuhr er über den weichen Stoff. »Seidenstraße«, sagte er, und sie lachte. Er setzte sich die Mütze auf, da lachte sie noch einmal. Er gab ihr die Mütze zurück. Dann schlug er die Beine übereinander und nahm einen tiefen Zug aus der Zigarette. Jetzt war er bereit.

»Ich habe mir auf der Reise tausend Dinge vorgestellt. Aber auch wenn die Reise noch tausend Stunden gedauert hätte – ich wäre nicht darauf gekommen. Du und die Medizin – das war wie ein Axiom. Unverrückbar.« Er holte die Brieftasche hervor und zog ein Foto heraus, das sie in der Zeit als Krankenschwester zeigte, mit weißem Häubchen und strengem Gesicht. »Hier. Das warst du. Das warst du ganz und gar.« Sophia betrachtete das Bild. »Ich weiß. So haben mich alle gesehen, es war das Bildnis, das sie sich von mir gemacht haben. Die Ausnahme war Sidney. ›Nimm das blöde Häubchen ab, du siehst ja aus wie eine Nonne im Feldlazarett‹, sagte er. Ich habe an dem Bildnis mitgearbeitet, nach außen hin, aber auch nach innen, sozusagen. Das ist mein Platz im Leben – so war das Gefühl.«

»Ich werde verstehen wollen, was geschehen ist«, sagte Leyland. »Wie sich die Dinge in dir verändert haben. Aber zuerst will ich dir auf deine Frage antworten: Nein, ich finde es nicht verrückt, überhaupt nicht. Es wird mir ein bisschen schwindlig bei dem Gedanken, so ungewohnt ist er. Aber es ist kein beängstigender, beklemmender Schwindel, eher ein befreiender.« Er sah sie an, und es war, als begänne in ihm etwas zu fließen. »Dann hast du ja jetzt plötzlich eine ganz offene Zukunft vor dir. Ganz offen. Was wirst du als nächstes tun? Aber wahrscheinlich kommt die Frage zu früh.« »Ja und nein. Ich wollte dich fragen: Könnte ich für einige Zeit zu dir nach London kommen? Für ein paar Monate vielleicht. Ich habe nichts Bestimmtes vor, nicht einmal etwas Vages. Der Lesesaal des Britischen Museums vielleicht. Aber sonst: herumsitzen, herumgehen, mich umgucken. Die Dinge in mir geschehen lassen. Verstehst du?« Er nickte. »Ich komme aus dem Staunen nicht heraus. Wir sitzen noch keine Stunde hier, und auf einmal sieht alles ganz anders aus. *Natürlich* kannst du kommen.« »Du wolltest wegen deiner eigenen offenen Zukunft dorthin. Möchtest du in dem Haus nicht lieber allein bleiben?« »Es gibt dort viel Platz. Ich werde deine Schritte gerne hören.«

»Siehst du das Licht?« fragte er, als sie mit dem Bus auf die Stadt zufuhren. »Ja«, sagte sie, »es ist dasselbe Licht wie immer – und doch ganz anders.« Als sie am Kanal auf seine Wohnung zugingen, blieb er plötzlich stehen und deutete auf ein Geländer. »Weißt du, an was mich diese neue Wendung der Dinge erinnert? An ein Geländer, das wegbricht, und nun merke ich, dass ich es eigentlich nie brauchte.«

Sidney hatte die Wohnung des Vaters für die Ankunft vorbereitet, die Post lag geordnet auf dem Schreibtisch, er hatte gekocht und den Tisch gedeckt. Er wusste von Sophias Entscheidung. »Viel hat sie nicht gesagt«, sagte er und legte der Schwester die Hand auf die Schulter. »Sie kann ja sehr kurz sein, sehr knapp. Aber ich möchte es eigentlich auch nicht anders. Ich möchte *sie* nicht anders.« Sie fuhr ihm mit der Hand durchs Haar, eine Geste, die der Vater viele Jahre nicht mehr gesehen hatte.

Eine Weile aßen sie schweigend, und Leyland spürte: Seine Tochter nahm Anlauf. Jetzt legte sie Messer und Gabel zur Seite. »Ich will keine Klinik mehr riechen, ich will keine Kranken mehr sehen, und ich ertrage diese eitle, selbstgefällige Clique der Mediziner nicht mehr«, sagte sie. »Es ist wie eine Loge, die Loge der Weißkittel, ein öffentlicher Geheimbund: Du sprichst ihre Sprache, ihr Kauderwelsch, du machst ihre Witze, lachst ihr Lachen, sprichst auf bestimmte Weise über die Kranken in ihren Zimmern. Du bist auf die richtige Weise abgerichtet worden, jetzt gehörst du dazu. Und ja: *abgerichtet*, *addestrato*, ist das treffende Wort, in seiner scheußlichen Härte ist es das einzige Wort, das die Sache trifft. Es ist ein jahrelanger, schleichender Prozess, vieles daran bemerkt man erst im Rückblick. Natürlich wollen sie es nicht wahrhaben, und wehe, du sagst es ihnen auf den Kopf zu. Das ist wie ein Sakrileg, eine Verletzung heiliger Regeln, und ihr Zorn ist groß. Ich begann damit, statt der Fachausdrücke gewöhnliche italienische Wörter zu gebrauchen. Es geht nicht immer, aber öfter, als sie wahrhaben wollen. Es gab einen Professor, der das interessant fand, und er wollte den Grund wissen. ›Es sollte uns doch in erster Linie um die Patienten gehen‹, sagte ich, ›und das sind Menschen mit Schmerzen und Angst. Man darf sie nicht zusätzlich durch eine Sprache verschrecken, die sie unmöglich verstehen können. Laborbefunde, Diagnosen, Arztbriefe – das sind doch Dinge, die von ihnen und ihrem Leiden handeln, und nun halten sie die Papiere in der Hand, starren verzweifelt darauf und verstehen kein Wort. Ist das nicht monströs?‹

Man könne es ihnen ja erklären, sagte der Professor. ›Man könnte‹, sagte ich, ›aber es geschieht nicht. Ich war viele Jahre Krankenschwester, ich weiß, wovon ich spreche. Die Sprache der Medizin, dieses Kauderwelsch aus Latein und Griechisch, erleben die Patienten als die Sprache einer fremden, mächtigen Kaste. Die Mitglieder dieser Kaste, sie haben schon lange jeden inneren Abstand zu dieser Sprache verloren, ihr Geist ist verklebt und verätzt durch die umständlichen Wörter aus Rom und Athen, neuerdings auch aus Harvard, und deshalb können sie auch nicht mehr ermessen, wie groß und beängstigend die Fremdheit ist, die jene Wörter für die Menschen in ihren Betten und Rollstühlen haben.‹ Und dann sprach ich davon, dass die Sprache der weißen Kaste auch eine Sprache der Macht ist. ›Sie ist nicht in diesem Geiste erfunden worden‹, sagte ich, ›und die Menschen, die sie sprechen, handeln gewiss nicht alle aus einem Bewusstsein und einem Bedürfnis der Macht heraus. Aber die Kranken und Schwachen, sie erleben es oft so, dass hier Mächtige zu ihnen sprechen, Männer und Frauen mit Stethoskop, munterer Stimme und flottem Gang, von denen sie sich bevormundet fühlen, weil sie das, was sie sagen, in der Sprache ihrer Zunft verschlüsseln.‹

Und noch von etwas anderem sprach ich dem Professor gegenüber, etwas, was weniger mit der ärztlichen Sprache als mit dem Anspruch auf bedingungslose Autorität zu tun hat: Ärzte mögen es nicht, wenn die Patienten sie zur Rede stellen – wenn sie Zweifel äußern und ausführliche Begründungen hören wollen in einer Sache, die für sie das Wichtigste ist: ihr Leben und ihre Gesundheit. Ich habe auch souveräne Ärzte erlebt, denen es selbstverständlich war, sich Fragen und Zweifeln zu stellen. Aber sie waren die Ausnahme. Die meisten waren in ihrem Anspruch auf Autorität und in ihrer Eitelkeit verletzt und ließen es die Patienten spüren. ›Wissen Sie‹, sagte ich zu dem Professor, ›ich beschreibe Ihnen da keine zufälligen, flüchtigen Empfindungen. Es sind über Jahre gewachsene und überprüfte Erfahrungen, die ich als Krankenschwester und später im Studium gemacht habe. Und irgendwann kommt der Moment, wo man das Ganze nicht mehr erträgt.‹

Wir hatten im Büro des Professors miteinander gesprochen. Er hatte den Blick von jemandem, der sich eine Klage, die ihn selbst auch betrifft, mit Festigkeit und Wohlwollen anhört. Ich mochte diesen Blick. Wenn ich im Laufe des Abends an den Mann und seinen Blick zurückdachte, kam es mir vor, als könnte ich meinen Widerwillen, der in den letzten Monaten unaufhaltsam gewachsen war, vielleicht noch einmal überwinden. Man hatte mir in Mestre für das kommende Frühjahr eine Stelle angeboten. Ich hatte mir Bedenkzeit auserbeten und dabei gespürt: Ich will nicht mehr. Jetzt, den nachdenklichen Blick des Professors vor Augen, dachte ich: vielleicht doch.

Dann, am nächsten Morgen, kam die Begegnung im Flur, die alles besiegelte. Der Professor blieb mit leutseligem Blick vor mir stehen. ›Das war ja schon sehr interessant, was Sie da gestern sagten, und sicher gibt es darin auch vieles, was bedenkenswert ist. Aber Sie sind ja noch jung und werden sich bestimmt an die Usancen in unserem Beruf gewöhnen.‹ *Usancen* – in jenem Moment, genau in jenem Moment, ist es passiert und ist meine Entscheidung gefallen. Denn die Wortwahl zeigte: Er hatte nichts verstanden, nichts, und der nachdenkliche Blick war nur Fassade gewesen oder pure Einbildung von mir. ›Mit Sicherheit nicht‹, sagte ich und ließ ihn stehen.

Draußen stand ein Mann, der sich eine Zigarette ansteckte und die Packung noch in der Hand hatte. Mit gebieterischer Geste hielt ich ihm meine Hand hin: Ich will auch eine. Er hielt es für einen Flirt, gab mir Feuer und setzte an, etwas zu sagen. Doch da war ich schon weg.«

»Aber du hast mit der Zigarette nicht nur die weiße Kaste hinter dir gelassen, sondern auch den Geruch aller Kliniken und den Anblick aller Kranken«, sagte Sidney. »Wenn ich in den letzten ein, zwei Jahren mit dir zur Klinik gegangen bin, schienst du mir, wenn das Gebäude in Sicht kam, zu zögern, jedesmal eine Spur mehr. Auf dem Rückweg dachte ich dann oft an die Tage und Nächte, in denen ich wegen des Asthmas in der Klinik gelegen hatte.« Er blickte Leyland an. »Ich habe neulich, als wir telefonierten, von den einsamen Nächten dort gesprochen. Aber es waren nicht nur die Nächte schwer. Alles war schwer: der Geruch nach Desinfektion und Kantinenessen, die sterilen Farben, das sterile Licht, das grell und milchig zugleich ist, die schweren Türen, und vor allem die vielen verlorenen Gestalten, die auf den schmalen, harten Bänken sitzen oder in ihren Morgenmänteln durch die Flure schlurfen.« Jetzt sah er Sophia an. »Und meine Schwester hat sich entschieden, einen großen Teil ihres Lebens in dieser Umgebung zu verbringen, dachte ich dann. Gut, nicht als Patientin, als Leidende, nicht in der Position der Schwäche und Abhängigkeit, sondern in der Rolle der Starken und Helfenden; aber trotzdem, der Geruch ist der Geruch, die verlorenen Gestalten sind die verlorenen Gestalten, auch für sie. Wird sie nicht eines Tages genug davon haben? Einfach *genug*?«

Sophia zündete sich eine Zigarette an, und sie lachten alle über die Bedeutung, die die Geste in diesem Moment hatte. »Es begann damit, dass ich die Straßenseite wechselte, wenn ich jemanden im Rollstuhl kommen sah«, sagte sie. »Am Anfang habe ich den Impuls unterdrückt und mich dafür geschämt und gescholten. Eine Krankenschwester und angehende Ärztin, die den Anblick der Behinderung und des Leidens nicht erträgt! Doch dann kam der Trotz, ein befreiender Trotz, Ausdruck der Selbstbehauptung, ich gab dem Impuls nach und wechselte die Seite. Es war die Zeit, als ich zu beobachten begann, wie sich die Leute in den Cafés reckten und streckten. Natürlich hatte ich das schon oft gesehen. Doch jetzt sah ich es *wirklich*. Es war wie aufwachen. Ich setzte mich dazu und sah weg, wenn ein Rollstuhl kam. Und irgendwann ließ ich die Stunde meines Dienstantritts in der Klinik verstreichen. Die Zeit dort drinnen, die Zeit der Dienstpläne, Visiten und viel zu frühen Mahlzeiten, sollte an mir vorbeifließen, sie sollte ihren Lauf nehmen und mich in Ruhe lassen. Als ich schließlich hinkam, erfuhr ich, dass jemand aus dem Bett gefallen war und man vergeblich nach mir gerufen hatte. Später, im

Schwesternzimmer, erschrak ich darüber, wie wenig erschrocken ich war und wie milde die Vorwürfe ausfielen, die ich mir machte. Ich spürte: Eine Revolte war in Gang gekommen. Es war, als lockerte sich ein Griff, mit dem ich mich selbst im Inneren umfangen hatte, jahrelang. Ich reichte meine Überstunden ein und schlief bis mittags. Auf dem Boot nach Muggia flirtete ich mit einem Mann, den ich gar nicht mochte, alles war Teil der Revolte, ich wollte einfach nur, dass alles anders würde.«

»Welche Rolle haben in alledem mein Anfall und Leonardis falsche Diagnose gespielt?« fragte Leyland. Sophia zögerte, und es kam ihm vor, als fürchte sie sich vor etwas, das in ihr explodieren könnte. »Zunächst hat es alles verlangsamt, gleichsam erstickt. Später, als es vorbei war, hat es den Brand beschleunigt. Das auf dem Boot, das war kurz vor deinem Anfall. Ich hatte beschlossen, mit dir zu reden. Dir von meiner Revolte und meiner Verwirrung zu berichten. Es ging darum, etwas, was mehr als zehn Jahre eine Konstante in meinem Leben gewesen war – ein Axiom, wie du vorhin am Flughafen sagtest –, in Frage zu stellen, und ich war unsicher, wie du es aufnehmen würdest. Und wie sollte ich denn nun mein Geld verdienen? Dann kamen jene schrecklichen Stunden in der Klinik, die Nacht bei mir, die Bilder an Leonardis Röntgenschirm, sein Verdikt. Es war vollkommen ausgeschlossen, dich jetzt mit meinen Zweifeln zu belasten. Wie unwichtig das war, jetzt, wo du den Tod vor Augen hattest! Ich unterdrückte alles, schloss es weg, verbiss mich in die Arbeit – als könnte ich durch diese Aufopferung dein Schicksal aufhalten. Ich saß in keinen Cafés mehr, machte neue Überstunden, dazwischen stets die Frage, wie ich dir am besten helfen könnte, was war zuviel, was zuwenig, es war so schwierig, es richtig zu machen, dein Gesicht, das manchmal so schrecklich verschlossen war, dann wieder Zärtlichkeit, in der schon der Abschied lag – nein, natürlich würde ich Ärztin werden, was war das für ein Unsinn gewesen. Ein paar Tage nach Leonardis Diagnose sagte ich im Traum zu jemandem: Ich muss das jetzt abgelten. Das Wort hing mir tagelang nach, ein schreckliches Wort: *abgelten*. Als sei ich schuld an deinem Schicksal und müsse dafür büßen, und meine revoltierenden Wünsche hatten zu schweigen.

Und dann stand ich in Morettis Büro und hielt die völlig unauffälligen Bilder deines Gehirns mit deinem Namen darauf gegen das Licht. ›Die falschen Bilder im falschen Umschlag‹, sagte er tonlos. Als ich hinter dem Steuer saß und zu dir fuhr, strömte diese unglaubliche Erleichterung durch mich hindurch, aber im selben Moment brach sich auch ein Hass Bahn, ein Hass auf Moretti und Leonardi, auf die Klinik, auf die Medizin überhaupt, ein Hass auf die arrogante weiße Kaste mit ihrem eitlen, angeberischen Gerede, die dir durch ihre Schlamperei viele Wochen deines Lebens gestohlen hatte. Nicht *ich* hatte etwas abzugelten, sondern *sie*.

In den Wochen, die folgten – ich wollte den inneren Sturm erst zur Ruhe kommen lassen, bevor ich mit dir sprach. Auch, weil du ja erst einmal selbst Zeit brauchtest. Aber ich saß wieder in den Cafés und ließ Dienststunden verstreichen. Eigentlich war ich bald sicher: Ich höre auf. Keine Morettis mehr, keine Leonardis, keine riechenden Flure mehr, kein Quietschen von Gummisohlen auf Linoleum, keine herablassende ärztliche Freundlichkeit an Krankenbetten. Auf die Prüfungen war ich seit langem vorbereitet. Aber ich hätte noch einiges dafür getan, wenn die Dinge nicht so geschehen wären. Meine Noten sind durchschnittlich, einige Professoren waren enttäuscht. Übermorgen noch Haut – ich werde gerade so durchrutschen. Ich will das Diplom, für alle Fälle. Aber vorstellen kann ich es mir nicht mehr. Die Begegnung mit dem Professor auf dem Flur, sein Geschwätz über die medizinischen Usancen – es war das Ende. Gestern habe ich in Mestre abgesagt. Danach habe ich dich angerufen, Papà.«

Die falschen Bilder im falschen Umschlag. Als Sophia Morettis Worte zitiert hatte, war etwas in Leyland geschehen, etwas Unerwartetes und Heftiges: als sei eine fest versiegelte Giftampulle aufgesprungen. Während er Sophia weiter zuhörte, spürte er, wie sich das Gift der Worte lähmend in ihm ausbreitete. Am Ende stand er auf, ging ins Bad und schluckte zwei seiner Migränetabletten. Er wusch sich das Gesicht und merkte, wie ihm die Hände zitterten. Zurück am Tisch, versuchte er, sich eine Zigarette anzuzünden, doch das Zittern war zu stark. »Papà ...«, begann Sophia. In diesem Augenblick brachen in Leyland alle Dämme. »Er hätte *hinsehen* müssen«, stieß er hervor und hämmerte mit der Faust auf den Tisch. »Leonardi hätte sich *vergewissern* müssen, dass es die richtigen Bilder waren. Er hätte es tun *müssen*. Man verkündet jemandem nicht eine solche Diagnose, ohne *sicher* zu sein, dass es auch wirklich die Bilder dieses Patienten sind. Das kann man nicht machen, man kann es *einfach nicht machen*!« Leyland verbarg das Gesicht in den Händen und ließ den Tränen grenzenloser Wut freien Lauf. Schließlich nahm er die Hände vom Gesicht und wischte die Tränen ab. »Ich habe nicht gewusst, wieviel Wut in mir ist, nein, es ist nicht einfach Wut, es ist *Hass*, ein brennender, sengender Hass, eben brannte es in mir lichterloh. Ein sorgfältiger Blick, ein einziger sorgfältiger Blick auf den Rand der Bilder, bevor er sie an den Röntgenschirm klemmte – und ich hätte diese schrecklichen elf Wochen nicht durchleben müssen.«

Er ging noch einmal ins Bad und wusch sich das Gesicht. Danach gelang es ihm, die Zigarette anzuzünden. »Die Ankündigung des Todes macht einsam«, sagte er langsam. »Ich meine es in einem ganz unsentimentalen Sinne, ohne Weinerlichkeit, ohne Selbstmitleid. Auch meine ich es ohne jeden Vorwurf an andere, dass sie mich allein gelassen hätten. Vor allem ihr beide – ihr wart doch immer da, der Druck auf die eine Taste des Telefons, und ihr seid sofort gekommen. Ich weiß nicht: Habe ich euch gesagt, deutlich genug gesagt, wieviel mir das bedeutet hat? Aber niemand kann dir die Einsamkeit nehmen, die in dem Gefühl liegt: nur noch ein paar Wochen, vielleicht nur noch ein paar Tage, dann ist es *vorbei*, dein Leben ist *zu Ende*. Es ist verrückt, aber ich hatte diesen heftigen, verzweifelten, abstrusen Wunsch: Jemand möge kommen und mich aus dieser Einsamkeit erlösen, mich in sich aufnehmen und bei sich behalten, so dass ich das Verfließen meiner letzten Zeit nicht allein würde durchleben müssen, und es genügte nicht, dass jemand *dabei* war, nein, es sollte anders sein: Es sollte mir jemand diese letzte Wegstrecke *abnehmen*, gewissermaßen in mich hineinfassen und auf magische Weise dafür sorgen, dass ich dem Ende nicht allein und schutzlos gegenüberstand.

Vor dem Sterben hatte ich keine Angst. Pat Kilroy würde nach Ljubljana fahren und mit dem nötigen Stoff zurückkommen, es wäre wie einschlafen. Dass er dazu bereit war – es schuf eine Nähe, die keiner anderen Nähe vergleichbar ist. *Black month*, sagten wir, *greying days*. Aber natürlich konnte auch er mir die letzte Einsamkeit, von der ich spreche, nicht nehmen.

Trotzdem ging ich oft in der Kneipe vorbei, um zu spüren, wie er mir wortlos die Hand auf die Schulter legte. Die letzte, eisige Einsamkeit und die tägliche, manchmal stündliche Angst vor dem nächsten Anfall, siebenundsiebzig Tage lang – all das hat Leonardi auf dem Gewissen, *Doktor* Leonardi. Mit keinem Wort hat er sich bei mir gemeldet, sich entschuldigt, mit keinem einzigen Wort. Er ging kurz danach nach Mailand, ich weiß. Vielleicht hat Moretti es ihm nicht gesagt, um das eigene Versagen zu verbergen. Dann ist *das* der Skandal. Oder er *hat* es ihm gesagt, und Leonardi war zu feige, mir gegenüberzutreten. Beides sind Ärzte, sie gehören zur weißen Kaste, sie wissen nicht, wie das geht: einen Fehler eingestehen, am wenigsten, wenn der Fehler, wie hier, nicht *irgend*ein Fehler ist, sondern eine *Verfehlung*. Bevor es vorhin aus mir herausgebrochen ist, konnte ich mir meinen Hass nicht eingestehen.«

Er wandte sich an Sophia. »Leonardi war der Mann, der dich dazu gebracht hat, das Studium zu beginnen, wie konnte ich ihn da angreifen. Und du selbst warst ja auch dabei, in die weiße Kaste einzutreten, mehr als zehn Jahre war die Klinik der Ort deines Lebens gewesen, wie konnte ich da meinen Hass auf all das freien Lauf lassen. Erst jetzt, wo du selbst auch zugeschlagen hast, spüre ich die Wucht meiner Verbitterung.«

Sophia stand auf und trat ans Fenster. Erst verschränkte sie die Hände hinter dem Rücken, dann vor der Brust, dann wieder hinter dem Rücken. Leyland sah ein leichtes Zittern. Wieder dachte er: Sie nimmt Anlauf. Er wusste, was kommen würde, und er spürte, dass es gut war, wenn es ausgesprochen wurde. Jetzt setzte sie sich wieder an den Tisch. »Ich weiß nicht, ob du dich daran erinnerst, dass Moretti an jenem Abend den Kopf ins Schwesternzimmer steckte«, sagte sie. Leyland nickte. »Und ich weiß noch jedes seiner Worte«, sagte er, »sie gingen ja niemanden mehr an als mich: *Keine Hirnblutung, nichts, was wir heute nacht tun müssten.*« »Dass es keine Blutung war – ich war so erleichtert, das zu hören, dass alle anderen Gedanken zum Stillstand kamen«, sagte Sophia. »›Aber was ist es *dann*?‹ hätte ich doch fragen können. Fragen *müssen*. Wenn er geantwortet hätte: ›Es ist gar nichts‹, hätte ich vielleicht nicht weiter nachgefragt, obwohl es ja immerhin deine Symptome gab, ich hätte mich wohl in der Annahme bestärkt gefühlt, es sei nur Migräne. Aber das hätte Moretti *nicht* gesagt, er *musste* etwas anderes im Sinn haben, um die Worte sagen zu können, die er tatsächlich sagte: *nichts, was wir heute nacht tun müssten.* Er hatte *etwas* gesehen, aber keine Blutung. Das hätte mir *sofort* klar sein müssen, und dann hätte ich *sofort* nach den Bildern verlangen müssen. Als es mir schließlich klar wurde, war Moretti auf der Station nicht mehr anzutreffen, und in der Radiologie war es dunkel.« Sophia biss sich auf die Lippen.

»Ich dachte etwas wie: ›Und wer weiß, wo die Bilder jetzt sind, vielleicht hat sie schon jemand in Leonardis Büro gebracht, für morgen.‹ Ich habe überlegt, ob ich Moretti anrufen und sagen sollte: ›Ich will die Bilder meines Vaters sehen, bringen Sie sie bitte sofort ins Schwesternzimmer.‹ Doch das ging nicht. Es ging deshalb nicht, weil es zwischen uns vor kurzem einen Zusammenstoß gegeben hatte, bei dem hässliche Dinge gesagt wurden, von beiden. Er würde sich von mir keine Order gefallen lassen, im Gegenteil, er würde es genießen, mich auflaufen zu lassen. Und später, als wir schon in meiner Wohnung waren, kam ein anderer Gedanke dazu: Was immer er auf den Bildern gesehen hatte – ich wollte nicht mit ihm zusammen auf dein Gehirn blicken und darüber sprechen, was darin vor sich ging. Nicht mit Moretti, nicht mit diesem Mann, der glaubte, sich alles herausnehmen zu können. Und so kam es nicht dazu, dass ich selbst jenen sorgfältigen Blick auf den Rand der Bilder werfen konnte, von dem du vorhin sprachst, den Blick, der dir all den Schrecken und all die Einsamkeit erspart hätte. Mein Gott, wie oft bin ich seither jene Nacht in Gedanken durchgegangen!«

Leyland nahm Sophias Hand in die seine. »Aber du hast dir doch nichts vorzuwerfen, nicht das geringste. Du konntest doch nicht *wissen*, dass die Bilder die Erlösung bringen würden. Auch *ahnen* konntest du es nicht, nicht im entferntesten. *Niemand* denkt an einen derart monströsen Fehler, obwohl er auch ganz banal ist. Hättest du auch nur den leisesten Verdacht einer Verwechslung gespürt – du hättest doch Himmel und Hölle in Bewegung gesetzt, um an die Bilder zu kommen. Überhaupt konntest du nicht wissen, dass sie mir *irgend etwas* nützen würden. Was nun bis zum nächsten Morgen warten musste, war, soweit du es überblicken konntest, die Erkenntnis, was mit meinem Gehirn los war. Und was hätte dir diese Erkenntnis zum früheren Zeitpunkt genützt? Oder mir? Das war vielleicht auch eine Frage, die sich dir stellte. Würde sich etwas ändern, etwas verbessern, wenn du schon jetzt einen Tumor erkanntest, statt erst morgen früh? Würdest du mit dem schrecklichen Wissen allein bleiben wollen, ungesichert, wie es war, bevor Leonardi seine Diagnose gestellt hatte? Oder würdest du mit Sidney oder sogar mit mir darüber sprechen wollen? All das, stelle ich mir vor, muss dir auch durch den Kopf gegangen sein, während du dich dagegen entschiedest, Moretti anzurufen.«

Sophia nickte. »Es stimmt, das gehörte auch zu meinen Gedanken in jener Nacht. Und so, wie du es eben dargestellt hast, könnte ich mich entlastet und erleichtert fühlen, weil ich nicht den geringsten Anlass hatte zu denken, die Bilder könnten die Erlösung bedeuten. Aber die Tatsache bleibt: Ich bin Moretti nicht auf dem Flur nachgegangen und habe gesagt: ›Wo sind die Bilder? Ich will sie sehen.‹ Es wäre so leicht gewesen, kinderleicht. *Face à face* – das hätte er mir nicht abschlagen können. Und es *wäre* die Erlösung gewesen, auf den Bildern zu lesen: Maximilian Brunner. Es ist wie bei den alten Plattenspielern, bei denen die Nadel in einer Rille festhängen konnte und die Töne sich endlos wiederholten: Meine Gedanken kehren immer wieder hierher zurück. Zurück zu der Tatsache – und sie klopfte auf den Tisch –, dass in jenen nächtlichen Stunden irgendwo in der Klinik diese falschen Bilder in ihrem falschen Umschlag lagen, und ich habe nichts dafür getan, sie in die Hand zu bekommen und mit meinen eigenen Augen diesen schrecklichen Irrtum aufzuklären, der dein Leben so grundlegend verändern sollte.«

»Aber das wirkliche Versäumnis«, sagte Leyland jetzt, »lag doch nicht bei dir, sondern bei mir selbst. Ihr werdet euch erinnern, dass mich Leonardi fragte, ob ich die Bilder mitnehmen wolle, und dass ich das mit einer heftigen Bewegung von mir wies. Hätte ich sie mitgenommen – der Irrtum wäre zu Hause, vielleicht sogar an diesem Tisch hier, ans Licht gekommen. Vielleicht nicht gleich. Aber irgendwann hätte einer von uns die Bilder aus dem Umschlag gezogen und gelesen: Maximilian Brunner.

Doch es war undenkbar, die Bilder bei mir zu haben. Grelle, schreiend grelle Abbildungen von Wucherungen, die dabei waren, mich zu zerstören. Es war schon schrecklich genug, davon zu *wissen*. Vollends unerträglich aber war die Vorstellung, *Bilder* dieser Verwüstung in der Wohnung zu haben, die sie *zeigten*, und es würde nicht reichen, den Umschlag zu versiegeln und wegzustellen, denn sie würden auch im Schrank weiterglühen, und ich würde die glühenden Wucherungen mit den Augen der Einbildungskraft auch im hintersten Winkel noch aufspüren.

All das lag in meiner heftigen Bewegung der Abwehr, der Schock der Diagnose hatte mich nicht betäubt, sondern hellsichtig gemacht, hellsichtig besonders, was die Zukunft meiner Angst betraf. Doch die Heftigkeit der Bewegung war nicht nur Heftigkeit der Abwehr, es lag darin auch Wut, eine Empfindung, die mir erst bewusst wurde, als ich in der ersten Nacht nach der Diagnose drüben im Schlafzimmer wachlag und zum ersten Mal die stumme, eisige Einsamkeit spürte, die mir niemand abnehmen konnte. ›Ein Glioblastom. *Glioblastoma multiforme* in der Fachsprache‹, hörte ich Leonardi sagen. Da saß ein Mann mit verwuchertem und verwüstetem Gehirn vor ihm, der eine schreckliche Zeit vor sich hatte, und er, der gutaussehende Arzt mit dem goldenen Siegelring am Finger, zelebrierte diesen unnötigen Fachterminus, der mir nicht das geringste nützte, und er zelebrierte nicht nur die eitlen, angeberischen Worte im Angesicht von einem, der die Sprache verloren hatte, sondern vielmehr noch zelebrierte er *sich selbst* als einen, der diese Worte kannte und genüsslich auf der Zunge zergehen ließ. Im Dunkeln liegend spürte ich, wie ich den Mann für seine Taktlosigkeit, seine Eitelkeit und seine ärztliche Selbstverliebtheit hasste, ja, hasste.«

Leyland sah Sophia an. »Und wie gut das zu deinem Hass auf die Sprache der weißen Kaste passt! Natürlich kann man nicht einfach sagen: Hätte Leonardi ein Mindestmaß an Taktgefühl besessen und die genüsslichen Worte nicht gesprochen, wäre mein Widerstand gegen ihn und sein Angebot, die Bilder mitzunehmen, geringer gewesen, ich hätte die Bilder mitgenommen und hätte den erlösenden Namen von Maximilian Brunner auf dem Rand gelesen. So einfach war es sicher nicht. Vor allem wollte ich ja nicht, dass die Bilder meines glühenden Gehirns meine Wohnung verseuchten. Trotzdem: Hätte an der Stelle dieses selbstgefälligen Mannes einer gesessen, der es nicht nötig hatte, sich selbst vor einem todkranken Patienten zu inszenieren, wäre meine Abwehr vielleicht etwas weniger entschieden ausgefallen. Aber *ich* war es, niemand anderes, der die Bilder zurückwies und damit verhinderte, dass der Irrtum ans Licht kam.«

Sidney hatte schon eine ganze Weile mit abwesendem Blick vor sich auf den Teller gesehen. »Ich habe noch nie davon gesprochen«, sagte er jetzt, »aber auch bei mir gab es etwas, was man ein Versäumnis nennen könnte. Als ihr beide von Leonardis Büro aus den Flur entlanggingt – du, Papà, immer noch mit einem geschwächten rechten Bein, bei Sophia aufgestützt –, musste ich auf die Toilette. Als ich vor dem Becken stand, erwog ich zurückzugehen und Leonardi um die Bilder zu bitten. Auch ich fand es abstoßend, dass er die medizinischen Ausdrücke gebrauchte, es kam mir vor, als ließe er kurz den goldenen Ausweis seiner Loge aufblitzen, ein bisschen war es, wie wenn sich ein Anwalt vor Gericht mit elegantem Schwung die Robe umhängt. Aber ich hatte auch den anderen Eindruck von ihm mitgenommen: dass er dich rauchen ließ und dir sogar eine Schale als Aschenbecher zum Fenster brachte. Ein Mann, der das getan hatte, würde mir, dem Sohn, die Bilder vielleicht nachträglich geben. Doch da war dein Wille, heftig aufflammend zwar, wie eine Stichflamme, aber unzweifelhaft dein Wille, der deine Bilder betraf. Durfte ich mich darüber hinwegsetzen? Sie mir geben lassen und dann, mit dem großen Umschlag in der Hand, zu euch stoßen – nein, das ginge nicht, es müsste dir wie eine unmögliche Bevormundung vorkommen, noch dazu nach dieser schrecklichen Diagnose. Es gab neben der Toilette ein offenes Schließfach, ich könnte die Bilder einschließen, später abholen und zu mir nach Hause bringen. Der Impuls war kein Zufall. Vor kurzem hatte ich für einen Kläger vor Gericht das Recht erstritten, alle ihn betreffenden medizinischen Unterlagen ausgehändigt zu bekommen. Und nun ging es mir gegen den Strich zu denken, dass Papàs Bilder, für uns unzugänglich, im Archiv der Klinik verschwänden. Deshalb ging ich zurück zu Leonardis Büro und horchte an der Tür. Allem Anschein nach eine Besprechung mit einem anderen Patienten. Mit meinem Ansinnen mitten in eine solche Besprechung hineinplatzen – nein, das ging nicht, entschied ich. Ich klopfte an die Tür des Sekretariats, probierte die Klinke. Zu. Weit hinten, am Ende des Flurs, verschwand die Sekretärin mit eiligen Schritten um die Ecke. Da ließ ich den Plan fallen. In keinem Moment hat mich der Gedanke an eine Verwechslung der Bilder gestreift. In den Tagen danach kam es mir deshalb nicht *zwingend* vor, mir die Bilder zu beschaffen. Und so ließ ich diese Chance der erlösenden Entdeckung verstreichen.«

»Am Ende gab es noch einmal eine verpasste Chance«, sagte Leyland und war froh zu spüren, dass seine Stimme wieder ruhig klang und er ohne Zittern rauchen konnte. Und dann erzählte er von Sean Christies Vorschlag, zu Jeremy Barnes, dem Neurologen, nach London zu fahren und sich noch einmal untersuchen zu lassen. »Am Anfang habe ich mir manchmal zum Vorwurf gemacht, dass ich ablehnte. Doch jedesmal, und immer schneller, löste sich der Vorwurf bei näherer Betrachtung auf. Denn was für einen Sinn hätte das haben können, von mir aus betrachtet? An falsche Bilder im falschen Umschlag habe ich keinen Moment gedacht, und selbst wenn: Um eine solche Verwechslung auszuschließen, hätte es doch gereicht, sich im hiesigen Archiv zu vergewissern, dazu hätte ich doch nicht nach London fahren müssen. Die einzige Verwechslung, die man auf diese Weise nicht hätte aufdecken können, wäre ein Fehler der Assistentin in der Radiologie gewesen: im Computer den falschen Namen für die falsche Untersuchung eingeben. Wenn ich an einen *solchen* Fehler gedacht hätte, wäre eine Reise nach London sinnvoll gewesen, denn hier, in Triest, hätte man das Ansinnen einer wiederholten Untersuchung aufgrund eines völlig abstrakten Verdachts sicher abgelehnt.

Es gab eine verrückte nächtliche Episode, von der ich bis heute nicht ganz sicher bin, ob ich sie erinnere oder nur geträumt habe. Ich hatte Schlaftabletten genommen und war in dem sonderbar zwielichtigen Zustand von Eintrübung und gläserner Klarheit aufgewacht, wie es ihn bei diesem Mittel gibt. Ich dachte daran, dass mich die Assistentin in der Radiologie gefragt hatte, ob ich Maximilian Brunner sei. Ich hatte den Irrtum korrigiert, und sie hatte auf der Ablage etwas mit den Formularen gemacht. Aber was, wenn ihr kurz darauf beim Eintippen doch Brunners Name statt des meinen in die Tasten gerutscht war? Hätte sie nicht, als nachher Brunner drankam, meinen richtigen Namen eintippen können, weil der nun der nächste auf der Ablage war und Brunner, der ja wirklich krank war, nicht sprechen konnte? Oder eine andere Assistentin hätte es getan? Also Tumor-Bilder mit meinem Namen drauf, und zwar auf dem Bildrand und nicht nur auf dem Umschlag?

Ich meine, dass ich mich in jenem nächtlichen Schwebezustand einen Moment lang fragte, ob ich, um das auszuschließen, vielleicht doch nach London zu Barnes fahren sollte. Aber das war doch eine viel zu verrückte Hypothese, nicht wahr, aufgestellt in der trügerischen Hellsicht von Tabletten? Dann griff die betäubende Wirkung der Tabletten wieder nach mir, und am nächsten Morgen sah alles wie ein bloßes Hirngespinst aus. Ich kann bis heute nicht fassen, dass mir die Hypothese *dieser* Verwechslung damals durch den Kopf gehen konnte, ohne dass sich der Gedanke an die *andere* Verwechslung bildete, diejenige der Umschläge. Aber es war so, es war einfach so. *Brute fact.* Und wenn ich dann an Seans Vorschlag dachte: noch einmal die knatternde Röhre, der dröhnende Sarg, noch einmal die grellen, glühenden Bilder auf dem Schirm im Büro von Barnes: nein!«

»Auf kuriose Weise habe ich mich an der weißen Kaste gerächt«, sagte Leyland später am Abend. Und dann erzählte er vom nächtlichen Besuch bei Lynn Christie im Krankenhaus und von Burkes Bluff wegen des Einzelzimmers. Die Kinder sahen ihn staunend an. *Professor Christie* und *Professor Leyland!* »Ich weiß, das hättet ihr mir nicht zugetraut«, sagte Leyland, »auch Sean war sprachlos. Aber es war leicht, erstaunlich leicht, und was hat es für einen Spaß gemacht!«

»Du hast oft davon gesprochen, mit mir zusammen in eine Vorlesung zu gehen«, sagte Sidney, »und dann kam immer etwas dazwischen. Als trautest du dir einen Hörsaal nicht zu, nicht einmal als bloßer Zuhörer.« »Und bei den Maturitätsfeiern von uns beiden standest du im hintersten Winkel«, sagte Sophia. »Es tat weh, und ich war wütend, auch auf dich. ›Ein Mann, dem hier niemand das Wasser reichen kann!‹ dachte ich.« »Ich weiß«, sagte Leyland, »auch Livia vertrug es schlecht. ›Wenn du bei einer Lesung als Übersetzer auf der Bühne bist, geht es doch auch‹, sagte sie. ›Ja‹, sagte ich, ›aber da spreche ich nicht in eigener Sache. Und trotzdem ist mir noch unwohl.‹« »Und dann standest du dieser resoluten Krankenschwester gegenüber und gabst dich als Professor aus. Und später auf der Verwaltung noch einmal«, sagte Sophia. »Es war England, heimisches Territorium«, sagte Leyland. »Und ich tat es nicht für mich selbst, sondern für Lynn.« Er zögerte. »Oder warte, vielleicht tat ich es ja doch auch für mich selbst: Ich war in einer Klinik, aber nicht in einem Rollstuhl, ohne weißen Verband um den Kopf, ich hatte das eitle Geschwätz über mein krankes Gehirn überlebt, ich hatte am eigenen Leib erlebt, wie die Leute in einem solchen Laden versagen können – jetzt würde ich es ihnen zeigen.«

»Und da war Kenneth Burke«, sagte Sophia. »Ich habe in jenen schrecklichen Julitagen mit ihm telefoniert, um zu sagen, dass du nicht zur Beerdigung deines Onkels kommen konntest. Ich erinnere mich an eine angenehme, melodiöse Stimme. In dem, was er sagte, war er knapp und präzise. Wie ist er?« Sophia und Sidney liebten die Geschichte über die verschenkten Arzneien und Burkes Kommentar: *ungesetzlich, aber richtig*. Sie wollten immer noch mehr darüber hören. Und Leyland erzählte auch, wie sich Burke für die *Médecins sans Frontières* begeistert hatte und wie er es sich dann nicht zutraute, sein Leben mit Kranken und ihrem Leid zu verbringen. Dann hörten die beiden, wie Burke Sean Christie, in der Cafeteria der Klinik sitzend, mit seinem Umschlag für Francesca Marcheses Buch verblüfft hatte, und was daraus entstanden war. Und schließlich hörten sie die Geschichte von Seans Geldsorgen und dem Entschluss ihres Vaters zu helfen.

Leyland sprach über all diese Dinge langsam, mit Pausen, und manchmal hörte er den eigenen Worten mit einer Aufmerksamkeit zu, als würde ein anderer sie an ihn richten. Erst gegen Ende der Erzählung wurde ihm klar, was es war: die Verblüffung darüber, dass er ein neues Stück seines Lebens zur Sprache brachte, das er noch nie in Worte gefasst hatte, und das, indem es besprochen wurde, erst seine volle Wirklichkeit zu bekommen schien.

»Ohne die vertauschten Bilder hättest du all das nicht erleben können«, sagte Sidney, nachdem Leyland mit seinem Bericht zu Ende war und sie für eine

Weile geschwiegen hatten. »Du wärst auch so in das Haus nach Hampstead gefahren. Aber mit Burke und Sean und Lynn wäre es nicht so gekommen, wie es nun gekommen ist.« Leyland nickte. »Als das Flugzeug in Heathrow abhob, ging mir ein ähnlicher Gedanke durch den Kopf. Und ich habe mich gefragt, ob mich diese Tatsache mit dem Schrecken des Erlebten und dem Verlust des Verlags irgendwann würde versöhnen können. Nicht jetzt schon, es ist ja alles erst wenige Wochen her. Aber irgendwann vielleicht, nach Jahren, wenn sich mein Leben in London weiter ausgesponnen hat.« Er zögerte. »Aber vielleicht auch nicht. Ich habe mit Livia und mit euch hier vierundzwanzig Jahre gelebt, fast ein Vierteljahrhundert. Ich habe den Verlag elf Jahre geleitet. Vorhin, auf der Fahrt vom Flughafen, war da dieses Licht über der Bucht, das den Londoner Nebel durch seine Leuchtkraft ganz unwirklich erscheinen ließ. Da schiebt eine fahrige Hand einen Stoß Bilder in den falschen Umschlag, und nun übernimmt ein fataler Irrtum die Regie über mein Leben. *Wenn das damals nicht geschehen wäre* – der Gedanke wird mich von Zeit zu Zeit überfallen, ganz wird das nie aufhören. Jedes neue Buch von *Alfredo Pertot Editore* wird mich treffen. Aber es wird ja nun auch Bücher von *Adrian Christie Publishing* geben, die mit mir zu tun haben.«

»Dass nur Sophia nach London fährt und Burke kennenlernt – das geht nicht«, sagte Sidney beim Abschied. »Nein«, lachte Leyland, »das geht wirklich nicht. Aber ich habe ja dort auch drei Schlafzimmer.«

Abends rief er Burke an und erzählte von Sophia. »Siehst du«, sagte Burke. »Und das Ganze ohne den zweiten Flugschein und ohne Anlauf.« »*Die weiße Kaste* nennt sie die Mediziner«, sagte Leyland. Burke lachte. »Bring sie mit!«

24 Als Leyland am nächsten Morgen erwachte, wusste er zunächst nicht, wo er war. Es fehlten die schrägen Balken, auf die sein Blick sonst fiel, wenn er in Warren Shawns Haus aufwachte, und es fehlte das fahle Licht eines englischen Herbstmorgens. Er setzte sich auf den Bettrand. Triest. Durch den Türspalt sah er den Esstisch, an dem er gestern abend mit Sidney und Sophia gesessen hatte. Die Erinnerung an seinen Ausbruch kam zurück, und nach einer Weile merkte er, dass es nicht nur die Erinnerung an seine tatsächlichen Worte der Wut auf Leonardi war, sondern auch die Erinnerung an einen Ausbruch im Traum, in dem sein Hass noch größer und wilder gewesen war.

Mit der Kaffeetasse setzte er sich an den Schreibtisch, wo Sidney seine Post hingelegt hatte. Es war der einfache, schwarz lackierte Tisch, an dem er ungezählte Worte zu Papier gebracht hatte. Und es war der

Tisch, an dem ihm der Stift und die Worte entglitten waren. Die heißen Julitage, in denen das geschehen war, schienen im einen Moment weit entfernt, und im nächsten Moment waren sie wie gestern. So unbefangen wie früher würde er an diesem Tisch nicht mehr arbeiten können. Oder doch, irgendwann? Er vermisste Warren Shawns Schreibtisch mit all den Stiften, Heftklammern und Geräten in den Schubladen. War es gut, dass der unaufhaltsame Fortgang der Zeit die Bedeutung und Wichtigkeit aller Dinge veränderte, eine Veränderung, die vor allem eine Veränderung in einem selbst war? Und wenn man den Impuls spürte, sich dagegen aufzulehnen: Was war es, was man sich statt dessen wünschte?

Leyland griff nach dem Paket, das er gestern abend nur mit einem kurzen Blick gestreift hatte. Jetzt las er den Absender: Francesca Marchese, dazu die Adresse in Mailand, die er kannte. Ihre sorgfältigen, beinahe kalligraphischen Buchstaben in schwarzer Tinte. Er machte das Paket auf und sah, dass es ein dickes Manuskript war, ein Computerausdruck eingebunden in zwei feste rote Kartondeckel. *Generosità* war der Titel. Zwischen Deckel und Titelblatt hatte sie einen Brief gesteckt.

Caro Simon, begann er, ich schicke Ihnen hier einen Roman, an dem ich die letzten fünf Jahre gearbeitet habe. Ich weiß nicht, ob ich ihn Caterina Mizzan zur Ver-

öffentlichung anbieten soll. Überhaupt weiß ich nicht, ob ich ihn veröffentlichen will. Sie und Livia haben mich ja damals durch den Wirbelsturm von Verrissen begleitet, in den mein erster Roman geriet. Ich weiß nicht, was geschehen wäre, wenn ich mich nicht an Ihnen und Ihrem unbestechlichen Urteil hätte festhalten können. Deshalb möchte ich, bevor ich etwas unternehme, dass Sie diese neue Geschichte lesen und mit mir darüber reden.
Es ist eine erfundene Geschichte, aber sie hat in ihren inneren Dramen viel mit meinem Leben zu tun, und in der langen Zeit, in der ich daran geschrieben habe, hatte ich das Gefühl, mich immer näher an mich selbst heranzuschreiben. Ich bin eine ziemlich reiche Frau, oder eigentlich sollte ich einfach sagen: eine reiche Frau. Mein Großvater Andrea Marchese war der Sohn eines kleinen Schneiders mit einer kleinen Werkstatt. Meistens ging es um Änderungen an Kleidern, um Ausbesserungen, kleine Sachen. Doch dann bekam Andrea zu sehen, wie sein Vater den Auftrag für einen ganzen Maßanzug bekam: Hose, Jacke, Weste. Er verfolgte die ganze Entstehung mit staunenden Augen, und als der Mann schließlich in seinem neuen Anzug im Geschäft stand und sich vor dem Spiegel hin und her drehte, war für Andrea klar: Das war es, was er in seinem Leben machen wollte, das und nichts anderes. Er verließ die Schule so früh wie möglich und ließ sich von seinem Vater das Handwerk beibringen. Man musste ihm

nichts zweimal erklären, und noch vor Ablauf eines Jahres hatte er seinen ersten Maßanzug angefertigt. Die schnelle und gute Arbeit von Vater und Sohn sprach sich herum, und sie zogen in größere Räume. Andreas Vater starb früh, und der Sohn vergrößerte das Geschäft immer weiter. Es kam eine kleine Kleiderfabrik dazu, und auch sie wurde größer. Andrea arbeitete Tag und Nacht, steckte jede Lira Gewinn sofort wieder ins Geschäft. Er war inzwischen ein uomo d'affari, ein Geschäftsmann, und er heiratete die Tochter eines anderen Geschäftsmanns, die ihr Erbe in Andreas Geschäft steckte. Antonio, mein Vater, wurde geboren, und es gab nie einen Zweifel, dass er das Geschäft irgendwann übernehmen würde. So kam es denn auch, und bald danach wurde die Firma AM gegründet, die neben Kleidung nun auch Schuhe herstellte. Meine Mutter Rosetta, ein braves Mädchen aus einfachen Verhältnissen, fand Gefallen am Geschäftemachen und wurde zur gewieften Strategin der Firma, die wuchs und wuchs. Und so wurden wir, die Marcheses, reich.

Andrea, mein Großvater, fertigte bis ins hohe Alter eigenhändig Maßanzüge an. Er staunte über das viele Geld, das er nun plötzlich hatte, kümmerte sich aber nicht weiter darum. Er las viel und entwickelte eine Leidenschaft für das Mittelalter. Es gab einen Raum in seinem Haus, da standen nur Bücher über das Mittelalter, deckenhoch. Die meisten stehen jetzt bei mir.

Als ich 1952 geboren wurde, waren Krieg und Faschis-

mus längst vorbei. Aber irgendwann begann ich mich zu fragen, wie es möglich war, dass die Firma das alles unbeschadet und mit wachsendem Reichtum überstanden hatte. Ich habe meine Eltern nie der Korruption oder Kollaboration verdächtigt. Aber ich hätte gerne verstanden, wie es damals war. Wir haben es nicht geschafft, offen und ausführlich darüber zu reden. Wie Sie ja wissen, habe ich nach der Maturität Literatur und Journalismus studiert, habe das Buch über Triest geschrieben, das Sie übersetzt haben, und später Il Colore Nero, das Buch über das Leben arabischer Frauen. In all diesen Jahren wuchs der Reichtum der Firma AM unaufhörlich. Ich wollte von dem Reichtum nichts wissen, das viele Geld gehörte nicht zu meinem Leben. Dann, kurz nachdem Sie Livia verloren hatten, starben meine Eltern im Abstand von wenigen Monaten. Ich verkaufte die Firma und war eine reiche Frau mit einem Haufen Geld, über dem für mich der Schatten einer unverstandenen Vergangenheit lag. Und das ist auch die Situation von Chiara Palladio, der Hauptfigur des Romans.

Leyland hielt im Lesen inne. Er hatte gewusst, dass sie aus einer Familie von Geschäftsleuten stammte, Kleider und Schuhe, ja, auch das, aber mit der Firma AM hatte er sie nicht in Verbindung gebracht, und dass sie das sein könnte, was man eine reiche Frau nannte, hatte er nie angenommen. Er hatte sie stets als eine

Frau gesehen, die ihr Leben als Journalistin verdiente, unabhängig, ungebunden und stolz darauf, es zu sein, eine Frau, die sich mit ihrer Feder immer irgendwie würde durchschlagen können. Begegnet war er ihr das erste Mal in Lynn Christies Verlag, als er an der Übersetzung ihres Buches über Triest arbeitete. Sie war sehr stolz, dass das Buch auf Englisch erscheinen sollte, sie erzählte von ihren Aufenthalten und Recherchen in Triest, von Pannen und glücklichen Zufällen, und er hatte eine Liste von Wörtern und Wendungen mitgebracht, deren Übersetzung er überprüfen wollte. Abends gab es bei den Christies ein Essen, sie erzählte von ihrer Arbeit bei verschiedenen Zeitungen und sprach von ihrem Plan, durch die arabische Welt zu reisen, Arabisch und Persisch zu lernen und sich ein eigenes Bild vom Leben der Frauen dort zu machen. Ein Jahr später, als das Buch über Triest erschien, gab es in der Nähe von Marble Arch eine Lesung. In Italien, bei Pertot, war das Buch kein großer Erfolg gewesen, obwohl es doch eigentlich *das* Buch über die Stadt sein sollte. Ganz anders in England. Die Zeitungen brachten große Besprechungen und große Bilder der Autorin, und der Saal war voll. Damit auch diejenigen, die kein Italienisch konnten, etwas vom Klang und der Atmosphäre der besprochenen Texte mitbekamen, las Francesca Marchese Passagen auf Italienisch, und dazwischen las Leyland aus seiner Übersetzung. Es war das erste Mal, dass er auf einem

Podium saß, und jedesmal, wenn er wieder an der Reihe war, hatte er Angst, eine Heiserkeit würde ihn hemmen, und er versuchte, sich im stillen zu räuspern. Trotzdem hörte und genoss er jedes Wort, das Francesca Marchese mit ihrer klaren, melodiösen Altstimme in den festlich beleuchteten Saal hineinsprach. Sie füllte den Raum, und nicht nur mit ihrer Stimme. Ihr rötliches Haar war zu einer kunstvoll verwischten Frisur arrangiert, sie war so perfekt geschminkt, dass man nichts davon merkte, dazu smaragdgrüne Ohrringe und ein Halstuch aus weißer Rohseide, das sie auch bei jeder späteren Lesung trug wie einen Talisman. »Natürlich ist es Ihr Buch«, hatte Leyland gegen Ende der Lesung gesagt, »ganz allein das Ihre, das weiß ich, *Sie* haben diese Worte erfunden. Und doch habe auch ich die meinen gefunden – wenngleich für die Ihren.« Es war ein rauschender Abend. Auf der Fahrt nach Hause war Livia auffällig still gewesen. »Ist was?« hatte sie gefragt, als sie spürte, dass er sie von der Seite her ansah.

Die beiden Frauen, die sich an jenem Abend wie Rivalinnen fühlen mochten, wurden über die Jahre Freundinnen. Es war eine komplizierte Freundschaft, die nur langsam wuchs, aber es war eine Freundschaft. Beide waren sie im selben Jahr geboren, und beide waren sie Journalistinnen. Livia hatte einen Doktortitel, den Francesca auch gern gehabt hätte; dafür hatte Francesca ihr Buch, um das Livia sie beneidete. Sie schickten sich ihre Artikel, und von Zeit zu Zeit telefonierten sie. »Wenn ihr schreibt, spürt man die geballte Faust in der Tasche, und es ist, als sei es dieselbe Faust«, sagte Leyland zu Livia. Kurz bevor Livia den Verlag ihres Vaters übernahm und sie nach Triest zogen, machte Francesca mit ihrem Plan ernst und brach in die arabische Welt auf. Als sie nach zwei Jahren zurückkam, hinkte sie. Man sah es erst nach einer Weile, und es wirkte eher wie eine Unregelmäßigkeit und nicht wie eine Behinderung. Aber sie litt darunter. Livia erfuhr, was geschehen war, behielt es aber für sich, und auf eine Weise, die er selbst nicht ganz verstand, gefiel es Leyland, dass es da diese versiegelte Intimität gab.

Francesca schrieb drei Jahre an dem Buch über das Leben der Frauen im Orient. Sie hatte jetzt wieder eine Wohnung in Mailand und kam manchmal nach Triest, um über das Buch zu reden. Es war ein Buch, das gegen die Unterdrückung durch die schwarze Farbe der Umhänge und Schleier anschrieb, zugleich aber auch ein Buch, das mit Klischees über das Leben hinter dem Schleier aufräumte und erstaunliche Dinge darüber berichtete, wie sich die Frauen im stillen gegen die Unterdrückung zur Wehr setzten. Leyland begann mit der Übersetzung, kaum, dass der Text fertig war. Es gab nicht viel zu besprechen, der Text war in flüssiger Journalistensprache geschrieben, flott, vielleicht ein bisschen zu flott, und die ironischen Brechungen kamen ihm manchmal verbraucht vor. Ab und zu verglich er die Sätze dieses Buches mit denen im früheren Buch, und dann war er enttäuscht. Gegen Ende der Übersetzung sagte er zu Livia: »Es kommt mir vor, als wäre sie nicht ganz bei der Sache, ich kann den Eindruck an nichts festmachen, aber er ist da. Dem Übersetzer bleibt nichts verborgen, er spürt auch den Abstand zwischen Autor und Text, er spürt selbst denjenigen Abstand, der dem Autor verborgen bleibt. Ich spüre ihn, meine ich, sogar in der schreibenden Hand.« Das Buch wurde ein Erfolg, der dieses Mal in Italien größer war als in England. Der Saal, den Livia für die Lesung gemietet hatte, war voll, und Francesca Marchese, wie immer mit dem rohseidenen weißen Schal, war gut. Aber sie war, dachte Leyland, nicht mehr *entflammt* für ihr Thema – ja, das war das Wort –, und ihre Antworten auf die Fragen des Moderators hatten etwas Schleppendes, Erloschenes. Als sie nachher ihr Buch signierte, sah sie müde aus, als sei ihr alles zuviel. In London war der Saal nur halbvoll, die Christies hatten sich verschätzt, und manchmal, wenn er las und sie still daneben saß, kam es ihm vor, als verschwände sie am liebsten einfach. Am Schluss meldete sich jemand aus dem Publikum zu Wort, ein Mann mit Turban. Die Idee der Würde spiele in ihrem Buch ja eine große Rolle, sagte er. Ob diese Idee nicht immer abhängig sei von einer bestimmten Kultur? Ja, sagte sie, aber sie wolle wissen, welche Interessen dahinter stünden, wenn jemand das sage. Welche Machtinteressen. Müder Überdruss lag in ihrer Stimme. »*Well ...*«, sagte der Mann. Dann war die Veranstaltung zu Ende.

Am Tag danach waren sie an der Themse spazierengegangen. Sie hätte den Eindruck, sich über der Sache mit Arabien irgendwie verloren zu haben, sagte sie. Sie würde gerne etwas schreiben, worin sie selbst zur Sprache käme, nur sie selbst. Sie trug eine Windjacke und Blue Jeans, der Wind verwehte das rötliche Haar, und Leyland hatte in diesen Stunden das Gefühl, ihr zum ersten Mal ganz privat zu begegnen.

Vier Jahre später schickte sie an Livias Verlag ein Manuskript mit dem Titel *Nomi Bretoni*, und ein Exemplar schickte sie auch an ihn persönlich. *Sie erinnern sich an unsere Themse?* stand mit Bleistift auf dem Titelblatt. Es war eine fesselnde, aufwühlende Geschichte, in der sich Liebende bei einer Reise in die Bretagne verlieren und finden und verlieren, um am Ende sprachlos vor Grabsteinen mit bretonischen Namen zu stehen. Die Erzählerin sprach die ungeschützte Sprache der Sehnsucht und Enttäuschung, der Begierde und der Scham, des Hasses und der Einsamkeit. Manchmal schloss Leyland die Augen und stellte sich vor, wie die Sätze aus Francesca Marcheses Mund klingen würden. Es war kein dickes Buch, aber er kam nur langsam voran. Noch bei keinem Buch hatte er so deutlich gespürt, wie schwer es sein konnte, die Sprache der Gefühle zu übersetzen. Die italienischen Sätze selbst waren kein Problem, sie besaßen eine unmittelbare Wucht, und obwohl es vertraute Wörter in vertrauter Ordnung waren, wirkten sie nicht abgegriffen und verbraucht, sondern einfach, selbstverständlich, zwingend. Anders im Englischen, wenn man die direkte Entsprechung hinschrieb oder sich vorsagte: Die Sätze waren platt und zugleich aufdringlich. Im Deutschen, dachte er, wäre es noch schwieriger, während es im Französischen wieder leichter wäre. Er sprach mit Livia darüber, aber jetzt zeigte sich, dass Englisch nicht ihre Muttersprache war, und deshalb verstand sie sein Zögern oft nicht. Bei gewissen Sätzen spürten sie eine Scheu voreinander, eine Verlegenheit: Solche Worte wären zwischen ihnen nie gefallen, da wurden Grenzen des Sagens und auch Erlebens spürbar, die sie sonst vielleicht nie bemerkt hätten. Schließlich kam Francesca Marchese nach Triest, und sie sprachen über die Stellen, wo Leyland Änderungen im Text vorschlug, um das Problem zu lösen. Er war froh, dass sie immer noch *Lei* zueinander sagten und nicht *tu*, wie sie es mit Livia tat. Und bei einigen Worten, die ausgesprochen werden mussten, war er froh, dass sie im Verlag saßen und nicht in privaten Räumen. Es gab schwierige Momente: wenn sie den Eindruck hatte, dass er nicht nur die Übersetzung schwierig fand, sondern dass er den Text und das, womit sie sich darin zeigte, nicht mochte. Zum Glück gab es all diese wunderbaren Namen auf den Grabsteinen: Le Gourriérec, Guézennec, Kerguéhennec, Quéméneur. »Ich habe alle Stationen der Reise auf der Karte gefunden«, sagte er, »nur den letzten Ort nicht: Louviénnec.« »Den kann man auf der Karte auch nicht finden«, sagte sie, »weder auf der Karte noch in der Welt. Ein bisschen westlich von Finisterre, vom Ende der Welt.«

Das Buch wurde verrissen. Der Zampano der italienischen Literaturkritiker, Carlo da Ponte, machte den Anfang mit einer Besprechung, die den Titel trug: *La Scivolata*, die Ausgeglittene, Abgeglittene, und dann konnte es nicht ausbleiben, dass ein Provinzblatt nachzog mit *La Traviata*, eine Frau, die vom rechten Weg abgekommen war und sich verirrt hatte. Wie konnte es passieren, dass eine hochgeachtete Journalistin einen solchen Kitsch schrieb! Warum war sie nicht bei ihrem Metier geblieben! Die übereifrige Frau, die in Livias Verlag die Pressearbeit machte, überreichte Francesca Marchese alle siebzehn Verrisse. »Am liebsten würde ich sie alle verbrennen, alle auf einmal«, sagte Francesca. Da ging Livia hinaus und kam mit einer großen Schale zurück, in der sonst eine Zimmerpflanze stand. Sie legte den Stapel der Zeitungsartikel hinein und steckte ihn an. Sie sahen zu, wie das Papier verkohlte und zu Asche zerfiel. »*Fuori dal mondo!*« sagte Livia und schnippte mit den Fingern. Es war ein Moment großer Nähe zwischen den beiden Frauen, hatte Leyland gedacht. An diesen Moment, stellte er sich vor, dachte Francesca Marchese zurück, als sie ein Jahr später zusehen musste, wie Livias Urne in die Grabwand geschoben wurde. Als es damals zu regnen begann, zog sie den schwarzen Schal über den Kopf und hielt ihn unter dem Kinn fest.

In der Zeit, als er schwankte, ob er den Verlag übernehmen sollte, war er zu ihr nach Mailand gefahren. Sie saßen in ihrem Salotto und tranken Kaffee. Es war das erste Mal, dass er bei ihr zu Hause war. Eine Eleganz, wie es sie nur in einem italienischen Interieur aus dem letzten Jahrhundert gab, von dunklem Glanz und zeitlos. Sie zeigte ihm ihr Arbeitszimmer, *la sala di scrittura*, wie sie es nannte. Ockerfarbene Stofftapete, schwere Brokatvorhänge, die auch am Tag halb zugezogen waren, ein Schreibtisch aus Mahagoni mit eingelegtem Leder, eine moderne Lampe aus Messing, ein raffinierter Bürostuhl gegen ihre Rückenschmerzen, ein dicker Teppich, der die Geräusche verschluckt. Kahle Wände. Keine Bücher außer einem Teewagen voller Wörterbücher. Ihre Fragen nach dem Verlag und seiner persönlichen Zukunft waren präzise, beinahe methodisch gewesen. Er sprach von seinem Schwanken, und sie nickte, als kennte sie dieses Schwanken schon seit Jahren. Sie zündete sich eine Zigarette an und trank einen Schluck Kaffee. Noch mit der Tasse in der Hand, sah sie ihn aus ihren dunklen, wachen Augen an. »Ich möchte, dass Sie meine

Bücher übersetzen *und* verlegen«, sagte sie. Der Blick dieser Frau, die ihren Kopf inzwischen wieder hoch trug, hatte eine große Entschiedenheit und Festigkeit besessen. Der Wunsch, von dem sie sprach, war nicht tyrannisch, kein Wunsch, der Unterwerfung verlangte. Vielmehr war es ein Wunsch, an dessen Klarheit er sich gerne festhalten wollte. Das gab es ja: dass der Wunsch eines anderen einem half, zum eigenen Willen zu finden, weil seine Entschiedenheit Einsicht in die eigene Innenwelt verriet. Sie wusste, wie wichtig ihre Worte für ihn waren, gerade in diesem Moment. Einige Tage später rief er sie an. Er würde sich ihrem Willen beugen und ihre Bücher verlegen, sagte er scherzhaft. »*Ti amo*«, sagte sie. Es war das erste Mal, dass sie ihn duzte. Sie hatte diese unnachahmliche Weise, so etwas zu sagen: es nicht ganz ernst zu meinen, sich über die eigenen Worte durch diese Worte hindurch lustig zu machen, und es doch, hinter aller ironischen Brechung, ganz ernst zu meinen. Es war bei diesem einen *du* geblieben.

In den letzten Jahren war es still um sie geworden. Sie schrieb kaum noch für die Zeitung und kam nur selten nach Triest. Als sie Leyland das erste Mal in seinem Büro im Verlag besuchte, setzte sie sich hinter seinen Schreibtisch und zündete sich eine Zigarette an. »Könnte mir auch gefallen«, sagte sie. Bei einem anderen Besuch, als sie im Park saßen, zog eine Schar von Kindern an ihnen vorbei. Eine Weile saß sie schweigsam neben ihm und sah den Kindern nach. »Das habe ich verpasst«, sagte sie. »War aber in meinem Leben so. War einfach so.« Später einmal sprach sie in kurzen, trockenen Worten davon, dass das gemeinsame Leben mit einem Mann, einem Chirurgen, zu Ende gegangen war. »Es geht mir besser, wenn ich allein lebe.« Und in dieser ganzen Zeit, stellte er sich vor, hatte sie angefangen, in ihrer akribischen Handschrift Notizen zu Chiara Palladio, ihrer neuen Romanfigur, zu machen. Er hatte sie in all den Jahren nie nach einem neuen Buch gefragt. Er hätte es nicht begründen können, aber er war ganz sicher: So war es richtig.

Nach seiner Diagnose hatte er ihr einen Brief geschrieben. Das war nicht etwas für das Telefon, und so hatte er ein paar hölzerne Sätze zu Papier gebracht, die hölzern blieben, auch nachdem er sie mehrfach umgeschrieben hatte. Sie rief ihn an. »Ich möchte mit Ihnen hier, in Mailand, in den Dom gehen«, sagte sie. Sie würde ihn mit dem Auto abholen und zurück nach Triest fahren, so könne ihm nichts passieren. »Ich passe auf Sie auf.« Und übernachten könne er natürlich bei ihr, sie habe für den Notfall auch einen guten Arzt an der Hand.

»Dafür sind Kathedralen gebaut worden«, hatte sie gesagt, als sie im Dom saßen: »als Orte, an die man gehen kann, wenn die Dinge des Lebens einen überwältigen: Schmerz, Verzweiflung, Einsamkeit, Tod.

Man braucht, wie Sie und ich, an nichts zu glauben. Der Raum allein genügt.« Abends hatte sie gekocht. Er hatte von den grellen Bildern an Doktor Leonardis Röntgenschirm erzählt. »Ich hätte die Bilder auch nicht haben wollen«, sagte sie. »In einer Kultur, die wirklich für die Menschen da wäre, hielte man es für eine Selbstverständlichkeit, dass einem beim Sterben geholfen würde.« Er erzählte von Pat Kilroy und Ljubljana. »Das ist gut«, sagte sie, »über die Grenze – so kann man den Stoff nicht zurückverfolgen.« Als er von Caterina Mizzan und dem Verkauf des Verlags sprach, war sie eine Weile auffällig still geworden. Jetzt erst verstand er, warum: Sie hätte mit ihrem vielen Geld den Verlag vielleicht selbst kaufen wollen. Als sie in der Nacht gehört hatte, wie unruhig er war, war sie in sein Zimmer gekommen und hatte sich eine Weile in den Sessel gesetzt. »Dass es dann plötzlich zu Ende sein soll«, sagte sie. Bevor sie hinausging, trat sie im Dunkeln an sein Bett und fuhr ihm mit der Hand über die Stirn, ein bisschen wie bei einem Kind, das Fieber hat. »Ich will nicht, dass Sie aussteigen«, sagte sie, als sie in Triest ankamen. »Ich auch nicht«, sagte er. Ihr Wagen stand immer noch, als er um die Ecke bog.

Zwei Tage, nachdem Sophia mit der erlösenden Nachricht in seine Wohnung gestürmt war, war er mit dem Zug nach Mailand gefahren und hatte lange im Dom gesessen. Er mochte an betenden Menschen, dass sie sich sammelten und von einem Gefühl für das Wichtige getragen wurden. Er mochte an ihnen nicht, dass sie knieten und sich unterwarfen. Jemand spielte auf der Orgel Bach. Hatte er Bach schon jemals so gehört? Mit diesem inneren Echo? Danach war er durch die laute Stadt, deren Lärm ihm willkommen war, auf gut Glück zu Francesca Marcheses Wohnung gegangen. Er hätte die Reise auf jeden Fall gemacht, er wollte in den Dom. Aber es war wunderbar zu sehen, wie sie vor Freude explodierte. »Jetzt spazieren wir durch die Galerien und widmen uns der schönen Oberfläche des Lebens!« sagte sie. Sie standen vor den Schaufenstern der Firma AM. Er hatte keine Ahnung, dass die einstige Besitzerin neben ihm stand. Sie führte ihn zum Essen in das eleganteste und teuerste Lokal, in dem er je gegessen hatte. »*Signora*«, sagte der Oberkellner und verbeugte sich. Er nahm den Nachtzug zurück nach Triest. »Sie hätten auch bleiben können«, sagte Francesca am Bahnhof. »Ich weiß«, sagte er.

Leyland hatte, während die Erinnerungen flossen, am Fenster gestanden und auf den Kanal hinuntergeblickt. Jetzt setzte er sich wieder an den Schreibtisch und las Francesca Marcheses Brief zu Ende.

Chiara verschenkt das viele geerbte Geld, teilt es mit anderen. »Teilen gehört zum Glück«, sagt sie. Sie hilft einer Bettlerin aus der Armut, kauft einem verschuldeten Taxifahrer einen neuen Wagen, rettet ein Restau-

rant vor der Pleite, verhindert, dass ein Schuhmacher schließen muss, finanziert einen explosiven Dokumentarfilm, bezahlt für jemanden eine teure Operation. Es kommen viele Menschen vor und viele Schicksale, ich war erstaunt zu sehen, wie viele es am Ende waren. Ist es nicht schön, all das tun zu können? Ist es nicht Freiheit und denkbar einfach, wenn man es nur will? Doch nichts ist hier einfach, und davon handelt das Buch. Chiaras Großzügigkeit hat für ihre Beziehung zu den anderen und auch für sie selbst Folgen, die sie sich nie hätte träumen lassen. Die anderen sind zunächst einfach dankbar, auf unkomplizierte Weise dankbar, denn die Not ist gelindert, und sie können aufatmen. Doch dann wird aus dieser Dankbarkeit ein Gift: Die anderen sind Chiara gegenüber nun befangen, sie trauen sich nicht mehr, alles zu sagen und zu tun, was sie sonst gesagt und getan hätten, und sogar zu ihren Gefühlen stehen sie nicht mehr. Ihre natürliche Selbständigkeit geht verloren, die Dankbarkeit erstickt alles. Aus der Befangenheit wird ein Gefängnis. Einer nimmt einen Kredit auf und gibt ihr das Geld zurück: Er wolle seine Freiheit wiederhaben, sagt er. Dabei tut Chiara alles, um zu verhindern, dass sich die anfänglichen Gefühle zersetzen. Doch es entstehen Kränkungen und Scham, es gibt verletzten Stolz und Erfahrungen der Ohnmacht, und die Würde der Schwachen scheint manchmal in Gefahr. Sogar zu Hass auf die Wohltäterin kommt es. Und es wird immer komplizierter: Die anderen möchten, wenigstens *durch symbolische Gesten, etwas zurückgeben, und laden sie zu sich ein, sie wird in Familien hineingezogen, die sie lieber nicht kennenlernen würde, doch sie kann sich nicht ohne weiteres entziehen, die anderen vereinnahmen sie und möchten, dass sie nun auch Dinge aus ihrem Leben preisgibt, es kommt zu unerwünschter, unmöglicher Intimität, die nicht zu leben und fortzuführen ist, und auf den Abbruch folgen Verletzung und Groll. Nun ist sie es, die ihre Freiheit verliert: Sie nimmt das Telefon nicht mehr ab und flieht aus der Stadt. Dabei beschreibt der Roman immer auch Chiaras Versuch, sich über die Motive hinter ihrer Großzügigkeit klar zu werden: Geht es ihr am Ende nur darum, sich als Gönnerin und Wohltäterin fühlen zu können? Ist es moralische Eitelkeit oder einfach nur Eitelkeit? Großzügigkeit als Selbstinszenierung und Selbstverliebtheit? Wie ist es um ihr Einfühlungsvermögen bestellt? Kann sie die anderen wirklich andere sein lassen? Warum ärgert es sie, wenn die anderen mit dem Geld nicht ganz das machen, was sie sich dachte? Woher diese heimliche Diktatur? Und auch etwas anderes fragt sie sich: Spiegelt sich in der Großzügigkeit eine heimliche Sehnsucht nach Nähe, die sie nie erleben konnte? Der Wunsch, selbst auch so großzügig behandelt zu werden?*

Insgesamt, würde ich sagen, ist das Buch eine erzählerische Meditation darüber, wie es ist, ein Mensch unter anderen Menschen zu sein und sich in vielfältige Beziehungen mit ihnen zu verstricken. Ich hoffe, die Me-

ditation ist auch eine poetische Meditation. Vom Wortschatz und vom Stil her habe ich das Buch mehrfach überarbeitet. Die Poesie sollte vor allem in der Genauigkeit liegen. Und ganz anders als in Nomi Bretoni habe ich die Gefühle nicht direkt benannt, sondern dafür gesorgt, dass sie im Verhalten der Figuren, nahezu ohne Worte, sichtbar werden.

Ich habe mich in den Jahren der Arbeit an dieser Geschichte auf eine Weise kennengelernt, wie ich es nicht für möglich gehalten hätte. Noch ganz anders als beim ersten Roman. Tiefer, umfassender. All die Verwicklungen in den Gedanken, Gefühlen, Worten und Taten. Ganze Kaskaden, rasante Kaskaden von Verwicklungen. Ich wusste, wie sie sein mussten, alles ergab sich zwingend, und es war ein großes Glück zu bemerken, dass ich über all diese Dinge Bescheid wusste. Das hieß ja, dass ich mich in der Landschaft meines Inneren weit besser auskannte, als ich gedacht hätte. Aus verborgenem, verschwiegenem Wissen war ausdrückliches, in Worte fassbares Wissen geworden. Es war kein abstraktes Wissen, es wirkte in das Erleben hinein. Es war wie ein Aufwachen, ein unaufhaltsames Aufwachen, das ich mit den ersten Phantasien und den ersten Sätzen in Gang gesetzt hatte, und ich war am Ende nicht mehr dieselbe wie vorher. Anderes, was ich vorhatte, habe ich vernachlässigt oder vergessen. Freunde und Bekannte beschwerten sich, und sicher haben auch Sie sich manchmal gewundert, wie wenig Sie von mir hörten. Arabien schien sehr fern, auch die Bretagne. Im Ansatz habe ich all das, wovon das Buch erzählt, erlebt, nur sind die erzählten Episoden den tatsächlichen oft nicht mehr sehr ähnlich, ich bin da den Gesetzen der Verdichtung gefolgt. Und immer wieder habe ich gestaunt, wie dicht und zugleich unbestimmt menschliches Tun doch ist. Nicht unterschätzen, wie vielschichtig menschliche Beweggründe sein können, und wie sehr es ihnen oft an Eindeutigkeit mangelt: Ich betrachte das, abgesehen von der Poesie, als die wichtigste Triebkraft in der Literatur.

Wie ich zu Beginn des Briefes sagte: Ich bin unsicher, ob ich die Geschichte veröffentlichen, also öffentlich machen soll, oder besser: ob ich es will. Die Verrisse von Nomi Bretoni – das ist jetzt zwölf Jahre her. Ich bin eine andere und hoffentlich stärker. Aber wer weiß, wie tief innen sich das eingenistet hat. Doch am Ende ist die Frage, die mich zögern lässt, weniger die, ob es Lob oder Tadel sein würde. Es ist vielmehr die Frage, ob ich möchte, dass der Blick eines anderen – irgendeines anderen – auf diese Geschichte fällt und auf mich, die ich diese Geschichte in gewissem Sinne bin. Genügt es nicht, dass ich sie geschrieben und während vieler Jahre mein Leben durch sie hindurch gelebt habe? Ist das nicht am Ende alles, was zählt?

Warum also schicke ich Ihnen den Text? Ich war lange sogar bei Ihnen unsicher, obwohl ich immer dachte: wenn einer, dann er. Deshalb habe ich neulich in Mai-

land, als wir in den Galerien aßen, nichts gesagt. Doch dann kam unser Abschied am Bahnhof, und danach dachte ich immer öfter: Ich will, dass er mich so kennt. Sie hatten ja gesagt, dass Sie in nächster Zeit nach London fahren würden, auf unbestimmte Zeit. Ich war versucht, Sie anzurufen und zu fragen, wohin ich das Paket am besten schicken sollte. Doch dann fand ich es albern, es anzukündigen. Er soll es, dachte ich, einfach vorfinden, wann immer ihm wieder nach Triest ist, nach Italien. Ich habe mir doch auch meine Zeit genommen. Und so halten Sie den Text jetzt in der Hand – wann immer das sein möge.
Un abbraccio. Francesca

Leyland schlug auf und las die ersten Sätze:

Chiara Palladio trat aus dem Haus des Notars und schloss sich dem Strom der Leute an, die den Corso entlanggingen. »Jetzt sind Sie eine reiche Frau«, hatte der Notar gesagt, »wenn Sie meinen Rat brauchen ...« Hatte er es tatsächlich gesagt? Hatte die Testamentseröffnung wirklich stattgefunden? Da hatte sie seit zwanzig Jahren kaum ein Wort mit ihrem Vater gewechselt, und nun hatte er ihr dieses riesige Vermögen vererbt. Bei ihrem letzten Besuch im Krankenzimmer war ihr danach gewesen, mit der Hand über sein bleiches, eingefallenes Gesicht zu fahren. Und dann hatte sie es doch nicht getan. »Papà« war alles, was sie herausbrachte.

Und auch er hatte nur ihren Namen gesagt: »Chiara«. Mühsam hatte sie die schwere Tür des Zimmers zugezogen und danach im Flur noch eine Weile hinunter in den Hof geblickt. Sollte sie noch einmal hineingehen? Chiara stolperte über etwas, und als sie sich umwandte, sah sie, dass es das Bein einer Bettlerin war, einer Frau mit schwarzem Kopftuch und einem kleinen Kind im Schoß. Nach einigen Schritten drehte sie um, trat vor die Bettlerin und legte fünfzig Euro in ihren Hut. Sie ging dabei in die Hocke, um die Frau auf Augenhöhe ansehen zu können. Das tat sie immer, wenn sie einem Bettler etwas gab. Von oben herab Geld in den Hut zu werfen – sie empfand es als eine Geste der Demütigung, und ein dankender Blick, der von tief unten, aus der Gosse, nach oben ging – dahin, wo die Leute mit dem Geld waren –, war nicht zu ertragen. »Grazie, mille grazie«, sagte die Frau, »möge Gott Sie beschützen.« Chiara berührte die Frau am Arm und fuhr dem Kind über den Kopf. Dann erhob sie sich und ging weiter.

»Signora!« Eine Hand griff von hinten nach ihr. Chiara drehte sich um und sah die Bettlerin, die ihr keuchend nachgelaufen war, das Kind im Arm. »Sehen Sie nur, Signora, das Kind ist krank, es braucht einen Arzt, sehen Sie nur, es ist ganz blau im Gesicht, was soll ich machen, können Sie mir nicht helfen, es ist ja nicht für mich, es ist für das Kind …« Chiara sah sie unschlüssig an. Sie spürte, dass das Folgen haben würde. »Va bene«, sagte sie schließlich. Sie ging mit ihr zu ihrem Platz

zurück, sie sammelten ihre Sachen und das Geld ein, und dann winkte Chiara ein Taxi heran. »Zur Kinderklinik«, sagte sie.

Leyland las weiter und weiter: wie Chiara die Dinge in der Klinik regelte, wie sie für die Kosten bürgte, damit das Kind überhaupt aufgenommen wurde, und wie sie die Frau, als sie sich vom Kind losgerissen hatte, in das Kellerloch brachte, wo sie mit einer anderen Frau und einem anderen Kind zusammen hauste. Alles, was sich dann ergab – es war, wie Francesca Marchese im Brief schrieb, zwingend: Weil Chiara die Frau war, die sie war, und sich zu der Bettlerin hinuntergebückt hatte, verstrickte sie sich nun unaufhaltsam in deren Leben und schließlich auch in das der anderen Frau im Kellerloch.

Nach dem ersten Kapitel legte Leyland den Text weg und ging in die Stadt. In seiner Bank überwies er das Geld, das für Sean Christie bestimmt war, auf sein Konto in London, dazu soviel, dass er und Sophia viele Monate davon würden leben können. *Generosità*, dachte er, als er den Weg zu Andrej Kuzmíns Wohnung einschlug: Was würde das Geld zwischen ihm und Sean verändern? Was würde er anders machen müssen als Chiara Palladio?

25 Andrej war bleich und atmete schwer, als er die Tür öffnete und Leyland hereinbat. Zitternd hielt er ihm einen Brief hin. Es war ein Brief seines Vermieters. Er werde wegziehen, schrieb er, und die Wohnung verkaufen. Daher sehe er sich gezwungen, ihm zu kündigen. Vielleicht könne er mit dem künftigen Besitzer einen neuen Mietvertrag abschließen. Doch zunächst müsse er damit rechnen umzuziehen.

»Was soll ich denn jetzt machen?« sagte Andrej heiser. »Diese Räume – sie sind mein Refugium, meine Höhle, mein Bau. Ich bin draußen in letzter Zeit oft unsicher, und bei manchen Dingen zittere ich. Ich zittere, wenn ich beim Geldautomaten die Geheimzahl eingeben soll, und vertippe mich. Ich zittere, wenn ich unterschreiben soll, etwa auf der Bank, und es gibt misstrauische Blicke. In solchen Momenten habe ich das Gefühl: Ich bin dem Leben nicht mehr gewachsen. Dann fliehe ich hierher, in diese Räume, vor allem an den Schreibtisch. Ich mache die Lampe an, die mir Sophia geschenkt hat, ich mache sie an, ganz gleich, wie hell es ist, denn es ist Sophias Lampe, ich werde nie vergessen, wie sie eines Tages damit erschien und sie wortlos hinstellte. Beim Licht der Lampe werde ich ruhig, und nach einer Weile, wenn die Worte kommen, fühle ich mich allem gewachsen. Es gibt Tage, da gehe ich gar nicht erst hinaus, so unsicher fühle ich mich bei der Vorstellung. Man kann mir das doch jetzt nicht einfach wegnehmen!«

»Das wird auch nicht geschehen«, sagte Leyland. Er rief die Nummer auf dem Briefkopf des Vermieters an. Ob er schon ein Kaufangebot bekommen habe? Wieviel? »Ich biete hunderttausend mehr. Unter der Bedingung, dass es in den nächsten zwei, drei Tagen zu einem Vertrag kommt, länger bin ich nicht in der Stadt.« Ja, er könne heute noch vorbeikommen und die nötigen Angaben für den Notar machen. »So, und ab jetzt zahlst du keine Miete mehr«, sagte er zu Andrej. Das Gesicht, das Andrej machte, erinnerte ihn an sein Gesicht, als er im Gefängnis davon sprach, ihn als Übersetzer im Verlag zu beschäftigen. Er fuhr sich mit dem Ärmel der Joppe über die Augen. »Ich weiß nicht, was ich … Das kannst du doch nicht …« »Natürlich kann ich das. Ich verliere doch dabei nichts. Ich schenke dir nicht einmal etwas. Das Geld ist mit der Wohnung nicht verloren, sondern gut angelegt, und die Miete, die ich von dir nicht bekomme – dieses Geld hatte ich ohnehin nie.« Er hatte gesehen, wie Andrej bei der Summe zusammengezuckt war, mit der er die anderen überboten hatte. »Das viele Geld …«, sagte Andrej jetzt. »Ich wollte sichergehen. Es musste eine Summe sein, die jedes Geschachere und jede Unsicherheit im Keim ersticken würde. Damit ist die Wohnung überzahlt. Aber sie ist doch dein Refugium, deine Höhle. Und du sollst ab sofort wieder in Ruhe darin leben können.«

Andrej ging in die Küche, und Leyland hörte das

Wasser kochen. Er betrachtete den großen, geschwungenen Schreibtisch mit der glänzenden Platte, der einmal auf der Bühne eines Theaters gestanden hatte. Das Holz war mit einem gelblichen Lack überzogen, der das ganze Möbelstück unwirklich erscheinen ließ, wie einen Gegenstand, der die lächerliche Unwirklichkeit einer Operette besaß. Sophias Jugendstillampe war auch jetzt an. *Wenn ich die Lampe betrachte*, hatte Andrej früher einmal gesagt, *hoffe ich jedesmal, dass Sophia mich bald wieder besucht. Ich wollte nie Kinder. Aber Sophia ...* Leyland dachte zurück an den Mann in der Zelle, der wie Trotzki ausgesehen und ungerührt weitergeschrieben hatte, wenn die Zellentür aufging. Irgendwann hatte dieser Mann in dem Geschäft mit ausrangierten Theatermöbeln vor diesem Schreibtisch gestanden und gespürt: den will ich. Es war, dachte Leyland, in ihm wie ein tiefer Atemzug gewesen, der ihm geholfen hatte, die Erinnerung an die Zelle und das graue Laken vor dem Fenster, durch das hindurch man die Gitterstäbe als Schattenmuster gesehen hatte, zu überwinden. »Dieser verrückte Schreibtisch mit seiner absurden Farbe ist für mich wie ein Stück Poesie, ein verrücktes, schräges, verkitschtes, wunderbares Stück Poesie«, sagte Andrej, als er aus der Küche kam und sah, wie Leyland den Tisch betrachtete. »Er ist die innerste Zitadelle des Refugiums, zusammen mit der Lampe.«

Andrej goss Tee ein. »Ich kann es noch gar nicht

glauben«, sagte er. »Zuerst der Schreck mit dem Brief, und jetzt diese Sicherheit, noch dazu ohne Miete. Ich habe dir vorhin von der Unsicherheit erzählt, die mich draußen manchmal überfällt. Es ist draußen, dass sie mich überfällt, aber natürlich kommt sie von innen. Es ist so, seit die Erinnerungen an das Gefängnis wieder nach mir greifen. Manchmal am Tag, manchmal nachts. Sie kriechen lautlos heran, die Erinnerungen, sie würgen mich, und ich kann nichts dagegen tun. *Reclusione* – was für ein schreckliches, unbarmherziges Wort. Jemanden einschließen, wegschließen, einsperren, wegsperren. Und dann: zehn Jahre, sagte der Richter, nicht acht, nicht neun, nein: zehn. Ich habe die Zahl vor mir gesehen, als er das Urteil verlas: eins, null. Am Ende waren es ja nur neun, aber das konnte ich nicht wissen. Ein Jahrzehnt. Eine unfassbar lange Zeit: in der Phantasie nicht zu überblicken und zu umspannen. Die Untersuchungshaft dauerte nur ein paar Wochen, es gab nichts zu recherchieren, ich hatte es vor aller Augen getan und alles gestanden. Trotzdem war diese Zeit auch eine besondere Tortur: in der Haft warten, dass die eigentliche Haft erst noch beginnt – das Leben wird angehalten im Warten darauf, dass es vollends eingefroren wird. Wenn die richtige Haft nur endlich begänne, dachte ich: damit ich die Tage zählen könnte, die ich schon hinter mir hatte. Mit jedem Tag würde das riesige Gebirge aus Zeit – 3652 Tage, die Schaltjahre eingerechnet – um eine Winzigkeit abgetragen. Meine eigentliche Haft begann im Oktober. Und dann kam der erste Januar, ein Tag, der nicht auszuhalten war, denn ich spürte an jenem Tag, wie lang das sein würde: ein Jahr, ein ganzes Jahr dort drin, und dann noch neun weitere... Ich ließ ein Messer mitgehen und habe es in der Nacht getan. Das Messer war viel zu stumpf, es gibt dort nur stumpfe Messer. Ich fühlte den Puls und versuchte, die Schlagader zu erreichen, es tat weh, aber das war nicht so schlimm, schlimm war, dass es immer mehr zu einem erfolglosen Schneiden und Bohren wurde, zu einem verzweifelten Gemetzel an mir selbst, das auch etwas Würdeloses bekam. Schließlich gab ich auf und rief um Hilfe. »Das nächste Mal bitte nicht mitten in der Nacht«, sagte der Arzt, ein junger Typ, den sie im Krankenhaus aus dem Schlaf geholt hatten. »Zehn Jahre?« sagte er. »Lange Zeit, verdammt lange. Andererseits: nur etwa der siebte Teil Ihres Lebens, oder sogar nur der achte. Abwarten, würde ich sagen, abwarten und zusehen, ob Sie sich nicht irgendwie arrangieren können. Entschuldigung, ich möchte mir nichts anmaßen, so von außen...« Ich empfand es nicht als Anmaßung, er traf den richtigen Ton, und er war ein Bote aus der Außenwelt, der Welt, die es auch nach meiner Entlassung noch geben würde. Kurze Zeit nachdem ich draußen war, sah ich ihn auf der Straße. Wieviel älter er jetzt aussieht, dachte ich. Ich war versucht, auf ihn zuzugehen, aber ich tat es dann doch nicht. Er sah auch nicht mehr so sympathisch aus wie in jener Nacht, als er mir die Handgelenke verband.«

Andrej hatte die Hände in die Ärmel der Joppe geschoben, und wenn er nach der Teetasse griff, passte er auf, dass die Handgelenke nicht sichtbar wurden. Als sei es noch wie damals in der Zelle, bevor Leyland die Male gesehen hatte. Er schien in der Zeit zurückzureisen und dabei kleiner zu werden. Leyland hätte gern etwas gesagt oder getan, das diese unselige Zeitreise unterbrechen würde. Doch vielleicht war es ja auch gut, dass er ihm davon erzählte, es war das erste Mal. Wie er mit den anderen Häftlingen zurechtgekommen sei, fragte er ihn.

»Eigentlich ganz gut. Sie begriffen schnell, dass ich ein komischer Vogel war und man mich in Ruhe lassen musste. Dafür akzeptierte ich, dass sie mich ›Trotzki‹ nannten. Sie lästerten, als ich das gemeinsame Duschen verweigerte, aber das ging vorbei. Ich interessierte mich für ihre Sprachen und dachte, dass da vielleicht etwas zwischen uns entstehen könnte, keine Freundschaft, aber doch irgend etwas. Aber sie verstanden meine Art von Interesse an ihren Wörtern nicht, und es wurde nichts. Außer mit einem Griechen. In meiner Klasse in Novgorod war ein Junge mit griechischen Eltern, ich weiß nicht, wie das kam, aber er brachte mir etwas Griechisch bei, und das holte ich jetzt hervor. Doch der Grieche wurde bald entlassen, und ich gab die Sache mit den Sprachen auf. Außer Italienisch. Natürlich konnte ich fließend Italienisch, ich hatte das Antiquariat hier ja vierzehn Jahre lang. Aber in der Gefängnisbibliothek gab es ein Buch, das ich sofort in Beschlag nahm und auch nie zurückgab: *Difficoltà della lingua italiana*. Alles, was unregelmäßig und knifflig war und sogar von gebildeten Italienern falsch gemacht wurde. Ich entwickelte einen wütenden, verzehrenden Ehrgeiz, alles, bis ins letzte Detail hinein, zu beherrschen. Dieser Ehrgeiz hat mich durch die erste Zeit hindurchgetragen.«

Andrej stand auf und brachte aus dem Nebenzimmer das Buch mit, von dem er gesprochen hatte. »Ich durfte es am Ende mitnehmen. Der Direktor entwickelte über die Jahre mir gegenüber einen gewissen Respekt.« Leyland schlug es auf und sah auf der ersten Seite einen verwischten und ausgeblichenen Stempel: *Ministero della Giustizia*, dazu eine Nummer. »Der Direktor hat auch dafür gesorgt, dass ich später die Wörterbücher bekam, die ich brauchte, Carlo Ferluga wurde erlaubt, sie mir zu bringen. Doch das war erst, nachdem mir Nerea, meine Schwester, jenen Roman geschickt hatte: *Bigarren Bidaia, Die Zweite Reise*. Sie hatte nach San Sebastian geheiratet, und wir sahen uns selten. Von meinem Prozess wusste sie durch Ferluga, den sie anrief, als sie mich nie erreichte. Während der Verhandlung haben wir Blicke getauscht, und am Ende machten wir das Handzeichen, das wir als Kinder beim Abschied immer gemacht hatten. ›Ich verstehe dich‹, sagte sie als erstes, als sie mich im Gefängnis besuchte. ›Ich brauche etwas zum Lesen‹, sagte ich, ›dicke Bücher, sonst werde ich hier drin verrückt.‹

Nach ein paar Wochen dann kam dieser Roman. Was für ein unbeschreibliches Glück: fast fünfhundert Seiten! Es ist keine Übertreibung, wenn ich sage: Es war eine seelische Lebensrettung. Zuerst las ich ihn dreimal, um ihn sprachlich ganz zu verstehen. Meine Mutter, bevor sie meinem Vater im Spanischen Bürgerkrieg begegnete, war Lehrerin für Baskisch. Auch mit mir, dem Kind, sprach sie Baskisch, sie wollte so gerne, dass ich es gut konnte. Aber das war lange her, und ich hatte manches vergessen. Ferluga besorgte mir eine auf Spanisch geschriebene Grammatik des Baskischen und das große spanisch-baskische Wörterbuch, auf Italienisch gab es nichts. Ich frischte mein Baskisch also auf Spanisch auf, das ich gar nicht richtig konnte, es ging nur, weil ich von Ferluga auch die nötigen spanisch-italienischen Bücher bekam.«

»Karl Abt hätte das an einem langen Nachmittag geschafft«, sagte Leyland. »Sogar er hätte noch den Abend dazu gebraucht und ein, zwei Stunden am nächsten Morgen«, sagte Andrej. Für einen Moment war es zwischen ihnen wie damals in der Zelle, als Andrej von Karl Abt gesprochen hatte. Jetzt gefiel Leyland die Zeitreise.

»Nach der dritten Lektüre hatte ich jedes Wort verstanden. Als ich das Buch zum vierten Mal las und es keinerlei sprachliche Hürden mehr gab, begann ich, mir jede einzelne Wendung der Geschichte vom Erleben her ganz genau zu vergegenwärtigen. Aito Agirre, der Autor, ist ein Meister in der Beschreibung von Intimität, vor allem, wenn es darum geht, wie sie sich langsam, in kleinen Gesten und Episoden, entwickelt. Antoine Perrin, die Hauptfigur, ist ein Franzose aus Bayonne, der Baskisch lernt, um Amaia für sich zu gewinnen, die Tochter baskischer Eltern, die von einem eigenen baskischen Staat träumen. Sie bedient in einem Kleidergeschäft, und Antoine geht alle paar Tage hin, lässt sich endlos lange beraten und kauft schließlich etwas, er muss sich das Geld von Freunden leihen, denn er ist ein einfacher Fabrikarbeiter und verdient nicht viel. Er merkt, wie wichtig das Baskische, das sie zu Hause sprechen, für sie ist, und sie strahlt, wenn er nach baskischen Wörtern fragt. Da beginnt er, diese unmögliche Sprache zu lernen. Er hat kein Talent für Sprachen, kein Gedächtnis für Wörter, aber einen eisernen Willen, wenn es um Amaia geht. Er beginnt, ihr Dinge auf Baskisch zu sagen, und sie lehrt ihn, in ihrer Sprache über Gefühle zu sprechen. In diesen Passagen ist Agirre phänomenal. Schließlich werden sie ein Paar und machen eine Reise zusammen, eine Reise die Pyrenäen entlang und weiter nach Nizza. Sie erzählen sich ihr Leben, sie auf Baskisch, er auf Französisch. Es sind kostbare Erinnerungen, und sie fügen sich für ihn zu einer Welt zusammen, in der nur sie beide wohnen und zu der niemand sonst je würde Zutritt bekommen können. Es sieht nach dem Beginn eines gemeinsamen Lebens aus, und er macht, zurück in Bayonne, Pläne für eine gemeinsame Wohnung. Doch nun beginnt sie, ihn hinzuhalten, sie hat plötzlich keine Zeit, muss angeblich zu Hause helfen. So geht das über eine längere Zeit, in der er sich stets von neuem einredet, dass es nichts zu bedeuten habe. Schließlich geht er zu ihr nach Hause und erfährt von den Eltern, dass sie einen anderen Mann kennengelernt hat. Mit diesem Mann ist sie unterwegs: nach Nizza. Später stellt sich heraus, dass die Eltern des Mannes in Nizza leben, es gab also einen praktischen Grund, dahin zu fahren. Doch für Antoine spielt das keine Rolle, er sieht nur: Amaia macht genau die Reise, die er für einmalig und unwiederholbar gehalten hatte, noch einmal, und mit einem anderen Mann. Ob der Mann Baskisch könne, fragt er die Eltern. Kein Wort, sagen sie.«

»Als uns Carlo Ferluga von deinem Prozess erzählte«, sagte Leyland, »hat er einen Satz erwähnt, den du in der Verhandlung gesagt haben musst: *Intimität ist unteilbar*. Das ist etwas, an das Livia und ich auch glaubten, und deshalb haben wir das, was dir mit Carla geschehen ist, so gut verstanden.«

»Deshalb habe ich den Roman atemlos gelesen,

immer wieder. Es kommt noch dazu, dass Amaia die zweite Reise, wie die erste mit Antoine, wiederum im Auto ihres Vaters macht. Antoine stellt sich vor, wie sie neben dem anderen Mann sitzt … ›Ich mag es nicht, wenn du die Kurven schneidest‹, hatte sie zu Antoine gesagt und ihre Hand auf die seine gelegt, wenn er schaltete. Jetzt hörte er ihre Worte, wie sie an den anderen Mann gerichtet waren, und er sah ihre Hand auf der fremden Hand. Bei mir hat es schon gereicht, dass ich den Namen *Málaga* zusammen mit dem Namen des anderen Mannes auf dem Flugschein gesehen habe. *Málaga* – das war der märchenhafte Name einer märchenhaften Stadt, in die ich mit Carla reisen wollte. Und Sevilla, Córdoba, Granada … Wir hatten Reiseführer studiert – *zusammen*, verstehst du, wir hatten darin *zusammen* gelesen. Und dann kam dieser Hüne mit dem Bürstenschnitt herein, mit zwei gleichen Koffern, Zwillingskoffern, und wagte es, die Worte zu rufen, die ich sonst immer rief: *Ich bin's!*«

»Von Antoine weiß ich nur«, sagte Leyland, »was du mir damals in der Zelle gesagt hast: Er hält es nicht aus.«

»Er strengt sich an, weit über das hinaus, was er sich zugetraut hätte. Er stellt Amaia zur Rede. ›Die erste Reise war die eine, die zweite eine ganz andere‹, sagt sie, ›ich weiß nicht, was du willst, solche Dinge geschehen, das ist doch ganz natürlich, man kann doch jemanden nicht einsperren, nur weil man eine

Reise zusammen gemacht hat.‹ ›Und dass ich deinetwegen Baskisch gelernt habe?‹ ›Ich fand's rührend, ich fand's schön. Aber daraus kannst du doch nichts ableiten.‹ Agirre ist großartig, wenn er beschreibt, wie die Welt plötzlich ganz *flach* ist für Antoine, nicht wie eine Scheibe, sondern ohne Tiefe, *azal* schreibt er, ich habe es mit *powjerchnostnij* übersetzt, was sowohl *oberflächlich* als auch *flüchtig* bedeuten kann, im Italienischen würde ich sagen *basso, seicht*, im Unterschied zu *profondo*.

Er setzt sich im Café in eine dunkle Ecke, von der aus er sehen kann, wie sie weggeht und nach Hause kommt. Mit der Intimität ist auch ihre Schönheit zersprungen, er kann es kaum fassen, wie hässlich sie jetzt aussieht, nur Haut und Knochen, und sie ist nur noch *vorhanden*, gar nicht mehr jemand, dem man *begegnen* könnte. *Es gab ein solches Reißen in ihm, ein solches Reißen*, schreibt Agirre. Er sucht alles, was mit dem Baskischen zu tun hat, zusammen – Wörterbuch, Grammatik, Übungsbuch, die eigenen Hefte –, tut es in ein Einkaufsnetz und trägt es zu einem weit entfernten Müllcontainer. *Das Netz, aus dessen großen Maschen die Ecken der Bücher herausragten, schlug gegen sein Bein, und der Schmerz war richtig*, schreibt Agirre. Aber da sind ja noch die Erinnerungen an die baskischen Wörter. Am liebsten hätte er sie alle in sich ausgelöscht, wie man mit dem Schwamm über eine Tafel fährt, und die Art, wie Agirre das Wort *itzali*, *auslöschen*, hinsetzt, lässt erahnen, dass Antoine schon jetzt danach ist, sich selbst ganz auszulöschen. Doch zunächst macht er weiter in der so flach gewordenen Welt. Für eine Weile stellt er Amaia und dem Mann noch nach, ab und zu lässt er sie in Gedanken auch verunglücken, immer beide zusammen. Einmal kauft er am Kiosk die baskische Zeitung und wirft sie in den Abfallkorb. *Und dann, innerhalb kurzer Zeit, fielen diese beiden Menschen aus ihm heraus, sie fielen einfach aus ihm heraus, und es gab sie nicht mehr*, steht im Text. Zwei Jahre noch lebt Antoine sein flaches Leben, ist pünktlich und verlässlich, wird sogar zum Vorabeiter befördert. Dann begegnet ihm Lena, eine Schwedin. Sie sucht seine Nähe, lernt Französisch, um ihm näher zu sein. Er mag sie, früher einmal hätte er sie vielleicht lieben können, aber es geht nicht mehr, er erstarrt, wenn sie ihm zu nahe kommt. *Ich bin selbst auch flach geworden, ich weiß nicht mehr, wie Intimität ist*, denkt er. Da fährt er an die Küste, an eine abgelegene Stelle, wo sie ihn lange nicht finden würden, und wirft sich während eines Sturms in die Wellen. *Tief sog er das salzige Wasser in die Lungen und hoffte darauf, dass bald alles ausgelöscht wäre und er nichts mehr spüren würde* – das ist der letzte Satz.«

Andrej ging ins Nebenzimmer und kam mit dem Buch zurück. Leyland zögerte, es in die Hand zu nehmen. »Nimm es ruhig«, sagte Andrej, »und du darfst auch blättern.« *Andrejentzat, für Andrej*, stand auf dem Vorsatzblatt. Das broschierte Buch war schlecht gebunden und fiel nach dem unzähligen Blättern fast auseinander, das billige Papier war vom häufigen Anfassen mürbe geworden. Keine Seite ohne Dutzende von Notizen in russischer Schrift, am oberen und unteren Rand Wortgleichungen in winzigen Buchstaben. Ein Buch, das eine Seele gerettet hatte. »Und dann hast du dir vorgenommen, die Geschichte ins Russische zu übersetzen«, sagte Leyland. »Um eine Aufgabe zu haben, etwas, was dir helfen würde, das erdrückende Gebirge aus toter Zeit abzutragen.« »Und was dafür sorgen würde, dass ich nicht noch einmal ein Messer nähme. Ich habe Antoine um seinen Sprung ins tosende Meer beneidet, habe den Satz immer und immer wieder gelesen und das Salz in Nase und Lunge gespürt. In einem anderen Trakt des Gefängnisses hat sich einer erhängt, es sprach sich herum. Aber dem Kopf wollte ich keine Gewalt antun, nicht dem Kopf. Und so habe ich mit der Übersetzung begonnen. Etwas mehr als zwei Jahre habe ich gebraucht, mehr Zeit als angenommen, denn ich schrieb fast zu jedem Satz Varianten auf. Es galt ja, einen einheitlichen russischen Ton für die baskischen Sätze zu finden. Wie schwer so etwas ist, wurde mir erst da klar, aber ich war dankbar für die Schwierigkeit, sie half mir, die tote Zeit ein wenig lebendig werden zu lassen. Als das Ende in Sicht kam, geriet ich in Panik, denn es lagen immer noch gute sechs Jahre vor mir. Da verfiel ich auf die rettende Idee: Ich würde die Geschichte umschreiben. Für Antoine andere Möglichkeiten ausprobieren, mit der zerstörten Intimität fertigzuwerden. Das war in doppeltem Sinne ein aufregendes Vorhaben: Ich musste nun eine eigene Geschichte schreiben, mit ganz eigenen Sätzen und Szenen, und ich konnte auf diese Weise meine eigenen Empfindungen ausloten, indem ich sie Antoine durchleben ließ. Am Ende waren es sieben Versionen der veränderten Geschichte. Antoine tritt in Konkurrenz zu dem anderen Mann, übertrumpft ihn und gewinnt Amaia zurück. Antoine manipuliert die Bremsen. Er verliebt sich von neuem, und bald sieht die alte Geschichte lächerlich aus. Er entdeckt, dass das flache Leben ohne Träumereien gar nicht so grau ist. Und noch andere Varianten. Stets habe ich mich gefragt: Ich selbst – könnte ich das leben?

Aber die Erfahrungen, die ich mit mir machte, betrafen nicht nur Antoine. Sie betrafen auch die Sprache. Ich hatte, wie gesagt, nach vielen Anläufen einen einheitlichen russischen Ton für Agirres Rhythmus des Erzählens gefunden. Und als ich nun mit eigenen Versionen der Geschichte begann, blieb ich zunächst bei diesem Ton. Doch mehr und mehr empfand ich es auch als Einschränkung, diesen Ton einfach fortzuführen. Etwas rebellierte in mir, ich wünschte mir nicht nur neue Varianten von Antoines Tun und Erleben, sondern auch Varianten in der Art, sie zu erzählen. Ich suchte eine eigene Stimme. Sie wäre die Freiheit. Ich habe sie nicht gefunden. Bis heute nicht.

In jener Zeit habe ich noch einmal neu über meine eigene Tat nachgedacht. Die Erinnerung war teils unscharf, teils überscharf, und einige Details wurden zur Obsession: der Geruch des Mannes etwa, ich habe ihn ja angefasst und ins Treppenhaus gedrängt, er roch ... ranzig, ja, so muss man das sagen, in seinem verschwitzten Hemd roch er ranzig, wie verdorbenes Öl. Auch kann ich noch spüren, wie ich zum Schlag ausholte, er war einen Kopf größer als ich, und ich legte die gesamte Wucht meines kleineren Körpers in den Schlag, vielleicht waren es auch mehrere Schläge, das weiß ich nicht mehr. Den Schmerz in der Hand spürte ich erst nachher, als ich auf der Treppe auf die Polizei wartete. Bevor Carla damals nach Hause kam, wo ich gewartet und die Flugkarten gefunden hatte – ich habe keine klare Erinnerung an meine Gefühle. Und als sie dann dasaß und es mir sagte – ich weiß nur noch, dass ich eine lähmende Ungläubigkeit empfand, ich kam nicht mit, kam einfach nicht mit. Und dann, als der Mann hereinkam und das rief, was ich sonst zu rufen pflegte, war es wie ein Dammbruch oder eine Explosion, es stieß mir mehr zu, als dass ich es getan hätte. Nicht, dass ich es entschuldigen will, ich habe jemandem das Leben genommen. Aber in den ganzen Jahren, wo ich, über Antoine schreibend, Klarheit auch über mich selbst suchte, habe ich nie Reue empfunden, wie man sie bei einer geplanten, vorsätzlichen Tat empfinden kann. Der Vorwurf, den ich mir machte, galt meiner Unbeherrschtheit, der Tatsache, dass ich in jenem Moment die Kontrolle über mein Leben aus der Hand gegeben habe, abgegeben an die Brandung der verletzten Gefühle. Und diesen Vorwurf werde ich für immer in mir herumtragen.«

Ob er Carla noch einmal gesehen habe, fragte Leyland. »Ein einziges Mal, vor drei Jahren. Sie war schrecklich fremd, fremder als es je ein Mensch sein könnte, mit dem ich nie durch Intimität verbunden war. Graues Haar, schäbige Kleidung, Bitterkeit im fahlen Gesicht. Wir blieben voreinander stehen, ohne uns die Hand zu geben. ›Die Niere funktioniert nicht richtig, ich brauche Dialyse‹, sagte sie. Es klang, als sei ich schuld daran. ›Wenn es noch meine Niere wäre, würde sie funktionieren‹, sagte ich. ›Du bist alt geworden‹, sagte sie. ›Du auch‹, sagte ich. Es war das absurdeste, grausamste Gespräch, das ich je geführt habe. Und dann sind wir voneinander weggegangen, als hätten wir uns nicht getroffen. Deswegen neun Jahre? dachte ich nachher. Etwas später bin ich für ein paar Tage nach Andalusien gefahren. Es hat mir gutgetan. Málaga war danach befreit.

Aber nun kommen die Erinnerungen an die Haft zurück. *Reclusione.* Auch das Wort verfolgt mich. Ich habe die Via del Coroneo und das ganze Viertel stets gemieden. Vor fünf Jahren bin ich dann einmal vor das Gefängnis getreten. Ich hätte gern erlebt: Es ist vorbei, ich habe es überwunden. Aber es war anders: Es war wie gestern, und der kalte Schweiß ist mir ausgebrochen. Danach konnte ich es wieder längere Zeit von mir wegschieben. Doch nun kommt es zurück, und ich zittere beim Unterschreiben, also bei etwas, wo man sagt: Der bin ich. Deshalb habe ich bei der Vorstellung, diese schützenden Räume hier zu verlieren, die Fassung verloren.«

Leyland deutete auf das Buch. Ob er noch manchmal darin lese? Oder in seiner Übersetzung und den neuen Geschichten über Antoine? »Nach der Entlassung habe ich das Buch und die Manuskripte viele Jahre nicht angerührt. Sie blieben in dem hölzernen Koffer, mit dem ich dir damals, am Morgen der Entlassung, auf der Scala S. Luigi begegnet bin, als das Schloss aufsprang und die Papiere auf die Treppe hinausrutschten. Vor etwa drei Jahren, kurz nach der absurden Begegnung mit Carla, habe ich den Koffer wieder einmal aufgemacht. Es war mir natürlich alles noch sehr vertraut, ich habe ja all die Jahre jeden Tag damit gelebt, und manches konnte ich auch jetzt noch auswendig. Zugleich spürte ich, wie mir das Ganze auch fremd geworden war, es kam mir so – abgenutzt vor. Abgenutzt vom vielen Denken und Fühlen, vom vielen Suchen nach Wörtern. Damals war ich in den Vierzigern, nun bin ich bald sechzig. Es ist müßig zu fragen, ob ich noch derselbe bin oder inzwischen ein anderer – diese Wörter geben nicht wieder, worum es geht: eine Vertrautheit, die zugleich Fremdheit ist, mit Erstaunen und Überdruss verbunden. Neulich ergab es sich dann, dass ich länger bei Maria Psyroukis vom Verlag saß. Sie las ein Manuskript über Intimität und Sprache, und so kam es, dass ich von Agirres Buch zu erzählen begann. Ich sagte nichts vom Gefängnis und von der Bedeutung, die Antoines Geschichte für mich selbst hatte. Aber sie spürte etwas und sagte, es sei schade, dass sie kein Baskisch könne, sie würde die Geschichte gerne lesen. In der Nacht danach fand ich keinen Schlaf. Ich stand auf und begann, *Bigarren Bidaia* ins Italienische zu übersetzen. Ich machte ein paar Tage weiter, es war wie ein Fieber, ich möchte gerne sagen: ein abgedunkeltes Fieber, denn sein Ursprung lag im Dunkeln und sollte dort bleiben. Ich schrieb und schrieb und kam mit anderem in Verzug, bis ich plötzlich innehielt und mir klar wurde: Ich war dabei, etwas zu tun, was auch Antoine hätte tun können ... nun, nicht direkt, aber wieder ging es um Wörter für eine Frau, viele, viele Wörter ... Da hörte ich auf. Maria weiß davon nichts – und darf es auch nicht wissen.«

Andrej brachte das Buch wieder ins Nebenzimmer, Leyland hörte das Schnappen des Schlosses am hölzernen Koffer. Als er zurückkam, noch ein bisschen verlegen wegen der Sache mit Maria, sagte Leyland: »Ich möchte, dass du etwas für meinen Freund Sean

Christie in London tust. Er möchte in seinem Verlag auch eine Reihe mit Exilrussen machen. Er sprach von Roman Nemirov als Übersetzer. Hast du von ihm gehört?« »Ja. Er ist eine Legende. Übersetzt aus dem Russischen ins Englische und umgekehrt. Eigentlich muss man nur eines über ihn wissen: Er hat James Joyce übersetzt, *Finnegans Wake*. *Finnegans Wake* auf Russisch! Man sagt über ihn, dass er sich, als er nach England kam, vornahm, noch besser Englisch zu lernen als Nabokov und Joseph Brodsky.« Andrej kannte das Foto, das Leyland bei Sean Christie gesehen hatte. »Er ist, wie gesagt, unter Russen eine Legende. Eine geheime Legende, denn niemand kommt an ihn heran. Wenn man etwas von ihm will, muss man ihm schreiben, und er erwartet Handschrift. Den Brief muss man an einen der Verlage schicken, für die er übersetzt, sie leiten ihn dann weiter, seine Adresse ist unbekannt, dem Gerücht nach ein Ort an der englischen Südküste.« »Könnte ein Freund von Karl Abt sein«, sagte Leyland. Andrej lachte. »Vom Charakter her vielleicht, aber viel zu wenige Sprachen.« Er habe Sean den Anfang von Smirnovs *Tischina* vorgetragen, sagte Leyland, daraufhin wollte er das als ersten Text machen. »Ich werde Nemirov schreiben, von Russe zu Russe. Ich erkläre ihm die Idee der Reihe und lege eine Kopie von Smirnov bei. Frage ihn, ob er die ganze Reihe machen würde, ein langfristiger Vertrag. Wird so vielleicht noch nicht reichen. Deshalb werde ich von meiner Flucht erzählen: auf der Rückbank des Autos, unter der Decke, über die grüne Grenze, der Abschied von den Eltern, die Tränen der Mutter, die schwere Hand des Vaters auf meinem Kopf, aber alles besser als die Rote Armee. So könnte es gehen. Aber es kann auch sein, dass nur Schweigen zurückkommt.«

Langsam und auf Umwegen ging Leyland zum Vermieter von Andrejs Wohnung. Er sah Andrej vor sich, wie er in der Tür gestanden hatte. »Die Wohnung, sie ist jetzt praktisch deine«, hatte er zu ihm gesagt. »So werde ich es auch in meinem Testament regeln.« Da war Andrej auf ihn zugetreten und hatte den scheuen Versuch einer Umarmung gemacht, Leyland hatte seine zitternden Hände auf sich gespürt. Wann hatte jemand diesen Mann zum letzten Mal umarmt?

»Steht die Zusage?« fragte Leyland den Vermieter. »Bei diesem Preis: unbedingt.« »Es steht für mich viel auf dem Spiel.« »Verlassen Sie sich drauf.«

Nachher ging Leyland in Pat Kilroys Trattoria. Kilroy war kein Mann von Gefühlsausbrüchen. Aber jetzt geschah etwas mit seinem Gesicht. Er stand vor ihm. »*Welcome home*«, sagte er. Leyland lachte. »*The wrong words?*« Nein, nein, sagte Leyland, durchaus nicht. Er gab ihm Tom Courtenays Buch, *Dear Tom, Letters from home*. »Wir haben am Telefon darüber gesprochen, ich sollte es dir mitbringen.« Pat setzte sich an einen leeren Tisch, schlug es auf und begann zu lesen. »*Yes*«, sagte er nach einer Weile, »*oh, yes, indeed.*« Leyland blieb in der Kneipe, bis alle Gäste gegangen waren. Dann setzte sich Pat zu ihm an den Tisch. Er nahm Courtenays Buch, schlug es aufs Geratewohl auf und las leise vor: *At the beginning of October 1955 I set off for University College London. I gave Mother a hug and a kiss* und *began lugging my case along Harrow Street. I glanced back before turning into Hessle Road. She was standing »again door«, as she used to say in her letters, looking as forlorn as I felt. I waved one last time before I rounded the corner and I thought my heart would break.*

»*Untranslatable*«, sagte Pat. »*Would ruin everything.*« Leyland nickte. »*Absolutely.*«

26
Am späten Vormittag des nächsten Tages setzte sich Leyland ins Café beim Verlag. »*Che piacere!*« rief Carlotta aus, als sie ihn sah. »Sie waren lange nicht mehr hier. Arbeiten Sie nicht mehr drüben im Verlag? Es gehen jetzt andere Leute ein und aus.« »Ja«, sagte Leyland, »ich habe mit dem Verlag ... weniger zu tun als früher. Ich wohne jetzt ... zeitweise ... in London. In der Nähe des Hauses dort gibt es eine Teestube, eine alte englische Teestube, ein bisschen plüschig, ein bisschen verstaubt – können Sie es sich vorstellen?« Carlotta nickte. »Ich gehe da oft hin, und als ich neulich dort saß, dachte ich an Ihr Café hier

und wünschte, hier zu sitzen, genau hier, wo ich jetzt sitze.« »*Veramente?*« Leyland nickte. »Und es war nicht das einzige Mal.« »Aber Sie wohnen auch weiterhin hier?« Ja, sagte Leyland, aus Triest wegziehen – das könne er sich nicht vorstellen.

Die Kopfschmerzen, mit denen er aufgewacht war, ließen nach. *Migräne, nur Migräne*, hatte er sofort gedacht. Wie lange würde er das noch denken und sich ausdrücklich vorsagen müssen? Im nächsten Juli, wenn das gleißende Licht auf der Bucht lag, so dass man sich schon vom bloßen Zusehen zu verbrennen meinte – würde es da vorbei sein, weil er inzwischen alle Jahreszeiten durchlebt hatte? Oder würde es nie aufhören mit dem Schrecken?

Aufgeweckt hatte ihn das helle, tropfende Geräusch aus seinem Telefon. *Circle Line: three minutes delay at Gloucester Road.* Gloucester Road, die Station für Harrington Gardens. Wie weit das zurücklag. Die vergangenen Wochen in London hatten es, als er dort war, wieder näher herangeholt, doch jetzt, von Triest aus gesehen, wirkten diese Wochen, als hätten sie die Zeit mit Livia in Harrington Gardens noch ein Stück weiter in die Vergangenheit gerückt.

Er hatte bis weit in die Nacht hinein in Francesca Marcheses Manuskript gelesen und hatte nicht aufhören können. Chiara Palladio verhalf der Bettlerin, über deren Bein sie gestolpert war, zu einer Anstellung als Putzfrau und zu einer kleinen Wohnung, deren Miete sie bezahlte. In einem Abendkurs lernte die Frau lesen und schreiben. Sie lud Chiara ein, sie kochte, und dann verstand sie nicht, dass Chiara bald keine Zeit mehr hatte. *Habe ich etwas falsch gemacht?* fragte sie. *Sie verletzt? Beleidigt?* Und dann stellte sie die Frage, die Chiara bis in den Schlaf hinein verfolgte: *Bin ich nicht dankbar genug?* Sie legte sich Worte zurecht, die sie der Frau sagen könnte, einfache, ehrliche Worte, die sie nicht verletzen würden. *Nein, nein, es ist alles in Ordnung, aber sehen Sie: unsere Leben, Ihr Leben und das meine, sind so verschieden ...* Chiara fand die richtigen Worte nicht, und Leyland war lange nicht eingeschlafen, weil er sie auch nicht gefunden hatte.

Stefano Di Rossi bog um die Ecke, sah Leyland und setzte sich zu ihm. »Wie ich mich freue, dich zu sehen!« sagte er. »Als ich von Vera hörte, dass du gar nicht krank bist und alles ein Irrtum war, fuhr ich gerade durch Amerika. Ich dachte daran, dich anzurufen, aber das ist nichts fürs Telefon, jedenfalls nicht mit dir. Und später warst du in London, sagte man mir.« Di Rossi fuhr sich durch das volle, schwarze Haar, das auf den Kragen der Lederjacke fiel. Durch Kalifornien, Nevada, Utah und Colorado war er gefahren. »Die Weite. Unglaublich. Man ist wie betrunken davon. Es sollte eine Art Hochzeitsreise ohne Hochzeit werden. Aber dann sind wir früher als geplant zurückgekommen.« Er sah Leyland an: »Du hast im Verlag zu tun?« »Ja ... nein ... irgendwie ...« Carlotta kam, und Di Rossi bestellte einen Kaffee. »Wo du jetzt schon da bist«, sagte Leyland: »Könntest du meine E-Mail-Adresse löschen?« »Und wie soll die neue lauten?« »Keine.« Di Rossi zog die Brauen hoch, dann begann er zu lachen. »Zeitreise, zurück ins Mittelalter?« »Den Buchdruck muss es gegeben haben, auch das elektrische Licht zum Lesen. Filme, aber nur französische und italienische. Keine Autos – außer deinem Lancia. Beim Telefon bin ich unsicher. Kein Fernsehen, keine Elektronik. Ich möchte unerreichbar sein.« »Helen und ich, wir waren im Death Valley, später im Silicon Valley. ›Auch eine Art Death Valley‹, sagte Helen. Wir lachten. Das war noch, bevor es kippte. ›Eigentlich weiß ich gar nicht, ob ich mein Leben mit Elektronik verbringen will‹, sagte ich einmal, die Hände am Steuer. Ich war erstaunt, mich das sagen zu hören. Geht mir seither nicht mehr aus dem Sinn.« »Als ich dir damals in meinem Büro von der Diagnose erzählte«, sagte Leyland, »habe ich dich nachher unten ins Auto steigen sehen. Am liebsten wäre ich mit eingestiegen. ›Fahr‹, hätte ich sagen wollen, ›fahr einfach, irgendwohin.‹ Es wäre wie ein Entgleisen gewesen, ein bewusstes, besonnenes Entgleisen, das es natürlich gar nicht gibt.«

Die Tür von Caterina Mizzans Büro war offen, als Leyland eine Stunde später davor stand. Er trat ein und fuhr zusammen: Alles war anders. Der Schreibtisch stand anders, die Lampen waren neu und gaben ein anderes Licht als früher, der kleine Tisch in der Ecke, an dem er übersetzt hatte, wenn ihm alles zuviel wurde, war verschwunden, ein neuer Teppich, neue Gardinen, sogar der Aschenbecher auf dem Schreibtisch war neu. Leyland hatte ein Gefühl, als ob ihm die Vergangenheit entwendet würde, seine und diejenige von Livia, ein bisschen sogar diejenige von Alfredo Pertot, dessen Büroeinrichtung Livia damals übernommen hatte. »Ich wusste, dass es Sie verstören würde«, sagte Caterina Mizzan, als sie hinter ihm eintrat. »Aber ich *musste* die Dinge einfach verändern. Damit ich, wenn ich morgens ankam, mehr den Eindruck hatte, in … *meinen* Verlag zu kommen.« »Natürlich«, sagte Leyland, der im Inneren immer noch taumelte, »das wäre mir sicher nicht anders gegangen, ich brauche nur ein bisschen …« Es dauerte noch eine Weile, bis sie in ein natürliches Gespräch hineinfanden, in dem Leyland von Sean Christies Plan sprach, die Reihe mit russischen Exilautoren auch in seinem Verlag zu machen. Ob sie ihm die englischen Rechte zu günstigen Bedingungen überlassen könnte? »Er hat zu kämpfen.« »Ja, natürlich«, sagte Caterina, »die Reihe ist ja ein großer Erfolg, auch geschäftlich, und wir werden Andrejs Übersetzerhonorar erhöhen können.« Und dann erzählte sie von einem großen neuen Buch, das sie im Frühjahr herausbringen würden: Fernando Conti, *L'invenzione dello stato*, eine umfassende Darstellung der Staatsidee von der Antike bis heute, das Werk eines bekannten Professors für Verfassungsrecht an der Universität Padua, bei dem auch Sidney studiert hatte. Er würde heute abend hier in der Universität einen Vortrag über die Idee einer *costituzione*, einer Verfassung, halten. Ob Leyland sich das nicht auch anhören wolle?

Stefano Di Rossi kam aus Vera Santins Büro, als Leyland auf den Flur trat. »*Il tuo indirizzo elettronico – cancellato!*« sagte er und schnippte mit den Fingern. »*Sei inaccessibile, medievale!*« Vera gefiel es, dass Leyland nicht mehr erreichbar sein wollte. »Ich wünschte, ich könnte das auch.« Sie sah müde aus und erzählte von den Sorgen mit ihrem Jungen. »Wir gewöhnen uns aneinander«, sagte sie über Caterina Mizzan. Ob sie ihm gesagt hätte, dass Vittorio Albanese frühzeitig aufhöre, aus gesundheitlichen Gründen? »Vielleicht mag er aber auch die Veränderungen nicht mehr miterleben. ›Ich vermisse ihn‹, sagte er neulich über Sie. Hat mich überrascht, denn er war doch eher brummig zu Ihnen.«

Andrej sei in letzter Zeit schmaler und bleicher geworden, sagte Maria Psyroukis, als Leyland nachher bei ihr saß. »Als griffe eine tückische Krankheit nach ihm und höhlte ihn aus, lautlos. Und unsicher ist er geworden. Als er neulich etwas unterschreiben sollte, bat er darum, allein im Raum zu sein, und nachher zitterte das Papier in seiner Hand.« Die tückische

Krankheit – das seien die schlimmen Erinnerungen, sagte Leyland. »Sie meinen: das Gefängnis? Jeder hier weiß davon, aber wir sprechen nicht darüber. Es ist kein peinliches, erstickendes Schweigen, eher ein solidarisches Schweigen, wenn es das gibt. Livia hat uns damals davon erzählt. Sie hat es mit Takt getan, sie hatte ja dieses feine Taktgefühl. Er hat von einem Roman erzählt, einem auf Baskisch geschriebenen Buch, in dem eine Frau eine bedeutsame Reise, die sie mit einem Mann gemacht hat, mit einem anderen Mann ein zweites Mal macht. Für den ersten Mann eine Katastrophe, eine Vernichtung von Intimität, durch die er sich auch selbst vernichtet fühlt. Die Geschichte – sie schien viel mit Andrej zu tun zu haben.« Leyland nickte. Er wisse davon, sagte er, und es sei für Andrej wichtig gewesen, dass sie sich dafür interessiert habe. »Er bleibt oft lange hier sitzen«, sagte Maria. Ob es sie störe? Sie strich sich das Haar aus dem Gesicht und zog an der Zigarette. Nein, sagte sie, es sei schön, dass er ihre Gegenwart suche, ohne sie zu bedrängen, das sei eine neue Erfahrung für sie. »Man könnte sich vorstellen, wegen Andrej Baskisch zu lernen, diese eckigen, sperrigen, knorrigen Wörter: um zu wissen, wie es in ihm klingt; wie es ist, er zu sein.« Leyland wechselte mit Maria noch ein paar griechische Worte, in denen die Erinnerung an ihren Besuch bei ihm zu Hause mitschwang, auch die Erinnerung daran, dass sie sich damals im Griechischen geduzt hatten. »Es ist gut mit Caterina«, sagte sie zum Abschied, »aber wir vermissen Sie. Und wir vermissen auch Livia immer noch. *Alfredo Pertot Editore* – es ist sonderbar, jetzt auf das Schild zu blicken, jetzt, wo es keinen Zusammenhang mit dem Gründer mehr gibt.«

Später traf sich Leyland mit Sidney in Pat Kilroys Kneipe. »Es gibt auch bei mir etwas Neues, nicht nur bei Sophia«, sagte Sidney. »Ich habe vorhin Fernando Conti am Bahnhof abgeholt, er hält heute abend in der Universität einen Vortrag. Erinnerst du dich? Der Mann, bei dem ich Verfassungsrecht gehört habe? Wir haben uns in Padua manchmal auch so getroffen, beinahe freundschaftlich. Während meines Referendariats habe ich dann nichts mehr von ihm gehört. Und stell dir vor: Nun bietet er mir in Padua eine Stelle an! Tutorien für Studenten, Korrektur von Klausuren, Unterstützung in der Forschung. Weißt du, er ist der Mann, bei dem ich gelernt habe, was das ist: analytisches Nachdenken. Von Anfang an haben mich sein Scharfsinn und seine glasklaren Formulierungen fasziniert. Und besonders hat mich eine Gedankenfigur gefesselt, deren Namen ich noch nie gehört hatte: *l'esperimento mentale*, das Gedankenexperiment. ›Nehmen wir an, die Welt unserer Gesetze wäre eine andere, als sie tatsächlich ist: Was würde das für unser Leben bedeuten?‹ – das ist die leitende Frage. Eine ›andere mögliche Welt‹ nannte Conti das, und ich lernte schnell, so zu reden, ich konnte mich an der Formulierung geradezu berauschen, bis sie mir irgendwann, als ich nicht mehr bloß der überwältigte Zuhörer war, fade und hohl vorkam, eine Redensart, die mehr schien, als sie war. Schnell begriff ich die Form der Begründung, zu der das Gedankenexperiment gehört: ›Nehmen wir an, es gäbe diese gesetzliche Bestimmung nicht, oder sie lautete so statt so; dann könnten wir das, was wir tun wollen und für richtig halten, nicht tun; also ist es gut, dass es die Bestimmung in dieser Form gibt.‹ Im Liceo hat es gute Lehrer gegeben, und natürlich haben sie uns in den verschiedenen Fächern auch vorgemacht, was es heißt, etwas zu begründen. Doch bei Conti bekam die Idee des Begründens eine neue Ausdrücklichkeit und ein neues Gewicht. *Seguire il motivo*, der Begründung für etwas nachgehen und sie nachvollziehen – das ist es, was er seine Studenten lehren will. Und als ich ihn näher kennenlernte, wurde mir klar, dass das nicht nur für rechtliche Zusammenhänge gilt. ›Warum glauben Sie das? Was ist der Grund?‹ pflegt er die Leute zu fragen, wenn es um Wichtiges geht. Was er nicht ausstehen kann: wenn man Dinge nur nachplappert. Dann bekommt seine sonst sanfte, verbindliche Art eine Schärfe, die man nicht vergisst. Dieselbe Art von Schärfe schleicht sich in seine Stimme, wenn die Leute vage, verblasene Dinge sagen. ›Was ist es denn nun eigentlich, was Sie meinen?‹ fragt er dann, und über der Nasenwurzel bildet sich eine Falte. Zu Ende meines ersten Studienjahres hielt er in der großen Aula einen Vortrag zum Thema: *Was ist Aufklärung?* Zwei Fragen, sagte er, seien einem aufgeklärten Menschen stets gegenwärtig: *Was genau denke ich?*, und: *Warum denke ich es?* Und nun stell dir vor: Dieser Mann bietet mir eine Stelle an!«

Die Stelle sei auch eine Möglichkeit, der Welt der Gerichte, Ämter und Anwaltsbüros zu entfliehen, sagte Leyland. »So richtig wohl fühlst du dich dort ja nicht, oder?« »Nein«, sagte Sidney, »überhaupt nicht. Denn es gibt nicht nur die weiße Kaste der Mediziner, es gibt auch die schwarze Kaste der Juristen. Als ich Sophias Tirade neulich zuhörte, dachte ich: So ist es bei uns auch. Auch die Männer und Frauen in den schwarzen Roben sind eine eitle, selbstgefällige Clique, eine Loge, zu der du gehörst, wenn du auf die richtige Weise abgerichtet worden bist, den richtigen Jargon sprichst und die passenden Witze machst. Ich habe Abstand gehalten, und es ist nicht untypisch für die Kaste, dass sie mich öfter *l'intellettuale* nennen, manchmal auch *il gesuita*, weil einer aus der Schule, der nun auch zur Kaste gehört, meinen damaligen Spitznamen ausplauderte. Sie meinen damit meinen Spott über ihre Usancen – sprachliche und andere – und meinen Widerstand gegen alles, was leeres Ritual ist. Die Sanktionen für den Abweichler können harsch sein: Meine Zulassung stehe in Frage, sagte man mir, als ich einmal die Robe verweigerte. Du wirst zum Outcast, das geht ganz schnell. Padua: Das ist die Lösung. Ich habe sofort zugesagt, es ging Conti fast ein bisschen zu schnell. Ich fange im Frühjahr an, wenn meine Examina vorbei sind. Auch in diesem Sinne passt es. Nur – es ist nicht Triest. Kann ich bei dir wohnen, wenn ich hier bin?«

Sophia trug die Mütze, die sie am Flughafen getragen hatte, als sie aus dem Gebäude kam, in dem ihre letzte Prüfung stattgefunden hatte, und auf Leyland und Sidney zuging. »Der Dermatologe wartete darauf, dass ich die Mütze abnähme«, erzählte sie, als sie im Café saßen. »Und wenn er nicht so demonstrativ gewartet hätte, hätte ich sie auch abgenommen. Ich hab's beinahe verpfuscht. Es waren eklige Fragen, bei jeder zweiten musste ich passen, und als die letzte kam, die es entscheiden würde, war ich versucht, absichtlich eine falsche Antwort zu geben. ›Wir sind trotzdem sicher, dass Sie eine glänzende Ärztin werden‹, sagte der Prüfer am Ende. Es klang wie: ›Willkommen in unserer exklusiven Loge!‹ ›Nicht, dass Sie sich da täuschen!‹ sagte ich. Er lachte. Dass ich es ernst meinen könnte – das hielt er nicht für möglich.«

Leyland erzählte von seinem Besuch bei Andrej. »Und zu dem gehen wir jetzt und nehmen ihn mit in Contis Vortrag«, sagte Sophia. Sie hatte diese Art, so etwas zu sagen, dieselbe Art wie Livia. »Ich liebe deine Dekrete«, hatte er manchmal zu Livia gesagt, »aber manchmal fürchte ich sie auch.« Auf dem Weg zu Andrej kamen sie bei einem Schreibwarengeschäft vorbei. »Wir bringen ihm die mit«, sagte Sophia und zeigte auf eine smaragdgrüne Schale für Stifte im Schaufenster. »Es muss etwas sein, was auf eine ganz schräge Art nicht zum Gelb seines Schreibtischs passt, dafür aber zur Lampe.« Neben der Kasse lag ein violettes Lineal, ein unmögliches Ding. »Und das tun wir noch dazu«, sagte Sophia und packte das Lineal ein, »dann ist das Chaos perfekt.« Sie zog die Mütze in die Stirn. Sie war nicht zu halten.

»Wie haben ... wie hast du das bloß erraten können ...«, sagte Andrej, als er die Schale und das Lineal auf dem Schreibtisch betrachtete. »Dafür kommst du jetzt mit in diesen Vortrag«, sagte Sophia. »*L'invenzione dello stato* – einmal etwas anderes.« Universität? Aber dafür habe er doch gar nicht die Kleidung, wandte Andrej ein. »Guck mich an«, sagte Sophia und zeigte auf ihre Blue Jeans und die ungebügelte Bluse. Als Andrej nachher in einer dunklen Jacke erschien, dachte Leyland an Kenneth Burke, der eine Samtjacke getragen hatte, als er zu ihm zum Essen kam. Andrejs Jacke war nicht dieselbe wie damals im Verlag, als er aus Dostojewskij vorgelesen hatte. Aber auch sie war zu weit und die Ärmel zu lang. Große Manschetten mit Manschettenknöpfen verschlossen den Blick auf die Handgelenke.

Caterina Mizzan, als sie Leyland mit Sidney, Sophia und Andrej sah, bestand darauf, dass sie sich in der Aula in die erste Reihe setzten. Leyland war es nicht recht, und er zögerte. Da überraschte ihn Andrej. »Warum eigentlich nicht«, sagte er, »und wenn Caterina es sagt ...« Wie sich wohl Karl Abt hier gefühlt hätte, fragte Leyland Andrej, als sie sich gesetzt hatten. »Er war Dolmetscher für Assad und Breschnev. Der Kreml und Assads Palast – das müssen noch ganz andere Räume gewesen sein.« Was spielt es für eine Rolle, dass du vor dem Bankautomaten und beim Unterschreiben zitterst, hätte Leyland in diesem Moment zu ihm sagen mögen, du hast Karl Abt erfunden – das macht doch alles andere klein.

Fernando Conti kam herein, begleitet vom Dekan der juristischen Fakultät. Er mochte Mitte fünfzig sein, hellgrauer Anzug mit Weste und Uhrenkette, eine goldgeränderte Brille, das volle, wellige Haar, in dem es erste graue Strähnen gab, nach hinten gekämmt. Graue Augen mit einem hellen, überaus wachen Blick, den die Studenten, wie Sidney gesagt hatte, zugleich bewunderten und fürchteten. Ein Mann mit einer Ausstrahlung, die nichts Aufdringliches, Grelles an sich hatte, aber ein Mann, den man nirgends übersehen würde. »Als ich erfuhr, dass er Mitglied im Senat der Universität war, kam es mir wie eine Selbstverständlichkeit vor«, hatte Sidney gesagt.

»Was muss geschehen, damit aus einer Gemeinschaft von Menschen ein Staat wird?« Mit diesen Worten eröffnete Conti seinen Vortrag. »Sie müssen sich eine Verfassung geben, eine *costituzione*. Was ist das?«

Er war ein glänzender Redner, der sein Manuskript bald liegen ließ und seine sorgfältig gebauten Sätze frei in den vollen Saal hineinsprach. Dabei ging er auf und ab, die Hände in den Jackentaschen, sorgfältig darauf bedacht, dass sein Blick der Reihe nach das ganze Publikum erfasste. Er trug seine Gedanken mit großer Übersicht vor, man hatte den Eindruck, dass sie für ihn eine umfassende, gläserne Architektur bildeten, und während er sich im gläsernen Palast seiner eigenen Gedanken bewegte, war er stets ganz sicher, welche Überlegung als nächste zu entwickeln war. Er verglich die Verfassungen mehrerer Staaten miteinander, und man hatte das Gefühl, dass es keine gab, die er nicht kannte. All das fesselte Leyland, und dazu kam, dass er ein Wortkünstler war, ein Wortakrobat, der sich nicht scheute, große Worte mit großer Selbstverständlichkeit zu gebrauchen, auch Worte, die gänzlich aus der Mode waren. »*Sono un antico ragazzo*«, sagte er später am Abend, und es stimmte: Er hatte etwas Altmodisches an sich, und das galt nicht nur für die Worte.

Doch mehr noch als der eigentliche Vortrag nahm Leyland gefangen, was Conti zwischendurch, als spontane und beiläufige Bemerkungen, über die Rechtswissenschaft sagte. Er blieb dann stehen und sah vor sich hin, es war, als wolle er den Einschub auch in der Bewegung kennzeichnen. »Die Jurisprudenz«, sagte er, »hat den Ruf und Beigeschmack, verwickelt und verwinkelt zu sein, verknöchert und verkrustet, verfasst in einer steifen, trockenen Sprache bar jeder Inspiration, die nur wenige verstehen und die zu lernen für jeden Studenten eine Tortur darstellt. Und wenn man die Gesetzbücher aufschlägt, erkennt man, warum es so erscheinen kann, denn es kommt einem, das ist nicht zu bestreiten, viel Staub entgegen. Doch im Grunde ist es eine aufregende Wissenschaft und sehr lebendig, denn sie gilt einer großen, aufregenden Frage: wie wir unser Zusammenleben regeln wollen, damit es darin verlässlich und gerecht zugehe. Welche Frage könnte größer sein, umfassender?«

Nach dem Vortrag gab es ein Essen. »Keine Widerrede«, sagte Caterina Mizzan, als Andrej sich sträubte mitzugehen. Als er sah, dass auch Maria Psyroukis, die Contis Buch lektorieren würde, mitging, fügte er sich. Conti sprach über seine Fakultät, eine der ältesten im Lande, und erzählte von Aufenthalten an berühmten Universitäten im Ausland, darunter die Harvard Law School und die Sorbonne. Leyland mochte, wie er darüber sprach: ohne Eitelkeit, und stets war ein Rest von Erstaunen darin, dass sie ihn dort tatsächlich hatten hören wollen. Maria hörte ihm zu und vergaß darüber zu essen. Er hatte diese Art, ihr Feuer zu geben, während sie sich das Haar aus dem Gesicht strich. Sie fragte ihn, wie er zur Rechtswissenschaft gekommen sei, was die Stationen gewesen seien, und was für Bücher er geschrieben habe. Sein Vater und sein Onkel waren Richter gewesen, Mitläufer des Faschismus, und waren unter Mussolini im Amt geblieben. Der Sohn war mit dem festen, wütenden Willen an die Universität gegangen, sein eigenes Verständnis von Staat und Recht zu finden. Diese Glut war noch immer zu spüren.

Maria wollte nicht, dass das Essen zu Ende ginge. Conti wollte es auch nicht und erzählte ausführlich von seinem Buch. Nein, sagte er, Übersetzungen seien noch keine vereinbart worden. »Ich könnte mir vorstellen, dass Sean Christie in London das Buch machen würde«, sagte Leyland. Er sah Sidney an. »Was? *Ich*?« sagte Sidney. »Warum nicht?« sagte Conti, »wir erklären die Übersetzung einfach zu einer der Aufgaben auf Ihrer Stelle.« Sidney, der sonst nicht rauchte, wollte eine Zigarette. »Dann werde ich ja doch noch Übersetzer«, sagte er, »ein bisschen.« »Und für mich – es wäre etwas Großes«, sagte Conti. »Zu einer Übersetzung meiner anderen Bücher ist es nie gekommen. Zu speziell, zu geringe Absatzchancen. Aber dieses Buch – ich könnte mir vorstellen, dass es viele Leser fände, in vielen Ländern. *The invention of the state*: Was wäre ich stolz, das Buch mit diesem Titel in London oder New York im Schaufenster zu sehen!« »Und was werde *ich* stolz sein, wenn da stehen wird: *translated by Sidney J. Leyland*«, sagte Leyland.

Andrej hatte bisher nur zugehört und manchmal an seinen Manschetten gezupft. Sidney hatte ihn Conti als den Übersetzer der russischen Exilautoren vorgestellt. »Ach, tatsächlich«, hatte Conti gesagt. »Ich habe *Tischina* von Smirnov gelesen. Wunderbar.« Nach einer Pause im Gespräch wandte sich Conti jetzt an Andrej. »Wie ich Ihnen vorhin schon sagte: Ich habe *Tischina* von Smirnov gelesen. Was für ein elegantes Italienisch! Makellos, noch in den vertracktesten Details, wo selbst Universitätsleute stolpern. Eine Meisterleistung.« »Ja, ich habe es auch bewundert«, sagte der Dekan. Leyland sah, wie Conti an den Blicken der anderen ablas, dass seine Worte für Andrej mehr als ein gewöhnliches Kompliment bedeuteten. »*Grazie*«, sagte Andrej, »ich liebe Ihre Sprache. Deshalb.« Er sah Conti an, den berühmten Fernando Conti. »Was heißt *Staat* auf Russisch?« fragte Conti. »*Gosudarstvo*«, sagte Andrej. »Wir Schüler in Novgorod hassten das Wort, weil der Lehrer in Staatskunde, ein sowjetischer Betonkopf namens Popov, es unablässig benutzte. ›Der Staat ist die Partei‹, sagte er, und: ›Der Staat ist das Volk.‹ ›Dann müsste ja das Volk die Partei sein‹, sagte ich, und einige lachten. ›Das *richtige* Volk *ist* die Partei‹, sagte Popov, der Betonkopf. ›Das wirst du bei der Armee schon noch lernen.‹ In Sichtweite der Schule gab es eine Kaserne der Roten Armee, und im Sommer, bei offenen Fenstern, konnte man aus der Ferne die Kommandorufe hören. Popov – er war einer der Gründe, warum ich getürmt bin.« Es waren ganz einfache Sätze, die Andrej sagte, aber sie hatten den Zauber von einem, der ganz genau wusste, wie man Worte setzte – wie man sie in Szene setzte, ohne dass jemand merkte, dass es eine stille Inszenierung war. Mit jenem Lehrer, dem Betonkopf Popov, war es wie mit Karl Abt, dachte Leyland: Man konnte nicht sicher sein, ob es Bericht oder Erfindung war. Während Andrej seine kleine Geschichte erzählt hatte, war er in eine Tonlage geglitten, eine träumerische Tonlage, in die er damals, in der Zelle, immer geglitten war, wenn er von Karl Abt sprach. Jetzt zündete er sich eine Zigarette an. »Ist Russisch so schwer, wie man sagt?« fragte Conti. »Schwerer«, sagte Andrej. Durch seine Geschichte über Popov, die vielleicht eine erfundene Erinnerungsgeschichte war, und durch die Tatsache, dass er Russisch als Muttersprache hatte, war er in der Tischrunde plötzlich zum Mittelpunkt geworden. In einer Runde, in der ein berühmter Professor und ein Dekan saßen. Er, der neun Jahre hinter einem grauen Laken verbracht hatte, durch das man die Gitterstäbe als Schattenmuster sah.

»Würden Sie mir einen Gefallen tun?« sagte Conti zu Andrej, als sie schon standen. »Ich möchte, dass Sie für mich ein Exemplar von *Tischina* signieren. Und vielleicht einen der Anfangssätze auf Russisch hineinschreiben. Es beginnt doch damit, dass der Erzähler, während es schneit, die Stille hört.« Andrej schloss die Augen. »*Wenn ich vor die Tür trete, ist es zuerst, als hörte ich nur Stille*«, zitierte er aus dem Gedächtnis.

»Würden Sie das für mich tun?« fragte Conti. »Natürlich«, sagte Andrej, und Leyland sah, dass er die Hände tief in die Taschen steckte. »Ich bin morgen vormittag noch einmal im Verlag und würde das Buch dann gerne mitnehmen. Geht das?« Andrej nickte. »Es stehen einige Exemplare bei mir im Büro«, sagte Maria Psyroukis. Wieder nickte Andrej stumm.

»Kann ich mit dir allein reden?« fragte Andrej leise, als er draußen neben Leyland stand. Sie verabschiedeten sich von den anderen und gingen eine Weile nebeneinander her. »Ich weiß«, sagte Leyland, »das Signieren, das Zittern.« Andrej nickte. »Ich glaube nicht, dass ich das schaffe, jedenfalls nicht vor anderen. Was soll ich denn jetzt machen?« »Ich habe noch einen Generalschlüssel für den Verlag«, sagte Leyland, »Caterina hat bei der Übergabe darauf bestanden. Wir holen jetzt ein Exemplar von Smirnov aus Marias Büro, du nimmst es mit nach Hause, dort signierst du und schreibst den Satz über die Stille hinein. Morgen früh bringst du das Buch zu Maria. Du hättest bei dir noch ein Exemplar gefunden, sagst du. Einverstanden?«

»Ich geniere mich«, sagte Andrej, als sie in Leylands Wohnung waren, um den Schlüssel zu holen. »Aber doch nicht vor mir«, sagte Leyland. »Das bisschen Zittern. Nach allem, was du erlebt hast – es ist doch kein Wunder. Denk daran, was Conti über deine Übersetzung gesagt hat: eine Meisterleistung. Über *mein* Italienisch hat das noch niemand gesagt. Und es ist doch nicht umsonst, dass er ein signiertes Exemplar will. Du bist Andrej Kuzmín, ein hervorragender Übersetzer: Du hast allen Grund, deinen Namen in ruhigen, sicheren Buchstaben hinzuschreiben.« »Natürlich hast du recht«, sagte Andrej, »aber all das erreicht mich nicht ganz innen, dort, wo das Zittern herkommt.«

»Wir nehmen zwei Exemplare mit«, sagte Leyland in Marias Büro. »Für den Fall, dass du dich verschreibst.« In Andrejs Wohnung saßen sie zuerst eine Weile in der Küche. »Conti kennt deine Schrift und deine Unterschrift nicht«, sagte Leyland, »er kann ein Zittern deshalb gar nicht erkennen.« Andrej nickte, aber Leyland sah, dass ihn der Gedanke nicht erreichte. Jetzt stand Andrej auf und setzte sich an den Schreibtisch. Nach einer Weile kam er zurück in die Küche und zeigte Leyland ein Blatt, auf das er den russischen Satz über die Stille geschrieben hatte. Dazu seine Unterschrift. Ruhige, flüssige Buchstaben. »Siehst du«, sagte Leyland. »Das bedeutet nichts«, sagte Andrej leise, »das Zittern überfällt mich sofort, wenn es offiziell wird, also im Buch.« »Es kann nicht die Angst davor sein, es nicht zu *können*«, sagte Leyland und zeigte auf das Blatt. »Ist es auch nicht, nicht im gewöhnlichen, einfachen Sinne dieser Worte. Es ist die Angst, *es nicht zu können, weil ich es nicht darf.*« »Dann ist es nicht die Angst vor einem *Versagen*, sondern vor einer *Verfehlung*.« Andrej nickte. »Die Verfehlung«, sagte Leyland, »sie kann unmöglich darin bestehen, deinen Namen hinzuschreiben, diese bestimmten Linien zu ziehen. Vielleicht, wenn du etwas fälschen würdest und die Unterschrift ein Betrug wäre. Aber nicht in Smirnovs Buch.« Wieder nickte Andrej. »Ich weiß es nicht. Ich kenne die Verfehlung nicht. Aber ich habe Angst.« Er sah Leyland an. »Bleibst du noch ein bisschen hier, in der Küche, während ich es drüben versuche?«

Leyland blieb sitzen. Drüben ging Andrej auf und ab, setzte sich an den Schreibtisch, ging wieder auf und ab. Leyland übte mit dem Finger seine eigene Unterschrift auf der Platte des Küchentischs. Wie war es, davor Angst zu haben? Wenn jemand zusah und es galt? Nach einer langen halben Stunde blieb Andrej sitzen. Er schrieb. Dann kam er mit Smirnovs Buch in die Küche. Leyland verglich die Unterschrift im Buch mit der auf dem Blatt. Die Buchstaben im Buch waren leicht verwackelt, wirkten unsicher. Aber Conti würde das nicht erkennen können. »War es schlimm?« Andrej nickte. »Und der russische Satz?« »Weniger.« »Machst du es hier auf dem Blatt noch einmal?« Andrej unterschrieb ruhig und zügig. »Und wenn du es jetzt mit dem zweiten Exemplar von Smirnov machen würdest?« Andrej schüttelte den Kopf. »Es hat nichts mit Übung zu tun. Übung hilft gegen Angst nicht. Nicht gegen *diese* Angst.«

»Ich gehe beim Verlag vorbei und stelle das zweite

Exemplar zurück«, sagte Leyland, als er ging. »Es waren nur vier, und drei fallen weniger auf als zwei. Du gehst morgen früh zu Maria und gibst ihr das signierte Exemplar mit der Erklärung, die wir besprochen haben. Denk dran: Sie weiß nichts vom Zittern. Niemand weiß davon. Es geht niemanden etwas an. Ja?«

Langsam ging Leyland zum Verlag. Andrej hatte erleichtert ausgesehen, als er beim Abschied in der Tür stand, erleichtert und sehr zerbrechlich. Am Tag seiner Entlassung aus dem Gefängnis hatte er auch unterschreiben müssen: für die persönlichen Dinge, die sie ihm nach neun Jahren zurückgaben. Er hatte in russischen Buchstaben unterschrieben. Das ließen sie nicht gelten, und so unterschrieb er zweimal. Da hatte er auch gezittert, wie er sagte. Hatten das damalige und das heutige Zittern etwas miteinander zu tun? Mit Jahren der festen, sicheren Unterschrift dazwischen? Oder war der Gedanke gänzlich abwegig? Konnte man so etwas wissen? *Gab* es da etwas zu wissen?

Im Büro von Maria Psyroukis stellte Leyland das Buch zurück ins Regal. Dann ging er in dem dunklen, stillen Haus hinauf zu Caterina Mizzans Büro, öffnete und blieb in der Tür stehen. Das Mondlicht fiel auf die Möbel, die nun ganz anders standen. Es war nicht mehr sein Büro und auch nicht Livias einstiges Büro. Es war ein fremdes Büro in einem fremden Verlag.

27 In den beiden folgenden Tagen lebte Leyland in der Welt von Chiara Palladio, Francesca Marcheses Romanfigur, die sich immer tiefer in Beziehungen zu Menschen verstrickte, denen sie mit ihrer ungewöhnlichen Großzügigkeit begegnet war. Nur ab und zu stand er aus dem Lesesessel auf, trat ans Fenster und blickte auf den Kanal hinunter. Die Dämmerung setzte früh ein, und er vergaß die Zeit. Als er einmal auf die Uhr sah, war es drei Uhr morgens, und verwundert merkte er an dem benutzten Geschirr, dass er irgendwann etwas gegessen hatte.

Er las diese Geschichte, wie er noch keine gelesen hatte, auch nicht *Nomi Bretoni*. *Es ist eine erfundene Geschichte*, hatte ihm Francesca geschrieben, *aber sie hat in ihren inneren Dramen viel mit meinem Leben zu tun ... Im Ansatz habe ich all das, wovon das Buch erzählt, erlebt.* Und so las er das Buch, als erzählte sie ihm ihr Leben – dasjenige Leben, von dem er bisher nichts gewusst hatte. Oft las er, wie er sonst selten las: ganz der Handlung hingegeben, ohne besonders auf die Wortwahl, den Rhythmus der Sätze und den Atem des Textes zu achten. Dann wieder blätterte er zurück und stellte überrascht fest, wie sehr sich diese Sätze von denen in *Nomi Bretoni* unterschieden. Was musste das für ein langer innerer Weg gewesen sein, von der einen Melodie hinein in eine ganz andere! Doch wie immer er las und seine Aufmerksamkeit verteilte: Stets hörte er in Gedanken die Frage, die sich Francesca stellte: ob sie eigentlich möchte, dass der Blick eines anderen auf diese Geschichte falle.

In einem Restaurant wurde Chiara Palladio, während sie auf der Toilette war, die Handtasche mit allen Papieren gestohlen. Sie verlor vollständig die Fassung und taumelte in den Tagen danach durch die endlosen Flure der Ämter, wo man die neuen Papiere beantragen musste. Zettel mit Zahlen in der Hand, saß sie in Warteräumen und starrte benommen auf Bildschirme, auf denen Zahlen in ungeordneter und unverständlicher Weise aufleuchteten und wieder verschwanden, ohne dass ihre Zahl erscheinen wollte. Da erschien in der Tür der Taxifahrer, der sie zu dem Amt gefahren hatte. *Noch nie zuvor war Chiara über das Erscheinen von jemandem so erleichtert gewesen*, schrieb Francesca Marchese. »*Sie schienen mir ganz verstört zu sein, und es kam mir vor, als müsste ich nach dem Rechten sehen*«, sagte der Taxifahrer, der sich in dem Amt auskannte. Und von nun an begleitete er sie auf ihrem langen Weg durch die Ämter. Die Termine, die man ihr am Telefon genannt hatte, stimmten nie, und so saß sie manchmal stundenlang im Warteraum neben Giovanni, dem Taxifahrer. »*Es soll Ihr Schaden nicht sein*«, sagte sie, aber er schien nicht an Geld zu denken, *er schien es einfach zu tun, weil es richtig war*. In den langen Stunden, die sie zusammen warteten, erfuhr Chiara, dass Giovanni früher Dachdecker gewesen war, nach einem Unfall den Beruf aber nicht mehr ausüben konnte. Er war ein Mann, der nur zögernd von seinen Sorgen sprach, es schien nicht viele zu geben, die ihm zuhörten. Erst beim Warten auf dem letzten Amt sprach er schließlich davon, dass sie ihm gekündigt hatten, weil das Unternehmen bankrott war. Ob es auch Fahrer mit einem eigenen Taxi gebe, die auf eigene Rechnung führen? fragte Chiara. *Er nickte und lächelte, und das Lächeln schien Chiara zu bedeuten: schön, aber für mich unerreichbar!* »Wissen Sie was? Ich kaufe Ihnen ein Taxi«, sagte Chiara. »Come?« »Sie haben richtig gehört: Ich schenke Ihnen ein Taxi, einen glänzenden neuen Wagen, um den Sie die Kollegen beneiden werden.« Ungläubig sah der Taxifahrer sie an. »Ich kann es mir leisten«, sagte Chiara, »und es ist mir ein Bedürfnis: Ich hätte das alles – und sie machte eine Bewegung, die alle Ämter einschloss – doch gar nicht überstanden ohne Sie.« Und so bekam Giovanni einen neuen Wagen. Er bestehe darauf, sie zu jeder Tages- und Nachtzeit umsonst zu fahren, sagte er. Chiara ließ sich fahren, aber nach einiger Zeit wurde es zur Last, und sie rief ein gewöhnliches Taxi. Einmal sah Giovanni, wie sie auf der Straße ein anderes Taxi anhielt, er rief sie an und schimpfte. Wieder, wie schon bei der Bettlerin, sah sich Chiara von Erwartungen umstellt, die sie wachgerufen hatte, und die sie nun zu ersticken drohten. *Oder zeigt das vielleicht, dass ich nicht* wirklich *großzügig bin? fragte sich Chiara. Großzügig, was Zeit und Gefühle betrifft? Zeigt mein Ärger am Ende, dass meine Schecks nicht mehr sind als Lippenbekenntnisse?*

Mit jeder Episode und jeder Begegnung wuchs Chiaras Unsicherheit, was ihre Beziehung zu anderen und zu sich selbst betraf, und auf einmal wurden ihr auch diejenigen Beziehungen, die sie bis jetzt als natürlich und übersichtlich empfunden hatte, zum Problem. Eines Tages lud Giovanni Chiara zu sich nach Hause ein. Er wohnte mit seinem Bruder Giuseppe zusammen, einem Koch, der ein fabelhaftes Essen auf den Tisch zauberte. Es stellte sich heraus, dass Giuseppe herzkrank war und eine komplizierte, teure Operation brauchte, die die Kasse nicht bezahlen wollte. Chiara dachte keinen Moment, dass die Einladung ein schlaues Kalkül sein könnte, und erklärte ohne Zögern, dass sie für die Kosten aufkäme. Sie kannte gute Ärzte, und Giuseppe wurde operiert. Und so stand Chiara vor dem Krankenbett eines Mannes, den sie kaum kannte. »*Ich weiß nicht, wie ich Ihnen danken soll*«, *sagte Giuseppe ... Chiara begann, die Wörter* gratitudine *und* riconoscenza *zu hassen. Was machte sie falsch? Machte sie überhaupt etwas falsch? Sie konnte doch nicht einfach vor einem Mann davonlaufen, der ihr sein Leben verdankte und seine Dankbarkeit stets von neuem zeigen wollte! Aber sie konnte doch auch nicht lauter Dinge tun, die sie eigentlich nicht wollte, nur, damit andere sich dankbar zeigen konnten!*

In den frühen Morgenstunden des dritten Tages las

Leyland den Text zu Ende, und danach las er noch einmal den Brief, den Francesca Marchese beigefügt hatte. *Es ist vielmehr die Frage, ob ich möchte, dass der Blick eines anderen – irgendeines anderen – auf diese Geschichte fällt und auf mich, die ich diese Geschichte in gewissem Sinne* bin. *Genügt es nicht, dass ich sie geschrieben und während vieler Jahre mein Leben durch sie hindurch gelebt habe? Ist das nicht am Ende alles, was zählt?* Mit Chiara Palladio hatte sie eine Figur geschaffen, mit der sie alles zur Sprache bringen konnte, was es in ihr, die sie so selbstbewusst und selbstsicher wirken konnte, an Unsicherheit, Zwiespältigkeit und Zweifeln gab. Chiara, ein scheues Einzelkind, mit dem die Eltern nicht zu reden verstanden, hatte Archäologie und Kunstgeschichte studiert und später als Restauratorin gearbeitet. Sie fürchtete und verabscheute das Rücksichtslose der elterlichen Geschäftswelt und hegte ein tiefes Misstrauen allem gegenüber, was mit Geld zu tun hatte. Nach dem Tod der Eltern stand sie plötzlich als reiche Frau da, die den raueren Dingen trotz des vielen Geldes nicht gewachsen war.

Allein schon die Szene auf dem Amt, bevor der Taxifahrer erschienen war. Die Zahlen, die auf dem Bildschirm im kahlen, schäbigen Warteraum kamen und gingen und nicht mit der Zahl auf Chiaras Zettel übereinstimmen wollten. Die Männer neben ihr, die gelassen auf den Bildschirm blickten, sich erhoben und hinausgingen. Die Einblendung auf dem Bildschirm: *Wenn der Träger einer Nummer nach drei Minuten nicht im Büro erscheint, verfällt die Nummer.* Hatte sie ihre Nummer verpasst? War sie im falschen Warteraum? Chiara zweifelte an ihrem Gedächtnis, ihrem Verstand. Alles, was sie sonst konnte, ihre tausend Fähigkeiten, war wie nie gewesen. *Im Ansatz habe ich all das, wovon das Buch erzählt, erlebt.* Francesca hatte Worte gefunden für ihre Schwäche, die Chiara wie einen Zerfall ihrer ganzen Person erlebte. Darum war es ihr gegangen in ihrer *sala di scrittura*, dem Zimmer mit der ockerfarbenen Stofftapete und den schweren Brokatvorhängen: genaue, aufrichtige, schonungslose Worte zu finden für die angstvolle Erfahrung einer gefährlichen Grenze. Mit diesen Worten hatte sie in erster Linie zu sich selbst gesprochen, sich die gefährliche Erfahrung vorgesagt, um ihrer nachträglich Herr zu werden. Dabei hatten Leser nichts zu suchen, auch nicht die wohlwollenden, und erst recht keine Kritiker.

Francesca Marchese würde die Frage, die sie aufgeworfen hatte, selbst beantworten müssen. Es war eine große Frage, die einen schwindlig machen konnte, denn im Grunde betraf sie die seelische Logik aller Literatur, in der sich jemand aus der Tiefe des Erlebens heraus zur Sprache brachte. *Es muss ja niemand davon erfahren*, hatte Warren Shawn in seinem Brief hinzugefügt, als er Leyland aufforderte, selbst etwas zu schreiben. Als Leyland jetzt am Fenster stand und auf den dunklen, stillen Kanal hinunterblickte, dachte er: Ich werde sie zu nichts drängen, und überhaupt werde ich keinen Einfluss auszuüben versuchen. Doch wenn sie mich fragen sollte, werde ich sagen: Schicken Sie es nicht an den Verlag. Behalten Sie es bei sich. Ganz bei sich. Einen Text, an dem man fünf Jahre gearbeitet hat, still und leise in den Schrank legen: Das ist Freiheit.

Mittags traf sich Leyland mit dem Besitzer von Andrejs Wohnung beim Notar, und sie unterzeichneten den Kaufvertrag. »Jetzt bist du sicher, jetzt kann dich niemand mehr rauswerfen«, sagte Leyland, als er Andrej später den Vertrag zeigte. »Ich musste auf der Bank etwas unterschreiben«, sagte Andrej. »Ich war wütend auf meine Angst und versuchte, die Wut zu nutzen, als Gegenbewegung. Es wurde eine ruppige Unterschrift, aber sie haben sie akzeptiert.« Den Brief an Roman Nemirov habe er abgeschickt.

Am Nachmittag arbeitete Leyland an den letzten Seiten von Paveses *Il mestiere di vivere*. Da klingelte es, und Stefano di Rossi stand vor der Tür. »Du wolltest entgleisen, bewusst, besonnen entgleisen. Mein Lancia steht unten.« Sie fuhren die Küste entlang nach Süden, und Di Rossi ließ den Motor aufheulen. Bevor sie zurückfuhren, saßen sie in einem Café am Meer. Leyland erzählte von Paveses letztem Satz: *Non scriverò piú*. Und auch von seinen Abschiedsworten, die er auf die Titelseite seines Buches *Dialoghi con Leucò* geschrieben hatte, das man in seinem Hotelzimmer auf dem Schreibtisch fand: *Perdono tutti e a tutti chiedo perdono. Va bene? Non fate troppi pettegolezzi.* Der letzte Satz, sagte Leyland, habe ihn zunächst gestört, später sogar verstört: Scheidet man mit einem Bonmot aus dem Leben? Denn so klängen die Worte ja: *Don't gossip too much.* Oder: *Zerreißt Euch nicht zu sehr das Maul!* Allerdings könne man es im Deutschen auch sanfter übersetzen: *Macht kein Aufhebens davon*, und ohne Ausrufezeichen. Dann habe es weniger den Charakter eines letzten Scherzes, obwohl man immer noch lächeln könne, ein Lächeln mit einem schalen Geschmack. Er habe mit Andrej darüber gesprochen, sagte Leyland. »Irgendein Schriftsteller, ein russischer, hat ähnliche Worte zum Abschied geschrieben, bevor er sich das Leben nahm«, sagte er. Nach einer Woche der Nachforschungen hatte er es: Vladimir Majakovskij hatte geschrieben: *Ich sterbe, beschuldigt niemanden und, bitte, macht keine faulen Sprüche. Der Tote verachtete sie.* Sein Wort war *spljetnitschat'*, das *gossiping* bedeutet, Klatsch. Das *bitte*, so klein und unscheinbar das Wort auch ist, nimmt dem Satz jeden Anschein von Bonmot. Und sollte jemand das Wort anders auffassen wollen, als Teil und sogar Überhöhung des Bonmots, dann wird er vom letzten Satz eines Besseren belehrt. Pavese könnte Majakovskijs Worte in der italienischen Übersetzung gekannt haben, wo es heißt: *non fate pettegolezzi.* Wenn man das weiß, kann man Pavese vielleicht anders hören, als literarisches Zitat mit ernsten Worten. Was mich bei ihm trotzdem stört: *troppi*. Ein bisschen klatschen und lästern dürft ihr, aber nicht zuviel. Ein Augenzwinkern, also doch ein Bonmot. Und ein Bonmot zum endgültigen Abschied – das ist eitle Selbstbespiegelung. Überhaupt: als letztes der Gedanke an das Urteil der anderen. Widerspricht das nicht dem Ernst eines Selbstmords? Unterhöhlt es diesen Ernst nicht? Ich werde fast wütend, wenn ich darüber nachdenke. Paveses Eitelkeit, sie stört mich auch sonst manchmal. Eines Tages nahm Sophia das Buch mit und las eine Weile darin. ›Mein Gott, ist der eitel!‹ sagte sie nachher. Seither habe ich das immer im Ohr.«

Di Rossi hatte geraucht und zugehört. Manchmal war sein Blick aufs Meer hinausgegangen. Aber Leyland war ganz sicher, dass er jedes Wort in sich aufgenommen hatte. »Diese Genauigkeit in den Worten«, sagte er jetzt. »Es ist eine ganz andere Genauigkeit als die, die ich kenne: die Genauigkeit der Technik. Ich habe dir von Helens Scherz über das Silicon Valley erzählt: dass es eine Art Death Valley sei. Und von meinen Worten am Steuer, die mich selbst überrascht haben: dass ich nicht wisse, ob ich mein Leben mit Elektronik verbringen wolle. In der Schule war ich entflammt für die Informatik und Computertechnik. Das war es! Und ich war gut, vor allem schneller als die anderen. Inzwischen frage ich mich immer öfter, ob ich das eigentlich will: immer noch komplexere Programme und noch schnellere Schaltungen entwickeln. Es hat etwas von Leerlauf: Es geht immer nur um Systeme und Maschinen, nie um Ziele und den Wert von etwas – um es ein bisschen bieder auszudrücken. Nicht, dass ich unterschätzen würde, wie segensreich diese Technik sein kann. Aber ich habe für mich selbst genug von der ewigen Frage nach dem noch besseren Algorithmus. Ich bin Mitte dreißig, und ich möchte etwas tun, was in sich selbst wertvoll ist, nicht nur als Mittel zu einem Zweck. Neulich war ich in einer Kirche und sah einer Frau zu, die ein altes Mosaik freilegte und restaurierte. Sie war ganz versunken in ihre Arbeit mit Bürste, Pinsel und Spachtel. Es schien für sie überhaupt keine Rolle zu spielen, wie lange es dauern würde. Das Mosaik befand sich in einer entlegenen, dunklen Kapelle, wohin sich kaum jemand verirren würde. Aber auch das spielte keine Rolle. Das einzige, was zählte, war: dass die Mosaiksteine nachher wieder leuchteten, einer nach dem anderen, und es würden noch viele hundert sein. Ich saß lange da, und mit einemmal spürte ich, dass ich neidisch war. Neidisch auf die Gegenwart, in der die Frau leben konnte. Eine selbstgenügsame Gegenwart. Später betrat ich das Großraumbüro, in dem ich arbeite und wo jeder vor einem Bildschirm sitzt. Das Licht in dem Raum kam mir schrecklich kalt und grell vor, und es schien mir eine geschäftige, überspannte Leere zu herrschen, in der jeder den anderen zu überbieten suchte. Den Stecker ziehen! dachte ich. Und als du eben von Paveses und Majakovskijs Worten sprachst, und wie verschieden man sie lesen kann, musste ich an die Frau in der Kirche denken und an die Ruhe, die sie ausstrahlte.«

Als Leyland später wieder an seinem Schreibtisch saß und die Übersetzung von Pavese abschloss, ging ihm das Gespräch mit Di Rossi stets von neuem durch den Kopf. Was eigentlich Poesie sei, hatte er auf der Rückfahrt plötzlich gefragt. Er meine nicht Gedichte, hatte er hinzugefügt, sondern Poesie im weiteren Sinne, wie es sie in der Prosa gebe, aber auch in Gemälden, in Fotografien, im Film, in der Musik. »Poesie – sie hat, scheint mir, mit der Erfahrung von Zeit zu tun«, hatte Leyland gesagt. »Vielleicht könnte man sagen: Sie ist eine Art, die Gegenwart ganz Gegenwart sein zu lassen. Ein Mittel, die Zeit anzuhalten. Während des Lesens, des Betrachtens der Bilder oder des Hörens von Musik lässt man die Vergangenheit ruhen, nicht im Sinne des Vergessens, sondern des anstrengungslosen Loslassens, und man lässt sich von keinen angestrengten Erwartungen an die Zukunft die Gegenwart verstellen und verwischen. Die poetische Gegenwart ist wie herausgehoben aus dem Fluss und der drängenden Abfolge des zeitlichen Geschehens. Das hat etwas mit den leuchtenden Mosaiksteinen in deiner entlegenen Kapelle zu tun. Poesie erlaubt einem, ganz bei einer Sache zu sein. Etwas Poetisches, ein Satz, ein Bild, ein Klang: Es fesselt einen wie nichts sonst. Man möchte, dass es nicht aufhört oder verschwindet, man möchte immer mehr davon. Livia hatte einen Gedanken, der noch ein bisschen anders ist, aber dazu passt: Etwas Poetisches, auch wenn es nur etwas Kleines ist, ein winziges Detail, gibt dem Leben im Moment der Betrachtung eine Tiefe, die es sonst nicht hat. Das Leben, sagte sie, wird dabei im Ganzen Thema, ohne dass wir im geringsten darüber reden müssten. Deshalb fühlen wir uns von der Poesie nicht nur irgendwie berührt, sondern sind in der Erfahrung wie aufgehoben, mehr bei uns selbst als sonst. Und wir spüren es im Moment der Wahrnehmung: Wir sind plötzlich anders in der Welt. Es ist nicht nur ärgerlich, wenn uns jemand bei der poetischen Erfahrung stört: Man kann darüber die Fassung verlieren – so wichtig ist es.«

Di Rossi war während der Fahrt noch einmal auf die Frau in der Kirche zu sprechen gekommen, die das Mosaik restaurierte. Er war dabei langsamer gefahren. Und da hatte Leyland, ohne dass er es im früheren Gespräch im mindesten vorhergesehen hätte, plötzlich angefangen, von seiner Zeit als Nachtportier im Belsize Retreat Hotel zu sprechen. »Dort, hinter der kleinen, schäbigen Empfangstheke, habe ich mich auch mit einer Art Mosaik beschäftigt: dem Mosaik von Wörtern. Und es ging mir, wie bei der Frau in der dunklen Kapelle, nicht darum, dass jemand das Mosaik sehen würde. Das Mosaik, also der Satz, der Text, musste nur einfach *stimmen*, ob das jemand bemerken würde oder nicht. Auch heute, wenn ich übersetze, bin ich wie in einer dunklen Kapelle, und ich erlebe darin herausgehobene Momente der Gegenwart, die voller Poesie sind. Und manchmal, wenn die Übersetzung dann erscheint und an die Öffentlichkeit gelangt, aus dem schützenden Dunkel der Kapelle hinaus ins grelle Licht, finde ich es fast schade. Verrückt, nicht?« »Ganz und gar nicht«, hatte Di Rossi gesagt.

Spät am Abend rief Leyland Sean Christie an. Caterina Mizzan würde ihm die englischen Rechte an den Exilrussen für einen symbolischen Preis überlassen, sagte er ihm. Und wegen der Übersetzungen habe Andrej Kuzmín einen Brief an Roman Nemirov geschrieben. Dann sprach er von Fernando Contis Buch über die Erfindung des Staates und von der Idee, dass Sidney das Buch übersetzen könnte. Wie es Lynn gehe, fragte er schließlich. Sie sei jetzt im Rollstuhl auf dem Flur unterwegs, sagte Sean, und es gebe schon kurze Gehversuche. »Ist mit dem Verlag alles in Ordnung?« habe sie gestern gefragt. »*Ist* es ja auch«, sagte Leyland, »ich hoffe, das hast du ihr mit Überzeugung gesagt.« »Ja ... doch«, sagte Sean, »und ich gewöhne mich auch selbst langsam daran, es so zu sehen.«

28 Am nächsten Morgen nahm Leyland den Zug nach Mailand, um mit Francesca Marchese über ihr Manuskript zu sprechen. »Und?« hatte sie sofort gefragt, als er sie anrief. »Wir reden darüber«, hatte er gesagt. »Holen Sie mich ab?« Und nun saß er in einem leeren Abteil, vor sich auf dem Tisch ihren Text und daneben ein Blatt, auf dem er die ersten Sätze übersetzte. *Chiara Palladio left the notary's house and joined the crowd that moved along the Corso. »Now you are a rich woman«, the notary had said. »If you need my advice ...«* Sie liebte es, wenn er ihr Übersetzungen ihrer Texte vorlas, sie konnte dann kaum glauben, dass sie diese Geschichte geschrieben hatte. Sie staunte, wie anders die Melodie des Textes jetzt klang, und wie sich die Atmosphäre einer Situation durch die neuen Worte verändern konnte. Auch Leyland staunte jetzt – wie er bei den ersten Sätzen einer Übersetzung immer staunte, obwohl er es schon so oft erlebt hatte. Ab und zu blickte er in den hellen Dezembertag hinaus. Übersetzen – es war wie ein Fieber.

Verona. Die Tür des Abteils ging auf, und Doktor Leonardi kam herein, der Arzt, der ihm an jenem Tag im Juli, als draußen der Regen eines Morgengewitters rauschend durch die Blätter fiel, jene verheerende Diagnose gestellt hatte. Er legte seine Reisetasche auf die Ablage, setzte sich auf den Gangplatz schräg gegenüber von Leyland und entfaltete eine Zeitung. Leyland schlug das Herz bis zum Hals, und er begann zu schwitzen. Er war versucht, alles liegen zu lassen und an Leonardis Zeitung vorbei hinauszulaufen, in den nächsten Wagen und noch weiter, bis es nicht mehr ging. Gleichzeitig fühlte er sich wie gelähmt und starrte auf den Bahnsteig, der immer weiter in die Ferne rückte. Leonardi blätterte die Zeitung um. Wenn er zu Ende gelesen hätte, würde sein Blick auf ihn fallen. Würde er ihn erkennen? Wollte er das? Oder wollte er lieber unerkannt und stumm mit diesem Mann, dessen fahrlässiger Irrtum sein Leben aus dem Geleise geworfen hatte, bis Mailand im Abteil sitzen? Leyland suchte nach Worten, die er würde sagen können. Es kamen keine. Er versuchte, sich auf den nächsten Satz der Übersetzung zu konzentrieren, doch er verstand kein Wort von dem, was er las.

Jetzt faltete Leonardi die Zeitung zusammen und legte sie auf den Sitz neben sich, Leyland sah es aus dem Augenwinkel, während er den Kopf zum Fenster gedreht hielt. Hilflos spürte er, wie ihn die Erinnerung an seinen Ausbruch vor Sidney und Sophia überspülte, wo er mit der Faust auf den Tisch gehämmert hatte, und er spürte, wie der Hass auf den Mann mit der Zeitung in ihm zu brennen begann. Er traute sich nicht, Leonardi das Gesicht zuzuwenden. Als er es schließlich doch tat, sah er, dass Leonardi den Kopf zur Seite gedreht und die Augen geschlossen hatte. Leyland war danach aufzuspringen und ihn zu schütteln. *Wie können Sie es wagen, vor mir zu schlafen, nach dem, was Sie mir angetan haben!* wollte er ihm ins Gesicht schreien. Da machte Leonardi die Augen auf. Als er Leylands Blick begegnete, nickte er ihm zu, wie man einem Fremden im Zug zunickt. Für einen Moment schloss er die Augen wieder, dann machte er sie weit auf und sah Leyland mit einem Blick an, in dem sich ungute Erinnerung, Neugierde und Scheu mischten. »Sind Sie nicht Signor Leyland, Sophias Vater? Der Mann, der bei mir im Büro saß, als wir die Bilder aus der Radiologie besprachen?« Leyland nickte. »Wie geht es Ihnen? Sie können reisen ...« Leyland spürte das Herz klopfen. Er hatte einen trockenen Mund. »Wieso sollte ich nicht reisen können?« fragte er. »Nun ja, bei dieser ... bei dieser Diagnose ...«, sagte Leonardi. »Bei welcher Diagnose?« fragte Leyland. Verwirrung erschien auf Leonardis Gesicht. »Ein Glioblastom ...«, sagte er unsicher, »oder sollte mich meine Erinnerung täuschen?« »Ich weiß nicht, was das ist«, sagte Leyland. Er genoss seinen Trotz, einen Trotz, der sich wie trockenes Eis anfühlte. »Nun, ein Tumor im Gehirn ... und ich dachte, wir hätten ... in so etwas irre ich mich eigentlich nicht ...« »Ich habe keinen Tumor«, sagte Leyland, »weder im Gehirn noch sonstwo.« Leonardi drehte an seinem goldenen Siegelring. »Aber Sie haben bei mir im Büro gesessen? Im Sommer, kurz bevor ich nach Mailand ging?« Leyland nickte nicht. Er sah den Mann nur an. Ein Anflug von Ärger erschien auf Leonardis Gesicht. »Nun?«

Jetzt nickte Leyland. »Und wir haben am Röntgenschirm zusammen Ihre Bilder aus der Radiologie betrachtet?« Leyland schüttelte den Kopf. »Ich verstehe nicht ...«, sagte Leonardi ungehalten, »was haben wir *dann* getan?« »Wir haben die Bilder *eines anderen* betrachtet«, sagte Leyland. »Wie bitte? Was soll ...« Leyland sah ihn wortlos an, und er spürte, wie seine Wut in seinen Blick hineinfloss. Leonardi erkannte die Wut. Und langsam begann es ihm zu dämmern. »Sie meinen ... eine Verwechslung?« »An Ihrem Röntgenschirm hingen die Bilder eines Mannes namens Maximilian Brunner, nicht meine«, sagte Leyland. Er sah, wie Leonardis Blick flackerte und dunkel wurde. »Der Name auf dem Umschlag ...«, sagte er leise. »War meiner«, sagte Leyland, »aber auf dem Rand der Bilder war der andere Name. Und Sie ... Sie haben nicht hingesehen. Haben sich nicht vergewissert. Das hätten Sie tun *müssen*. Man verkündet jemandem nicht eine solche Diagnose, ohne *sicher* zu sein, dass es auch wirklich die Bilder dieses Patienten sind. Das kann man nicht machen, man kann es *einfach nicht machen*!« Leonardi holte ein Taschentuch hervor und trocknete sich das Gesicht. »Mein Gott«, sagte er, »mein Gott. Die Symptome ... Sie hatten doch Lähmungserscheinungen und eine Sprachstörung ...« »Migräne«, sagte Leyland und gab seiner Stimme einen dozierenden Klang, als gehörte er zur weißen Kaste, »*migraine accompagnée*, eine Durchblutungsstörung, Sie müssten eigentlich schon davon gehört haben.« Leonardi schoss das Blut ins Gesicht. »Die Symptome und die Bilder ... es passte ...«, sagte er. »Sie hätten *hinsehen*, sich *vergewissern* müssen!« sagte Leyland. Wieder fuhr sich Leonardi mit dem Taschentuch übers Gesicht. Er nickte, immer wieder. Eine Weile war es still im Abteil. »Wieviel später wurde es entdeckt?« »Siebenundsiebzig Tage.« »Elf Wochen mit dieser falschen Diagnose, mein Gott. Haben Sie folgenreiche Entscheidungen getroffen?« »Ich habe meinen Verlag verkauft.« Leonardi schlug die Hände vors Gesicht. »*Imperdonabile*«, sagte er, »das ist unentschuldbar. Ich kann Sie nur von ganzem Herzen um Vergebung bitten. Und ich verstehe nicht, warum ich erst jetzt, durch den Zufall unserer Begegnung, davon erfahre.« »Das ist Ihre Kaste, die weiße Kaste«, sagte Leyland. »Verschweigen, ja nichts zugeben. Moretti hat es entdeckt und dann offenbar geschwiegen. Auch Ihnen gegenüber. In der Kaste hält man dicht.« »Aber Sophia, Ihre Tochter, wird doch auch Ärztin«, sagte Leonardi. »Nein, jetzt nicht mehr.« »Sie meinen ...« »Sie will mit Leuten wie Ihnen und Moretti nichts mehr zu tun haben.« Leyland packte seine Sachen und öffnete die Abteiltür. »Sie haben in meinem Leben großes Unheil angerichtet«, sagte er. »Ich bezweifle, dass Sie die Intelligenz und Phantasie besitzen, um das Ausmaß zu ermessen. Und alles, weil Sie eine elementare Sorgfaltspflicht verletzt haben. Und so etwas nennt sich dann

Chefarzt. Ein Witz, ein einziger Witz.« Er zog die Tür heftig zu und ging in den Speisewagen. Während er seinen Kaffee trank, überfielen ihn die eigenen Worte stets von neuem, er konnte nicht verhindern, dass sie sich in ihm wiederholten und wiederholten, und seine Wut dabei war wie ein kochendes Gift.

In Mailand kam ihm Francesca Marchese auf dem Bahnsteig entgegen. Sie sah ihn an. »Was ist geschehen?« Er erzählte. In der Halle setzte er die Tasche ab und fuhr sich mit den Händen übers Gesicht. »Was macht man mit einem Groll, einem Hass von dieser Größe, dieser Wucht?« Er hätte erwartet, sagte er im Auto, dass die Gelegenheit, es Leonardi ins Gesicht zu sagen, ihm helfen und ihn beruhigen würde. Aber es habe alles nur schlimmer gemacht. »Es war unerträglich, den Mann mit seinem eitlen Siegelring vor mir zu haben, der das durch seine Bequemlichkeit angerichtet hat«, sagte er, als sie nachher in ihrem Salon saßen. »Er war einfach zu bequem, einen sorgfältigen Blick auf den Rand der Bilder zu werfen. *Zu bequem*! Ein Blick von zwei, drei Sekunden! Und seine Entschuldigung: Wie *routiniert* sie klang! Und wie *routiniert* seine Gesten waren! *Perdono*: Er brachte es fertig, sich selbst in diesem Wort noch zu inszenieren und zu zelebrieren, so, wie er sich an jenem Morgen in seinem Büro selbst inszenierte und zelebrierte, als er die Worte *glioblastoma multiforme* aussprach, einer dieser eitlen, angeberischen Ausdrücke der weißen

Kaste, die einem Patienten einen Dreck nützen. Weißt du: Ich stand neulich nachts im Verlag und blickte auf mein früheres Büro, mein Büro und Livias Büro für vierundzwanzig Jahre, Caterina hat alles verändert, und mir war, als wäre mir ein Stück meines Lebens weggenommen worden. Und das nur, weil ein eitler Chefarzt zu faul gewesen war hinzusehen! Als ich die Marmortreppe hinunterging, dachte ich an die Wörter, die die kleine Livia auf den Stufen vor sich hin gesagt hatte: *distinto, gran mondo, nobiltà*. Und ich sagte mir: Dafür hast du mit dem vielen Geld gute Dinge, schöne Dinge machen können, die sonst nicht möglich gewesen wären. Zum Beispiel helfe ich Sean Christies Verlag aus der Klemme und habe für Andrej Kuzmín eine Wohnung gekauft. Doch dann stand ich unten vor dem Schild: ALFREDO PERTOT EDITORE. In diesem Moment traten die guten, schönen Dinge in den Hintergrund, und ich spürte nur den Verlust. Und auf dem Weg dachte ich wieder einmal: *nur, weil er zu faul war*. Und nun habe ich ihn getroffen. Es kommt mir vor, als dauerte der Tag schon eine Ewigkeit.« Leyland hielt inne. »Entschuldige, ich habe dich geduzt. Irgendwie scheint es mir jetzt zu passen.« Francesca Marchese nickte. »Ja, jetzt passt es.«

Leyland holte das Blatt mit den übersetzten Sätzen aus der Tasche und las vor. »Wenn es nicht für *Corso* wäre: Ich könnte schwören, dass es in East London spielt«, sagte Francesca, »oder warte: nein, Chiara hätte keinen Anwalt mit einer Praxis in East London ... *anyway*, irgendwo in London, oder einer anderen englischen Stadt, denn mit den englischen Worten – schon gar, wie du sie aussprichst – kann es nicht in Milano sein ..., nein, unmöglich ...« »Dann würde sie dem Taxifahrer eines dieser schwarzen Taxis kaufen ...«, sagte Leyland. »Nun ja ...« Sie lachten.

Was er über ihren Brief denke, fragte sie schließlich. Über die Frage der Veröffentlichung. »Ich habe immer bis in die frühen Morgenstunden hinein gelesen«, sagte er. »Das würden alle tun. Die Geschichte ist so, dass man mit Chiara all das durchlebt und sich fragt, was man selbst empfinden und tun würde. Auf diese Weise hat man das Gefühl, dass das Buch von einem selbst handelt. Es kommt hinzu, dass man von dieser Art von Sätzen nicht genug bekommen kann. Wie von einem Saxophon, das immer weiterspielen soll. Und wie gesagt: Es ginge nicht nur mir so. Es würde ein Erfolg, davon können wir ausgehen. Und das weißt du auch. Aber darum geht es ja nicht. Du fragst dich, ob du es nicht besser für dich behältst – all die Empfindungen und all die Worte. Ich glaube, wir sollten dieser Frage auf den Grund gehen.«

»Die ersten drei, vier Jahre habe ich mir die Frage gar nicht gestellt«, sagte Francesca, »ich war ganz bei der Geschichte und bei mir selbst. Das war die beste Zeit. Ich habe versucht, sie nicht zu Ende gehen zu lassen. Dann kamen die Erinnerungen an die Verrisse von *Nomi Bretoni*. War ich darüber hinweg? Wie kann man sicher sein nach einer solchen Verletzung? Im letzten halben Jahr dann begann ich zu spüren, dass es gar nicht so sehr die Furcht vor Kritik war, sondern dass sich ein tieferer Widerstand bildete: ein Widerwille, mich mit *irgend*welchen Reaktionen auseinanderzusetzen, auch mit begeisterten. Und dann geschah etwas, was mich überraschte und faszinierte: Ich gestand mir ein, dass es mich *immer* gestört und im stillen sogar aus der Fassung gebracht hatte, wenn meine Bücher besprochen wurden. Auch beim Buch über Triest und dem über die orientalischen Frauen. Dass meine Texte jetzt öffentlich waren und darüber geredet wurde, nahm sie mir weg. Auch wenn es Lob war. Fasziniert hat mich dabei die Entdeckung: Ich habe das alles im Grunde wirklich nur für mich geschrieben, ganz allein für mich. Die journalistischen Arbeiten – das war etwas anderes: schnellebig, auch auf Effekt bedacht, denn es sollte etwas bewirken. Bücher dagegen: Man verbringt ein ganzes Stück seines Lebens mit ihnen, das Leben in solchen Zeiten ist ein Leben durch die Bücher hindurch, das Schreiben ist die eigentliche Lebendigkeit des Lebens. Ich habe mich zu erinnern versucht, wie es war, das eigene Buch im Schaufenster zu sehen: War es Stolz oder eher Beklommenheit? Wenn Stolz: mehr, weil man ihn für die gebotene Empfindung hielt, als dass er einen mit echter Wucht übermannt hätte? Wenn ich jemanden im Zug sah, der mein Buch las: War es mir nicht eigentlich peinlich gewesen? Und eine Entfremdung? Solche Fragen wurden immer dringlicher, als sich *Generosità* dem Ende näherte. Chiara Palladio würde die Leute beschäftigen – ja, es stimmt, dessen war ich sicher. Aber wollte ich wirklich wissen, was ihre Geschichte bei ihnen in Gang setzte? Und ging, was sie erlebte, überhaupt irgend jemanden etwas an? Ging, was *mit mir* war, irgend jemanden etwas an? Dich schon – das habe ich dir geschrieben. Aber sonst?«

Abends gingen sie im Dom in ein Konzert. In einer Pause beugte sie sich zu ihm hinüber. »Das hier«, sagte sie und schloss in ihrer Bewegung die ganze Kathedrale ein, »es hat irgendwie auch etwas mit dem zu tun, was wir früher besprochen haben. Schreiben und es für sich behalten. *Vero?*« »Bei sich selbst sein; sich nicht nach außen ziehen lassen; sich nicht verlieren«, sagte er. »Und zum Teufel mit den anderen.« Nach einer Weile drehte er sich erneut zu ihr um: »Auch ist beides Poesie.«

Zu Hause erzählte er ihr von Kenneth Burkes Umschlag für ihr Buch über Triest. Und er erzählte ihr Burkes Geschichte. »*Robin Hood der Arzneien* – wie schön«, sagte sie. »Er würde Chiaras Geschichte lesen wollen«, sagte er, »er würde sie verschlingen.« »Ihn würde ich sie lesen lassen«, sagte sie, »und er könnte ja einen Umschlag entwerfen, nur für uns.«

Später rief Leyland Burke an. »Heute habe ich endlich eine Lösung für den Umschlag von Paveses Buch gefunden«, sagte Burke. »Zuerst bin ich nur nach dem Titel gegangen, ohne mich richtig in den Text zu vertiefen. Ich bin auf der Kensington High Street ein paar Stufen zu einem Hauseingang hochgestiegen und habe den Strom der Leute von oben fotografiert. Fünfzig, sechzig Bilder. Eines war darunter, das zu passen schien: ganz unterschiedliche Leute mit ganz unterschiedlicher Kleidung und Ausstrahlung, unterschiedliche Sorgen im Gesicht, sozusagen. All die Facetten eines menschlichen Lebens – das war die Idee. Ich habe das Foto bearbeitet, ausgedruckt, hingestellt. Ich war nicht unzufrieden. Dann habe ich ein paar Stunden in deiner Übersetzung gelesen und wusste: Thema verfehlt. *The craft of living*: Man muss sichtbar machen, dass das Handwerk, von dem er spricht, zu einem großen Teil auch das Handwerk des Nachdenkens, des Schreibens und der Poesie ist. Was nun? Ein paar Tage habe ich in Bildbänden von holländischen Malern geblättert, auch von piemontesischen, da kommt er ja her. Nachdenklichkeit, Melancholie, Poesie, ausgedrückt in einer Art, die Landschaft zu sehen – das war die nächste Idee. Sie zündete nicht so richtig, aber ich fuhr trotzdem hinaus in den Hampstead Heath, der ist um diese Jahreszeit ja so, als hätte ihn ein Holländer gemalt. Es kam eine Bank in Sicht, im Rücken Sträucher, und in einigem Abstand davor, hin zur offenen Landschaft, die an dieser Stelle etwas von einem Moor hat, stand ein Mann, rauchte und blickte in den großen Raum hinaus, nachdenklich, versonnen. Wie verrückt schoss ich Bilder. Jetzt hatte ich ein *Subjekt*, jemanden, der die Landschaft in sich aufnahm, jemanden, in dem es Gedanken geben konnte. Ich betrachtete die Bilder: Es fehlten die *Worte*. Ich praktizierte ein Buch auf die Bank, dann ein aufgeschlagenes Buch mit einem Stift in der Mitte und vielen Lesezeichen. Besser, aber nicht gut genug: Der Betrachter sollte denken, dass das Buch ein Buch war, in dem der Mann, bevor er aufgestanden war, gelesen hatte, und dass er dort, am Rande des Moors, darüber nachdachte. Und da war es am besten, wenn es ein Buch war, das er selbst *geschrieben* hatte. Und das würde man am ehesten denken, wenn das Buch kein Buch, sondern ein *Manuskript* war, ein Stapel handgeschriebener Blätter, darauf ein Stift. Diesen Stapel mit einer Andeutung von Handschrift habe ich eingefügt. Eindeutig ist jetzt, dass die Blätter dem Mann gehören, und dass er beim Schreiben eine Pause macht und nachdenkt. Das Moor, der weite Himmel, der rauchende, nachdenkliche Mann, das Manuskript, der Stift, und über dem Ganzen, in altmodischen Lettern: *The craft of living*. Ich habe es Sean geschickt. Er ist begeistert. ›Ich *wusste*, dass du es kannst‹, sagte er. Weißt du eigentlich, was du da für mich getan hast?« Ob er ihm den Entwurf sofort schicken könne, dazu das Bild für Francesca Marcheses Buch über Triest? fragte Leyland. Und er gab ihm Francescas Adresse für die elektronische Post.

Bevor er einschlief, dachte Leyland daran, wie er mit Francesca die beiden Entwürfe betrachtet hatte. Sie hatten sich die Bilder wechselseitig erklärt und Veränderungen erwogen, lebhaft, fast wie Liebende es tun würden, die Bilder als Vorwand, immer weiterzureden. Sie hatten nebeneinander am Tisch gesessen. Plötzlich waren sie still geworden. »Es gibt immer noch Livia, nicht wahr?« hatte Francesca nach einer Weile leise gefragt. Er hatte genickt. »Und das wird auch so bleiben?« Wieder hatte er genickt. »*Buona notte*«, hatte sie später gesagt und war ihm übers Haar gefahren.

Am nächsten Tag machten sie einen langen Spaziergang durch die Stadt. »Wir gehen zu Paolo Michelis«, hatte Francesca gesagt, »er ist Schriftsteller, seit Jahren versunken und verstrickt in einen gigantischen Roman. Ich habe ihn auf einer Einladung kennengelernt. Er wusste, wer ich bin, hat all meine Bücher gelesen. Er weiß von dir, er weiß auch, dass dir der Verlag nicht mehr gehört. Aber er möchte trotzdem gern mit dir reden. ›Ein Rat‹, sagte er, ›vielleicht kann er mir irgendeinen Rat geben.‹ Er hat wenig Geld, rackert sich ab. Ich würde ihn gerne unterstützen. Aber er lässt mich nicht. ›Ich komme schon klar‹, sagte er und machte eine sehr entschiedene Bewegung. Im ersten Moment war ich verletzt, aber es kann bei

Paolo nicht anders sein, eigentlich hätte ich es spüren müssen. Dabei ist er selbst ein so großzügiger Mensch. *Generosità*: Du wirst sofort sehen, wie gut das Wort zu ihm passt. Aber in einem ganz anderen Sinne als bei Chiara Palladio. Manchmal, wenn ich Paolos Großzügigkeit sehe, bin ich, sozusagen an Chiaras Stelle, neidisch, man könnte auch sagen: eifersüchtig. Und vielleicht sollte man bei ihm nicht sagen: Großzügigkeit, sondern: Großherzigkeit, *magnanimità*.«

Leyland blieb vor einem grauen, verrußten Gebäude stehen und zeigte auf die Tafel: *Ispettorato della Motorizzazione*. »Hier drin müsste Chiara auf die neuen Wagenpapiere gewartet haben«, sagte er. Francesca stand eine Weile reglos da. Er war ihr zu nahe getreten, er spürte es sofort. »Jaa ...«, sagte sie und sah vor sich hin. Dann gab sie sich einen Ruck: »Komm mit!« Sie stiegen die ausgetretenen Stufen hoch und bogen in einen düsteren Flur ein. Sie zog ihn in einen Warteraum, wo lauter Monitore hingen. »Siehst du die Leute mit den Nummern in der Hand? Sie warten, bis ihre Nummer erscheint. Die zweite und dritte Kolonne, das sind die Nummern der Stockwerke und Büros, man verwechselt die Kolonnen leicht. Niemand sagte mir damals, auf welchem Monitor meine Nummer käme. Niemand sagte mir *irgend* etwas. Es ist jetzt bald zehn Jahre her, und der Warteraum sieht noch genau so aus wie damals, in diesen Ämtern ist immer dieselbe Zeit. Ich irrte mit dem Blick kreuz und quer über die Wand, um durch den Blick auf den einen Monitor nicht die wechselnden Anzeigen auf den anderen zu verpassen. Die verdammte Nummer kam nicht. Sie *kam* nicht. Ich war krank gewesen und spürte noch die Wirkung der Medikamente, sie nahmen mir die Konzentration und machten mich wehrlos. Ich hatte das Gefühl, meine Nummer unwiderruflich verpasst zu haben, und nun würde ich die Papiere nie bekommen. Da holte mich ein alter Schrecken ein: Ich stehe in Isfahan am Flughafen, will zurück nach Teheran, und der Flug, auf den ich gebucht bin, erscheint auf der Anzeigetafel nicht. Er *kommt* nicht, statt dessen spätere Flüge woandershin. Ich sprach damals ganz ordentlich Farsi, aber am Informationsschalter brachte ich kein Wort heraus, und sie sprachen schlecht Englisch. Was sie mir sagten: Es gebe spät noch einen Nachtflug. Ich habe nicht herausbekommen, was mit meinem Flug los war. Stundenlang saß ich auf dem Boden des Flughafens, mit dem Rücken an die Wand gelehnt, wie gelähmt, und wartete, dass der Nachtflug angezeigt würde. Die Männer starrten mich an, und ich zog das Kopftuch fest. Schließlich kam der Flug, die Maschine war halbleer, ich setzte mich ganz nach hinten und weinte vor Angst und Erleichterung.

All das kam damals wieder, als ich hier auf dem Amt wartete und meine Nummer nicht fand. In Isfahan und hier: ein kompletter Zusammenbruch des

Selbstvertrauens. Als sei ich ganz und gar lebensuntüchtig. Schließlich entdeckte ich, dass ich mich im Warteraum geirrt hatte und sogar im Stockwerk. Ich ging nach Hause und wartete auf einen neuen Termin.« »Kein Taxifahrer?« »Nicht an jenem Tag und nicht als letzte Rettung, wie bei Chiara. Aber dem Fahrer, der mich nach Hause brachte, erzählte ich von meinem Alptraum. Ich engagierte ihn für das nächste Mal, denn er kannte sich in dem Amt aus. Er fand die Nummer auf dem Bildschirm sofort, er kannte auch den Mann im Büro, und alles ging glatt. Ich gab ihm fünfhundert Euro. Er zögerte. ›Nehmen Sie es ruhig, Sie können nicht wissen, wie wichtig das für mich war, aber nehmen Sie es ruhig‹, sagte ich. Ein paar Wochen später traf ich ihn bei einem Taxistand. ›Müssen Sie damals eine Angst gehabt haben!‹ sagte er. ›Ja‹, sagte ich, ›es war wie in Isfahan.‹ ›Wo?‹ ›Nicht so wichtig‹, sagte ich und zog weiter.«

Bevor sie zu Paolo Michelis gingen, aßen sie in der Nähe etwas. »Vielleicht sollte man den Anlass für eine Szene, die man schreibt, strikt für sich behalten«, sagte Francesca. »Noch mehr als die Szene selbst.« »Ich wollte nicht …«, sagte Leyland. »Ich weiß. Es wurde mir erst vorhin klar, als wir aus dem Amt kamen.« »Es ist bei mir gut aufgehoben.« »Ja, aber darum geht es nicht. Es geht nicht darum, dass jemand es missbrauchen könnte. Das Amt oder Isfahan. Es geht darum, dass die Verwandlung einer Erinnerung in eine Phantasie, die der Logik von Stil und Komposition gehorcht, etwas unerhört Kostbares ist. Es ist *der* schöpferische Prozess. Und alles, was dazugehört, verlangt Stille, Verschwiegenheit. Wenn man jemandem Einblick gewährt, macht man einen Fehler: Man zerstört das Mysterium, denn es *ist* ein Mysterium. Man würde es auch schon zerstören, wenn man es für sich selbst aufschriebe und analytisch darüber nachdächte. Es geht nicht darum, das Mysterium zu *verstehen*, es geht nur darum, es zu *leben*.« »Und eigentlich geht es nur darum, immer mehr von diesem Mysterium zu leben? Und zum Teufel mit den anderen? Mit *allen* anderen?« »Wenn ich mir Paolo Michelis vorstelle: Ich denke, das würde auch er sagen. Nicht, dass es ihm einfach gleichgültig wäre, ob sein Roman jemals erscheint. Aber es ist für ihn keine *Frage von Rang*, keine *questione di rango*, er liebt diesen Ausdruck, manchmal sagt er auch: *questione d'alto rango*, und er benutzt den Ausdruck so, dass man unwillkürlich denkt: Er hat ihn erfunden. Er schreibt schon eine Ewigkeit an dem Buch, es würde mich nicht wundern, wenn es schon tausend Seiten wären. Immer mehr von dem Mysterium, immer mehr. Du wirst ihn mögen. Man muss ihn einfach mögen.«

Sie hatte recht. Man brauchte nicht lange mit ihm zu reden, um zu wissen: Er war ein Mann, der für etwas brennen konnte, ein Mann, der immer etwas suchen würde, was ihn entflammen könnte. Schon die

Art, wie er in seinem weit geschnittenen, hellen Leinenanzug an die Tür kam und Francesca umarmte: Es lag eine solche Offenheit und Großzügigkeit darin, ein solches Bedürfnis, etwas zu verschenken. »*Sono Paolo*«, sagte er und gab Leyland seine große, schlanke Hand. Die Art, wie er durch die große Wohnung ging, wie er in der Küche hantierte, wie er einen Anruf entgegennahm: Alles war von dieser überwältigenden Großzügigkeit. Sogar seine Art zu sitzen war großzügig, verschwenderisch, er saß zur Seite gedreht auf dem Sofa, die Beine übereinandergeschlagen, den Arm mit der Zigarette auf der Lehne, er brauchte das ganze Sofa für sich allein. Großzügig war er auch im Zuhören, seine ganze Aufmerksamkeit galt seinen Gästen, er folgte ihren Worten mit quecksilbriger Intelligenz, und nichts hätte ihm ferner gelegen als der Blick auf die Uhr, er war ein Mann, der auf die Zeit pfiff, wenn ihn etwas fesselte, und er wusste, wie man sich fesseln ließ, weil er wusste, wie man sich für etwas öffnete. Ein leidenschaftlicher Mann, der Leyland vom ersten Augenblick an mit sich fortriss.

Gegen Abend ging Francesca. Sie wollte, dachte Leyland, dass er Paolo auch allein begegnete. Paolo war zwanzig Jahre jünger als er, wütend aus der kommunistischen Partei ausgetreten, aber ein Mann von kompromisslos linker Gesinnung, leidenschaftlich für alles engagiert, was mit Gerechtigkeit zu tun hatte.

»Ich verliere leicht die Fassung, wenn ich Grausamkeit sehe«, sagte er. Sein Großvater wurde als Kommunist unter Mussolini verfolgt, Paolo hatte über ihn geschrieben. Der Vater, einer der jüngsten Professoren der Rechtswissenschaft in Italien, verlor seine Professur, als man ihm in der Presse eine Verbindung zu den Roten Brigaden nachsagte – eine haltlose Anschuldigung, an der er zerbrach. Danach arbeitete er als Lehrer mit kläglichem Gehalt, weil er kein Diplom hatte. Was ihm blieb, war die Wohnung in einer guten Gegend von Mailand, in der Paolo jetzt lebte. Die Mutter war jung an Leukämie gestorben, der Vater war vor zehn Jahren mitten auf der Straße einem Herzinfarkt erlegen.

Sie tranken Rotwein, und Paolo erzählte. Er hatte Jura studiert, brach ab, begann mit Geschichte und hielt auch das nicht aus, er hielt die Universität mit ihren Regeln und Riten nicht aus, überhaupt fühlte er sich leicht eingeengt und entmündigt, Leyland sah ihn in seinem weiten Anzug und mit seinem federnden Schritt durch die Wohnung gehen und verstand sofort. Sie hatten nicht viel Geld, er und sein Vater, und sie aßen oft Polenta mit nichts. Auch jetzt machte Paolo um Mitternacht Polenta. Er musste am nächsten Morgen in einen Vorort fahren, wo er als Hilfslehrer arbeitete, es reichte gerade für Strom, Heizung und Essen, deshalb arbeitete er nachts manchmal noch als Pförtner in einem Krankenhaus. All das machte ihm nicht viel aus, denn es gab ja seinen Roman, diese eine Sache in seinem Leben, auf die hin alles ausgerichtet war und neben der alles andere verblasste.

Es war, sagte er, eine Saga, eine Familiengeschichte über viele Generationen, die von Ungerechtigkeit und Grausamkeit und dem Kampf gegen beides handelte. Worauf es Paolo besonders ankam: wie das private Leben seiner Figuren mit den politischen Ereignissen verflochten war. Das war sein Thema: die kleinen Regungen der privaten Welt und die großen Erdbeben der politischen Welt. Wie sie ineinandergriffen und sich wechselseitig beeinflussten. Wie sie im menschlichen Glück und Unglück miteinander verbunden waren. Er hatte Regale voller Geschichtsbücher, überall ragten Notizzettel heraus.

»Ich kämpfe mit der Erzählperspektive, der Art, wie die Figuren über sich und andere denken und reden, und wie umgekehrt die anderen über sie denken und reden. Eine neutrale Perspektive von außen ist ganz unmöglich, es muss so sein, dass die Erzähler aus begrenztem Wissen heraus sprechen und der Leser am Ende mehr über sie weiß als sie selbst. Ich will, dass der Leser in ihrer Welt wohnt und lebt und gar nicht mehr hinauswill. Es ist so schwierig, das zu erreichen!«

Und dann führte Paolo Leyland in den Raum, der früher das Schlafzimmer der Eltern gewesen war. Der ganze Raum war voller Bretter auf Holzböcken, auf denen getippte Seiten lagen, übersät mit Korrekturen, Einfügungen, Kringeln und Pfeilen. Manchmal waren es ganze Stöße, manchmal nur ein paar Seiten aufeinander, manchmal einzelne Seiten. Oft waren Teile von Seiten mit neuem Text überklebt, das Blatt war wellig vom Leim, manchmal war am Rand ein Stück angeklebt, eine Einfügung, die man umklappen konnte. Es war ein großer Raum, sieben oder acht Bretterreihen, etwa hundert Seiten nebeneinander, schätzte Leyland. In den Ecken standen Deckenfluter, damit Paolo mühelos lesen konnte, mehrere Stühle und Aschenbecher, ein paar Stifte. Ein Universum, überwältigend und auch ein bisschen beklemmend, Leyland wollte zugleich bleiben und gehen. »Ich weiß, ich weiß«, hatte Paolo ungeduldig gesagt, »aber ich will den Komfort der ... wie heißt das ... Textverarbeitung nicht, ich will mit der Hand schreiben und tippen, ich brauche das laute, klappernde Geräusch der Schreibmaschine, ich brauche die verbrauchten Farbbänder und die verschmierten Buchstaben, den Geruch nach Leim, das gehört zum Schreiben, nicht nur äußerlich, nie würde ich mich zum Schreiben vor einen sterilen, grellen Bildschirm setzen. Zum *Schreiben*! Wie absurd!«

Leyland rief Francesca Marchese an. Er werde vielleicht bei Paolo schlafen, sagte er, sie möge sich keine Sorgen machen. »Habe ich dir zuviel versprochen?« fragte sie. »Eher noch zuwenig«, sagte er.

Es war gegen zwei Uhr früh, als Paolo es fragte. »Könnten Sie sich vorstellen, das Buch Ihrem einstigen Verlag zu empfehlen? Ich weiß ja nicht, wie Sie zu der neuen Leitung stehen, aber vielleicht ...« Leyland hatte die Frage kommen sehen und hatte im Bad das Mittel gegen die pochenden Kopfschmerzen genommen. Er wünschte, er könnte mit der Antwort warten, bis das Mittel wirkte. An was für einen Umfang Paolo denn denke, fragte er. Paolo zögerte und sah zu Boden. Tausend Seiten, sagte er. Er habe daran zehn Jahre gearbeitet. »Kürzer geht es nicht. Ich muss den Dingen auf den Grund gehen, aus den verschiedenen Perspektiven, und es sind mehrere Generationen.« Jetzt sah er Leyland an, ein bisschen wie ein Junge, der etwas verbrochen hat und auf Nachsicht hofft. »Niemand sonst würde es machen. Bei diesem Umfang. Und ich bin ein Niemand in der Literatur.«

Wie so oft hatte Leyland dieses hämmernde Blei über den Augen. »Ich werde ein größeres Stück lesen müssen, Paolo«, sagte er. »Und auch wenn es mir gefällt: Versprechen kann ich nichts, ich weiß nicht, ob sich Caterina Mizzan darauf einlassen würde. Tausend Seiten sind tausend Seiten.« Paolo nickte und zündete sich eine Zigarette an. Die Zigarette zitterte ein bisschen, und auch sonst war seine Anspannung zu spüren, obwohl er alles tat, um sie zu verbergen. Er brauchte Zeit. Die Frage der Veröffentlichung sei keine Frage von Rang, jedenfalls nicht von ganz hohem Rang, sagte er schließlich. »Ich lebe seit zehn Jahren mit diesem Buch. Es war in dieser Zeit mein eigentliches Leben. Von Monat zu Monat entstand eine neue Episode in der Saga. Ich brauche ein Medikament. Alle drei Monate ein neues Rezept. Jedesmal das Gefühl: Wo sind die drei Monate geblieben?, und zugleich: Wieviel hat sich in der Geschichte getan! Ich begann, Kopien von den Rezepten zu machen. Auf der Rückseite notierte ich in winzigen Buchstaben, was in den vergangenen drei Monaten geschehen war. Ein Romantagebuch auf Rezeptformularen. Es war so verschroben, es gefiel mir immer besser.«

Paolo zündete sich eine neue Zigarette an. Jetzt war seine Hand ruhig. »In den ersten Jahren dachte ich an keine Veröffentlichung. Der Gedanke kam nicht vor, es ging nur darum, die Welt der Saga zu entwickeln. Und an den meisten Tagen ist es auch heute noch so. Aber es gibt in der letzten Zeit Momente, wo ich mich frage, wie es wäre, wenn jemand es lesen und darüber reden würde. Ein fremdartiger Gedanke, aber er kehrt wieder. Manchmal frage ich mich dabei: Möchte ich erkannt werden? Erkannt und anerkannt? Was würde mir das bedeuten? Würde sich jemand im Ernst die Zeit nehmen, sich über tausend Seiten mit meinen inneren Bildern zu beschäftigen? Nehmen wir an, jemand täte es wirklich: Es würde in ihm ein neuer Strom von inneren Bildern entstehen. Würde ich davon etwas wissen wollen? Und wenn die ehrliche Antwort wäre: eigentlich nicht – warum dann veröffentlichen?«

Paolo war aufgestanden und ging auf und ab. »Neulich dachte ich: Vielleicht ist es, weil du aus der Einsamkeit herauswillst. Wäre das ein guter Grund? Und eigentlich stimmt es auch nicht. Wenn ich irgendwo eingeladen war, setze ich mich nachher, mitten in der Nacht, noch für einige Stunden ans Pult und schreibe. Um es zu genießen, dass ich allein sein darf, allein bei meinen inneren Bildern. Es ist deshalb eigentlich sonderbar, dass ich dir die Frage gestellt habe. Aber wem sollte ich sie sonst stellen? Vielleicht ging es nur darum, sie erst einmal auszusprechen. So, wie du mir zugehört hast – ich bin bereit, dich lesen zu lassen. Du bist der erste.«

Und dann wurde Leyland noch einmal von Paolos Großzügigkeit überrascht. Es war mitten in der Nacht, er brauchte morgen früh eine Stunde bis hinaus zur Schule, und trotzdem fragte er nun nach der falschen Diagnose und danach, wie es war, nach dieser Katastrophe weiterzuleben. »Als Francesca mir davon erzählte, dachte ich tagelang: Wie müssen die ersten Minuten nach einer solchen Mitteilung sein, die ersten Stunden, Tage? Meine erste Frage wäre: Wie komme ich an das Gift? Und etwas, was ich mich auch gefragt habe: Wie wird es sein, wenn er dem fahrlässigen Arzt eines Tages begegnet?«

Leyland erzählte von der Begegnung mit Leonardi im Zug. Ja, ja, Entschuldigung und Reue als Routine, sagte Paolo, das kenne und hasse er, in seinem Buch gebe es jemanden, der einem anderen den Hass auf routinierte Reue ins Gesicht schreie, es müsse ja nicht einmal *Verlogenheit* sein, es genüge, dass es *eingeübt* sei, zum *Repertoire* gehöre, statt dass sich die Reue neu, mit Wucht, Bahn breche und das gewohnte Leben für einige Zeit zum Stillstand bringe. Und dann fragte er noch einmal, wie es jetzt sei zu leben. »Ich bin seither anders in der Welt. Und anders in der Zeit«, sagte Leyland. »Auch anders in den Worten. Ich bin nach der Entdeckung des Irrtums hierher in den Dom gefahren. Da habe ich all das mit großer Klarheit gespürt. Auch, dass es am Ende nur auf eines ankommt: Poesie.«

Draußen wurde es hell. Paolo kochte Kaffee und fuhr dann zur Arbeit. Leyland legte sich aufs Sofa und fiel in einen unruhigen Schlaf. Der Wein und das Migränemittel hatten sich nicht gut vertragen, und er wachte mit rasenden Kopfschmerzen auf. Es war später Vormittag, und das helle Licht tat weh. Mit einer Tasse Kaffee setzte er sich vor die Bretter mit Paolos Blättern. Die Sätze, die er las, waren von großer Klarheit und großer Schönheit, und die Schönheit war ihre Klarheit. An den Korrekturen ließ sich erkennen, wie lange und kompromisslos Paolo an den Sätzen gefeilt hatte. Beschreibungen von Licht und Meer, von Blicken und Gefühlen, politische Brandreden, die Leyland noch hier in diesem stillen Raum mit sich fortrissen, knappe Wortwechsel von großer Eindringlichkeit. Hier hatte einer zu seiner Stimme gefunden, einer Stimme von unerhörter Leidenschaft und Schärfe, die in den melancholischen Passagen klingen konnte wie ein Saxophon im Jazzkeller. Schlecht bezahlte Arbeit und in der Nacht Poesie. Zehn Jahre. Leyland warf einen Blick in Paolos Arbeitszimmer. Noch einmal eine Überraschung: die Wände voller Pläne, große Bogen Papier, mit Klebeband befestigt, vollgekritzelt mit Jahreszahlen, Namen von Städten und Leuten, Stichworten zu Ereignissen, alles verbunden durch Striche und Pfeile, oft durchgestrichen oder überschrieben. Nichts weniger als der Aufriss von Paolos gedanklichem Universum und der Plan für diesen gigantischen Roman.

Als Paolo von der Arbeit kam, sah er müde aus. Nicht nur von der durchwachten Nacht. Er sah auch müde aus wie ein Langstreckenläufer, der keine Ziellinie sieht. Sie fuhren zu einem Kopierladen und machten Kopien von den ersten hundert Seiten des Romans. Dann musste Paolo schlafen, und Leyland fuhr zu Francesca. Beim Tee erzählte sie ihm, was sie mit Paolos Text im geheimen gemacht hatte. »Er musste für ein paar Tage ins Krankenhaus und bat mich, nach der Wohnung zu sehen. ›Aber rühr bitte meinen Text nicht an‹, sagte er, ›ich verlasse mich darauf.‹ Ich stand vor den Brettern mit den Blättern. Und wenn ein Feuer ausbricht? dachte ich. Ich rief ihn an. Ob er eine Kopie gemacht und irgendwo hinterlegt habe? Nein, sagte er. ›Mein Gott, wie fahrlässig‹, sagte ich. ›Ich weiß …‹, sagte er. Da ließ ich alles kopieren. Ich habe fast einen Tag gebraucht. Brett für Brett machte ich mir Notizen, wie die Blätter lagen, dann trug ich die kleinen Stapel in den Kopierladen. Zurück, legte ich die Blätter exakt so hin, wie sie gelegen hatten. Im Schreibtisch fand ich den Rest des Textes, riesige Stapel, viele Blätter voll von getrocknetem Leim. Ich hielt sie in den Händen und konnte die Jahre spüren. Um nichts zu riskieren – ein Überfall, ich hatte auf einmal ganz krause Vorstellungen –, trug ich immer nur kleine Stapel in den Laden, ich bin sicher zwanzigmal dort gewesen. Am Ende saß ich vor dem Berg von Kopien. Ich rief ein Schreibbüro an und brachte das Ganze hin. Nach einem Monat übergaben sie mir die Kopien und einen Stick, auf dem das nun alles gespeichert war. Er ist jetzt in meinem Bankschließfach. Unnötig zu sagen: Paolo weiß nichts.«

Paolo kam vorbei und bestand darauf, Leyland zum Nachtzug nach Triest zu bringen. Zum Bahnhof fuhren sie mit der Straßenbahn, ein Auto konnte er sich nicht leisten. *Stazione Centrale*. Livia hatte diesen Bahnhof geliebt. »Er ist nicht nur ein wunderbarer Bahnhof; er ist die *Idee* eines wunderbaren Bahnhofs;

die Idee eines Bahnhofs *überhaupt*«, sagte sie. Sie hatten sich vor Übermut in der Halle umarmt, und dann sagte Livia zum Kellner: »*Mi porti l'idea di un caffè!*« Leyland erzählte es Paolo. Er legte Leyland die Hand auf die Schulter. »*Lei ti manca*«, sagte er.

Der Zug fuhr ein. »Ich hätte dich gern gefragt, warum du nicht auch selbst etwas schreibst«, sagte Paolo und beschrieb mit der Fußspitze einen Kreis auf dem Perron. »Aber ich hatte das Gefühl, dass du die Frage lieber nicht hören möchtest.« »Ich kenne die Frage«, sagte Leyland. »Von mir selbst. Ich kenne sie seit langer Zeit. Irgendwann sage ich dir vielleicht etwas dazu.«

Im Abteil nahm er Paolos Manuskript aus der Tasche. *Così fu* lautete der Titel. Darunter würde er es nicht machen. Ein Titel wie eine ausgreifende, abschließende Geste, die zu Paolos anderen Gesten, dem weit geschnittenen Anzug und dem langen Mantel passte, mit dem er winkend auf dem Bahnsteig gestanden hatte. *So war es*: ein kühner Titel, und Kühnheit lag auch in seinem Blick – selbst wenn der Ausdruck ein bisschen altmodisch und ein bisschen übertrieben klingen mochte. Der Text begann mit einer Kapitelüberschrift: *Luce invernale*, Winterlicht. Und der erste Satz lautete: *An jenem regnerischen Wintermorgen wurde der Himmel über Rom nur zögernd hell.* Leute, die aus häuslichem Zwist kamen und auf eine Demonstration gingen. Missgeschicke auf der Straße.

Eine Atmosphäre von Unheil. Dazwischen der Satz: *Viele Grausamkeiten geschehen aus Gedankenlosigkeit, aus Mangel an Phantasie.* Es war unmöglich, mit dem Lesen aufzuhören. Leyland legte die Blätter erst weg, als das Migränemittel zu wirken begann und er einschlief.

In Triest fuhr er in seine Wohnung und holte den Schlüssel für den Verlag. Er legte Paolos Text auf Caterina Mizzans Schreibtisch, dazu eine Notiz: *Ich habe diesen Autor in Mailand getroffen. Ein wunderbarer Text. Tausend Seiten. Ich würde es finanzieren. Paolo Michelis dürfte davon nichts wissen. S. L.*

29 Zwei Tage blieben Leyland noch, bevor er mit Sophia nach London fliegen würde, zurück in sein neues Leben. Er schrieb einen Brief an Livia, in dem er sich zu vergewissern suchte, was in den langen Tagen in Triest mit ihm geschehen war. Manchmal unterbrach er und ging durch die Stadt, langsam und so wach wie noch nie zuvor. Dann schrieb er weiter, neugierig auf die Worte, die er wählen würde, um dem, was ihn beschäftigte, auf den Grund zu gehen.

Cara –
ich hatte zwei Flugscheine gekauft, so unsicher war ich meiner Reise gegenüber. Würde ich hier nicht ratlos durch die Gassen gehen, und wären die anderen, wenn sie es bemerkten, nicht verletzt, weil ich offenbar nicht mehr richtig anwesend war? Als die Maschine aufstieg, führte ich mir vor Augen, was seit meiner letzten Landung in London alles geschehen war, und wie sich mein Leben verändert hatte. »Welcome home, Sir«, hatte der Beamte damals bei der Passkontrolle gesagt. Ich konnte seine Stimme jetzt noch hören. Und ich konnte spüren, wie ich auf der Rolltreppe hinunter in die U-Bahn glitt, zu Cadbury's Schokoladeautomaten. Seither hatte ich nicht weniger als ein Haus in Besitz genommen, in Kenneth Burke einen neuen Freund gewonnen, Sean Christies Verlag gerettet und mir, gegen fatale Erinnerungen ankämpfend, in einer Klinik als Professor Leyland Gehör verschafft. *Das letzte hättest du erleben sollen! Professor Leyland! Ich! Wozu man fähig ist, wenn man das Dunkel einer so schrecklichen Diagnose durchschritten hat und plötzlich wieder im Licht steht.*

All das wäre nicht geschehen, wenn die Nachbarin von Maximilian Brunner den Krankenwagen zehn Tage früher gerufen hätte, statt zu warten, bis sie ihn in der Wohnung am Boden fand. Bloß zehn Tage früher, und der Verlag gehörte noch mir. Am ersten Morgen in Warren Shawns Haus stand ich mit einem Wasserglas in der Küche. *Zehn Tage*, dachte ich. Ich hatte das Glas um-

klammert gehalten, und plötzlich brach es. Nichts hätte meinen Groll besser zum Ausdruck bringen können, und jetzt, wo ich es aufschreibe, kann ich den Druck meiner Finger auf dem Glas wieder spüren. Sidney erinnerte mich neulich daran, dass ich ohne die Verwechslung der Bilder nicht hätte erleben können, was ich nun in London mit Kenneth und Sean und Lynn erlebt habe. Trotzdem. Wenn ich drüben im Café sitze, Carlotta mir den Kaffee bringt und ich zum Verlag hinüberblicke, ist der Gedanke schwer auszuhalten: Das könnte noch mir gehören. Und Dir, möchte ich hinzufügen – auch wenn das natürlich abstrus klingt.

Es kam dann nicht zu der befürchteten Ratlosigkeit, keinen Moment lang. Die Ereignisse überstürzten sich. Unsere Kinder haben beide einen großen Schritt getan, ich bin stolz darauf und wünschte, Du hättest es auch erleben können. Sophia saß da im Flughafen mit ihrer neuen Mütze und sagte nicht weniger, als dass sie die Richtung ihres Lebens ändern wolle. Ab und zu stellte ich mir die Mütze auf Deinem Kopf vor und dachte: So etwas hättest auch Du tun können. In gewissem Sinne hast Du es ja auch getan, als Du den Verlag übernahmst und wir hierher zogen. Aber bei Sophia ist es doch noch etwas anderes: Sie verlässt eine ganze Welt, die Welt der Medizin, der sie zehn Jahre angehört hat. Und sie verlässt sie nicht nur im Äußeren, sie will mit Macht auch die ganze Art zu reden und zu denken abstoßen. Was für ein gewaltiger Schritt!

Aus ihrer letzten Prüfung kam sie mit dem Gang von jemandem, der gerade eben alle Brücken hinter sich abgebrochen hat, dem Gang eines Hazardeurs. Revolte, Selbstbehauptung. Ich dachte daran, wie ich damals aus dem Zug von Oxford ausgestiegen und in London auf die Jugendherberge zugegangen war. »Es ist wie aufwachen«, sagte Sophia in diesen Tagen mehrmals. Herumsitzen, herumgehen, die Dinge in sich geschehen lassen – so stellt sie sich London vor. Der Lesesaal des Britischen Museums. Genau dasselbe kann ich auch tun, wenn ich will – und doch beneide ich sie, vor allem um ihren Vorrat an Zukunft. Ich bin in der Stadt, komme nach Hause – und da ist meine Tochter. Wie lange ich das nicht mehr hatte! Und noch dazu in London. »Bring sie mit!« sagte Kenneth Burke am Telefon. Sidney und Sophia liebten die Geschichte über ihn und die verschenkten Arzneien.

Sidneys Schritt ist leiser und vielleicht nicht ganz so groß. Weg von der schwarzen Kaste, zurück in die Universität. Er hat mir Fernando Conti vorgestellt. Professor, akademischer Senator, was für ein sicherer, eleganter Mann, er füllt einen ganzen Saal, dazu ist er ohne alle Allüren. Er hat Sidney eine Stelle angeboten, und ich bin stolz darauf. Ich war vorhin bei Sidney zu Hause, es ist mildes Wetter, und wir konnten auf dem Dachgarten sitzen. Er ist so glücklich, dass ich zurück im Leben bin. Damals, als Moretti ihr die richtigen Bilder gezeigt hatte, rief Sophia ihn an, und er kam bei mir durch die Tür mit einem Ausdruck, den ich nie vergessen werde. Er hat in den letzten Jahren ein strenges Gesicht bekommen, und der Blick hinter der randlosen Brille ist manchmal düster. Darüber kann man vergessen, wie warmherzig er sein kann. Als er damals hereinkam, nahm er die Brille ab und umarmte mich, die Brille fiel zu Boden, und wir wären fast darauf getreten. Heute hatte er einen Kuchen gekauft, wir tranken Tee und sprachen über Padua.

Er wird, wenn er die Stelle antritt, wieder bei Giulietta Lombardi wohnen, wo er das ganze Studium über gewohnt hat. Sie ist Contis Schwester, eine elegante Frau mit hochgestecktem Haar und sehr wachen Augen, in denen oft Spott liegt. Ich mochte, wie sie buona sera sagte. »Ich denke gern an Giulietta und ihre Wohnung zurück«, sagte Sidney. »Es ist merkwürdig, aber was mir dabei stets als erstes in den Sinn kommt, ist ihr pfeifender Wasserkessel mit dem goldenen Ventil. Wie oft haben wir damit Wasser für Kaffee oder Tee gekocht! Und was ich auch sofort vor mir sehe: den langen Flur mit dem Tischchen fürs Telefon. Er sorgte dafür, dass wir uns nicht in die Quere kamen. Aber es war nicht nur die räumliche Großzügigkeit der Wohnung, die dafür sorgte. Wir beide passen in unserem Sinn für Abstand und Diskretion gut zueinander, auch in unserem Bedürfnis, wenige Worte zu machen. Ich lernte die stille Art der Trauer um ihren Mann kennen, einen Architekten, der bei einem Autounfall ums Leben gekommen war. Ihr Bruder kam öfter vorbei, und ich spürte bald, wie wichtig die beiden füreinander waren. Sie kann Spaghetti kochen wie niemand sonst, und manchmal aßen wir in der Küche zusammen. Oft aber nahm sie ihre Portion mit in ihr Zimmer, und ich aß den Rest allein. Wenn sie krank war und das Bett hüten musste, brachte ich ihr etwas zu essen. Das änderte an unserem Abstand nichts. Es war alles sehr natürlich und sehr frei. »Come va?« fragte sie, wenn ich aus Triest kam. »E Lei?« fragte ich. Es war ein Ritual, und wir machten nie eine Ausnahme. Ich liebte das Ritual. Ich habe Giulietta vermisst.«

»Ich habe dich dort nicht oft besucht«, sagte ich. Er nickte. »Hat es dir etwas ausgemacht?« »Nun ja, ich hatte ja das Zimmer bei Sophia und war oft hier.« »Aber es hat dir etwas ausgemacht, dass ich so selten nach Padua gekommen bin?« Er zögerte. »Ja.« »Ich weiß nicht, warum es so war«, sagte ich, »es hatte nichts mit dir zu tun.« »Ich weiß«, sagte er. »Es ist eine ausgeprägte Universitätsstadt. Wie Oxford. Vielleicht deshalb?« Ich nickte, aber *eigentlich weiß ich es nicht, außer, dass es mit mir zu tun hatte und nicht mit ihm.*

»Giulietta hätte es gerne gesehen, wenn du über Nacht geblieben wärst, sie hat ja Zimmer«, sagte er. »Aber du wolltest immer noch auf den letzten Zug. Und so hast du auch Elena nie richtig kennengelernt, sie hat diese schöne Wohnung, sie stammt aus Padua und hätte dir gerne die Stadt gezeigt.«

Eigentlich hatte ich mit meiner Frage etwas Tieferes zum Ausdruck bringen wollen: das Gefühl, ihm als Vater etwas schuldig geblieben zu sein. Einen Moment war ich versucht, ihn ohne Umschweife danach zu fragen. Da klingelte sein Telefon, und die Gelegenheit war vorbei. Manchmal hätte ich auch Dich gerne danach gefragt, aber ich scheute die Antwort. Ich ging ihn ja immer im Krankenhaus besuchen, wenn er einen seiner Asthmaanfälle hatte. War das genug? Was hätte es anderes sein können, sein müssen? Nach Deinem Tod war er sehr in sich gekehrt. Wie früher sprach er oft mit mir über Wörter, und er las meine Übersetzungen. »Aber ich kann nicht auch Übersetzer werden, ich kann doch nicht dein Leben wiederholen«, sagte er einmal. Er hat probeweise Vorlesungen über Literatur besucht. »Ohne mich«, sagte er, »das ist Gerede aus zweiter Hand.« Jura: etwas für den Kopf, und man kann damit beruflich vieles machen. Padua: eine der ältesten und besten Fakultäten, dazu ein Abstand zu Triest, aber ein Abstand, der leicht zu überbrücken ist. So jedenfalls klang es. Aber Du hättest sehen sollen, wie er strahlte, als ich ihm vorschlug, Contis Buch über die Erfindung des Staates zu übersetzen!

Auf dem Rückweg bin ich bei Andrej vorbeigegangen. Manchmal muss ich daran denken, wie er im Verlag aus Dostojewskij las und wie wir nachher zueinander sagten, dass er während des Lesens seine Autorität zurückgewann, seine Autorität als Person. Das ist so wei-

tergegangen in den letzten Jahren, er wurde immer sicherer, das Gefängnis schien überwunden. Nun hat es ihn wieder eingeholt. Er schiebt die Hände in die Joppenärmel. Er hat Angst vor dem Geldautomaten und vor dem öffentlichen Unterschreiben. Neulich hat er eine halbe Stunde gebraucht, um ein Buch zu signieren. Und dann hat man ihm auch noch gekündigt. Er verlor vollständig die Fassung. Ich habe die Wohnung kurzerhand gekauft. »Siehst du«, sagte Sidney, »auch so etwas geht jetzt.« »Ja«, sagte ich, »ja.« Aber man kann das alles nicht gegen den Schrecken der Diagnose und den Verlust des Verlags aufrechnen. Doch es war schön, Andrej Sicherheit geben zu können.

Ich habe mit ihm auch das Umgekehrte erlebt: dass er der Starke war. Das war, als ich in seiner Wohnung meinen zweiten Anfall bekam. Er hat mir aus Smirnov vorgelesen, bis ich wieder bei mir war. Dann hat er mich gefragt, ob der albanische Häftling damals Toskisch oder Gegisch gesprochen habe. Und das, nachdem sich Verfall und Tod gezeigt hatten, jedenfalls vermeintlich. So etwas gibt es nur mit ihm.

Stell Dir vor: Er hat mir Bigarren Bidaia, Die Zweite Reise, gezeigt, das Buch, das er im Gefängnis übersetzt hat. Ein Buch, das eine Seele gerettet hat. Ich habe es mit einer Mischung aus Ehrfurcht und Scheu betrachtet, awe ist das passende Wort. Ich durfte es anfassen und darin blättern. Neun Jahre Notizen, es gibt auf den Seiten keinen freien Fleck mehr. Intimität ist unteilbar.

Ich habe Andrej erzählt, dass Du und ich daran auch geglaubt haben. Und dass wir deshalb nie befürchtet haben, es könnte jemand zwischen uns treten. Antoine muss erfahren, dass Amaia auch mit einem anderen Mann die Pyrenäen entlang nach Nizza gereist ist. Aito Agirre, erzählte Andrej, schreibt über Antoine, dass die Welt für ihn plötzlich ganz flach war, und er sich nach einiger Zeit selbst als einen erlebte, der ganz flach war in dem Sinne, dass er nicht mehr wusste, wie sich Intimität anfühlt. Andrej hat nicht weniger als sieben eigene Variationen der Geschichte geschrieben, alles, um den eigenen Verlust an Intimität zu verarbeiten und die toten Jahre in der Zelle zu überleben. Er schrieb wie Agirre und war damit nicht zufrieden. »Ich suchte eine eigene Stimme«, sagte er. »Sie wäre die Freiheit. Ich habe sie nicht gefunden. Bis heute nicht.« Ich bin zusammengezuckt. Es hat einen Nerv getroffen. Ich musste an den Brief von Warren Shawn denken, in dem er mich auffordert, selbst etwas zu schreiben, er selbst habe es nicht geschafft, aber er sei sicher, dass ich es könnte.

Und dann wurde Andrej plötzlich zum Star. Es war beim Essen nach Contis Vortrag. Andrej erzählte von Novgorod und dem Unterricht in Staatskunde. Popov habe der Lehrer geheißen, ein Betonkopf, wie die Deutschen sagten, unübersetzbar, und ich wette, er hat diesen Popov erfunden, und er hat ihn so genannt, damit er möglichst viele o's hintereinander setzen konnte:

Popov, der Betonkopf aus Novgorod. Man sieht ihn vor sich: ein kugelrunder Kopf, wie eine Melone, nur aus Beton. Conti hat Andrejs Übersetzung von Smirnov sehr gelobt. Es war für Andrej ein großer Moment: in einer so illustren Runde. Eine Stunde später zitterte ihm die Hand, als er signieren sollte. Wir Menschen sind so überhaupt nicht aus einem Guss, wir sind voller Risse und Sprünge und leben auf verschiedenen inneren Plateaus, zu denen wir hinaufklettern und von denen wir in die Tiefe stürzen.

Andrej hat mir auch von dem Messer erzählt, mit dem er es damals vergeblich versuchte. Fast noch intimer war, als er davon sprach, wie er ein paar Tage lang wie im Fieber – ein »abgedunkeltes« Fieber nannte er es, »denn sein Ursprung lag im Dunkeln und sollte dort bleiben« – mit einer italienischen Übersetzung von Agirres Buch für Maria Psyroukis begann, bis er merkte, dass er auf Antoines Spuren wandelte ... Und sogar noch mehr hat er sich geöffnet, als er von seiner Begegnung mit Carla sprach. Die Niere, die er ihr gespendet habe, funktioniere nicht richtig, sagte sie. Wenn es noch seine wäre, würde sie funktionieren, gab er zurück. Es gibt keine größere Fremdheit als die der zersetzten Intimität.

Wir haben in Stefano Di Rossis verbeultem Lancia eine Spritztour die Küste hinunter gemacht. Ich wünschte, Du hättest ihn auch gekannt. Die Zukunft, auch für uns, sei die Elektronik, hatte mir Sean Christie gesagt,

als ich den Verlag übernahm. Er empfahl mir, jemanden anzustellen, der das alles für uns machte. »There are those lads: sneakers, baseball cap, brains«, sagte er. Stefano ist anders als die lads, die Sean scherzhaft beschrieben hatte, aber er hat etwas von ihrer Nonchalance. Er ist ein entfernter Verwandter von Carlo Ferluga, dem Antiquar, und ist mir von ihm empfohlen worden, nachdem er ihm die Computer eingerichtet hatte. Zunächst war er nur der Mann in der Lederjacke mit dem hellen, wachen Blick, der hi sagte, okay und ciao. Er verstand es, mir die Angst vor diesen Dingen zu nehmen. Und auf einmal – ich habe gar nicht recht begriffen, wie es kam – wurde er auch sonst zu einem, dem ich mich anvertrauen konnte, wenn mir alles im Verlag zuviel wurde. Piano, sagte er dann, piano. Es machte Vera eifersüchtig. Ich nahm ihn mit in Pat Kilroys Kneipe, aber das war ein Fehler, Pat mochte ihn nicht, auch er war auf kuriose Weise eifersüchtig und korrigierte sein Englisch. Stefano, der den ganzen plot, wie er es nannte, durchschaute, amüsierte sich.
»Dass ein Leben zu Ende geht: una mostruosità«, sagte er, als ich ihm von der Diagnose erzählte. »Du weißt, wie du es machst?« fragte er, obwohl wir über meine Absicht gar nicht gesprochen hatten. Ich habe mir damals gewünscht, eine Spritztour mit ihm zu machen. Das erzählte ich ihm nun, und kurze Zeit später holte er mich ab. Er wolle sein Leben nicht länger damit verbringen, nach dem besten Algorithmus zu suchen, sagte er. Er hat

in einer Kirche eine Frau gesehen, die ein Mosaik restaurierte, ohne Hast, wie aus der Zeit gefallen. So, wie er es erzählte: Es war fast wie ein Erweckungserlebnis. Dieser coole Typ. Und dann fragte er auch noch, was Poesie sei. Ich sprach von der besonderen Gegenwart, die einem die Poesie aufschließt. Und ich erzählte ihm, was Du zu sagen pflegtest: dass etwas Poetisches dem Leben eine ungeahnte Tiefe zu geben vermag, und dass das Leben dabei im Ganzen Thema wird, ohne dass man darüber Worte verlieren müsste. Es war auf einer kleinen, unscheinbaren Brücke in Venedig, dass Du es zum ersten Mal sagtest. Als ich zu Stefano davon sprach, wünschte ich mich zurück auf jene kleine Brücke. »Sempre ti manca«, sagte er. Als ob er Gedanken lesen könnte.

Ich bin zu Francesca Marchese nach Mailand gefahren. Da ging im Zug die Tür auf, und Doktor Leonardi kam herein, der Arzt, der durch seine Fahrlässigkeit mein Leben aus dem Geleise geworfen hat. Ich habe ihn auflaufen lassen und habe es genossen, ich hätte nicht gedacht, dass ich es könnte. Noch nie habe ich jemandem meinen Hass und meine Verachtung so deutlich gezeigt, ich war froh darüber, dass ich es konnte, und doch war ich auch erschrocken, denn ich spürte, aus welcher Tiefe die Wut kam. Später habe ich daran denken müssen, dass er mich in seinem Büro rauchen ließ und mir sogar einen Aschenbecher brachte. Nie ist irgend etwas aus einem Guss.

Francesca hat ein Buch geschrieben, in dem eine reiche

Frau erlebt, wie kompliziert es sein kann, Leuten mit Geld zu helfen. Es ist ein Buch über Abhängigkeit und Freiheit, über Würde und Selbstachtung, über Dankbarkeit und Auflehnung. Mit Chiara Palladio hat sie eine Figur geschaffen, durch die hindurch sie ihr Leben als reiche und großzügige Frau zur Sprache bringen kann. Du und ich, wir hatten ja keine Ahnung, dass sie reich ist, Erbin von AM, und dass diese Firmenbezeichnung die Anfangsbuchstaben vom Namen ihres Großvaters sind, der Andrea Marchese hieß. Sie hat fünf Jahre an dem Buch gearbeitet und hat sich mit offenem, kühnem Blick durch all die Erfahrungen hindurchgeschrieben, die sie bedrängt haben. Und nun fragt sie sich, ob sie diese fünf Jahre, in denen sie für das Buch gelebt hat, nicht am besten für sich behält. Als würde sie sagen: Ich wollte es für mich wissen – und das ist alles. Als Übersetzer und Verleger habe ich ja stets mit Büchern zu tun gehabt, die zur Veröffentlichung bestimmt waren. Es ist ein unerhört reizvoller Gedanke, dass jemand nach Jahren des Schreibens sagt: Das geht außer mir niemanden etwas an. Dazu noch, wenn es um jemanden geht, der sein Leben lang für die Öffentlichkeit geschrieben hat. Ich hatte mir vorgenommen, sie nicht zu beeinflussen. Wir werden sehen. Neidisch war ich, als sie von dem verschwiegenen Mysterium des Schreibens sprach: der Verwandlung von Erfahrung in Fiktion. »Es geht nicht darum, das Mysterium zu verstehen, es geht nur darum, es zu leben«, sagte sie.

Sie sprach davon, nachdem sie von Erfahrungen des inneren Absturzes erzählt hatte, wo alles Selbstvertrauen sie verließ. Ich musste an Paris denken: Du und ich, wir nahmen den falschen Bus, Du warst schockiert, dass Dir das ausgerechnet in Paris passieren konnte, und dann ließest Du in der Métro Dein Portemonnaie fallen, so dass die Münzen in alle Richtungen wegrollten. Das war, nachdem ich Dir auf der Fähre von Portsmouth nach Le Havre einen Heiratsantrag gemacht hatte. Auch später gab es diese dunklen Momente, wo Du den Boden unter den Füßen verlorst und sein konntest wie ein verängstigtes Kind. Ich habe Dich in solchen Momenten sehr geliebt. Als ich Francesca zuhörte, habe ich Dich vor mir gesehen, das offene Portemonnaie in der Hand.
Habe ich verstanden, wie Du zu ihr standest? Sie hat Dir erzählt, wie es zu ihrem Hinken kam, und auf seltsame Weise bin ich froh, dass sie dieses Geheimnis bei Dir gelassen hat. Du hast die ganzen Verrisse von Nomi Bretoni in Deinem Büro verbrannt, ich war fasziniert von Deinem spontanen und kühnen Tun, ich sehe noch heute, wie das Geschreibsel verglüht. Hast Du sie gemocht? Bewundert? Gab es eine stille Konkurrenz zwischen Euch? Eine Konkurrenz um mich? Ich bin verwundert, aber ich muss mir eingestehen: Ich weiß es nicht.
Sie hat mir zu ihrem Buch einen Brief geschrieben. Sie schreibt von ihrem Zögern, mich, sogar mich, die Ge-

schichte von Chiara Palladio lesen zu lassen. Und dann berichtet sie von dem wiederkehrenden Gedanken: Ich will, dass er mich so kennt. Ein großer Satz, ein Satz großer Nähe, für einen Moment stockte mir der Atem. Damals, als ich ihr von der Diagnose geschrieben hatte, holte sie mich mit dem Auto ab, und wir fuhren nach Mailand in den Dom. Ich dachte daran, wie Du und ich nach San Marco in Venedig gefahren sind, wenn etwas Großes geschehen war.

Nachher, als ich in ihrer Wohnung übernachtete, kam sie und fuhr mir mit der Hand über die Stirn. »Es gibt immer noch Livia, nicht wahr?« fragte sie, als ich jetzt bei ihr war. »Und das wird auch so bleiben?« Ich habe keinen Namen für das, was zwischen uns ist, aber es gehört dazu, dass wir kein Paar werden.

Eben war ich bei Pat Kilroy in der Trattoria. »Wie lange bleibst du dieses Mal weg?« fragte er. Er ist eifersüchtig auf mein neues Leben in London, dieser abgebrühte Mann. Aber er ist ja gar nicht abgebrüht. Nicht ein Mann mit Gedichtbänden im Regal und dieser Art, Saxophon zu spielen. Nicht ein Mann, der Passagen von Dante auswendig kann und einem Gast das Essen ins Gesicht kippt, weil er seinen Hund geschlagen hat. Ich sagte ihm, dass Sophia mit mir führe. »Ach so, dann wird es lang, womöglich Frühling.« Als ich ging, hatte ich das Gefühl, ihn im Stich zu lassen. Den Mann, der für mich nach Ljubljana gefahren war. Ich gehe noch einmal hin. So ist es nicht richtig.

Francesca hat mir einen Mann vorgestellt, der Dir hätte gefährlich werden können: Paolo Michelis, einen Mann, der zehn Jahre für einen Roman von tausend Seiten gelebt hat. Einem Mann von solch innerer Großzügigkeit bin ich noch nie zuvor begegnet. Er ist ein Mann, der für etwas brennen kann. Dann existiert nichts außer dieser einen Sache. In einem Zimmer gibt es reihenweise Bretter auf Holzböcken, darauf liegen getippte Seiten seines Romans, übersät mit Korrekturen. Er braucht, sagte er, das Geklapper der Schreibmaschine und den Geruch des Leims, wenn Passagen überklebt werden. (Für einen Bildschirm hatte er ein treffendes Wort: steril.) Ein unerhört sinnlicher Mensch, jeder könnte sich in ihn verlieben.

Die Geschichte ist eine Familiensaga, in der sich Privates und Politisches verschränken, diese Verschränkung ist Paolos Thema. Man spürt die geballte Faust in der Tasche, wenn es um Ungerechtigkeit und Grausamkeit geht. Es war mitten in der Nacht, dass er mich fragte, ob ich mir vorstellen könnte, Caterina das Buch zur Veröffentlichung zu empfehlen. Auf der Rückfahrt habe ich die ersten hundert Seiten gelesen, atemlos. Ein bisschen habe ich im Kopf auch bereits die englische Melodie ausprobiert. Ich war unglücklich und voller Groll, dass ich ihn nicht einfach anrufen und sagen konnte: Ich mache das Buch!

Paolo ist in seinem Wunsch, die Geschichte zu veröffentlichen, nicht eindeutig. Er will es, und er will es auch wieder nicht. Auf der Rückseite von Rezepten führt er seit Jahren Buch über den Text. Als ich das hörte, dachte ich: Er ist so eingesponnen in diese Arbeit und dieses Leben – ensimismado, Du weißt, wie sehr ich das spanische Wort liebe –, dass er damit eigentlich gar nicht hinauswill zu Leuten, die es lesen könnten. Francesca und er, beide mögen sie im Grunde die Vorstellung nicht, dass andere sich mit ihren Gedanken einmischen, selbst wenn man davon nichts erfährt. Aber es gibt einen feinen Unterschied: Francesca möchte sagen: Es geht euch nichts an!, während es bei Paolo eher so klingt: Es interessiert mich nicht. Trotzdem gibt es bei ihm auch ein Bedürfnis, über das er sich nicht ganz im klaren ist: die Einsamkeit aufzubrechen. Es würde mich nicht überraschen, wenn es dieses Bedürfnis wäre, das am Ende die Regie übernimmt. Ich habe Caterina geschrieben, dass ich das Buch finanzieren würde.

Francesca hat die vielen hundert Seiten insgeheim kopiert, und dann hat sie sie abschreiben und speichern lassen, jetzt liegt der Text in ihrem Schließfach. Man könnte daraus eine Novelle machen: Das Manuskript verbrennt, der Autor ist wie gelähmt, die Zeit steht für ihn still. Wie soll sein Leben weitergehen? Da erfährt er von der Kopie, die die Freundin gemacht hat. Wie geht es mit ihm und der Freundin, die das eigentlich nicht durfte, weiter?

Paolo hat mich gefragt, wie es sei, nach der Katastrophe der falschen Diagnose weiterzuleben. Das so direkt zu fragen – das kann nur er. Ich sei jetzt anders in der Welt, habe ich gesagt, anders in der Zeit und anders in den Worten. Und es sei mir klar geworden, dass es am Ende nur auf eines ankomme: Poesie. Ich war erstaunt, mich das mit solcher Bestimmtheit sagen zu hören. Nicht, dass ich es nicht vorher schon gedacht hätte. Irgendwie war das ja schon das Gefühl, als ich aus Oxford floh, wo man nur über John Donne faselte, statt mit ihm zu leben. Und als ich nach der Entdeckung des Irrtums im Sommer allein im Mailänder Dom saß, dachte ich auch: Poesie – sie ist das einzige, was der Größe des Lebens zu entsprechen vermag. Trotzdem: In der Antwort auf Paolos Frage klang es wie eine confessio, ein Bekenntnis, das war neu, und ich war froh darüber, wie erlöst.

Paolo hat mich auch etwas anderes gefragt: warum ich nicht selbst etwas schriebe. Warren Shawns Mahnung. Ich mag es nicht, wenn andere mich das fragen, und ich bin froh, dass Francesca es nicht getan hat. Es genügt doch, dass ich mich selbst mit der Frage quäle.

Ich stand mit Paolo im Mailänder Bahnhof und erzählte ihm, wie Du diesen Bahnhof für die Idee eines Bahnhofs überhaupt hieltest. »Mi porti l'idea di un caffè!« sagtest Du später zum Kellner. »Lei ti manca«, sagte Paolo.

Vorhin klingelte es, und Pat Kilroy stand vor der Tür. Ob ich ein bisschen Zeit hätte? Er ist bisher nur einmal hier gewesen, das war ein paar Tage, nachdem er die Sache *mit Ljubljana geklärt hatte.* »Hast du alles, was du brauchst?« *hat er damals gefragt.* »Ich wünschte, ich könnte etwas tun. Das Unheil aufhalten. Einen Wall errichten.« *Es war sehr schön, wie er das sagte, sehr echt. Heute sah er sich um, als sei er das erste Mal hier. Es war zu spüren: Er wollte reden und wusste nicht, wie er beginnen sollte.* »Ich bin jetzt schon so lange hier«, *sagte er schließlich und zog an der Zigarette.* »Bald sind es fünfundzwanzig Jahre. Ich bediente damals in einem Pub in Kilkenny. Immer dieselben Leute, immer dasselbe Wetter. Da sah ich im Fernsehen einen Film über Venedig. Dort musste ich hin, das war ganz klar. Ich besorgte mir Sprachbücher, auch über den venezianischen Dialekt, und las über die Stadt. Ich war immer sehr verlässlich gewesen, und die Leute kamen auch meinetwegen, mit mir könne man gut reden, sagten sie, und der Wirt wusste das.* ›Na ja, wenn du dahin musst – dann ist das eben so‹, *erklärte er zu meiner Verblüffung. Und gab mir sogar Geld für die Reise.*

Den Rest gab mir die Mutter. Du erinnerst dich an die Stelle, die wir neulich bei Tom Courtenay zusammen gelesen haben: wie sie ihm verloren nachblickt, als er nach London geht und in Hull um die Ecke biegt. So ähnlich war es auch bei mir, als ich zur Bushaltestelle ging, um nach Dublin zu fahren. Etwa zwei Wochen war ich unterwegs. Das Schönste waren die Fähren nach Liverpool und von Folkstone nach Calais. Ich schlief auf Deck, es war Sommer. Auch sonst schlief ich manchmal draußen, hie und da in einer Jugendherberge. Das meiste Geld gab ich für die Zugfahrt durch die Alpen aus. Von Mailand per Anhalter nach Venedig. Eine billige Pension in einer winzigen Gasse. Von morgens bis abends auf der Suche nach einer Anstellung. Bei den vielen Touristen hatte ich mir wegen des Englischen eine Chance ausgerechnet. Aber es wurde nichts, Stellen als Kellner waren hier wegen der hohen Trinkgelder sehr begehrt. Dann schlug mir ein Wirt Triest vor, und ich fuhr hin.

Raffaele war der dritte, bei dem ich fragte. »Aber dann musst du besser Italienisch lernen«, sagte er. Er ist inzwischen Mitte sechzig, zehn Jahre älter als ich. Er hat es mit dem Rücken, kann manchmal kaum stehen. Er ist müde. Und was soll ich machen, wenn er aufhört?« »Und du hast selbst auch genug?« fragte ich. »Genug von der Stadt? Von Italien? Hast du Heimweh?« »Manchmal denke ich: ja. Dann wieder bin ich nicht sicher. Und wer stellt einen Kellner in diesem Alter an?« »Kannst du kochen?« Er nickte. »Verwaltung eines Restaurants?« Er zögerte. »Ließe sich lernen.« »Soll ich mich in London umhören?« Er stand auf und trat ans Fenster. »Es wäre ein großer Schritt. Ich weiß nicht, ob es ginge. Auf der anderen Seite: wenn, dann jetzt. Damals, als sie mich operierten, war ich plötzlich unglücklich, in Italien und nicht in Irland im Krankenhaus zu liegen. Nicht meine Sprache sprechen zu können. Besonders schlimm war es am Abend vor der Operation und nach dem Aufwa-

chen. In Irland oder auch England alt werden: Es wäre vielleicht besser. Und jetzt, wo du auch nicht mehr so richtig hier bist ...« »Ich höre mich um«, sagte ich. »Aber ich könnte auch nein sagen? Im letzten Moment noch?« »Pat«, sagte ich, »was fragst du mich das, du bist doch der Mann, der den Leuten das Essen ins Gesicht kippt, wenn sie sich nicht benehmen.« Er lachte. »Ja, ja – schon.«

Plötzlich bin ich nicht mehr sicher, dass ich nach London will. Warum bleibe ich nicht hier und übersetze? Francescas oder Paolos Geschichte? Einfach so? Um ihnen nahe zu sein? Manchmal bei Carlotta vorbeigehen und bei Maria Psyroukis. Oder ist das vorbei? Vorhin war ich bei Andrej. »Ich habe den Dauerauftrag für die Miete gelöscht, es war ein Wahnsinnsgefühl«, sagte er. Von Roman Nemirov hat er noch nichts gehört. Manchmal, sagt er, stelle er sich vor, dass er ihn einlade. Ob wir uns dann in London sehen könnten? Auch bei Sidney war ich, und wir haben uns ausgemalt, wie es sein wird: alle zusammen in Warren Shawns Haus. Das handelte ja alles von England, auch das Gespräch mit Pat. Warum also zögere ich auf einmal? Die Sache mit den beiden Flugscheinen für Triest verstehe ich im Augenblick gar nicht mehr, eher ist es jetzt umgekehrt. Sophias Koffer ist gepackt. Ich zögere, meinen zu packen. Was nehme ich mit, was nicht? Beim letzten Mal war es für eine kurze Reise, dachte ich. Und jetzt? Auf der anderen Seite habe ich doch Kenneth Burke ver-

misst. Seine rauhe und herzliche Art, die Nähe, die sich entwickelt hat, seinen Hunger nach Arbeit, den flimmernden Bildschirm, wenn ich hinüber zu ihm schaue, auch Billy, den Hund, der immer mit zur Tür kommt. Bei Sean werde ich aufpassen müssen. Nicht auf Chiara Palladio schielen. Meine eigene Art von Großzügigkeit leben.
All das unter den Augen von Sophia. Bin ich dem gewachsen?

30 »Als wir eben abhoben«, sagte Sophia, »hatte ich das Gefühl: Jetzt vollziehe ich den Schritt wirklich. Es fühlt sich an, als schwebte ich, und es ist nicht, weil wir in der Luft sind. Sitze ich tatsächlich neben dir, und wir fliegen nach London?«

Der Beamte bei der Passkontrolle warf nur einen flüchtigen Blick auf ihre Pässe und sagte nichts. »Es war kurz bevor wir nach Triest zogen, dass mich Maman zum ersten Mal in die U-Bahn mitnahm«, sagte Sophia, als der Zug losfuhr. »Ich muss drei oder vier gewesen sein. Es war auch die Piccadilly Line, bei Gloucester Road. *Piccadilly*: Es klang wie in einem Märchen, einem hellen, vornehmen Märchen. Könnten wir dort kurz aussteigen und einen Blick auf die Lichter werfen?« Die Koffer neben sich, saßen sie nachher in einem Restaurant und blickten in die frühe Dämmerung hinaus. »Einmal hast du mich und Sidney mitgenommen, als du hierher zu einer Buchvorstellung fuhrst«, sagte Sophia. »Ich war vierzehn, fünfzehn. Es war Sommer, die Leute stiegen am Trafalgar Square in den Brunnen und bespritzten sich. Es war sonderbar: gar nicht wie die Stadt, in der wir geboren wurden. Keine Stadt, die etwas mit uns zu tun hatte. Und du – auch du warst sonderbar, sonderbar abwesend. Vielleicht, weil du so sehr hier warst. Wir spürten: Hier kanntest du jeden Stein. Als wir allein waren, sagte Sidney etwas wie: ›Vielleicht ist es ihm gar nicht recht, dass wir mitgekommen sind.‹ Er war erst zwölf, dreizehn, aber du weißt, wie er schon früh alles spürte.« Sie sah Leyland an: »Ist es dir denn auch recht, dass ich jetzt hier bin?«

Auf der Fahrt nach Hampstead erzählte ihr Leyland von dem Plakat, das damals, als er aus Oxford weggelaufen war, an der Verbindungstür zum nächsten Waggon gehangen hatte: zwanzig Pfund pro Woche für die Ausbildung als Zugführer. Sophia sah ihn ungläubig an, als er sagte, er habe es sich überlegt. »Etwas ganz anderes, der Gegenentwurf zu Oxford«, sagte er. »Was, glaubst du, wäre geschehen, wenn du es gemacht hättest?« »Ich hätte es keinen Tag ausgehalten, es war nur als Phantasie reizvoll. Ich wollte ja nicht von John Donne weg, sondern nur von Oxford, weil sie dort, wie ich dachte, nichts von ihm verstanden. Und natürlich war er auch nicht hier unten, im rußigen Dunkel. Ich liebte das Klopfen der Räder, ich liebe es auch jetzt wieder, ich hörte es, wenn ich hier unten fuhr und John Donne las, das Klopfen gehörte zu seinen Versen, es gehörte so sehr dazu, dass ich es auch dann hörte, wenn ich die Verse anderswo las. *Thou hast made me, And shall thy worke decay? Repaire me now, for now mine end doth haste, I runne to death, and death meets me as fast, And all my pleasures are like yesterday ...* Diese Zeilen – es gab nach der Diagnose keinen Tag, an dem sie mir nicht durch den Sinn gegangen wären.«

Die Räder ihrer Koffer ratterten auf dem Kopfsteinpflaster, als sie auf Warren Shawns Haus zugingen. »*Das* ist es?« fragte Sophia, als Leyland vor dem Haus stehen blieb. »*Dieses* Haus gehört dir? Das ist ja wie im Märchen!« Leyland schloss auf und machte Licht. Sophia trat ins Wohnzimmer und blieb vor der Karte des Mittelmeers stehen. »Das ist die Karte, von der du so oft erzählt hast?« Leyland nickte. Sophia trat vor die Karte und berührte sie mit der Hand. »Wie sonderbar, sie jetzt in Wirklichkeit zu sehen«, sagte sie, »bisher war sie für mich eher wie eine Metapher, eine Chiffre.« Während Leyland Tee aufsetzte, machte sie in Warren Shawns Arbeitszimmer Licht. Nach einer Weile kam sie in die Küche und zeigte Leyland ein Buch. »Was ist das für eine Schrift?« »Burmesisch«, sagte Leyland. »Warren Shawn ertrug es nicht, wenn er eine Schrift nicht entziffern konnte. Er besorgte sich Bücher und lernte. ›Sprachliche Zeichen‹, pflegte er zu sagen, ›sind *das* Mysterium des Geistes.‹ Was ihn immer wieder faszinierte: Zunächst sind die Zeichen nur bedeutungslose Ornamente, so, wie es die burmesischen Zeichen jetzt für dich und mich sind. Dann lernt man die Laute, für die sie stehen. Jetzt sieht man die Zeichen als *Buchstaben*. Man kann sie *lesen*, noch ohne zu verstehen. Dann fügen sich die Buchstaben zu Wörtern mit Bedeutung, und nun kann man *richtig* lesen. Man erkennt, gewissermaßen durch die vertraut gewordenen Zeichen hindurch, die Bedeutung des Geschriebenen. ›Alles Gewöhnung‹, pflegte er zu sagen, ›pure Gewöhnung! Und doch hat man nachher das Gefühl, dass sich eine neue Welt aufgetan hat!‹ Er konnte ganz aus dem Häuschen geraten, wenn er davon sprach.«

Sophia machte überall im Haus das Licht an. »Es sieht aus, als hättest du überhaupt nichts verändert«, sagte sie. »Kann ich dieses Zimmer haben?« fragte sie, als sie in Warren Shawns Schlafzimmer stand. Sofort begann sie umzuräumen, es dauerte keine Stunde, und schon war es ein ganz anderes Zimmer. Leyland saß unten, trank seinen Tee und horchte auf die ungewohnten Geräusche. Eine neue Zeit, eine neue Gegenwart. Drüben bei Kenneth Burke, im kleinen Zimmer oben, flimmerte der Bildschirm. Sophia kam aus ihrem neuen Zimmer herunter, in der Hand ein Buch. Es war ein Buch über die Legenden von Robin

Hood. Leyland lachte. »Ich dachte …«, sagte Sophia. »Oder findest du …?« *»He'll just love it«*, sagte Leyland.

Billy, der Hund, schlug an, als sie bei Burke klingelten. Burke machte auf, sah Sophia und wusste im ersten Moment nicht, was er sagen sollte. »Du hast mir gesagt, ich solle sie mitbringen«, sagte Leyland. Jetzt lachte Burke. »Ich bin Kenneth«, sagte er und gab Sophia die Hand. Im Wohnzimmer überreichte ihm Sophia das Buch über Robin Hood. Burke sah Leyland an. »Ich habe ihr von den Worten des Richters erzählt«, sagte Leyland, »ich hoffe, das durfte ich.« »Ihr … doch, ja, ihr durftest du es erzählen«, sagte Burke. Er sah Sophia an, und wieder fehlten ihm für einen Moment die Worte. »Ich habe ja, anders als er, niemanden ausgeraubt«, sagte er schließlich, »ich habe nichts verteilt, was mir nicht gehörte. Aber ich habe, wie er auch, das Gesetz gebrochen, um für Gerechtigkeit zu sorgen.« Er zögerte. »Und es war auch ein Angriff auf die weiße Kaste.« Jetzt war es Sophia, die Leyland fragend ansah. »Ich habe ihm von deiner Tirade erzählt«, sagte Leyland. »Ich hoffe, das durfte ich.« Sophia sah Burke an. »Ihm … doch, ja, ihm durftest du es erzählen«, sagte sie, und nun brachen sie, ob der spiegelbildlichen Worte, alle in Lachen aus.

Leyland gab Burke die restlichen Seiten der Übersetzung von Pavese. Burke hatte inzwischen alles eingetippt und ausgedruckt. Er holte den Text und legte ihn auf den Tisch, zusammen mit dem Umschlag für das Buch. Gegenüber dem Entwurf, den er nach Mailand geschickt hatte, gab es eine Veränderung. Der rauchende, nachdenkliche Mann, der, die Bank mit dem Manuskript und dem Stift hinter sich, in die Landschaft blickte, stand etwas anders als vorher. Es war schwer zu erklären, wie es kam, aber nun war es noch klarer als zuvor, dass er mit seinen Gedanken dem unterbrochenen Text nachhing. Vorher hatte man es nur *erschließen* können; jetzt *sah* man es. »Ja«, sagte Leyland, »so ist es besser.« Sophia, die das Buch nicht kannte und das Bild zum ersten Mal sah, wollte von Burke hören, wie es sich in ihm entwickelt hatte, und so wiederholte er, was er Leyland damals am Telefon gesagt hatte. Doch die Erzählung wurde viel länger und verschlungener als damals, und das hatte mit der Art zu tun, wie Sophia zuhörte. Leyland kannte ihre Art des Zuhörens, doch es war lange her, dass er sie erlebt hatte. Es war ein Zuhören, von dem die Patienten nicht genug bekommen konnten, so dass sie öfter als nötig nach ihr geklingelt hatten. Sie wollte *wissen*, wie es in den Menschen, denen sie zuhörte, aussah. Wenn Leyland das sah, fragte er sich manchmal beklommen, ob nicht seine eigene Art der Aufmerksamkeit viel zu oberflächlich blieb. Das hatte nicht für Livia und die Kinder gegolten, und es galt auch nicht für Leute wie Andrej oder Francesca Marchese. Aber sonst? Hatte er Burke so zugehört, wie Sophia es gerade tat?

Burke holte immer weiter aus, und auf einmal war er dabei, über die ganze Zeit zu sprechen, in der Leyland in Triest gewesen war. Fast jeden Tag hatte er Lynn Christie im Krankenhaus besucht, und oft hatte er dort mit Sean Kaffee getrunken. Er lernte, was es bedeutete, einen Verlag zu leiten, und er erfuhr auch, wie sehr es Sean beschäftigte, dass seine Mutter manchmal nicht mehr ganz da war, nicht mehr ganz anwesend. »Es ist ja schön, so ein Verlag«, hatte Sean gesagt, »aber wenn du damit plötzlich allein bist ... Und immer die Frage, ob die Leute auch genug Bücher kaufen, es kann sehr quälend sein, eine quälende Art der Abhängigkeit von den Launen wildfremder Leute. Verstehst du?«

Sophia wollte wissen, womit Burke das Foto für den Buchumschlag gemacht hatte. Burke holte seine Kamera und erklärte sie ihr. Ob sie sie ausleihen wolle? Ja, sagte Sophia, beim Betrachten des Bildes sei ihr der Gedanke gekommen, wie es wäre, sich diese Stadt hier, die sie ja kaum kenne, durch Fotografieren anzueignen. Wo seine Apotheke stehe, die von damals?

Sophia hatte die Tür zu ihrem Zimmer einen Spaltbreit offen gelassen, als sie sich schlafen legte. So hatte sie es schon als kleines Mädchen in Harrington Gardens haben wollen, und auch im Haus in Triest war es nicht anders gewesen. Ob sie es in ihrer Wohnung auch so machte? Leyland blickte für eine Weile durch den Spalt auf ihr schlafendes Gesicht. Dann ging er nach unten, setzte sich an den Schreibtisch und versuchte, für Livia zu beschreiben, wie es nach all den Jahren war, seine Tochter wieder bei sich zu haben. Doch er fand die Worte nicht.

31 Am nächsten Morgen traf sich Leyland mit Sean Christie bei Francis Page, dem Anwalt, um das Schriftstück über die Schenkung zu unterzeichnen. Später gingen sie zusammen zur Bank, und Leyland überwies das Geld. Verlegen standen sie nachher nebeneinander auf der Straße. Leyland sah Sean an. »Lass uns etwas Ungewöhnliches machen«, sagte er, »zum Bespiel eine Bootsfahrt nach Kew Gardens.« Es war ein heller, kalter Dezembertag, und sie saßen mit zugeknöpften Mänteln im Bug des Schiffs. Sean erzählte von den Entscheidungen im Verlag, die er inzwischen getroffen hatte. »Es ist schon ein bisschen sonderbar«, sagte er, »Dinge zu entscheiden, die ohne dein Geld nicht möglich wären.« »Jetzt ist es nicht mehr *mein* Geld«, sagte Leyland, »es ist jetzt *deines*. Ich jedenfalls betrachte es so, und es ist wichtig, dass du es auch so siehst. Wichtig im Sinne deiner Freiheit und Unbefangenheit. Natürlich wissen wir beide, wo das Geld herkommt, und das werden wir auch nicht vergessen können, es wäre albern, etwas anderes anzunehmen. Aber wir können beide die Einstellung entwickeln: Das spielt jetzt keine Rolle mehr. Für mich finde ich das verblüffend einfach, ein Kinderspiel. Vielleicht auch deshalb, weil mir das Geld gar nie so richtig gehört hat, der Verlag ist mir damals ja einfach zugefallen. Du könntest dich als eine Art Miterben betrachten. Ich kann dir versichern: Livia würde es genau so sehen. ›*Adrian Christie Publishing* – das ist wie eine Dépendance von uns‹, pflegte sie zu sagen. Und sie meinte damit nicht Abhängigkeit, sondern Zusammengehörigkeit.« Sean nickte und schwieg eine Weile. »Ich hätte es gern aus eigener Kraft geschafft«, sagte er schließlich. »Aber was du sagst – es hilft. Nehmen ist schwerer als Geben, das war mir vorher nicht so klar. Man fühlt sich leicht abhängig, befangen. Aber es hängt viel davon ab, wer es ist.« Er sah Leyland an. »Mit dir – es wird gehen.«

In den Gewächshäusern von Kew Gardens sprachen sie über die Reihe mit exilrussischen Texten. Sean hatte wegen der Rechte mit Caterina Mizzan telefoniert. »Es war sonderbar, den Verlag anzurufen und mit ihr statt mit dir zu sprechen«, sagte er. Leyland erzählte von Vasilij Smirnov, dem Mann mit den scheuen Augen hinter dicken Brillengläsern, der *Tischina* geschrieben hatte und der dabei war, als Andrej bei Carlo Ferluga aus seiner Novelle vorlas. Und er erzählte von Andrejs Brief an Nemirov. »Wir könnten zum Auftakt der Reihe alle – Smirnov, Nemirov und Kuzmín – hierher einladen«, sagte Sean. »Jemand vom

Times Literary Supplement müsste kommen.« Er lachte. »Ein Tagtraum!«

Auf der Rückfahrt sprachen sie über das Buch von Fernando Conti, das Sidney für Sean ins Englische übersetzen würde. Das Buch könnte im Herbst erscheinen, und sie würden hier eine Lesung mit Conti machen, vielleicht konnte man die Universität dafür gewinnen. *L'invenzione dello stato* – der Titel gefiel Sean. Ein Buch mit einem so weitläufigen Thema hätte er noch nie gemacht, sagte er, und er wollte immer mehr über den Mann und seinen Vortrag in Triest wissen.

Als Westminster in Sicht kam, fragte Leyland, ob Sean zufällig jemanden kenne, der in der Gastronomie tätig sei, und dann erzählte er von Pat Kilroy und seinen schwankenden Wünschen, was die Zukunft betraf. Es war, fand er, schwer, Worte zu finden, die den Iren für jemanden, der ihm noch nie begegnet war, lebendig machten. Er sprach von seinem Saxophon, von den Gedichtbänden auf den Regalen, von der Episode mit Dante, von dem Essen, das Kilroy einem Gast ins Gesicht gekippt hatte. »Doch all das trifft es nicht«, sagte er schließlich. »Das Wichtigste ist: Du kannst auf ihn *zählen*. Damals, als ich die Diagnose bekam, wusste ich sofort, dass ich jemanden brauchte, der mir das Gift besorgte. Und ich brauchte nicht lange zu überlegen: Ich würde Pat fragen. Er würde das aushalten, nur er. Ich war bei ihm zu Hause. ›Warum ich?‹ fragte er. Ich konnte es nicht erklären, am ehesten hätte ich gesagt: weil du es bist. ›Werd's versuchen‹, sagte er. ›*Black month*‹, sagte ich. ›*Greying days*‹, sagte er. Es war ein Wortspiel aus der Zeit seiner eigenen Krankheit. Er fuhr nach Ljubljana zu einem Apotheker. Ein paar Tage später kam er in der Kneipe an meinen Tisch und sagte einfach: ›*ready*‹. Wieviel das wert war – niemand, der nicht in meiner Lage war, kann das ermessen. Gibt es eine tiefere Art der Verbundenheit als die: jemanden ohne Widerrede in seinem Todeswunsch zu respektieren und ihm dabei zu helfen? Seither – ich würde für Pat durchs Feuer gehen. Nun hat er Heimweh. Und ich sei ja auch nicht mehr so richtig in Triest, sagte er. Das ist der Grund, warum ich dich gefragt habe: Ich möchte herausfinden, ob es hier etwas für ihn gäbe. Nicht *irgend* etwas. Ich denke an eine eigene kleine Kneipe mit italienischem Essen. Etwas, was zu Pat passen würde. Er hatte noch nie eine eigene Kneipe, aber ich bin sicher: Er könnte das.« Sean sah ihn an. »Und du würdest es finanzieren.« Leyland lachte. »Er könnte auf mich zählen. Und ich hätte einen Ort, wo ich hingehen könnte.« Sean kannte niemanden aus der Gastronomie. Aber es gab einen Schulfreund, der in der Hotelbranche tätig war. Er würde sich erkundigen.

Zurück in London, gingen sie zu Lynn ins Krankenhaus. Sie sah alt und erschöpft aus, und Leyland erschrak. Die Fortschritte beim Gehen waren zum Verzweifeln langsam, und meistens saß sie im Rollstuhl.

»Ich denke zurück an die Zeit, wo ich noch alles konnte«, sagte sie: »die Treppe hinunterrennen, gleichzeitig schreiben und telefonieren, mit Autoren durch die Stadt gehen, Messen besuchen – einfach alles. Und jetzt ... Ich bin müde. Oft bin ich sogar zum Lesen zu müde. Geht es Ihnen gut, Simon? Bleiben Sie länger in London? Besuchen Sie mich? Und passen Sie auf Sean auf?« »Sie ist dabei, sich zu verlieren«, sagte Sean, als sie nachher in seiner Wohnung saßen. »Der Unfall, die Narkose – plötzlich geht es schnell. Sie beginnt, die Bücher zu vergessen, die wir gemacht haben. Hätte ich nicht für möglich gehalten. Und manchmal weiß sie den Wochentag nicht mehr. Ich hole sie bald nach Hause und engagiere jemanden für die Pflege. Es ist, als hätte es in der Zeit einen Ruck gegeben.«

Als Leyland nach Hause kam, hingen überall Mistelzweige. Durch das Fenster von Burkes Wohnzimmer sah er, dass Sophia dabei war, auch dort Zweige aufzuhängen, während Burke im Sessel saß und rauchte. Wie anders jetzt alles war. Das Haus mit Misteln zu schmücken – das hatte auch Lydia Sartorius, seine Mutter, jedes Jahr in der Weihnachtszeit getan. Livia hatte das gewusst und für Harrington Gardens Zweige gekauft. Auch in Triest hatte sie Misteln aufgetrieben, doch da passten sie nicht hin, und so blieb es bei kunstvoll geformten Kerzen. Solange Maria Gasser, ihre Mutter, noch lebte, ging Livia während der Adventszeit öfter als sonst ins Haus der Pertots, und nachher spürte er, wie sehr sie an der Mutter hing. Maria Gasser hatte eine kleine Sammlung von russischen Ikonen, und an den Feiertagen stellte sie Kerzen vor die Bilder. Leyland hatte das mit Scheu und Ehrfurcht betrachtet. Es war fern von allem Kitsch, etwas Natürliches, das ihn rührte. Es hatte, dachte er jetzt, etwas mit Stefano Di Rossis Frau zu tun, die in der dunklen Kapelle ein Mosaik restaurierte. Livias Mutter vermachte die Ikonen in ihrem Testament der serbisch-orthodoxen Kirche. Ein paar Wochen nach der Beerdigung war er mit Livia hingegangen, um sie zu sehen.

»Ich kam bei einem Blumengeschäft vorbei, wo sie Berge von diesen Zweigen hatten«, sagte Sophia, als Leyland bei Burke ins Wohnzimmer trat. »Da erinnerte ich mich plötzlich an die Zweige in den Räumen von Harrington Gardens. Ich sehe Zweige im Zimmer, wo Sidney und ich schliefen, grüne Zweige vor gelber Tapete, aber es gab auch welche im Wohnzimmer und in deinem Arbeitszimmer. Dazu Kerzen in der frühen Dämmerung. Es sind nur Erinnerungssplitter, dazwischen Bilder vom Fischgrätenparkett, auf dem sich deine Bücher stapelten, ich meine, ich hätte dort, auf dem Boden, lesen gelernt, jedenfalls gefällt es mir, das zu denken. Und da dachte ich, bei uns und bei Kenneth sollten in diesen Tagen auch Misteln hängen.«

Sie ließen sich Pizza kommen, und Sophia erzählte, wie sie, Burkes Kamera um den Hals gehängt, mit dem Bus durch die Stadt gefahren war, von Hampstead nach Chelsea, dann die Themse entlang bis zur Tower Bridge und von dort nach Norden bis Hackney. Immer wieder war sie ausgestiegen und hatte versucht, die Atmosphäre eines Viertels einzufangen, manchmal mit einer Weitwinkelperspektive, dann wieder, indem sie Einzelheiten fotografierte. Burke spielte die Bilder auf den Computer. Sie kamen zu den Bildern von Hackney. »Das ist ... das können sie doch nicht machen!« sagte Burke. »Das ist die Straße mit meiner Apotheke. Und es gibt sie offenbar nicht mehr! Vor einem halben Jahr war ich dort, da gab es sie noch.« Er sah Sophia an. »Ich weiß«, sagte sie, »ich hatte ja die Adresse. Und nun stand ich vor diesem neuen, nichtssagenden Gebäude. Vom Bau sind noch Bretter und Stangen übrig, und der Vorplatz ist noch nicht gemacht. Privatwohnungen, vermute ich, aber noch nicht bewohnt.« Sie zögerte. »Ich war unsicher, ob ich es fotografieren sollte. Ich wusste: Es würde dich treffen. Ich hab's fotografiert, dann wieder gelöscht, dann von neuem Bilder gemacht. Im Bus zurück war ich noch einmal versucht zu löschen. Doch dann dachte ich: Es ergibt keinen Sinn, es zu verschweigen.« Burke legte ihr die Hand auf den Arm. »Das hätte auch wirklich keinen Sinn ergeben.« Er ging zum Regal und kam mit einem Umschlag voller Bilder zurück. »Hier, das ist sie, meine Apotheke. Unsere Apotheke. 1936 von meinem Großvater gegründet, 1970 von meinem Vater übernommen, 1995 von mir. Nach meiner Verurteilung verkaufte sie mein Vater, das Haus gehörte immer noch ihm. Wie ihr sehen könnt: ein kleines Holzhaus umgeben von höheren Steinbauten, die es fast erdrücken. Vater verkaufte es an den Schwiegersohn eines Studienfreundes, der versprach, alles so zu lassen, wie es war. Viel hat er dafür nicht bekommen, aber es reichte, um die Rente aus seiner Lebensversicherung aufzubessern. Vorher hatte er die Mieteinnahmen aus diesem Haus hier, das meine Mutter geerbt hatte. Doch nun wohnte ich ja da. Als ich das letzte Mal in der Apotheke war, hatte sie den Besitzer gewechselt. Das Haus sah renovierungsbedürftig aus. Vielleicht hatte man es da schon aufgegeben.« Er legte die Bilder der Apotheke nebeneinander. »Es ist ja jetzt schon mehr als zehn Jahre her, dass sie mir nicht mehr gehört. Und ich bin in den letzten Jahren nicht oft dort gewesen. Auch habe ich immer seltener daran gedacht. Aber sie war noch da, die Apotheke, es gab sie noch, auf verschwiegene Weise in mir aufgehoben. Dass es sie jetzt nicht mehr gibt ... dass sie abgerissen und vernichtet wurde: Es verändert die Welt, meine Welt, und es ist wie eine nochmalige späte Bestrafung für meinen abenteuerlichen Eigensinn. Denn sie stünde noch, hätte ich mich an die Regeln gehalten.« Nach einer Weile fügte er hinzu: »Es ist wie ein Sprung in der Zeit.«

Später, als sie wieder im eigenen Haus waren, sahen Leyland und Sophia durchs Fenster, dass Burke spielte. »Es muss schon immer so gewesen sein, dass er spielte, wenn er mit etwas nicht zurechtkam«, sagte Leyland. Und er erzählte Sophia die Geschichte von Bernard Reid, Burkes Lehrer, und von Sarah, seiner Frau, die ihm das Cellospielen beigebracht hatte. »Ich wünschte, ich wäre nicht bei der Apotheke vorbeigegangen«, sagte Sophia, »ich wünschte, ich hätte ihm die Botschaft nicht überbringen müssen. Eigentlich wollte ich ihm ja nur zeigen, dass mich sein Leben und das, was er in der Apotheke getan hat, interessiert.«

»Es ist das zweite Mal heute, dass jemand von einer heftigen Bewegung der Zeit gesprochen hat«, sagte Leyland, als sie nachher im Wohnzimmer saßen. »Heute mittag sprach Sean Christie davon, dass ihm die rapiden Veränderungen an seiner Mutter wie ein *Ruck* in der Zeit vorkämen, und nun Kenneth, der das Ende seiner Apotheke wie einen *Sprung* in der Zeit erlebt. Als würden abrupte Veränderungen nicht nur *in* der Zeit geschehen und sie in ihrem ruhigen Fließen dabei unberührt lassen, sondern sie, die Zeit selbst, auch heftig voranstoßen. So habe ich es auch erlebt, als ich in Oxford mein Gymnasium besuchen wollte und sah, dass es nicht mehr stand. Eigentlich ist es paradox, die Sache so zu beschreiben, denn dann müsste es ja noch eine andere, zweite Zeit geben, von der aus gesehen man Ruck und Sprung der ersten erleben könnte. Und doch sind die Bilder auch treffend, nichts könnte besser zum Ausdruck bringen, wie heftig und umfassend die Veränderungen sind und wie sehr sie alles, was gegolten hat, in Frage stellen. Das kann man nur beschreiben, indem man den Rahmen aller Veränderung, die Zeit, selbst ins Wanken bringt.« Er sah Sophia an. »Und ist es nicht auch für uns beide so? Die Zeit vor der Diagnose, die Zeit danach und schließlich die Zeit seit der Entdeckung des Irrtums – jedesmal schien es einen Ruck oder Sprung zu geben, ein Beben, durch das alles aus der Fassung geriet. Und dass du jetzt hier bist – ist es nicht ähnlich?«

»Ja, doch«, sagte Sophia, »ein Ruck oder Sprung in eine Zeit hinein, die noch ganz unwirklich ist. Oben im Doppeldeckerbus – ich habe mir stets von neuem vorgesagt, dass es wirklich stattfindet und ich wirklich hier bin. Ich dachte an die Klinik und die immer gleichen Flure mit dem immer gleichen, sterilen Licht, ich spürte die Schuhe an den Füßen, die ich dort trug, weiche Schuhe, man geht ja Kilometer. Und jetzt der Blick auf die Bond Street, die Parks, die Brunnen, die Statuen ... Und du bist hier nicht als Touristin, sagte ich mir, du wohnst nicht im Hotel, du wohnst in einem Haus in Hampstead, es gehört zwar nicht so ganz dir, aber ein bisschen doch, und du kannst da wohnen, solange du willst ...« Sie sah sich um. »Und weil das ein solcher Sprung in eine neue Zeit ist, räumen wir jetzt um. Guck dir nur das Sofa an, das kann doch auch anders stehen. Die Karte vom Mittelmeer – sie kommt noch besser zur Geltung, wenn man es verschiebt. Und diese spießige Kommode, die muss da weg. Wir werden neue Teppiche brauchen, neue Vorhänge. Und irgendwann neue Tapeten. Auch in der Küche gibt es so einiges ... Machst du mit?« »Jetzt – mitten in der Nacht?« »Eine neue Zeit – *remember*?«

Sie schoben und zogen, vorwärts und zurück, die Atmosphäre in den Räumen veränderte sich, sie sahen sich auf dem Dachboden und im Keller um, dazwischen saßen sie schwer atmend in der Küche und lachten, sie tranken Kaffee und machten eine Flasche Wein auf, es war wie ein Rausch, der Rausch eines neuen Anfangs, und Leyland konnte nicht genug bekommen von den Plänen, den Bewegungen und dem Lachen seiner Tochter, er genoss es als etwas, was er, ohne es zu wissen, lange vermisst hatte. Es war schon früher Morgen, als sie schließlich in einem Haus saßen, in dem vieles anders aussah, auch weil nun Bilder fehlten und die Lampen anders standen. Leyland lehnte sich zurück. Es war ein kostbarer Augenblick der Gegenwart.

In diesem Moment bekam er seinen dritten Anfall. Erst die Schwäche in der rechten Körperhälfte, und dann kamen die Worte nicht mehr richtig. »*Arm ... leg ... not obey*«, sagte er, »*words ... not come.*« Aber Sophia hatte es schon bemerkt. »Ganz ruhig, Papà«, sagte sie, »es ist nichts, nur wieder eine Durchblutungsstörung. In wenigen Stunden ist alles vorbei. Du kennst es ja. Die durchwachte Nacht – das hätte ich dir nicht zumuten dürfen ... aber es war so schön ...« Sie stützte ihn, als sie langsam die Treppe hinaufgingen und er sich aufs Bett legte. »*Books: greek, russian, arabic* ...«, sagte er. Sophia holte die Bücher, er setzte sich auf und blätterte hektisch. »Du willst dich vergewissern, dass du es noch kannst?« Leyland nickte. »*Every time ... same fear*«, sagte er. »Es ist nichts beschädigt, nichts zerstört: Das musst du dir immer wieder sagen.« »*Know ... blood ... bloody blood* ...« Sie gab ihm das Migränemittel. Als es zu wirken begann, schlief er ein.

Als er am frühen Nachmittag aufwachte, war der Anfall vorbei. Burke war da, und sie aßen etwas. »Es ist verrückt«, sagte Leyland: »Während eines Anfalls *weiß* ich, dass es bald vorbei sein wird, aber ich kann es nicht *glauben*. Es ist, als hätten sich die Monate im Schatten der schrecklichen Diagnose, die Monate in der Erwartung der Katastrophe und des Todes, in das Erlebnis des Anfalls eingebrannt. Es wird dadurch zum ausgreifenden und betäubenden Erlebnis eines gefürchteten und für unvermeidlich gehaltenen Verlusts. Das Wissen darum, dass dieser Verlust tatsächlich gar nicht zu befürchten ist, vermag an der Vergiftung des Erlebnisses durch den früher durchlebten Schrecken nichts zu ändern. Es bleibt für die ganze Dauer des Anfalls das grundlose Gefühl eines endgültigen Verlusts, der unaufhaltsam näher kommt.«

Wie er die Ohnmacht erlebe, fragte Burke. Als eine körperliche oder geistige Unfähigkeit?

»Auf den ersten Blick scheint es ein körperliches Unvermögen zu sein. Die Worte kommen im Inneren so mühelos wie immer, sie sind so klar wie immer, es fällt kein Schatten des mangelnden Verstehens auf sie, man weiß genau, was man sagen möchte. Auch gibt es nicht den geringsten Zweifel, dass es Worte sind, unterscheidbare Worte in klarer Ordnung, klaren Regeln gehorchend, es sind gedankliche Worte, die Sprache des Geistes, könnte man vielleicht sagen, ist intakt. Doch die Worte finden den Weg nach draußen nicht. Es ist, als wäre man nach außen hin versiegelt. Mit den Worten in sich selbst eingeschlossen. Ganz bei sich selbst, aber gefangen hinter den Mauern des Unvermögens, die Worte, die einem im Inneren doch so klar vor Augen stehen, nach außen zu tragen. Man kann noch still mit sich selbst sprechen und hört sich dabei im Inneren, man hört auch, in welcher Sprache man denkt, ob es englische Wörter sind oder italienische. Das Denken, sofern es wie ein innerliches Sprechen ist, ist unbeschädigt, weder verwischt noch verlangsamt. Hier, im Inneren, ist alles in Ordnung. Wäre da nicht die Lähmung in den äußeren Worten. Doch nun gilt es, genau zu sein: Es ist nicht wie bei einer Lähmung der Stimme oder des Mundes. Die Ohnmacht dessen, der seine Gedanken vergeblich auszudrücken versucht und in diesem Sinne nach Sprache ringt, ist nicht wie die Ohnmacht des Gelähmten, der vergeblich aufzustehen versucht. Es ist nicht die Empfindung einer körperlichen Ohnmacht – einer Ohnmacht, in der ich darüber verzweifelt bin, dass mir ein Teil des Körpers nicht mehr gehorcht. Es ist keine körperliche Schwäche wie beim Gelähmten: Ich kann Lippen, Zunge und Hals mühelos bewegen. Und ich spüre: Ich kann meiner Verzweiflung nicht dadurch entgegenarbeiten, dass ich es mache wie der Gelähmte, der seine erschlafften Glieder übt: Es nützt nichts, die Bewegung von Zunge, Lippen und Stimmbändern zu üben. So, wie es nichts nützt, die Bewegungen des Schreibens zu üben, um den Gedanken den Weg in die Feder zu ebnen. Es ist, als gäbe es eine Barriere, die noch *vor* der Barriere liegt, die eine körperliche Lähmung bewirkt: nicht, als wären die Impulse, obgleich schon ausgebildet und bereit zum Abruf und zur Umsetzung, daran gehindert, in Aktion zu treten, wie bei dem, der den angestrengten Willen spürt, sich zu erheben, und es nicht kann. Eher ist es, als hätte ich *vergessen*, wie das geht: Gedanken in geäußerte Worte zu fassen. Und es ist nicht ein Vergessen, dem man durch Mitteilung und Belehrung abhelfen könnte. Eher ist es ein Vergessen, wie man es erlebt, wenn eine Fähigkeit, an die man sich noch vage erinnert, erloschen ist: Man weiß, dass man einmal wusste, wie es ging, doch jetzt, trotz angestrengten, krampfhaften Versuchens, will es nicht mehr gelingen. Und es ist verrückt: Diese verlorene Fähigkeit, diese gespenstische Unfähigkeit betrifft nicht etwas, was *im* Geist zu fehlen scheint, wie wenn ich spürte, dass mir die Fähigkeit wegrieselte, meine Erinnerungen festzuhalten, so dass ich mich immer weniger in die Vergangenheit meines Erlebens hinein erstrecken könnte – nein, es fehlt dem Geist, so scheint es, an nichts, er ist intakt bis in die schweigsame Ausformulierung der Gedanken hinein, und seien sie noch so feingliedrig und ziseliert. Es ist sehr sonderbar und rätselhaft: Es ist nicht etwas im Geist, was man nicht mehr kann, nämlich seine Veräußerlichung, und es ist auch keine körperliche Lähmung. ›Durchblutungsstörung‹: Mag sein; aber genau besehen erklärt es nichts.«

»Ich habe dir von dem Kunden erzählt, der es auch hatte«, sagte Burke. »Es kam mehrmals, und dann hörte es auf. Soweit ich weiß, ist es nie wiedergekommen.« Er holte das Cello und spielte eine von Bachs Suiten. »Was hat dein irischer Freund, der Kellner, über diese Musik gesagt?« fragte er nachher. »Es sei eine Untermalung des Lebens, des *ganzen* Lebens.« »Weißt du, was ich während des Spielens fortwährend gedacht habe? Dass wir alle auf dünnem Eis gehen, auf ganz dünnem Eis.«

32 In den folgenden Tagen gingen Leyland und Sophia verschwenderisch mit der Zeit um. Sie schliefen bis weit in den Tag hinein, kochten aufwendig, räumten weiter um und stellten den Fernseher zu ungewohnter Zeit an. Sophia konnte gar nicht genug bekommen von den griechischen, russischen und arabischen Nachrichtensendungen, die sie nicht verstand. Neidisch sah sie ihren Vater an. »Und du verstehst das alles?« »Nicht alles«, sagte Leyland, »aber doch einiges.« Sophia untersuchte Warren Shawns Bibliothek. Eine Grammatik des Sanskrit fiel ihr in die Hände, und nun lernte sie die Zeichen der Devanāgarī-Schrift, bis sie über den Ligaturen, in denen angrenzende Zeichen zu neuen Zeichen verschmolzen, verzweifelte. Zum Verzweifeln fand sie auch die vielen Ausnahmen in der arabischen Schrift. Und doch genoss sie das alles, denn es war so wunderbar neu und nutzlos. Stundenlang, bis weit in die Nacht hinein, saß sie im Sessel oder auf ihrem Bett und las in Büchern über die Geschichte des Orients. »Was ich alles nicht weiß!« sagte sie. Auch in Biographien über Schriftsteller las sie: Proust, Rilke, Faulkner. »Was man alles verpasst, wenn man immer nur durch Klinikflure geht!« rief sie aus. Dann ging sie hinüber und spielte mit Billy, Burkes Hund.

Sie nahmen den Bus und fuhren nach Harrington Gardens. Als sie durch St. John's Wood kamen, erzählte Leyland, dass er Lucy Barton getroffen hatte. »Du hast kaum je von ihr gesprochen«, sagte Sophia, »ein bisschen war es für uns, als hätte es sie gar nicht wirklich gegeben. Es kam hinzu, dass wir uns dich mit keiner anderen Frau als Maman vorstellen konnten; oder wollten.« »Ich mich ja auch nicht, nachdem ich Livia getroffen hatte«, sagte er.

Als sie vor dem Haus in Harrington Gardens standen, sahen sie hinter der Scheibe ihrer damaligen Wohnung einen Mann, der gerade seinen Hut aufsetzte. Einen Moment später kam der Mann heraus, ein Mann mit mürrischem Gesicht. Sophia trat auf ihn zu. »Entschuldigen Sie«, sagte sie, »ich habe eine Bitte, die Ihnen abstrus vorkommen muss, vielleicht auch unverschämt: Ich würde gern für einen Moment, nur für einen kurzen Moment, in dem Raum stehen, in dem Sie eben gestanden haben, dem Raum, den man von hier aus sieht. Es ist nämlich so: Ich habe dort vor fünfundzwanzig Jahren mit meinem Vater gewohnt und habe in dem Zimmer, von dem ich spreche, lesen gelernt, am Boden, bei den Büchern auf dem Parkett. Ich würde diese Stelle gern noch einmal sehen. Jetzt, wenn es geht.« Leyland war es peinlich, und er hatte unwirsche Worte erwartet. Doch jetzt erschien auf dem mürrischen Gesicht ein Lächeln. »Das ist die ungewöhnlichste Bitte, die ich seit langem gehört habe«, sagte er, »und ich fürchte, gerade deshalb kann ich sie Ihnen nicht abschlagen.«

Er ging voran ins Haus, Leyland sah die vertrauten Treppenstufen von einst, mittlerweile ausgetreten, und dann standen sie in der Wohnung. Im Wohnzimmer hing noch derselbe Kronleuchter wie damals. Livia hatte darauf bestanden, dass es ein Kronleuchter sein musste, und sie waren nach Knightsbridge gefahren, um ihn auszusuchen. Die Erinnerungen sprangen ihn an, und er bekam Herzklopfen. Ein Vierteljahrhundert. Sophia kniete in seinem damaligen Arbeitszimmer auf dem Fischgrätenparkett, das es auch immer noch gab. Sie sah zu dem Mann hoch. »Hier gab es Berge von Büchern«, sagte sie, »ich war noch klein, vier oder fünf, aber es ging nicht, dass ich sie nicht lesen konnte, ich spüre das Gefühl noch heute: Es ging nicht, es war nicht auszuhalten. Ich wusste, dass ich es in der Schule lernen würde, aber das war noch viel zu lange hin, eine Ewigkeit, und so ließ ich mir von meinem Vater die Buchstaben erklären. Ich wurde gierig nach Buchstaben und war verrückt danach zu hören, wie unterschiedlich sie klingen konnten, je nachdem, wo sie in den Wörtern vorkamen, und je nachdem, ob es englische oder italienische Wörter waren. Meine Mutter genoss meine Verwirrung und steigerte sie, indem sie mir französische und deutsche Wörter aufschrieb und vorlas. Jetzt klangen die Buchstaben ja wieder anders! Lesen und schreiben lernen und mehrere Sprachen lernen – das war bei mir auf diese Weise ein einziger Vorgang. Und sehen Sie: All das nahm hier, genau hier auf diesem Parkett, seinen Ausgang.

Deshalb wollte ich noch einmal hier knien. Verstehen Sie?«

Ja, sagte der Mann, das verstünde er, es sei eine schöne Geschichte. Er berührte die Teekanne auf dem Tisch. Der Tee von vorhin sei noch warm. Ob sie welchen wollten? Er sah, dass Leylands Blick zu den anderen Räumen ging. Er dürfe ruhig herumgehen, sagte der Mann. Es waren gediegen eingerichtete Räume, dunkle englische Möbel, dicke Teppiche, nichts Provisorisches mehr, wie Livia und er es damals gewollt hatten, trotz des Kronleuchters. Das Lebendigste waren die vielen Fotografien, alles Portraitaufnahmen. Leyland wollte bleiben und doch auch gehen. Jetzt sah der Mann auf die Uhr. Er habe eine Verabredung, sagte er. Er zögerte, dann holte er seine Brieftasche hervor und gab Sophia eine Karte. »Wenn Sie eines Tages noch einmal knien möchten ...« *Philip Ashcroft, photographer*, stand auf der Karte.

Später, auf der Rolltreppe von Tottenham Court Road, sah Leyland plötzlich Neil McKenna, der auf der anderen Seite hinunterfuhr, den Mann, der ihn im *Times Literary Supplement* mit vernichtenden Bemerkungen über seine Übersetzungen verfolgte. Begonnen hatte es mit einer Glosse, die den Titel *Mr. Bleakland* trug. *Bleak* war ein Wort, das Leyland liebte, weil es diesen großen Bogen der Bedeutung zu schlagen vermochte: von der Kahlheit, Ungeschütztheit und Öde einer Landschaft über das Rauhe und Kalte des

Wetters bis zu einer düsteren, trüben Gemütslage. Er kenne kein anderes Wort in keiner anderen Sprache, pflegte er zu sagen, das diese verschiedenen Dinge so fugenlos in sich zu vereinigen verstünde. McKenna warf ihm vor, dieses Wort nicht wirklich zu beherrschen und es in seinen englischen Übersetzungen »auf verblasene Weise« über alles Mögliche »auszustreuen«. Von da an lieferten sich Leyland und McKenna (»*the honorable Mr. McKenna*«, wie Leyland ihn nannte) über viele Jahre einen erbitterten Kampf, der auch in den Zeiten der Stummheit weiterging, wo McKenna verbissen und sprungbereit darauf wartete, Leylands nächste Übersetzung zu verreißen und ihm, wie üblich, vorzuwerfen, er beherrsche weder die eine noch die andere Sprache. Er sei ein *ungelenker Wortpinscher*, schrieb er, *ein Winkeladvokat unförmiger Wörter*, und die Christies täten gut daran, sich endlich von ihm zu trennen. Und nun fuhr er auf der anderen Seite, ohne Leyland zu sehen, nach unten. Was für eine miese, lächerliche Figur dieser kleine Mann doch war, dachte Leyland, ein Giftzwerg mit streng gescheiteltem Haar, das ein Toupet sein musste.

»Siehst du das Männchen mit dem Scheitel, das dort drüben hinunterfährt?« fragte Leyland Sophia. »Das ist Neil McKenna, der Mann, der in der Zeitung regelmäßig über mich und meine Übersetzungen herzieht, ich habe euch ab und zu davon erzählt.« Oben angekommen, zog er Sophia in eine Kaffeebar, begierig, ihr etwas zu erzählen. »Ich habe lange nicht gewusst, wer der Mann war und was ihn antrieb. Bis mir jemand von einem Empfang erzählte, auf dem mir McKenna vorgestellt worden war. Ich habe ihn nicht erkannt. Und was noch schlimmer war: Der Name sagte mir nichts. ›*How do yo do*‹, muss ich zu ihm gesagt haben, wie zu einem Unbekannten. ›Das war Neil McKenna‹, sagte man mir. ›*Wer?*‹ fragte ich. Und vergaß den Namen sofort wieder. Einige Zeit danach erschien die Glosse über *Mr. Bleakland*. Als ich die Geschichte über den Empfang gehört hatte und nun wusste, dass es die ganzen Jahre über nichts weiter als ein kleinlicher, schäbiger Rachefeldzug gewesen war, hatte ich die Hoffnung, dass ich die ganze Sache würde loslassen können. Nicht mehr lesen, nicht mehr reagieren. Und vor allem: im Inneren still bleiben – so, als sei nichts geschehen, überhaupt nichts. Doch so kam es nicht. Zwar schrieb ich nicht mehr an die Zeitung. Aber still wurde es in mir nicht. Ich habe nicht darüber gesprochen, auch zu Livia nicht, aber manchmal, wenn McKenna wieder einen seiner Giftpfeile abgeschossen hatte, spürte ich nachher, wie mich ein stummer Selbstzweifel verfolgte: Hatte ich vielleicht wirklich jeden Halt in der Sprache verloren? Hatte ich ihn je besessen? In den Pausen zwischen den Übersetzungen las ich englische und italienische Dichter – die großen Dichter, die die Sprachen zu dem gemacht haben, was sie sind. Ich las sie mit dem Stift: als wollte ich ihre Sprache noch einmal neu lernen. An manchen Tagen fühlte ich mich nach dieser Arbeit klein und eingeschüchtert: als würde ich vor dem Glanz dieser Sprache nie bestehen können. An anderen Tagen fühlte ich mich sicher und stark: als sei ich in der Lage, für jeden Satz, auch den größten noch, die ideale Nachdichtung zu finden.«

Der Anblick von McKenna verfolgte Leyland in den Schlaf und weit in den nächsten Tag hinein. Und er spürte: Die Empfindungen, die das Bild von McKenna geweckt hatte, gingen weit über den kleinen, unbedeutenden Mann hinaus, sie betrafen etwas Tieferes, etwas, was ihn schon lange beschäftigte, ohne dass er fähig gewesen wäre, es zu benennen. Schließlich setzte er sich an Warren Shawns Schreibtisch, der nun auch anders stand, und suchte die Art von Klarheit, die er nur fand, wenn er an Livia schrieb.

Cara –
auf der Rolltreppe der U-Bahn habe ich Neil McKenna gesehen. Du hast ihn gehasst, fast noch mehr als ich. Weil Du nicht mehr mit ansehen konntest, wie ich mich in seine Verrisse verbiss und darüber all die lobenden Besprechungen vergaß. »*Warum*«, *schien Dein Blick zu sagen,* »*schaffst du nicht, was so leicht erscheint: einfach darüber hinweghüpfen? Ich weiß, das kannst du nicht, du wärest nicht du – aber wäre es nicht wunderbar? Auch für mich?*« *Wenn ich diesen Blick sah, spürte ich*

eine heftige Verzweiflung darüber, wie ich war, und wünschte, ich könnte mich aus dem Weg räumen – in genau dem Sinne, den diese Worte bei lästigen Gegenständen haben.
»*Und wie ist es dir gegangen, als du ihn vorhin gesehen hast?*« *fragte Sophia, die Kaffeetasse in der Hand. Wir standen an der Tottenham Court Road in einer Kaffeebar, die an der Stelle steht, wo früher die Sandwichbar mit den besten Eiersandwiches der Stadt stand, ich habe sie Dir damals, als wir uns kennenlernten, gezeigt und für Dich fremde Zeichen auf die beschlagene Scheibe gemalt. Ich zögerte.* »*Ich bin zusammengezuckt*«, *sagte ich.* »*Und habe sofort gedacht: Er wird meinen Pavese in der Luft zerreißen. Dann, noch bevor wir oben an der Treppe ankamen, ging mir ein anderer, verstörender Gedanke durch den Kopf: Das darf doch nicht wahr sein, dass dich nach allem, was du wegen der falschen Diagnose durchlebt und durchlitten hast, noch kümmert, was dieser Wicht schreibt! Warum mich das verstört? Weil es bedeutet, dass ich den Sinn für die Proportionen schon wieder verloren habe, kaum liegt die Katastrophe ein paar Wochen zurück.*« »*Du brauchst doch nicht zu lesen, was er schreibt – was irgend jemand schreibt*«, *sagte Sophia.* »*Einfach nicht lesen!*« *Das hättest auch Du sagen können. Tatsächlich hast Du es auch gesagt, nicht nur einmal. Doch das ist nicht die innere Freiheit, die ich meine, und die mir so sehr fehlt. Es dürfte nicht so sein, dass ich es nötig habe, es nicht zu*

lesen und den Worten der anderen auszuweichen. Nein, es käme darauf an, McKennas Geschreibsel in heiterer Gelassenheit als das zu sehen, was es ist: irrelevant, ohne Bedeutung. Und dann meines Weges zu gehen, ohne noch einen weiteren Gedanken daran zu verschwenden. Du weißt nicht, was ich darum gäbe!
Doch eigentlich ist McKenna gar nicht der Grund, warum mir danach ist, bei Dir nach Klarheit zu suchen. Es geht um etwas Tieferes, um etwas Grundsätzliches, das ich in meiner Antwort auf Sophias Frage in der Bar erwähnte: den Sinn für die Proportionen. Man könnte auch sagen: die feste, unerschütterliche Fähigkeit, zu jeder Zeit zwischen dem zu unterscheiden, was wichtig ist, und dem anderen. In den Wochen nach der Diagnose, als der Tod mit rasender Geschwindigkeit näher kam, so dass ich die Zeit einfrieren und jeden Tag daran hindern wollte zu vergehen, schien ich diese Fähigkeit des Unterscheidens in besonderem Maße zu besitzen. Es schien vollkommen klar, was wichtig war und was Zeitverschwendung, es konnte keine Diskussion darüber geben, jeder Einwand war lächerlich. Ich betrachtete die Leute: wie sie ihre Zeit vertrödelten, verschlenderten, verplauderten, bedauernswerte Wesen in einem dämmrigen Halbschlaf, taumelnd, nie zum eigentlichen, wirklichen Leben erwacht, und wenn sie erwachen würden, wäre es zu spät, sie hätten ihr Leben verpasst, verschlafen, verdöst, eingelullt und gefangengenommen von lauter Nichtigkeiten. Wie auch ich selbst bis dahin –

ein Mann, der es doch tatsächlich zugelassen hatte, dass sich seine Stimmung durch die bedeutungslosen Gehässigkeiten eines Wichts wie McKenna verdüsterte. Wie absurd!
Dann kam die Entdeckung des Irrtums, und das Leben verlangte wieder seinen Tribut an Banalität. Planungen wurden notwendig, Geld, es waren nicht mehr die vorherigen, großen Notwendigkeiten, aber Dinge, die man nicht mehr beiseite schieben konnte wie vorher bei der begrenzten Zeit. Länger erstrecktes Leben ist unweigerlich auch banales Leben mit banalen Sorgen, irgendwie unwichtig, aber nicht zu ignorieren, man muss sich Abrechnungen widmen, Einkäufen, Reparaturen, dem Haarschnitt ... Ich hatte Dinge notiert, die ich so gern noch hätte tun wollen, und spürte ein heftiges Bedauern beim Gedanken, dass es jetzt zu spät war. Ich war vollkommen sicher, als ich es aufschrieb, dass ich, gäbe man mir auf wundersame Weise die nötige Zeit, diese Dinge täte, ohne Zeit zu verlieren und mit großer Leidenschaft. Nichts war mir sicherer erschienen als das. Doch jetzt, da ich die Zeit tatsächlich hatte, verloren diese Dinge mit einemmal ihre Dringlichkeit, ich zögerte, und anderes schob sich zwischen mich und das Ziel. Bei manchen Zielen sah ich dem Verlust an Dringlichkeit verwundert zu, auch alarmiert, es gab noch die Erinnerung an die früher empfundene Wichtigkeit; dann schwankte ich zwischen mir als dem, der im Schatten der schrecklichen Diagnose gelebt hatte, und dem, der

jetzt wieder die gewöhnlichen, blinden Wege ging. Bei anderen Zielen war es so, dass sie einfach in Vergessenheit gerieten; dann erschrak ich ob dieses Vergessens: dass ich mich so über mich selbst hatte täuschen können. Doch wenn ich unter diesem Eindruck dem Ziel seine Dringlichkeit wieder zurückzugeben versuchte, drohte es zum Krampf zu werden und zu einer Anstrengung der Selbstüberredung. Wie konnte das sein? Ist es vielleicht so, fragte ich mich, dass bestimmte Dinge nur so lange wichtig sind, als sie unerreichbar sind, imaginär? Und plötzlich war da wieder die Stimme von McKenna, und ich lief Sturm dagegen. All das war mir auf einen Schlag gegenwärtig, als ich den lächerlichen Scheitel auf der anderen Seite der Rolltreppe an mir vorbeigleiten sah. Ist der Sinn für die Proportionen womöglich eine Chimäre, trügerisch und flüchtig wie eine Luftspiegelung, eine Fata Morgana? Und gilt das am Ende sogar für die Idee des Wichtigen, wenn man sie losgelöst von den Einzelheiten einer Situation betrachtet?

All das hat, wie mir scheint, viel mit der Art zu tun, wie wir die Zeit erleben, wenngleich die Zusammenhänge verwickelt sind. »How much time?« hatte ich Doktor Leonardi gefragt, kaum hatte ich die tödliche Diagnose verstanden. Nie zuvor – so kam es mir vor – hatte ich gewusst, wie es ist, wenn die Zeit knapp wird. Nicht irgendeine Zeit für irgendeine Sache, nein, die Zeit des Lebens insgesamt. Dass diese Zeit irgendwann zu Ende gehen wird, wissen wir natürlich. Aber eben: irgendwann. Und es ist, obwohl man es durchaus als Wissen bezeichnen kann, ein vages Wissen, und oft genug leben wir – über Monate, Jahre hinweg –, als besäßen wir es nicht. Die ganze Welt verändert sich mit einem Schlag, wenn uns jemand sagt: nur noch ein paar Monate. Das erste, was wir denken: Ich muss sehen, dass ich noch das Wichtige tun kann, alles andere hat ab sofort jede Gültigkeit verloren. Hätten wir diese Idee des Wichtigen nicht – hätten wir sie nicht erfunden –, könnten wir diese entscheidende Erfahrung nicht machen. Das einzige, was wir erleben könnten, wäre Panik vor dem Ende. Jetzt sagen wir: Die Zeit läuft mir davon, und meinen: Ich habe nicht mehr genug Zeit, all das Wichtige zu tun.

Und nun sitze ich – ein und derselbe Mensch, der jene erschütternde Erfahrung der knappen Zeit gemacht hat – in Warren Shawns stillem Arbeitszimmer und genieße es, die Zeit einfach verstreichen zu lassen. Nichts tun, mir nichts vornehmen, nichts planen. Leben ganz ohne Vorsatz. Am Morgen hat Sophia das Zimmer vorbereitet, in dem Sidney schlafen wird, wenn er in zwei Tagen kommt. Dann ist sie ins Britische Museum gefahren, um sich den Lesesaal anzusehen, der in ihrer Vorstellung, als wir in Triest über London sprachen, eine so große Rolle spielte. Nun ist es still im Haus, das einzige Geräusch, das den Fluss der Zeit begleitet, ist das Rauschen der Heizung.

Die Zeit verstreichen lassen: Es kann mit oder ohne Aufmerksamkeit geschehen. Es kann sich um blinde Untätigkeit handeln, dann ist die Zeit und ihr Verstreichen kein Thema, kein Inhalt des Erlebens. Plötzlich ist es Abend, ich habe nichts getan, sitze immer noch hier, die Zeit ist verflossen, ohne dass ich darauf geachtet habe, sie ist nun einfach vorbei, wie nicht gewesen. Mittags war ich an jener Stelle der Zeit, jetzt an dieser, das ist alles, dazwischen ist die Zeit unbemerkt vergangen. Auch war ich in keiner inneren Zeit unterwegs, in keiner Zeit des Erinnerns und Vorstellens, ich war nicht gefangengenommen von mir selbst und dem Fluss der Vorstellungen, es war innen ruhig, ereignislos, wenn etwas aufleuchtete, verlosch es sofort wieder. Das Verstreichen kann aber auch im Brennpunkt der Aufmerksamkeit sein: Ich beobachte, wie Burke nach Hause kommt, wie der Hund an ihm hochspringt, wie erst das Licht unten angeht, dann oben, vor einem anderen Haus hält ein Taxi, ein Mann mit Krücken quält sich aus dem Wagen und schleppt sich zum Haus, die Zeit dehnt sich zwischen den ungelenken Schritten, und dann geschieht längere Zeit nichts, kein Auto und keine Fußgänger, Burkes Lichter bleiben, wie sie sind, das milchige Licht der Laternen im Nebel leuchtet in ruhiger Stetigkeit. Entscheidend ist, dass ich nicht eingreife, auch nicht den Impuls dazu spüre, es bleibt beim gelassenen Betrachten. Es ist ein Luxus: Ich muss nichts mit dieser Zeit machen, es gibt nichts, was zwischen den Be-*

obachtungen zu erledigen wäre, außen nichts und auch nichts im Inneren, nichts zu überlegen und zu planen, nichts zu verarbeiten und zu überwinden, nichts, was unter Kontrolle zu bringen wäre, eine distanzierte, ruhige Gegenwart ohne Verwicklung. Kein Zwang, auch kein innerer, kein Ziel, keine Herrschaft eines Ziels, kein inneres Rechnen mit der Zeit. Doch natürlich ist es nicht so, dass zwischen den Episoden draußen nichts mit mir geschähe. Die Arme auf der Lehne des Sessels, hin und wieder an der Zigarette ziehend, spüre ich, wie ich mich in den nächsten Augenblicken, den nächsten Minuten und Stunden, entfalte, wie ich vom einen Augenblick zum nächsten ein anderer werde. Es wird keine Umbrüche und Ausbrüche geben, keine Eruptionen, auch keine Einbrüche des Gefühls, nichts, was man eine innere Bewegung nennen könnte und was für die Beschreibung nach heftigen Worten verlangte. Das einzige, was geschieht, ist, dass sich das Gemüt mit dem langsam, unmerklich wechselnden Licht anders einfärbt, so dass es am Ende ein bisschen anders ist aufzustehen, als sich am Mittag hinzusetzen.

Ich habe Sophia erzählt, wie ich die Zeit verstreichen ließ, als sie weg war. Sie ist nach dem Britischen Museum noch bei Foyles vorbeigegangen und kam mit Tüten voller Bücher nach Hause, alles Bücher über Geschichte, alte wie neue. Sie hörte zu, wie nur sie zuhören kann, trug dann die Bücher nach oben in ihr Zimmer und kam wieder herunter. »Eben, als ich die Bücher neben *dem Bett aufstellte«, sagte sie, »dachte ich: Es gibt auch eine Untätigkeit, in der wir die Zeit als tote Zeit erleben. Wir müssten nach Hause, weil unser Kind verunglückt ist, aber wir sitzen wegen eines Unwetters oder eines Streiks fest. Wir können die Zeit, bis der Regen aufhört oder das Flugzeug endlich startet, nicht für etwas anderes nutzen, es gibt keinen Ersatz für die eine wichtige Sache: sich um das Kind kümmern. Die Zeit des Wartens ist tote Zeit als Zeit, mit der man, wie wir sagen, ›nichts anfangen kann‹, man kann nur abwarten, dass sie vorbeigeht. Und so ist die Zeit etwas, was man in seiner unerträglichen Ausdehnung nur erleiden und erdulden kann.«*

Und dann sprachen wir darüber, was das ist: vertane, vergeudete Zeit, wasted time, tempo sprecato, und wir wetteiferten darin, die Sache noch besser und noch besser zu verstehen. Sophia war mir immer einen Schritt voraus, es erinnerte mich daran, wie Du mir oft einen Schritt voraus warst – und wie ich das genossen habe. »Seine Zeit vertrödeln – was ist das eigentlich?« fragte sie. »Was war los, wenn ich im Rückblick sage: Ich habe den Tag vertrödelt?« »Ich habe«, sagte ich, »nichts getan, was einem dringlichen Ziel hätte dienen können, es ist scheinbar nutzlos verbrachte Zeit, ich habe, wie wir manchmal sagen, ›nichts aus der Zeit gemacht‹. Das Tor sollte schon lange gestrichen werden, man kann nicht mehr mit ansehen, wie das Holz verfault, und bald ist Winter. Ich habe es mir für heute vorgenom-

men. Doch dann habe ich entdeckt, was wir alles für Farben in der Garage haben und habe damit herumgespielt, auf einem Stück Pappe ein kleines Bild gemalt, nichts Richtiges, eine Kleckserei, die am Ende im Müll landete. So habe ich den Tag vertrödelt. Und das Tor sieht immer noch verwahrlost aus. Oder ich sollte einen Vortrag schreiben, ich kann nicht mit einem leeren Blatt auf der Konferenz erscheinen. Ich suche eine Illustration heraus und bleibe bei dem großen Bildband über Rom hängen. Über all den Bildern gerate ich ins Träumen, hole die Urlaubsfotos heraus, vertrödle damit den Nachmittag, und jetzt ist das Blatt immer noch leer. Vertrödeln: Wir denken dabei aus der Perspektive eines Ziels, eines Nutzens, das Ziel und der Nutzen sind der Maßstab: Was hätte man in dieser Zeit nicht alles zustande bringen können!«

»Aber auch wenn es im Lichte eines bestimmten Ziels, eines festgelegten Nutzens, so aussieht«, sagte Sophia, »ist vertrödelte Zeit doch nicht unbedingt verlorene Zeit. Ich kann im Trödeln etwas für mich und meine anderen Wünsche getan haben, für diejenigen, die ständig im Schatten der praktischen Ziele standen und nun auch einmal zur Geltung kommen sollen. Dann ist die vertrödelte Zeit keine entfremdete, entfremdet verbrachte Zeit. Ich komme in ihr zu meinem Recht. Zeit vertrödeln kann deshalb auch eine Art der stillen Revolte sein. Das Trödeln wird zu etwas Positivem, Befreiendem, wenn man das Ziel in Frage stellt oder sogar *vergisst. Es kann als befreiender, trotziger Widerstand erlebt werden: Ich will nichts für dieses Ziel tun, es ist eigentlich gar nicht mein Ziel, mir nicht wichtig, nur den anderen. Zum Teufel mit dem Tor, dann verrottet es eben, und die auf der Konferenz, die können mich mal ... Das Trödeln ist jetzt kein Vertrödeln mehr, sondern ein subversives Aufbegehren gegen die Herrschaft jenes vermeintlich wichtigen Ziels. Ich habe dir erzählt, wie ich in Triest vor einiger Zeit damit begann, im Café zu sitzen und die Stunde meines Dienstantritts in der Klinik verstreichen zu lassen. Das war trotziges Vertrödeln, könnte man sagen. Subversiv, gegen innen wie außen.«*

»Kann man seine Zeit auch vertrödeln, ohne an irgendein verpasstes oder aufgeschobenes Ziel zu denken?« fragte ich. »Einfach so?«

»So geht es mir, wenn ich oben im Bus sitze und hier durch die Stadt fahre. Oder wenn ich mich im Britischen Museum aufs Geratewohl durch die Regale taste. Oder auch bei Foyles. Manchmal überfällt mich dieses Gefühl: Was machst du bloß mit deiner Zeit? Irgendwie ist das ja auch vertrödelte Zeit. Aber ich weiß nicht: Passt das Wort hier noch? Hast du deinen Nachmittag vertrödelt?« Wir lachten.

Zeit verplempern, das meinten wir herauszufinden, ist nicht genau dasselbe wie vertrödeln. Gemeint ist weniger, dass man ein Ziel aufschiebt oder aus dem Auge verliert. Man geht schon auf das Ziel zu, aber man

verbringt die Zeit mit den falschen Mitteln oder mit den umständlichen Vorbereitungen, statt mit der Sache selbst zu beginnen. Man säubert erst noch alle Pinsel, bevor man mit dem Tor beginnt. Man ordnet und beschriftet alle möglichen Illustrationen und Diagramme, bevor man mit dem ersten Satz des Vortrags beginnt. »Verdammt, ich könnte schon viel weiter sein!« sagt man sich im Rückblick.
Und dann versuchten Sophia und ich, der vergeudeten oder vertanen Zeit auf den Grund zu gehen. Vertan: Das Wort hat diesen dunklen, endgültigen Klang, den Klang von etwas Weggeworfenem, etwas unwiderruflich Verspieltem, wie wenn man eine einmalige Chance vertut und verspielt. Etwas Vertanes bereut man tiefer und heftiger als etwas, was man nur vertrödelt oder verplempert hat. Doch was steckt hinter dem traurigen, verzweifelten Klang? Ich hatte einmal ein kleines Buch eines berühmten italienischen Professors übersetzt: Tempo Sprecato, ich habe es als A Waste of Time übersetzt, der deutsche Titel lautete später: Vertane Zeit. Es war ein autobiographisches Buch, ein düsterer, melancholischer Rückblick auf sein Leben als berühmter und gehetzter Professor der Soziologie. Endlose Jahre hatte er sowohl in Rom als auch in Berkeley einen Lehrstuhl inne, flog alle paar Wochen hin und her, lag danach schlaflos in seinen Wohnungen, die ihm fremd blieben, dazwischen Konferenz nach Konferenz, Publikation nach Publikation. Ein produktives, erfülltes Le-

ben, dachten die anderen neidisch, was konnte man sich Besseres wünschen. Er saß in Rom in der Abflughalle, vor ein paar Minuten hatte er mit seinen Assistenten und der University of California Press telefoniert, jetzt rief man den Flug nach San Francisco auf, tausendmal hatte er das schon erlebt, doch nun starrte er plötzlich wie hypnotisiert auf das hektisch blinkende Licht beim Schalter, seine Hektik war der Inbegriff meines hektisch verschwendeten Lebens, schrieb er. Er stand auf und setzte sich ins Taxi nach Hause.
Es traf sich, dass derselbe Fahrer am Steuer saß, der ihn hergefahren hatte. »Etwas nicht in Ordnung?« fragte er. »Nichts ist in Ordnung, gar nichts«, sagte der Professor. Das Telefon klingelte ununterbrochen. Er nahm nicht ab. Er ging über das Forum Romanum, wo er schon jahrelang nicht mehr gewesen war. Er putzte die Wohnung und machte sie wohnlich, kaufte sich ein Bild. Dann begann er darüber zu schreiben, wie er ein Leben lang an sich vorbeigelebt hatte. Er hatte nie getrödelt und keine Zeit verplempert. Zielstrebig hatte er seine Karriere aufgebaut und alles aus sich herausgeholt, wie ein Langstreckenläufer. Wann war er das letzte Mal im Kino gewesen? Er warf Berge von Vortragsmanuskripten weg, löschte reihenweise Dateien. »Es waren nicht die Themen, an die ich das Leben verschwendet hatte, es war der Betrieb«, schrieb er, »der Wissenschaftsbetrieb.« Auf langen Flügen durch die Nacht, wenn alle schliefen und nur das leise Dröhnen der Triebwerke zu

hören war, hatte er manchmal hinauf in den Sternenhimmel geblickt und sich gefragt: Was mache ich hier? Hier, zwischen den Kontinenten? Und immer öfter hatten ihn diese beiden Wörter bedrängt: tempo sprecato, vertane Zeit. Aber er hatte weitergemacht, gefangen im Korsett seiner Verpflichtungen. Bis das Licht beim Abflugschalter hektisch hin und her zu springen begann.
Sophia war begierig, immer noch mehr zu wissen, und sie ließ sich das ganze Buch erzählen. Sie trank viel zuviel Kaffee und rauchte eine Zigarette nach der anderen. Es war mit Händen zu greifen: Sie verglich, was der Professor erlebt hatte, mit dem, was in ihr selbst vorging, jetzt, wo sie die Medizin hinter sich gelassen hatte.
»Wenn der Professor von vergeudeter oder vertaner Zeit spricht«, sagte sie schließlich, »so meint er eine ganz andere Idee als die der vertrödelten oder luxuriös verschwendeten Zeit, auch wenn die Wörter ähnlich klingen. Vertane Zeit in seinem Sinne ist Zeit, die ich mit etwas verbracht habe, das nicht in meinem Interesse war, sondern gegen es, und ich habe es entweder gar nicht bemerkt oder doch nur halbherzig wahrgenommen, ohne Konsequenzen zu ziehen. Die soziologischen Fragen interessierten ihn ja, aber nicht das Gehabe und Getue der Wichtigtuer, mochten sie im Fach noch so gut sein. Er hatte, wie du erzählst, viel zu spät gemerkt, dass das Ganze ein eitles Gesellschaftsspiel war, das ihm nur die Zeit stahl. Das ist interessant: Etwas, was zu ihm

passte, wurde von etwas erstickt, was gar nicht zu ihm passte. Und da das erste fast immer im Gewande des zweiten daherkommt ... Vielleicht war es ja früher anders: Es mag Zeiten gegeben haben, da er den Trubel, den Applaus und die Anerkennung genoss, und die blinkenden Lichter am Flughafen mochten zu seinem Selbstbild gehören, zur Vorstellung davon, wie sein Leben sein sollte. Solange er die Abflughalle mit dieser Vorstellung betrat, konnte er die vertane Zeit nicht als vertan erkennen, und sie war damals auch nicht vertan, dazu musste sich erst die Vorstellung von sich selbst ändern, wie sie es auf den nächtlichen Flügen zu tun begann, wo er nicht mehr wusste, warum er eigentlich im Flugzeug saß. Wenn wir reumütig ausrufen: Was hätte ich mit all dieser Zeit Besseres anfangen können!, so ist das die Perspektive eines späteren Selbstbilds, einer späteren Vorstellung von Wichtigkeit, sie galt, als die vertane Zeit vertan wurde, noch nicht, oder doch nicht mit solcher Klarheit und Bestimmtheit wie jetzt. Man kann nicht im taghellen Bewusstsein des Vertuns seine Zeit vertun, wenngleich man sie genussvoll vertrödeln kann.«

»›Was mache ich hier?‹ fragte sich der Professor im nächtlichen Flugzeug«, sagte ich. »Nach allem, was du erzählt hast, stelle ich mir vor, dass du dich das auf den Klinikfluren auch manchmal gefragt hast.«

»Ja«, sagte Sophia, »und ich wäre bereit gewesen, die gleichen Worte zu verwenden. Trotzdem war es anders *als bei ihm. Er hatte den Eindruck, Jahre mit etwas verschwendet zu haben, was er überhaupt nicht wollte und nicht genoss. Mit etwas, was ihm jetzt als ganz und gar entfremdet vorkam, eine Zeit, in der er nicht bei sich selbst war. So war es bei mir nicht, weder in der Zeit als Krankenschwester noch in der Zeit des Studiums. Niemand hat mir das aufgeschwatzt, wie man einem jungen Wissenschaftler den ganzen Rummel um sein Fach aufschwatzt. Leonardi hat mich seinerzeit zum Studium überredet, aber er hat mir das Ganze nicht aufgeschwatzt, ich wusste, auf was ich mich einließ. Doch nun spürte ich: das konnte nicht alles gewesen sein, es gab da noch ein anderes Leben zu entdecken, oder sogar viele andere. Wenn ich jetzt weitergemacht hätte – dann hätte ich später einmal gesagt, dass ich meine Zeit vertan hätte. Doch bis hierher: nein. Dem Professor kommt sein hektisches Leben nachträglich sinnlos vor, das Vertane ist das Sinnlose, Lärmige, Leere, wie gehaltvoll und wichtig es sich auch gibt. Dieser Eindruck ist im Krankenhaus eigentlich unmöglich: Die Arbeit, die getan werden muss, erscheint unmittelbar und zu jeder Zeit als sinnvoll, ganz anders als das Geschwätz auf den Fluren von Konferenzen. Das mit dem blinkenden Licht – es gab da übrigens bei mir etwas Ähnliches. Es gibt im Schwesternzimmer, über der Tür, ein rotes Licht, das blinkt, wenn etwas Dringliches ist. Und ich konnte es am Schluss auch nicht mehr sehen. Doch das Gefühl war nicht, wie beim Professor: Ich gehorche die-*

sem Blinken schon viel zu lange und gegen meinen Willen, sondern einfach: Es ist genug, mehr wäre vertane Zeit.«

Wir kochten und aßen etwas. Nach einer Weile blickte Sophia zum Fenster hinaus. Billy raste durch den nächtlichen Garten, und Burke pfiff. »Das können nur Menschen«, sagte sie: »ihr Leben verpassen, sich selbst verpassen in dem, was sie vielleicht hätten werden können, hingegeben an eine hektische, tyrannische, gebieterische Zeit. Tieren kann das nicht zustoßen: Sie sind in jedem Augenblick, was sie sind, versunken in blinde Gegenwart und Selbstvergessenheit.«

Wie schön war es, mit unserer Tochter über all diese Dinge zu sprechen! Es erinnerte mich daran, wie Du und ich im Triestiner Haus auf der obersten Stufe der Treppe saßen und über Wörter sprachen, über Wörter und Gedanken, der Rauch unserer Zigaretten vermischte sich, und wir hätten glücklicher nicht sein können.

33 Sidney kam am Tag vor Weihnachten in London an. Mit langsamen, schleppenden Schritten kam er in der Ankunftshalle auf Leyland und Sophia zu. »Es ist vorbei«, sagte er, als er vor ihnen stand, »es ist mit Elena vorbei.« Am Tag zuvor hatte er seine Sachen aus ihrer Wohnung in Padua geholt. »Wir waren uns merkwürdig fremd«, sagte er in der U-Bahn.

»Wir haben uns die Hand gegeben, fast, als seien wir nur irgendwelche Bekannten.« Es war eigentlich nicht etwas, was man sich in der U-Bahn erzählte, zur Stoßzeit in einem vollen Waggon. Aber er konnte nicht warten.

Später, beim Essen, erzählte er mehr. »Ich glaube, ich war ihr zu still, zu sehr nach innen gewandt«, sagte er. »Am Anfang gefiel ihr das, es war anders als das, was sie kannte. Aber sie wäre gern mehr in Kneipen gegangen, auf Feste. Sie ist eine gute Tänzerin, und ich … Und dann saß ich in letzter Zeit so oft hinter den Akten. Doch das allein war es nicht. Die Zeit beim Gericht hat mich schreckhaft gemacht. Ich habe Kollegen, die das einfach beiseite schieben, wenn sie die Robe ablegen. Aburteilen, einsperren: mich verfolgt es. Die Gesichter, wenn das Urteil verkündet wird, die Blicke. Ich hatte das Bedürfnis, mit Elena darüber zu reden. Auch am Telefon, von Triest aus. Sie wurde immer einsilbiger. Ich habe Zwangshandlungen entwickelt, prüfe ständig die Brieftasche und die elektrischen Geräte. Am Steuer bin ich fahrig. Auch das Asthma ist wieder schlimmer geworden. All das dauert nun schon bald zwei Jahre. Darüber sind wir uns fremd geworden, Elena und ich. Ich vermute, es gibt da auch jemanden in ihrem Lehrerkollegium. Dass ich nun bei Conti arbeiten kann, wird mir guttun. Aber für uns beide kommt es zu spät.«

Vom Haus war Sidney begeistert. Er nahm alles in

Augenschein, richtete sich in seinem Zimmer ein und saß dann eine Weile vor der Karte des Mittelmeers. »Das ist die legendäre Karte?« Leyland nickte. Sidney zeigte auf Sardinien. »Sardisch«, sagte Leyland, »drei Dialekte: Galluresisch, Logudoresisch, Campidanesisch.« »Warst du dort?« Leyland nickte. »Kurz nachdem ich vom Belsize Retreat Hotel nach Camden Town gezogen bin. Ich wusste, dass es keinen großen Sinn hatte, die Reise nach Malta ein Jahr zuvor war mir gründlich missglückt, und ich konnte mir auch jetzt kaum etwas leisten. Trotzdem musste es sein: die Wörter einmal gehört haben. Wie man ein exotisches Instrument, von dem man nur den Namen kennt, einmal hören will. Verstanden habe ich nicht viel, aber natürlich mehr als auf Malta, Sardisch ist ja eine romanische Sprache. Und man hört alte lateinische Wörter. Es gab am Empfang in der Pension eine Frau, die sich langweilte und mir bereitwillig alles erklärte, was ich wissen wollte. ›Und was werden Sie jetzt damit machen?‹ fragte sie schließlich. ›Mit all dem Wissen über unsere Sprache, meine ich.‹ ›Eigentlich – nichts‹, sagte ich nach einer Weile. Sie sah mich erstaunt an und brach dann in Lachen aus. Sie hatte einen goldenen Zahn. Das Gespräch war das Beste am ganzen Aufenthalt.«

»Gab es eigentlich«, fragte Sidney, »irgendwann einen Moment, wo du genug hattest von all den Sprachen? Wo es keinen Sinn zu ergeben schien, noch mehr und noch mehr zu lernen?« »Nein, einen solchen Moment hat es nicht gegeben; nicht einen einzigen«, sagte Leyland.

Sidney kochte, und Sophia half ihm dabei. Ab und zu warf Leyland einen Blick in die Küche. Es rührte ihn, seinen Sohn kochen zu sehen, mit allem, was dazugehörte. Er hatte nicht gewusst, dass Sidney das inzwischen gelernt hatte. Man sagte ihm zwei linke Hände nach. Ihre Blicke trafen sich. »Ich hab's von Elena gelernt, sie ist eine fabelhafte Köchin, manchmal lud sie Schüler ein und kochte für zehn Personen.« Er nahm die beschlagene Brille ab und putzte sie umständlich. »Das gehörte bis zuletzt zu den guten Dingen.« Das Gesicht ohne Brille sah sehr verletzlich aus, von allem überfordert, und Leyland dachte an Sidneys Worte über die Verurteilten. Er setzte sich ins Wohnzimmer. Sein Sohn und seine Tochter waren hier. Hier in London, England. In einem Haus, das er immer mehr als das seine empfand. Irgendwann würden sie beide wieder verschwinden. Und dann?

»Neben allem anderen«, sagte Sidney beim Essen, »gab es auch eine berufliche Sache, die uns auseinandergebracht hat, Elena und mich. Anfang des Jahres hatte ein Mann, Enrico Nesta, seine Frau getötet, um sie von einem zehnjährigen Leiden zu erlösen. Eine rheumatische Erkrankung, die sowohl Gehen als auch Sitzen unmöglich machte, dazu schmerzhafte Blasen und blutende Wunden, das Leben war nur noch eine

Qual. Die Frau wollte sterben und hatte oft darum gebeten, sie zu erlösen. Das tat der Mann schließlich. Der Fall wurde zunächst vor dem Triestiner Landgericht verhandelt, vor einem Schwurgericht. Die Anklage lautete auf glatten Mord, *omicidio volontario*. Nicht weniger als einundzwanzig Jahre Haft, sagt das Strafgesetzbuch. Die Verteidigung beantragte, die Tat als *omicidio del consenziente* einzustufen, als Tötung mit Einwilligung – dafür sieht das Gesetzbuch einen Spielraum von sechs bis fünfzehn Jahren vor. Außerdem machte die Verteidigung als mildernden Umstand Motive von besonderem moralischen und sozialen Wert geltend: *circostanza attenuante dei motivi di particolare valore morale e sociale*. Beide Anträge der Verteidigung wurden abgewiesen, Nesta galt dem Gericht einfach als Mörder. Die Verteidigung legte Einspruch ein, und der Fall kam vor das Appellationsgericht in Triest. Dasselbe Urteil. Zum Schluss befand der *Corte Suprema di Cassazione* in Rom darüber. Das war vor wenigen Wochen, und ich war über die Begründung derart aufgebracht, dass es die Gefühle zwischen Elena und mir noch weiter beschädigte, eigentlich muss man sagen: vergiftete.

Was die Tötung mit Einwilligung anlangt, beanstandete das Gericht, dass es keinen eindeutigen und zwingenden Beweis – *una prova univoca, chiara e convincente* – für den Willen der Frau gebe, getötet zu werden. Sie hat es versäumt, diesen Willen schriftlich niederzulegen, Nesta und seine Frau sind einfache Leute und wussten nicht, dass das nötig sein würde, sie hielten es angesichts der Qual für *offensichtlich*, dass dieser Wille, ungezählte Male geäußert, auch vor Verwandten und Freunden, anerkannt werden musste. Spontane, im Schmerz getane Äußerungen seien das eine, sagten die Richter, ein eindeutig bestimmter und verbindlich bekannter Wille etwas anderes. Ich bin fast erstickt an dieser Sophisterei. Was denn, bitte schön, *ist* das: ein verbindlich bekannter Wille? *Una prova univoca e convincente*: Was ist das in diesem Fall? Warum genügen zehn Jahre Qual und die wiederholte flehentliche Bitte nicht? Warum sollte ein Wille eindeutiger sein, wenn er aufgeschrieben statt nur hinausgeschrieen wird? Was, wenn es um jemanden ginge, der gar nicht schreiben kann? Wenn man zehn Jahre mit jemandem gelebt hat, *weiß* man, was der andere in einer solchen Sache will, und das Gericht *weiß*, dass er es weiß. ›Es geht um fünfzehn Jahre weniger Gefängnis!‹ rief ich aus. ›Deswegen brauchst du noch lange nicht zu schreien‹, sagte Elena am Telefon.

Doch über diesen Punkt hätte sie noch mit sich reden lassen. Was uns endgültig entzweite, war die andere Argumentation der obersten Richter. Es handle sich doch um Tötung aus Mitleid, *omicidio pietatis causa*, hatte die Verteidigung geltend gemacht, und das sei doch in der höchstrichterlichen Rechtsprechung in der Vergangenheit durchaus als Fallgruppe eines mildernden Umstands anerkannt worden. Warum also jetzt nicht? Und nun kam eine Begründung der Richter, die mich nicht mehr schlafen ließ: Es genüge nicht, dass die Motive des Täters von *irgend*einem ethischen oder sozialen Gesichtspunkt aus betrachtet positiv zu bewerten seien, nein, es müsse sich um Prinzipien handeln, die von der Gesellschaft *insgesamt* gutgeheißen würden – *principi generalmente approvati dalla società*. Das jedoch gelte für die Mitleidsmotive bei Euthanasie nicht. Die anhaltenden und erbitterten Debatten darüber zeigten vielmehr, dass es sich dabei um keine gesellschaftlich verbindliche Einstellung handle. Deshalb könne das Gericht das Motiv des Mitleids, das Nesta geleitet habe, nicht als mildernden Umstand im Sinne eines Motivs von besonderem moralischen und sozialen Wert anerkennen.

›Das heißt doch‹, sagte ich aufgebracht, ›dass die moralische Sensibilität des Einzelnen von den plakativen gesellschaftlichen Konventionen erstickt wird. *Principi generalmente approvati dalla società* – das sind doch immer krude Regeln, die der moralischen Wahrnehmung eines einzelnen Falles selten gerecht werden. Nesta tötete seine Frau aus einer zutiefst moralischen Empfindung heraus, die in ihm über Jahre gewachsen war und sich an der Würde und Selbstbestimmung seiner Frau orientierte. Und die soll für das Urteil nichts zählen! Weil die katholische Kirche dagegen ist!‹ Das letzte hätte ich besser nicht gesagt.

Elena ist keine militante Katholikin, und die Religion hat zwischen uns kaum eine Rolle gespielt. Doch jetzt war es auf einmal anders. ›Wir leben in einem katholischen Land‹, sagte sie eisig, ›und das Gericht muss sich daran halten.‹ ›Was ist das für eine moralische Diktatur!‹ rief ich aus und legte auf. Das war das Ende.«

»Der Fall gleicht dem Fall von David Cliburn, durch den ich Livia im Gericht von Aylesbury kennengelernt habe«, sagte Leyland. »Wir haben euch nie davon erzählt, Livia fand euch zu jung dafür. Cliburns Frau hatte einen schweren Schlaganfall erlitten und hatte alles verloren: Sprache, Erinnerung, einfach alles, was zählt. Anders als Enrico Nestas Frau konnte sie keinen Willen mehr zum Ausdruck bringen. Doch nach einem langen gemeinsamen Leben wusste Cliburn mit Sicherheit, dass sie sich nun den Tod wünschte. Er pflegte sie ein Jahr wie ein kleines Kind, dann drückte er ihr ein Kissen aufs Gesicht, bis sie sich nicht mehr regte. Er dichtete alle Ritzen der Wohnung ab, drehte das Gas auf und legte sich hin. Eine Nachbarin roch das Gas, rief die Feuerwehr, und so stand er nun vor Gericht.

Anders als die römischen Richter bei Nesta zweifelte der englische Richter nicht am Willen, den Cliburn bei seiner Frau zu kennen meinte. Richter John Escott, ein Mann von Mitte vierzig, ließ keinen Zweifel daran, dass er Cliburn verstand und seine Motive nobel fand. Und von einem einhelligen gesellschaftlichen Urteil, das bei der Beurteilung des Motivs nötig sei, war, anders als in Rom, nicht die Rede. Trotzdem lautete das Urteil auf Mord mit lebenslanger Haft. Cliburn, sagte der Richter, hätte vorsätzlich und bei klarem Bewusstsein einen Menschen getötet, und das sei nach dem Gesetz des Landes nun einmal Mord, das könne er nicht ändern, auch wenn es sich um *mercy killing* handle. Dann aber machte er von einer Möglichkeit Gebrauch, die es hier, aber offenbar nicht in Italien gibt: Er nannte eine Frist, nach der eine Begnadigung in Frage käme. Ein Jahr. Das war außergewöhnlich milde, und einige fanden es skandalös. Escott wurde von Teilen der Presse angegriffen und von höchster Stelle gerügt, aber sein Urteil hatte Bestand.

Livia und ich sind nach Aylesbury zu Escott gefahren, und Livia hat ein Interview gemacht. Die Kommission, die über Begnadigungen zu entscheiden hatte, ließ Cliburn nach zwei Jahren frei. Er hatte versucht, sich im Gefängnis das Leben zu nehmen, und wieder war es nicht gelungen. Kurz nachdem er in Freiheit war, prallte er mit seinem Auto frontal gegen einen Lastwagen und war sofort tot. Ein Unfall, hieß es. Livia hatte ihn im Gefängnis besucht. Wer sie sei, fragte er. Eine Journalistin, sagte sie. Da stand er auf und ließ sich in die Zelle zurückführen. ›Vielleicht hätte ich an seiner Stelle dasselbe getan‹, sagte sie. So war Livia.«

Sie sprachen noch lange über die innere Not von Nesta und Cliburn und darüber, wie die Gesetze und Institutionen eingerichtet sein müssten, damit niemand in eine solche Not geriete. Später holte Sidney das, was er von Fernando Contis Buch bereits übersetzt hatte, und zeigte es Leyland. Ob sie es in den nächsten Tagen zusammen durchgehen könnten? Plötzlich wirkte er unsicher und müde. Leyland stellte die italienischen Fernsehnachrichten an. »Bonbonfarbengrell«, sagte Sidney, und sie lachten.

Später in der Nacht fand ihn Leyland im dunklen Wohnzimmer. Für eine Weile saßen sie schweigend nebeneinander auf dem Sofa. Sidney nahm die Brille ab und lehnte sich gegen ihn. Leyland fuhr ihm mit der Hand übers Haar. Es war viele Jahre her, dass er das getan hatte.

34 An Weihnachten kam Kenneth Burke herüber. Er brachte das Cello mit und spielte, Suiten von Bach, aber auch andere Stücke. Nachher setzte er sich aufs Sofa. Auf dem Tisch daneben lag das Buch von Tom Courtenay mit den Briefen der Mutter. Er nahm es in die Hand, schlug auf und las eine Weile schweigend. Dann blätterte er zurück und begann, laut zu lesen. Es war das erste Kapitel, *Visit*, in dem Courtenay seinen Onkel und seine Tante besuchte und den Leser dabei nicht nur mit diesen beiden, sondern, auf dem Wege des Erinnerns, auch mit seinem Vater und seiner Mutter bekanntmachte. Leyland betrachtete Sidney und Sophia, die nach wenigen Sätzen die Augen geschlossen hatten und verzaubert zuhörten. Der Zauber, dachte er, lag in der Einfachheit und anstrengungslosen Dichte von Courtenays Sätzen. Ein besonderer Zauber ging aber auch von der Art aus, in der Burke vorlas. Leyland hatte einige der Sätze, die er jetzt mit Burkes Stimme hörte, am ersten Abend seiner Ankunft selbst laut gelesen, des Klangs wegen, aber auch, um sie in Gedanken mit Livia zu teilen. Jetzt, getragen von Burkes voller, melodiöser Stimme, hatten sie noch eine ganz andere Eindringlichkeit, etwas Zwingendes, das einem das Gefühl gab, der Fluss der Sätze dürfe auf keinen Fall versiegen.

Ab und zu gab es einen Satz, der Burke überwältigte. Seine Stimme wurde langsamer, ein ungläubiges Staunen war zu spüren, einen Moment hielt er mit dem Lesen inne, dann las er den Satz ein zweites Mal vor. Courtenay sprach davon, dass ihn sein Vater nur ein einziges Mal geschlagen hatte: *He only ever hit me once, and not particularly hard, but that glancing blow had the weight of the world on it.* Leyland dachte daran, wie er sich in Triest mit Pat Kilroy bei anderen Sätzen von Courtenay darin einig gewesen war, dass man sie nicht würde übersetzen können, ohne alles zu verpfuschen. So war es auch hier. Und es galt gleichermaßen für eine andere Stelle, die Burke ein zweites Mal vorlas, eine Stelle, an der der Onkel über Toms Mutter sprach: *She was a queen, Tom, a queen. A queen among shit.* Sidney und Sophia öffneten gleichzeitig die Augen. »Mein Gott, was für ein Bild!« sagte Sidney.

Es wurde in diesen Tagen zur Tradition: Wenn es zu dämmern begann, kam Burke, spielte und las, und nach dem Essen las er noch einmal ein paar Seiten. Er hatte der Theatergruppe seiner Schule angehört und wusste, wie man Sätze sprach, Leyland war neidisch, wenn er es hörte. Er gab Courtenays Sätzen einen leise elegischen Klang, nur eine Spur, eine Nuance, aus der die Wehmut des Erinnerns herauszuhören war. Am Morgen des zweiten Tages hatte Sidney das Buch kurz in die Hand genommen. »Nein, ich will es von ihm hören«, sagte er dann und legte es wieder weg.

Am dritten Tag kamen Lynn und Sean Christie dazu. Lynn bewegte sich mit kleinen, vorsichtigen Schritten, und sie hatten den Rollstuhl dabei. Auch sie verfiel dem Zauber von Courtenays Sätzen und Burkes Stimme. »Nicht aufhören«, sagte sie, beinahe gebieterisch, und Burke machte weiter. »Ich möchte, dass wir das in unserem Verlag herausbringen«, sagte sie später bei Tisch. Sean vergaß für einen Moment zu essen, Messer und Gabel standen in der Luft. »Aber es ist doch schon veröffentlicht, Mama«, sagte er, »Kenneth liest doch aus dem Buch.« »Ach so«, sagte Lynn kleinlaut, und an den beiden kleinen Wörtern konnte man hören, dass es ihr für einen Moment peinlich war, bevor das Empfinden mit dem nächsten Bissen verlosch.

Sean wechselte schnell das Thema und erzählte von seinem Gespräch mit dem Schulfreund, der in der Hotelbranche tätig war. Er hatte von einem Hotel in Notting Hill erfahren, in dem es ein kleines italienisches Lokal gab, ein paar wenige Tische, ein Koch, ein Kellner, und sie suchten zum Frühjahr einen neuen, erfahrenen Kellner, möglichst mit Englisch als Muttersprache. Vielleicht wäre das etwas für Pat Kilroy? »Aber den brauchen wir doch in Triest, der gehört dort zum Inventar«, sagte Sophia. Leyland erzählte von seinem Gespräch mit Pat. »Trotzdem«, sagte Sophia, »ich kann den nicht entbehren. Und ich mag es nicht, wenn solche Dinge sich ändern. Das habe ich von dir.«

Am nächsten Tag rief Leyland Kilroy an und erzählte ihm von dem Hotel. Wie es ihm inzwischen mit der Idee gehe, nach London zu ziehen? Manchmal sei der Gedanke wie eine Befreiung, sagte Pat, und manchmal gerate er darüber in Panik. In diesen Tagen sei viel los – ob er sich Anfang des Jahres wieder melden könne? Und vielleicht könnte Leyland in dem Hotel vorbeigehen und fragen, wie schnell sie eine Entscheidung brauchten?

»Pat würde sich besser anziehen müssen«, sagte

Sophia, als sie im Lokal des Hotels in Notting Hill saßen. »Das hier ist ja doch ein bisschen was anderes als die Trattoria bei uns.« »Ich weiß nicht, warum«, sagte Sidney, »aber irgendwie gefällt mir die Idee, dass er hier bedienen würde. Es sieht so aus, als wäre er damit besser gestellt, und das hätte er doch verdient. Aber vermissen würde ich ihn auch. Man kommt, wie seit hundert Jahren, in die Trattoria, und Pat ist nicht mehr da: Es täte weh.« Leyland sprach mit der Hotelleitung. Sie waren nicht abgeneigt, aber sie würden Kilroy natürlich sehen wollen, Januar würde reichen. Abends rief Leyland Pat an. Januar, sagte Pat, da sei er mit seinen Gefühlen noch ein bisschen weiter, vielleicht. Leyland mochte, wie er es sagte. Es klang nach jemandem, der wusste, wie holprig es in ihm zugehen konnte. Er könne bei Kenneth Burke, seinem Nachbarn, wohnen, sagte er Pat. »Nach dem, was ich von euch höre, hätte ich den gerne als Gast«, hatte Burke gesagt.

In diesen Tagen rief Caterina Mizzan an und sagte, sie würde das Buch von Paolo Michelis machen, die hundert Seiten, die ihr Leyland auf den Schreibtisch gelegt hatte, hatten sie begeistert. »Tausend Seiten: Wird es je fertig?« »Ich weiß nicht«, sagte Leyland, »aber ich denke, es wird am ehesten fertig, wenn er erfährt, dass Sie es veröffentlichen würden. Darf ich es ihm sagen?« Dann erzählte er ihr noch die Geschichte von den Rezepten, auf denen Michelis seine Notizen zum Roman machte. »Sagen Sie ihm, er möchte mich anrufen«, sagte Caterina Mizzan. »Und ganz unter uns: Natürlich werde ich das Buch auf eigene Kosten machen. Wenn Sie etwas finanzieren wollen, dann Ihre Übersetzung ins Englische. Denn die wird es natürlich geben, nicht wahr?«

Sophia hatte das Gespräch mitgehört. »Ein Romantagebuch auf Rezepten – das ist wunderbar«, sagte sie. »Hast du ein Foto von ihm?« Ganz gegen seine Gewohnheit hatte Leyland im Mailänder Bahnhof, durch die noch offene Wagentür, ein Bild von ihm gemacht, wie er in seinem langen schwarzen Mantel mit dem hellen Schal dastand und winkte. Jetzt holte er sein Telefon hervor und zeigte Sophia das Bild. Sie nahm das Telefon, ging in die Küche und betrachtete das Bild lange. »Paolo Michelis? Ist das der Name?« fragte sie, als sie ihm das Telefon zurückgab. Leyland nickte. »Und der Text?« Leyland erzählte von der Kopie der ersten hundert Seiten, die sie zusammen gemacht hatten. Sophia trat ans Fenster. Es arbeitete in ihr. Sie wollte den Text, dachte Leyland, und es war ungewöhnlich, dass sie es nicht sofort sagte – als dürften andere nichts von ihrem Gedanken wissen. Er wählte Caterina Mizzans Nummer. Ob sie ihm eine Kopie der hundert Seiten nach London schicken könnte? Jetzt drehte sich Sophia um. »War es so offensichtlich?« fragte sie.

Leyland rief Michelis an. »Ich habe deinen Text gelesen«, sagte er. »Noch im Zug. Ich konnte nicht aufhören. Ich habe ihn Caterina Mizzan gegeben. Es war eine kleine Eigenmächtigkeit von mir, aber du hast es mir ja auch nicht ausdrücklich verboten. Sie ist begeistert und würde das Buch machen, trotz der tausend Seiten. Vorausgesetzt, es wird irgendwann fertig.« Michelis lachte. »Das ist ... ich kann's kaum glauben«, sagte er. Eine Weile schwieg er. »Ich könnte deine Hilfe gebrauchen, um es abzuschließen. Darüber reden.« »Komm her. Lass mich wissen, wann du in der Schule und im Krankenhaus freinehmen kannst, ich buche einen Flug für dich.« »Simon?« »Ja?« »Das ist unglaublich – nach zehn Jahren. Kannst du dir das vorstellen?« »Ich ... nein, genau genommen: nein. Aber ich sehe die Bretter mit den Blättern vor mir, all die Bretter mit all den Blättern.«

Bevor Burke am späten Nachmittag herüberkam, saß Leyland schon mit Sidney zusammen, und sie gingen das durch, was Sidney von Contis Buch bereits übersetzt hatte. Es war für Leyland das erste wissenschaftliche Buch, mit dessen Übersetzung er es zu tun hatte, und sie wälzten die großen Wörterbücher und Lexika, die sich auf Warren Shawns Regalen fanden. Leyland genoss Sidneys unermüdlichen Scharfsinn, und manches gelang seinem Sohn besser als ihm selbst. Dann wieder machte er Fehler, die daran erinnerten, dass er, obgleich er mit dem Vater oft Englisch gesprochen hatte, nie in einem Land mit dieser Sprache gelebt hatte. Er war geknickt, wenn sie über einen dieser Fehler stolperten, sein Selbstvertrauen war wie weggewischt, und dann konnte Leyland spüren, wie Enttäuschung und Trauer über den Bruch mit Elena seinen Sohn übermannten.

Wenn Sophia es auch bemerkte, drängte sie die beiden, mit in die Stadt zu kommen. Einmal standen sie vor dem Haus in Harrington Gardens. Philip Ashcroft, der Fotograf, saß hinter einem Fenster am Tisch und schrieb. »Ich war noch keine drei«, sagte Sidney, »und ich habe nur zwei vage Erinnerungen. Die eine ist der Geruch im Treppenhaus. Manchmal Putzmittel, manchmal Parfum, es muss über uns eine Frau gewohnt haben, die ein starkes Parfum benutzte.« »Miss Dennison«, sagte Leyland, »eine Kindergärtnerin, du hast sie nicht gemocht, man konnte es spüren.« »Und die andere Erinnerung«, sagte Sidney: »der Blick in einen Kronleuchter, eine riesige Ansammlung von Lichtern, hoch oben, ich konnte gar nicht genug davon bekommen. Das ist alles. Es ist sonderbar zu denken: Dort, in diesem Haus, in diesen Räumen, war ich zwei Jahre lang jeden Tag, den ganzen Tag, und kann mich an nichts erinnern. Nicht an die Möbel, nicht an meine Bewegungen, nicht an deine, Mamans oder Sophias Berührungen. Alles weg, einfach weg. Ein ganz fremder Ort. Ist das nicht unheimlich?«

Er finde es auch unheimlich, sagte Leyland. »Aber noch unheimlicher als bei den ersten Jahren der Kindheit finde ich das Verwischen und Vergessen später im Leben. Da gibt es doch lange Phasen, die ganz im Dunkeln versunken sind. Wie nie gewesen. Sie haben Spuren hinterlassen, diese Phasen, wie die ersten Lebensjahre auch, aber sie sind uns nicht mehr gegenwärtig als etwas, was man noch einmal durchleben könnte. Neulich in Oxford, als ich feststellte, dass es die John-Donne-Schule nicht mehr gibt, habe ich im Rest des Tages vergeblich versucht, die Stunden im Schulzimmer, in den Gängen, auf dem Pausenhof zurückzuholen. Und da waren meine Sinne ja viel wacher gewesen als bei dir mit zwei, drei Jahren unter dem Kronleuchter. Oder als du neulich nach Sardinien gefragt hast: Ich war erschrocken, wie wenig ich noch wusste. Einzelheiten, meine ich, klare, feinkörnige Details. In den Wochen nach der Diagnose war das Erschrecken über solche Lücken besonders groß: Jede Episode, die ihre sinnliche Tiefe verloren hatte und im Gedächtnis nur noch als abstrakte Größe vorhanden war, berührte mich als erschreckender Verlust. Als hätte ich durch dieses Vergessen mein Leben verpasst und verloren. Wir leben ja mit dem Gefühl, in enger, nahtloser Verbindung mit unserer Vergangenheit zu stehen und den Faden unseres Lebens ohne Riss und Unterbruch von Tag zu Tag fortzuspinnen. Es wäre unerträglich, dieses Gefühl zu verlieren. Doch die Wahrheit ist es nicht: Unser Leben ist eine lange, verschlungene Kette von schwimmenden Inseln der Erinnerung, umspült von Vergessen, wir springen von der einen zu der anderen, hin und zurück, und wir sind Virtuosen darin, die Brüche mit Geschichten zu übertünchen, die den anderen und uns selbst ausgreifend und erfinderisch vorgaukeln, wir stünden auf einem festen Grund durchgängigen Erinnerns.«

Leyland hielt sich an einem Zaunpfahl fest. »Mir ist, wenn ich davon spreche, als würde ich gleich ins Taumeln geraten. Es ist, als kämen die Wochen nach der Diagnose zurück, diese Wochen, in denen alle Gewissheiten wegbrachen.« »Wie wäre es denn«, fragte Sophia, »wenn wir im Inneren statt einer losen Kette von schwimmenden Inseln eine solide Landzunge wären? Was wäre daran besser?« »Ich weiß nicht«, sagte Leyland, »ich kann es schwer ausdrücken: Ich würde mich sicherer fühlen, mehr bei mir selbst, weniger dunklen Strömungen ausgeliefert.« »Vielleicht«, sagte Sidney, »wäre es auch das Gefühl: Ich verstehe besser, wer ich bin. Wir wären für uns selbst übersichtlicher.« »Aber ist vergessen nicht auch befreien? Ballast abwerfen? Selbst wenn wir dabei einiges verlieren, auch einiges von uns selbst?« sagte Sophia. Jetzt sahen sie, dass Philip Ashcroft aufgestanden war und zu ihnen heruntersah. Er machte mit der Hand ein Zeichen: ob sie heraufkommen möchten? »Lieber nicht«, sagte Sidney, und Leyland winkte ab. »Es ist mir lieber, wenn meine Zeit dort drinnen im Dunkeln bleibt«, sagte Sidney, als sie weitergingen, »richtig aufhellen könnte ich sie ja für mich ohnehin nicht.« Nach einer Weile blieb er plötzlich stehen. »Es gibt noch eine dritte Erinnerung: Die Milch läuft über, ich rieche es und höre es zischen, dazu Mamans ärgerliche Stimme, die ich schon damals mochte, ich habe sie insgeheim immer gemocht, selbst wenn der Ärger mir galt.«

Später standen sie bei Foyles vor den Bücherregalen. »Seht ihr den Mann dort in der Ecke, den älteren Herrn mit dem Hut?« fragte Leyland. »Ich glaube, das ist John Escott, der Richter aus Aylesbury, der im Prozess gegen David Cliburn das Urteil sprach. Es ist mehr als dreißig Jahre her, dass Livia und ich ihn besucht haben, und er hat sich sehr verändert, aber ich glaube, er ist es.« Jetzt drehte sich der Mann um, und ihre Blicke trafen sich. Zögernd kam er auf sie zu. »Der Prozess gegen David Cliburn. Sie sind doch der Mann, der mit der Journalistin zu mir kam, nicht wahr? Wie hieß sie gleich?« »Livia Pertot«, sagte Leyland. »Sie wurde meine Frau.« Er stellte Escott Sidney und Sophia vor. »Ich mache demnächst mein Examen als Anwalt«, sagte Sidney. »Wir hatten in Triest einen Fall, in dem ein Mann seine kranke Frau auf ihren Wunsch hin, aus Erbarmen, tötete. Er wurde wegen Mordes verurteilt, keine mildernden Umstände. Ich war entsetzt und empört über das, was vor Gericht gesagt wurde. Mein Vater hat mir von Cliburn und

Ihrem Urteil erzählt. Ich würde gerne einmal länger mit Ihnen über diese Dinge reden. Wohnen Sie in London?« Escott nickte. »Dürften wir Sie zu uns nach Hampstead einladen?« »Ich weiß nicht«, sagte Escott. »Es war der dunkelste, schmerzlichste Moment in meiner ganzen Laufbahn. Gegen meine Empfehlung kam Cliburn erst nach zwei Jahren frei. Er prallte mit einem Lastwagen zusammen. Ich habe nie geglaubt, dass es ein Unfall war. Ich weiß nicht, ob ich noch einmal länger darüber reden möchte, es hat mich lange genug verfolgt. Aber ich denke darüber nach. Geben Sie mir Ihre Nummer?«

Als sie wieder zu Hause waren, rief Andrej an. Es war ein Brief von Roman Nemirov, dem gelähmten Übersetzer, gekommen. »Eine Handschrift wie gedruckt, lakonische Sätze«, sagte Andrej. »Er ist beeindruckt von Smirnovs Text. Er könne sich vorstellen, den Text zu machen. Ob auch weitere Texte – das würde man sehen. Er hat mich eingeladen, ihn zu besuchen, zusammen mit dem Verleger. Er wohnt in Brighton.« Andrej räusperte sich. »Ich war noch nie in England. Fühle mich unsicher bei dem Gedanken. Würdest du mitfahren?« Natürlich, sagte Leyland, und er würde seinen Nachbarn, der auch ein Freund sei, fragen, ob er bei ihm wohnen könne. »Ich weiß nicht«, sagte Andrej, »lieber in einer Pension. Ich ... ich bin es nicht gewohnt ... mit anderen, meine ich ... du kennst mich ja. Ich habe jetzt auch Nemirovs Nummer. Ich rufe ihn an und frage, ob er etwas dagegen hat, wenn du mitkommst. Dann kann er mir auch sagen, wann es ihm recht ist.«

Am nächsten Abend ging das Jahr zu Ende. Burke las die letzten Seiten aus Tom Courtenays Buch vor. Dann öffneten sie das Fenster und hörten den Glocken zu. »Es war das längste Jahr, das ich erlebt habe«, sagte Leyland. »Die Diagnose. Der Verkauf des Verlags. Die Entdeckung des Irrtums. Und jetzt sitzen wir alle in diesem Haus hier. All das in der zweiten Hälfte des Jahres. Was in der ersten Hälfte war, weiß ich gar nicht mehr.«

35 Am Neujahrstag rief Sean Christie an. An der unsicheren, ein bisschen heiseren Stimme erkannte Leyland sofort, dass etwas geschehen war. Mary Ann Ashford hatte Schlaftabletten genommen. Im letzten Moment hatte sie den Notarzt gerufen und hatte bis gestern im Krankenhaus gelegen. »Sie sagte es leise und schuldbewusst. Am Schluss erkundigte sie sich, wo du seist. Ich kann heute wegen Lynn nicht zu ihr fahren.«

Leyland fuhr mit der U-Bahn bis Tottenham Court Road. Statt umzusteigen, trat er auf die Oxford Street hinaus und ging in Richtung Marble Arch. Er ging langsam, er brauchte Zeit. Er hatte sich, seit er in Warren Shawns Haus wohnte, nicht bei Mary Ann gemeldet. Auch von der Diagnose und dem Verkauf des Verlags hatte er ihr nicht erzählt. Er hatte all ihre Bücher übersetzt, und das hatte Intimität entstehen lassen. Doch es war eine einseitige Intimität geblieben: Sie hatte sich geöffnet, ohne sich für ihn zu interessieren. Sie brauchte ihn als ihren Vertrauten, der sie verstand und gegen Kritik verteidigte. Aber es kam selten vor, dass sie ihm eine persönliche Frage stellte, und noch bevor er richtig antworten konnte, kreiste sie schon wieder um sich selbst. Und von alledem schien sie nichts zu wissen. Er hatte so etwas noch nie erlebt, bei jeder Begegnung frappierte es ihn von neuem, und immer wieder musste er lernen, nicht verletzt zu sein. Bei Marble Arch setzte er sich in ein Café und ging in Gedanken die Stationen ihrer gemeinsamen Geschichte durch.

Sie war fünfundzwanzig, als er ihr zum ersten Mal begegnet war. Es war im Frühling des Jahres gewesen, in dem er mit Livia und den Kindern nach Triest zog. Lynn Christie hatte von ihrem ersten Roman, *Rainy Days*, erzählt, einer Geschichte über verlorene und wiedergewonnene Selbstachtung. Es war ein Buch, dessen Erfolg alle Erwartungen übertraf, und Lynn hatte ihm vorgeschlagen, es ins Italienische zu übersetzen. Sie hatte ihm ein Exemplar mitgegeben, und er las Tag und Nacht. *Giornate Piovose* würde der italienische Titel lauten. *Es war doch nur eine Kleinigkeit, nicht der Rede wert ...*, begann die Geschichte, und aus dieser Kleinigkeit, einem winzigen Zugeständnis, das eine Frau aus Liebe machte, wurde ein Verrat an sich selbst, der sie zu zerstören drohte. Für Selbstachtung brauchte Mary Ann abwechselnd *self-esteem* und *self-respect*, das war immer *rispetto per se stesso*. *Betraying oneself*, sich selbst verraten, war *tradirsi*. Als er das Buch zweimal gelesen und das erste Kapitel übersetzt hatte, besuchte er sie. Mit dem vielen Geld hatte sie sich eine Wohnung am Clarendon Place beim Hyde Park gekauft und war noch ganz trunken vor Glück über den Erfolg des Buches und den Luxus der hohen Räume mit dem edlen Stuck. Mit ihrem weißen Gesicht, der hohen Stirn und dem langen, blonden Haar hatte sie etwas Ätherisches an sich, etwas von einer Fee, die in Strümpfen über das glänzende Parkett schwebte. Er hatte ihre langen, dünnen Zigaretten geraucht und ihren starken Tee getrunken. Er hatte unnötige Wiederholungen und Unstimmigkeiten zur Sprache gebracht, Dinge, die eigentlich der Lektor hätte bemerken müssen. »Niemand liest so genau wie der Übersetzer«, hatte er zu ihr gesagt. Mary Ann war empfindlich, das hatte sie nicht erwartet, sie sträubte sich, argumentierte sophistisch, und erst wenn sie mit dem Tee aus der Küche kam, war sie bereit, es einzusehen. Zum Thema des Romans stellte er nur eine einzige Frage, deren Gefährlichkeit er erst erkannte, als er ihr Gesicht sah: ob die Frau, als sie die Tiefe des Verrats an sich selbst erkannte, nie daran gedacht habe, ihrem Leben ein Ende zu setzen? Mary Ann fuhr sich übers Gesicht und biss sich auf die Lippen, er wünschte, die Frage ungeschehen machen zu können. »*Let's change the subject*«, sagte sie schließlich. Danach wurde es noch ein langer Abend. Sie wollte hören, wie ihre Sätze auf Italienisch klangen, sie wollte immer mehr davon hören, sie saß mit angezogenen Beinen auf dem Sofa und hatte die Augen geschlossen. Es war weit nach Mitternacht, als er ging.

Der Roman war in Italien nicht weniger erfolgreich als in England. Mary Ann kam nach Triest zu einer Lesung. Sie las einige Stücke auf Englisch, dazwischen las Leyland aus seiner Übersetzung. Er hörte zum ersten Mal, wie sie ihre Sätze sprach, und wurde mitgerissen von der Intensität der Worte, die er ja sehr gut kannte. Als sie in London zusammen geredet hatten, auch über das Buch, hatte sie manches leichthin gesagt. Jetzt hatte ihre Stimme einen Ernst und eine Leidenschaft, die im Saal eine große Stille entstehen ließen, und Leyland hatte Mühe mitzuhalten. Es hatte in der Presse den Vorwurf gegeben, ihre Worte seien oft zu groß. »Große Worte: eigentlich weiß ich gar nicht, was das ist«, hatte sie geantwortet, als jemand aus dem Publikum sie darauf ansprach. »Und im übrigen: wenn die Sache groß ist – warum dürfen es die Worte nicht sein?«

Livia mochte Mary Ann nicht, das war Leyland

sofort klar, als er mit ihr zusammen Livias Büro betrat und die beiden Frauen sich die Hand gaben. Livia behandelte ihre Autorin formvollendet, es gab Tee und abends, nach der Lesung, ein Essen. Auch ließ es Livia nicht an freundlichen Worten fehlen. Aber es gab da eine kühle Distanz, die Leyland frösteln ließ. Bald wurde ihm klar, dass es nicht nur Abneigung war, fehlende Sympathie, sondern Eifersucht, Eifersucht ganz ohne Grund. Leyland sagte nie: Mary Ann, immer nur: Mary. Livia dagegen: Mary Ann, mit Betonung auf *Ann*, und manchmal nur *Ann* – sie sagte es gepresst, schneidend, als schnitte sie sich mit einer scharfen Klinge ins eigene Fleisch.

Mary Ann flocht in ihren Büchern – aber auch, wenn man mit ihr sprach – oft Wendungen ein wie *to and fro, once in a while, all the same*, und vor allem *rather* und *rather not*. In Zeiten, wo er an einem ihrer Bücher arbeitete, benutzte auch Leyland diese Wendungen öfter als sonst, es war wie immer: Er lebte in der Sprache der Bücher, die er gerade übersetzte. Livia kannte das ja, es hatte sie immer ein bisschen gestört, eine kleine Entfremdung, aber bei Mary Ann störte es sie noch ganz anders als sonst. Es kam Leyland vor, als erlebte sie jede solche Wendung als unausgesprochene Erinnerung an Mary Ann, als einen Tribut an ihre Gegenwart, weit weg am Clarendon Place unweit des Hyde Parks. Es kam vor, dass ihn der Teufel ritt und er einen dieser Einschübe gezielt setzte – als bewusstes Zeichen, dass er zu Mary Ann stand und zu der Nähe, die es zwischen ihnen gab. Dann gab es ein kleines Gefecht, ein Geplänkel, schnelle, blitzende Bewegungen eines Wortfloretts, begleitet von einem spöttischen Zucken um Livias Mund und von winzigen, selbstbewussten Bewegungen ihres Körpers, die etwas leise Herausforderndes hatten und die Anwesenden wissen ließen: Vorsicht, ich bin auch noch da, und ich bin, damit das klar ist, stärker als diese schattenhafte Rivalin aus London.

Manchmal dagegen kamen die Wendungen ohne Bedacht, und Leyland bemerkte nicht, dass er für einen Augenblick in Mary Anns Sprache geglitten war. Dann blitzte die Anwesenheit der ungreifbaren Rivalin in dem, was er sagte, auf als ein giftiges Irrlicht, und dann konnte es geschehen, dass Livia Messer und Gabel sachte auf den Tellerrand legte und aus dem Zimmer ging, und das Gemessene an den Bewegungen war viel schlimmer, als wenn sie das Besteck klirrend hingeworfen hätte. Oder Livia blieb sitzen, drehte langsam den Kopf und sah in die Bäume hinaus, in die Richtung der Bucht, sie konnte das Meer nicht sehen, aber ihr Blick war so, als sähe sie es. Oder es kam noch anders: Livia schlug zurück, indem sie Mary Anns Wörter auf eine Weise benutzte, die sowohl ein geziertes Gebrauchen als auch ein höhnisches Zitieren war. Das machte Leyland hilflos, Ironie machte Leyland immer hilflos – ihn, dessen raffinierte Übersetzungen ironischer Bemerkungen und Dialoge legendär waren.

Was Livia zur Weißglut brachte: wenn Leyland über jemanden, der zerstreut war, sagte, er sei *verstreut*. Das war Mary Ann: Sie sagte und schrieb *scattered*, wenn gemeint war, er sei zerstreut, *absent-minded*. Und es war natürlich kein Versehen, auch keine Verschrobenheit: Zerstreut zu sein, war für sie nicht ein Mangel an Geistesgegenwart, keine Unachtsamkeit, keine Unaufmerksamkeit – sie sah es so, dass der Betreffende, statt gesammelt bei sich zu sein, außer sich war, er lag mit seinen Gedanken draußen herum – verstreut eben, fern von sich selbst.

Am Tag nach ihrer ersten Lesung in Triest zeigte ihr Leyland die Stadt, und nachher fuhren sie mit dem Schiff nach Muggia. Sie hatte sich einen Strohhut mit schwarzem Band und breiter Krempe gekauft, schloss die Augen und genoss den Fahrtwind. Von ihrem Gespräch wusste Leyland nur noch etwas, was ihm im Rückblick wie der Vorbote ihres späteren Unglücks erschien: Sie hatte davon gesprochen, wie schwer es war, beim Schreiben nicht das Opfer verbrauchter Formulierungen zu werden. Wie entkam man dem? Und *wohin* entkam man ihm?

Das nächste Buch, *The Keys*, schloss sie vier Jahre später ab. Wie schon in *Rainy Days* ging es um kleine, leise Handlungen, die sich unaufhaltsam zu etwas Großem entwickelten, das die Figuren unter sich begrub. Jemand gab dem Nachbarn die Schlüssel mit der Bitte, auf das Haus aufzupassen. Der Nachbar wendete hier ein Blatt, machte dort eine Schublade auf – und plötzlich war er in das fremde Leben verstrickt und konnte nicht mehr zurück. Als Leyland zu ihr fuhr, um die Übersetzung zu besprechen, öffnete eine andere Frau die Tür. Es war die Frau, mit der sie zusammenlebte, eine Italienerin. Leyland sprach Italienisch mit ihr, und auf sonderbare, paradoxe Weise machte das Mary Ann eifersüchtig, so dass sie der Frau ständig übers Haar fuhr, wie um Leyland zu bedeuten: Sie gehört mir. Abends, am Telefon, erzählte er Livia davon. Danach änderte sich etwas, aber Mary Ann blieb ein Thema, das man besser umschiffte.

Mary Ann kam auch mit diesem Buch und dem nächsten nach Triest. Der Saal war nicht mehr so voll wie bei *Rainy Days*, und ihre Enttäuschung war zu spüren. Die Bücher, die dann kamen, eher Novellen als Romane, waren nicht mehr auf großes Echo gestoßen, aber Seans und Livias Verlag hielten zu ihr. Sie war sehr sparsam geworden in ihrer Sprache, sehr konzentriert, der Grundton war eine konzentrierte melodiöse Trauer. Leyland hatte fast jeden Satz mehrfach umgeschrieben, um den Ton genau zu treffen.

Das letzte Buch, *Leaving*, in dem jemand aus seiner Wohnung vertrieben wurde und daran zerbrach, erschien zwei Jahre nach Livias Tod. Mary Ann war jetzt vierzig. Leyland fuhr zu ihr, und da kam es zu einem Gespräch, an das sich Leyland erinnerte, als sei es gestern gewesen. »Ich ersticke am Uhrwerk der toten Metaphern«, hatte sie gesagt. Leyland hatte sie fragend angesehen. »Tote Metaphern?« »Das sind Metaphern, die wir blind nachplappern, ohne noch zu bemerken, dass es Metaphern sind – Bilder also, die einmal lebendig waren, indem sie ein neues Licht auf etwas warfen. *Alle Hebel in Bewegung setzen, einen Streit vom Zaun brechen, mit der Tür ins Haus fallen, seine Hand für etwas ins Feuer legen* – solche Wendungen. Was an den Bildern einmal lebendig war, ist durch tausendfaches Nachplappern abgetötet worden, aber die Sprache ist voll davon, und wenn man einmal ein Gespür dafür entwickelt hat, kommen einem all die toten Metaphern als ein riesiger, umfassender Mechanismus vor, ein riesiges Uhrwerk, größer als wir selbst, das mit erschreckender, unaufhaltsamer Zuverlässigkeit alles Neue und Spontane unter sich begräbt. Wie soll man sich dagegen wehren, wo wir doch die Sprache und ihre Gewohnheiten nicht einfach neu erfinden können?«

Leyland hatte sie nach einem Beispiel für eine lebendige Metapher gefragt. Da hatte sie Salomo zitiert: »Ich sah an alles Tun, das unter der Sonne geschieht, und siehe, es war alles eitel und *Haschen nach Wind*.« Einer, der verzweifelt versucht, nach dem Wind zu greifen und ihn festzuhalten, als Metapher für Eitelkeit im Sinne der Vergeblichkeit – so etwas konnte

Mary Ann begeistern. Auch Flaubert hatte sie zitiert, der von Madame Bovarys Langeweile als einer *lautlosen Spinne* schrieb, *die ihr Netz im Finstern über jeden Winkel ihres Herzens wob*. »Und wenn wir anfingen, diese Bilder und Wendungen nachzuplappern?«, hatte Leyland gefragt. Langsam drehte Mary Ann das Wasserglas und hielt es kurz an die Wange, das tat sie oft. »Dann würden sie allen Reiz und alle Leuchtkraft verlieren und absterben«, hatte sie gesagt.

In jenem Gespräch hatte sie ihm ihre Auffassung von Literatur dargelegt, wie sie über die Jahre gewachsen war. Sie war, sagte sie, die Auflehnung, das Aufbegehren gegen blinde Redensarten, die das Erleben zudeckten statt es aufzuschließen. Literatur, das war für sie die Revolte gegen klebrige, erstickende Formulierungen, die das Erleben verstellten und verfälschten statt es zu erhellen. Und literarischer Stil – das war der Versuch, das Erleben gegen die Redensarten zur Geltung zu bringen. Mary Ann war in Strümpfen auf dem Parkett hin und her gegangen und hatte eine Zigarette nach der anderen geraucht. Man konnte erkennen, wie sehr diese Anstrengung ihr Leben bestimmte. Sie *war* diese Anstrengung, hatte Leyland gedacht, eine verzehrende Anstrengung, bei der sie, wie man an den leeren Flaschen in der Küche sehen konnte, nicht selten zum Alkohol griff.

Er hatte versucht, an dieser Anstrengung teilzunehmen, indem er die gedanklichen Linien fürs Übersetzen auszog. Wenn Literatur Auflehnung gegen erstickende Redensarten und Stil die Form dieser Auflehnung war: Wie machte man es, diese Revolte und ihre Form in der anderen Sprache zu wiederholen? Ihr Gegenstück zu finden? Wo die Musik der Worte doch eine ganz andere war? Wenn man sich diese Fragen stellte, wurde die Aufgabe des Übersetzers noch sehr viel größer als gedacht. Die fremde Stimme in die eigene verwandeln – ja, natürlich, wie schwierig auch das schon sein mochte. Aber darüber hinaus noch das Gegenstück finden zu Revolte und zu Stil als deren Form?

Leyland verließ das Café am Marble Arch und ging die Bayswater Road entlang in Richtung Clarendon Place. Warum hatte er Mary Ann in den letzten Jahren nicht öfter angerufen? Sich erkundigt, wie es ihrem Kampf gegen das große Uhrwerk der toten Metaphern ging?

Jetzt stand sie bleich und schweigsam in der Tür, und im ersten Moment dachte Leyland, er sollte lieber wieder gehen. »*I am sorry*«, sagte sie. Sie sagte es den ganzen Abend bei jeder Gelegenheit. Sie bat ihn, den Tee zu machen. Die Küche war unaufgeräumt, auf den Tellern waren Speisereste, die mehrere Tage alt sein mussten. In der Ecke leere Weinflaschen. Sie setzten sich, wie sie immer gesessen hatten, wenn er ihr aus den Übersetzungen ihrer Bücher vorgelesen hatte. Sie sah ihn an. »*I am so sorry*«, sagte sie. Ihre Augen waren nicht auf genau gleicher Höhe, eine Spur verschoben, nur eine Spur, und die Pupille im einen Auge schien eine Nuance größer und dunkler als im anderen. Natürlich hatte er das schon früher bemerkt, doch jetzt bedeutete es etwas anderes, das Gesicht wirkte verrutscht und aus den Fugen, und dadurch bekam das ständige Bedürfnis, sich zu entschuldigen, etwas Verzweifeltes, es war wie eine Entschuldigung dafür, dass sie dabei war, vor seinen Augen zu zerfallen. »*Non si preoccupi*«, sagte Leyland. Sie mochte es, wenn er Italienisch redete, und als sie jetzt lächelte, war es, als erinnerte sie sich an etwas Schönes, von dem sie kaum noch glauben konnte, dass sie es einmal gekannt hatte.

Eine Liebesbeziehung zu einer jüngeren Frau war zerbrochen. Leslie – sie sprach den Namen der geliebten Frau überhastet aus, als wolle und müsse sie ihn vergessen, aber in den hellen Vokalen, die sie früher zelebriert haben würde, war das starke Gefühl immer noch zu hören. Sie hatte seit Monaten nicht mehr gearbeitet, keine Szene war ihr gelungen, kein Satz. Und schon vor der Trennung von Leslie waren die Worte immer mehr versiegt. Sie mache beim Schreiben keine neuen Erfahrungen mehr, sagte sie. Sie hatte die großen Dichter gelesen, bis sie sie auswendig konnte: T. S. Eliot, Robert Frost, Walt Whitman, auch Joseph Brodsky. »Danach war ich wieder allein mit meinen schäbigen Wörtchen, meinen kläglichen kleinen Szenen und Sätzen. Ich habe es bergeweise weggeworfen, das mediokre Zeug.« Sie presste die verächtlichen Wörter – *shabby, meagre, poor, miserable* und noch einige mehr – mit zischender Wut hervor, in der man den Zerstörungswillen hören konnte, den sie gegen sich selbst gewendet hatte. Dabei ging sie auf und ab und machte mit wütenden Drehungen kehrt, das Haar fiel ihr wie ein schwingender Vorhang vors Gesicht. Schließlich setzte sie sich und verbarg das Gesicht in den Händen.

Leyland begann, aus dem Gedächtnis Sätze von ihr zu zitieren, die einen besonderen Glanz besaßen. Sie nahm die Hände vom Gesicht und sah ihn mit freudigem Erstaunen an. »Sie können meine Worte auswendig«, sagte sie. Wenn der Übersetzer einen Text liebe, kenne er ihn am Ende besser als der Autor, sagte er. Sie wollte mehr von ihren Sätzen hören, immer mehr. Dann bat sie ihn, ihr ganze Seiten aus ihren Büchern vorzulesen.

Jetzt wolle sie ins Kino, sagte sie unvermittelt. Ein Western. Leyland sah sie ungläubig an. Sie lachte. Es tat gut, sie lachen zu sehen. Sie gingen durch die Parks. Sie hängte sich ein. Er möge sie nicht Mary Ann nennen, sondern nur Ann, sagte sie. Es war unheimlich, neben ihr zu sitzen und Clint Eastwood im Poncho auf dem Pferd zu sehen. Warum, fragte er sich, ließ er das alles geschehen, als hätte er keinen eigenen Willen? Nur, weil diese Frau nicht mehr hatte leben wollen? Einen Moment lang war er versucht, aufzustehen und wortlos hinauszugehen.

Als sie aus dem Kino traten, regnete es in Strömen. Mary Ann blieb stehen und sah ihn an, das Gesicht voller Regentropfen, sie sah ihn an wie jemand, der überhaupt nicht weiterweiß. Er winkte ein Taxi heran, und sie fuhren zu ihrer Wohnung am Clarendon Place. Abwesend blickte sie in den Regen hinaus. Sie hätte das Gefühl, mit allem ganz am Anfang zu stehen, sagte sie nach einer Weile. Da erzählte er von Pavese und seinen Worten über das Leben als ein ständiges Anfangen. Als sie vor ihrer Haustür standen, bat sie ihn, die Sätze zu wiederholen. »*Good night, Ann*«, sagte er schließlich und wandte sich zum Gehen. Da stellte sie sich auf die Fußspitzen und drückte ihm einen flüchtigen Kuss auf den Mundwinkel. Als er ins wartende Taxi stieg, suchte sie immer noch nach dem Hausschlüssel. Dann fiel er ihr aus der Hand. Als sie die Tür schließlich aufschloss, fuhr das Taxi los.

Sidney und Sophia hatten auf ihn gewartet, und beim Essen erzählte er von der Begegnung mit Mary Ann. »Ich habe ihr aus meinen Übersetzungen ihrer Bücher vorgelesen. Da sagte sie plötzlich: ›Eigentlich weiß ich gar nicht, ob das noch meine Geschichten sind. Geschichten sind ja eigentlich nichts weiter als die Worte, mit denen sie erzählt werden. Und das, was Sie mir vorlesen, sind nicht mehr meine Worte, sondern Ihre. Beim Übersetzen, sagt man, wird dieselbe

Geschichte in der neuen Sprache noch einmal erzählt. Aber wie kann es dieselbe Geschichte sein, wo doch die Worte ganz andere sind?‹

Ich habe ihr dann erklärt, wie ich mir die Sache all die Jahre zurechtgelegt habe. ›Wörter‹, sagte ich, ›haben auf der einen Seite eine sachliche, auf der anderen eine musikalische Bedeutung. Mit ihrer sachlichen Bedeutung sprechen sie davon, was geschehen ist: dass es zu regnen begann, dass der Zug verspätet war, dass jemand sich verliebte. In einer anderen Sprache kann man von demselben Geschehen sprechen, weil die Wörter der anderen Sprache dieselbe sachliche Bedeutung haben: Sie beziehen sich auf dieselben Sachen, sprechen von denselben Dingen. Übersetzen heißt: mit anderen Worten von derselben Sache zu sprechen und dabei nichts zu verwechseln, etwa *Neid* mit *Missgunst* oder *pity* mit *compassion*. Aber es geht nicht nur darum, dieselbe Sache zu treffen. Der Übersetzer muss sich auch um die musikalische Bedeutung der Worte kümmern. Es gibt ja gewaltige Unterschiede im Klang von Sprachen. *Lüge* und *mensonge* oder *töten*, *killing* und *ammazzare*: Es ist nicht nur so, dass die Laute andere sind, sie *packen* einen auch auf andere Weise, um so mehr, je weiter weg die andere Sprache ist. Sprachen sind Ausdruck von Lebensmelodien, man ist, wenn man die Sprache wechselt, anders im Leben und in der Welt. Die *Gestimmtheit*, könnte man sagen, ist von Sprache zu Sprache eine andere. Weshalb denn menschliche Beziehungen je nach Sprache eine unterschiedliche *Temperatur* haben.‹

›Wie kann sich‹, fuhr ich fort, ›ein Übersetzer um die Musik der Worte kümmern? Er muss zu etwas, was in der einen Melodie ausgedrückt wird, ein Gegenstück in der anderen finden. Es kann dabei um vieles gehen: Rauheit und Eleganz, Glanz und Vulgarität, Banalität und Feierlichkeit. Und auch um den Rhythmus der Sätze geht es: darum, ihn über die Verschiedenheit der Sprachen hinweg abzubilden. All das spielt eine Rolle, wenn man *Stil* von der einen Sprache in eine andere zu transponieren versucht. Aus einem glanzvollen und mitreißenden Text kann eine matte und spröde Wortfolge werden, wenn die Musik der Worte missachtet wird. Doch selbst, wenn man zu einem Text das melodiöse Gegenstück in der anderen Sprache gefunden hat: Die Melodie ist eine unaufhebbar andere.‹

›Und all das‹, sagte ich zu Mary Ann, ›ergibt eine Antwort auf die Frage, die Sie mir gestellt haben: Wenn Sie unter einer *Geschichte* ein Geschehen in der Welt verstehen, das seinen Ausdruck in der sachlichen Bedeutung von Worten findet, dann gibt es eine Identität von Geschichten über verschiedene Sprachen hinweg, weil es Identität von sachlicher Bedeutung gibt. Wenn Sie eine Geschichte jedoch an die musikalische Bedeutung ihrer Worte binden – wenn die Geschichte damit stehen und fallen soll –, dann wird sie durch das Übersetzen zwangsläufig eine andere. Beides zusammen erklärt, so kommt es mir vor, die schwankenden Empfindungen beim Lesen oder Hören einer Übersetzung: Der Text ist sowohl vertraut als auch fremd, nämlich sachlich vertraut und musikalisch fremd.«

Alle drei begannen sie, nach Beispielen für unübersetzbare Wörter zu suchen – für Wörter, die von etwas sprachen, von dem in keiner anderen Sprache die Rede war. *Fair*, schlug Sidney vor. Natürlich konnte man Wörter aufbieten, die einen Teil der sachlichen Bedeutung wiedergaben: *gerecht*, *anständig* und *angemessen* oder *giusto*, *leale* und *imparziale*. Aber keines der Wörter erreichte die Dichte von *fair*. Und wie wollte man *fair play* übersetzen? Deshalb hatte man das Wort kurzerhand in andere Sprachen übernommen. Sophia erinnerte an ein Wort, das Livia für unübersetzbar gehalten hatte: *éblouissant*. Etwas, was *blendete* und durch seine Leuchtkraft *betörte*. »Ja, sicher«, hatte Livia gesagt, »aber im französischen Wort *hört* man den Zauber und die Leuchtkraft.« Ob das nicht ein Fall sei, fragte Sophia, wo die sachliche und die musikalische Bedeutung zusammenfielen? Ähnlich wie bei lautmalerischen Ausdrücken? Daher die Unübersetzbarkeit?

Schließlich brachte Leyland sein Lieblingsbeispiel zur Sprache: *halbseiden*. *Somewhat dubious*, sagte das Wörterbuch. Wie hilflos! Halbwelt, Rotlicht, Homosexualität, Tricksereien, moralische Anrüchigkeit, Unechtheit – alles floss in ein und dasselbe Wort, und diese besondere Mischung fand sich nirgendwo sonst. »Und man kann es fortspinnen«, fügte Leyland hinzu, »irgendwo habe ich gelesen: ›Das ist ein halbseidenes Argument.‹ Im Hintergrund sah ich in diesem Moment das geschmacklose, glänzende Hemd eines Zuhälters aus Halbseide. Und nun stellt euch vor, jemand müsste das ins Arabische oder Chinesische übersetzen!«

Als Sidney und Sophia schlafen gegangen waren, setzte sich Leyland an Warren Shawns Schreibtisch, den er inzwischen als seinen eigenen empfand. Der Besuch bei Mary Ann hatte ihn aufgewühlt, ohne dass ihm die Konturen seines Empfindens klar vor Augen standen. Würde es – wie so oft – helfen, Livia zu erklären, was ihn bedrängte?

Cara –
ich habe es fast nicht ausgehalten, Mary Ann dabei zuzusehen, wie sie fahrig nach dem Hausschlüssel suchte, wie sie ihn fallen ließ und sich umständlich danach bückte. Wie froh war ich, als das Taxi losfuhr! Ich lehnte mich ins Polster, und erst in diesem Augenblick spürte ich, wie erschöpft ich war. Eigentlich ist es gar nicht auszuhalten, wenn dir jemand gegenübersitzt, dessen Unglück so groß ist, dass er nicht mehr weiterleben wollte. Was kann man sagen, was kann man tun? Was ich, als ich zuhörte, langsam verstand: dass der Verlust von

Leslie und der Verlust der Worte zwei Verluste sind, die ineinandergreifen und sich wechselseitig bedingen. »Ich habe es bergeweise weggeworfen, das mediokre Zeug«, sagte sie über die verworfenen Arbeiten der letzten Jahre. »Ich mache beim Schreiben keine neuen Erfahrungen mehr.« Literatur als Auflehnung gegen erstickende Redensarten und Stil als die Form dieser Auflehnung: Sie lebt das seit vielen, vielen Jahren, und jetzt geht es nicht mehr weiter. Das große Uhrwerk der toten Metaphern, dem man sich entziehen muss. Die Suche nach der eigenen Stimme.

Ich habe sie insgeheim um ihre kompromisslose Anstrengung beneidet, und vielleicht hat es zu Deiner Eifersucht beigetragen, dass Du diesen geheimen Neid gespürt hast. Doch was ist das für ein aberwitziges Risiko: das gesamte Leben auf der Suche nach den eigenen Worten aufzubauen! Sie hat das Studium der Literatur abgebrochen. Dann der frühe Erfolg von Rainy Days. Die elegante Wohnung am Clarendon Place kam mir dieses Mal viel zu groß für sie vor, vielleicht auch deshalb, weil ich durch angelehnte Türen in leere Räume blicken konnte, in denen Leslie gewohnt haben muss. Beinahe war es, als sei Mary Ann bei sich nur noch zu Besuch. Ihre Bücher sind schon lange nicht mehr in den Schaufenstern. »Ich spiele euch schon lange kein Geld mehr ein«, muss sie neulich zu Sean Christie gesagt haben. Ihr Vater war Pilot bei der Royal Air Force gewesen, hochdekoriert, und er hat seiner einzigen Tochter

Geld hinterlassen. Solche Sorgen hat sie also nicht. Aber was nützt Geld, wenn die Worte versiegen?
Ich bin selbst ja auch wie ins Leere gesprungen, als ich aus Oxford davonlief. »Aber Sie haben sich bald an den Worten der anderen festhalten können«, sagte Mary Ann. »Ich dagegen habe nur meine eigenen kläglichen Worte.« Das Taxi fuhr schon durch Hampstead, als ich zu spüren begann: Das stimmte, die Worte der anderen waren ein Halt und eine Richtschnur gewesen. Zugleich aber waren sie ein Gefängnis gewesen, von dem Mary Ann nichts wusste. Als ich nachher mit Sidney und Sophia über das Übersetzen sprach, merkte ich, wie sich eine leise Panik in mir ausbreitete, eine Panik, die in letzter Zeit häufiger aufgeflammt war, ein Gefühl jedoch, das durch den Schrecken der falschen Diagnose in den Hintergrund gedrängt worden war. Es hat an der Begegnung mit Mary Ann vieles gegeben, was mich bedrängt und verstört hat, nicht zuletzt ihr bizarrer Wunsch, ins Kino zu gehen und einen Western zu sehen. Doch am meisten – so will es mir jetzt vorkommen – hat mich ein Gedanke beunruhigt, der, obgleich er sich an ihren Worten entzündete, gar nichts mit ihr zu tun hatte: dass ich mir durch Jahrzehnte des Übersetzens den Weg zu einer eigenen Sprache verbaut hatte.
Ich habe eben noch einmal die Worte gelesen, die Warren Shawn in seinem Brief an mich gerichtet hat: »Doch Du bist stark, mein lieber Simon, Du warst es schon als staunendes Kind und dann als Jüngling, der bei Nacht

und Nebel die Schule und das elterliche Haus verließ und zu den Lichtern der Großstadt floh und zu den Zügen, die unter ihr fahren. Was war das für ein unerhörter, abenteuerlicher, halsbrecherischer Wille! Der Wille eines Hazardeurs! Und wie groß muss das Vertrauen in Dich selbst gewesen sein, auch wenn Du oft gezittert haben wirst! Ich wünschte, dass Du diesen glühenden, verrückten Willen und das unerschütterliche Selbstvertrauen, aus dem er entstand, noch einmal auflodern ließest und zur Feder griffest, um in ganz eigenen Worten von Dir selbst zu erzählen ...«

Was ist es, was mich lähmt? Was ist es genau? Übersetzend habe ich unzählige Wortfolgen schreiben und also denken müssen, weil und nur weil ein anderer sie in der anderen Sprache gedacht und geschrieben hat. Und das blieb – ich spürte es oft mit Unbehagen, manchmal sogar mit einem Gefühl der Panik – nicht ohne Wirkung: Diese Wortfolgen, sie prägten und formten meinen Geist, und manchmal dachte ich: Sie verformten ihn. Ich konnte sie nicht einfach mit leichter Hand bilden und dann wieder loslassen, ohne weitere Spuren. Ich träumte von ihnen, namentlich, wenn es um vertrackte Wendungen ging, mit denen ich nicht zufrieden war. Sie kreisten in meinem Kopf, auch unterwegs, ich sagte sie leise vor mich hin, um ihren Klang zu prüfen, und manch einer sah mich im Bus oder auf der Straße wie einen Verwirrten an.

Manchmal redete ich ja auch im Geist und in der Me-

lodie eines Autors und seiner Figuren, Du kanntest das, und es machte Dich verrückt, wenn Du durch ihre Worte hindurch Mary Ann zu hören meintest. Es gab viele besondere Wortfolgen, die ich nie mehr vergaß, sie haben sich, möchte ich sagen, eingraviert in meinem Geist. Die Erinnerungen an die übersetzten Worte türmten sich wie auf einem inneren Dachboden, der durch die eingeschliffenen, unvergesslichen Worte immer weitläufiger wurde. Oft hatte ich das Gefühl, nur noch auf solchen Dachböden zu leben und die Treppe hinunter in die gewöhnlichen Räume des Lebens nicht mehr zu finden, und wenn ich dann doch hinabstieg, bewegte ich mich wie ein Fremder, der die natürliche Selbstverständlichkeit des Sprechens verloren hatte. Mit den Worten einer Übersetzung, besonders den komplizierten, hat es schon eine ganz besondere Bewandtnis: Es sind ja durchaus eigene Worte, sie haben ihren Ursprung in mir, niemand anderes als ich selbst hat sie geformt und gebildet, und doch tragen sie auch den Stempel des Fremden, denn meine Worte sind, wie sie sind, weil die ursprünglichen Worte sind, wie sie sind. Ein Eigenes also, das fremden Ursprungs ist, und der fremde Ursprung bleibt für mich unüberhörbar an ihm haften als ... ja, doch, als ein Makel, ein verschwiegener Makel. Und wie soll ich nun all das beiseite lassen und meine eigene Sprache sprechen? Einen neuen Dachboden langsam mit Worten, Rhythmen und Metaphern füllen, die keine Vorbilder haben und einzig und allein aus mir selbst kommen? Wie kann ich die Worte, die ich benutzen musste, um Fremdes zu sagen, benutzen, um das zu sagen, was ich in eigener Sache sagen möchte? Denn natürlich kommen die eigenen Worte nicht aus dem Nichts, aus einem Vakuum, einem tonlosen Raum. Was also bedeutet es, dass es eigene Worte sein können, wenn sie doch aus der Erfahrung mit Tausenden von fremden Worten entstehen? Die eigene Stimme: woran werde ich sie erkennen?

36 Zwei Tage bevor Sidney zurück nach Triest reiste, kam ein Anruf von John Escott, dem Richter. Ob die Einladung noch gelte? Als Burke davon erfuhr, fragte er, ob er auch dabei sein dürfe. Es war ein nebliger Tag, und Escott trug einen dicken Schal, der das halbe Gesicht verdeckte. Er war ein Mann, der mit seiner ruhigen, langsamen Art und der tiefen, vollen Stimme große Räume füllte. Er hängte Mantel und Schal an die Garderobe, fuhr sich mit beiden Händen durch das dichte weiße Haar, bevor er sich setzte, und bedankte sich mit gemessenen und zugleich warmherzigen Worten für die Einladung.

»Ich bin«, sagte er zu Leyland gewandt, »nach unserer Begegnung bei Foyles in Gedanken zurück zu dem Gespräch gegangen, das Sie, Ihre spätere Frau und ich damals bei mir zu Hause in Aylesbury geführt haben, als Sie beide wegen des Interviews zu mir kamen. Das ist fünfunddreißig Jahre her, und natürlich erinnere ich mich nicht an jede Wendung des Gesprächs. Tatsächlich erinnere ich mich vor allem an die eine Äußerung Ihrer Frau, die ein heftiger Ausruf war, fast schon ein Schrei: ›Aber was Cliburn getan hat, ist doch *eine ganz andere Art von Tat* als jeder Mord!‹ Sie wiederholte das noch mehrmals, und zwischendurch dachte sie auch laut über die stillschweigende Voraussetzung ihrer Worte nach: dass menschliche Handlungen keine Episoden sind, die man unabhängig von den Motiven klassifizieren kann. Ob wir etwas für einen Betrug oder ein Versehen, eine Beleidigung oder eine tölpelhafte Bemerkung, eine Finte oder einen Fehler halten: stets entscheiden wir danach, was als Motiv dahinterstand. Und wenn wir feststellen, dass wir uns im Motiv geirrt haben, *nehmen wir die Beschreibung der Handlung zurück*. Es sei deshalb, sagte Ihre Frau wütend, vollständig absurd, wenn das Gesetz eines Landes die abstrakte und blutleere Kategorie *vorsätzliche Tötung* unterschiedslos auf einen Mord und eine Tat wie diejenige von Cliburn anwende und aus derselben Kategorie dann dieselbe Bestrafung ableite. Das wäre gerade so, fuhr sie fort, als würden wir den Unterschied zwischen einem Versehen und einem Betrug außer Acht lassen, indem wir in beiden Fällen sagten: Er hat den Vertrag vorsätzlich unterschrieben. Oder wir ließen den Unterschied zwischen einem Fehler und einer Finte im Schach außer Acht und sagten in beiden Fällen nur: Er hat den Bauern vorsätzlich gezogen. Und unsere Reaktion wäre deshalb in beiden Fällen jeweils die gleiche. Wo sie doch, wenn wir die Motive berücksichtigten, eine gänzlich andere sein müsste! Als Richter in unserem System war ich gehalten, die Jury anzuweisen, alles Mitgefühl und alle Sympathie beiseite zu lassen und sich ausschließlich daran zu orientieren, dass Cliburn seine Frau vorsätzlich getötet hatte. ›Das ist verrückt, komplett bescheuert!‹ rief Ihre Frau aus, wie ich mich erinnere. ›Das hieß doch soviel wie: der Jury verbieten, die Motive zu berücksichtigen, oder anders: die Tat von innen zu sehen. Ungeheuerlich! Warum wehrt sich niemand gegen eine derart dumme und inhumane Rechtsprechung? Kein Mensch, der seine Sinne beisammen hat, macht einen solchen Fehler! Ein Fehler, der für Cliburn Gefängnis bedeutet!‹

Ich weiß noch, dass mich ihre Worte beschämten, ich saß ganz steif im Sessel. ›*Natürlich* hat Cliburn vorsätzlich getötet, seine Absicht hätte nicht klarer sein können‹, sagte Ihre Frau. ›Aber wenn man seine Geschichte kennt, weiß man, man *weiß* es, dass diese vorsätzliche Tötung kein *Mord* war, durch den jemand aus dem Weg geräumt oder gerächt werden sollte, sondern eine *Hilfe*, eine *Befreiung*, eine *Erlösung* von Leid und dem Verlust der Würde. Und das ist keine

Frage der Auslegung, sondern eine Frage der Tatsachen. Weil es eben die Motive sind, die eine Handlung zu der Handlung machen, die sie ist. Und wenn jemand trotzdem hinsteht und sagt: ›Aber Cliburn hat seine Frau vorsätzlich getötet, und das ist nun einmal Mord‹ – dann hat er nichts verstanden, er ist der Sache gedanklich nicht gewachsen.«

Sidney hatte gebannt zugehört. »Das ist die Argumentation, die mir bisher gefehlt hat«, sagte er. »Ich habe, als wir uns neulich bei Foyles trafen, kurz von dem Fall in Triest gesprochen, bei dem ein Mann seine kranke Frau auf ihren Wunsch hin, aus Erbarmen, tötete und bis in letzter Instanz wegen Mordes verurteilt wurde. Enrico Nesta heißt der Mann. Seine Frau, die seit zehn Jahren unter unerträglichen Schmerzen litt, hatte ihn unzählige Male darum gebeten, sie zu erlösen, indem er sie tötete. Er tat es schließlich auf dieselbe Weise wie Cliburn: Er erstickte sie mit einem Kissen. Es zerriss ihn, aber er konnte ihr Leiden nicht mehr länger mit ansehen. ›Niemand, der es nicht selbst erlebt hat, kann es beurteilen‹, sagte er vor Gericht. Er sagte es im Triestiner Gericht, und er sagte es vor dem Obersten Gericht in Rom. Auf den Fotos sah man ihn in einfacher, schäbiger Kleidung, umringt von lauter Männern in angeberischen schwarzen Roben, die sich mit Sicherheit nicht vorstellen konnten, was der Mann hinter sich hatte und wie es in ihm aussah.

Er wurde wegen Mordes verurteilt, *omicidio volontario*. Ich rege mich darüber auf, dass das Gericht weder auf Tötung mit Einwilligung noch auf *omicidio causa pietatis* erkannte. Das hätte die Anerkennung mildernder Umstände und eine geringere Strafe bedeutet. Doch die ganze Zeit habe ich gespürt, dass meine Empörung eigentlich noch tiefer ging und sich dagegen richtete, dass man Nestas Tat *überhaupt* als ein *Verbrechen* betrachtete, das bestraft werden musste. Der Mann hatte zehn Jahre mit seiner Frau gelitten, er hatte sie, wenn er von seiner anstrengenden Arbeit als Busfahrer nach Hause kam, gepflegt und getröstet, er hatte mit angesehen, wie hilflos die Ärzte waren und wie wirkungslos die Schmerzmittel blieben, er hatte schlaflos neben ihr gelegen, wenn sie vor Schmerzen stöhnte. ›Das kann ich doch nicht tun‹, sagte er, wenn sie ihn bat, sie zu erlösen.

Irgendwann war die Grenze überschritten. ›Es wäre unmenschlich gewesen, grausam, sie noch länger leiden zu lassen‹, sagte er. Er sagte es auf der Anklagebank mehrmals: ›*inumano, crudele*‹. Und einmal muss er laut in den Saal gerufen haben: *Non sono un assassino!* Er hatte *recht*, der Mann, dachte ich, als ich das las, und mein Gefühl war ganz mit ihm. Aber erst jetzt, wo Sie von Mamans Argumentation erzählt haben, verstehe ich wirklich, *warum* er recht hatte. Es war nicht nur, dass er sich vom Gefühl her aufs heftigste gegen das Wort *omicidio* wehrte als ein Wort, das mit ihm absolut nichts zu tun hatte. Der Mann lief nicht nur gegen ein böses, grausames Wort Sturm, das ihn nach allem, was geschehen war, in tiefster Seele verletzte. Der Mann wehrte sich auch gegen einen *Irrtum*, gegen einen begrifflichen, gedanklichen *Fehler*. Und der Fehler bestand nicht nur darin, dass es kein Mord war, es war überhaupt kein *Verbrechen*, er hatte sich in keiner Weise *schuldig* gemacht. Vielmehr hatte er all seinen Mut zusammengenommen, um dem Wunsch seiner geliebten Frau nach einem Ende des Leidens zu entsprechen – einen Mut, den nicht viele besessen hätten, denn nicht viele hätten es vermocht, dem Schmerz und der Angst standzuhalten, als es galt, das Kissen nicht loszulassen. ›*Non potevo fare altro*, ich konnte nicht anders‹, sagte er.«

»Bevor ich hierherkam«, sagte Escott und zog ein Blatt aus der Tasche, »habe ich etwas nachgelesen. Im Jahr 2007 wurde in Liverpool Frank Lund verurteilt, ein Buchhalter, der seine Frau erstickte, um sie von einem unheilbaren, qualvollen Darmleiden zu erlösen. Auch hier lautete das Urteil auf Mord und lebenslange Haft, von der Mr. Lund mindestens drei Jahre zu verbüßen hatte. Die Söhne waren beim Prozess anwesend und äußerten sich nach dem Urteil durch Mr. Lunds Anwalt. ›Damit kommt ein tragischer und einmaliger Fall zum Abschluss‹, sagte der Anwalt. ›Die Ereignisse haben die Familien der Söhne zerstört, die nun doppeltes Leid zu tragen haben: einmal den Verlust der geliebten Mutter, und nun auch noch die Konsequenzen, die Mr. Lund zu erdulden hat. Sie sind vollständig überzeugt, dass Frank Lunds Tun ganz aus Liebe, Loyalität und Hingabe geschah und aus keinerlei niederen Motiven. Das Gesetz, so empfinden sie es, ist dem, was geschehen ist, in keiner Weise gerecht geworden.‹«

Wie sich der Richter geäußert habe, fragte Sophia. »Er nannte den Fall ›höchst ungewöhnlich, wenn nicht gar einzigartig‹. Und zur Rechtfertigung des Urteils sagte er: ›Die Bürger dieses Landes sind verpflichtet, nichts zu unternehmen, was zum Tod eines anderen Bürgers führen könnte.‹« »Und das war *alles*, was er sagte? Nichts weiter als diese dürren, schematischen, bürokratischen Worte?« Escott zeigte auf das Blatt. »Etwas anderes ist nicht überliefert.« »Unglaublich«, sagte Burke, »und der Satz ist in seiner papierenen Allgemeinheit auch sonst falsch: Ich kann aus Notwehr töten, oder auch, wenn ich andere sonst nicht schützen kann, etwa vor einem Terroranschlag. Und dieser falsche Satz in seiner Dürftigkeit soll die Rechtfertigung dafür sein, einen Mann wie Lund einzusperren? Es ist, wie die Söhne sagten: Diese Art von Rechtsprechung wird solchen Taten in keiner Weise gerecht, weder vom Verstand noch vom Gefühl her, und vor allem nicht moralisch.«

»Das wurde mir auch klar, als ich mich auf den Fall von David Cliburn vorbereitete«, sagte Escott. »Ich war versucht, den Fall abzugeben. Habe nicht mehr geschlafen, bin endlos spazierengegangen. Weshalb ich es schließlich nicht tat: Ich wollte das Beste für ihn herausholen, das mildeste Urteil, das im Rahmen des Gesetzes möglich war. Andere Kollegen hätten, wie der Richter in Liverpool, die Begnadigungsfrist auf mindestens drei Jahre angesetzt, die meisten länger. Immer wieder habe ich die Vernehmungsprotokolle gelesen. Und ich habe, entgegen allen Gepflogenheiten, Cliburn im Gefängnis besucht. Er habe doch schon alles erklärt, sagte er knapp. Ich erläuterte ihm die Rechtslage und die Anweisungen, die ich der Jury würde geben müssen. Ich bin eigentlich ein ziemlich eloquenter Mann, aber da blieben mir die Worte im Hals stecken. ›Danke‹, sagte er schließlich, stand abrupt auf und ließ sich in die Zelle führen.

Als ich aus dem Gefängnis trat und die Fassade mit den vergitterten Fenstern hochblickte, dachte ich: Es darf nicht wahr sein, dass der Mann zu Haft verurteilt wird. Es ist *Unsinn*, blanker Unsinn. Ich dachte es nicht nur als einen unwirschen Gedanken, nein, ich meinte es wörtlich: Es ergab nicht den geringsten *Sinn*, diesen Mann einzusperren, der seine zerstörte Frau ein ganzes Jahr gepflegt und sich schließlich überwunden hatte, ihrem Leid ein Ende zu setzen und ihren Willen, den er schon ein Leben lang kannte, zu vollenden. Es ergab absolut keinen Sinn, dass dieser Mann nun auch noch hinter Gittern leben und jeden Tag mehrmals das laute Geräusch der großen Schlüssel hören sollte. Und es ergab aus genau dem Grund keinen Sinn, den mir Ihre Frau ein paar Tage später nannte: Seine Tat, obgleich eine vorsätzliche Tötung, war in gar keiner Weise eine *Verfehlung*, die zu ahnden war. Es war der Gipfel der Oberflächlichkeit, das nicht zu verstehen, eine beispiellose, zerstörerische Gedankenlosigkeit.

Ich setzte mich hin und schrieb die Urteilsbegründung. Mehrmals habe ich die Blätter zerknüllt und habe von vorne angefangen. Gestern habe ich den Text noch einmal gelesen, und meine Beklemmung kannte keine Grenzen: *Das Gericht muss nach dem Gesetz urteilen, wie es in diesem Lande nun einmal besteht. Sie haben einen Menschen mit Absicht getötet, Sie litten unter keinem Kontrollverlust und waren voll zurechnungsfähig. Nach unserer Rechtsprechung ist das Mord. Das edle Motiv ändert daran nichts.* Was ich im Gericht vorgelesen habe, ist korrekt. Ich konnte nichts anderes sagen. Aber nach dem, was wir vorhin besprochen haben, beschreibt der letzte Satz eine kolossale Dummheit.«

»In dem Interview damals«, sagte Leyland, »sprachen Sie mit meiner Frau auch darüber, dass es Länder gibt, in denen das Fehlen von niedrigen Beweggründen eine Verurteilung wegen Mordes ausschließt. Cliburn, Nesta oder Lund würden dort wegen Totschlags verurteilt, und es würden mildernde Umstände geltend gemacht. Es sei ein *bisschen* besser, meinte Livia, aber nur ein bisschen. Immerhin würde ein Zusammenhang zwischen Motiv und Klassifizierung der Tat anerkannt. Aber es bliebe absurd, Cliburn überhaupt hinter Gitter zu schicken.

Und sie hatte recht. Wir haben einen Freund, Andrej Kuzmín, einen Übersetzer, der in Triest wegen Totschlags verurteilt wurde. Er hatte im Affekt jemanden die Treppe hinuntergestoßen. Wenn man ganz ruhig und nüchtern darüber nachdenkt, wird einem eigentlich schnell klar: Es ist abstrus, Kuzmíns und Cliburns Tat mit derselben Kategorie, Totschlag, zu belegen. Es ist deshalb abstrus, weil die Innenwelt der beiden zum Zeitpunkt der Tat so vollständig verschieden war: hier einer, der von Wut übermannt wurde, dort ein anderer, der einen letzten Akt der Zuneigung und Intimität vollzog. Das ist ja kein bloß gradueller Unterschied, auch kein bloßer Unterschied im leitenden Gefühl, sondern ein fundamentaler Unterschied in der *Art* von Motiv: Das eine Mal kommt Grausamkeit zum Ausdruck, die Grausamkeit der spontanen, unbedachten Rache, das andere Mal der Kampf *gegen* Grausamkeit, gegen die Grausamkeit von Krankheit, Schmerz und Zerfall. Kann es einen größeren Unterschied geben?

Und deshalb wäre bei Cliburn und den anderen auch eine Verurteilung wegen Totschlags unsinnig. Wollen wir – müssten wir die Gesetzgeber fragen – im

Ernst Menschen bestrafen, die gegen Leid und Grausamkeit kämpfen und dabei großen Schmerz in Kauf nehmen? Wollen wir im Ernst, dass sie Zelle an Zelle neben denen wohnen müssen, die Grausames getan haben? Verbrechen behindern oder zerstören den Willen anderer Menschen. Hier dagegen – bei Cliburn, Nesta und Lund – wird jemand darin unterstützt, seinen Willen zu verwirklichen, einen Willen, der sein ganzes Leben betrifft. ›Ist es nicht *offensichtlich*‹, fragte Livia, als wir nach dem Interview mit Ihnen zurück nach London fuhren, ›dass man jemanden, der etwas so elementar Gutes tut, nicht bestrafen kann?‹«

»Am Tag der Urteilsverkündung nahm ich ein Beruhigungsmittel«, sagte Escott. Danach meldete ich mich krank und fuhr an die See. Ich nahm bei Gericht meinen Abschied und kam in einer Anwaltskanzlei unter, die nur zivile Sachen bearbeitete. Strafsachen habe ich nie mehr angerührt. Ich erfuhr, dass man es abgelehnt hatte, Cliburn nach einem Jahr, wie ich es vorgeschlagen hatte, zu begnadigen. Ich hörte, dass er einen Versuch gemacht hatte, sich das Leben zu nehmen. Es war mir danach, ihn zu besuchen, aber ich traute mich nicht. Als er nach zwei Jahren entlassen wurde, teilten sie es mir mit. Ich erfuhr seine Adresse. Ich fuhr hin und wartete in einem Café gegenüber, bis er herauskam. Seine Schritte waren langsam, schleppend, wie bei jemandem, der von allem genug hat.

Er war vor dem Schlaganfall seiner Frau Lehrer gewesen. Ich hoffte, er würde trotz der Vorstrafe wieder eine Anstellung finden, und hatte die vage, eigentlich auch wirre Vorstellung, ich könnte ihm dabei helfen. Da las ich in der Zeitung, dass er gegen einen Lastwagen geprallt war. Ich habe keinen Augenblick an einen Unfall geglaubt, ich sah ihn mit seinen schleppenden Schritten vor mir. Ich fragte mich, wie er sich ein eigenes Auto leisten konnte. Von der Polizei erfuhr ich, dass er in einem Mietwagen gesessen hatte, den er für diesen einen Tag gemietet hatte. Da war ich sicher.

Bei seiner Beerdigung waren trostlos wenige Leute. Ich hielt mich abseits. Ich war der Richter, der ihn ins Gefängnis gebracht hatte. Ihn, der seine Frau aus ihrem unwürdigen Dasein erlöst hatte. Ich ging früher in Rente als üblich. Von Jahr zu Jahr wurde meine Neigung geringer, das, was andere taten, zu beurteilen. Ich fing an, mich mit Archäologie zu beschäftigen. Den Jahrestag meines Urteils gegen Cliburn vergesse ich nie.«

»Als Nesta verurteilt wurde«, sagte Sidney, »gab es in der Zeitung Leserbriefe. Es waren einfältige und bigotte darunter, aber auch solche, die einen Freispruch forderten. Ein Brief war darunter, der mich bis heute beschäftigt. Es gab Antwortbriefe dazu und sogar solche, die auf diese Antworten noch einmal reagierten, einen Austausch von dieser Länge hatte es in der Zeitung noch nie gegeben, es war einmalig. Der ursprüngliche Brief stammte von einem Arzt, der sich als humanistischen Atheisten bezeichnete. Nesta habe seine volle Sympathie, schrieb er, und es widerstrebe ihm vom Gefühl her zutiefst, dass man ihn verurteile, noch dazu wegen eines Delikts, für das vom Strafgesetzbuch einundzwanzig Jahre Gefängnis vorgesehen seien. Nesta habe mehrfach erklärt, dass er es *für seine Frau* getan habe. Er, der Arzt, bezweifle die Aufrichtigkeit dieser Worte nicht. Aber er sei plötzlich nicht mehr sicher, wie sie zu verstehen seien, und diese gedankliche Unsicherheit hätte auch sein ursprüngliches, intuitives Urteil ins Wanken gebracht.

Nesta hatte erklärt, dass er das Leid seiner Frau, dessen Zeuge er zehn Jahre lang gewesen war, nicht mehr habe mit ansehen können; er habe die Situation nicht länger *ertragen*. Und da war der Arzt mit seinem Nachdenken auf einmal hängengeblieben. *Was* hatte er nicht mehr ertragen? Was *genau*? Die Schmerzen seiner Frau? Ihre Verzweiflung, dass der Wunsch zu sterben unerfüllt blieb? Ihre flehentlichen Bitten, sie zu töten? Oder war das, was er nicht mehr hatte ertragen können, am Ende gar nicht etwas an *ihr* gewesen, sondern etwas an *ihm selbst*, nämlich seine verzweifelten Empfindungen angesichts von ihrem Leid und seine nagende Unsicherheit, was er tun solle? Und wenn es das letzte war: War das Motiv dann noch so rein und edel, wie man auf den ersten Blick meinen konnte? War da nicht ein Egoismus beigemischt, ein Stück Selbstsucht? Niemand würde ihm nach zehn Jahren übelnehmen können, dass er seelisch erschöpft war und auch an sich selbst zu denken begann. Aber fiel dann nicht doch ein Schatten auf seine Tat? Weil er seine Frau auch deshalb getötet hatte, damit *er* Ruhe fand? Mit dieser Frage hörte der Leserbrief des Arztes auf.«

»Dass Nesta, indem er seine Frau von ihrem Leid befreite, auch sich selbst befreite, kann man nicht gegen ihn wenden«, sagte Burke. »Er hätte ihr Leid gar nicht als solches erkennen können, wenn er nicht selbst auch darunter gelitten hätte. Zum Willen, das eine Leid zu beenden, gehörte daher der Wille, auch das andere zu beenden. Doch das bedeutet nicht, dass der zweite Wille den ersten geschmälert und es sich bei der Tat am Ende um eine egoistische Tat gehandelt hätte, indem er seine Frau nur deshalb tötete, um an ihrem Leiden nicht länger leiden zu müssen. Das ist es ja, was den Arzt in seinem Leserbrief beschäftigt. Dass Nesta es auch um seiner selbst willen tat, bedeutet in keiner Weise, dass er es nicht in erster Linie tat, um seine Frau zu erlösen. Das eine folgt nicht aus dem anderen.«

»Es gab einen Leserbrief«, sagte Sidney, »in dem jemand fragte, warum Nesta seine Frau nicht in einem Heim untergebracht habe. Um ihr Leid nicht stündlich vor Augen zu haben. Der Betreffende wusste etwas nicht, was in einer anderen Zeitung gestanden hatte: ›Oh, nein, ich konnte sie doch nicht im Stich lassen‹, hatte Nesta vor Gericht über ein Heim gesagt. Und er hatte hinzugefügt: ›Sie wollte doch sterben.‹ Es ging ihm nicht um seine Bequemlichkeit; es ging ihm um *sie*.«

»Es gibt«, sagte Escott, »einen Unterschied zwischen Cliburns Frau und den beiden anderen Frauen. Die beiden anderen konnten ihren Willen zu sterben bis zuletzt *bekunden*. Cliburns Frau lag nach dem Schlaganfall ein Jahr ohne Sprache da, ohne erkennbare Gedanken, ohne erkennbaren Willen, sofern er über die wortlose Äußerung körperlicher Bedürfnisse hinausgegangen wäre. Cliburn hat sich darauf berufen, dass er nach all den Jahren ihres gemeinsamen Lebens zweifelsfrei wusste, wie sie dachte. Aber man könnte versucht sein, den Zweifel des Arztes aus dem Leserbrief fortzuspinnen: Anders als bei den anderen Frauen war das Leid von Cliburns Frau ein stilles, stummes Leid. Keine flehentlichen Bitten, ihr beim Sterben zu helfen. ›Es war am Ende einfach eine Frage ihrer *Würde*‹, sagte Cliburn in der Verhandlung. Aber es könnte einer kommen und sagen: ›War es nicht vor allem so, dass Cliburn es nicht mehr ertrug, seine stumme, erloschene Frau zu pflegen? Das muss doch in gewissem Sinne noch viel schwerer gewesen sein als in den beiden anderen Fällen, wo immer noch eine lebendige Begegnung zwischen Mann und Frau stattfand. Vielleicht war es einfach *unerträglich* geworden, sie wieder und wieder wickeln und füttern zu müssen. Da hat er zugedrückt. Es war keine Tücke, es war eine Art seelische Notwehr. Aber durfte er das?«

»Es gilt auch hier, was Kenneth vorhin über Nesta gesagt hat«, sagte Sophia. »*Natürlich* hatte Cliburn auch den Wunsch, nicht mehr mit ansehen zu müssen, wie seine Frau hilflos dalag, Tag für Tag, Monat für Monat. Was unerträglich war, könnte man sagen, war die *ganze Situation*. Aber daraus folgt nicht, dass er es vor allem oder ausschließlich tat, um diesem Anblick zu entfliehen. Es folgt in keiner Weise, dass er sie *aus dem Weg räumte*, wie man manchmal sagt, so dass es am Ende doch noch wie Mord aussehen könnte. Er tat es vor allem, um den Verlust der Würde, den die Krankheit bedeutete – und den sie selbst auch so gesehen hätte, wenn sie sich um so etwas noch hätte kümmern können –, zu beenden. Er wollte *für sie* gegen den Verlust der Würde ankämpfen und gegen die Grausamkeit, die in diesem Verlust lag. *Das* war seine Tat. Auch wenn es für ihn selbst die Erleichterung bedeutete, das alles nicht mehr mit ansehen zu müssen. Cliburns Motive sind im übrigen auch deshalb über jeden Verdacht erhaben, weil er nach der Tat das Gas aufdrehte. Er wollte eben *nicht* ohne seine Frau weiterleben.«

»Zu Beginn der Verhandlung wurde er vom Staatsanwalt gefragt, warum er seine Frau nicht in ein Pflegeheim gebracht habe«, sagte Escott. »Er sagte etwas Ähnliches wie Nesta: ›Das kam nicht in Frage. Das wäre doch gewesen, als wollte ich sie mir *vom Halse schaffen*. Nichts lag mir ferner. Sie im Heim und ich allein in der Wohnung – das war undenkbar. Weil wir das ganze Leben zusammen verbracht hatten. Und weil sie doch sterben wollte. Ich konnte sie in diesem Zustand unmöglich sich selbst und den Pflegerinnen überlassen. Das wäre gegen alles gegangen, was wir füreinander waren und wie wir uns verstanden hatten. Wir haben uns nie ausdrücklich *versprochen*, einander zu töten, wenn es so weit käme. Es gab kein ausdrückliches Versprechen. Aber wir haben beide gelebt, als hätte es ein solches Versprechen gegeben. Es waren keine Worte nötig.‹ Als ich das hörte, dachte ich: Dieser Mann hat das einzige getan, was für ihn möglich war, einen anderen Ausweg gab es nicht. Ich war froh, dass ich das Urteil nicht mehr an diesem Tag sprechen musste.«

Als Escott aus dem Bad kam, blieb er vor den Regalen mit Warren Shawns Büchern stehen und las die Titel. »Er war Orientalist, sagen Sie? Bis vor ein paar Jahren wäre mir das fremd gewesen. Doch jetzt, wo ich mich mit Archäologie beschäftige ... Ist es nicht sonderbar, dass man so spät im Leben noch ganz neue Seiten an sich entdeckt? Das geht so weit, dass ich mich manchmal frage, ob ich nicht besser ein anderes Leben gelebt hätte. Diese Momente sind mit einem leisen Schwindel verbunden, neulich ertappte ich mich, wie ich mich dabei am Küchenschrank festhielt. Mein Vater und mein Großvater waren auch Juristen. Sie haben mich nicht gedrängt, es ihnen gleichzutun. Eher war es so, dass ich dazugehören wollte. Und der Lebensentwurf – er hatte etwas Übersichtliches an sich, etwas, woran man sich festhalten konnte. Es war eine Tätigkeit, die sinnvoll war, nützlich. Bis man mir den Fall von Cliburn zuwies. Damit geriet alles ins Wanken, nichts war mehr übersichtlich. Im Rückblick denke ich, dass ich danach sofort etwas ganz anderes hätte beginnen sollen. Warum nicht noch einmal studieren? Meine Familie ist wohlhabend, es wäre kein Problem gewesen. Durch die Archäologie bin ich zum Altgriechischen gekommen. Ich sitze in Vorlesungen und sogar in Seminaren. Es gibt Studenten, die schneller sind als ich. Aber ich bin zäh und ausdauernd, gehe zu Hause stundenlang auf und ab und sage mir die Dinge vor. Und wenn ich drankomme, mache ich selten Fehler. Meine Frau ist vor ein paar Jahren gestorben. Manchmal kommt meine Tochter vorbei. Überall liegen Bücher herum, mit denen ich arbeite. Jenny blickt sich um, nimmt Bücher in die Hand und blättert. ›Du führst jetzt ein ganz anderes Leben als früher‹, sagt sie manchmal. Und neulich: ›Und irgendwie bist du auch ein anderer geworden.‹«

Bevor Escott ging, gab er Leyland seine Karte. »Vielleicht haben Sie ja mal Lust zu reden.« Er zog seinen dicken Schal ins Gesicht. »Seit einiger Zeit friere ich im Gesicht so leicht. Und auch sonst.«

Sidney stand am Fenster und blickte ihm nach. Er stand immer noch dort, als Escott längst verschwunden sein musste. Die anderen sahen ihn dort stehen und räumten das Teegeschirr leise weg. »Ich bin froh, dass wir ihn bei Foyles getroffen haben«, sagte er, als er sich schließlich setzte. »Ich könnte mir vorstellen, seinetwegen öfter nach London zu kommen.«

37 »Also dann«, sagte Sidney am Flughafen. Bevor er durch die Sicherheitsschleuse ging, drehte er sich noch einmal um und winkte. »*Non ti perdere!*« hatte Sophia gesagt und war ihm übers Haar gefahren. Es waren Worte des Abschieds, die Livia eingeführt hatte. Sie konnten bedeuten: Verlier dich nicht in den Gassen!, aber auch: Verlier dich nicht in dir selbst! Für lange Zeit hatten die Kinder nur die erste Bedeutung gesehen. Eines Tages dann fragte Sophia: »Draußen oder drinnen?« Livia hatte gestrahlt. Zu erleben, wie Intelligenz und Verstehen erwachten – davon konnte sie nie genug bekommen, vor allem bei den Kindern. Leyland hatte manchmal gesagt: »*Don't get lost!*« Und oft hatten sie darüber gelacht, dass dabei auch »*Get lost!*« mitschwang. Immer, wenn ein Hund ihn belästigte, sagte Sidney: »*Get lost!*«

Am Tag zuvor war Sidney still gewesen, und am Nachmittag war er allein durch die Straßen von Hampstead gegangen. Ob er sich vor den Prüfungen fürchte? Er schüttelte den Kopf. »Ich bin gut.« Er fragte sich, wie Padua ohne Elena sein würde. »Ich bin froh, wieder bei Giulietta wohnen zu können. Bei dem pfeifenden Wasserkessel mit dem goldenen Ventil. Sie hat Elena nur einmal gesehen, und es war klar: Sie mochte sie nicht.« Er hatte eingekauft und gekocht. »Ich freue mich auf die Arbeit mit Conti«, sagte er beim Essen. »Tutorien, Korrektur von Klausuren, daneben die Übersetzung.« Es klang sonderbar matt, mutlos. Es sei doch irgendwas, sagte Sophia. Eine Weile aß Sidney stumm. »Es ist wegen gestern«, sagte er schließlich zögernd. »Escott. Er hat mich beeindruckt. Seine Konsequenz. Die Archäologie. Ich kann es schwer erklären, aber vorhin, auf dem Spaziergang, dachte ich: Es wäre besser gewesen, ich hätte das nicht gehört. So ein Gefühl hatte ich auch heute morgen beim Aufwachen.« »Weil es an deine eigenen Zweifel rührt, was das Studium betrifft, die Jurisprudenz?« »Vielleicht, ich weiß nicht. Plötzlich ist mir gar nicht mehr danach, morgen zu fahren. Lieber ins Britische Museum gehen, mit dir zusammen. Müsste ja nicht Archäologie sein. Könnte auch chinesische Tuschmalerei sein. Weg, weit weg.« »Und wir bleiben alle drei hier und verweigern uns dem Fortgang des Lebens?« fragte Leyland. »Warum eigentlich nicht?« sagte Sophia, und nun brachen sie in Lachen aus, sie sahen sich an und spürten, wieviel Ernst hinter dem Lachen war, bei jedem von ihnen ein anderer Ernst, und jeder Ernst von solcher Art, dass er sich nur in einem kurzen, kostbaren Moment wie diesem zeigen durfte.

Als Leyland und Sophia jetzt nach Hause kamen, brachte ihnen Burke ein Paket, das der Postbote abgegeben hatte. Es war die Kopie von Paolo Michelis' Manuskript, die Caterina Mizzan geschickt hatte. Sophia, noch im Mantel, machte das Paket mit flinken, fiebrigen Fingern auf. Als sie sah, dass der Blick des Vaters auf ihre Hände fiel, zwang sie sich zu langsameren Bewegungen. *Così fu.* Leyland dachte daran, wie ihn der lakonische und ausgreifende Titel elektrisiert hatte, als er ihn, in Mailand im Kopierladen neben Michelis stehend, zum ersten Mal gelesen hatte. *So war es. That's how it was.* Was für eine Courage! Es war genau die Courage, die Michelis in seinem weit geschnittenen Leinenanzug ausgestrahlt hatte, ein Mann ohne Geld, aber mit unerschütterlichem Selbstvertrauen, das ihn durch die zehn Jahre hindurchgetragen hatte, in denen er an seinem Roman arbeitete, der am Ende tausend Seiten lang werden mochte. *Ich lebe seit zehn Jahren mit diesem Buch, es war in dieser Zeit mein eigentliches Leben*, hatte er in Mailand gesagt. Und dann, vor ein paar Tagen am Telefon: *Ich könnte deine Hilfe gebrauchen, um es abzuschließen. Darüber reden.*

Sophia, noch immer im Mantel, saß am Eßtisch und hatte zu lesen begonnen. »Mein Gott, er *tippt* das alles! Auf der *Schreibmaschine*! Und dann korrigiert er es mit seiner winzigen, gestochenen Schrift. Hör dir den ersten Satz an: *An jenem regnerischen Wintermorgen wurde der Himmel über Rom nur zögernd hell.* Man sieht es! Und man spürt das Unheil, ich weiß nicht, warum, aber man spürt es, und es ist unmöglich, schlechterdings unmöglich aufzuhören.« Jetzt zog sie hastig den Mantel aus. »Ich lese oben weiter. Stört dich doch nicht, oder?« Nach einer Weile ging Leyland zu ihr. Sie lehnte gegen das große Kopfkissen und las, sie las mit dem glühenden Kopf von einst, als sie Pirandello, Camus und Françoise Sagan verschlungen hatte. »Hör dir das an: *Viele Grausamkeiten geschehen aus Gedankenlosigkeit, aus Mangel an Phantasie.*« Sie blätterte nach hinten. »Warum sind das nur hundert Seiten? Hast du nicht etwas von tausend gesagt? Ich will sie *alle* haben, die tausend!« Leyland legte ihr sein Telefon aufs Bett. »Vielleicht ... sein Bild ...« Sie streckte ihm die Zunge heraus.

Zu den Fernsehnachrichten kam sie nicht, wie gewohnt, herunter. Er brachte ihr ein belegtes Brot. Das Telefon hatte sie jetzt neben sich liegen. »Weißt du was? Ich will italienische Geschichte studieren, ich will nach Rom ...« Als er vor den Nachrichten saß, hörte er, wie oben sein Telefon klingelte. Es klingelte nur zweimal, sie musste abgehoben haben. Es würde

Sidney sein. Als sie schließlich herunterkam, gingen die Nachrichten gerade zu Ende. Sie reichte ihm das Telefon. »Entschuldige, dass ich abgehoben habe. Ich habe gesehen, dass es ... Paolo war, Paolo Michelis. Da konnte ich nicht widerstehen. Er wollte eigentlich dich sprechen wegen seines Besuchs hier, aber dann habe ich ihm erzählt, was ich gerade lese, und da haben wir immer weitergeredet, seine Stimme passt so gut zu seinem Gesicht, sie ist so ... großzügig, die Stimme. Ich wollte nicht, dass es zu Ende ginge, er wollte es auch nicht, glaube ich, aber dann klingelte es bei ihm an der Tür ... Ob ich noch länger hier in London sei, fragte er. ›Bis Sie kommen‹, sagte ich, und da lachte er, ich hätte das noch länger hören mögen. ›Das ist gut‹, sagte er, ›dann kannst du mir noch mehr über mein Buch sagen.‹ Ich habe ihm gesagt, dass du ihn heute noch anrufst.«

Zwei Tage später holen sie ihn am Flughafen ab. Sophia hatte Michelis' Text bereits zweimal gelesen, »ich bin ganz süchtig danach«, sagte sie, und sie hatte eine kleine Liste mit Verbesserungsvorschlägen gemacht, »natürlich weiß ich nicht, ob er so etwas hören will, wir werden sehen, mein Gott, ich kenne ihn doch überhaupt nicht, und doch ist er mir so vertraut ...« Wenn sie nicht las, fuhr sie mit dem Bus durch die Stadt, und einmal kam sie mit einem neuen Pullover nach Hause. Auch Stadtpläne von Mailand und Rom brachte sie mit, heftete sie in ihrem Zimmer an die

Wand und suchte die Gassen, die in Michelis' Geschichte vorkamen. Sophia lasse sich ja gar nicht mehr blicken, sagte Burke verschnupft.

Michelis trug, wie damals auf dem Bahnsteig in Mailand, seinen Leinenanzug und den langen schwarzen Mantel, als er im Flughafen in die Halle trat. »Die Halle gehörte ihm«, sagte Sophia später einmal. Er umarmte Leyland und nahm Sophias Hand in seine beiden Hände. Dann blickte er sich um. »Heathrow, London, mein Gott. Es war ein Sehnsuchtsort für meinen Vater und mich, aber wir hatten das Geld nicht. Ich bin bisher nur ein einziges Mal geflogen, vor zehn Jahren, kurz bevor Papà seinen Herzinfarkt bekam. Es war ein Flug nach Palermo, um Verwandte zu besuchen. Die Aufregung wegen des Fliegens, sie kam jetzt zurück, als ich vorhin das Flugzeug betrat. Ich hatte die Bordkarte nicht genauer betrachtet, da wies mir die Stewardess einen Fensterplatz in der Business Class zu. In der *Business Class*!« »Diese Reise – sie soll ein Schluck aus der Pulle sein, ein kräftiger Schluck«, sagte Leyland und legte ihm den Arm um die Schulter.

In der U-Bahn ließ Michelis sein Handgepäck keinen Moment los und fuhr ab und zu mit nervösen Fingern darüber. »Es ist wegen des Manuskripts«, sagte er, als er Sophias Blick auffing. »Ich habe den ganzen Text mitgebracht, über achthundert Seiten. Auf dem Weg zum Flughafen wurde mir plötzlich ganz anders. Und wenn mir jemand die Tasche aus der Hand riss? Oder ein unglücklicher Zufall. Zehn Jahre ... Als ich im Flugzeug aus der Toilette kam, habe ich die Tasche aufgemacht und nachgesehen. Da habe ich beschlossen, den Text hier kopieren zu lassen. Das hätte ich längst tun sollen.« Leyland dachte an sein Gespräch mit Francesca Marchese, in dem sie ihm erzählt hatte, wie sie Michelis' Text heimlich kopierte und abschreiben ließ. *Aber rühr bitte meinen Text nicht an*, hatte Paolo zu ihr gesagt, als er sie bat, auf seine Wohnung aufzupassen, weil er ins Krankenhaus musste. *Ich verlasse mich darauf.* Leyland sah zu, wie Paolo den Griff der Tasche fest umklammerte, als im Gedränge jemand gegen die Tasche stieß. Es gab, dachte er, keinen Grund mehr, das Geheimnis länger zu wahren. Er legte seine Hand auf diejenige von Paolo. »Es kann nichts passieren. Es *gibt* bereits eine Kopie des Texts.« Paolo sah ihn verständnislos an. »Du warst doch einmal eine Weile im Krankenhaus«, sagte Leyland. »Francesca Marchese hat auf deine Wohnung aufgepasst. Plötzlich hatte sie die Vorstellung, es könnte ein Brand ausbrechen. Da hat sie alles kopieren, abschreiben und elektronisch speichern lassen. Die elektronische Kopie ist jetzt in ihrem Schließfach.« Verwirrung und ein Anflug von Ärger erschienen auf Paolos Gesicht. Dann entspannten sich seine Züge, und er lockerte den Griff an der Tasche. »Das ist ... ich hatte ihr gesagt ... ich mag es nicht, wenn jemand den Text anfasst … aber natürlich hatte sie recht, es war fahrlässig von mir, die ganze Zeit über.« Eine Weile sah er vor sich hin. »Sie hat alles arrangiert, wie es vorher war, ich habe nichts bemerkt. Was für eine Sorgfalt und was für eine Fürsorglichkeit! Ich rufe sie nachher gleich an. Aber jetzt – jetzt bin ich erst einmal erleichtert. Seitdem sie das gemacht hat, sind noch etwa hundert Seiten dazugekommen. Können wir die morgen kopieren?«

Paolo nahm das Haus in Besitz. Er brauchte ein Haus nur zu betreten, dachte Leyland, und schon gehörte es ihm. Er stürzte sich auf die Bücherregale und trat vor die Karte des Mittelmeers. Leyland erklärte ihm, was es damit für eine Bewandtnis hatte. »Die Sprachen all dieser Länder – was für eine wunderbare, verrückte Idee!« sagte Paolo. »Und? Hast du es geschafft?« »Nicht so, wie ich es mir vorgenommen hatte. Ich habe mir jeweils die Grundzüge angeeignet. Mit Wörterbuch lesen, das geht. Aber mündlich … und der Wortschatz ist in vielen Fällen winzig.« Paolo sah ihn an. »Ich wünschte, ich hätte diesen verrückten Traum auch gehabt, wir hätten ihn zusammen gehabt und wären zusammen durch all diese Länder gereist.« Er nimmt nicht nur Häuser in Besitz, dachte Leyland, er nimmt mit seiner großzügigen, vereinnahmenden Phantasie auch Menschen in Besitz. Jetzt führte ihn Sophia die Treppe hinauf in das Zimmer, in dem Sidney gewohnt hatte. »Und da darf ich wirklich wohnen?« Er begann auszupacken, und Sophia ließ ihn allein.

Sie hatte am Tag zuvor eingekauft und kochte ein großes Menü. Zwischen den Gängen sprach sie über ihre Eindrücke der ersten hundert Seiten von Paolos Text, und er staunte, wie genau sie alles vor Augen hatte. Es war lange nach Mitternacht, dass sie abräumten. Paolo bestand darauf, das Geschirr zu spülen, und als er dort neben Sophia in der Küche stand, sprechend und gestikulierend, kam es Leyland vor, als hätten die beiden schon immer zusammengewohnt. Später breitete Paolo den Roman auf dem Esstisch aus und begann zu erzählen: von den Figuren, den Dramen, den Problemen mit der Erzählperspektive, den Unsicherheiten in Wortwahl und Stil. Es wurde draußen schon hell, als sie schließlich schlafen gingen. »Das war das erste Mal, dass ich zu jemandem so ausführlich über das Buch gesprochen habe«, sagte Paolo, »und es hat mir das Gefühl gegeben, dass es ja doch noch etwas werden kann, ich war in letzter Zeit so mutlos.«

Es folgten Tage, die Leyland im Rückblick wie Wochen vorkamen, so voll waren sie. Sophia und Paolo konnten die Augen nicht voneinander lassen und saßen viele Stunden am Tag zusammen, um über das Buch zu sprechen. Sophia las jeden Satz, und manche Absätze las sie mehrmals, es war, als lebte sie nur für diesen Text und ihren Schöpfer, sie entwickelte ein unfehlbares Gedächtnis und entdeckte kleine Unstimmigkeiten, die Paolo sofort korrigierte. »Ein bisschen kommt es mir vor, als sei es unser gemeinsames Buch«, sagte sie nach ein paar Tagen.

Die Geschichte des Romans war inzwischen in der Gegenwart angekommen. Eine der wichtigsten Figuren war ein Lehrer, der seiner linken, eigentlich sogar anarchistischen Gesinnung wegen mit der Schulleitung und der Schulbehörde in Konflikt geriet, es sich aber nicht leisten konnte zu gehen, denn er war auf das Geld angewiesen, um seine kranke Frau und sein behindertes Kind zu unterstützen. Da war es wieder, Paolos großes Thema: wie das Private und das Politische miteinander verflochten waren, und wie diese Verflechtung zu Unglück führen konnte. Paolo ließ den Konflikt zu einem Problem der Selbstachtung werden. Marcello, der Lehrer, trat groben Formen der Ungerechtigkeit in der Schule entgegen. Er tat es mit klaren, scharfen Worten, die trafen. Die Schüler und einige Kollegen liebten ihn dafür. Er lebte ihnen die Courage vor, die sie nicht hatten. Er verfasste einen Brandbrief, den die Zeitungen brachten. Da stellte man ihm ein Ultimatum: Er widerrief, oder er wurde gefeuert.

Er kam nach Hause zu der Frau und dem behinderten Kind. Er setzte sich an den Schreibtisch, prüfte Rechnungen und Ausgaben, füllte Überweisungen aus und rechnete alles durch. Sie hatten keine Rücklagen. Ohne das Geld von der Schule käme es zu einer Katastrophe. Er zögerte die Entscheidung hinaus, ging viel spazieren, saß in der Kneipe und trank. Schließlich gab er einer Zeitung ein Interview, in dem er sich einer falschen, ungerechten Einschätzung der Dinge bezichtigte. Nach dem Gespräch ging er wie blind durch die Stadt, betäubt von dem Verlust seiner Selbstachtung.

Der Direktor bestellte ihn ein und zeigte sich zufrieden. Aber wiederholen dürfe sich so etwas nicht. Die Schüler und die betroffenen Kollegen waren enttäuscht. Es gab eine betretene Stille, wenn er das Klassenzimmer betrat, und die Kollegen auf dem Flur nickten nur noch kurz. Manchmal war er versucht, es zu erklären, doch er spürte: Das würde es noch schlimmer machen. Claudia, seine Frau, erfuhr es erst einige Tage später. »Warum hast du das getan«, fragte sie, »du bist doch sonst immer gegen Ungerechtigkeit, und wie stehst du denn jetzt da.« Mitten in der Nacht stand er auf, packte einen kleinen Koffer und zog in ein schäbiges, lautes Zimmer einer Pension, vor dessen Fenstern die Betrunkenen grölten. »Und jetzt weiß ich nicht weiter«, sagte Paolo. »Mit Marcello und seinem Schicksal will ich das Buch abschließen. Aber ich muss ihm helfen, seine Selbstachtung wiederzugewinnen, und weiß nicht, wie es gehen kann. Wisst ihr es?«

Bei einem der vielen Gespräche, die sie führten,

war auch Kenneth Burke dabei. »*Ist* es denn wirklich Selbstachtung, was er verliert?« fragte er nach einer Weile. »Marcello verliert die Achtung und Anerkennung der anderen, soviel ist klar. Er verrät, werden sie sagen, die Sache der Gerechtigkeit. Vielleicht werden sie ihn einen Opportunisten schimpfen. Doch wie ist es mit ihm selbst? Wirklich schlimm wäre es doch nur, wenn er es als einen Verrat an sich selbst empfände. Wenn er sich hätte bestechen lassen. Wenn er ohne zwingenden Grund gegen seine Prinzipien verstoßen hätte. Doch er weiß, dass es nicht so war. Dass er es getan hat, um die Familie zu schützen. Er weiß: es war ein Opfer. Kein Grund, die Achtung vor sich selbst zu verlieren. Er muss in der nächsten Zeit, vielleicht sogar für lange Zeit, ohne die Achtung der anderen auskommen, er mag sogar ihre Verachtung spüren. Obwohl gerade sie es waren, denen seine Courage fehlte. Und was besonders weh tun wird und eigentlich kaum zu ertragen ist: dass auch seine Frau, für die er das Opfer bringt, es ihm vorwirft. Deshalb, so verstehe ich es, zieht er in die Pension. Es macht ihn einsam, aber es muss ihn nicht zerstören. Zerstören würde es ihn nur, wenn er darüber die Achtung vor sich selbst verlöre. Doch dazu hat er keinen Grund.«

Leyland spürte: Burke hatte auch von sich selbst gesprochen. Seine Geschichte war natürlich eine ganz andere als die von Marcello. Aber eines hatten die beiden Männer gemeinsam: Sie mussten lernen, ohne die

Achtung der anderen auszukommen und daran nicht zu zerbrechen. Sophias Blick verriet, dass sie Ähnliches dachte.

Paolo hatte mit geschlossenen Augen zugehört und ab und zu genickt. Manchmal hatte er mit den Fingern kleine Kreise aufs Tischtuch gezeichnet. Jetzt blickte er Burke an. »Das könnte die Lösung sein. Nicht zulassen, dass einem die anderen durch ihre Verachtung die Selbstachtung zerstören. Ja, so könnte es gehen. Vom Gedanken her, meine ich. Aber wie geht es mit Marcello weiter? Wie kommt er aus der Pension heraus? Zurück nach Hause? In die Schule?«

Burke lachte. »Im einzelnen weiß ich das natürlich nicht, es ist Ihre Geschichte. Mir würde, wenn ich sie zu schreiben hätte, eine Metapher helfen: innere Festung. Er muss lernen, sich innerlich gegen die Blicke der anderen zu schützen. Gegen die Blicke der Kollegen und, was noch schwieriger sein dürfte, gegen die Blicke und das Urteil der Schüler. Auch gegen die Blicke seiner Frau. Das wird bedeuten, dass er in Zukunft mit größerem inneren Abstand zu den anderen lebt. Dass er weniger als vorher für die anderen lebt und mehr für sich selbst. Die innere Zitadelle: Sie könnte auch mehr Freiheit bedeuten. Ich würde ihn ans Meer fahren lassen. In der Schule meldet er sich krank, zu Hause sagt er nichts, das müssen die jetzt aushalten. Nach ein, zwei Wochen kommt er zurück und macht äußerlich weiter wie zuvor. Erklärungen verweigert er. Früher war er immer da, wenn die Schüler oder die Kollegen Sorgen hatten. Das ist jetzt nicht mehr so. Er ist korrekt, mehr nicht, und die Korrektheit hat etwas Kühles. Er ist gut zu dem Kind und der Frau, aber nicht mehr aufopferungsvoll. Öfter als früher schließt er die Tür hinter sich. Die Monate vergehen, die Jahre. Die Leute beginnen zu vergessen. Er nicht. Irgendwann setzt er sich hin und schreibt alles auf.«

Mitten in der Nacht fand Leyland Paolo an Warren Shawns Schreibtisch, den Stift in der Hand. »Was Kenneth gesagt hat – es hat etwas in Bewegung gebracht«, sagte er. Sophia hatte ihm Burkes Geschichte mit der Apotheke erzählt. »Das hätte Marcello auch tun können«, sagte er. »Ein Mann in einer inneren Festung, frei: Es wäre ein schönes Ende, passend zu dem ganzen Buch. Aber wenn man es erzählen muss, Szene für Szene, Bewegung für Bewegung, Wort für Wort ... Das, was man über eine Geschichte zusammenfassend sagt, ist so leicht und einfach, verglichen mit den vielen Worten, die es zum Leben erwecken müssen. Mein Selbstvertrauen hat in den letzten Wochen gelitten. Aber jetzt, wo ich weiß, dass Caterina Mizzan das Buch machen würde, und dass Sophia es gegenliest ...«

Wenn Paolo und Sophia unterwegs waren, setzte sich Leyland hin und übersetzte die ersten Seiten. Abends las er den englischen Text vor. Paolo konnte nicht genug davon bekommen. »Das soll ich geschrieben haben?« Manchmal ging Leyland auch zu Burke und las ihm den Text vor. »Man könnte neidisch werden«, sagte er. »Und dann noch Sophia ...« Leyland sah ihn an. »Du hast doch nicht etwa gehofft ...?« »Nein, natürlich nicht. Aber du weißt ja, wie verrückt die Wege der Phantasie manchmal sind.« Er blickte die Wände hoch. »Die Misteln ...« Leyland nickte. Drüben kamen Sophia und Paolo nach Hause. »Wir wollen den beiden Zeit lassen. Ich würde gern diesen neuen Film sehen, von dem alle reden.« Er rief Sophia an. »Es kann spät werden«, sagte er.

Am Tag vor Paolos Abreise ging Leyland mit ihm zu Sean Christie und nahm die übersetzten Seiten des Romans mit. »Tausend Seiten«, sagte Paolo. Sean lachte. »Das habe ich noch nie gemacht. Aber wenn Simon verrückt genug ist ...« Er führte ihn durch die Räume des Verlags. Es war der erste Verlag, den Paolo von innen sah. »Eine Welt«, sagte er und nahm hin und wieder ein besonders schönes Buch aus dem Regal. Später gingen sie hinauf zu Lynn, und Sean stellte ihr Paolo als neuen Autor vor. »Aber ich weiß doch noch gar nicht ...«, sagte Paolo. Er fand mit Lynn den richtigen Ton, sie stand aus dem Rollstuhl auf, setzte sich in einen Sessel und bat um eine Zigarette. »Sie haben die Universität nicht ausgehalten, sagen Sie? Mir ging es nicht anders. Poesie als akademischer Stoff, es war mir zuwider. Zum Glück musste ich ja auch nicht, wir hatten den Verlag. Wie lange haben Sie an Ihrem

Buch gearbeitet? Zehn Jahre? Ich kenne Autoren, denen ein Buch entglitten ist, wenn sie damit zu lange unterwegs waren, plötzlich war ihnen fremd, was sie geschrieben hatten.« Solche Momente hätte es auch gegeben, sagte Paolo. Doch sie hätten nicht lange gedauert. »Zehn Jahre – man ist danach in gewissem Sinne ein anderer. Aber dann auch wieder nicht. Die Worte von früher und die Worte von später – sie halten das Leben zusammen, wie eine große Klammer, die Einheit gibt. Sie sind die Begleitmelodie zu allem, was sonst noch geschieht. Ich weiß gar nicht, was ich machen werde, wenn es einmal fertig ist.«

Abends ging Leyland mit Sophia und Paolo ins Konzert, und sie nahmen auch Burke mit. Paolo konnte sich an der Royal Festival Hall nicht satt sehen. Die Mailänder Scala hatte er sich nicht leisten können. Und selbst wenn, sagte er: Es war unmöglich, solche Summen zu bezahlen, wo es doch um die Ecke Menschen gab, die auf der Straße schliefen. So hatte es auch sein Vater gesehen. Trotzdem war Paolo am Abend des Saisonbeginns manchmal hingegangen und hatte zugesehen, wie die Leute in Abendgarderobe das Gebäude betraten. »Noch einmal ein Schluck aus der Pulle«, sagte er, als jetzt die Lichter im Konzertsaal ausgingen. Sophia fuhr ihm übers Haar. Burke saß regungslos daneben und sah nach vorn.

»Es ist alles rasend schnell vorbeigegangen, und doch hat es auch sehr lange gedauert, viel länger als auf dem Kalender«, sagte Paolo, als sie später zu Hause zusammensaßen. »Morgen abend habe ich in der Klinik Nachtdienst, und übermorgen früh muss ich in die Schule. Ich weiß schon jetzt: Wenn ich hinter der Pforte sitzen und vor der Klasse stehen werde, wird mir das hier ganz unwirklich vorkommen. Wie ein langer Traum. Ich werde ein bisschen schlafen, und wenn ich mich dann ans Pult setze, werde ich spüren, wie außerordentlich wirklich es gewesen ist: denn nun habe ich eine Vorstellung vom Ende des Buchs. Das Buch – das ist die Wirklichkeit, die wirkliche Wirklichkeit.«

Als sie am nächsten Morgen vom Flughafen zurück in die Stadt fuhren, wechselten Leyland und Sophia nur wenige Worte. Paolo hatte für einen Moment seinen weiten Mantel um sie geschlungen, bevor er zur Sicherheitskontrolle ging, und sie hatte sich gegen ihn gelehnt, die Augen geschlossen. Sie wollte den falschen Weg nehmen, und Leyland hatte sie dirigieren müssen. »Ich kann doch nicht einfach zu ihm nach Mailand«, sagte sie, als sie umgestiegen waren und nach Norden fuhren. »Oder?«

38 Eine Woche später kam Andrej Kuzmín in London an. Als er die Ankunftshalle betrat, setzte er zögernd einen Koffer ab, der neu zu sein schien und nicht zu ihm passen wollte. Für einen Moment sah Leyland ihn vor sich, wie er am Morgen seiner Entlassung auf der Scala S. Luigi in Triest gebückt die Stufen heraufgekommen war, in der Hand einen Koffer, der wie eine große Schachtel aus Holz war. Jetzt sah sich Andrej in der Menge unsicher um und lächelte erleichtert, als er Leyland erkannte. Er trug einen Anzug aus braunem Kord, den Leyland an ihm noch nie gesehen hatte, dazu einen roten Rollkragenpullover, auf dem Arm einen Regenmantel. »Ich bin so froh, dass du mich abholst«, sagte er. »Das kleine Flugzeug nach München war eng und laut, eine Propellermaschine, und wir gerieten in Turbulenzen. Auf dem zweiten Flug haben die Leute schrecklich laut geredet, ich bin so etwas nicht mehr gewohnt und konnte die Ankunft kaum erwarten. Hinzu kam, dass ich Mühe hatte, das Englisch zu verstehen, ich habe nie in einem Land gewohnt, wo es gesprochen wird.« »Selbst Karl Abt hat in Marokko einmal ein Wort der Berbersprache nicht verstanden«, sagte Leyland, und Andrej brach in Lachen aus und umarmte ihn mit linkischen, scheuen Bewegungen. Leyland überreichte ihm eine Netzkarte. »Damit du dich unabhängig fühlst. Die Fahrkarten für Brighton habe ich schon besorgt. Aber erst einmal bist du ja ein paar Tage hier in der Stadt.«

Andrej war fasziniert von der U-Bahn. »*The tube*, ich weiß, dass sie sie so nennen«, sagte er, »ich weiß auch, dass sie die älteste U-Bahn der Welt ist. Sieh nur, wie genau so ein Zug in eine Station passt, exakt die richtige Anzahl von Wagen, vorn und hinten kaum ein Meter Abstand zu den Tunneln.« *Mind the gap between the train and the platform*, er konnte gar nicht genug von der Ansage bekommen und sprach sie mit, bis er den Tonfall genau traf. In der Station von Leicester Square zog Leyland für ihn eine Tafel von Cadbury's Schokolade aus dem Automaten und erzählte ihm, was die Automaten für ihn bedeutet hatten. »Ich hätte nie gedacht, dass ich es bis hierher schaffe«, sagte Andrej und zeigte ihm stolz das englische Geld, das er mitgebracht hatte. »Noch in der Bank, als sie mir die Scheine gaben, dachte ich: Das kann nicht sein. Und nun bin ich tatsächlich hier, in London, England.«

Die Pension, in der Leyland ein Zimmer reserviert hatte, lag nur wenige Straßen von Warren Shawns Haus entfernt. Er hatte sich das Zimmer bei der Reservierung angesehen und darauf geachtet, dass es ein geräumiges Zimmer mit hohen Decken und gutem Licht war. »Ich hatte mich ein bisschen vor einem engen Zimmer gefürchtet«, sagte Andrej und sah sich um, »aber das ist ein wunderbarer Raum.« Auf dem Weg zum Haus kamen sie an einer Schreibwarenhandlung vorbei. Andrej blieb stehen. »Erinnerst du dich an das violette Lineal, das mir Sophia damals mitbrachte, als ihr mich zu Contis Vortrag abgeholt habt? Dort in der Ecke liegt ein rosafarbenes Lineal. Das kaufe ich jetzt und bringe es ihr mit.«

Sophia lachte über das Lineal, umarmte Andrej, und dann umsorgte sie ihn wie einen hohen Gast. Er war überwältigt von Warren Shawns Bibliothek, nahm stets von neuem Bücher aus den Regalen und blätterte darin. »Sogar eine burmesische Grammatik gibt es«, sagte er. Sie standen vor der Karte des Mittelmeers und sprachen über das Vorhaben, all die Sprachen zu lernen. »Karl Abt hat, fürchte ich, das Maltesische vernachlässigt«, sagte Andrej. »Eine semitische Sprache, die das lateinische Alphabet benutzt – das mochte er nicht.«

Später begleitete Leyland Andrej zurück zur Pension. »Morgen werde ich erst einmal allein losziehen«, sagte Andrej. »Die berühmten, legendären Orte aufsuchen. Ich rechne damit, dass mich plötzlich und ganz ohne Grund Angst anfallen wird. Wie bei den Geldautomaten und dem Unterschreiben. Darf ich dich dann anrufen? Damit wir uns treffen können?«

Der erste Anruf kam am nächsten Nachmittag, und sie trafen sich im St. James's Park. Andrej saß auf einer Bank unweit der Brücke. Er saß so da, wie es Leyland an ihm noch nie gesehen hatte: zurückgelehnt, mit übereinandergeschlagenen Beinen, die Hände hinter dem Kopf verschränkt. Wie einer, der sich ganz auf das einlassen kann, was um ihn herum ist. »Es ist wie aufwachen«, sagte er, als Leyland sich neben ihn gesetzt hatte. »Diese Stadt zu entdecken, meine ich. Plötzlich dann hat mich so ein Gefühl überfallen: *Darf* ich das eigentlich? Ich bin patrouillierenden Polizisten ausgewichen, und es kam mir in den Sinn, wie beklommen mir gestern zumute war, als mich der Beamte bei der Passkontrolle musterte. Triest – das ist eine Sache, die Stadt liegt noch im Bannkreis des Gefängnisses. Aber hier, jenseits von alledem – ich kann es noch gar nicht glauben. Vorhin, auf dem Weg hierher, dachte ich: Ich könnte nach Hawaii fliegen, nach Honolulu, niemand würde mich aufhalten können ... Und dann, genau in jenem Augenblick, überfiel mich die Angst, und ich habe dich angerufen.«

Leyland rief Sean Christie an, und sie fuhren zu seinem Verlag. »Weiß Sean, dass ich im Gefängnis war?« fragte Andrej auf der Fahrt. Leyland schüttelte den Kopf. »Er würde die Sache nicht anders betrachten als ich. Aber es ist nicht nötig.«

Sean und Lynn begrüßten Andrej mit den wenigen russischen Worten, die ihnen zur Verfügung standen. Überhaupt begegneten sie ihm vor allem als einem Mann, dessen Muttersprache Russisch war und der die Geheimnisse dieser schwierigen Sprache und ihrer Literatur in sich trug. Vollends fasziniert waren sie, als sie erfuhren, dass Andrej als zweite Muttersprache Baskisch hatte. Sie wollten immer mehr russische und baskische Sätze hören, und schließlich trug Andrej ein ganzes baskisches Gedicht vor. Beim Tee übersetzte ihnen Andrej den Brief, den ihm Roman Nemirov geschrieben hatte. *Vasilij Smirnovs Text ist voller Poesie*, schrieb er, *und schon deshalb würde ich ihn übersetzen wollen. Darüber hinaus jedoch trifft es sich, dass ich die Bucht von Riga im Winter kenne, ich kenne die menschenleere, abweisende Schönheit der eisigen Natur, die einem das Gefühl geben kann, dass wir Menschen etwas ganz Überflüssiges und Störendes sind. Als junger Mann, als ich noch wie ein Gesunder gehen konnte, war ich einmal mit einem Mädchen dort, und wir haben beide in die ungeheure, weitläufige Stille hineingehört, die den Raum füllte. Für einen Moment tat die Erinnerung daran so weh, dass ich den Text weglegte und dachte, ich würde Ihnen eine ablehnende Antwort schicken. Doch nach einer Weile spürte ich, dass mir der Versuch, die Poesie von Smirnovs Worten im Englischen nachzubilden, dabei helfen könnte, den Schmerz über die verlorene Vergangenheit zu überwinden. Ich will es also versuchen. Sagen Sie dem Verleger, dass ich manchmal schnell bin und manchmal langsam, dazu eigensinnig bis zur Grobheit, und dass ich absolut keinen Zeitdruck vertrage.* Sean holte das Foto von Nemirov hervor. »Der Brief passt zu dem Gesicht, nicht wahr?« sagte er.

Zwei Tage später fuhren sie nach Brighton. Das

kleine Haus, in dem Nemirov wohnte, lag am Rande der Stadt, nicht weit vom Meer entfernt. Die Tür wurde von einer zierlichen, ganz in Schwarz gekleideten Frau mittleren Alters geöffnet, die, wie sich herausstellte, bei Nemirov wohnte und ihm den Haushalt machte. Sie hatte an einer Schule Englisch unterrichtet, war arbeitslos geworden, und da hatte Nemirov sie engagiert. »Ich muss sie beim Übersetzen jederzeit nach Wörtern fragen können, auch ganz entlegenen«, sagte er. »Rosemarie kennt sie alle, das ist besser als jedes Wörterbuch.« Über die Jahre hatte sie fließend Russisch gelernt. »Wenn er knurrig ist, spricht er Russisch«, sagte sie, und da sahen sie ihn lächeln, ein überraschend warmes Lächeln gemessen an der Strenge seines sonstigen Gesichts. Nemirov schrieb mit Bleistift und hatte einen altmodischen Spitzer auf dem Schreibtisch liegen, der Leyland an seinen eigenen zu Schulzeiten erinnerte. Am Anfang hatte Rosemarie seine Texte auf einer Schreibmaschine getippt, inzwischen war es ein Computer, den er selbst nicht anrührte. Ab und zu sagte er etwas auf Russisch zu Andrej, sonst sprach er mit seinen Gästen ein makelloses Englisch, fehlerlos bis in die beiläufigsten Wendungen hinein, nur am Akzent war er als Ausländer zu erkennen. Er hatte bereits einige Seiten von Smirnovs Text übersetzt und las daraus vor. *Stepping out of the house, it is at first as though I heard nothing but silence. After a while I hear the sound of the falling flakes. It is the softest sound I know.* Die Sätze, langsam und mit dem leichten russischen Akzent gesprochen, besaßen einen großen Zauber. »*Go on*«, sagte Sean.

Nemirov unterschrieb den Vertrag, den Sean mitgebracht hatte. Es war später Nachmittag. »Um diese Zeit fahre ich gewöhnlich an den Strand«, sagte Nemirov. »Wenn Sie mitkommen wollen ...« Er bewegte sich in seinem Rollstuhl mit großer Geschicklichkeit und großer Kraft. »Hier«, sagte er an einer abgelegenen, hinter Büschen versteckten Stelle, »bleibe ich jeden Tag eine Weile. Danach kann ich weitermachen. Weitermachen: darum geht es jeden Tag.«

Zurück im Haus, bat Nemirov Rosemarie, noch einmal Tee zu servieren, dazu belegte Brote. An ihrem Gesicht war zu erkennen, wie ungewöhnlich ihr die Bitte vorkam. Er fragte nach Seans Verlag, nach der geplanten Reihe, nach den Texten, die Andrej für die italienische Reihe schon übersetzt hatte. »Soviel hat er schon seit Jahren nicht mehr geredet«, sagte Rosemarie, als sie später mit den Gästen allein vor der Tür stand. »Und zu seinem Platz am Strand hat er noch nie jemanden mitgenommen.«

Im Zug holte Andrej die russische Ausgabe von *Finnegans Wake* aus der Tasche, die ihm Nemirov geschenkt hatte. Er blätterte. »Unglaublich, diese Wortakrobatik«, sagte er. Für eine Weile blickten sie in die Dämmerung hinaus. »Wie er dieses Wort *weitermachen* gebraucht hat, dort am Strand«, sagte Leyland.

»*Weitermachen: darum geht es jeden Tag.* Er hat es so leise gesagt und doch so eindringlich. Manchmal sagen das auch Figuren bei Samuel Beckett: *weitermachen.*«

»Jetzt gehe ich hinauf ins Zimmer und schreibe über diesen Tag«, sagte Andrej, als er mit Leyland schließlich vor seiner Pension stand. »Ich führe eine Art Reisetagebuch, seit ich hier bin. Das habe ich zuvor noch nie getan. Die Gegenwart festhalten. Und das mit Nemirov – das war eine ganz besondere Gegenwart. Ich weiß ja auch, wie es ist, wenn man sich jeden Tag vorsagen muss: weitermachen. Aber im Rollstuhl ... und lebenslang ... Hat dich die sanfte, geduldige und doch bestimmte Art von Rosemarie auch so beeindruckt?«

Sophia war drüben bei Burke, als Leyland nach Hause kam. Er setzte sich dazu und erzählte. »Weitermachen – ja, genau«, sagte Burke. Und dann sprachen sie darüber, wie der Umschlag von Smirnovs Buch aussehen könnte. Eine verschneite Bucht, ein Leuchtturm. Und wie fing man die Stille ein?

39 Andrej blieb länger als geplant in London. Er erlief sich die Stadt, und abends schrieb er auf Englisch über den Tag. Manchmal kam er abends bei Leyland und Sophia vorbei und erzählte. Er verstand die Leute von Tag zu Tag besser und fühlte sich beinahe schon heimisch. »Ich habe dir vor einiger Zeit erzählt«, sagte er zu Leyland, »dass ich damals, als ich Aito Agirres Roman in der Zelle variierte, unglücklich darüber war, nicht eine eigene Stimme zu finden, sondern in Agirres Sprache zu verharren. Es war ein Gefühl mangelnder Freiheit. Wenn ich jetzt abends in der Pension über meine Tage schreibe, tue ich es in dem Gefühl, meine ganz eigenen Worte zu wählen. Auf Englisch, das ich ja weniger gut kann als andere Sprachen. Ist das nicht sonderbar?«

Andrej lernte auch Kenneth Burke kennen. Die beiden Männer verbrachten zwei Abende zusammen, und am nächsten Tag gab Andrej sein Zimmer in der Pension auf und zog zu Burke. »Wir haben uns unsere Geschichten erzählt«, sagte Burke zu Leyland. »Ich machte den Anfang mit der Apotheke, und dann öffnete sich dieser so verschlossene Mann auf einmal, ich habe es als einen sehr kostbaren Moment erlebt. Er erzählte von Carla, von der Szene auf der Treppe, als er zuschlug, und von den endlosen neun Jahren im Gefängnis. Ich habe die Narben an seinen Handgelenken gesehen. Ich weiß nicht: Man muss ihn einfach mögen. ›Und stell dir vor‹, sagte er plötzlich: ›Da steht eines Tages Simon in meiner Zellentür und klopft an. Und kommt wieder. Und wieder. Und macht mich zum Übersetzer. Kauft mir eine Wohnung. Am Ende lande ich hier und lerne Nemirov kennen, den legendären Roman Nemirov. Und jetzt dich. Ist das nicht alles ganz unwahrscheinlich? Ganz und gar unwahrscheinlich?«

Sophia kochte für sie alle, sie zogen zusammen durch die Stadt und durch die Buchhandlungen. »Was machen wir morgen?« fragten sie, bevor sie sich jeweils trennten. Es waren kostbare Tage voller geteilter Gegenwart, und alle wussten sie, dass es irgendwann vorbei sein würde.

Doch erst kam Ende Januar noch Pat Kilroy dazu. Burke brachte ihn bei sich unter. »Ein volles Haus – das hatte ich noch nie«, sagte er, »ich könnte mich direkt daran gewöhnen.« Pat hier zu begegnen, war ganz anders als in Triest, fand Leyland. Es war, als taumelte er ein bisschen wie jemand, dem man eine Stütze weggenommen hatte, die Stütze seiner gewohnten Umgebung. Er bat Leyland, ihn ins Hotel in Notting Hill zu begleiten, wo er wegen der Anstellung vorsprechen sollte. In der U-Bahn war er still, es war eine beklommene Stille, die Leyland an ihm nicht kannte. Ab und zu prüfte er, ob der Krawattenknoten richtig saß, und einmal wischte er mit dem Taschentuch ein bisschen Schmutz vom Schuh. Nachher lächelte er verlegen. »Ich weiß nicht, ob ich es kann«, sagte er.

Die Dame, die sie in Empfang nahm, war überaus freundlich und großzügig in ihren Worten und Gesten. Sie zeigte Pat und Leyland das Restaurant, die Küche und das Büro. Sie stellte ihnen den Koch und den derzeitigen Kellner vor. Pat bewegte sich ganz langsam durch die Räume, blieb oft stehen und nahm alles mit einem konzentrierten Blick in sich auf, als wolle er es im Inneren fotografieren. Schließlich setzten sie sich in das Büro der Dame. Als Pat die großzügigen Konditionen der Anstellung hörte, wurde er verlegen und fragte, ob er rauchen dürfe. Die Dame erkundigte sich nach seiner Berufserfahrung, nach der Zeit in Irland und nach der Trattoria in Triest. »Und jetzt möchten Sie zurückkommen?« fragte sie schließlich. Pat schloß die Augen und nahm Anlauf. »Um die Wahrheit zu sagen: Ich weiß es nicht«, sagte er. »Im einen Augenblick ja, im nächsten nein. Was Sie mir gezeigt haben, gefällt mir, und ich würde es mir zutrauen. Aber da ist diese lange Zeit in Triest, fast fünfundzwanzig Jahre. Es wäre ein großer Schritt, ein sehr großer.« Die Dame nickte, und man konnte sehen: Sie mochte Pat und seine Art. »Wieviel Bedenkzeit brauchen Sie?« »In drei Tagen muss ich es wissen; vor mir selbst, meine ich«, sagte Pat. Sie lächelte. »Gut. Sie sollten wissen: Wir würden Ihnen bei der Wohnungssuche helfen, und bis dahin könnten Sie im Hotel wohnen.«

In den beiden folgenden Tagen verbrachte Pat viel

Zeit in Notting Hill. »Ich versuche mir vorzustellen, wie es wäre«, sagte er abends. »Sehr gepflegt, sehr angenehm. Ich habe im Restaurant gegessen und mit dem Kellner geredet, der wegen seiner Familie wegzieht. Hörte sich alles gut an. Und eigentlich ist es ja ein fabelhaftes Angebot. Doch dann stelle ich mir vor, wie ich in Triest bei Raffaele meine Schürze abgebe, meine Geldtasche, meinen Bestellblock. Für immer. Die Geräte in Raffaeles Küche sind alt und verbraucht, hier ist alles neu und blitzend. Trotzdem. Oder gerade deshalb. Keine Tische draußen. Kein Meer. Und dann meine Wohnung: Sie ist ja ziemlich schäbig, aber ich hänge daran, ich merke es jetzt erst richtig, wo ich mir vorstelle auszuziehen.« Er wandte sich an Leyland. »Als wir in Triest darüber sprachen, habe ich auch vom Kranksein und vom Alter gesprochen. Ob das nicht hier, in der Muttersprache, leichter wäre. Es ist etwas dran, auch jetzt noch. Aber es ist nicht so wichtig, dass es den Ausschlag geben könnte. Und Heimweh: Ein bisschen ist es schon wie nach Hause kommen. Aber vieles ist mir auch fremd geworden in der langen Zeit. Vielleicht ist es auch, weil hier England und nicht Irland ist.«

Am Morgen des dritten Tages kam er fürs Frühstück herüber zu Leyland und Sophia. »Ich habe wenig geschlafen«, sagte er. »Plötzlich dachte ich: Ist es nicht verrückt, dieses großzügige Angebot abzulehnen? Ich hätte fast doppelt soviel Geld zur Verfügung wie jetzt. Und alles so gepflegt, kein Chaos wie manchmal in der Trattoria. Andrej konnte auch nicht schlafen und setzte sich zu mir. ›Ich würde dich vermissen‹, sagte er, ›und ich bin nicht der einzige. Es hat mich beschäftigt, und so bin ich auch nach Notting Hill gefahren. Ich habe im Restaurant gegessen und mir vorgestellt, du würdest bedienen. Auf der einen Seite war es schön, auf der anderen dachte ich: Nein, er gehört nicht hierher. Später habe ich dich aus der Ferne durch die Straßen gehen sehen und bin dir eine Weile gefolgt. Dasselbe Gefühl. Aber natürlich kann ich mich täuschen, und vielleicht sagt mein Gefühl mehr über mich als über dich aus.‹ Stellt euch vor: So sehr hat sich Andrej für mich und meine Entscheidung interessiert. Er saß da in Kenneths Schlafrock und war in Gedanken ganz bei meinem Problem. Ich habe ihn immer gern in die Trattoria kommen sehen, wir haben freundschaftlich miteinander geredet, kameradschaftlich, und manchmal habe ich mir vorgenommen, ihn zu mir nach Hause einzuladen. Doch dann habe ich gezögert: War das nicht zuviel? Und nun saß er mir in der Nacht gegenüber und erzählte, dass er meinetwegen einen Tag in Notting Hill verbracht hatte. Ich wusste nicht, was ich sagen sollte, aber irgendwie hat das nun den Ausschlag gegeben: Ich bleibe in der Trattoria.«

Pat sagte im Hotel Bescheid, dann fuhr er mit Zug und Fähre nach Dublin und weiter nach Kilkenny, wo er angefangen hatte. Nach einer Woche war er wieder bei Burke. »Es war gut, dass ich das gemacht habe«, sagte er. »Jetzt weiß ich: Auch dorthin möchte ich nicht zurück. Im Zug kamen zwei Italiener ins Abteil. Es war wie nach Hause kommen.«

Pat und Andrej buchten einen gemeinsamen Rückflug nach Triest. Leyland, Burke und Sophia sahen ihnen zu, wie sie am Flughafen durch die Sicherheitskontrolle gingen. »Ich fürchte mich davor, wie leer das Haus jetzt sein wird«, sagte Burke auf der Rückfahrt.

Leyland fand keinen Schlaf. Es war in den letzten Tagen und Wochen in diesem Haus so vieles geschehen. Und es genügte nicht, es in der Erinnerung einfach vorbeifließen zu lassen. Er wollte es sich vergegenwärtigen, den Bildern, Gedanken und Worten freien Lauf lassen und ihnen zugleich auch eine Ordnung geben. Und so begann er, die Geschehnisse und Empfindungen in der Art, wie sie ineinandergriffen, für sich und Livia aufzuschreiben.

Cara –

vor zwei, drei Wochen, als Sidney zu Besuch war, standen wir bei Foyles und stöberten in den Regalen. Plötzlich entdeckte ich in einer Ecke John Escott, den Richter, unseren Richter von damals aus Aylesbury. Ich bin erschrocken, und erst jetzt, wo ich mir den Moment in Erinnerung rufe, wird mir klar, wie tief das Erschrecken war. Eigentlich weiß ich gar nicht, wie ich es ausdrücken

soll. Vielleicht am ehesten so: Es war der Schock der verflossenen Zeit. Der Richter, damals ein Mann in den mittleren Jahren, ist zu einem alten Mann mit weißem Haar und Bart geworden, der ein bisschen gebückt und ein bisschen unsicher vor dem Regal stand und die Bücher dicht vors Gesicht hielt. All die Zeit, die dafür verfließen musste! All die Jahre und Jahrzehnte! Und sie war eben auch für mich verflossen, diese lange Zeit. »Ja, und?« mag jemand sagen. Und dann wäre es schwer, vielleicht sogar unmöglich, ihm zu erklären, warum dieses Bewusstsein wie ein Schock war.
Der Richter hat uns dann besucht, und ich saß ihm hier im Wohnzimmer gegenüber, zusammen mit Sidney, Sophia und Kenneth Burke. Wir sprachen über David Cliburn und den Unsinn seiner Verurteilung. Escott wusste noch genau, wie aufgebracht Du warst. Ich wusste es auch noch, aber ich wusste es noch ganz anders als die anderen, denn ich sah Dich auf Escotts Sofa sitzen, ich sah jede Einzelheit Deiner Kleidung vor mir, ich sah, wie Du, den Schreibblock auf den Knien, mitschriebst, und ich sah, wie Du Dir zwischendurch das Haar aus der Stirn strichst, manchmal streiften Deine Finger die Ohrringe, es waren dieselben, die Du auch trugst, als wir zwei Jahre später an der Reling der Fähre nach Le Havre standen und ich Dir meinen Heiratsantrag machte. Fünfunddreißig Jahre sind inzwischen vergangen. Ich will nicht, dass sie vergangen sind, ich will noch einmal zu jenem fernen Moment zurück, und nicht ein-

fach in der Erinnerung, sondern in der Wirklichkeit. Das ist natürlich ein absurder Wunsch, und beinahe muss ich lachen, wenn ich die Worte auf dem Papier sehe. Und doch ist es genau dieser Wunsch: die Zeit möge nicht verflossen sein. Und hier, in diesem sonderbaren Wunsch liegt, so denke ich, die Erklärung für den Schock der verflossenen Zeit, denn dieser Schock ist das stille Entsetzen darüber, dass die Zeit von damals wirklich vorbei ist. Dass ich die Ohrringe an Dir niemals mehr sehen werde. Und so mit allem anderen.
Als ich den Brief an Sidney und Sophia schrieb, mit dem ich ihnen die Briefe an Dich hinterlassen wollte, habe ich, und sogar als erstes, betont, dass die Briefe nicht bedeuteten, ich würde Deinen Tod insgeheim verleugnen. Der Sinn der Briefe sei nicht, schrieb ich, Dich über Deinen Tod hinaus am Leben zu halten. Es sei anders: an Dich zu schreiben, sei eine Art, an mich selbst zu schreiben. Kann ich sicher sein, dass es so und nicht anders ist? In dem Moment, wo ich das schreibe, kommen mir Zweifel. Wenn ich wirklich anerkannt hätte, auch im tiefsten Inneren, dass die Zeit mit Dir vorbei ist, unwiderruflich vorbei – wie könnte ich dann beim Anblick des gealterten Richters derart tief erschrecken? Denn ich deute das Erschrecken so: Der alt gewordene Richter war der Beweis dafür, dass jene gemeinsame Zeit mit Dir nie mehr zurückkommen würde. Wenn ich jetzt in Gedanken zu dem Gespräch von neulich zurückgehe, spüre ich einen heftig pochenden Widerstand in mir,

der sich gegen die Tatsache richtet, dass dort der alte und nicht der jüngere Richter sitzt und dass es nicht mehr Deine Stimme ist, die sich über das Urteil empört. Und dass all das nicht zu ändern ist. Habe ich doch insgeheim die ganze Zeit über mit Dir weitergelebt? Und war die Wucht von Escotts alternder Erscheinung die Wucht der Demonstration, dass das alles nichts weiter als ein verzweifelter Tagtraum ist?
Ich bin auch in den Räumen von Harrington Gardens gewesen, unseren ersten gemeinsamen Räumen. Sophia ist, als er herauskam, auf den jetzigen Mieter zugegangen und hat darum gebeten, noch einmal auf dem Parkett sitzen zu dürfen, wo sie, inmitten meiner Bücher, lesen gelernt hat. Ich habe den Kronleuchter gesehen, den wir in Knightsbridge aufgetrieben haben. Ein abgenutztes Sofa aus Frankreich, zwei viel zu tiefe italienische Sessel, ein englischer Esstisch mit steifen Stühlen, ein riesiges Bett mit einem Gestell aus Eisen, der schwere, geschnitzte Schreibtisch, der gebrauchte Teppich aus Tibet, zusammengewürfeltes chinesisches Geschirr – was haben wir uns ausgetobt, als wir all das zusammenkauften! Ein elegantes, morbides Provisorium nanntest Du die Einrichtung, ich kann noch heute hören, wie Du es sagst. Ich habe vergessen, wohin wir all die Dinge verkauften, als wir nach Triest zogen. Das letzte, was abgeholt wurde, war der schwere Schreibtisch. Es wäre mir verrückt vorgekommen, ihn nach Triest transportieren zu lassen. Am Anfang habe ich ihn

ein bisschen vermisst, doch bald fühlte ich mich an dem einfachen schwarzen Tisch unter dem Dach wohl.
In den Nächten nach unserem Besuch in Harrington Gardens lag ich oft wach und fragte mich, was aus unserem Leben geworden wäre, wenn Dir Dein Vater den Verlag nicht vererbt hätte und wir nicht nach Triest gezogen wären. Keine Molo Audace, kein Licht über der Bucht, keine Fähre nach Muggia. Vera Santin hätten wir nie kennengelernt, auch Maria Psyroukis nicht, Pat Kilroy hätte uns nie das Essen gebracht, und ich hätte nie an Andrejs Zellentür geklopft. Wären wir in London geblieben, oder hätte Dich Libération irgendwann nach Paris geholt? Sean und Lynn – wie hätte sich unsere Freundschaft zu ihnen entwickelt? Unsere Kinder – sie wären englische statt italienische Schüler geworden. Oder französische? Immer, wenn ich mir das alles nachts ausmalte, wünschte ich mir sehnlichst, mit Dir darüber sprechen zu können, und nicht anders geht es mir in diesem Moment, wo ich es aufschreibe. Doch da ist Richter Escott, der mir, im Buchladen in der Ecke stehend, beweist, wieviel Zeit seitdem unwiderruflich verflossen ist.
Doch die verfließende Zeit hat mich in den letzten Wochen nicht nur gelehrt, was nicht mehr ist. Sie hat mich auch Dinge sehen und erleben lassen, die neu sind, neu im Sinne von etwas, was mich überrascht und in meinem Erleben verändert hat. Dazu gehörte, dass Sophia sich in Paolo Michelis verliebt hat. Zuerst, indem sie

dem Zauber seines Romans verfiel, dann am Telefon, und schließlich durch seine Gegenwart, die sie gleichsam zu überspülen schien. Du hast es nicht mehr erlebt, dass sie sich verliebte, sie war ja erst siebzehn, als Dein Herz stillstand. Es gab dann den einen oder anderen Jungen, und ich weiß nicht, was es in der Klinik alles gegeben hat. Aber etwas wie mit Paolo – das hat sie vorher nie erlebt, auch nach ihren eigenen Worten nicht. Sie kennt seinen Roman so gut, wie man nur etwas kennen kann, das man liebt. »Ich mag gar nichts anderes mehr lesen«, sagt sie seit Tagen, und dann höre ich sie stundenlang telefonieren. Und manchmal, wenn wir zusammensitzen, wir beide oder mit den anderen, ist sie plötzlich wie verschwunden, und dann ist klar, dass sie in Gedanken in Mailand ist. »Er kann einen überwältigen«, sagte sie einmal, als wir beide zusammen am Tisch saßen und still etwas aßen. Und ich glaube, wenn ich sie wäre – es würde mir nicht anders gehen. Was war das auch für mich für ein Zauber, als ich bei ihm in Mailand war und all die vielen Blätter auf all den vielen Brettern sah! Ich bin freilich nicht sicher, ob Paolo für Sophia ähnlich empfindet wie sie für ihn. Er hat immer sehr mit sich selbst und seinem Text gelebt. Er ist in seiner Art unendlich großzügig, von einer überwältigenden Großzügigkeit. Und doch bin ich, wenn ich an ihn denke und mir vor Augen führe, wie er mit Sophia zusammensaß und ihre Zuneigung und Bewunderung genoss, eine Spur unsicher, ob er sich jemals ganz für jemanden würde öffnen können, der wirklich anders ist als er. Aber wie auch immer: Es ist wunderbar zu sehen, wie das Leben für Sophia diese Wendung nimmt. Ein bisschen will es mir vorkommen, als sei es eine Wendung, auf die sie, gefangen in ihrem Klinikleben, schon sehr lange gewartet hätte. Das Britische Museum, die Erkundung der Stadt, die Misteln hier im Haus und drüben bei Burke, und jetzt Paolo – es passt alles zusammen. Wenn die Zeit mit Richter Escott das Ende von etwas ist, so ist sie hier ein Anfang.

Und auch eine ganze Reihe anderer Dinge haben in diesem Haus ihren Anfang genommen. Vor allem die Freundschaft mit Kenneth Burke. Ich erinnere mich noch genau an den Abend im November, als ich hier ankam und bei ihm klingelte, um den Schlüssel abzuholen. Er war mir nicht abweisend erschienen, aber distanziert. Es würde, dachte ich, lange dauern, sollte sich jemand vornehmen, diese Distanz zu überwinden. Dann fiel im Viertel der Strom aus, wir saßen bei Kerzenlicht bei ihm am Küchentisch und aßen Linseneintopf. Und da erzählte er mir, wie er als Apotheker das Gesetz in die eigenen Hände genommen hatte. Ungesetzlich, aber richtig, sagte er über sein Tun. Danach saßen wir oft zusammen, bei ihm drüben oder hier bei mir. Ich erzählte von der Nacht, in der wir Dich still und erloschen auf dem Sofa gefunden hatten, und ich erzählte von der falschen Diagnose und der Entdeckung des Irrtums. Es gab Momente, da kam es mir vor, als sprächen zwei Schiff-

brüchige miteinander. Doch dabei blieb es nicht. Es begann eine neue gemeinsame Zukunft. Ich hatte ihm aus Oxford meine Übersetzung von Francesca Marcheses Buch über Triest mitgebracht. Kurze Zeit danach verblüffte er mich mit einem Entwurf für einen Buchumschlag, den er auf seinem Computer gemacht hatte. »Zwanzig Jahre zu spät«, sagte er, »aber ist meiner nicht besser?« Ein Kupferstich vom alten Triest, es wäre der ideale Umschlag für das Buch gewesen. Wir haben das Bild Sean gezeigt, und mit einemmal war Kenneth der Mann, der in Zukunft die Umschläge für Seans Verlag machen würde. Und Kenneth hatte plötzlich wieder Arbeit. Wenn Du wüsstest, wie schön es ist, ihn oben in seinem kleinen Arbeitszimmer vor dem neuen, großen Bildschirm zu wissen!
Ich habe mich sehr an sein bleiches, kantiges Gesicht gewöhnt, an den Ausdruck von Trotz und Verletzlichkeit, ich vermisse das Gesicht, wenn ich es eine Weile nicht gesehen habe. Am liebsten mag ich das Gesicht, wenn er mit dem Cello kommt und spielt. Er steht dann mit dem Instrument einfach vor der Tür und hat dieses schiefe Lächeln. Er schließt die Augen, und das Haus ist nur noch Musik. Sophia kommt herunter, er blickt kurz hoch, das Gesicht wird eine Spur weicher und wärmer, nur eine Spur, und es ist, als würden die Töne noch voller. Er kommt immer dann, wenn Sophia zu Hause ist. Manchmal, besonders nachts, sehe ich ihn, halb verdeckt, auch drüben spielen. Dann stelle ich mir seinen

Kopf mit dem stoppligen grauen Haar vor. Neulich, es war schon Mitternacht, ging ich hinüber und bat darum, zuhören zu dürfen. Er ließ mich eintreten, sagte nichts und spielte weiter. Ab und zu warf er mir einen Blick zu. Es hat ihn bewegt, dass ich gekommen war, um diese Zeit und mit diesem einfachen Wunsch. Als ich ging, dachte ich daran, wie er mir das Telefon so eingerichtet hatte, dass ich ihn mit dem Druck auf eine einzige Taste erreichen konnte. Das war gewesen, als ich ihm von meinem ersten Anfall erzählt hatte. »Ich komme überallhin, zu jeder Zeit«, hatte er damals gesagt.

Und dann war da die Sache mit dem Komma. La ricchezza della vita è fatta di ricordi, dimenticati, steht in Paveses Tagebuch, das ich übersetzt habe. Sollte ich das Komma im Englischen übernehmen oder nicht? Einer Eingebung folgend, ging ich hinüber zu Kenneth und fragte ihn. Und da geschah etwas Wunderbares: Er verstand, warum mich das beschäftigte. Ich erzählte ihm, dass sich Andrej manchmal fragt, ob man angesichts von Hunger und Elend im Ernst länger darüber nachdenken kann, ob man ein Komma setzen soll oder nicht. »Es gibt«, sagte Kenneth nach einigem Nachdenken, »keine Rangliste des Wichtigen, auf der man Elend und Kommata vergleichen könnte.« Und plötzlich waren wir noch in einem ganz anderen Sinne Freunde.

Und nun kam Andrej nach London. Wie sehr ihn die Reise und die Stadt verändert haben! Wir hatten ja inzwischen schon eine lange Geschichte zusammen, ich

habe seine Wohnung gekauft und habe gesehen, wie er zitterte, wenn er unterschreiben sollte. Und er hat einen Anfall erlebt, den ich in seiner Wohnung erlitt. Große Nähe also, seit langem schon. Und doch war es jetzt noch einmal anders, den Mann zu erleben, an dessen Zellentür ich damals geklopft hatte. Bis jetzt war unsere Geschichte eine Geschichte in Triest gewesen, wie gebunden an diese Stadt. Nun standen wir zusammen im Offenen, sozusagen. Wie souverän Andrej plötzlich sein konnte! Etwa in der Art, wie er Roman Nemirov, dem Mann im Rollstuhl, begegnete. Und es lag nicht daran, dass die beiden zusammen Russisch sprechen konnten. Nein, Andrej fand, anders als Sean und ich, von Anfang an den richtigen, unbefangenen Ton, in den Worten wie in der Körpersprache. Wie selbstverständlich er an den Rollstuhl fasste! Wie wenig verlegen er war! Ich habe ihn bewundert, und Sean erging es, seinen Blicken nach zu urteilen, nicht anders. Auch bei Sean und Lynn zu Hause zeigte sich Andrej sehr souverän, sehr selbständig. Er trug ein baskisches Gedicht vor. Während er das tat, sah ich ihn vor mir, wie er damals, kurz nach seiner Entlassung aus dem Gefängnis, in Deinem Verlag aus Dostojewskij vorgelesen hatte. Was für einen Weg dieser Mann seitdem zurückgelegt hat!
Dann begegneten sich Andrej und Kenneth Burke. Die beiden Männer öffneten sich füreinander, und ich – ich war eifersüchtig. Doppelt eifersüchtig: auf Kenneth wegen Andrej, und auf Andrej wegen Kenneth. Dass ich

nicht mehr der einzige Freund von ihnen war. Dass sie auch ohne mich – an mir vorbei, sozusagen – etwas füreinander waren. Sophia hat mich sofort durchschaut. »Du willst sie ganz allein für dich haben«, sagte sie, »jeden einzelnen von ihnen.« Später, beim Essen, legte sie die Hand auf meinen Arm. »Von Karl Abt wird Andrej Kenneth nichts erzählen. Das bleibt euer Geheimnis. Und auch sonst tausend Dinge.«
Ein bisschen eifersüchtig war ich auch, als ich Pat Kilroy und Andrej zusammen abreisen sah. Nur ein bisschen; aber das schon. Pat, sagte ich mir beschwichtigend, hatte die Sache mit Notting Hill doch hauptsächlich mit mir besprochen. Und vor allem hatte es Ljubljana gegeben. Dass er sich schließlich für Triest entschied, weil auch Andrej dort war – mein Gott, wie absurd, kleinlich und selbstbezogen meine Empfindungen sein konnten! Doch vielleicht war es gar nicht so sehr eine abstruse Eifersucht. Vielleicht war es komplizierter und auch bedeutsamer: Als ich die beiden am Flughafen davongehen sah, spürte ich, dass sie in eine Stadt fuhren, die in diesem Augenblick plötzlich sehr die meine war – dass ich mehr dorthin gehörte als hierher. Aber nicht weniger gehörte ich doch dahin, wo Burke und Sophia waren, die in der U-Bahn neben mir saßen. »Ist was?« fragte Sophia, und auch von Kenneth fing ich einen forschenden Blick auf. Was mache ich mit den beiden Städten und meinen beiden Leben in ihnen?

40 Einige Tage später traf Sophia auf der Straße zufällig Philip Ashcroft, den Fotografen, den sie in Harrington Gardens kennengelernt hatte, als sie darum bat, noch einmal auf dem Parkett knien zu dürfen, auf dem sie zwischen den Büchern des Vaters lesen gelernt hatte. Sie tranken einen Kaffee, er erzählte von seinem Beruf, und nachher nahm er sie mit in sein Atelier. »Plötzlich dachte ich: warum nicht Fotografin werden?« sagte sie, als sie abends davon erzählte. »Nach dem, was Ashcroft sagte, gibt es dabei eine Freiheit, die mir gefiele.« Sie hatten auch über Triest gesprochen, und Ashcroft hatte ihr die Adresse eines Kollegen gegeben, der dort ein Atelier hatte. Wie schon einmal, lieh sie sich Burkes Kamera aus, fuhr durch die Stadt und sah sich die Bilder abends auf Burkes Computer an, der ihr zeigte, wie man sie bearbeiten konnte. Danach ging sie ein paar Tage still und gedrückt durchs Haus, spielte lange mit Billy, Burkes Hund, und suchte immer wieder Leylands Gegenwart, ein bisschen wie seinerzeit als kleines Mädchen, dachte er. Manchmal telefonierte sie mit Paolo Michelis, aber die Gespräche wurden kürzer, und manchmal war sie danach verstimmt. »Ich glaube, ich muss nach Mailand«, sagte sie eines Tages. »Damit er nicht zum Phantom wird. Es gibt Momente, wo ich gar nicht mehr weiß, wie er ist.« Ein paar Tage später flog sie.

Sie rief oft an und hatte das Bedürfnis, ausführlich

zu erzählen, vor allem von ihren schwankenden Gefühlen. Sie war mit Paolo in Rom gewesen, wo Teile seines Romans spielten, aber sie waren früher zurückgekommen als geplant. »Er ist so großzügig, so offen«, sagte sie, »du kennst ihn ja. Und doch lebt er ganz in seiner Welt, vor allem in der Arbeit am Roman, sogar im Hotelzimmer ist er nachts aufgestanden und hat geschrieben. Dann war es, als käme ich in ihm gar nicht vor. Ich fahre jetzt nach Triest. Ich habe das Bedürfnis, meine Wohnung zu sehen, durch die Gassen zu gehen. Vielleicht gehe ich bei Ashcrofts Kollegen, dem Fotografen, vorbei.«

Das nächste Mal rief sie aus Leylands Wohnung am Kanal an. »Ich bin in Padua ausgestiegen und habe Sidney besucht. Er hatte gerade die letzte Prüfung hinter sich. Er war nicht zufrieden mit sich, aber froh, dass es vorbei war. Weißt du noch, wie er von der schwarzen Kaste gesprochen hat, deren Rituale er verweigert? Wir haben bei Giulietta Tee getrunken, dann hat er mir sein Büro gezeigt, wo er an der Übersetzung von Contis Buch arbeitet. Auch den Seminarraum, wo er seine Übungen abhält, habe ich gesehen. Ich habe dann etwas getan, was mich überrascht hat: Ich habe ihm von Paolo erzählt, auch davon, wie schwierig es in Mailand und auf der Reise war. Er war großartig. Kein falsches Wort. Er hat mich zum Zug gebracht. ›Pass auf dich auf‹, sagte er. Es war so, wie es vorher noch nie war.«

»Ich bin durch die Flure der Klinik gegangen«, sagte sie beim nächsten Anruf. »Ich hatte Moretti in der Ferne auf der Straße gesehen, ich konnte sicher sein, ihm nicht zu begegnen. Ich wollte wissen, was ich empfinden würde. Es ist dabei geblieben: Ich will nicht zurück. Das eine oder andere hat mich ein bisschen wehmütig gemacht, vor allem die Bilder an der Tür zum Schwesternzimmer. Aber insgesamt: nein. Und es ist erstaunlich, wieviel Abstand die wenigen Wochen in London geschaffen haben.«

Nach diesem Anruf hatte Leyland Heimweh nach Triest, und eine Woche später flog er hin. Bevor er in seiner Straße um die Ecke bog, blickte er zurück auf das Haus. Inzwischen hatte er das Gefühl: Es ist ganz mein Haus. Er war schon um die Ecke, da ging er noch einmal zurück und sah zum Fenster hinüber, hinter dem Warren Shawns Schreibtisch stand. Wenn er zurückkäme, dachte er, würde er dort drinnen versuchen, eine erste eigene Erzählung zu schreiben. Oder zumindest eigene kleine Texte. An dem Schreibtisch, an dem ihn Warren Shawn in seinem Brief aufgefordert hatte, nach seiner eigenen Stimme zu suchen. Diese Stimme würde eine andere sein müssen als die Stimme in den Briefen an Livia. Wie würde es sein, danach zu suchen? Und wie würde es sein, sich in eigene Figuren und eine eigene Handlung hineinzuträumen? Sich selbst darin kennenzulernen und auszudrücken?

Sophia holte ihn am Flughafen ab. »Du bist anders als sonst«, sagte sie, nachdem sie eine Weile in seiner Wohnung gesessen hatten. »Nicht sehr, aber ein bisschen.« Er zögerte. »Ich ... ich habe mir vorgenommen, etwas Eigenes zu schreiben«, sagte er. »Aber behalte es bitte für dich. Ich trage mich schon lange mit dem Gedanken, habe es mir aber nicht zugetraut. Wenn ich zurück in London bin, will ich es nun versuchen. Vielleicht ist es dieser Entschluss, den du an mir spürst. Ich habe eine Übersetzung abgelehnt. Um mehr Zeit zu haben. Es wird mir schwindlig, wenn ich daran denke. Stell dir vor: all die Sätze, die ich als Übersetzer geschrieben habe – und nun soll ich ganz eigene Sätze schreiben! Als ich vorhin aus dem Flugzeug hinunterblickte, dachte ich: Mit einer Erzählung beginnen, ganz ohne Vorlage – das muss sein wie ein Sprung ins Leere.«

Sophia hatte sich in der Zwischenzeit mit dem Kollegen von Philip Ashcroft getroffen, dem Fotografen. Er machte Portraits, gehörte aber auch einer Gruppe an, die Dokumentarfilme drehte. Sie planten Filme darüber, wie sich Leute veränderten, die lange in einer Klinik leben mussten. Wie ihre ganze Sicht auf das Leben sich veränderte. Sie suchten jemanden, der sich in Kliniken und überhaupt der Medizin auskannte und sie beraten konnte. Ob das etwas für Sophia wäre? »Nun doch wieder Medizin«, sagte sie, »aber aus einer anderen Perspektive und mit Distanz zur weißen Kaste. Ich habe gesagt, dass ich es mir überlege.«

Sie gingen in die Trattoria zu Pat Kilroy. Es war, fand Leyland, anders, ihn jetzt, nach der Begegnung in London, hier zu sehen. Er kam selbstbewusster an ihren Tisch, stand anders, fester auf dem Boden. Als hätte er durch seinen Entschluss zu bleiben ein Stück mehr zu sich selbst gefunden. Doch es war nicht nur das, wie sie erfuhren. Raffaele, der Wirt, war an Krebs erkrankt und würde das Lokal nicht mehr lange führen können. »Er hat mich gefragt, ob ich es weiterführen wolle. Ich habe eine Woche überlegt und wenig geschlafen. Ich bin oft bei Andrej gewesen. Dann habe ich zugesagt. Ich muss jetzt das Geschäftliche lernen, auch den Einkauf und solche Dinge. Aber irgendwie versteht Raffaele es, mir die Angst zu nehmen. ›Du kannst das‹, sagt er, und dann legt er mir die Hand auf die Schulter. Ich habe nicht gewusst, dass er soviel von mir hält. Aber aufgeregt bin ich schon, wache viel früher auf als sonst. Es ist eine gewaltige Veränderung. Ich habe hier immer mit dem Gefühl gearbeitet, jederzeit auch weglaufen zu können. Das geht jetzt nicht mehr, und wenn ich wachliege, ist es das, was mich am meisten beschäftigt. Ich fasse jetzt alles anders an, oder so will es mir vorkommen: die Tische und Stühle, die Teller, das Besteck, die Pfannen. Großartig war, wie der Koch, der Pizzabäcker und der andere Kellner die Nachricht aufgenommen haben: Sie haben mich umarmt, und es war nicht nur kumpelhaft, es war mehr. Ich rede jetzt viel mit Raffaele, auch über persönliche Dinge. Ich wünschte, ich hätte das schon früher getan. Er hat nur seine uralte Mutter. ›Das Wissen um die Krankheit und das nahe Ende: gegen Morgen ist es am schlimmsten‹, sagte er.« »*Black month*«, sagte Leyland. »*Greying days*«, sagte Pat.

Nachdem er sich von Sophia getrennt hatte, setzte sich Leyland auf die Molo Audace, und als ein Boot ablegte, hielt er die Beine ins flutende Wasser. Wie beim ersten Mal, als er mit Livia in Triest war, und wie damals im Herbst, als er erfuhr, dass er wieder eine Zukunft hatte. Etwas geschah. Er spürte nicht gleich, was es war. Erst als er in seiner Wohnung auf dem Bett lag, wurde es ihm langsam klar: Wiederholungen im Leben – das könnte eines der Themen für eine Erzählung sein. Was gut daran war, was Ordnung und ein Gefühl der Sicherheit schuf, und was auf der anderen Seite mit Überdruss verbunden sein konnte, mit einem Gefühl, dass man genug vom Leben hatte. Leyland setzte sich auf: War das die Art, wie ein Thema für eine Erzählung entstand: dass man eine Empfindung ans Licht hob, die einen im Verborgenen schon lange begleitete und erst jetzt die Deutlichkeit erreichte, die es erlaubte, nach den genauen Worten für sie zu suchen? Die Erzählung, dachte er, könnte von einem älteren Mann im Ruhestand handeln, der genug von allem hatte. Vor allem genug von den tausend Dingen, die sich unweigerlich wiederholten. Es müsste darum gehen zu erzählen, wie er sich seine Empfindungen langsam eingestand. Leyland sah ihn plötzlich vor sich: einen hageren Mann mit wirrem weißen Haar unter der Baskenmütze, eine Pfeife, ein Stock, ein Hund. Auf dem Flug nach München hatte es einen Film über Südfrankreich gegeben, vor allem über den Lubéron. Der Mann, den die Wiederholungen quälten, könnte in einem Dorf am Lubéron wohnen, im letzten Haus, es könnte ein Ferienhaus sein, das er für einige Zeit gemietet hatte. Wie hieß er? War er Franzose? Oder vielleicht ein Engländer, der sich dorthin zurückgezogen hatte, um Klarheit über sich zu gewinnen? Wie wäre es, ihn Eric zu nennen?

Er war mit dem Gefühl eingeschlafen, seine erste Figur gefunden zu haben. Am nächsten Morgen hatte sie sich in nichts aufgelöst. Und geradezu abstrus kam ihm vor, wie er von der Erinnerung an das frühere Eintauchen der Beine an der Mole zum Überdruss am Leben gelangt war. Das eine waren doch wenige markante Episoden gewesen, Zäsuren, die mit Befreiung und Neubeginn zu tun hatten. Das andere waren die tausend banalen Wiederholungen des Lebens. Würde es immer so sein, dass die Phantasie überraschende, schwer zu verstehende Wege ging und Gebilde erschuf, die nach kurzer Zeit zerstoben? War das das tägliche Brot eines Erzählers?

Leyland ging den gewohnten Weg zum Verlag. Es

war jetzt anders, ihn zu gehen. Nicht nur anders als damals, als ihm der Verlag noch gehörte. Auch anders als beim letzten Mal. Ab und zu blieb er stehen und suchte nach den Worten, um den Unterschied zu beschreiben. Als er nachher dem Verlag gegenüber im Café saß und Carlotta ihn bediente, fragte er sich, ob nicht auch das ein Thema für eine Erzählung wäre: wie man anders durch eine vertraute Stadt ging, wenn man den Entschluss gefasst hatte, etwas Eigenes zu schreiben. Was *genau* hatte sich verändert? »Die literarische Sprache, richtig verstanden, ist nicht so sehr eine *erlesene* Sprache, sie ist vor allem eine *genaue* Sprache«, hatte Livia oft gesagt. Und auch Mary Ann Ashford pflegte von der Leidenschaft der Genauigkeit beim Schreiben zu sprechen. Wie würde es für ihn sein, wenn er in Zukunft erzählend nach den genauen Worten für die Erfahrungen seiner Figuren suchte, in denen auch seine eigenen Erfahrungen zur Sprache kämen? Und was war das eigentlich für eine Art von Genauigkeit?

Caterina Mizzan war beim Diktieren, als er ihr Büro betrat. Für einen Augenblick brachte es ihn aus der Fassung, dass sie dort mit dem Diktiergerät auf und ab ging, wo Livia und er auf und ab gegangen waren. Doch er fing sich schnell und nahm dort Platz, wo auch seine Gäste jeweils gesessen hatten. Vera Santin und Maria Psyroukis kamen dazu. Vittorio Albanese, erfuhr er, arbeitete jetzt nicht mehr, die Buchhaltung machte jemand anderes. Sie zeigten ihm das neue Programm und berichteten von dem immer größer werdenden Erfolg, den die Reihe mit den exilrussischen Autoren hatte. Leyland erzählte vom Besuch bei Roman Nemirov, und sie sprachen auch über den Roman von Paolo Michelis. Als er später noch persönlich mit Vera Santin und Maria Psyroukis sprach, spürte er, wie die inzwischen verflossene Zeit eine leichte Fremdheit hatte entstehen lassen, nur einen Hauch, aber spürbar. Sie hatten nicht nach ihm gefragt – danach, wie es ihm in seinem neuen Leben erging. Das war vielleicht zuviel erwartet, noch dazu in den Räumen des Verlags. Trotzdem.

Leyland ging durch die Stadt, trank seinen Kaffee und seinen Grappa wie früher und ging weiter. Wie war es jetzt, in Triest zu sein? Er dachte an das Heimweh, das er in London gespürt hatte. Was war das eigentlich: Heimweh? Und warum auf einmal diese Art von Fragen? Er setzte sich in eine weitere Bar. Plötzlich ging es ihm gut. Das Nachdenken über das Schreiben, auch wenn es noch rhapsodisch und ungeordnet war, hatte eine neue Wachheit in ihm entstehen lassen. War schreiben wie aufwachen?

Stefano Di Rossi kam herein. »Wie schön, dich zu sehen«, sagte er. »Es gibt so Tage, da vermisse ich dich. Dann denke ich an unsere Spritztour und an das, was du über Poesie sagtest: dass sie uns die Gegenwart aufschließt. Dass sie eine Art ist, die Gegenwart ganz

Gegenwart sein zu lassen. Wir haben damals über die Frau gesprochen, die in der dunklen, entlegenen Kapelle das Mosaik restaurierte. Weißt du noch? Ab Sommer nehme ich eine Auszeit. Nichts tun. Sehen, was mit mir passiert.« Für einen Moment war Leyland versucht, vom Schreiben zu sprechen, doch Di Rossi war in Eile, und nachher war Leyland froh darüber. Würde er es Burke sagen? Vielleicht, irgendwann. Nicht Sean. Warum nicht? Auf keinen Fall Mary Ann Ashford. Ein neuer Maßstab für Nähe und Ferne schien sich da plötzlich aufzutun.

»Du glaubst nicht, wie wichtig London für mich war«, sagte Andrej, als Leyland später bei ihm saß. »Als sei ich erst damit so richtig in die Welt zurückgekehrt. Ich habe seither Geld abgehoben, ohne allzusehr zu zittern, und als ich auf der Bank unterschreiben musste, war es nur ein kurzes Stocken. Ich denke, die Angst kann mich jederzeit wieder anspringen. Aber seit ich aus London zurück bin, kann ich mich besser gegen sie wehren.« Dann sprachen sie über Pat Kilroy. »Er war oft hier«, sagte Andrej, »und ich habe ihm zugeredet, Raffaeles Angebot anzunehmen. ›Das machst du doch mit links‹, sagte ich zu ihm. Mein Gefühl war: So etwas hat er in seinem Leben zu selten zu hören bekommen. Ich sitze jetzt ständig bei ihm im Lokal, und neulich war ich bei ihm zu Hause. Ein ganzes Regal voller Gedichtbände. Gälisches und – das hat mich überrascht – Griechisches. Er hat ein bisschen auf dem Saxophon gespielt. ›Und du glaubst wirklich, dass ich es kann?‹ fragte er beim Abschied. ›Natürlich, und es passt soviel besser zu dir als Notting Hill‹, sagte ich.«

Leyland hatte gezögert, mit Andrej übers Schreiben zu sprechen. Er hatte es auf Umwegen getan. »Du wolltest, als du die Variationen zu Aito Agirres Romans schriebst, weg von seiner Sprache, und es ist dir nicht gelungen«, sagte er. »Woran hat es gelegen?« Andrej schwieg eine Weile. »Ich glaube, es war, weil ich mich nicht von seinem Thema zu lösen vermochte. Antoine Perrin, seine Hauptfigur, entsteht in einem bestimmten Geflecht, einer bestimmten Textur von Worten. Man kann diese Textur nicht einfach verändern, sonst verliert man die Figur.« »Du hättest eine andere Figur gebraucht, ein anderes Thema?« Andrej nickte. »Und das hast du nicht gefunden?« »Nicht dort drinnen. Ich kämpfte ja die ganze Zeit mit meiner Tat.« »Und nachher, draußen?« »Manchmal denke ich darüber nach. Aber ich bin noch nicht soweit. Und vielleicht ist der Versuch einer eigenen Stimme einfach auch zu groß für mich. Eine Frage der Begabung. Oder es ist noch etwas anderes: die Furcht, mir in meinen eigenen Worten zu begegnen. Immerhin – ich habe dir davon erzählt – habe ich in London auf Englisch über meine Tage geschrieben und hatte dabei das Gefühl, bei mir selbst zu sein. Aber eine Erzählung wäre ja noch etwas ganz anderes.« Für eine

Weile schwiegen sie. »Es kommt mir vor, als dächtest du selbst daran, den Versuch zu machen«, sagte Andrej. »Ich weiß nicht, warum, aber ich meine es zu spüren.« Leyland nickte. »Aber es ist noch zu früh, darüber zu sprechen?« Wieder nickte Leyland. »Hat Karl Abt jemals den Versuch gemacht?« fragte er. Da sagte Andrej etwas, was Leyland nicht erwartet hatte: »Auf diese Idee würde er nie kommen. Sich selbst zur Sprache bringen: Das fände er wichtigtuerisch. Ich habe dir damals von seiner Berliner Hinterhofwohnung erzählt, wo ein Foto von Puschkin hing. Puschkin – *das* war für ihn schreiben. Oder Tolstoj. Und das – das war eine ganz andere Welt, zu der er, der mausgraue Karl Abt, niemals Zutritt hätte. Und außerdem würde ich vermuten, dass es bei ihm so war: Er liebte die Wörter, möglichst viele davon und möglichst entlegene, aber er liebte sie um ihrer selbst willen, wie Musik. Daraus etwas wie eine eigene Erzählung machen – nein, das würde ihm gar nicht entsprechen.«

Leyland ging durch die nächtlichen Straßen. Ab und zu blieb er stehen und sah sich um: Inwiefern war er in dieser Stadt noch zu Hause? In seiner Wohnung angekommen, saß er eine Weile im Dunkeln. Schließlich setzte er sich an den Schreibtisch und versuchte, Klarheit zu gewinnen.

Cara –
Triest – es wird immer Deine Stadt und die Stadt der Kinder bleiben. Vorhin bin ich bei unserem früheren Haus vorbeigegangen. Unser Leben dort – es ist so schrecklich lange her und doch wie gestern. Meine glücklichste Zeit.
Die Stadt, in der ich das Ende vor mir sah – auch das ist Triest. Ich bin am Krankenhaus vorbeigekommen. Ist das alles erst acht Monate her? Ich bin froh, an diesem Tisch hier, wo mir der Stift entglitt, wieder ohne Angst schreiben zu können, oder doch fast ohne Angst.
Beim Verlag vorbeigehen: Das nächste Mal werde ich es wohl nicht mehr tun. Sie können ja nichts dafür. Ich gehöre einfach nicht mehr dazu. Es hat keinen Sinn und tut mir nicht gut, im Café bei Carlotta zu sitzen und zu denken: Wenn sie die Verwechslung zehn Tage früher entdeckt hätten, gehörte das jetzt alles noch mir. Doch wie soll ich es vergessen können? Es liegt dadurch auf unseren Begegnungen eine Befangenheit, denn auch die anderen wissen ja, dass es leicht hätte anders kommen können. Aber ich kann doch auch nicht durch die Stadt gehen, als gäbe es den Verlag nicht. Er ragt nun einmal in die Stadt hinein, so, wie ich sie kenne.
Ich werde immer wieder herkommen. Allein schon wegen Sophia, aber auch wegen Andrej und Pat. Ich kann mir nicht vorstellen, die Wohnung aufzugeben und nur noch in Hampstead zu leben. Was würde aus meinen Fahrten mit der Fähre? Aus dem Licht über der Bucht?

Es wäre wie eine Amputation. Nein, nein, mein Leben hier soll weitergehen, irgendwie. Ich habe doch in dieser Stadt so viele Bücher übersetzt. Warum nicht noch mehr? Und warum sollte ein Buch nicht zum Teil hier und zum Teil dort übersetzt werden können?
Doch der nächste Schritt ist London, Warren Shawns Schreibtisch, eine eigene Erzählung. Ich könnte mir nicht vorstellen, hier mit dem Schreiben zu beginnen. Ich wüsste nicht zu sagen, warum, aber es ist ganz klar. Freilich habe ich in Gedanken bereits begonnen, und zwar hier auf dem Bett, im Halbschlaf. Ein Mann mit weißem Haar, Baskenmütze, Pfeife und Hund, ein Mann im Ruhestand, der genug vom Leben hat, vor allem von all seinen Wiederholungen. Als ich heute morgen aufwachte, war die Figur weg, zerstoben, und ich dachte, sie käme nicht wieder. Doch jetzt, wo ich Dir schreibe, ist sie auf einmal wieder da, ich sehe den Mann vor mir und spüre in ersten Umrissen, wie er ist. Er wohnt eigentlich in Paris, hat sich aber für die nächste Zeit ein Ferienhaus am Lubéron gemietet, um Abstand zu allem zu gewinnen, auch zu sich selbst. Soviel weiß ich schon, oder scheine ich momentan zu wissen. Gestern, kurz vor dem Einschlafen, habe ich erwogen, ihn Eric zu nennen. Aber das ist abwegig, unter diesem Namen kann nichts aus ihm werden. Er könnte, denke ich, Louis heißen, Louis Fontaine. Ja, doch, das ginge. Warum kann eine erfundene Figur so und nicht anders heißen? Der Klang der Worte und das Gespür für die

Figur, sie müssen zusammenpassen. Aber ich könnte beim besten Willen nicht erklären, was das heißt.
Louis Fontaine. Was war er von Beruf? Mit wem hat er das Leben geteilt? Vor was hatte er Angst? Was waren seine glücklichen Momente? All das werde ich herausfinden müssen. Wieviel muss man festgelegt haben, bevor man mit dem Schreiben beginnen kann? Nun habe ich all diese vielen Bücher übersetzt, all diese Erzählungen, und weiß über das Schreiben so wenig. Louis hat, ich sagte es schon, genug vom Leben. Einfach genug. Und schon jetzt, noch bevor ich richtig begonnen habe, meine ich zu wissen: Er hat vor allem genug davon, dass sich seine Gefühle seit langem nur noch wiederholen. Dass sie ihn nicht mehr überraschen. Ich mache keine neuen Erfahrungen mehr mit mir, wäre ein Satz, den er sagen könnte. Und jetzt? Was soll jetzt werden? Das, denke ich, wird das Thema sein. Ich stand eben lange am Fenster und blickte auf den Kanal hinunter. Triest – das ist nun also auch die Stadt, in der Louis Fontaine begann, dachte ich. Dabei wollte ich doch erst in London anfangen, mit Blick auf Burkes Haus. Und ich bin erstaunt über das Thema. Oder bin ich am Ende gar nicht so erstaunt? Habe ich selbst insgeheim auch genug? Obwohl sich ja doch eine neue Zukunft für mich aufgetan hat? Ich gehe mit Louis und Raoul, seinem Hund, den steinigen Weg hinauf in den Lubéron. Und gerade in diesem Moment, wo ich ganz in seinen Schritten und in seinen Gedanken bin, spüre ich eine erste,

glückliche Ungeduld, bald mit dem Schreiben zu beginnen.

41 »Ich habe mich entschieden: Ich werde Chiara Palladios Geschichte nicht veröffentlichen«, sagte Francesca Marchese. Sie hatte Leyland angerufen, und als sie erfuhr, dass er in Triest war, hatte sie sofort den Zug genommen. Jetzt saßen sie in seiner Wohnung. »Ich habe dir ja früher schon von der Empfindung erzählt, dass es eigentlich niemanden etwas angeht. Dass ich das alles nur für mich geschrieben habe. Das Gefühl war, seit wir uns das letzte Mal gesehen hatten, noch stärker und eindeutiger geworden. Trotzdem gab es auch Momente des Schwankens. Doch nun ist etwas geschehen, was es endgültig gemacht hat: Sie haben etwas in meiner Brust gefunden. Man kann es operieren, und die Prognose, sagen sie, ist gut. Aber es ist ein Einschnitt, eine Zäsur. Nächste Woche gehe ich in die Klinik. Am Tag, als ich es erfahren hatte, habe ich bis tief in die Nacht in dem Manuskript gelesen. Ich liebe diese Geschichte, aber das Gefühl war: Sie ist abgeschlossen. Nicht nur auf dem Papier. Auch in mir selbst. Und als ich an all die Dinge dachte, die nach der Veröffentlichung mit einem Buch geschehen, spürte ich: Das hat jetzt alles keine Bedeutung mehr. Ich habe das Manuskript schön binden

lassen und dann in den Schrank gelegt, wo die kostbaren Dinge sind.«

Sie fuhren mit der Fähre nach Muggia und zurück. »Auf dem Weg vom Arzt nach Hause«, sagte Francesca, »habe ich mich in den Dom gesetzt. Wie mit dir damals. Die Vorstellung, dass andere Leute Chiaras Geschichte lesen könnten, kam mir in diesem Moment befremdlich vor. Und ich dachte mit Unbehagen an meine veröffentlichten Bücher. Ich habe in all diesen Büchern gelebt, ich habe durch sie hindurchgelebt. Doch was gingen die Worte, die sich dabei geformt hatten, fremde Leute etwas an? Dort, im Dom, verstand ich das alles überhaupt nicht mehr. Besonders bei einem Roman, wenn er echt ist, ist es doch das Intimste, was zur Sprache kommt. Und dann geht einer damit an die Öffentlichkeit. Ist das nicht verrückt? Ein Irrsinn?«

Paolo Michelis war neulich bei ihr gewesen. »Er hat von den Tagen in London gesprochen, von eurem Interesse an seinem Buch und von der Aussicht, dass Caterina Mizzan es herausbringen würde. ›Stell dir vor, es steht eines Tages im Schaufenster‹, sagte er. Von Chiara Palladio weiß er nichts. Es ist für ihn ja ganz anders als für mich: das erste Buch, die Arbeit von zehn Jahren. Und dann, im selben Gespräch und ganz plötzlich, sprach er davon, dass er eigentlich nicht ins Schaufenster wolle. ›Ich möchte bei meinem Leben bleiben.‹ Ich habe uns etwas gekocht. Ich spürte, dass er noch über etwas anderes reden wollte. Er hat mit Sophia diese Reise nach Rom gemacht, du weißt natürlich davon. Er hat ihr die Stadt gezeigt, all die Orte, an denen der Roman spielt. ›Ich habe sie ihr *falsch* gezeigt‹, sagte er unglücklich. ›Ich habe ihr *meine* Stadt gezeigt, statt dass wir sie durch das Reisen zu *unserer* Stadt gemacht hätten.‹ Und nach einer Weile: ›Ich habe auf einmal das Gefühl, durch mein einsiedlerisches Leben vergessen zu haben, wie das geht: mich für einen anderen zu öffnen und etwas gemeinsam zu erleben. Dabei ist es doch Sophia. Wie gut sie den Roman kennt! Als gäbe es nichts Wichtigeres auf der Welt. Sie war auf der ganzen Reise für mich da. Und ich – ich glaube, ich war überhaupt nicht für sie da. Auf der Reise selbst wurde mir das nicht klar. Erst auf der Rückfahrt und als wir wieder in meiner Wohnung waren. Plötzlich war es sehr still zwischen uns. ›Ich fahre jetzt erst einmal nach Triest‹, sagte sie, ›ich muss nachdenken.‹«

Leyland brachte Francesca zum Zug. Sie stand in der Tür. »Ich stelle mir vor«, sagte Leyland, »wie dein Manuskript bei dir im Schrank liegt, schön gebunden. Was für eine Kraft davon ausgeht, und was für eine Freiheit!« Er werde wissen wollen, wie die Operation verlaufen sei. Sie nickte und hob die Hand, als der Zug anfuhr.

Am Tag darauf fuhr Leyland nach Padua zu Sidney. Sie waren in der Universität verabredet, und Leyland war zu früh. Mehr als einmal hatte er Sidney versprochen, mit in eine Vorlesung zu gehen, und dann hatte er es doch nicht getan. *Warum habe ich Angst vor Hörsälen? Warum werde ich darin so klein?* hatte er sich danach stets gefragt. Jetzt spürte er, dass sich etwas verändert hatte. Er setzte sich in den Hörsaal, in dem sie nachher die Vorlesung von Fernando Conti hören würden. Der Saal war noch leer. Warum fühlte er sich nicht mehr klein? War es, weil es Louis Fontaine gab? Im Zug hatte er Berufe für ihn ausprobiert. Er war immer ein korrekter Mann gewesen, vielleicht zu sehr. Notar? Ein pünktlicher, absolut verlässlicher Kollege in einer Kanzlei? Der unentbehrliche Buchhalter in einer Firma? Der penible Statiker in einem Architekturbüro? Er war zu keinem Ergebnis gekommen, aber das machte nichts, er hatte es genossen, unterwegs zu sein, im Zug und in sich selbst. Und nun saß er in einem Hörsaal einer ehrwürdigen Universität und fühlte sich nicht unsicher. Er ging hinaus und schlenderte durch die Gänge. Er sah den Vater vor sich, wie er den Schuh ins heilige Gras des King's College in Oxford gerammt hatte. Hatte Louis Fontaine eine Ähnlichkeit mit seinem Vater? Nicht im Äußeren, aber vielleicht in der Art zu leben und sich dabei viele Dinge zu versagen. Hatte er deshalb jetzt genug?

»Du siehst aus, als wärest du jeden Tag hier«, sagte Sidney, als er auf ihn zukam. Es blieb noch etwas Zeit, bevor Contis Vorlesung beginnen würde, und so zeigte Sidney dem Vater sein Büro und erzählte von den Examen. Als sie zurückgingen, begann sich der Hörsaal zu füllen. »Ich hätte nicht mehr gedacht, dass ich es schaffen würde, dich in eine Vorlesung mitzunehmen«, sagte Sidney. Leyland berührte ihn an der Schulter. »Ist gar nicht so übel hier«, sagte er und lachte. Und dann hörten sie Conti zu, der die französische und englische Verfassung miteinander verglich. Wie schon bei seinem Vortrag in Triest fesselten Leyland die gedankliche Transparenz und die rhetorische Brillanz. Er ging auf und ab, den Blick manchmal auf den Boden gerichtet, manchmal ins Publikum. Kaum, dass er einen Blick auf seine Blätter warf. Und es gab viele kostbare, altmodische Wörter. *Sono un antico ragazzo*, hatte er in Triest beim Essen gesagt. Die Vorlesung war viel zu schnell zu Ende.

Abends waren sie alle bei Giulietta Lombardi eingeladen, Contis Schwester. Es gefiel Leyland, wie der Bruder in der Küche half, vom berühmten Professor, Mitglied im Senat der Universität, war nichts mehr zu spüren. Beim Essen kam die Rede auf Paolo Michelis' Vater, der sehr jung zum Professor der Rechtswissenschaft gemacht und später wegen angeblicher Verbindungen zu den Roten Brigaden entlassen wurde. »Wir haben das alles in der Presse verfolgt«, sagte Conti. »Ich habe kein Wort geglaubt. Nicht Leonardo Michelis. Ich habe Vorträge von ihm gehört und Bücher von ihm gelesen. Ohne Zweifel ein Mann von linker Gesinnung, sein Vater war unter Mussolini als Kommunist verfolgt worden. Aber Michelis war ein Mann von großer Integrität. Später einmal habe ich ihn in Mailand in einem Café gesehen. Er war nur noch ein Schatten seiner selbst.«

Im Laufe des Abends kam die Rede auf das Urteil zu Enrico Nesta, der seine Frau aus Barmherzigkeit getötet hatte. Sidney hielt sich zurück, es war spürbar, dass er keinen Konflikt mit dem Mann wollte, dessen Buch er übersetzte und der ihm eine Stelle gegeben hatte. Doch seine Vorsicht wäre nicht nötig gewesen. »In einer Verfassung müsste ein Recht verankert sein, das jedem, der sterben will, Hilfe garantiert«, sagte Conti. »Eine Frage der Würde.« Leyland erzählte von David Cliburn. Giulietta fand das Urteil unglaublich. »Unglaublich *dumm*!« rief sie aus. »Das ist doch etwas ganz anderes als ein Mord, eine ganz andere *Tat*!« Nahezu die gleichen Worte, die Livia damals, bei Richter Escott in Aylesbury, ausgerufen hatte.

Anders als früher nahm Leyland ihre Einladung an und blieb über Nacht. Er sah und hörte den Wasserkessel mit dem goldenen Ventil, den er nur aus Sidneys Erzählungen kannte. Und er bekam ein Gefühl dafür, wie es für Sidney war, bei Giulietta zu wohnen. Den Tag über zeigte Sidney seinem Vater die Stadt. Sie kamen auch bei dem Haus vorbei, in dem Elena wohnte, und Sidney wurde für eine Weile still. »Ich habe sie neulich auf der Straße getroffen«, sagte er. »Wie sonderbar: Man hat miteinander das Leben geteilt, die Tage, die Nächte, und nun ist da nichts mehr. Förmliche, trockene Worte, mehr haben wir nicht zustande gebracht. Sogar ihr Gang, den ich früher so gemocht hatte, kam mir fremd vor.«

Nachmittags saßen sie in Sidneys Büro und gingen an der Übersetzung von Contis Buch durch, was inzwischen dazugekommen war. »Du wirkst irgendwie anders, gelassener«, sagte Sidney nachher. Leyland zögerte. Er hatte es Sophia gesagt, warum nicht auch ihm. »Ich habe mir vorgenommen, selbst eine Erzählung zu schreiben«, sagte er. »Nur für mich allein. Um herauszufinden, ob ich es kann, und was es mit mir macht.« »Wie lange wir alle darauf gewartet haben!« rief Sidney aus. »Aber wir trauten uns nicht, davon zu sprechen. ›Er würde sich bedrängt fühlen‹, sagte Maman. Hast du schon ein Thema, Figuren?« Nein, sagte Leyland, es sei alles noch ganz offen. Er werde beginnen, wenn er wieder an Warren Shawns Schreibtisch sitze.

Giulietta rief an, sprach von einem Kirchenkonzert und fragte, ob sie mitgingen. Während sie der Musik zuhörten, stand Leyland Louis Fontaine vor Augen, deutlicher noch als bisher. Der Mann hatte einem Gott, der über sein Leben bestimmen wollte, nichts zu sagen. Aber er liebte Kirchen mit ihrer herben Kühle, und er liebte die Orgel. Bis vor kurzem. Da hatten auch diese Dinge begonnen, ihn mit ihren Wiederholungen zu langweilen, und sein Überdruss hatte ihn erschreckt. Hörte er noch Musik? Was hatte er an Musik in den Lubéron mitgenommen? Sidney und Giulietta, die neben ihm saßen, durften nichts von Louis Fontaine wissen. Niemand durfte davon wissen. Das würde alles zerstören. Leyland dachte an das, was Francesca Marchese über den schöpferischen Prozess gesagt hatte: *Alles, was dazugehört, verlangt Stille, Verschwiegenheit. Wenn man jemandem Einblick gewährt, macht man einen Fehler: Man zerstört das Mysterium, denn es ist ein Mysterium.* Sie hatte das gesagt, als er sie in Mailand besucht hatte, um über ihren Roman zu sprechen. Er erinnerte sich genau: Er hatte ihr mit großer Wachheit zugehört und gespürt, dass ihn diese Worte irgendwann direkt betreffen würden. Nun war es soweit.

Sidney brachte seinen Vater am nächsten Tag zum Zug. »Ich wünsche dir viel Glück beim Schreiben«, sagte er. »Auch wenn das natürlich abgegriffene Worte sind.« »Da bin ich mir gar nicht so sicher«, sagte Leyland. »Eigentlich sind es doch sehr treffende Worte: Man muss, so stelle ich mir vor, Glück haben, Glück mit sich selbst.«

Kaum war der Zug abgefahren, überzog sich der Himmel, dunkle Wolken türmten sich, und es begann, heftig zu regnen. Der Regen peitschte gegen das Fenster, Leyland fuhr zusammen und setzte sich in dem leeren Abteil weg vom Fenster. Er schloss die Augen und suchte Halt bei Louis Fontaine. Doch Louis ließ ihn im Stich, und mit einemmal hatte Leyland den Eindruck, außer einem Namen noch überhaupt keine Figur zu haben. Vielleicht wäre es besser gewesen, Sidney davon zu erzählen? Durch Aussprechen erste Konturen zu festigen? Galt die Sache mit der Verschwiegenheit so absolut, wie Francesca Marchese es dargestellt hatte? Kam es nicht auch auf den Schreibenden an und auf die Situation?

Sophia holte ihn am Bahnhof ab, und sie fuhren in seine Wohnung. Ob sie die Sache mit den Dokumentarfilmen zusagen sollte? Sie war unsicher, ging auf und ab. Bis heute abend müsste sie Bescheid geben. »Wenn es nicht das Richtige ist: Du kannst jederzeit auch wieder nach London kommen«, sagte Leyland. Abends rief sie an und sagte zu. »Ich weiß nicht, wie es in London mit mir weitergehen sollte«, hatte sie gesagt. Leyland brachte sie zu ihrer Wohnung und blieb noch eine Weile. »Paolo und ich – plötzlich können wir nicht mehr miteinander telefonieren, geraten ständig ins Stocken«, sagte sie. Und als er ging: »Ich muss neu lernen, in Triest zu sein.«

Am nächsten Tag brachte sie ihn zum Flughafen. Sie tranken noch einen Kaffee. »Und du? Du hast dir ja etwas Großes vorgenommen«, sagte sie. »Ja, manchmal kommt es mir groß vor und dann wieder gar nicht, es sind doch nur Sätze, und niemand braucht etwas davon zu erfahren. Ein bisschen fürchte ich mich auch, meine Worte zu lesen. Mich in diesen Worten zu lesen.«

Im Buchladen bei den Flugsteigen fiel Leylands Blick auf ein Buch über den Lubéron und seine Ortschaften. Im Flugzeug begann er sofort, darin zu blättern. Wo könnte Louis Fontaine wohnen? Sie waren schon lange in der Luft, da kam der Ort, der ihm wie gemacht für seine Phantasie erschien: Mérindol. Ein paar Gassen, eine kleine Kirche, ein Rathaus, eine Schule, eine Post. Mehrere Wege hinauf ins Gebirge. Am Ende des einen Wegs stand das Haus, das Louis Fontaine gemietet hatte: heller Naturstein, eine große Terrasse mit Blick über die Durance, ein kleiner Olivenhain. Louis fuhr einen alten, schwarzen Citroën mit Schrammen. Raoul, der Hund, fuhr auf dem Rücksitz mit. Leyland schloss die Augen und möblierte das Haus: eine große Küche mit Tresen, in den Schränken geblümtes Geschirr, Betten mit Holzgestell, ein langer Tisch mit rot-weiß karierter Tischdecke, ein Cheminée, ein altmodischer Fernseher, bei dem das Bild manchmal lief. Das war es, was Louis vorfand, als er im Spätsommer ankam.

Im Münchner Flughafen setzte sich Leyland abseits. Er hatte für Louis immer noch keinen Beruf. Notar, Buchhalter, Statiker – nein, davon verstand er zu wenig, und das hieß, dass er die Wiederholungen und den Überdruss, sofern sie das berufliche Leben betrafen, nicht überzeugend würde beschreiben können – so, dass es einen Leser mitnahm. Gegenüber von Leyland setzte sich ein älterer Mann hin und zog aus seiner abgewetzten Aktentasche ein Buch: *Difficultés du Français*. Der Mann setzte eine Lesebrille mit runden Gläsern auf. Die Art, wie er las und wie er ab und zu an die Brille fasste, könnte auch Louis Fontaines Art sein, dachte Leyland. Und Louis könnte Lehrer gewesen sein, Französischlehrer an einem Gymnasium. Ein sehr korrekter Kollege, nicht nur, was Wörter und Grammatik betraf. Er hatte die legendären Diktate von Bernard Pivot mitgeschrieben, fehlerlos. Doch jetzt war er das alles leid, all die Regeln, die jeder Generation von Schülern immer wieder zu erklären waren, und manchmal überfiel ihn ein Überdruss der ganzen französischen Sprache gegenüber, die er so geliebt hatte. Und der Überdruss ging eben weit über die Sprache hinaus und wucherte ins ganze Leben hinein. Man könnte nicht sagen, dass es ein unglückliches Leben gewesen war. Nur, dass es jetzt genug war. Als das Flugzeug in Heathrow landete, wurde Leyland bewusst, wie weit er mit seiner Figur plötzlich schon war. Dabei stand noch kein einziger Satz. Würde es immer so sein, dass die Phantasie weit vorauseilte und dann durch die langsame Arbeit an einzelnen Sätzen eingeholt werden musste?

In Warren Shawns Haus machte er überall Licht. Er war froh, daß Sophia einige ihrer Sachen dagelassen hatte. Das half gegen die Stille. Die Fenster von Burkes Haus waren dunkel. Warum war er nicht in Triest geblieben? Langsam packte er seinen Koffer aus. Er machte das Fernsehen an und nach ein paar Minuten wieder aus. Schließlich setzte er sich an den Schreibtisch und legte ein großes, dickes Heft zurecht, das er in Triest gekauft hatte. Auch die Bleistifte, die er dort gekauft hatte, legte er bereit. Warum bloß war er nicht dortgeblieben? Dort, wo Louis Fontaine seinen Namen bekommen hatte? Er ging hinauf in sein Schlafzimmer und legte sich aufs Bett. Mérindol sollte der Ort also heißen, in den Louis vor sich selbst flüchtete. War es richtig, das zu sagen: dass er vor sich selbst flüchtete? Im Flugzeug waren die Bilder der Einbildungskraft unerhört lebendig gewesen, es war ihm gewesen, als könne er den rauhen Naturstein des Hauses mit den Händen berühren und den silbrigen Schimmer der Olivenbäume im Sonnenlicht sehen. Jetzt, an diesem regnerischen Abend in Hampstead, war das alles blass und unwirklich. Und wenn aus der Erzählung nun nichts würde?

Bei Kenneth Burke ging das Licht an. Leyland ging hinüber. »Das Haus war die ganze Zeit über verdammt dunkel«, sagte Burke. »Manchmal bin ich zweimal am Tag hinübergegangen, aber es blieb leer.« Leyland erzählte von der Wendung, die die Dinge für Pat Kilroy genommen hatten. »Das nächste Mal, wenn du hinfährst, fahre ich mit, ich möchte den Laden sehen«, sagte Burke. Leyland erzählte auch, wie er sich den Hörsaal in Padua erobert hatte. »Und weißt du, woran es lag?« Leyland zögerte. »Es war ein Moment, in dem ich mir näher war als sonst«, sagte er schließlich. Irgendwann, dachte er, als er nachher im Dunkeln wachlag, würde er Burke von Louis Fontaine erzählen und von der merkwürdigen Kraft, die von einer erdachten Figur ausgehen konnte. Wenn es ihm denn überhaupt gelang, die Figur zu entwickeln und lebendig werden zu lassen.

42 Am nächsten Morgen schnitt Leyland die Seiten über Mérindol aus dem Buch über den Lubéron heraus und heftete sie an die Wand vor dem Schreibtisch. Dann begann er.

Louis Fontaine fuhr langsam die ansteigende Straße hinauf und hielt vor dem letzten Haus, einem Haus aus hellem Naturstein, an den Hang gebaut und mit einer großen Terrasse im ersten Stock. Die Dämmerung setzte ein. Er hatte für die Fahrt von Paris den ganzen Tag gebraucht. In jeder Raststätte hatte er lange vor seinem Kaffee gesessen und erwogen umzukehren. Was versprach er sich von einem Aufenthalt in einem kleinen Ort am Fuß des Lubéron? Was sollte das daran ändern, dass er genug vom Leben hatte, vom Leben mit seinen

*ewigen Wiederholungen? Sein Nachfolger an der Schule hatte ihm das Haus empfohlen und die Verbindung zum Vermieter hergestellt. Jean Lescaut, ein ehemaliger Melonenbauer. Die Eisenbahn hatte ihm sein Land abgekauft, und mit dem Geld hatte er sich zwei benachbarte Häuser gekauft, eines für sich und eines zum Vermieten. Jetzt kam er aus seinem Haus und ging auf Fontaine zu. »Sie müssen Monsieur Fontaine sein«, sagte er und gab ihm seine rauhe Hand. Fontaine ließ Raoul, seinen Hund, aus dem Auto. »Braver Hund«, sagte Lescaut und streichelte ihn. Er führte Fontaine die Treppe zur Terrasse hinauf und schloss auf. Auf der Theke in der Küche standen Kaffee, Zucker und Brot, im Kühlschrank waren Milch und Käse. »Fürs erste«, sagte Lescaut. »Und unten wohnt niemand, wie abgemacht?« fragte Fontaine. »Manchmal gibt es da auch Mieter«, sagte Lescaut, »aber nicht für die Zeit Ihres Aufenthalts.« Sie traten auf die Terrasse und blickten in das weite Tal der Durance. Lescaut bot Fontaine eine Zigarette an und gab ihm Feuer. »Sehen Sie den Zug dort drüben am Hang? Die Lichter? Das ist der Zug von Avignon nach Aix-en-Provence. Alle zwei Stunden. Ich bin unruhig, wenn ich ihn einmal verpasse.« Er schloss das schmiedeeiserne, quietschende Tor der Terrasse hinter sich und ging die Treppe hinunter. Unten drehte er sich um und hob die Hand. »Bonne nuit!«
Fontaine packte aus und setzte sich dann mit einer Tasse Kaffee und seiner Pfeife auf die Terrasse, neben*

sich den Hund. Nach einer Weile stand er auf und löschte innen alle Lichter. Der Sternenhimmel war so rein und klar, wie er ihn noch nie gesehen hatte. Es sah aus, als seien die Sterne in endlosen Fluchten hintereinander gestaffelt, hinein in einen Raum von unvorstellbarer Tiefe. Warum hatte er das noch nie gesehen? Er war müde, eine so lange Strecke war er seit Jahren nicht mehr gefahren. Gestern abend, in seiner Pariser Wohnung, hatte er das Foto dieses Hauses betrachtet und sich beklommen gefragt, wie es sein würde, abends allein auf der Terrasse zu sitzen, ohne die vertrauten Möbel um sich und ohne Plan. Jetzt spürte er langsam, dass die befürchtete Beklemmung ausblieb. Irgendwo bellte in der Stille ein Hund, und Raoul stellte die Ohren auf. Er gab dem Hund etwas von dem mitgebrachten Futter, dann setzte er sich wieder hin. Nach einer Weile fuhr am Hang drüben der Zug von Avignon vorbei. Waren schon zwei Stunden vergangen?

Leyland tat vor Hunger der Magen weh. Er machte die Fenster auf, ließ den Rauch abziehen und leerte den Aschenbecher. Er hatte vergessen einzukaufen. Als er nachher mit der Einkaufstüte zurückkam, stand Burke unter der Tür. »Linsensuppe? Für jeden zwei Würstchen?« Leyland war am Tisch nicht bei der Sache, er war auf der Terrasse in Mérindol, aber er gab sich Mühe, es Burke nicht spüren zu lassen. Erst als ihm Burke nach dem Essen zwei Buchumschläge zeigte, die er in der Zwischenzeit für Sean Christie gemacht hatte, war er wieder ganz da. Er ließ sich über Lynns Gesundheit berichten und über die Sorgen, die Sean sich machte, weil seine Mutter immer vergesslicher wurde und Sachen verwechselte. Sie sahen sich die Abendnachrichten an. Wäre alles gewesen wie sonst, wäre Leyland danach noch eine Weile geblieben. Aber er war begierig, seinen Text zu lesen, und ging bald.

Lesend durchlebte er Louis Fontaines Ankunft in Mérindol stets von neuem. Er war erstaunt, wie leicht es ihm fiel, mit Fontaine wieder auf der nächtlichen Terrasse zu sitzen. Es war eine Erfahrung von solcher Lebendigkeit und Tiefe, dass er Livia davon berichten musste.

Cara –
ich habe angefangen! An dem Tisch, an dem mir Warren Shawn schrieb, ich möchte doch selbst zur Feder greifen, habe ich mit meiner ersten Erzählung begonnen. Louis Fontaine, pensionierter Lehrer und des Lebens überdrüssig, kommt in einem kleinen Ort im Lubéron an. Louis Fontaine: Inzwischen kann ich mir nicht mehr vorstellen, er könnte anders heißen. Es klingt kurios, aber ich möchte behaupten: Das ist sein natürlicher Name. (Zwar weiß ich nicht so genau, was ich damit meine, aber trotzdem.) Von dem Haus, das er gemietet hat, habe ich ein Foto an der Wand, und wenn ich auf das Bild blicke, bin ich ganz dort. Was die Ein-

bildungskraft da hervorbringt, ist eine Erfahrung von enormer Dichte und Wucht. Natürlich habe ich mir bei meinen Übersetzungen die Orte und Szenen auch immer lebhaft vorgestellt. Aber es waren Orte und Szenen, die andere sich ausgedacht hatten. Meine Einbildungskraft vollzog nur etwas nach. Jetzt dagegen erfinde ich jeden Stein, jede Treppenstufe, jedes Geländer, jeden Blick von der Terrasse, jedes Geräusch in der Stille. Ich war es, der Jean Lescaut, den Vermieter, zur Begrüßung kommen ließ, und ich war es, der Fontaine nachher im Dunkeln auf die Terrasse setzte. Woher kommt das alles? Aus mir – sicher. Aber woher? Und dann gab es da ein Detail, das mich, als es aus der Feder floss, besonders faszinierte und in Aufregung versetzte: Das Foto an der Wand zeigt, dass es unter der Wohnung mit der Terrasse noch eine kleine Wohnung zu ebener Erde gibt. Louis könnte nicht ertragen, dass es in dem Haus, in das er sich aus der Welt zurückgezogen hat, noch andere Leute gibt. Da bin ich sicher. Er hat das auch so ausgehandelt. Und Jean Lescaut bestätigt es. Aber ich habe es, ohne planerische Absicht, so geschrieben, dass schon jetzt klar ist: Es wird da jemand einziehen. Und das wird Louis aus der Fassung bringen und mit darüber bestimmen, was mit ihm hier unten, im Süden, passiert. Wie aufregend es ist, das zu wissen, ohne schon zu wissen, was im einzelnen geschehen wird!

Es ist bald Mitternacht. Heute habe ich die ersten beiden Absätze meiner ersten Erzählung geschrieben. Es hat den ganzen Tag gedauert. Und ich weiß: Ich kann nicht mehr aufhören!

Leyland wachte mehrmals in der Nacht auf, ging hinunter an den Schreibtisch und las, was er über Louis Fontaine geschrieben hatte. War es etwas? War es nichts? Schließlich nahm er eine Tablette und schlief bis mittags. Während er, noch im Schlafanzug, seinen Kaffee trank, überlegte er, wie es mit Fontaine weitergehen könnte. Es war, fand er, unglaublich, was es alles zu entscheiden gab, wenn man nicht der Übersetzer war, sondern derjenige, der eine Erzählung selbständig fortspann. Ging Louis jetzt einfach schlafen? Aß er vorher noch etwas? Wie sah das Schlafzimmer aus? Wo schlief Raoul, der Hund? Musste das alles erzählt werden? Wie entschied man das? Schließlich griff er zum Stift.

Gegen Morgen kam der Wind. Seine fauchende Wucht war bedrohlich, die Stöße waren so heftig, dass man selbst drinnen das Gefühl hatte, sich schützen zu müssen. Der Mistral: daran hatte Fontaine nicht gedacht. Aufgeschreckt verriegelte er alle knarrenden und klappernden Fensterläden und beruhigte den Hund. Nach einer Weile fiel er in einen leichten, unruhigen Schlaf zurück. Als er später zum Einkaufen ins Dorf ging, hörte er, wie zwei Frauen, die aus der Bäckerei kamen, von den rafales de vent *und den* coups de vent *sprachen. Sie hatten das Kopftuch unter dem Kinn fest verknotet. Die Gewalt des Windes schien in ihren Worten gegenwärtig zu werden, und umgekehrt: Die Worte, laut und mühsam in den Wind hineingerufen, schienen seine Gewalt und seine Gewaltsamkeit noch zu steigern. Und als Fontaine dastand, den eisigen Wind im Gesicht, und den Frauen zuhörte, war ihm, als würde er diese einfachen und vertrauten Worte zum ersten Mal hören und ihre Bedeutung zum ersten Mal richtig verstehen. Coup, dachte er – es war ein Wort wie ein Faustschlag, und unwillkürlich ballte er die Hand in der Tasche zur Faust. Rafale – es war ein Wort, das ihn an heftige und laute Fallwinde denken ließ, die durch eine Schlucht fegten. Die beiden a's verdunkelten die Schlucht, und in jenem Moment schien es ihm, als hätte er noch niemals derart dunkle und bedrohliche a's gehört, sie schienen gleichsam alles Licht zu verschlucken. Die beiden Frauen mit den flatternden Röcken und den schwankenden Einkaufskörben, in denen sich der Wind verfing, trennten sich und gingen in verschiedene Richtungen, trotzig stemmten sie sich gegen den Wind und hatten die Lippen im geröteten Gesicht zusammengepresst. In der Bäckerei redeten alle von diesem Wind, le vent violent, den man auch im Lüftungsrohr hinter der Theke pfeifen und fauchen hörte. Es schien unmöglich, ihn auszuhalten, ohne ihm wenigstens ein paar Worte entgegenzusetzen.*

Es gefiel Leyland, über den heftigen, gewaltsamen Wind zu schreiben, den er sich anders als den Schirokko vorstellte, kalt und schneidend. Er probierte viele Worte und Wendungen aus, bis er schließlich das Gefühl hatte, frierend ganz mittendrin zu sein. Und natürlich war es unmöglich, dass Fontaine nicht auf die Worte achtete, mit denen die Leute den Wind beschrieben. *Schreiben: sich spiegeln*, dachte er. Und er dachte es noch einmal, als er seine nächsten Sätze betrachtete.

Viele Fensterläden, alle blau gestrichen, wurden an diesem Tag zugemacht. Als Fontaine durch die engen Gassen ging, sah er manchmal nur Hände, die lautlos aus dem dunklen Inneren kamen und die Läden zuzogen, und er hörte das quietschende Geräusch, wenn sie sich in den Angeln drehten. Die Häuser wurden dann zu versiegelten Fronten, von denen man sich abgewiesen fühlte, abgewiesen und ausgeschlossen, und nun war man mit sich allein, anders und mehr als draußen in der menschenleeren Natur. Man könnte, dachte Fontaine, sagen: auf rauhe und schroffe Weise allein. Es schien ein herber, scharfer Geruch in der Luft zu liegen, ein Geruch wie nach verbranntem Nebel, wenn es das denn überhaupt gab.
Raoul kratzte heftig an der Tür und sprang an Fontaine hoch, als er heimkam. Louis streichelte ihn, gab ihm zu fressen und redete beruhigend auf ihn ein. Er machte

sich etwas zu essen und saß dann im Wohnzimmer, die Fensterläden geschlossen. Was nun?

Leyland spürte: Jetzt wurde es schwierig. Es kam darauf an herauszufinden, was genau die Empfindungen waren, die Louis bedrängten und hierher getrieben hatten. Es ging darum, mit ihm dort im halbdunklen Wohnzimmer zu sitzen und darauf zu warten, was sich in ihm regen und was er als nächstes tun würde. Und dabei den eigenen Empfindungen auf den Grund zu kommen. Mit einemmal wurde ihm klar, dass es in dieser Erzählung um viel mehr ging als darum, eigene *Worte* zu finden. Die Aufgabe war noch viel größer, viel aufregender, auch beängstigender: sein eigenes *Erleben* zu finden. Mit Louis Fontaine bei sich selbst sein. Eine Figur erfinden, um sich seiner selbst zu vergewissern: War das nicht paradox?

Lange saß Louis im Schaukelstuhl, hörte dem Wind zu, sprach zu Raoul, zog an der Pfeife und ließ die Zeit verstreichen. Das letzte Mal in einem Ferienhaus – das war mit Jeanne gewesen, vor sieben Jahren in der Bretagne. Kurz darauf war sie an ihrem Herzfehler gestorben. Seither wollte das Leben für ihn keinen rechten Sinn mehr ergeben. Die Tatsache, dass es in manchem aus Wiederholungen bestand, hatte ihm schon früher zu schaffen gemacht. Jeanne hatte darüber lachen können, so, wie sie vieles einfach wegzulachen verstand.

Nach ihrem Tod waren die Wiederholungen aufdringlicher geworden, bedrängender, von Monat zu Monat, von Jahr zu Jahr. Jeanne war bis zuletzt neugierig auf alles gewesen und hatte ihn mit ihrer Neugierde mitgerissen. Seither war seine Neugierde versiegt, vor allem die Neugierde auf sich selbst. Was hatte Jeanne nach der Ankunft im Haus in der Bretagne gemacht? Louis sah sie vor sich, wie sie das ganze Haus inspizierte, jeden Raum, jeden Schrank, jeden Winkel. Warum nicht?

Und nun ließ Leyland Louis durch das ganze Haus gehen und ließ ihn jeden Gegenstand berühren, wie auch Jeanne es tun würde. Das Haus war voll von *santons*, kleinen Krippenfiguren aus Ton und Terrakotta, und im Bücherregal fand er ein Fotoalbum, das darauf schließen ließ, dass das Haus, bevor Jean Lescaut es gekauft hatte, einem *santonnier* gehört hatte, einem Handwerker, der die kleinen Figuren herstellte. In dem Regal gab es auch einen Band mit Gedichten in provenzalischer Sprache, von denen Louis nicht alle kannte. Und reihenweise Kriminalromane, die meisten von Georges Simenon, aber auch deutsche und englische, die vielleicht Urlaubsgäste dagelassen hatten. Louis probierte den Plattenspieler: er ging. Er packte seine Platten aus: Klaviermusik von Bach und Schubert.

Plötzlich wurde ihm bewusst, dass der Wind aufgehört hatte. Er öffnete die Fensterläden. Die Uhr der Kirche schlug sechs. Kurz darauf fuhr der Zug von Avignon vorbei.

Leyland wusste nicht weiter. Es war doch ganz unklar, was er mit Louis Fontaine wollte. Was er erzählen wollte. Welche Erfahrung er zur Sprache bringen wollte. Des Lebens überdrüssig sein, genug haben. Ja, schon, mit dieser Idee hatte er ja begonnen. Aber wie war sie zu entwickeln? Er klappte das Heft zu und legte es zur Seite. Besaß er überhaupt die Fähigkeiten, die man als Erzähler brauchte – was immer sie sein mochten?

Das Telefon klingelte. Sophia hatte ihren ersten Tag mit den Leuten vom Dokumentarfilm verbracht. Die Eindrücke sprudelten aus ihr heraus, und während er ihr zuhörte, spürte er, wie froh er war, dadurch in die wirkliche Welt zurückgeholt zu werden, weit weg von Mérindol. »Es war sonderbar, als bloße Beobachterin in der Klinik zu sein. Befreiend, aber auch zwiespältig, und die Schwestern, die mich kennen, blickten skeptisch – auch neugierig, aber vor allem skeptisch –, als sie mich mit dem Kameramann sahen, ein bisschen so, wie man eine Verräterin betrachtet.« Und wie es ihm gehe? Ob er schon etwas geschrieben habe? »Nur so ein bisschen, kaum der Rede wert«, sagte er. »Schwierig?« »Noch viel schwieriger, als ich dachte. Man muss ja alles selbst erfinden. Und ständig muss man Entscheidungen treffen, auch darüber – *vor allem* darüber –, was man *nicht* erzählt. Natürlich wusste ich das alles, aber wenn es dich dann selbst trifft ...« Sie lachte. Es wäre schön, jetzt bei ihm im Haus zu sein, sagte sie, bevor sie auflegte.

Den Abend verbrachte Leyland bei den Christies in Chelsea. Die Druckfahnen von Pavese, *The craft of living*, waren gekommen, dazu der Umschlag mit Burkes Motiv, dem nachdenklichen Mann mit dem Manuskript auf der Bank im Hampstead Heath. Sie aßen mit Lynn zu Abend, und später saßen Leyland und Sean allein im Wohnzimmer. »Ich habe eine merkwürdige Angewohnheit entwickelt«, sagte Sean. »Ich gehe meine Vergangenheit durch und frage mich, ob ich das, was ich damals konnte, heute auch noch könnte. Und meistens ist die Antwort: nein. All die Reisen, die Flughäfen und endlosen Autofahrten, die komplizierten Verhandlungen mit Autoren und anderen Verlagen, mit den Banken – ich weiß nicht, woher ich damals das Selbstvertrauen genommen habe, die Sicherheit, es schon irgendwie zu schaffen. Wenn ich heute einen Berg Post auf meinem Schreibtisch sehe: Ich zucke zusammen – wie soll ich das bewältigen? Kennst du das auch: dass du dir plötzlich so *klein* vorkommst?« »Ja«, sagte Leyland, »das kenne ich auch. Gut sogar. Schon während meiner Zeit als Verleger, wenn ich plötzlich Livias sichere Hand vermisste. ›Na-

türlich können Sie das«, pflegte Vera Santin dann zu sagen und legte mir alles zurecht. Aber auch jetzt geht es mir manchmal so. Und dabei spielt der Gedanke eine Rolle, dass ich einen nächsten Anfall bekommen kann. Irgendwo unterwegs, wo mir niemand hilft.«

»Es gibt noch etwas anderes«, sagte Sean. »Ich bin manchmal so müde. In der Seele müde – um es einmal so auszudrücken. Dank deiner Hilfe geht es dem Verlag wieder gut. Und trotzdem mag ich manchmal nicht mehr so recht. Auch macht mir zu schaffen, dass sich so viele Dinge wiederholen. Immer die gleichen Abläufe, oft auch die gleichen Wortwechsel, die genau gleichen Gesten. Als bestünde das Leben aus lauter Ritualen. Wenn ich abends hinauf in die Wohnung gehe, habe ich ab und zu ein Gefühl, das ich früher nicht kannte: Ich habe genug. Verstehst du?«

In der U-Bahn, beim Geräusch der klopfenden Räder, versuchte Leyland herauszufinden, wie ähnlich oder auch verschieden die Erfahrung des Lebens als Wiederholung bei Sean und Louis Fontaine war. Sean hatte vor allem vom Beruf gesprochen, von der Arbeit im Verlag. Fontaines Erfahrung, dachte er, war tiefer, umfassender: Es ging um das Leben insgesamt, um die Wiederkehr von Gefühlen der verschiedensten Art und um den Verlust der Neugierde auf sich selbst. *Ich mache keine neuen Erfahrungen mehr mit mir* – das war einer der ersten Sätze gewesen, die er, noch in Triest, Fontaine hatte denken lassen. Aber es reichte nicht, ihn das denken oder zu sich selbst sagen zu lassen. Es würde darauf ankommen, dass es sich in der Art, wie die Erzählung vorankam, *zeigte*. Wie war das zu erreichen? Und in welchem Umfang, fragte er sich zu Hause, war es eine Erfahrung, die ihn selbst ausfüllte? Durch die Figur von Fontaine hindurch wollte er diese leise, aber verstörende Erfahrung zur Sprache bringen, und das war so, weil sie ihn selbst betraf und beschäftigte. Aber es gab etwas, was ihn beunruhigte und lange nicht einschlafen ließ: Wie passte diese Erfahrung dazu, dass er sich, nachdem sich die schreckliche Diagnose als Irrtum herausgestellt hatte, auch als einen erlebte, der wieder eine offene Zukunft hatte? Gab es da einen Bruch in ihm, oder gab es einen tieferen Zusammenhang zwischen beidem, den er bloß nicht verstand?

Am nächsten Tag kaufte Leyland Reiseführer und Landkarten, dann ließ er Fontaine die Gegend um Mérindol erkunden. Als erstes machte er mit Raoul lange Spaziergänge auf den steinigen Wegen des Lubéron. Dann fuhr er nach Mallemort hinüber, nach Cavaillon und darüber hinaus nach Avignon, später in die andere Richtung nach Lourmarin und weiter nach Aix-en-Provence. Leyland schrieb mehrere Tage über diese Ausflüge, es war schön, sie in Gedanken zu machen, aber es führte zu nichts. Es brachte die Erzählung nicht wirklich voran, weil es nicht gelang, weiter in das Erleben von Fontaine vorzudringen. Enttäuscht und voller

Selbstzweifel strich Leyland die Seiten aus, legte das Heft beiseite und fuhr in die Stadt. Er stieg bei den Straßen und Plätzen aus, die er besonders mochte, er ging bei Harrington Gardens vorbei und bei Foyles, auch ins Kino ging er, aber es nütze alles nichts: Die Tatsache, dass er mit der Erzählung nicht vorankam, hielt ihn gefangen und machte ihn blind für das, was er sah.

Hatte er falsch begonnen, indem er über Fontaine in der dritten Person schrieb, ihn also von außen betrachtete? Wäre es besser, ihn von sich selbst, in der ersten Person, erzählen zu lassen? Plötzlich hatte er es mit der Frage so eilig, dass er ein Heft und einen Stift kaufte und sich in eine ruhige Ecke eines Restaurants setzte. *Ich fuhr langsam die ansteigende Straße hinauf und hielt vor dem letzten Haus ... Ich hatte für die Fahrt von Paris den ganzen Tag gebraucht ... Was versprach ich mir von einem Aufenthalt in einem kleinen Ort am Fuß des Lubéron?* Unmöglich. Der ganze Ton, die ganze Atmosphäre war falsch. Und an wen sollten diese Aufzeichnungen gerichtet sein? Nein, die Distanz zu Fontaine, die er bisher gewahrt hatte, war schon richtig, es war ja eine Distanz, in der er trotzdem zum Ausdruck bringen konnte, wie es in ihm aussah. Doch wie genau *sah* es in ihm aus?

»Ich habe dich vorhin nach Hause kommen sehen«, sagte Burke, »du sahst bedrückt aus, gingst schleppend ...« Er hatte geklingelt, und nun saßen sie in Leylands Küche und aßen etwas. Leyland dachte an Francesca Marcheses Worte über die Verschwiegenheit, die man für das Mysterium des Schreibens brauchte. Er zögerte. Er war seit Tagen allein mit seinem Problem. Und es war nicht irgend jemand, der da saß. Es war Kenneth Burke. »Ich komme nicht voran«, sagte er schließlich. »Womit?« »Mit meiner Erzählung, meiner ersten Erzählung.« Mit Burkes Gesicht geschah etwas. »Endlich!« sagte er. »Wie oft hat Warren Shawn davon gesprochen, du solltest etwas Eigenes schreiben. Ich habe nicht gewagt, dich darauf anzusprechen.« Zögernd begann Leyland, von Louis Fontaine und Mérindol zu sprechen. Burke hörte auf die richtige Weise zu, diskret, ohne sich einzumischen, weder mit Fragen noch mit Kommentaren. »Ich mag Louis Fontaine«, sagte er, als Leyland fertig war, »ich mag ihn schon jetzt, obwohl ich nur so wenig von ihm weiß. Was für eine Rasse ist Raoul?« »Ein Riesenschnauzer«, sagte Leyland. »Und nun weißt du nicht, wie es mit Fontaine weitergeht?« Leyland nickte. »Und bist unsicher, was du mit ihm willst?« Wieder nickte Leyland. »Ich würde mir nie anmaßen, einen Vorschlag zu machen«, sagte Burke, »was verstehe ich schon von solchen Dingen. Aber vielleicht ist es Zeit, andere Figuren ins Spiel zu bringen, die in Fontaine etwas bewegen. Der Melonenbauer – wird er Fontaine, seinen Gast, nicht einmal zu sich einladen? Und unten, sagst du, zieht doch, gegen die Verabredung, jemand ein. Und dann wartest du ab, was passiert. Mit Fontaine. Und mit dir.«

Es war gut, dass er Burke eingeweiht hatte, dachte Leyland, als er später im Dunkeln lag. Er würde es bei sich behalten und ihn nicht mit Fragen bedrängen. Und er mochte Fontaine – das war auf sonderbare, überraschende Art wichtig. Jetzt *gab* es Louis noch auf andere Weise als vorher.

Leyland erwachte früher als gewohnt und wusste: Das war die Lösung. Er würde Fontaine ein Tagebuch führen lassen. Keine längeren Reflexionen; knappe, lakonische Notizen, die sprechend sein mussten. Auf diese Weise kam Louis selbst zu Wort, und es gab für den Leser einen neuen Weg, in die Figur hineinzusehen. Aufgeregt setzte sich Leyland mit seinem Kaffee an den Schreibtisch. Fontaine war nach Lourmarin gefahren, in den Ort, in dem Albert Camus ein Haus besessen hatte und wo er begraben war. *Lourmarin, am Grab von Camus. Vor mir eine Schulklasse, alle viel zu jung für Camus. Leben als Ritual. Überwältigendes Bedürfnis, dem allem zu entfliehen.* Nach der Rückkehr aus Avignon hatte Fontaine notiert: *Palais des Papes: Größenwahn, was für ein lächerliches Gehabe. Nachher bei FNAC. Bibliothèque de la Pléiade: Als Student jeden Monat einen Band vom Mund abgespart; wo ist die Faszination geblieben?* In Aix-en-Provence war er zufällig in einem Kirchenkonzert gelandet. *Alarmiert, wie sehr die Musik an mir abgleitet, auch die*

Orgel. Und auch zu seinen Spaziergängen im Lubéron gab es eine Notiz: *Wie wenig die Natur uns Menschen braucht. Wie selbstgenügsam sie ist. Der Wunsch, einfach sitzen zu bleiben bis zum Erlöschen. Aber Raoul. Erschöpft vom vielen Laufen, mit hängender Zunge. Sein Blick zu mir. Unmöglich, ihn im Stich zu lassen.*

Abends rief Francesca Marchese aus dem Krankenhaus in Mailand an. Die Operation war gut verlaufen. »Ich habe meinen Roman hierher mitgenommen«, sagte sie. »Ich bin froh, dass ich so entschieden habe. Der Text ist jetzt noch viel mehr wert.« Nachher kehrte Leyland zu Fontaines Notizen zurück. Er stellte sich vor, dass fremde Leute das lesen und darüber reden würden: Was für eine abstruse Idee!

Am nächsten Tag ließ er Jean Lescaut, den Vermieter, nachmittags an Fontaines Tür klopfen. Er lud ihn zum Kaffee bei sich ein. *Als sie ins Wohnzimmer traten, stockte Fontaine für einen Moment der Atem: Lescauts Frau saß im Rollstuhl. Der Mann sah ihm den Schrecken an. Er trat neben seine Frau und legte ihr die Hand auf die Schulter.* »Christine hatte vor vielen Jahren einen Unfall, sie fiel draußen, im Garten, von der Leiter«, sagte er. *Christine hatte ein fein geschnittenes Gesicht, in dem es keine Spuren von Harm oder Verbitterung gab. Sie rollte auf Fontaine zu und gab ihm die Hand.* »Irgendwann lernt man, es zu akzeptieren«, sagte sie. *Dann setzten sie sich an den Tisch, Lescaut goss Kaffee ein und schob ihm die Schale mit den kleinen*

Kuchen zu. »Sie kommen aus Paris«, sagte er, »soviel weiß ich. Was waren Sie von Beruf? Oder sind Sie noch tätig?« *Er sei pensionierter Lehrer, Französischlehrer, sagte Fontaine.* »Ich war auch Lehrerin, an der Grundschule«, sagte Christine. *Und dann entdeckten sie, dass sie beide die Diktate von Bernard Pivot mitgeschrieben hatten, er im Saal in Paris, sie am Fernsehschirm.* »Nicht mein Fall«, sagte Lescaut, »ich sage chieng und coing, und fragen Sie mich nicht nach Rechtschreibung. Haben Sie den Beruf bis zu Ende gern gemacht?« »In den letzten Jahren nicht mehr«, sagte Fontaine. »Die Computer – ich bin damit nicht zurechtgekommen. Und die Schüler – sie wurden immer jünger und immer fremder. Unter den Kollegen bekam ich den Ruf des Verbiesterten und des Griesgrams.« »Was Sie nicht weiter gestört hat, vermute ich?« sagte Christine. »An manchen Tagen war es mir recht, an anderen egal; aber es gab auch Tage, wo es weh tat. Weil es eigentlich niemanden interessierte, warum ich so war.« »Und wie ist Ihr Leben seit der Pensionierung?« fragte Christine. »Karg, könnte man vielleicht sagen. Ja, doch, man könnte es karg nennen. Ich lebe allein, Jeanne, meine Frau, ist vor ein paar Jahren gestorben.« »Sie lesen viel, nehme ich an?« »Weniger, als ich erwartet hatte. Die meisten Sätze kommen mir so verbraucht vor.« »Und Reisen?« »Ich habe den Geschmack daran verloren. Es ist alles immer so ... gleich.« »Wie gern würde ich noch viel reisen!« sagte Christine. »Mir alles erlauben, stundenlang.« Abends, als Fontaine auf seiner Terrasse saß und zusah, wie am Hang der Zug von Avignon vorbeifuhr, rollte drüben Christine vors Haus. Sie winkten sich zu. Nach einer Weile ging Fontaine hinein, setzte sich an den Tisch mit der rot-weiß karierten Decke und schrieb: Christine Lescaut im Rollstuhl. Ihre Sehnsucht zu reisen, ihr Hunger nach Leben. Beschämt. Aber warum denn? Meine Empfindungen sind meine.

Und jetzt, dachte Leyland, wurde es Zeit, dass unten jemand einzog. Er gab Fontaine noch zwei freie Tage, an denen er einen Roman von Simenon las und vergeblich nach der Spannung suchte. Dann geschah es.

Fontaine schreckte aus dem Nachmittagsschlaf auf. Vor dem Haus hielt ein Auto. Raoul schlug an. Er wusch sich das Gesicht und suchte sich dann am Fenster eine Position, von der aus er sehen konnte, ohne gesehen zu werden. Jean Lescaut und eine Frau luden eine Staffelei aus dem Auto und trugen sie in die untere Wohnung. Dann Koffer. Jetzt kam Lescaut mit der Frau die Treppe hoch und klopfte. »Ich störe Sie ungern, Monsieur«, sagte Lescaut, »aber ich möchte Ihnen meine Schwester Julie vorstellen. Sie wird für eine Weile unten wohnen. Ich weiß, das ist gegen unsere Verabredung. Aber es ist ein Notfall. In dem Haus, in dem Julie in Pau wohnt, ist ein Feuer ausgebrochen, und jetzt ist alles einsturzgefährdet. Sie kann vorläufig nicht zurück.« Steif gab ihr Fontaine die Hand. »Ich werde Sie so wenig wie möglich stören«, sagte sie. Dann gingen sie beide die Treppe hinunter. Erst jetzt fiel Fontaine auf, dass er kein Wort gesagt hatte, und dass sein Mund ganz trocken war. Er trank ein Glas Wasser und setzte sich dann aufs Bett. Raoul war aufgeregt, und es gelang ihm nur mühsam, ihn zu beruhigen. Von unten hörte man das Geräusch von Stühlen auf dem Steinboden. Fontaine erschrak. Nach einer Weile begann er zu packen. Er tat Geld in einen Umschlag und ließ ihn auf dem Tisch. Dann trug er den Koffer zu seinem Auto und verstaute ihn im Kofferraum. Als er den Deckel des Kofferraums zugeklappt hatte, trat Julie neben ihn. »Ist es denn so schlimm, dass ich da jetzt wohne? Ich weiß, das Haus ist hellhörig, aber man kann dagegen doch einiges tun.« »Es ist nicht gegen Sie gerichtet«, sagte Fontaine, »aber ich bin hierhergekommen, um allein zu sein. Jetzt ist alles durcheinander. Ich will nach Hause, nach Paris.« Er ließ Raoul auf die Rückbank und stieg ein. Julie trat dicht an den Wagen. Er ließ das Fenster herunter. »Ich könnte uns eine Quiche machen, ich habe eine mitgebracht. Wir könnten reden. Dann können Sie immer noch fahren.« »Ich bin hierhergekommen, um allem zu entfliehen, auch dem Reden. Die Worte – sie sind doch immer die gleichen.« »Probieren Sie es aus! Eine Quiche – das ist nicht lang. Und bringen Sie den Hund ruhig mit.« Fontaine zögerte noch einen Moment, dann stieg er aus, nahm Raoul am Halsband und ging hinter Julie ins Haus.

In Hampstead war es inzwischen Abend geworden. Die Tage des Schreibens, das wusste Leyland inzwischen, waren zugleich lang und kurz. Lang, weil im Kopf und auf dem Papier so viel geschah; kurz, weil sonst nichts geschah. Er war den ganzen Tag in Mérindol gewesen und war froh, dass Sophia anrief. Sie begann, sich an die Leute vom Dokumentarfilm zu gewöhnen. Eigentlich sollte sie mit ihrer medizinischen Sachkenntnis nur beraten, alles hinter der Kamera. Doch nun zeigte sich, dass sie eine gute Art hatte, die Patienten zum Sprechen zu bringen, und so wurde sie immer mehr auch vor der Kamera sichtbar. »Sie haben mich schon für einen nächsten Film gefragt«, berichtete sie. »Und du? Das Schreiben?« »Ich komme voran. Es ist eine ganz neue Art von Zeit, von Tagen, von Versunkenheit. Ich bin erstaunt, *wie* sehr ich dort bin, am Schauplatz, in der Szene. Aber jeden Morgen beginne ich mit dem Gefühl: Ich habe keine Ahnung, wie es weitergeht.« »Wie nahe bist du an deinen Figuren dran? Wie groß ist die Nähe? Aber wahrscheinlich kannst du die Frage nicht so einfach beantworten, schon gar nicht am Telefon.«

Sophias Frage ließ Leyland den ganzen Abend nicht los, und schließlich versuchte er, Livia die Sache zu erklären.

Cara –

ich bin nicht Louis Fontaine, und ich bin nicht einmal wie er. Trotzdem ist er mir sehr nahe – ja, doch, Sophia hat schon das richtige Wort gewählt. Kein Wunder, möchte man sagen: Du hast ihn ja erfunden. Doch so einfach ist es nicht. Man kann – vermute ich – Figuren erfinden, die einem von Anfang bis Ende fremd bleiben. Ich weiß nicht, ob man sich in einer Erzählung länger und tiefer mit einer Figur beschäftigen könnte, die man hasst oder verachtet, oder die einem gleichgültig wäre. Aber sicher gibt es Figuren, zu denen man auf Distanz bleiben möchte, aus welchem Grund auch immer. Louis Fontaine dagegen – ich war mit ihm und bei ihm, sobald er in seinem alten Citroën die Straße zu dem Haus hinauffuhr. Ich wollte nicht, dass es eine Erzählung in der Ich-Form würde, diese Entscheidung traf ich ohne nachzudenken. (Unterwegs habe ich es, plötzlich unsicher geworden, mit wenigen, hektischen Sätzen ausprobiert und war abgestoßen.) Aber es sollte auch kein unpersönlicher Blick sein, der ihn begleitete; es sollte nicht der unbeteiligte Bericht eines bloßen Berichterstatters sein. Man sollte sich mühelos vorstellen können, wie es wäre, er zu sein – ohne aufhören zu müssen, man selbst zu sein. Einmal wird das dadurch möglich, dass man – unter anderem durch seine Notizen – ausdrücklich erfährt, wie er denkt und fühlt. Aber es gibt noch etwas anderes, schwer Greifbares: den Ton. Es ist ein Ton, der sich auf den Mann einlässt und ihn, ohne dass er selbst spräche, zu Wort kommen lässt – besser kann ich es nicht ausdrücken. Wenn wir den Wind hören, hören wir zugleich auch, wie er ihn hört. Er ist in jedem Satz anwesend, auch wenn der Satz nicht von ihm handelt. Erzähler und Leser haben keinen Vorsprung an Wissen, sie haben keine Geheimnisse vor ihm, er weiß alles, was sie wissen. Und von jedem Satz, ob er von ihm handelt oder nicht, gibt es ein verschwiegenes Echo in ihm, das wir, die Leser, hören, ohne es recht zu bemerken. Ich habe Dir im vorherigen Brief geschrieben, dass ich nicht mehr aufhören kann. Das gilt für das, was da in mir ist und erzählt werden will, aber es gilt fast noch mehr für diesen Ton: Ich will immer noch mehr davon hören. Es gibt an diesem Ton eine Nuancierung, die ich nicht geplant habe, vielmehr unterläuft sie mir einfach: Manchmal nenne ich ihn Fontaine, da gibt es eine Prise der unverbindlichen Berichterstattung, und manchmal ist er Louis, dann möchte ich ihm die Hand auf die Schulter legen und wünschte, den Leser dabei mitzunehmen. Würdest Du Louis mögen? Würdest Du mich, der Louis erfindet, mögen? Er sitzt dort oben im Lubéron auf einem Stein und spürt den Wunsch, einfach sitzen zu bleiben bis zum Erlöschen. Er sieht die rauhe Natur und spürt, wie wenig sie uns Menschen braucht. Es ist, stelle ich mir vor, für ihn ein beruhigender, tröstlicher Gedanke. Sind das Dinge, die ich dort oben auch fühlen und denken würde? Es gibt etwas Gewalttätiges in Louis, das mich erschreckt. Ich bin froh, dass er sofort an Raoul denkt. Aber es geht mir gut, wenn ich ihn dort auf dem Stein sitzen sehe mit seinem wirren weißen Haar unter der Baskenmütze und mit seiner Pfeife. Gerade eben habe ich den abstrusen Gedanken, ich hätte ihn dort einfach sitzen lassen sollen, Julie hin oder her. Ich wünschte, es gäbe einen Maler, der mein inneres Bild von ihm mit all seiner Verlorenheit auf die Leinwand bannte. Ein Bild statt einer Erzählung – käme das der Sache nicht näher? Doch welcher Sache eigentlich? Louis hat in Avignon zwei Bücher über Depressionen gekauft. Erst hat er nur das eine aus dem Regal genommen, dann, mit einer heftigen Bewegung, auch noch das andere: Jetzt will ich es wissen, sagte die nachträgliche Bewegung. In dem Schaukelstuhl, unter der altmodischen Leselampe mit Kordeln am Schirm, hat er gelesen, hier ein Kapitel, dort eines. Am zweiten Tag legte der die Bücher weg. Darum ging es nicht. Es ging nicht um eine seelische Störung, um eine Krankheit. Worum dann? Louis kommt sich nicht leidend vor, nicht wie einer, dem etwas fehlt. Was ihm zu schaffen macht, ist, dass es so vorhersehbar ist, was er am Abend, am nächsten Tag, im nächsten Monat fühlen wird. Manchmal fragt er sich verwundert, wie er diese Vorhersehbarkeit, die ja nicht neu ist, all die Jahre und Jahrzehnte hindurch ausgehalten hat. Manchmal streichelt er Raoul. Alles, was dann mit dem Hund geschieht, ist vorhersehbar, es ist nie anders. Das stört Louis nicht.

43 Nun saß Fontaine also unten bei Julie und aß mit ihr eine Quiche. Es war Leyland unheimlich, dass er keinen Plan hatte, wie es weitergehen sollte. Ein bisschen war es, wie vor einer Wand zu stehen. Es reichte ja nicht, dass die beiden *irgend* etwas sagten und taten. Es musste etwas sein, was Louis in Bewegung setzte und ihn veränderte. Was die Monotonie des ewig Gleichen und Vorhersagbaren zu durchbrechen vermochte. Wie oft, wenn er mit etwas nicht weiterwusste, setzte sich Leyland in die U-Bahn und lauschte dem rhythmischen Klopfen der Räder. Zwei Tage lang nützte es nichts – außer, dass sich beim Betrachten der Leute langsam eine Vorstellung davon herausbildete, wie Julie aussah, und auch ein Gefühl dafür, wie es für Fontaine sein mochte, wenn sie lächelte, erstaunt zuhörte oder dezidiert widersprach. Leyland mochte die sanfte Bestimmtheit in ihrem Wesen, der sich Louis nicht würde entziehen können. Sie würde etwas tun, etwas mit ihm machen, dem er nicht widerstehen konnte. Etwas Leises, Zwingendes. Aber was?

Am dritten Tag ging Leyland die Regent Street entlang und blieb vor einem Atelier stehen, in dem Gemälde ausgestellt waren, lauter Portraits. Manchmal, wenn die Sonne den Weg durch die ziehenden Wolken fand, sah er sich im Schaufenster wie in einem Spiegel. Er sah müde und verloren aus, fand er, gar nicht wie einer, der etwas Neues in seinem Leben entdeckt hatte.

Eher wie Fontaine, der genug von allem hatte. Er betrat das Atelier, machte einen kurzen Rundgang und war wieder draußen. Irgend etwas war geschehen, dachte er in der U-Bahn. Kurz vor Hampstead hatte er es plötzlich: Julie, die eine Staffelei mitgebracht hatte, würde Louis dazu bringen, sich malen zu lassen. Das war ihm noch nie passiert, und die Neugierde würde siegen. Eilig ging Leyland nach Hause, warf den Mantel auf einen Sessel und setzte sich an den Schreibtisch.

Julie räumte ab und brachte Kaffee. Bevor sie sich setzte, ging sie ins Nebenzimmer und kam mit einem Zeichenblock zurück. Sie warf Fontaine einen prüfenden Blick zu und begann, mit dem Bleistift zu zeichnen. »Oh nein ... ich ... das will ich nicht«, protestierte Louis und schickte sich an aufzustehen. »Nur ein paar Minuten«, sagte Julie, »geben Sie mir nur ein paar Minuten. Ich bin gut im Zeichnen von Gesichtern. Ich war schon auf der Schule gut, ich zeichnete alle Lehrer, manchmal wohlwollend, manchmal bösartig. Auch auf der Kunstakademie machte ich vor allem Portraits.« Sie sah ihn an. »Sie haben ein gutes Gesicht für ein Portrait.« »Darf ich rauchen?« fragte Fontaine. Sie nickte, er holte seine Pfeife hervor, stopfte sie und zündete sie an. Kurz darauf hielt Julie den Block hoch und ließ ihn die Zeichnung sehen. »Das ist ... das kann ich kaum glauben«, sagte Louis, »mit so wenigen Linien ...« »Wenn Sie noch ein bisschen bleiben, werden Sie noch mehr von sich erkennen.« Nach einer halben Stunde zeigte sie ihm das Bild. *»Und das bin wirklich ich?«* fragte Louis nach einer Weile. *»Wirklich ich?« »Nun ja«*, sagte Julie, *»es ist wie immer bei Portraits: Sie sind keine Fotografien, sondern geben einen Eindruck der Persönlichkeit wieder – den Eindruck, den sie auf den Zeichner macht.« »So sehen Sie mich also.«* Julie betrachtete die Zeichnung. *»Ich glaube, beim nächsten Versuch wäre es schon anders. Und am liebsten würde ich es mit Farben versuchen. Doch dann müssten Sie noch einige Zeit hierbleiben.«* Es klopfte an der Tür, und Jean Lescaut kam herein. *»Ah, ich sehe: Sie haben sich schon angefreundet«*, sagte er zu Fontaine, *»und Julie hat Sie sogar schon gezeichnet. Christine möchte, dass Sie beide morgen bei uns zu Abend essen. In Ordnung?«*

Jetzt kann ich nicht mehr weg, dachte Louis, als er nachher auf der Terrasse saß und die Lichter des Zugs von Avignon beobachtete. Er hatte den Koffer aus dem Auto geholt und wieder ausgepackt. Julie hatte ihm die Zeichnung mitgegeben, sie lag jetzt im Wohnzimmer auf dem Tisch. Sie wussten voneinander so gut wie nichts, und doch gab es jetzt eine Beziehung zwischen ihnen, eine merkwürdig intime Beziehung, wie er sie noch nie erlebt hatte. Ab und zu trat er vor die Zeichnung: Im einen Augenblick erkannte er sich darin, im nächsten war ihm das Gesicht vollständig fremd, fremder noch als ein gänzlich unvertrautes Gesicht. Er trat *vor den Spiegel: War es hier nicht auch so: vertraut und erschreckend fremd zugleich?*

Leyland trat vor den Spiegel: Mochte er sich eigentlich? Waren ihm das Gesicht und der Blick sympathisch? Er hatte sich nie gern fotografieren lassen, und die wenigen Bilder, die Livia und die Kinder von ihm gemacht hatten, lagen in Triest. Er fand lange keinen Schlaf. Er spürte, dass die Erzählung eine Wendung nahm und ein Thema bekam, das er nicht vorhergesehen hatte: Nach Jahren des zurückgezogenen Lebens in seiner Pariser Wohnung, die ihn menschenscheu gemacht hatten, sah sich Fontaine plötzlich dem Blick einer Malerin ausgesetzt, die ihn zu erkennen versuchte. Er würde sich dem, was er zu sehen bekam, stellen müssen – in dem, was er dazu sagte, aber vor allem in dem, was er beim Anblick fühlte. Was alles würde ihm aus dem gemalten Gesicht entgegenkommen, von dem er nichts gewusst hatte?

Leyland ließ Julie fünf Portraits von Fontaine machen. Louis gewöhnte sich daran, nach dem Morgenkaffee bis in den Nachmittag hinein in einem Sessel vor ihrer Wohnung im hellen Licht zu sitzen und sich malen zu lassen. Nach dem ersten inneren Schritt, fand er, war es gar nicht mehr so schwierig. Er durfte rauchen, und zwei Portraits zeigten ihn lesend. Er war auf allen Bildern ein in sich gekehrter Mann, keiner, der darauf aus war, mit der Welt Verbindung aufzunehmen. Eher hatte man das Gefühl, dass die Welt ihm gegen seinen Willen zustieß. Für das eine Bild ließ sich Julie Fontaines Pariser Wohnung beschreiben und setzte ihn dann vor einer Bücherwand in einen tiefen Ohrensessel. Auf einem anderen Bild malte sie ihn in dem kleinen Olivenhain, der zum Haus gehörte. Nach den Sitzungen ging Fontaine ins Dorf und holte Pizza. Beim Essen lernten sie sich langsam und auf behutsame Weise kennen.

»Sie sehen, dass ich Sie als jemanden male, der nicht begierig ist, sich für andere Leute zu öffnen«, sagte Julie. »Als Lehrer hatten Sie täglich mit vielen Menschen zu tun. Wie ging es Ihnen dabei?« »Ich ließ die anderen sein, wie sie waren, und gab wenig von mir preis. Im Lehrerzimmer hatte ich meine Ecke und wurde geachtet. ›Er kann den Larousse auswendig‹, sagte man, ›und hat jede Zeile von Proust gelesen.‹ Die meisten kamen gut damit zurecht, wie ich war, vor allem die Schüler. Sie waren froh, in Ruhe gelassen zu werden. Lange ging das gut.« »Und dann?« »Die Schüler wurden anders. Es gab weniger Respekt. Und sie hatten kein Interesse mehr an den Wörtern. ›Er ist ein Pedant‹, sagten sie.« »Was haben Sie gemacht?« »Mich zurückgezogen. Auf den Ruhestand gewartet.«

Von nun an war es für Fontaine anders, ins Dorf zu gehen. Er trat jetzt, so schien ihm, fester auf, und die Schritte waren zügiger, entschlossener. Dort, wo er abbog, um den Weg zum Haus hinaufzugehen, gab es ein Café, das einzige im Ort. Café des 4 Vents stand in ver-

witterten Lettern über der Tür. Vor dem Fenster, auf einem hölzernen Podest, stand ein einziger Tisch mit vier Stühlen, und es kam Fontaine ganz unwahrscheinlich vor, dass dort jemals Leute sitzen und Kaffee trinken könnten; eher wirkte das Podest wie eine verlassene Kulisse auf einer Bühne, auf der die Lichter vor langer Zeit erloschen waren. Man trat durch eine scheppernde Tür, die an der Schwelle schleifte, in einen Raum mit kargen Tischen und Stühlen auf kahlem, fleckigem Steinboden. Viele der Männer, die da vor einem Bier oder einer Karaffe Wein saßen, trugen ein Béret. Es wurde geraucht, Gesetz hin oder her, der Rauch zog langsam durch den Kegel von kaltem, schummrigem Licht, das aus einer beschädigten Deckenlampe kam, einer Art Laterne. Man spielte Karten oder ein Brettspiel. Der Mann hinter der Theke im groben, karierten Hemd rauchte Pfeife, eine knorrige Hakenpfeife, der dunkle Stiel hell vom Beißen. Gesprochen wurde wenig. Wie Jean Lescaut sagten sie chieng, *wenn sie über den Hund in der Ecke redeten, und die Ecke hieß* coing. *Paris war weit weg.*

Zum ersten Mal seit seiner Ankunft trat Fontaine ein. Die Männer drehten die Köpfe und musterten ihn. Er setzte sich an den einzigen freien Tisch in der Ecke. »Urlauber?« fragte der Wirt, als er zu ihm trat. Fontaine nickte. Bienvenu! *sagte der Wirt und brachte ihm seinen Kaffee. Kurz darauf betrat ein Mann das Café, der anders war als die anderen. »Bonjour, docteur«, sagten die Männer, und er hob die Hand. Er setzte sich zu Fontaine. »Jacques Moreau«, sagte er, »ich mache hier Arztbesuche, aber eigentlich praktiziere ich drüben in Mallemort.«*

Das letzte Wort war kaum noch leserlich, dann entglitt Leyland der Stift. *Ruhig bleiben, es ist nur die Migräne, in ein paar Stunden ist es vorbei*, dachte er. Das Telefon lag auf dem Tisch beim Sofa. Mühsam stand er vom Schreibtisch auf, tastete sich den Möbeln entlang und ließ sich aufs Sofa fallen. Er drückte auf die Taste, mit der er Burke erreichen konnte. »Ein Anfall«, sagte er, als Burke sich meldete. Burke kam sofort. Er holte Kissen und eine Decke und machte es Leyland bequem. »Du weißt ja: Es dauert nie lange«, sagte er. »Das Gehirn ... Launen ... Durchblutung«, sagte Leyland. Burke nickte und holte ihm etwas zu trinken. »Nachrichten«, sagte Leyland, »verstehen.« »Du willst die Nachrichten sehen, um sicher zu sein, dass du alles verstehst?« Leyland nickte, und Burke stellte die Fernsehnachrichten an. »Alles in Ordnung?« Leyland nickte. Später half Burke Leyland die Treppe hoch in sein Schlafzimmer. »Ich bleibe, bis es vorbei ist«, sagte er, »ich muss nur schnell nach Billy sehen.«

Als es draußen hell wurde, war es vorbei. Leyland weckte Burke, der auf Sophias Bett eingenickt war. »Das war jetzt das vierte Mal«, sagte Leyland, »und es hat nichts von seinem Schrecken verloren.« »Lass uns den Tag verbummeln«, sagte Burke. »Machen, wonach uns gerade ist. Würdest du mit nach Hackney kommen? Es wird Zeit, dass ich mit eigenen Augen sehe, dass meine Apotheke nicht mehr steht. Ich bin dem bisher ausgewichen, nachdem ich es auf Sophias Fotos gesehen hatte. Aber jetzt wird es Zeit.«

Sie standen vor dem nichtssagenden Neubau, in dem einige Wohnungen inzwischen bewohnt schienen. »Es ist leichter, als ich dachte«, sagte Burke und kickte einen Kieselstein von der Straße auf das Grundstück. »Lass uns weitergehen.« Er zeigte Leyland das Haus, in dem die Familie früher gewohnt hatte. »Es ging uns nicht schlecht«, sagte er. »Der Vater kam aus einer Dynastie von Apothekern, und die Mutter, Tochter eines Tuchfabrikanten, hatte das Haus geerbt, in dem ich jetzt wohne. Ich war das einzige Kind, und sie taten für mich, was sie konnten. Sie kauften mir das Cello. Dann, in meinem letzten Schuljahr, starb die Mutter, und ich begann mit dem Studium der Pharmazie. Ich blieb beim Vater wohnen, seinetwegen, aber auch meinetwegen. Er mochte es, wenn ich spielte, und wenn andere Studenten zum Mitspielen zu uns kamen, kochte er einen riesigen Topf seiner legendären Spaghetti Carbonara. Wir liebten beide das italienische Kino und sahen uns jeden Film an. Was wir nicht teilen konnten: meine Wut über soziale Ungerechtigkeit. Nicht, dass er sie nicht auch gesehen und sie ihn kalt gelassen hätte. Aber meine Wut war ihm zu heftig, sie war ihm unheimlich. Alle heftigen Gefühle machten ihm Angst, er war schon als Kind kränklich, dünnhäutig und leicht zu verletzen, das war ihm geblieben. Als ich nach seinem Herzinfarkt die Apotheke übernahm, übergab er mir bei einem feierlichen Essen die Schlüssel zu allem. ›Mach's gut!‹ sagte er, und seine Stimme war ganz rauh vor Gefühl. Wie muss es ihn getroffen haben, dass ich die Regeln des Berufs verriet!«

»Sie spielen Boule«, sagte Leyland, als sie später in einem Lokal beim Essen saßen. Burke sah ihn verständnislos an. »Wir sahen doch vorhin, als wir beim Park vorbeikamen, Männer, die mit Kugeln spielten. Da war ich in Gedanken plötzlich in Mérindol. Es gibt dort ein Café, wo sich die Männer des Dorfs treffen. Ich habe beschrieben, wie Fontaine in das Café geht. Und eben habe ich gedacht: Die Männer werden ihn, wenn sie nachher zum Bouleplatz gehen, fragen, ob er mitgehe. Fontaine wird es mögen: Es gibt bei dem Spiel nicht viel zu reden. Er wird die schweigsamen Männer beobachten, wie sie an ihren Zigaretten ziehen und zwischendurch ihre Kugeln werfen. Es ist kein bloßer Zeitvertreib, wird er denken, kein bloßes Mittel gegen die Langeweile. Sie langweilen sich nicht, die Männer, sie sind einfach da und leben in der Gegenwart. Keiner aufregenden Gegenwart, aber einer Gegenwart. Ist es vielleicht das, wird Louis denken: dass ich seit Jeannes Tod verlernt habe, in der Gegenwart zu leben? Konnte ich es eigentlich vorher? Jeanne hat mir ihre Gegenwart geliehen; aber hatte ich eine eigene, eine ganz eigene?«

Burke hatte zugehört und dabei zu essen vergessen. »Könnte es nicht sein«, fragte er jetzt, »dass Fontaine überraschend geschickt ist beim Boulespiel? Dass er ständig gewinnt? Zum Star der Gruppe avanciert?« »Ja«, sagte Leyland, »und dass er seit langer Zeit zum ersten Mal erleben kann, dass nicht alles vorhersehbar ist und sich nicht alles wiederholt. Auch wenn es nur etwas Kleines ist, etwas ohne große Bedeutung.« »Was hat sich sonst bei ihm getan, seit wir das letzte Mal über ihn gesprochen haben? Sollte da nicht unten jemand einziehen?« Leyland erzählte von Julie und den Portraits. Und er erzählte auch, was Fontaine notiert hatte: *Die Bilder von mir: So also sieht mich ein anderer, so komme ich in einem anderen vor. Nimmt mir die Illusion, ich könnte im Verborgenen leben. Unsicher, ob das gut oder schlecht ist. Die Illusion: warum brauche ich sie?*

»Wenn die Erzählung fertig ist, werde ich sie lesen wollen«, sagte Burke. »Darf ich der erste sein?« Leyland nickte. »Weißt du, was mir daran am besten gefällt? Dass die Erzählung so unspektakulär ist. Dass nichts Heftiges passiert, kein lautes Drama. Kleine, leise Bewegungen in Louis, solche, die er zuerst gar nicht bemerkt.« »War sonst noch was mit ihm?« »Er war beim Vermieter eingeladen. Christine, seine Frau, sitzt im Rollstuhl. Er hatte gesagt, dass er den Geschmack am Reisen verloren habe. Da sprach Christine von ihrer Sehnsucht zu reisen, sich die Welt zu erlaufen. Später, wieder bei sich, fühlte sich Louis beschämt. Doch dann notierte er: *Beschämt. Aber warum denn? Meine Empfindungen sind meine.* Ich mag es, wie er da zu sich steht. Ich mag schon die ganze Zeit, wie er mit sich und seinen Empfindungen kämpft. Ich stelle mir vor: Wenn er irgendwann wieder abreist, zurück nach Paris, ist er mehr bei sich selbst als vorher, es gibt eine größere Klarheit in ihm.«

Auch die nächsten Tage streiften Leyland und Burke durch die Stadt und ließen sich von plötzlichen Eingebungen leiten. »Der Anfall wirkt immer noch nach«, sagte Leyland ab und zu. »Als Angst, Angst vor dem Stift. Als würde er mir sofort entgleiten, wenn ich nach ihm griffe, und dann ginge alles wieder von vorn los.« Erst nach einer Woche setzte er sich an den Schreibtisch.

Cara –
inzwischen ist es Frühling geworden, ein warmer April, in den Parks wurden die Liegestühle verteilt, und viele sind besetzt. Kenneth und ich haben viel unternommen, ohne Absicht, ohne Plan, und es ging uns gut. Manchmal saßen wir gewiss eine halbe Stunde ohne ein Wort nebeneinander im Liegestuhl. Mit ihm geht so etwas. Ich dachte dabei an den Abend meiner Ankunft im No-

vember, wo er mir die Schlüssel überreichte. Ein halbes Jahr ist seither verflossen. Wie anders es jetzt zwischen uns ist!
Ich habe ihm von Louis Fontaine erzählt. Ich habe es einfach riskiert. Und es war gut so, es gibt Louis nun noch auf andere Weise als vorher. Kenneth hat sogar etwas zur Erzählung beigetragen, eine Wendung, die ich als nächstes in Worte fassen werde. Ohne dass ich viel erklären müsste: Er versteht so gut, worum es mir geht. Vor allem hat er von Anfang an begriffen, dass es eine leise Erzählung wird, eine, in der im Äußeren nur ganz wenig geschieht. Was nicht zu vermitteln ist: dass es im Grunde um die Unstetigkeit und Uneindeutigkeit, um die Ambivalenzen und das Schwanken in den Empfindungen, Einstellungen und Gedanken von Louis geht. Darum, dass er nicht zu fassen bekommt, was mit ihm geschieht. Noch vor vier Wochen, als ich zu schreiben begann, wusste ich nicht, wie sehr das mein Thema sein würde: der ständig misslingende Versuch, Erfahrungen zur Sprache zu bringen. Ohne dass es ein fester Plan gewesen wäre, habe ich Louis verschiedene Dinge denken, sagen und aufschreiben lassen, die sich zu keiner stimmigen inneren Geschichte fügen. Und es auch nicht sollen. Erfahrungen mit Worten einkreisen im Bewusstsein, dass die Worte nie wirklich treffen und an den stummen Erfahrungen abgleiten. Die Brüche und Widersprüche in den Worten als Hinweis auf das, was nicht gesagt werden kann. So ist es bei Louis. Aber mit

jedem Tag mehr verstehe ich, dass es auch bei mir selbst so ist. Dass ich, indem ich tastend seine Erfahrungen einzukreisen versuche, auch dabei bin, mich an mich selbst heranzuschreiben. Ist es am Ende so: Dadurch, dass man im sprachlichen Erfassen des Erlebens scheitert, wird man gezwungen, dieses Erleben wirklich genau, ganz genau kennenzulernen und seine inneren Konturen zu erspüren? Ist das die treibende Kraft hinter allem Schreiben? War ich beim Übersetzen jahrzehntelang Zeuge eines stillen Geschehens, das ich erst jetzt, wo es um meine eigenen Worte geht, zu durchschauen beginne?

Es ist wichtig, dass ich stets einen Vorsprung vor Kenneth behalte, die Phantasie muss immer mehrere Schritte voraus sein. So ist es mit Jacques Moreau, dem Arzt, der eigentlich in Mallemort drüben praktiziert, aber in Mérindol Besuche macht. Louis lernt ihn im Café kennen, wo auch die Boulespieler sitzen, die ihn später mitnehmen. Ich stelle mir vor: Es wird eine Freundschaft, überraschend für beide. Etwas, was dazu beiträgt, dass Louis länger in Mérindol bleibt als geplant. Auch Julie und Christine tragen dazu bei, stelle ich mir vor, aber Genaues weiß ich noch nicht. (Was für einen besonderen Geschmack das Wort »wissen« hier hat!) Es ist noch so vieles möglich. Und warum sollte ich ausschließen, dass sich die Erzählung in verschiedene Erzählungen verzweigt? Dass sich die Dinge in und mit Louis einmal so entwickeln und einmal so? Die Phantasie – das spüre ich so deutlich in diesen Tagen – ist der eigentliche Ort der Freiheit.

44 Leyland traf Mary Ann Ashford auf der Bayswater Road. Sie war auf dem Weg nach Hause. Ob er auf einen Tee mitkommen wolle? Sie sah verändert aus: nüchterner und gesünder, auch ihr Schritt war sicher und fest. Zugleich, fand Leyland, strahlte sie eine große Enttäuschung aus. Die Wohnung war aufgeräumter als früher, keine leeren Flaschen mehr, und die Türen zu den Räumen, in denen Leslie gewohnt hatte, waren zu. Sie goss Tee ein und zündete sich eine Zigarette an. »Ich habe mit einer Ausbildung als Bibliothekarin begonnen«, sagte sie. »Etwas Einfaches, Solides, Übersichtliches. Keine Suche mehr nach Themen und Worten, kein Kampf mit toten Metaphern. Es tut mir gut, dass es das jetzt nicht mehr gibt. Eine große Unruhe ist gewichen. Aber sie fehlt mir auch, diese Unruhe. Ich habe ja immer noch mit Büchern zu tun, nur eben anders. Manchmal sehe ich Bücher von mir in Schaufenstern. Dann denke ich: damals.« »Dass Sie jetzt keine neuen Bücher mehr schreiben, nimmt den alten nichts von ihrem Wert«, sagte Leyland. Sie lächelte dünn. »Ja, sicher.« Mitten im Raum blieb sie eine Weile stehen, unsicher in dem, was sie wollte. Dann ging sie zum Regal und zog Leylands italienische Übersetzung von *Rainy Days* heraus. »Würden Sie mir ein bisschen vorlesen?« Sie hatte es immer geliebt, wenn er ihr aus der italienischen Übersetzung ihrer Bücher vorlas. Jetzt setzte sie sich aufs Sofa, zog die Beine an und schloss, wie früher, die Augen. »Nein, nein«, sagte sie nach wenigen Sätzen, »es geht nicht, es geht nicht mehr, das ist vorbei.« Sie stellte das Buch zurück ins Regal. Bevor sie sich umwandte, wischte sie Tränen aus den Augen.

Leyland ging eine lange Strecke zu Fuß, bevor er die U-Bahn nahm. Sie hatte beim Abschied sehr tapfer unter der Tür gestanden. Er war stolz auf sie und fuhr nach Chelsea, um Sean und Lynn davon zu erzählen. »Stellt euch vor: Sie, die einstmals umjubelte Schriftstellerin, wird mit über fünfzig Bibliothekarin! Um wieder festen Boden unter den Füßen zu bekommen. Ist das nicht – gewaltig?«

Im nächsten Monat, erzählten die Christies, würde Leylands Übersetzung von Paveses Tagebuch, *The craft of living*, erscheinen, und Leyland sollte aus dem Buch vortragen. Das Buch mit Burkes Titelbild sah so aus, dass man den Blick gar nicht davon lassen konnte. Neben seinem eigenen nahm Leyland ein Exemplar mit, um es Burke zu geben. Im Monat darauf würde der erste Band in der Reihe der Exilrussen erscheinen, Vasilij Smirnovs *Tischina*, in der Übersetzung von Roman Nemirov. Nemirov hatte den Text in wenigen Wochen übersetzt, und Sean wollte die Reihe nun schnell eröffnen. Nemirov hatte inzwischen einen Vertrag über weitere Übersetzungen unterschrieben.

Die Lesung aus Pavese fand in Jeffrey Larkins Buchhandlung in Chelsea statt. Leyland sah Neil McKenna sofort. Er war alt geworden und sah krank aus. Leyland war erstaunt, wie wenig es ihm ausmachte, dass sein ewiger, bösartiger Kritiker gekommen war. Und dann geschah etwas, was er nicht für möglich gehalten hätte: Als alles vorbei war, trat McKenna auf ihn zu und gab ihm die zitternde Hand. »Ihre Übersetzung ist besser als die alte, viel besser. Glückwunsch.« Er sah, wie Leylands Blick auf seinem Gesicht ruhte, aus dem die Krankheit sprach. »Ja, ich bin krank«, sagte er, »und es bleibt mir nicht mehr viel Zeit. Und da dachte ich, ich sollte kommen und Ihnen das sagen. Ich weiß, ich habe manch böses Wort über Sie geschrieben, und nicht alles war begründet. Ich hoffe, Sie haben es nicht zu schwer genommen.« »Ist in Ordnung«, sagte Leyland und gab ihm noch einmal die Hand.

Dass Mary Ann Ashford das Schreiben aufgegeben hatte, und dass Neil McKenna versöhnlich auf ihn zugegangen war – beides beschäftigte Leyland mehr, als er angenommen hätte, und es gab Tage, da er nicht schreiben konnte. Trotzdem nahm die Phantasie ihren Lauf und ging Wege, die ihn stets von neuem überraschten. Schließlich ging er in Gedanken noch einmal zurück ins Café mit den Boulespielern, wo

Fontaine Jacques Moreau, den Arzt, kennengelernt hatte.

»Französischlehrer?« sagte der Arzt. »Ich habe eine Tochter, Colette, sie ist zwölf und verzweifelt an der Rechtschreibung. Ob Sie mal mit ihr reden könnten?« Am Tag darauf fuhr Fontaine nachmittags nach Mallemort. Es war noch viel Zeit bis zur Verabredung im Haus des Arztes, Fontaine ging langsam durch die hellen Gassen und setzte sich schließlich in der Kirche auf eine Bank. Jemand spielte Orgel. Neulich, als er auf seinem Ausflug nach Aix-en-Provence ein Kirchenkonzert gehört hatte, war er alarmiert gewesen, dass die Musik, sogar die Orgel, ihn so wenig berührte und an ihm abzugleiten schien. Warum war es jetzt anders? Es machte nichts, dass der Orgelspieler Fehler über Fehler machte. In dieser unbedeutenden, leeren, schlecht beleuchteten Kirche war mit einemmal alles Gegenwart. Hing es vielleicht mit der Verabredung zusammen – damit, dass ihn jemand brauchte? Als er nachher im Café saß, spürte er die Sonne, wie er sie lange nicht mehr gespürt hatte. Er rief Julie an und fragte, ob mit Raoul alles in Ordnung sei. Dann klingelte er bei Moreaus Haus.

Colettes Mutter empfing ihn wie jemanden, dessen Hilfe man sehnlichst erwartet hat. Sie führte ihn in das Zimmer, wo das Mädchen vor einem Heft mit lauter Rotstift saß. Es waren ganz gewöhnliche Fehler, Fontaine nahm sich viel Zeit, und langsam wurde Colette ruhiger. Ob er morgen wiederkomme? Fontaine ver-

sprach es und sagte, er würde ein besseres Grammatikbuch besorgen. Der Arzt kam nach Hause, und sie baten ihn, zum Essen zu bleiben. Nachher ging Fontaine noch einmal durch den stillen Ort. Mérindol, Mallemort: wieviel diese Namen plötzlich bedeuteten.

Auf der Rückfahrt dachte er an die Orgel in der Kirche und spürte das erste Mal das Bedürfnis, die Musik von Bach und Schubert, die er in Paris nach einigem Zögern eingepackt hatte, zu hören. Ob sie mithören wolle? fragte er Julie. Raoul legte sich, wie zu Hause, still in die Ecke. Es wurde spät, denn auf einmal begann Julie, von ihrem Kunststudium zu erzählen, von ihrer Ehe mit einem Architekten, von ihrem Sohn, von der Trennung und davon, dass es ihr und dem Architekten gelungen war, Feindseligkeit zu vermeiden und Freunde zu bleiben.

Spät in der Nacht, nachdem Julie unten die Lichter gelöscht hatte, setzte sich Fontaine mit seinem Tagebuch an den Tisch auf der Terrasse, zog die kleine Lampe zu sich heran und schrieb: Colette: noch einmal zwölf sein, noch einmal am Anfang stehen – mit all der Hoffnung und all der Angst. Möchte ich das? Keine andere als Jeanne. Aber vielleicht ein anderer Beruf?

Er besuchte Colette an jedem Tag dieser Woche. »Bald schon gehören Sie zur Familie!« sagte der Arzt. Und auch eine andere Gewohnheit entwickelte er: Er spielte mit Christine Lescaut Schach. Als er neulich mit Julie bei den Lescauts zum Essen war, erfuhr er, dass sie an den vielen stillen, unbeweglichen Tagen berühmte Partien nachspielte. Als Schüler war Louis gut gewesen, aber es war lange her, dass er ein Schachbrett vor sich gehabt hatte. Gegen Christine verlor er regelmäßig. Doch darauf kam es nicht an. Es war eine Art, ohne viele Worte bei ihr zu sein und ein Gefühl für ihr Leben zu entwickeln. Sie konnte viele berühmte Gedichte auswendig, Beaudelaire, Rimbaud, Verlaine. »Ich habe sie den Kindern in der Grundschule vorgelesen. Verrückt, würde man denken. Und natürlich gab es vieles daran, was sie nicht verstanden. Aber einiges trotzdem, und es gab Gesichter, die ganz still wurden dabei, verträumt. Auch Kinder verstehen Poesie, irgendwie. Und Jean – es gibt Abende, da bittet er mich, ihm Verse vorzutragen. Das sind die Abende der harten Tage, an denen er über meinen Rollstuhl verzweifelt ist.« Manchmal, wenn sie mit einem Gedicht begann, fiel Fontaine ein, und dann rezitierten sie es gemeinsam bis zum Ende. Christine hatte eine warme Altstimme. Wenn sie fertig waren, behielt sie die Augen geschlossen, und Fontaine spürte, wie sie mit den Tränen kämpfte. »Warum wollen Sie nur einen Monat bleiben?« fragte Jean.

Auch das Boulespiel gehörte nun zu Fontaines Gewohnheiten. Er begann, die Langsamkeit zu lieben, mit der alles vor sich ging. Die rituellen Bewegungen, den Klang, wenn sich die Kugeln berührten, die rauhen Scherze der Männer mit ihren Zigaretten und Fingern, die gelb waren vom Tabak. Und dass sonst kaum ge-

redet wurde. Es dauerte lange, bis einer fragte: »Paris?«, und ein anderer: »Beruf?« »Ich habe die Schule gehasst«, sagte einer, »mein Gott, habe ich sie gehasst!« Wenn Fontaine erschien, tippten sie sich ans Béret, und wenn er ging, sagten sie: Salut!

An dieser Stelle entschied Leyland, Fontaine noch auf andere Weise zu Wort kommen zu lassen als in den Tagebuchnotizen: durch Briefe. Louis war nie ein großer Briefeschreiber gewesen, und die letzten hatte er nach Jeannes Beerdigung geschrieben, als Antwort auf Kondolenzschreiben. Jetzt setzte er sich hin und schrieb an seine ältere Schwester in Calais.

*Liebe Céline,
wie lange es doch her ist, dass wir zuletzt voneinander gehört haben. Wie kommst Du mit Deinem Asthma zurecht und Henri mit seinem Bein? Und macht es Euch immer noch zu schaffen, dass das Berufsleben vorbei ist?
Ich schreibe Dir aus Mérindol, einem kleinen Ort im Lubéron. Ich wohne da in einem Ferienhaus am Ende des Dorfes, zusammen mit Raoul, meinem Hund, von dem ich Euch, glaube ich, noch nie erzählt habe. Was ich da suche? Ich weiß es bis heute nicht wirklich zu sagen. Ihr wisst ja, wie sehr ich meine Pariser Wohnung liebe, in der Jeanne immer noch gegenwärtig ist. Doch in der letzten Zeit hatte ich manchmal das Gefühl, dass sie auch wie ein Gefängnis ist, und so bin ich auf den Ge-*

danken verfallen, für ein paar Wochen hierherzukommen und etwas anderes zu sehen. Aber die Wohnung ist nicht das eigentliche Problem. Das Gefängnis ist kein Gefängnis der Räume, sondern des Erlebens. Es macht mir zu schaffen, dass ich in meinem Erleben wie stillstehe: Nichts rührt sich mehr, nichts entwickelt sich. Alles Wiederholung, gepaart mit einer sonderbaren Art von Gegenwartslosigkeit: Die Dinge sind nicht mehr richtig da, meine Handlungen auch nicht, und sogar ich selbst bin mir, so sonderbar es klingen mag, nicht mehr richtig gegenwärtig. Nicht mehr so wie früher. Oder ist das eine Täuschung? War es am Ende immer schon so? Aber doch nicht mit Jeanne. Ich habe Psychologisches gelesen, aber nichts trifft es. Meine Seele, könnte man vielleicht sagen, ist meines Lebens überdrüssig.

Doch in den zwei Wochen, in denen ich nun hier bin, haben sich ein paar Dinge bewegt, kleine, unscheinbare Dinge: Jemand hat mich gemalt, ich gebe einem Mädchen Nachhilfeunterricht, ich spiele Schach mit einer Gelähmten, sogar Boule habe ich gelernt – und überraschend oft gewinne ich. Wenn ich nun nachts auf der Terrasse sitze und den Sternenhimmel betrachte, spüre ich, dass sich etwas verändert hat. Auch die Musik schmeckt wieder mehr nach Gegenwart, wie früher. Ein bisschen ist es wie aufwachen. Trotzdem bleibt tief innen die Frage, was das alles noch soll. Nicht als dubiose metaphysische Frage gemeint, sondern als Ausdruck eines abgenutzten Lebensgefühls. Es ginge mir besser,

wenn ich wüsste, dass ich allem jederzeit ein Ende setzen könnte. Aber ich bin ja erst zwei Wochen hier. Vielleicht fühlt es sich nach einem Monat noch einmal anders an. Wenn ich dann in Paris ankomme, wäre es schön, einen Brief von Dir vorzufinden.
Louis

Dies, dachte Leyland, war der Moment, sich zu fragen, ob Louis Freunde hatte. Freunde, an die er jetzt schreiben könnte. Er war ein umgänglicher, freundlicher Mann, der mit den meisten Bekannten und Kollegen gut auskam. Aber gab es da einen Freund im gewichtigen Sinne des Worts, einen Mann wie Kenneth Burke, dem er sich ganz anvertrauen konnte? Vielleicht auch einen Mann wie Pat Kilroy oder Andrej? Am ehesten, dachte Leyland, könnte man sich einen Mann vorstellen, der einige Jahre älter als er war und den er immer wie eine Art Mentor empfunden hatte, einen Mann voller Wohlwollen ihm gegenüber, auf dessen Rat und Urteil man bauen konnte. Er war, so sagte es Leylands Phantasie, ziemlich krank, und der Brief würde in seiner ganzen Art darauf Rücksicht nehmen.

Lieber Maurice,
als wir uns das letzte Mal gesehen haben, warst Du gerade aus dem Krankenhaus entlassen worden, und es ging Dir, den Verhältnissen entsprechend, gut. Ich habe bewundert, wie gelassen Du in den Kissen lagst. »Es

wird schon in Ordnung kommen«, sagtest Du, »und wenn nicht: Ich habe schon ziemlich lange gelebt.« Auf dem Nachttisch hattest Du einen preisgekrönten Roman liegen. Wie fair und ausgewogen Du in Deinem Urteil immer warst! Unbestechlich – das ist das Wort. So habe ich Dich schon als meinen jungen Lehrer erlebt und später als Begleiter durchs Studium. Dann wurde ich selbst Lehrer, und Du wurdest zum Rektor an eine andere Schule berufen. Du hättest es gerne gesehen, wenn ich auch Rektor geworden wäre, und von den Zweifeln an mir selbst wolltest Du nichts hören. Jeanne hat es immer gefallen, wenn Du und ich uns trafen. Und ich war Dir dankbar, dass Du mit an ihrem Grab standest. Ich wünschte, wir hätten uns danach öfter getroffen, und verstehe gar nicht, warum wir es nicht taten. Ich habe mich für ein paar Wochen in einen kleinen Ort im Lubéron zurückgezogen. Ich weiß nicht so recht weiter mit mir selbst. Viele der Dinge, für die ich mich früher begeistern konnte, sind mir schal geworden. Sogar unsere Sprache, die wir beide so liebten, hat ihren Glanz verloren, ich bin sehr erschrocken, als ich es mir vor einiger Zeit eingestand. Wenn Du jetzt hier wärest, würde ich gerne mit Dir darüber sprechen. Es hat sich so ergeben, dass ich hier einem Mädchen mit der Rechtschreibung helfe, und ein bisschen etwas an Freude ist dabei zurückgekommen. Aber es ist ja nicht nur die Sache mit der Sprache. Eigentlich drohen mir alle Dinge zu entgleiten, und nach meinem ersten Spaziergang in die

Natur habe ich nachher den Wunsch notiert, dort einfach sitzen zu bleiben bis zum Erlöschen.
Inzwischen sind einige Dinge geschehen, die mich wieder mehr ins Leben zurückzuholen scheinen. Ich spüre es als große Erleichterung und verpasse nie, den nächtlichen Sternenhimmel zu betrachten, es ist etwas, was ich früher nie tat. Aber es bleibt dabei, dass mich eine Frage beschäftigt, die mit Deiner Bemerkung im Krankenhaus zu tun hat: Warum müssen wir es hinnehmen, dass es unsere Krankheiten sind, die darüber entscheiden, wann das Leben zu Ende ist? Warum betrachten wir es nicht als das selbstverständliche Recht eines jeden, selbst darüber zu bestimmen? Und warum gilt es nicht als guter, als schlüssiger Grund, wenn einer dazu sagt: weil es jetzt einfach genug ist? Direkt haben Du und ich über diese Frage nie gesprochen, aber es will mir vorkommen, als wärest Du derjenige, der mich darin verstünde.
Die Musik, die ich hierher mitgenommen habe, ist Musik, die wir auch schon zusammen gehört haben. Wenn ich sie heute abend höre, werden meine Gedanken bei Dir sein. Und Du wirst der erste sein, den ich besuche, sobald ich zurück in Paris bin.
Louis

An dem Abend, an dem er diesen Brief abgeschlossen hatte, blieb Leyland lange still sitzen. Die Frage, die Fontaine aufgeworfen hatte, hallte in ihm nach. War es auch seine eigene Frage? Spürte auch er den Moment kommen, wo er genug haben würde, einfach genug? Der Zeitpunkt lag, verglichen mit Fontaine, noch in weiter Zukunft. Da waren Sophia und Sidney, da waren Freunde, wie Fontaine sie nicht hatte. Und nun war ja etwas Neues dazugekommen: das Schreiben, die Arbeit an der eigenen Phantasie und die Suche nach den eigenen Worten, der eigenen Stimme. Das war etwas, was eine eigene Zukunft in sich trug. Wie lange würde sie dauern?

Mitten in seine Gedanken hinein klingelte das Telefon. Sophia fragte, wann er wieder nach Triest käme. Auch die anderen fragten das. Andrej und Pat Kilroy hätten hinzugefügt, er solle Kenneth Burke mitbringen. Leyland versprach, mit Burke zu sprechen, und nach dem Gespräch ging er hinüber zu ihm. »Ich habe ja gesagt, dass ich das nächste Mal mitkommen würde, um mir Pats Kneipe anzusehen«, sagte Burke. »Von mir aus kann es jederzeit losgehen. Aber kannst du die Arbeit an Fontaine unterbrechen? Oder nimmst du den Text mit?« Nein, sagte Leyland, Fontaine – den gebe es nur drüben an Warren Shawns Schreibtisch.

Drei Tage später flogen sie.

45 Während Leyland mit Burke durch Triest ging, kam es ihm vor, als würde er seine beiden Leben, die bisher in ihm getrennt verlaufen waren, zu einem einzigen verschmelzen. Und auch Burke erlebte es als etwas Großes. »Bisher kannte ich das alles nur aus deinen Berichten und aus Francesca Marcheses Buch, und nun bin ich mit dir zusammen hier und sehe es mit eigenen Augen!« rief er aus. Sie waren vom Flughafen aus zu Leylands Wohnung gefahren, und Burke war begeistert, als ihm Leyland sein Zimmer zeigte, von dem aus er auf den Kanal hinunterblicken konnte. »Und jetzt will ich die Mole sehen, deine Mole«, sagte er, und dabei sah er zehn Jahre jünger aus. Sie setzten sich auf den Rand der Molo Audace und ließen die Beine baumeln. Burke nahm die Sonnenbrille ab und kniff die Augen zusammen. »Dieses Licht«, sagte er. Drüben legte ein Schiff ab und schob eine Welle an, die auf sie zukam. »Achtung!« sagte Burke. »Im Gegenteil«, sagte Leyland und hielt die Beine in die Flut. Verblüfft brach Burke in Lachen aus und stieß nun seinerseits die Beine, die er angezogen hatte, ins Wasser. Es war ein Fest, dass Burke hier war, sie erlebten es beide als ein Fest, und dazu gehörte, dass sie die nächste Fähre nahmen und nach Muggia fuhren, die tropfenden Hosenbeine und Schuhe auf die Reling gestützt. »Ich wünschte, ich müsste hier nie mehr weg«, sagte Burke.

Sophia fiel Burke um den Hals, als sie sich abends

in ihrer Wohnung trafen. Das hatte sie in London nie getan. »Wir drei – ein bisschen ist es wie in Hampstead«, sagte sie, »und doch auch ganz anders.« Sie begann, von der Arbeit am Dokumentarfilm zu erzählen. Das Interessante und das Oberflächliche. Das Effekthascherische. Die Scham, wenn man die Kamera auf die Kranken richtete. Wie wichtig es aber war, diese Dinge zu zeigen. Die politischen Gespräche, die es im Team gab. »Sie wollen es ausweiten, mehrere Filme in mehreren Städten – immer mit demselben Thema: was aus den Menschen durch die Kliniken wird. Die Faust in der Tasche, aber auch der Versuch zu zeigen, dass vieles nicht anders geht.« Leyland hatte Sophias Anruf von neulich richtig gedeutet: Sie war unsicher, wollte einen Rat. Dabeibleiben oder abspringen? Burke stellte viele Nachfragen und ließ sich ganz auf die Sache ein. Leyland dachte an die Misteln, die Sophia an Weihnachten bei ihm aufgehängt hatte, und an die Befangenheit, die Burke in der Gegenwart von Paolo Michelis gezeigt hatte. »Ich finde die ganze Sache wichtig«, sagte Burke schließlich, »aber am Ende kommt es darauf an, wie du mit diesem Milieu zurechtkommst und wie du dich siehst.« »Würdest du damit zurechtkommen?« Burke zögerte und schüttelte dann den Kopf. »Aber ich bin nie mit irgend etwas so richtig zurechtgekommen.« »Wie finde ich es heraus?« »Noch eine Weile weitermachen und dabei wachsam sein.« Sophia sah Leyland an. Er nickte.

In den nächsten Tagen zeigte Leyland Burke die Stadt. Sie gingen in die Bars, in denen er seinen Kaffee und seinen Grappa zu trinken pflegte, und dann setzten sie sich dem Verlag gegenüber ins Café und ließen sich von Carlotta bedienen. Burke betrachtete die Fassade des Verlags. »Vor einem Jahr hat das alles noch dir gehört, nicht wahr?« fragte er. Leyland nickte. »Tut sicher immer noch weh?« »Es nimmt ab, aber manchmal träume ich davon. Meistens sitzt Livia hinter dem Schreibtisch und nicht ich.« »Darf ich den Schreibtisch sehen?«

Caterina Mizzan und Vera Santin freuten sich über den unerwarteten Besuch und holten Maria Psyroukis dazu. Burke erzählte von den Buchumschlägen, die er für Sean Christie machte. »Jetzt, wo ich drinnen war«, sagte er, als sie wieder auf der Straße standen, »spüre ich noch viel deutlicher, wie schwierig es für dich sein muss.« Da erzählte ihm Leyland, dass alles anders gekommen wäre, wenn der Irrtum in der Diagnose zehn Tage früher entdeckt worden wäre. Er zeigte ihm eine kleine Narbe am Daumen und erzählte von dem Wasserglas, das er am Tag nach seiner Ankunft in London, in Warren Shawns Küche, beim Gedanken an diese zehn Tage zerdrückt hatte, ohne es zu merken. »Ohne diese zehn Tage wäre ich jetzt nicht hier – wären wir jetzt nicht zusammen hier«, sagte Burke.

Später gingen sie die Via del Coroneo entlang. Vor

dem Gefängnis blieb Burke stehen. »War Andrej hier drin?« Leyland nickte. »Wie lange?« »Neun Jahre.« »Wegen eines einzigen wütenden Faustschlags?« Leyland nickte. Burke trat seine Zigarette mit langsam drehenden Bewegungen der Fußspitze aus, bis nur noch Pulver übrig war. »Lass uns ein Taxi nehmen«, sagte er. »Ich möchte ihn sehen. Jetzt sofort.«

Andrej war mitten in der Arbeit, der Schreibtisch war übersät mit Manuskripten und Zetteln. »Ich habe seit Tagen keinen Menschen mehr gesehen«, sagte er, und er war überglücklich über den Besuch. Sie sprachen über die gemeinsamen Tage in London. »Ich zehre immer noch davon«, sagte Andrej. Dann erzählte er von der Übersetzung, an der er arbeitete. Burke ließ sich den russischen Text zeigen und bat Andrej, daraus vorzulesen. »Stellt euch vor: Roman Nemirov hat mir geschrieben!« sagte Andrej später. »Einfach so. Ein bisschen steif, seine Sätze, kein geübter Briefeschreiber. Aber es hat mich riesig gefreut. Der Mann, heißt es, schreibt sonst nie jemandem.« Ob er Pat Kilroy öfter sehe, fragte Leyland. »Ich bin mehrmals die Woche dort«, sagte Andrej, »und er will mich nie bezahlen lassen. Wenn wir jetzt dahin gehen: Auch ihr werdet nicht bezahlen dürfen.«

Die Trattoria hatte sich verändert: neue Tischtücher, Stoffservietten, Lampions über dem offenen Teil des Lokals. Und Pat war besser angezogen als früher. Es waren mehr Gäste da als sonst. Als die letzten gegangen waren, setzte sich Pat zu seinen Freunden. Allmählich bekomme er die Sache in den Griff, sagte er. »Wie froh ich bin, Notting Hill nicht genommen zu haben! Stellt euch vor: Ich habe einen Kurs für fortgeschrittenes Italienisch belegt. Plötzlich gingen mir meine Fehler und mein begrenzter Wortschatz auf die Nerven. Und es steckt, glaube ich, noch etwas anderes dahinter: Ich will jetzt ganz dazugehören. Ganz hierhergehören. Hierher, nach Italien.« Er zeigte ihnen die hinteren Räume, die Küche, sein Büro. »Wovor mir noch graut: der Computer. Abrechnungen machen, Banksachen, Korrespondenz.« Da legte ihm Burke den Arm um die Schulter, und in der Bewegung steckte die ganze Vertrautheit und Zuneigung aus den Tagen in London. »Du sagst mir, wann du Zeit hast, und ich komme und erkläre dir alles, an mehreren Tagen, wenn nötig.«

Später gingen sie alle den stillen nächtlichen Hafen entlang. Leyland ließ sich mit Pat zurückfallen. »Ich möchte, dass du eines weißt«, sagte Leyland: »Solltest du Geldsorgen bekommen – sag es einfach. Es würde mir gefallen, dir zu helfen. Und ich meine es so: Es würde mir richtig gefallen.« »Das ist …«, sagte Pat heiser und brauchte einen zweiten Anlauf, »das ist gut zu wissen, wirklich sehr gut zu wissen. Manchmal schrecke ich nachts auf.«

Leyland und Burke blieben eine Woche in Triest. Sidney kam von Padua herüber. Er war mit der Übersetzung von Fernando Contis Buch fast fertig und wollte letzte Dinge besprechen. Nachher saßen sie eine Weile still in Leylands Wohnung. Ja, doch, mit der Arbeit auf seiner Stelle komme er gut zurecht, sagte Sidney. Aber? »Ich habe neulich Elena getroffen. Wir waren uns nicht so fremd wie beim letzten Treffen. Für einen Moment hatte ich danach Hoffnung. Aber – nein. Ist so etwas jemals ganz vorbei?« Er vermisste Sophia, und überhaupt vermisste er Triest. »Und unsere ganze Vergangenheit.« Leyland setzte sich zu ihm aufs Sofa und legte den Arm um ihn. »London ist nicht weit. Ein paar Stunden nur. Jederzeit. Das weißt du. Und umgekehrt bin ich jederzeit hier, wenn du es möchtest.« Als sie sich am Bahnhof umarmten, verrutschte Sidney die Brille und fiel fast zu Boden. Leyland setzte sie ihm auf. »Mach's gut, Papà«, sagte Sidney leise. »Auch mit dem Schreiben.« Leyland nickte stumm. Als sich der Zug in Bewegung setzte, winkten sie sich zu, bis sie füreinander aus dem Blickfeld verschwunden waren.

In der Nacht nach diesem Abschied wachte Leyland auf und setzte sich an den Schreibtisch. Zu Burke hatte er vor der Abreise gesagt, Louis Fontaine gebe es nur in London. Jetzt stellte er überrascht und beglückt fest, dass das nicht so war.

Fontaine schreckte auf. Er war inzwischen an das Geräusch der Stühle auf dem Steinboden in der unteren Wohnung gewöhnt, und neulich, als Julie einen Tag weg war, hatte er sich dabei ertappt, dass er es vermisste. Jetzt wurden wieder Stühle gerückt, doch das Muster der Geräusche war nicht das gewohnte. Er trat auf die Terrasse. Julie kam mit einem jungen Mann aus der Wohnung und blickte hoch. »Das ist mein Sohn Philippe«, sagte sie. »Philippe, das ist Louis Fontaine, der hier einige Zeit verbringt.« Sie stellte drei Kaffeetassen auf den Tisch vor der Wohnung, und Fontaine setzte sich dazu, verwundert, wie leicht es ihm fiel. Es stellte sich heraus, dass Philippe in Lyon Kunstgeschichte und Archäologie studierte und gekommen war um zu sehen, wie es der Mutter nach dem Brand in ihrem Haus in Pau ging. Er war ein Junge mit hellem, gelocktem Haar und einem wachen Blick aus dunklen Augen. Ein Junge, der leicht zu verletzen war, dachte Fontaine. Der Vater, der Architekt, sei nicht einverstanden mit seiner Studienwahl, sagte Philippe, er sage immer: brotlose Kunst. Julie ging einkaufen, und Fontaine blieb bei Philippe sitzen. Der Junge wollte wissen, wie Fontaine seine Studienwahl getroffen hatte, und auf einmal war Louis dabei, über sein ganzes Studium zu sprechen und über seine Zeit als Lehrer. »So hat mein Vater nie über sich gesprochen«, sagte Philippe und bestand darauf, dass er mit ihnen zu Abend aß.

Bevor er schlafen ging, notierte Fontaine: *Einen Sohn haben. Wir waren nicht unglücklich, dass Jeanne keine Kinder bekommen konnte. Da waren all die Bücher zu lesen, all die Reisen zu machen. Aber nun*

Philippe, der zuhörte, nachfragte, einen Rat brauchte: Es hat mir gefallen.

Am nächsten Morgen stand eine Tischtennisplatte vor dem Haus, und Philippe spielte mit seiner Mutter. Fontaine trank auf der Terrasse seinen Kaffee. Er rechnete: Es war dreiundfünfzig Jahre her, dass er im Keller des französischen Seminars in Paris gespielt hatte. Es hatte zwei Rangordnungen gegeben: diejenigen, die im Studium gut waren, und diejenigen, die im Tischtennis vorne lagen. Es ärgerte die anderen, dass er, der Bücherwurm, auch im Keller immer besser wurde. Jetzt winkte Philippe und lud ihn ein mitzuspielen. »Viel zu lange her!« rief Fontaine. Doch das ließ Philippe nicht gelten, und schließlich griff Louis zum Schläger. Die Bewegungen waren eingerostet, aber langsam wurde es besser. Da passierte es: Als er sich nach einem Schmetterball von Philippe bückte, um ihn doch noch zurückbringen zu können, fuhr ihm ein heftiger, schneidender Schmerz ins Kreuz, und er konnte sich nicht mehr bewegen. Philippe kam sofort und stützte ihn, aber er konnte keinen Schritt gehen. Da hob ihn Philippe hoch und trug ihn hinauf auf sein Bett.

Jacques Moreau, der Arzt, kam jeden Tag herüber und behandelte ihn, und manchmal kam Colette mit. Julie und Philippe kochten für ihn. Jean Lescaut brachte Kuchen. Philippe verschob die Rückkehr nach Lyon. Als er sich wieder aufsetzen und schreiben konnte, notierte Fontaine: *wie in einer Familie.*

Burke fand Leyland am Schreibtisch, als er aufstand. »Doch nicht etwa Fontaine?« fragte er. Leyland nickte lächelnd. »Aber erzählen willst du sicher nicht?« »Später«, sagte Leyland. Es war ihr letzter Tag in Triest, und sie verbrachten ihn auf dem Wasser. »Nach dieser Reise liegen London und Triest ganz dicht beieinander«, sagte Leyland. »Und dass ich über Fontaine sowohl hier als auch in London schreiben kann – es ist eine gewaltige Entdeckung. Als bräuchte ich jetzt keine der beiden Städte mehr, um zu Hause zu sein. Als würde das Schreiben reichen.« Abends trafen sie sich mit Sophia und Andrej noch einmal in Pats Lokal. »Lass uns ein Shuttle zwischen hier und London einrichten«, sagte Pat. »Gratis und nur für uns. Jederzeit abflugbereit.«

Als sie spät nach Hause kamen, hatte Leyland das Bedürfnis, die Eindrücke der letzten Tage für sich und Livia festzuhalten.

Cara –
mit Kenneth Burke durch Triest zu gehen – es war, als legte sich noch einmal eine neue Schicht Zeit über die Stadt. Da war die Zeit mit Dir und den Kindern, die so schrecklich abrupt endete, dann meine Zeit im Verlag, die Zeit nach der Diagnose, wo alles zu Ende schien, dann die neue Zukunft und die Besuche von London aus. Und nun die gemeinsamen Schritte mit Kenneth durch die vertraute Stadt, die, weil ich sie

ihm zeigen konnte, auch ein bisschen wieder wie neu war.

Gestern rief mich Paolo Michelis an: Sein Roman ist fertig. Er war gerade auf dem Postamt gewesen und hatte ihn an Caterina Mizzan geschickt. »Stell dir vor«, sagte er am Telefon immer wieder: »zehn Jahre!« Ich habe ihn nach London eingeladen, um es zu feiern. Und dann werde ich mit der Übersetzung beginnen.

Aber vor allem werde ich an Louis Fontaine weiterschreiben. Kenneth weiß in den Umrissen, worum es geht. Er ist der einzige. Sophia und Sidney haben sich nach dem Schreiben erkundigt, aber als ich ausweichend geantwortet habe, fragten sie nicht weiter. Ich war froh darüber. Aber ein bisschen auch enttäuscht. Ihre Diskretion war, als ließen sie mich im Stich. Andererseits ist es auch etwas Kostbares, dass nur Kenneth und ich dieses Geheimnis teilen. Wie schwankend und uneindeutig all solche Empfindungen doch sind!

So, wie er bisher geworden ist, gibt es Helles wie Dunkles in Fontaine. Er findet in lauter kleinen Dingen ins Leben zurück. Es sei wie aufwachen, sagt er. Aber die dunklen Empfindungen, mit denen er in den Süden gereist ist – sie bleiben. So ist die Figur. Was würdest Du gerne lesen, was nicht? Was würdest Du dazu sagen, dass das Dunkle bleibt? Was ist es für ein Unglück, dass ich das alles nicht mit Dir teilen kann!

Als sie am nächsten Morgen über den Wolken waren, erzählte Leyland davon, wie es mit Fontaine weitergegangen war. »Mit jedem Tag ist er mehr dort, in Mérindol«, sagte Burke. »Du kannst ihn nicht, wie geplant, nach vier Wochen abreisen lassen, als sei nichts gewesen.« Leyland nickte. »Ich überlege, ihn probeweise nach Paris fahren zu lassen. In der Wohnung sitzen, die vertrauten Gegenstände berühren. Das Klingeln des Telefons hören. Nicht abnehmen. Unten das Geräusch der Stühle auf dem Steinfußboden vermissen. Die Fragen von Philippe vermissen. Ich denke, er will ihn in Lyon besuchen. Und was soll aus Christine und Colette werden.« »Und Julie?« »Das weiß ich noch gar nicht.«

Der Sinkflug nach Heathrow begann. »Du könntest ihn irgendwann ganz nach Mérindol ziehen lassen«, sagte Burke. Leyland drehte überrascht den Kopf. »Dann – nun ja, dann würde aus der kurzen Erzählung ein langer Roman.« »Warum nicht?« sagte Burke.

Das Flugzeug landete. Sie standen in der Schlange für die Passkontrolle. Die Reihe war an Leyland. Der Beamte nahm seinen Pass entgegen und warf ihm einen prüfenden Blick zu. Dann gab er ihm den Pass zurück. »*Welcome home, Sir*«, sagte er.